EL HURACÁN LLEVA TU NOMBRE

Autores Españoles e Iberoamericanos

JAIME BAYLY

EL HURACÁN LLEVA TU NOMBRE

Planeta

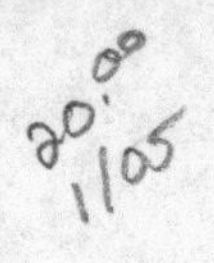

Diagonal, 662-664, 08034 Barcelona (España)

Primera edición: enero de 2004

ISBN 84-08-05032-X

Editorial Planeta Colombiana S. A.
Calle 73 No. 7-60 Bogotá

Colombia: www.editorialplaneta.com.co
Venezuela: www.editorialplaneta.com.ve
Ecuador: www.editorialplaneta.com.ec

ISBN: 958-42-0859-4

Primera reimpresión (Colombia): febrero de 2004
Impresión y encuadernación: Printer Colombiana S. A.
Impreso en Colombia - Printed in Colombia

A Camila, mi hija, que me enseñó a amar

El amor nunca trae nada bueno. El amor siempre trae algo mejor.

ROBERTO BOLAÑO,
Amuleto

Pensé que la fe era el primer requisito para amar.

ROBERTO BOLAÑO,
Monsieur Pain

La vida no sólo es vulgar sino también inexplicable.

ROBERTO BOLAÑO,
Llamadas telefónicas

El amor y la tos no se pueden ocultar.

ROBERTO BOLAÑO,
Los detectives salvajes

Me voy a ir a la cama contigo.

Esto es lo primero que pienso cuando la veo entre la penumbra y el humo de la discoteca. Es una mujer muy bella, más joven que yo, de ojos chispeantes y nariz angulosa. Me gusta como nadie me ha gustado nunca. Me aburro en una esquina de la barra tomando una coca-cola. Me acompaña Sebastián, mi amigo y, secretamente, mi amante. Sebastián es actor de telenovelas y obras de teatro; a mí me conocen por mi programa de televisión. A Sebastián le gusta bailar y por eso ha insistido en traerme esta noche al Nirvana, donde se reúne la gente bonita y confundida de la ciudad, los que quieren irse del país pero no pueden y los que se fueron pero regresaron, las chicas rebeldes y los cocainómanos, los actores de pacotilla y los músicos fracasados, los tontos como yo, que no bailamos porque no tenemos suficiente coraje (ya bastante tengo con hacer el ridículo en la televisión), pero sí disfrutamos exhibiéndonos en ese enjambre de cuerpos hacinados que las luces de neón iluminan al azar. Yo no quiero bailar, sólo mirar a Sebastián, alto y orgulloso, apretado en sus *jeans* de actor que sueña con ser roquero famoso, lindo con su cara de niño bueno que, sin embargo, es un depredador en la cama y yo lo sé bien, y por eso no puedo dejar de mirarlo, porque es el primer hombre que me ha hecho el amor con una ferocidad que no puedo olvidar y que me hace desearlo tan descaradamente como lo miro esta noche tumultuosa en la barra del Nirvana. Todo está bien entre Sebastián y yo. Nos miramos con sigilo porque no es cosa de andar coqueteando como dos putos ardientes; hay que cuidar las formas y preservar la reputación en esta ciudad de descerebrados, energúmenos y cacasenos. Todo está bien porque, aunque rara vez nos miramos y nos hacemos un guiño coqueto, yo sé que Sebastián quiere acostarse conmigo más tarde y que voy a gozar cuando me haga el amor con esa cara de niño bueno con la que sonríe en las telenovelas y con ese cuerpo soberbio que es mío, aunque también de su novia, la tontuela de Luz María. De pronto, Sebastián, que bebe una cerveza, me presenta a tres amigas suyas. Creo que una se llama Mariana y la otra Lucrecia (pero no podría asegurarlo, porque no oigo bien sus nombres, y las dos son de una belleza promedio, tirando a feas, o será que la poca luz no les hace justicia o que simplemente Lima afea a la gente), y la otra, cuya mirada me hipnotiza en el acto, se llama Sofía y es la chica más linda que he visto nunca en este antro de mal vivir que indebidamente llamamos el Nirvana, en cuyos pasillos pueden verse parejas frotándose sin pudor, drogadictos colapsados, chicas besándose en la boca o algún despistado pidiéndome que le haga una entrevista en la televisión. Sofía me mira y quedo hechizado por ella, sacudido por una corriente que me estremece con una fuerza extraña. Nunca había sentido esto por una mujer, ni siquiera por Ximena, la chica de mi vida, la niña bien que se corrompió por mi culpa, me entregó su virginidad, fumó marihuana, se escapó conmigo al Caribe y lloró cuando se enteró de que me gustaban los hombres, algo en lo que no podía complacerme, y por eso la pobre, muy juiciosa, terminó huyendo de Lima y de mí. Sofía es una mujer muy hermosa y la suya es una mirada perturbadora, cargada de promesas inquietantes. Me reconozco en ella, en sus ojos turbios, y sé de inmediato que esta noche no me iré del Nirvana con Sebastián, sino con Sofía, que yo sé bien qué clase de relación ha tenido con Sebastián, porque él me lo ha contado, sé que han sido amantes y no amantes de paso, sé que ella estuvo enamorada de él y le entregó su virginidad unos años atrás, porque Sofía, esta noche en el Nirvana, tiene ya veintidós años, y yo veintiséis, y ella viene de regreso de Filadelfia, donde ha pasado cuatro años estudiando historia, es decir, aburriéndose entre monjas amargadas y bibliotecarios tan maricas que no se atrevían a serlo, y yo no vengo de ninguna parte ni voy a ninguna parte porque soy un perdedor más entre los muchos que pululamos estas noches decadentes de Lima, soy apenas un chico confundido que ha tenido el buen gusto de mandar al diablo la universidad y que, sin embargo, se permite el mal gusto de salir todas las noches con corbata en la televisión. Sofía y yo nos miramos, sonreímos embobados y tratamos de hablar en esta esquina sobrepoblada y bulliciosa de la discoteca, pero no podemos, porque los parlantes escupen con estruendo una música histérica y yo sólo quiero llevármela lejos para perderme en sus encantos y hacerla mía. Sebastián se da cuenta de que sólo tengo ojos para Sofía y me dirige una mirada severa, como diciéndome *no te metas con esta chica, que es mía, y no te hagas el hombrecito, que en un par de horas me vas a dar el poto como una hembrita,* pero yo ignoro su mirada rencorosa y la atribuyo al despecho, a los celos, a que no puede tolerar que yo desee a nadie más que a él. *Vámonos, que acá no se puede hablar y ni siquiera respirar; esta humareda me está matando,* le digo a Sofía, y la tomo del brazo, y ella asiente encantada, sin oponer resistencia, y luego secretea algo con sus amigas, las de la belleza promedio, que hablan entre sí y fuman con el rencor de saberse ignoradas por los chicos más lindos de esta discoteca subterránea a la que se han aventurado en busca de amor o por lo menos de buen sexo. Yo no quiero emborracharme ni tomar siquiera un poco de whisky porque llevo meses sin meterme cocaína y quiero mantenerme lejos de ese polvillo traidor. No quiero tomar tragos, acercarme a los cocainómanos ni seguir aspirando este humo viciado que luego me deja el pelo y la ropa apestando, sólo quiero irme con Sofía y besarla entera, volver a sentirme un hombre con ella, confesarle que sus embrujos me han subyugado y que la deseo con una desmesura que no había sentido por una mujer, y que incluso ha logrado apagar el ardor que Sebastián despierta en mí. Por suerte, Sofía tiene el buen juicio de no decirme que desea bailar esta canción pegajosa de Erasure, *A little respect*, cuando salimos de la discoteca, salvándome de una escena grotesca, pues el baile en cualquiera de sus formas no ha sido nunca un pasatiempo que yo haya podido dominar, y quizá por eso soy un amante tan chapucero en la cama, aunque no estoy seguro de que exista una relación entre una cosa y la otra. Media hora más tarde, quizá menos, tras conducir mi automóvil por las calles mal iluminadas y llenas de mendigos de Miraflores, llegamos al departamento que he comprado gracias al dinero que gano sonriendo como un idiota en la televisión. Saludo al portero, que bosteza mientras mira un televisor diminuto en el que aparecen imágenes borrosas, y él me devuelve un saludo amable, y Sofía y yo subimos al ascensor, cruzamos miradas en silencio y yo siento que ella me gusta porque no hace preguntas, no dice cosas estúpidas, no se hace la tonta ni la difícil, sabe exactamente por qué hemos salido de prisa del Nirvana y por qué subimos ahora al piso diez de este edificio recién inaugurado, cerca del malecón, con una vista lejana al mar que en realidad es un embuste porque casi nunca puede verse; lo único que atisbo a duras penas es una neblina espesa e impenetrable que le da a la ciudad este aire triste y fantasmal que suele acongojar al forastero y aturdir al nativo. En el ascensor, hechizado por sus ojos almendrados de rara ternura, comprendo que esta mujer es distinta, sobrenatural, una de esas criaturas que el destino te pone enfrente una sola vez en la vida, y que si la dejo pasar es porque soy un marica y un perdedor, cosas que sin duda soy, pero esta noche quiero escapar de la realidad y soñar, aunque sea un momento, que mi vida podría ser mejor con esta mujer, Sofía, que ahora se deja besar y me corresponde con una pasión rotunda, desenfrenada, con la certeza de saber que quiere meterse en mi cama sin hacer una sola pregunta boba ni un comentario estreñido de niña bien. Porque Sofía, y por eso me cae tan bien, no pide un trago, no me pregunta si el departamento es mío y tampoco si mis intenciones son serias u honorables, no menciona los programas de televisión en los que ciertamente me ha visto desde la confortable soledad de su casa en los suburbios, no dice una sola palabra, simplemente se entrega con más audacia que yo al acto de amor que se nos impone brutalmente esta noche. Así, en silencio, besándonos, sin música de fondo ni bebidas alcohólicas para perder las inhibiciones, terminamos en mi cama, desnudos, apenas encendida la luz de la sala, a oscuras mi habitación, y yo le digo *eres la mujer más linda que he visto en mi vida, nunca voy a olvidar este momento,* y ella me mira conmovida y creo que sabe que le hablo con el corazón, que no le miento como un oportunista sólo para irme a la cama con ella. Sofía sabe que me tiene derrotado, todo suyo, y lo sabe en silencio, y entonces me dice, sentándose a horcajadas sobre mí, *yo sabía que iba a conocerte y que esto iba a pasar,* y cuando lo dice me clava su mirada de bruja sabia y amante suicida y yo siento un ramalazo, un escalofrío, el presagio de que esta noche es sólo el principio de la aventura más peligrosa de cuantas he vivido. Luego es como un sueño, ella moviéndose sobre mí, yo tratando de estar a la altura de las circunstancias, haciendo un esfuerzo para comportarme como un hombre y no defraudar a esta mujer que ha venido a mi cama sin hacer preguntas ni pedir promesas de amor. Entonces me siento un imbécil, un perdedor, porque, no puedo evitarlo, me vengo antes que ella, me vengo en seguida, no duro nada, y es obvio que ella quiere continuar, apenas comenzaba y ya me he rendido como un pobre diablo, he colapsado con muy poca hombría. Aunque trato de prolongar el combate, quedo inerme y abochornado por tan torpe exhibición de mis dotes amatorias. Por eso, mientras Sofía desmonta con gracia, me siento obligado a pedirle disculpas, *me vine tan rápido porque me gustas muchísimo,* y ella apenas sonríe con un pudor que me traspasa, y yo atrapo esa sonrisa y me quedo con ella, la sonrisa pudorosa y coqueta de Sofía, desnuda a mi lado, cuando la miro y le digo que no duré por su culpa, porque es demasiado linda. Luego suena una bocina abajo, en la calle, y me asomo en calzoncillos a la ventana y reconozco el auto de Sebastián, ¿qué diablos quiere?, si sabe que me he venido con Sofía, ¿para qué viene a hacerme esta escena de telenovela? Pero, además, hay otro auto y de él han bajado las dos chicas de la belleza promedio, Mariana y Lucrecia, las amigas de Sofía, que ¿a qué coño han venido también?, ¿a comer bocaditos?, ¿a hablar de política?, ¿a hacer una orgía?, ¿a pedirme el baño para cambiarse las toallas higiénicas? No me gusta que me toquen la bocina así, brutalmente y sin previo aviso, y menos a esta hora de la madrugada, cuando los vecinos duermen y no merecen ver quebrantadas sus horas de reposo. *Vístete rápido, que mis amigas han venido a recogerme para llevarme a mi casa,* me dice Sofía, vistiéndose con apuro. Esta mujer tiene la cabeza de un hombre, pienso, será por eso que me ha gustado tanto. Yo me visto torpemente, tropezando, y luego salimos apurados, como si hubiésemos cometido un crimen, pero con unas caras de felicidad que nos delatan, y en el ascensor nos besamos fugazmente como nunca me había besado Sebastián, porque él dice que hay una cámara secreta en el ascensor, él siempre cuida su reputación, y sólo me besa como una bestia enjaulada apenas entra en mi departamento. Ahora salimos a la calle Sofía y yo sin siquiera tomarnos de la mano, sólo como buenos amigos, y sin embargo Sebastián me mira con despecho y rencor, como si lo nuestro fuese ya cosa del pasado, como nunca me había mirado, como diciéndome *me has traicionado, te jodiste, ¿cómo pudiste dejarme solo en el Nirvana para venir a tirar con mi amiga So-*

fía de toda la vida, que tú sabes que ha sido mi hembrita? Mientras tanto, las amigas de Sofía, que por suerte no me miran de mala manera, porque en realidad ni siquiera me dirigen la mirada, la invitan a subir al coche y no sé si están molestas o qué, pero me ignoran, fingen que no existo, que no ha pasado nada, sólo quieren que Sofía se monte en el auto para salir de prisa las tres y seguro que acribillarla a preguntas, *¿qué pasó, qué pasó?, cuéntanos todo, por favor, eres una loca, cómo se te ocurre venir a su depa así de golpe, si recién lo habías conocido, ay, Sofía, no puedes con tu genio, eres incorregible, bueno cuenta, pues, qué pasó, pero bonito, ah, con lujo de detalles y todo.* Sofía se va, no sin antes besarme en la mejilla y mirarme con una intensidad en la que me reconozco extrañamente y decirme al oído *gracias, no te voy a olvidar* y yo le digo *te llamo* y me siento un idiota porque ni siquiera le he pedido su teléfono y se va, ya se fue, *te llamo,* ¿no podría haberle dicho algo más romántico, más inspirado? Quien tampoco parece inspirado es Sebastián, que me mira con una cara de perro hambriento, pero no hambriento de mi cuerpo, que es suyo, sino hambriento de venganza. *No deberías haber hecho eso, ella es una chica bien, es una amiga mía, ha sido mi hembrita, no es una chica para tener un agarre,* me dice furioso, como si fuera a pegarme, como si le indignase que yo pueda ser un hombre con Sofía y no sólo el amante servicial y abnegado que él conoce cuando se acuesta conmigo. *No ha sido un agarre, huevón, ha sido algo increíble,* le digo, pero no me cree, sigue mirándome mal, y yo tontamente pregunto si quiere subir a mi cama, pero Sebastián me castiga con estudiada indiferencia, por algo es actor, y dice *jódete, esta noche no subo, eso te pasa por dejarme plantado en el Nirvana y levantarte a mi amiga,* y yo le digo *no te vayas, no seas huevón,* y él me dice *si yo te llevo al Nirvana, te quedas conmigo, no te vas con nadie,* y luego sube de prisa a su auto, ya un tanto cochambroso en verdad, y yo me caliento de verlo así, tan celoso y posesivo, porque me encanta que sea tan apasionado y que le moleste que yo me haya permitido seducir a la más linda y memorable de sus amigas. Sebastián se va manejando raudo y yo subo a mi cama y no me toco pensando en él porque es ella, Sofía, la que ha invadido mi corazón, y por eso busco su olor en mis sábanas y me pregunto si volveré a verla, si puede ser verdad tanta belleza, si estará pensando en mí con esta locura adolescente con la que, echado en mi cama, sin extrañar a Sebastián, revivo cada instante de mi encuentro con ella. Soy un tonto, debería haberle pedido el teléfono, pienso. Pero luego me digo: seguro que Sebastián lo tiene. Y es raro, porque, por primera vez en mucho tiempo, desde que se fue Ximena a Austin hace ya un par de años, tengo ganas de estar en esta cama no con Sebastián, mi amante, sino con Sofía, la mujer que salió de las sombras de una discoteca para recordarme que aún puedo ser un hombre.

Me equivoqué: Sebastián no tiene el teléfono de Sofía o dice no tenerlo, porque en realidad no le creo, seguramente lo tiene pero no quiere dármelo por celos de galán de telenovela que no puede admitir que yo desee a alguien que no sea él. Lo he llamado al departamento que tiene frente al malecón y me ha dicho con una voz cortante que no es mi agenda telefónica, que no tiene ganas de hablar conmigo y que lo deje tranquilo porque está ensayando para la obra que va a estrenar pronto en un teatro incómodo al que irá a verlo su madre y con suerte sus hermanos, pero no yo, que detesto las butacas crujientes de los teatros pulgosos de esta ciudad. Si Sebastián no quiere ayudarme a encontrar a Sofía, no debo desesperarme, ya daré con ella: esta ciudad es muy pequeña (al menos por las calles donde nos movemos ella y yo) y una mujer tan notable no se me puede perder fácilmente. Ahora tengo que apurarme porque me esperan en casa de mis padres para una cena familiar, un espanto de reunión, una pesadilla, pero no tengo alternativa, tengo que ponerme lindo, dandi, regio, ganador, a la altura de las expectativas familiares, y acudir con el debido sosiego a la casona estilo colonial que poseen mis padres en un barrio razonablemente acomodado de la ciudad y a la que también han invitado, por razones que desconozco, a la familia entera de mi padre. Me doy una ducha de prisa y mientras me enjabono escucho entre los ductos de aire del baño la conversación del vecino de arriba, un gerente de un canal de televisión, conversando con su amante, una locutora guapa, sobre las pequeñas intrigas que azuzan sus minúsculas existencias. Me avergüenza trabajar en la televisión de este país, tan chirriante y descerebrada, y tener que fingir en cámaras que soy un macho picarón, rápido para la galantería, zalamero con las damas curvosas y las forasteras casquivanas, cuando en realidad, y esto lo sabe sólo Sebastián, tengo muy poco interés en seducir a las mujeres, pues lo que más me complace en la cama es que un varón debidamente dotado como él —dotado para el sexo, digo, pues sus dotes artísticas son menos conspicuas— me ame sin reservas, remilgos higiénicos ni prejuicios de ninguna índole. No sé hasta cuándo voy a sostener en pie este juego vicioso de la televisión, esta duplicidad entre lo que exhibo con impudicia y lo que escondo cobardemente, entre lo que pretendo ser y lo que en verdad soy, aunque me duela en el orgullo y ocasionalmente también en la baja espalda. Por ahora me contento con cumplir mi contrato, ganar la plata decorosa que me pagan, contar los días para quedar libre y sobrevivir en este arenal en el que nací y del que sueño con escapar. Pienso todo esto mientras me ducho, me seco y me visto, eligiendo descuidadamente un pantalón arrugado, un saco azul, una camisa de cuadros y un pañuelo de Burberry que me regaló un tío refinado —tanto que dicen que es bisexual en el clóset— al que seguramente veré esta noche en la cena de mis padres. Me miro al espejo y, no sé por qué, será por el recuerdo de Sofía, no me veo afeminado, no me veo tan gay como me hace sentir Sebastián cuando hacemos el amor, me veo viril y circunspecto, tal como me educó mamá que debía ser en público y más aún en privado. Es así, viril y circunspecto, como llego esta noche, conduciendo mi automóvil, no demasiado lujoso pero apropiadamente sobrio, a la casona de mis padres, dispuesto a disimular con aplomo lo mucho que me gustan los hombres y a encubrir con elegancia lo poco que me gustan las mujeres. Mi padre, que se conduce como un general retirado aunque nunca fue militar, me saluda marcialmente, inspeccionándome con la mirada, y no me dice lo que puedo adivinar que está pensando un tanto adusto: ya tienes veinticinco años, manganzón, ¿cuándo vas a traer una chica a la casa? No me lo dice y seguramente piensa que soy un maricón perdido, acusación que yo no podría rebatir pero que él basa meramente en el hecho de que me gusta leer, ir al cine y ver películas viejas en blanco y negro. Papá no va al cine y sólo ve en la televisión los canales de noticias para regocijarse con las últimas desgracias que azotan al mundo y, en especial, los canales del clima, para solazarse con los más recientes huracanes, tornados, sequías y terremotos. Por supuesto, no ve mi programa, y así me lo ha dicho en varias ocasiones, porque no le interesa *el mundo de la farándula* y considera que mis apariciones públicas están signadas por un afán enfermizo de escandalizar y causar revuelo en esta provinciana ciudad. Mamá me saluda con un beso comedido, me amonesta por estar tan delgado y evita mencionar el programa de televisión que la hace sufrir tanto porque es inconcebible que yo, su hijo mayor, la promesa familiar, que nací para ser presidente o cardenal, o ambas cosas en el mejor de los casos, haya terminado entremezclándome en la televisión con *vedettes*, travestis, cantantes populares y enanos libidinosos y aventajados. Mamá no me lo dice pero yo adivino en su mirada triste una pregunta que me lastima: ¿cuándo vas a cambiar tu vida, hijo? No lo sé, no tengo la menor idea, sólo sé que necesito remojarme los labios y cambiar de aire. Por eso salgo a la terraza y saludo a mis hermanos, todos tan guapos, listos y graciosos, todos completamente ignorantes sobre mi oculta pasión por el género masculino, todos heterosexuales, deportistas y un tanto alcohólicos como papá, todos avergonzados por el programa que presento en la televisión y acaso envidiosillos por el dinero mal habido que me procuro haciendo piruetas ante cámaras. Traicionando mis votos de abstinencia alcohólica, me sirvo, sin que asome la culpa todavía, una copa de vino tinto, sólo una, nada más, para relajarme y entrar en confianza. Pero sé bien que ésa es una gran mentira, por algo soy hijo de mi padre, y una vez que empiezo a tomar no puedo detenerme, olvido mis temores de recaer en el vicio insano de la cocaína y me abandono al goce de la embriaguez, empresa en la que me acompañan con entusiasmo mis hermanos, mis tíos, mi padre, la familia entera, con excepción de mamá, que no toma vino porque le da sueño, salvo en la misa, cuando el cura se lo da a beber, en cuyo caso se resigna, bebe un sorbo de ese vino barato y luego conjura el sueño rezando con un celo de otro mundo, porque mamá oye misa diaria con la misma intensidad como papá, ya retirado de los negocios, engrasa y lustra los cañones de sus pistolas recortadas. Algo borracho, pero en mis cabales todavía, y sin ganas de meterme cocaína, porque no quiero volver más a esas noches abyectas de las que sobreviví de milagro, me siento a una mesa en el jardín, al borde de la terraza, con dos de mis tíos más estupendos, Ian y Brian, un par de ganadores en toda la línea, ricachones, elegantes y encantadores, un seductor profesional el tío Ian, que ha hecho una carrera importante en la banca privada, y un empresario pujante y querido el bueno de Brian, que, calladamente, sin hacer alardes, y a pesar de su corta estatura y prominente vientre, ha amasado considerable fortuna en el negocio de la crianza de aves ponedoras. Tragos van, tragos vienen, terminamos hablando del futuro del país, que avizoramos tan incierto, y yo les digo que cuando cumpla en medio año mi contrato con la televisión voy a vender todas mis cosas, todas, mi auto, mi departamento y todo lo demás, y me voy a ir al extranjero, a Miami o a Madrid, porque Lima es una mierda, un silo profundo, una ciudad sin futuro, un pozo séptico en el que la gente se envilece y se corrompe, se torna apática, mediocre y pusilánime. Ellos, sorprendidos por la ferocidad de mis comentarios, pero relajados por el buen tinto que papá ha servido sin mesura, me dicen *no, Gabrielito, no te vayas, sobrino, esta ciudad será medio jodida, pero acá somos los reyes, acá eres un príncipe, si te vas a Miami vas a ser uno más del montón, piénsalo bien, no te vayas,* pero yo me mantengo firme y tajante, *este país se va a la mierda, no tiene futuro, es un desierto lleno de gente fea e ignorante, un arenal de borrachos desdentados y gordas jorobadas con ocho hijos, nada va a cambiar, seremos un paisucho pobre, feo e inculto toda nuestra puta vida, hasta que ustedes sean viejos y se mueran, y yo también,* y entonces el tío Ian, un conquistador con fama bien extendida por la ciudad, hace un gesto fatigado, de hombre de mundo, bebe un poco de vino y me dice *puede ser verdad todo lo que dices, sobrino, pero la plata que ganamos acá, que ganas acá, no la vas a ganar en ninguna otra parte del mundo, y por eso mejor quédate y cuando quieras ver gente bonita y empaparte de cultura, te tomas un avión y después regresas,* y el tío Brian, que es muy campechano, muy realista, *claro, Gabrielito, no te precipites, no es bueno salir corriendo, si no cambia este país, por lo menos tú puedes cambiar de casa y de carro, y ya es una manera de cambiar un poquito el país, ¿no es cierto?,* y hace un gesto cínico y a la vez gracioso y reímos los tres, y yo, será el vino que me enardece, *lo que pasa es que ustedes ya son mayores y les da flojera vender todo y comenzar de cero afuera, pero yo soy joven, tengo veintiséis años, si no me arriesgo ahora, no me voy a arriesgar nunca,* y el tío Ian *¿por qué no te arriesgas, Gabrielito, y te robas otra botella de tinto del bar?* Me levanto y me alejo de la mesa, procurando caminar con sobriedad para que mis hermanos, que son tan listos, no adviertan que estoy borracho a pesar de que sólo he tomado tres copas de vino, suficientes para inducirme a este estado de laxitud y buen humor que hacía tiempo no me permitía por temor a recaer en la cocaína. Voy al baño y me encuentro con mi tío Chris, el menor de los hermanos de papá, un tipo estupendo, un ganador, el más inteligente y exitoso de la familia con mucha diferencia, porque, nada más terminar la universidad, se fue a Nueva York, trabajó como banquero, ganó mucha plata y regresó a Lima con una reputación de primera y un trabajo espléndido en el mejor banco del país. Al verlo, recuerdo que mi padre, diez o quince años atrás, cuando yo era un niño y Chris todavía un muchacho, le decía *chiquilín,* y se lo decía con un aire burlón, condescendiente, mirándolo para abajo. El chiquilín creció y le dio una lección a papá, que ahora, por supuesto, ya no lo llama así, sino le pregunta muy respetuoso, levemente adulón, dónde compró esa camisa de seda tan fina y ese reloj de oro, y si es verdad que las playas de Saint Barts son las mejores del Caribe, mejores incluso que las de La Romana. Chris, saliendo del baño, los ojos risueños de siempre, el rostro mofletudo y regordete, palmotea mi espalda y ahora yo me siento el chiquilín porque es Chris el grandullón, el millonario, el que triunfó en Nueva York y regresó a Lima a disfrutar de su bien ganada fortuna. *Y, Gabrielito, ¿qué planes tienes, en qué andas?,* me pregunta cariñosamente y yo, con aire humilde, sabiendo que a su lado seré siempre un perdedor, *ahí, jodido, esperando a que termine mi contrato en la tele para irme un tiempo afuera,* y él, para mi sorpresa, *buena idea, buena idea, ¿adónde quieres irte?,* y yo *a Miami o a Madrid,* y él *¿a qué?,* y yo *no sé, a descansar de Lima y a escribir una novela,* y él *¿por qué no te vas a estudiar mejor, por qué no te vas por ejemplo al Kennedy School of Government en Harvard?,* y yo me quedo pasmado porque Chris tiene una pronunciación impecable en inglés y porque ¿cómo se le ocurre que yo, con veintiséis años, después de haber sido un coquero, un fumón y la oveja negra de la familia, voy a ser admitido en una universidad tan estricta como Harvard, a la que a duras penas podría entrar como limpiador de baños, asistente de cafetería o chofer de los carros para minusválidos? *Buena idea,* le digo, pero me quedo pensando que lo que quiero no es irme a Miami ni a Madrid sino, primero que nada, a echar una meada y luego escaparme de esta cena familiar y salir a recorrer la noche con ánimo pendenciero. Bebí, me alivié y ya me voy, no me esperen para los postres, lamento no despedirme pero es mejor partir así, sin que nadie se dé cuenta. Al timón de mi auto sueco, grande y pesado como el de un ministro, extraño con desusada intensidad a Sofía, me invaden de pronto los recuerdos de la otra noche y me dirijo por eso al Nirvana, pero está cerrado, seguro que lo están fumigando o el dueño cayó preso por drogas. Dada la sed que me atenaza la garganta y las ganas que tengo de ver a Sofía, manejo a toda prisa, escuchando a Tracy Chapman, hasta otra discoteca, Amadeus, que está de moda, escondida en una calle apacible de los suburbios, cerca del museo de Oro. En otras épocas menos felices, no estaría buscando a una mujer a medianoche, sino aventurándome por barrios peligrosos para comprar un papelito de cocaína, pero los tiempos han cambiado y ahora sólo quiero juntar plata, sobrevivir al carnaval de la televisión y escapar ileso, o casi, de esta pérfida ciudad que no va a poder doblegarme y a la que voy a someter con la furia arrebatada de las historias que me perturban y que algún día, acallado el fragor histérico de la televisión, me atreveré a escribir. Entro a la discoteca, que lleva un nombre insólito, Amadeus, pobre Mozart, terminar apadrinando las titilantes luces de una discoteca con aires pretenciosos en los extramuros de Lima, y, aunque lo disimulo, estoy borracho y sólo quiero prolongar un rato más esta sensación de feliz y burbujeante aturdimiento. Por eso, sin saludar a nadie, y poniendo cara de pocos amigos, me dirijo a la barra, pido una copa de vino y me quedo allí, encorvado, los brazos apoyados sobre el espejo de la barra que me devuelve un rostro que no reconozco del todo, tal vez porque el alcohol me permite distinguir todas las mentiras, embustes y falsificaciones que llevo como caretas en este rostro de ex cocainómano, gay de clóset y borrachín por una noche. La discoteca está llena de chicos lindos y chicas deliciosas y suena la música de moda y casi todos bailan y algunos colapsan los baños para meterse más cocaína, y yo no quiero ni acercarme a los servicios para que no me tienten esos malandrines peligrosos. Es entonces cuando, de la nada, como salida de los humos de colores que se confunden con las sombras de los que bailan, aparece a mi lado Sofía, bella y misteriosa, sin decir nada, sonriendo con esa cara de bailarina odalisca que me turba tanto, la mujer que estaba buscando con desesperación alcohólica, y sólo me dice, al verme con una copa de vino y esta camisa floreada que me compré en mi último viaje a Fort Lauderdale para parecer un escritor bohemio, *¿qué haces tú acá?*, y yo *buscándote*, y ella *¿qué?*, porque no oye, la música es un bullicio salvaje que te golpea las costillas, y yo grito en su oído ESTABA BUSCÁNDOTE, y ella apenas sonríe y me mira con una dulzura que no merezco, y luego me grita al oído *¿por qué?*, y yo también gritando *para pedirte perdón*, y ella me mira intrigada y vuelve a preguntar *¿por qué?*, y yo *porque la otra noche fui un desastre, lo siento*, y ella *no, para nada, ¿por qué dices eso?*, y yo *porque como amante soy un cagón, terminé en un minuto y tú no terminaste, lo siento*, y ella se ríe y me acaricia el pelo con cariño, enternecida al parecer por esa confesión, y me toma de la mano y me lleva a la pista de baile, que es un hervidero de cuerpos sudorosos, un amasijo de lujuria y arrogancia, una masa movediza de apellidos de alcurnia, tetas gloriosas, vergas circuncidadas y sospecho que ninguna mujer virgen. *Yo no bailo merengue*, le grito a Sofía, muy nervioso, porque están tocando un merengue del gran Juan Luis Guerra, pero ella ni caso, se echa a bailar, me coge de la cintura, me lleva y me trae, cimbrea como una zamba dominicana en el malecón frente al Jaragua, se mueve y zigzaguea con una gracia deliciosa, y yo hago malamente lo que puedo para acompañarla mientras los parlantes se estremecen con el cántico inspirado de Juan Luis, ojalá que llueva café en el campo. Gracias a Dios estoy borracho. No podría bailar merengue si no lo estuviera. Pero así, ebrio, gozando este merengue, apiñado en medio de la muchedumbre concupiscente, hechizado por Sofía, atrapados mis ojos por los suyos, moviéndome como un bufón y aguantando los codazos y los pisotones del rubio guapo y arrogante que baila a mi costado, me siento mejor de lo que me he sentido en mucho tiempo. Por eso, nada más terminar, le digo a Sofía *¿con quién has venido?,* y ella *con unas amigas,* y yo *¿podemos salir un ratito?,* y ella *claro,* y la tomo de la mano y salimos a la calle y se despide de mí el moreno embutido en un uniforme guinda, un pobre hombre que tiene que tolerar los maltratos y las humillaciones de los muchachos altaneros que llegan a la discoteca en camionetas doble tracción. Entonces cae la noche fresca y neblinosa sobre nosotros, lo que es un agrado saliendo de aquel antro enrarecido, y caminamos hacia mi auto. Es un placer sentir este silencio. No sé qué decirle a la mujer que me acompaña, no sé cómo decirle que estoy idiotizado por su belleza, por su capacidad de estar callada y decirme con una mirada todo lo que me hace feliz, y por eso no le digo nada, sólo la beso, la aprieto contra mi cuerpo esmirriado y devoro sus labios con un placer que Sebastián nunca podría darme con aquella barba que me raspa y su lengua vulgar, insaciable. Nos besamos de pie, recostados en mi auto, y ella me dice *estás borracho,* y yo le digo *sí, pero es verdad que estaba buscándote, no sabía dónde encontrarte, no puedo creer la suerte que estuvieras acá, fui al Nirvana y estaba cerrado, y vine acá pensando que tal vez te encontraría,* y ella se queda callada, como avergonzada, con una timidez que revela su fineza, y nos besamos nuevamente, y ella me pregunta *¿y Sebastián?,* y yo me quedo en silencio, sorprendido, porque no sé si ella sabe lo que nadie debería saber, que Sebastián es mi amante, el primer hombre que me la ha metido, y yo *no sé, no lo he visto desde la otra noche, creo que se molestó porque nos fuimos juntos a mi depa y lo dejé en el Nirvana,* y ella *Sebastián es un amor, a veces me llama y salimos juntos, somos muy amigos,* y entonces yo me muero de celos, celos de que él quiera acostarse con ella y de que ella todavía sienta algo por él, y no sé por qué le digo *ten cuidado con Sebastián,* y ella sorprendida *¿por qué?,* y yo *no te puedo decir más, sólo te* *aconsejo que tengas cuidado con Sebastián, que no le creas nada,* y ella ríe, me mira intrigada, como si supiera que le escondo algo, pero no me lo pregunta, sólo me dice *tú sabrás, tú sabrás,* y luego acaricia mi pecho, mis brazos y dice *linda camisa,* y yo *¿te gusta?,* y ella *sí, es original,* y yo haciéndome el interesante *me la compré el mes pasado en Fort Lauderdale,* y ella *me encanta,* y yo, por borracho, para impresionarla, desabotono la camisa, me la saco y, el pecho descubierto, el aire de la madrugada acariciando mis tetillas, se la regalo, *toma, es tuya,* y ella ríe, me la devuelve, *póntela, tonto, te vas a resfriar,* y yo *¿vamos a mi depa?,* y ella seria *no, hoy no puedo,* y yo no le pregunto por qué, pero pienso que soy un amante tan desastroso que Sofía no quiere humillarse una vez más conmigo, así que, resignado, descamisado, la beso nuevamente, me resisto a ponerme mi camisa y subo a mi auto, mientras ella me mira divertida y se pone, encima de la camiseta sin mangas que lleva puesta, mi camisa floreada y tropical, todo un gesto de complicidad. Luego se inclina hacia mí y me da un último beso, largo y entregado, y, ante mi insistencia, se resigna a darme su número de teléfono, que, como no tengo lapicero, memorizo en el acto, y ella *¿no lo vas a olvidar?,* y yo *no, tengo buena memoria,* y ella *llámame,* y yo *no regales mi camisa, pobre de ti que se la regales a Sebastián,* y ella ríe y yo me voy, cerradas las ventanas porque se mete un viento traidor que me podría resfriar, pensando que Sofía es un misterio, que muero por verla otra vez y que es un placer manejar borracho a las dos de la mañana en esta ciudad y que sería mucho más rico si estuviera Sebastián a mi lado besándome, arrancándome un suspiro y poniéndomela dura como la tengo ahora que acelero, ignoro la luz roja y pienso que cuando me vaya de Lima voy a extrañar toda esta fealdad tan familiar.

Es sábado en la noche. He llamado a Sofía y le he dicho para vernos, y ella me ha dicho que encantada, que me espera en su casa porque está con Patricia, una amiga, y me ha sugerido que vaya con Sebastián, así él me enseña el camino, porque Sofía vive bien en las afueras de la ciudad, y yo no sé cómo llegar a su casa, pero Sebastián sí conoce la ruta, ambos son amigos íntimos desde que estaban en el colegio, ya entonces salían, eran novios en el último año del colegio, fueron juntos a la fiesta de promoción, o sea que Sebastián sabe llegar a casa de Sofía y supongo que también sabía llegar cuando hacía el amor con ella, pero prefiero no pensar en eso, porque él me excita mucho, pero ella más. Llamo a Sebastián, que siempre está ensayando para algún *casting* o alguna obra de teatro, y él no se hace de rogar, pues ha tenido un altercado con su novia Luz María, seguramente porque ambos querían ponerse la misma blusa de blondas, y me dice que pasará a buscarme en un rato para llevarme a casa de Sofía, la mujer de la que estoy repentinamente enamorado. Nadie sabe en este país que soy bisexual, me ven por la televisión y creen que soy un chico bien, que ahorra en el banco, maneja un auto nuevo, viaja a Miami para comprarse ropa y se va a casar con su novia de toda la vida, a la que nunca ha sodomizado. Nadie, ni mis padres o hermanos o amigos del colegio o la universidad, a los que he dejado de ver, ni los periodistas que me acosan con preguntas impertinentes a la salida del canal, sabe que soy un bisexual más o menos torturado, un gay en las sombras. Sólo Sebastián lo sabe, y eso le da un gran poder sobre mí, eso y el cuerpo soberbio que tiene. Creo que nadie sospecha de mí, todos creen que, a mis veintiséis años, aunque no me he casado todavía, soy un varón heterosexual, un hombre con éxito en el amor, en parte porque se me conoce una novia, Ximena, que sufrió conmigo y huyó a Austin para enamorarse de un chico que también la hizo sufrir porque resultó ser bisexual, y en parte porque mis maneras no son las de una rumbera de cabaret, sino las de un joven bien asentado en su masculinidad y muy a gusto con sus genitales. Incluso mis hermanos, que son tan listos, están engañados y me creen uno de ellos, tan macho como ellos, al punto que el otro día el gordo Julián, que es un encanto y siempre está haciendo negocios provechosos, vino con un amigo a mi departamento y me contó que se habían quemado, es decir, contraído una enfermedad venérea, y luego me preguntó cómo y dónde podían curarse, asumiendo erróneamente que soy un putañero, frecuente visitante de meretricios, con un amplio historial de enfermedades venéreas, consulta que absolví sin demasiada autoridad, enviándolos a la farmacia Roosevelt, en la calle Miguel Dasso, donde hay un chino bizco que pone unas inyecciones de caballo que curan todas las venéreas y dicen que el cáncer también. Por eso amo a Sebastián, porque es un encanto y conoce mi más oscuro secreto y, a pesar de ello, o por eso mismo, me quiere a su manera torturada y culposa, pues, desde luego, él, que es actor y quiere ser perfecto o al menos parecerlo, tampoco le ha contado a nadie, ni a su familia o su novia o sus amigotes de la Universidad del Pacífico, de la que fue expulsado por tontorrón, que le gustan sexualmente los hombres, tanto que no he sido yo el primero, sino más bien el último de una larga lista de conquistas, las que suelen multiplicarse en Nueva York, porque él, prudente, cuando quiere desatarse se escapa a Manhattan con la excusa de ir al teatro, cuando su verdadero interés radica en el desenfreno de la comunidad gay de aquella ciudad, al que se entrega con entusiasmo. Esto me duele pero no se lo digo, que yo sea uno de los tantos hombres con quienes se ha acostado en su agitada vida de actor famoso que va de macho latino pero esconde a un gay en el armario. Ahora debo salir corriendo porque mi amante pujante me espera abajo, en su auto alemán no menos pujante y ya algo venido a menos. No lo saludo con un beso en la mejilla porque está viéndonos el portero, que algo debe de sospechar, simplemente palmoteo sus piernas y me dejo conducir por tan apuesto piloto. Me encanta que Sebastián maneje. Me gusta ver cómo hace los cambios, cómo acelera excesivamente cuando no hay ninguna prisa, cómo quiere sobrepasar a todos los autos con un vigor tan varonil. Allí, al timón de ese auto azul, se ve con claridad su ánimo competitivo, sus ganas de ser siempre el primero, el más exitoso y aventajado de la clase. Le cuento con aire distraído que la otra noche estuve en Amadeus solo y que me encontré con Sofía y bailamos *Ojalá que llueva café en el campo*, y luego nos besamos riquísimo en el parque y le regalé mi camisa floreada de escritor frustrado. Suelta una carcajada y pregunta incrédulo *¿otra vez te acostaste con ella?*, y yo le digo *no, huevón, sólo nos besamos*, y él *¿qué pretendes, Gabriel, a qué estás jugando con Sofía, por qué quieres hacerte el machito con ella?*, y yo *no estoy jugando nada, de verdad me gusta, me gusta muchísimo*. Vuelve a reírse y acelera y dice *no te creo nada, a ti nunca te creo nada, en el fondo quieres una chica para que no sospechen de ti, para hacerte el machito, para tener tu buena pantalla*, y yo *no digas huevadas, Sebastián, de verdad me gusta, la otra noche con ella en mi depa fue increíble, alucinante, nunca había sentido eso por una mujer*, y él *ya, ya, muy macho eres, y si eres tan macho, ¿por qué te encanta que te la meta?*, y yo *porque tú también me gustas, huevón*, y él *¿más que ella?, ¿te gusto más que ella?*, y yo *no sé, son cosas distintas, no se puede comparar*, y él *¿o sea que me vas a decir a mí que no eres gay?*, y yo *no sé, yo pensaba que sí, pero* *tal vez soy bisexual.* Ahora suelta una carcajada y dice *puta, huevón, si tú eres bisexual, yo soy astronauta,* y yo no me río y le digo *¿qué, no puedo ser bisexual?, ¿acaso tú no eres bisexual?,* y él, sorprendido por la pregunta, *sí, se podría decir que yo soy bisexual, pero tirando más fuerte a las mujeres,* y yo no digo nada porque recuerdo cuánto le gusta acostarse conmigo, mejor me quedo callado porque además ya llegamos a casa de Sofía. Sebastián toca la bocina y alguien activa el portón de hierro que se abre enfrente de nosotros. Entonces veo más allá a Sofía, que nos espera, y algo en mi corazón se alborota porque la sola contemplación de esa mujer me produce unas dosis de felicidad que Sebastián no es capaz de generar; él últimamente sólo me provoca dolor, sobre todo en la cama, cuando no usa lubricantes. Sofía está divina, espléndida en unos *jeans,* camisa de leñadora y botas, como si viniera de un paseo campestre, desarreglada y sensual, y nos saluda con una sonrisa en el portón de esa casa rústica, rodeada de amplios jardines que conducen a la casa principal, casi una hacienda de arquitectura colonial. Porque la casa en la que nos recibe es en realidad sólo la de huéspedes, donde suele reunirse con amigas y amigos, según me cuenta Sebastián, que no parece impresionado como yo por la belleza de esa casa, que en cierto modo me recuerda a la casa de campo de mis padres, enclavada en la punta de un cerro árido, a una hora de la ciudad donde yo crecí disimulando mal mi poca hombría y provocando por eso la furia de papá, que él disimulaba peor. Ahora Sofía nos presenta a su amiga Patricia, que es baja, narigona, de ojos saltones e inquisidores y que, a pesar de sus facciones angulosas, tiene un aire a Isabella Rosellini, o será que la casa está iluminada muy suavemente y esas luces pálidas le sientan muy bien. Pero Patricia se las ingenia para parecer interesante y guapa, más interesante que guapa, pero sin ninguna duda interesante y sin ninguna luz guapa. La saludo con un beso comedido, exento de todo apetito o curiosidad lujuriosa, como me enseñó mamá que debo besar a las damas, ya que con los varones tuve que ser un autodidacta. En seguida Patricia me vapulea, a pesar de que acabamos de conocernos, porque, con una dureza que me sorprende, dice *ay, qué voz tan rara tienes, voy a tener que acostumbrarme a tu voz.* Sebastián se ríe burlón, como diciéndome con esa mirada maliciosa, *y después no me digas que eres bisexual, que la voz de loca te delata.* Sofía nos ofrece tragos, aguas, limonadas, cocacolas, porque, un encanto, advierte mi incomodidad ante el comentario de su amiga, que se ha permitido cuestionar mi voz, una voz que, por otra parte, me ha procurado muchas satisfacciones en mi azarosa carrera en la televisión. Repuesto del golpe, digo apenas *¿no te gusta mi voz?,* y Patricia *no es que no me guste, es que me pone nerviosa.* Yo pienso indignado pero disimulándolo: a mí me pone nervioso que me mires con esa cara de loca y fumona, pero no te lo digo, porque he sido educado en colegio británico y en hogar de raíces británicas, no como tú, enana resentida, que seguramente fuiste becada al colegio y creciste amasando pan en una panadería. Entonces Sofía trae los tragos y Sebastián pone la música, pero nada le gusta porque él siempre quiere cantar, y no lo dice, pero yo sé que está pensando que canta mucho mejor que Sting, que Springsteen, que Jagger. Sebastián lo que quiere es cantar más que actuar y por eso ha sido cantante de un grupo musical que tuvo corta vida y lanzó un disco que vendió bastante bien entre sus familiares, y que luego se separó porque muchos de ellos consideraron que el disco era bastante malo y dejaron de interesarse en aquel grupo, Crepúsculos, que Sebastián recuerda con emoción y no mucha más gente recuerda en absoluto. Sebastián espera una revancha y yo espero que ponga algo de música y deje de canturrear las melodías que nos inflige sin piedad. Entonces Sofía me pasa un whisky pero yo declino y le pido agua mineral, y ella me mira sorprendida, y le digo *mejor así, ahora soy un chico sano,* y me siento muy gay por decir eso, me siento más una chica sana, malsana, insana, que un chico sano, pero esto no se lo digo porque Patricia enciende un porro y ahora me lo ofrece con el rostro congestionado por el humo que retiene esta enana fumona que se ha atrevido a decirme que tengo una voz rara, como si ella fuese jurado de un concurso de canto. *No, gracias, paso,* digo, muy serio, y Patricia aspira otra pitada como si fuese el último porrito de su vida, y luego se lo pasa a Sebastián, que fuma con un entusiasmo mayor que el que dedica a canturrear. Sofía, para mi sorpresa, aspira un toque, sólo un toque, sin retener el aire medio minuto como su amiga, no tarda en ponerse un poco volada, y aplaca su sed con un trago y me mira con una ternura que me deja mudo y pasmado, para felicidad de Patricia. Nos sentamos los cuatro sobre unos cojines desparramados en el piso, alrededor de una mesa. Sofía baraja el mazo, reparte las cartas y propone que juguemos ocho locos, pero Sebastián está tan volado que hay que repetirle las reglas del juego, se ve que este chico todo tiene que ensayarlo varias veces para aprender. Yo tengo un ojo en mis naipes y otro en Sofía, que me perturba, porque cuando estoy con ella no me interesa Sebastián, que, de tan volado, no entiende el juego, se confunde, echa cartas de otro palo, se resiste a entender las reglas, es imposible jugar ocho locos con él. Sofía y Patricia se ríen de lo tonto que se pone Sebastián después de fumar. Yo pienso que es sólo un poco menos tarado sin fumar, pero le perdono todas sus taras, porque las compensa con un cuerpo que da envidia. Entonces Sebastián, para mi estupor, se sube a la mesa, pisando las cartas por supuesto, y se pone a cantar una canción que está sonando en el equipo de música, *I will survive,* de Diana Ross, que ahora canta con un ardor sospechoso. Yo me muero de la vergüenza y las chicas de la risa, porque Sebastián, cantando encima de nosotros, moviendo el trasero como una cantinera insaciable, revela, a los ojos de cualquier persona perspicaz, que es una loca brava, una loca perdida, al menos para mí resulta evidente que sólo un gay cantaría *I will survive* de esa manera tan histriónica.

Odio cuando se lanza a cantar de este modo tan descarado y exhibicionista. Entonces Sofía dice *¿por qué no vamos a bailar?*, y Patricia *sí, vamos a bailar, mucho más divertido que estar todos sentados viéndote bailar, Sebastián,* y él no se da por aludido y sigue gimoteando histérico. Antes de salir le pregunto a Sofía dónde está el baño. Ella me acompaña y me detengo a mirar el cuadro de un hombre barbudo, de nariz afilada, y le pregunto quién es, y ella *es mi papá,* y yo *¿está vivo?,* y ella *sí.* Luego veo unos cuadros en la pared y encuentro lindas dos fotos, una en la que aparecen Sofía y su hermana Isabel, niñas las dos, jugando al pie de un columpio, y otra en la que está Sofía, rubia, cachetona, con no más de siete años, abrazada por Francisco, su hermano mayor. *Eras linda de niña,* le digo, y ella no dice nada, sólo sonríe y me mira, y luego añado *pero ahora eres mucho más linda,* y ella ahoga una risa discreta, pudorosa, y tengo ganas de besarla, de sentir sus labios hinchados por la marihuana, de decirles a Sebastián y a Patricia que se vayan a bailar y me dejen solo con Sofía. Pero tenemos que ir a bailar, qué espanto, con lo mucho que odio ir a bailar. Disimulo la agradable turbación que esta mujer me provoca, entro al baño, alivio mis urgencias y al salir me quedo mirando a aquella niña rubia y en apariencia feliz que se ha convertido en esta mujer por la que siento una atracción irresistible, aunque el tontuelo de Sebastián no me crea. Ahora estamos los cuatro en el auto azul de Sebastián y él maneja, y yo voy a su lado implorando en silencio que no se lance a cantar de nuevo. Atrás van las chicas, la fumona de Patricia encendiendo de nuevo la chicharrita de marihuana y dándole un toque más, y Sofía detrás de mí, quizá sintiendo lo mucho que la amo inexplicablemente y lo mucho que lamento que vayamos a bailar, porque no voy a poder hablarle, todas las discotecas de esta ciudad son un carnaval de simios y ninfómanas y yo siento que no pertenezco a ese mundo trastornado. *Yo no voy a bailar, a mí déjenme en mi depa,* anuncio con un coraje que me sorprende, y Sebastián me dice *no seas cabro, ven a bailar,* y yo *no me provoca, gracias, no estoy con ganas de bailar.* Sofía no dice nada y Patricia tampoco, porque seguramente piensa que soy gay, pues de otra manera no se explica que tenga esa voz tan engolada. Entonces Sebastián comenta *bueno, mejor, así me quedo yo solito con las dos.* Las chicas ríen pero no con ganas, sino por compromiso, y yo siento que no puedo seguir saliendo con Sebastián, porque me encanta besarlo pero cuando habla me puedo morir de la vergüenza. Sofía, un amor, me pregunta *¿no tendrás hambre, Gabriel, no te provoca ir a comer algo?,* pero Sebastián, que está volado y maneja muy despacio, como una señora, *¡no, vamos a bailar, no sean aburridos!,* y yo *tranquila, Sofía, vayan al Nirvana, seguro que está buenazo, yo prefiero quedarme en mi depa.* Cuando llegamos al edificio en el que vivo, estoy seguro de que Sofía va a decirles que prefiere quedarse conmigo. Me despido de Sebastián con una palmada en la pierna y le digo a Patricia con mi voz rara *chau, encantado, que te diviertas,* y ella *chaufa, suerte, no te pierdas.* Bajo del auto y espero a que Sofía baje también para quedarnos juntos, pero me llevo una sorpresa, porque ella baja sólo para darme un beso en la mejilla y decirme *duerme rico, llámame mañana para vernos,* y sube luego en el asiento que le he dejado calentito y se van los tres, y yo me quedo solo, despechado, hecho polvo, porque mi chico quiere estar con ellas y la chica que me gusta prefiere bailar antes que hacer el amor conmigo. Sofía no me quiere, pienso en el ascensor. Si me quisiera, se habría quedado. Me tiro en la cama y me toco pensando en que ella y mi chico hacen el amor. No tengo eso que llaman autoestima. No me toco pensando en que me aman, sino en que ellos se aman, traicionándome. Papá y mamá tienen la culpa. Si me hubiesen dado amor en vez de dogmas religiosos, tal vez estaría bailando en el Nirvana con Sofía y no acá, en el baño, llorando frente al espejo.

Odio los casamientos. Me deprime y me angustia tener que vestir traje y corbata y concurrir con impostada elegancia y ademanes de dandi a una de las tantas bodas que se celebran a menudo en esta ciudad. Esta vez, sin embargo, no puedo escapar. Me ha invitado Sofía a la boda de uno de sus amigos, y la fiesta se celebra en casa de sus primos, una mansión al pie de los acantilados, en Barranco, con una vista espléndida al mar oscuro que lame las playas rocosas de Miraflores. Además, me ha dicho que irá Sebastián, íntimo amigo del novio, y no me sorprendería que íntimo amante también. De modo que no hay escapatoria, tendré que ir a la fiesta, ya que no a la iglesia, pues le he dicho a Sofía que sólo estoy dispuesto a acompañarla a la celebración en casa de sus primos pero en ningún caso al templo católico en el cual la confundida pareja declarará su amor ante Dios y, lo que es más importante, pagará los servicios religiosos. Me niego a pisar una iglesia porque son cárceles del espíritu, campos de concentración en los que esos predicadores con aspecto de cuervos roban la libertad y torturan con dogmas y admoniciones trasnochadas, trampas en las que los fieles pierden su identidad, su derecho a pensar y a rebelarse, y se confunden en una masa asustadiza, obediente y sosa. A la iglesia, que vayan Sofía y Sebastián, yo paso, que ya suficientes he visitado con mi madre y ya bastantes curas me han manoseado en los campamentos del Opus Dei, para mala suerte de los curas, que no encontraron mucho entre mis piernas y sin duda hubiesen preferido auscultar a Sebastián. Vestido como el principito que me hacía sentir mi madre cuando era niño, llego a la casa de los primos de Sofía, cuatro muchachos estupendos, guapísimos, encantadores, campeones de polo, acompañados de lindas mujeres siempre, es decir, todo lo contrario de lo que soy yo, que tengo miedo de subirme a un caballo y más de jugar polo. Nada más entrar a esta residencia que se erige solitaria en la esquina del acantilado y debe de costar una fortuna, busco, entre los muchachos en traje y las chicas en vestido, a Sebastián y a Sofía, aunque no necesariamente en ese orden. Tras saludar a uno de los primos de Sofía, que se distinguen con facilidad por sus narices prominentes, la encuentro en un pasillo, con un hermoso vestido negro, acosada por un impaciente jovencito, guapo sin duda, pero tosco de maneras, que intenta besarla, incomodándola, mientras ella, con una sonrisa, se resiste dulcemente. Saludo a Sofía y él me mira rabioso, odiándome por interrumpir sus penosos esfuerzos por seducirla, y ella me sonríe porque le doy la oportunidad de escapar de este patán, que, por supuesto, también es jugador de polo. Sofía me abraza y me dice *llegaste en el momento justo, me has salvado del pesado de Pepe, que no me deja tranquila.* Tal vez porque Pepe nos mira despechado desde el pasillo, Sofía me acaricia, me da un beso en la boca, corto pero rotundo, para que ese papanatas entienda que yo, a pesar de no jugar polo, tengo más suerte con ella. Salimos a la terraza, pasa un mozo impecablemente uniformado, tomamos dos copas de *champagne* y al momento de brindar y rozarlas suavemente, yo, no sé por qué, pues aún no estoy borracho, será que estos casamientos me ponen muy nervioso, dejo caer la copa, que se parte y se hace añicos, provocando las miradas reprobatorias y burlonas de quienes nos rodean, que, ya puedo oírlos susurrar a mis espaldas, dicen *no sé qué hace este atorrante acá, parece que ha llegado zampado porque ya está rompiendo las copas.* Sofía ríe divertidísima con mi torpeza, y uno de sus primos palmotea mi espalda sin darle importancia al percance, y ya un mozo limpia el piso y recoge las astillas de la copa deshecha. Yo sólo quiero irme de allí con Sofía o al menos encontrar a Sebastián, pero no lo veo, y le pregunto a ella *¿dónde anda Sebastián, lo has visto?*, y Sofía *está allá, bailando, cerca de los novios.* A pesar de mi miopía, alcanzo a distinguir a mi amigo y amante, bailando con su novia oficial, la señorita Luz María, tan pequeña y pizpireta, y cuyo oficio conocido es el de fotografiar niños y familias, generalmente en blanco y negro y sin que aparezca nunca un negro. Me asalta un ramalazo de celos al ver a Sebastián bailando con su novia, pero ese malestar es superado cuando Sofía me pasa otra copa de *champagne* y me dice para ir a bailar. Yo le digo *no, ni hablar, yo no bailo,* y ella *no seas tonto, vamos, nadie te va a mirar, no estamos en la tele,* y yo *no me gusta bailar, siento que lo hago mal, me pongo tenso,* y ella *yo te enseño, déjame enseñarte y vas a ver cómo bailas regio,* y yo *no, gracias, yo sólo bailo cuando estoy borracho,* y ella *entonces emborráchate, porque hoy vas a bailar conmigo.* Bebo de golpe la copa de *champagne,* y el mozo, tan solícito, me alcanza otra sin demora, y voy a bailar con Sofía tomados de la mano y la copa en la otra mano, sintiendo las miradas recelosas, hostiles, de los muchachos presentes, que por suerte no saben que soy amante de Sebastián pero que me ven con cierta resistencia porque salgo en la televisión, soy famosillo, coqueteo travestis, defiendo a los gays (en un acto que yo llamaría de legítima defensa o defensa propia) y gano más plata que todos ellos, que seguro han comprado sus ternos a plazos. *Estás deliciosa,* susurro en el oído de Sofía, que en verdad luce espléndida, y ella me dice *gracias, tú también estás muy churro,* y me encanta que me diga *churro,* porque es una palabra muy peruana y dulzona que me hace recordar a los churros grasosos y espléndidos, bañados en polvillo azucarado y rellenos de manjarblanco, que comía en mi adolescencia en un café de la avenida Larco en Miraflores, cuando me escapaba del colegio, es decir, tres veces por semana. No sé si estoy churro, pero sí borracho, porque, bailando con Sofía muy cerca de los novios, que no sé quiénes son y tampoco me interesa, dejo caer otra copa, la segunda, en un acto de imbecilidad que ya no tiene disculpas. La copa se rompe en mil pedazos filudos de cristal que quedan dispersos por la pista de baile, y todo el mundo me mira con mala cara, como diciéndome *no puede ser que seas tan pelotudo, has llegado hace diez minutos y ya rompiste dos copas.* Yo me quiero morir de la vergüenza, arrojarme por el acantilado arenoso y acabar con este sainete que es mi vida. Sofía se ríe a carcajadas y me dice *¿qué te pasa?, ¿por qué botas las copas?, ¿lo estás haciendo a propósito?*, y yo recuerdo apesadumbrado que cuando era un niño siempre se me caían los vasos, los platos, las tazas, todo se me caía, no agarraba nada de un modo seguro, y por eso papá se enojaba conmigo y me gritaba *¡manos de mantequilla, manos de mantequilla!*, y ahora creo oír a los chicos polistas de la fiesta, congregados alrededor de mí, gritándome ¡manos de mantequilla, manos de mantequilla!, pero es sólo mi imaginación paranoica. Sofía se apiada de mí, me toma del brazo y me saca de la pista de baile, mientras yo le digo *no sé qué me pasa, no sé por qué se me caen las copas,* y ella *no te preocupes, dicen que trae buena suerte,* y yo *no creo, es simplemente que estoy nervioso, estas fiestas no son para mí, vámonos mejor,* y ella *no seas aguado, recién has llegado, ¿y ya te quieres ir?* Entonces pasamos al lado de Sebastián y su novia Luz María, y yo hago el ademán de saludarlos pero él finge que no me ha visto, me da la espalda y sigue bailando con ella, que me hace adiós pero de lejos y sin mucho entusiasmo. Odio a Sebastián por ignorarme y ser tan hipócrita, por tener miedo de saludarme delante de sus amigos, como si todos supieran que nos acostamos, cuando en realidad no lo sabe nadie, pero él es tan tonto que se asusta y me da la espalda, avergonzándose de mí. *No sé qué le pasa al tarado de Sebastián, que no me ha saludado,* le digo a Sofía, y ella no me hace mucho caso y dice *no te ha visto, y está* *medio zampado y, además, estás conmigo, o sea, que olvídate de él.* De pronto me doy cuenta de que ella tiene razón, no debo preocuparme por Sebastián, él no me quiere de verdad, sólo para meterse a escondidas en mi cama, y debo disfrutar de tan inmejorable compañía, la de esta mujer que me sonríe, me cuida y me consigue otra copa de *champagne* tal vez porque está pensando, como yo, que está bueno emborracharnos un poquito antes de escapar a hacer el amor. No me hago el difícil, bebo más *champagne,* no le cuento de mi pasado cocainómano porque no quiero asustarla, sé que con ella estoy en buenas manos y puedo tomar un poco más, no mucho tampoco, porque me emborracho fácilmente. Le pregunto dónde está el baño y ella me dice *ven, yo te llevo,* y me toma de la mano y me lleva por un pasillo alfombrado. Entramos al dormitorio de uno de sus primos, ella cierra la puerta, me señala el baño, se sienta en la cama y enciende el televisor. En el umbral de la puerta del baño la miro y le digo *ven,* y ella sonríe con malicia y se acerca sin rodeos. Luego entramos al baño, cierro la puerta y empezamos a besarnos, y me descontrolo y quiero amarla allí mismo, en el baño de su primo, y ella no me detiene, me deja avanzar. De pronto golpeo con un brazo la copa de *champagne* que dejé en el tablero del lavatorio y la copa cae al piso de mármol negro, fundiéndose en seguida el ruido de esa copa despedazándose y el de Sofía partiéndose de la risa porque, no puede ser, tengo que estar bajo un maleficio, he roto ya tres copas de *champagne* esta noche. Ahora estamos Sofía y yo, de rodillas, medio borrachos, yo del todo en realidad, recogiendo los cristales rotos del piso, cuando deberíamos estar haciendo cosas más divertidas, pero yo soy así, un chico tonto y resbaloso que deja caer las copas en las circunstancias más infortunadas. Entonces le digo *vámonos de acá, no es mi noche, si nos quedamos voy a terminar rompiendo todas las copas y las ventanas,* y ella ríe y tiramos los cristales al basurero y salimos tomados de la mano, como si fuéramos una pareja, sin importarnos que sus primos o sus amigos nos vean así. Subimos a mi auto, cuatro puertas, automático, y le digo *¿vamos a mi depa?*, pero ella me sorprende y dice *no, vamos allá arriba,* señalando el morro solar, donde se levantan las antenas de televisión y la cruz iluminada que erigieron cuando vino el papa, y yo *¿estás segura, no es muy peligroso?*, y ella *no pasa nada, vamos, la vista es alucinante, te va a encantar.* Sólo porque estoy borracho, no mido el peligro que entraña manejar hasta la cumbre de aquel cerro en medio de la oscuridad. Conduzco lentamente mi auto, serpenteando por unas curvas polvorientas e inhóspitas hasta llegar no mucho después a la cumbre, desde la cual Lima es una suma de luces pequeñitas, una hendidura rocosa que corta bruscamente la ciudad y un pedazo de mar oscuro que se pierde en el horizonte. Ahora Sofía y yo bajamos las ventanas del auto y sentimos la fuerza inquietante del viento, y hay algo turbio en el ambiente, una sensación de peligro que hace más propicio el acto del amor, al que nos entregamos sin reservas, a sabiendas de que pueden asaltarnos en cualquier momento en este cerro abandonado al que hemos subido de madrugada para amarnos con violencia en el asiento trasero de mi auto. Cuando terminamos, bajamos del coche y contemplamos en silencio el siniestro perfil de la noche. La abrazo y me siento bien de ser un hombre y estar aquí arriba con esta mujer. No extraño a Sebastián. Sofía ha hecho renacer en mí al hombre que tenía dormido, me ha hecho gozar esta noche peligrosa como nunca antes había gozado con nadie. Yo sé que nunca seré un hombre del todo, pero tal vez podría ser lo suficientemente hombre para amar a esta mujer y hacerla feliz. No se lo digo, sólo lo pienso, luego la abrazo, la beso y le digo *vámonos de acá, que ahorita viene una pandilla y nos violan,* y ella me dice *bueno, entonces quedémonos un ratito más,* y nos reímos los dos, y yo *¿tan malo soy como amante?,* y ella se ríe, me besa y me abraza. Pienso entonces que Sofía me llena de vida, me hace olvidar la existencia gris y mediocre a la que me he condenado en esta ciudad de la que quiero irme, me hace recordar que quiero ser un escritor y no un periodista de televisión que entrevista gente famosa como si le importase, cuando en realidad sólo le importa cobrar su sueldo y salir en los periódicos. Mientras bajamos lentamente del morro, pienso que esta mujer es lo mejor que me ha pasado en mucho tiempo y que no voy a dejarla caer de mi vida como si fuera una copa de *champagne*.

Agonizo. La resaca me tiene destruido, hecho polvo, arrastrándome. Me siento un imbécil: aunque sé que el trago me deja enfermo, no me ha importado emborracharme. Estoy en pijama, o lo que yo llamo pijama, una camiseta rosada que compré en Gap hace años, unos *boxers* celestes de igual procedencia y antigüedad y unas medias gruesas, porque yo no puedo andar descalzo, me resfrío en seguida y me da asco andar pisando el polvo en esta ciudad tan polvorienta. Mientras pierdo el tiempo saltando de un canal de televisión a otro, intoxicándome con los programas del domingo, me pregunto, entristecido por mi ruinosa condición, cuándo tendré el valor de sentarme a escribir. No lo sé, pero me estoy suicidando a plazos por entregarme a la vida fatua y licenciosa de una estrellita local de la televisión. Suena el timbre. Veo desde la ventana a Sofía en su Volvo guinda. Me sorprende porque no le había pedido que viniera y tampoco me anunció su visita, aunque, como he desconectado el teléfono, víctima de un dolor de cabeza, quizá me ha estado llamando en vano y por eso aparece así, repentinamente, en la puerta del edificio. Corro a abrirle y me pregunto, mirándome al espejo, si estaré presentable para recibirla así, tan maltrecho y harapiento, con esta cara de atropellado y este aliento aguardientoso, pero decido, en un raro ejercicio de honestidad, esperarla tal cual, en tan calamitoso estado. Sofía llega preciosa, con un vestido rojo, unos zapatos lindos y un aire fresco que no sé de dónde ha sacado para este domingo después de la francachela que hemos perpetrado la noche anterior. Esta mujer no pierde la alegría y menos la belleza, y por lo visto tampoco conoce los efectos devastadores de la resaca, que conmigo se ensaña de una manera innoble. Sofía, un ángel, llega premunida de pastillas para el dolor de cabeza de distintas marcas y en frascos coloridos, tylenols, advils, mejorales, alkaseltzers, vitaperinas, un montón de cápsulas, brebajes y pócimas burbujeantes para aliviar este malestar que me está matando y que ella ha adivinado tan bien. Me abraza con una ternura infinita y se ríe recordando los episodios desmesurados de la noche anterior, las copas que caían y el combate amoroso en la oscuridad del cerro. Luego me echa en la cama, me acaricia la cabeza, me da pastillas con un tecito de mandarina y ya estoy mejor, sus caricias son el mejor remedio para la resaca. Sofía me regaña porque no tengo nada en la refrigeradora, sólo un yogur con la fecha vencida y unos plátanos negros de la semana pasada. *Cómo puedes vivir así, sin nada en la refri,* me dice, asombrada de mi desidia, y yo le digo *es que no hay nada que odie más en el mundo que ir de compras al súper,* y ella se ofrece a comprarme frutas, yogures, bebidas, cosas ricas para mitigar el trance áspero de la resaca, pero yo le ruego que no, que se quede, que no tengo hambre, sólo sed, y me basta con las botellas de agua mineral que tengo allí, al pie de la cama, unas llenas y otras vacías, que me recuerdan a un periodista veterano, amigo mío, que conocí en el diario *La Prensa* y que murió alcoholizado en el cuarto de una pensión, rodeado de decenas de botellas de trago barato, ron principalmente, que había consumido en un viaje suicida, su última borrachera kamikaze. Sofía se echa en mi cama y me siento afortunado de tener conmigo a esta mujer tan linda y bondadosa, y le quito la ropa y la beso entera y, a pesar de mis dudas y torpezas, le hago el amor con la poca hombría de la que soy capaz. Cuando terminamos fundidos en un abrazo, deja caer un par de lágrimas y yo le pregunto *¿por qué lloras?* y ella me dice *porque esto me parece un sueño,* y yo me quedo sorprendido, pensé que lloraba porque soy un amante miserable, pero no, al parecer he sabido complacerla como merece. Luego voy al baño, me meto a la ducha y, maldición, qué mala suerte, justo cuando me estoy duchando suena otra vez el timbre. *Sofía, porfa, contesta,* grito desde la ducha, y ella *ok, ningún problema,* y unos segundos después anuncia *es Sebastián, ¿qué le digo?, ¿que pase?,* y yo, casi sin pensarlo, *no, dile que no lo puedo ver ahora, que estoy contigo, que no joda,* y Sofía *¿seguro?, ¿no quieres que lo reciba y le converse un ratito mientras te vistes?,* y yo *no, ni hablar, dile que venga en otro momento, que se eche agua.* Ella se ríe, creo que halagada de que sólo quiera estar con ella, y yo sigo duchándome y pienso que a Sebastián le va a molestar que le haga este pequeño desaire, pero lo lamento, uno no puede multiplicarse. Ya vestida, Sofía me sonríe sentada en la cama cuando salgo del baño con la toalla amarrada y pregunta *¿vamos a comer algo? Claro, vamos, me muero de hambre,* le digo, y en seguida *no me mires mientras me visto,* y ella se ríe y dice *me hace gracia que seas tan pudoroso, que te andes tapando siempre,* y yo no digo nada y pienso sí, claro, no soy como Sebastián, tú ex amante, mi amante todavía, cosa que tú aún no sabes, porque él es lo más impúdico que hay, y anda siempre desnudo, sobándose la entrepierna. *Hay algo que tengo que decirte,* le digo a Sofía, que está distraída viendo la televisión, apenas termino de vestirme, y ella me pregunta con aire cándido *¿es bueno o es malo?,* y yo *creo que es más malo que bueno,* y ella *entonces dímelo cuando estemos comiendo, no ahorita, que me muero de hambre.* Salimos de prisa, subimos a mi auto y Sofía saca de su cartera un disco y lo hace sonar en seguida, y es un italiano que ignoro, *Zucchero,* me dice ella, con una sonrisa, *te apuesto que te va a gustar,* y yo manejo a toda prisa por las curvas del malecón escuchando *Overdose d'amore,* y ella se reclina y se acuesta sobre mis piernas, y yo acaricio su cabeza suavemente mientras manejo, y amo este instante, sentirla mía, sentirme hombre. Poco después llegamos a un pequeño café al final de la avenida Larco, cerca del mar, y elegimos la mesa más discreta para esconder los estragos de la noche alcohólica. Tras pedir la comida, insisto, para sacarme este malestar de encima que no me deja respirar, *hay algo que tengo que decirte, Sofía,* y ella *dime, dime,* mientras come unas tostadas crocantes con tomate, y yo: *no sé cómo decirte esto, pero siento que debo decírtelo, porque estamos acostándonos juntos, y no me parece justo que no lo sepas, porque si te quiero como te quiero es importante que te diga quién soy y no te esconda nada, al menos es así como yo entiendo el amor, no sé tú, pero yo siento que si te miento no te estoy queriendo bien, como tú mereces que te quiera, y quiero que sepas que de vez en cuando me acuesto con Sebastián.* He dicho por fin lo que tenía que decir y ahora no me importa si Sofía me abofetea, me abandona, se echa a llorar o me besa, ahora depende de ella si me sigue queriendo o me repudia por no ser tan perfecto como mamá quiso que fuese. *¿Eso es lo que tenías que decirme?,* me pregunta sonriendo, tomándome de la mano, y yo, sorprendido, *sí, eso es todo, ¿no te molesta?,* y ella *no, para nada,* y yo la amo más de lo que nunca amé a nadie, más que a ninguna mujer en todo caso, porque la pobre Ximena, que huyó de mí, se traumó cuando le confesé que me tocaba pensando en varones atléticos. Después de respirar hondo y sentir que las penurias de la resaca me abandonan súbitamente, le pregunto *¿pero no te sorprende al menos?,* y ella *no, yo ya sabía eso,* y yo me quedo estupefacto, pasmado, *¿cómo lo sabías, si yo no se lo he contado a nadie?,* y ella *porque Sebastián nos lo contó a Patricia y a mí la otra noche.* No puedo creer que Sebastián hiciera eso, no porque sea una deslealtad, sino porque pensé que ocultaba nuestra relación mucho más de lo que yo mismo la encubro. Me siento reconfortado al ver la mirada serena de Sofía, que sigue queriéndome a pesar de que ya sabe que no soy tan hombre como otros piensan. Entonces le digo *te adoro, eres genial, ¿y si yo no te decía nada, no me ibas a decir tú que ya sabías lo de Sebastián?,* y ella *no, por ahora* *no, en algún momento vas a tener que elegir, si quieres estar conmigo, entre él y yo, pero recién nos estamos conociendo y está bien así, tú eres así y yo te quiero como eres y no te juzgo, es tu vida, por algo necesitas estar con él,* y yo *¿pero no te parece mal, no te parece inmoral o sucio que yo quiera tener sexo con un hombre?,* y ella *no, ¿por qué?,* y yo *no te preocupes, que Sebastián es el único hombre con el que me he acostado,* y ella *está bien, no hay problema, yo también me he acostado con él,* y yo *¿qué?,* me hago el sorprendido, pero en realidad ya lo sé, porque Sebastián me ha contado que fueron amantes desde muy jóvenes, cuando tenían dieciocho años y estaban en el último año del colegio, y ella *sí, Sebastián fue mi primer enamorado, fuimos juntos a mi fiesta de prom, y yo perdí mi virginidad con él,* y yo, después de un silencio, porque se acerca el mozo y no quiero espantarlo, así que espero a que se retire, *¿y fue bueno hacerlo con él esa primera vez?,* una pregunta que tal vez podría haberme ahorrado, y ella *más o menos nomás, no gran cosa,* y yo me río y ella también, y por suerte no me pregunta cómo fue mi primera vez con él, porque tendría que decirle la verdad, que me dolió y me hizo llorar, pero también me gustó, y yo *¿y cuánto duró tu relación con Sebastián?,* y ella *como un año, luego él me sacó la vuelta con otra chica y me dejó muy triste,* y yo *¿y desde entonces no se han vuelto a acostar?,* y ella *bueno, cuando yo volví de Filadelfia hace un año, al terminar la universidad, empezamos a salir de nuevo y bueno, tú sabes,* y se ruboriza un poco, y yo *¿volvieron a acostarse?,* y ella *sí,* y yo *¿y estuvo bueno?,* y ella *sí, digamos que sí,* y yo *¿mejor que cuando fueron enamorados en el cole?,* y ella *sí, claro, mucho mejor,* y yo *¿y cuándo fue la última vez?,* y ella *no sé, no me acuerdo,* y yo *¿pero hace poco?,* y ella *hace unos meses, supongo,* y yo no le pregunto más porque me queda claro que el bucanero de Sebastián se acostó con ella ya estando de novio conmigo y que no me lo dijo cuando debería habérmelo contado, porque yo no conocía a Sofía ni podía enfadarme; si ya sabía que él se acostaba con su novia, Luz María, me hubiese dado igual que lo hiciera con otra chica. Me quedo pensando en que no deja de ser curioso que a Sofía y a mí nos haya gustado tanto el mismo hombre y que ambos hayamos perdido la virginidad con él y que incluso ella se haya acostado con Sebastián mientras él ya era mi amante, todo lo cual multiplica mi cariño por ella. Por eso le digo *por lo visto, tenemos los mismos gustos, nos gusta el mismo tipo de hombre,* y ella ríe y dice *no, a mí Sebastián ya no me gusta,* y no dice nada más, y yo espero a que me diga *ahora me gustas tú,* y pregunto, haciéndome el tonto, *¿y ahora hay alguien que te guste?,* y ella *ahora me gustas tú,* y yo beso su mano y ella me pregunta *¿y yo te gusto más que Sebastián?* Enmudezco y trato de fingir que la pregunta no me ha afectado, pero lo cierto es que no tengo una respuesta clara, y entonces digo *son cosas distintas, pero sí, por supuesto, tú me gustas más que él,* y ella *¿pero estás enamorado de él?,* y yo *no, no creo, me gusta, nos acostamos, pero no estoy enamorado de él, nunca he estado enamorado de un hombre y no sé si podría estarlo.* Nada más decir eso, pienso: probablemente sí estoy enamorado de Sebastián, sólo que no me atrevo a decirlo, y también podría enamorarme de otro hombre, sólo que no me atrevo a vivirlo, y me resulta más conveniente mentir y decir que es sólo sexo y nada más lo que me une con Sebastián. *No te preocupes, que lo mío con Sebastián no tiene ningún futuro,* le digo a Sofía, y ella *está todo bien, no tienes que darme explicaciones,* y yo *no, en serio, él tiene una novia, Luz María, y yo estaba buscando a alguien como tú, así que no hay más que decir, lo mío con Sebastián se está terminando y cuando lo vea se lo voy a decir,* y ella *haz lo que creas que es mejor para ti, no quiero presionarte a nada, yo te quiero igual.* Estoy en un dilema atroz porque no voy a encontrar a una mujer tan adorable como ella, y por eso no la quiero perder, pero tampoco a un chico tan lindo como Sebastián, y no puedo darme el lujo de dejarlo tan alegremente. En el auto, de regreso al departamento, ella recuesta su cabeza sobre mis piernas y yo le digo *te quiero,* y ella sonríe en silencio y se deja querer y luego se va a su casa porque es tarde y mañana tiene que levantarse temprano. Yo, inquieto todavía, sorprendido de que Sebastián no me dijera nada cuando se acostaba con Sofía —¿con cuántas otras se habrá acostado?, ¿con cuántas otras tengo que compartirlo?—, oigo de pronto el bocinazo del auto de Sebastián y a continuación el timbre repetido, uno, dos y tres veces, lo que sólo puede ser el anuncio de que está impaciente porque quiere acostarse conmigo o reñirme de mala manera. Le abro la puerta y entra como un ciclón, la cara descompuesta, enrabietada la mirada, adusto el rostro de actor que usualmente sabe fingir su enojo pero que ahora por lo visto no puede. Aunque me intimida verlo tan molesto, porque sé que puede darme un manazo, tengo tiempo para echar una mirada a sus brazos descubiertos y digo muy solícito *hola, mi amor, ¿qué te pasa, estás molesto?,* y él, controlándose, *sí, estoy molesto,* y yo, muy cariñoso, acercándome, tratando de darle un beso que rechaza bruscamente, *¿por qué?, ¿qué te ha pasado?, ¿se te ha bajado la llanta?,* y él *no te hagas el gracioso, huevón.* Me gusta verlo furioso y que me diga huevón como un energúmeno de la barra brava del estadio. Entonces le digo *¿qué te pasa?, cuéntame,* y él, que no es demasiado refinado con las palabras, *me jode tu actitud,* y yo *¿qué actitud?,* y él, levantando la voz, *me jode que no me abras la puerta cuando vengo a visitarte,* y yo, interrumpiéndolo, *es que estaba con Sofía, estaba en la ducha, no podía,* y él sin escucharme, gritando, *me jode que prefieras estar con ella que conmigo, me jodió que ayer en la fiesta te fueras temprano con ella sin decirme nada,* y yo, interrumpiéndolo de nuevo, *pero estabas con Luz María y ni quisiste saludarme, Sebastián,* y él sin detenerse *me jode que ahora estés acostándote con Sofía, que es mi amiga, y prefieras eso que estar conmigo, huevón de mierda,* y yo, irónico, *¿es tu amiga o algo más que tu amiga?,* y él *¿a qué te refieres?,* y yo *¿te jode que me acueste con ella porque tú también te acuestas con ella?,* y él indignado, rabioso, no sé por qué tanto, *sí, exacto, me jode porque yo te la presenté, y tú te haces el machito que no eres y te agarras a mi chica,* A MI CHICA, *y encima me tiras arroz, me choteas, como si yo fuera un* *huevoncito que te puedes dar el lujo de decirme no, estoy ocupado, ven otro día, ven más tarde, ¿quién chucha te crees que eres, Gabriel?, ¿el rey del mundo?,* grita desaforado. Yo, tratando de mantener la calma, digo *no, no me creo el rey del mundo, porque para mí el rey del mundo eres tú,* y él se enfada más aún y me dice *vete a la mierda, si quieres seguir tirando conmigo, olvídate de Sofía, ella es mi amiga y mi hembrita y no quiero que te metas con ella, ¿ok?,* y yo *no te vayas así molesto, Sebastián, quédate un ratito, déjame servirte una cocacolita, un tecito,* y es que cuando quiero engreírlo le hablo así, en diminutivos, pero él *no me jodas, ya te dije lo que tenía que decirte y ahora me voy,* y yo *porfa, no te vayas,* y me acerco para abrazarlo pero él me rechaza y dice *elige, huevón, o Sofía o yo, pero no esta mazamorra que me llega al pincho.* Luego da un portazo sin decir chau y se larga sin darme un beso, como se iba papá de casa todas las mañanas, con un humor de perros, con cara de perro y tratando de no pisar las cacas de los perros que se interponían en su camino al automóvil.

Mis tardes han cambiado. Antes las pasaba en la cama, leyendo y esperando a que Sebastián viniese a amarme, lo que ocurría tres veces por semana en el mejor de los casos, no más, porque el pobre andaba siempre corriendo y a duras penas tenía tiempo para mí. Ahora ha dejado de venir porque le molesta que me acueste con Sofía. Es una pena. Sofía viene todas las tardes, sin falta, y yo la espero con tanta ilusión o más de la que esperaba a Sebastián. No hago nada, o casi nada, desde que despierto, pasado el mediodía, hasta que ella aparece, entre las cuatro y las cinco de la tarde, manejando su auto guinda con asientos de cuero y trayéndome algo rico para comer, porque esta mujer me engríe como nunca nadie me mimó, incluyendo a mi madre, que, a pesar de que en el colegio me obligaban a escribir *mi mamá me mima,* no me mimó nunca y ahora menos, pues detesta que salga en la televisión haciendo travesuras libertinas y sospecha, sin que yo le haya dicho nada, que tengo una pasión secreta por los hombres, inquietud que habré heredado de su hermano, ya que en la familia de mamá hay un tío gay y en la de papá se sospecha que otro, sólo que lo ha ocultado la vida entera sin que por eso la gente deje de murmurar a sus espaldas. No hago nada desde que me levanto hasta que Sofía llena de vida este oscuro escondrijo, sólo comer yogures que ella me deja en la nevera, leer los periódicos que me trae un chico en bicicleta y luego tirarme en la cama a leer, salir a caminar por el barrio, comprar unas frutas, hacer tiempo —es decir, malgastarlo— hasta que Sofía venga a sacudirme de esta modorra que se apodera de mí y que tal vez viene con la niebla. No extraño a Sebastián, no todavía, porque Sofía sabe tenerme contento. Hacemos el amor todas las tardes y es estupendo. Ella me ama de un modo sutil que en nada puede compararse al acto brutal que compartía con Sebastián en esta misma cama, cuando venía a redimirse de la vida de mentiras a la que se ha entregado sólo para triunfar como actor y para que la prensa no ponga en entredicho su virilidad. Es como una rutina, una coreografía: Sofía llega apurada y yo la espero sucio, desgreñado, sin bañarme, vestido con unas ropas viejas que encuentra divertidas, y ella, optimista y risueña como yo nunca puedo estar, me regala un chocolate o unas galletas o un sánguche, porque sabe que en esta madriguera nunca hay nada rico, y luego vamos a mi cuarto y hacemos el amor sin prisas, con el júbilo de dos amantes que descubren maravillados una suma de pequeñas complicidades íntimas. Después, y esto es tan rico como amarnos, dormimos una larga siesta desnudos, más desnuda ella que yo en realidad, porque yo siempre me resfrío y por eso me pongo una camiseta y unas medias, aunque ella insiste en sacarme los calcetines al hacer el amor, lo que a mí me debilita, me llena de dudas, conspira de un modo sibilino contra el dudoso poder de mi virilidad. Ya de noche, Sofía y yo nos vestimos y ella se marcha a su casa, es decir, a la casa de su madre, allá lejos por los extrarradios de la ciudad, y yo me voy a correr por el malecón con una lentitud pasmosa, tan lento, desganado y apático, como si fuese un enfermo, que hasta los señores gordos que salen a trotar me sobrepasan, ni qué decir de los atletas que se entrenan para la maratón de Nueva York, que me desbordan a unas velocidades que encuentro inhumanas. Después de correr, me doy una ducha, me pongo encima un terno estragado y una corbata chillona y voy a la televisión a hacer mis piruetas disparatadas y entretener al público. Así son mis días, lentos, previsibles, tristes porque no escribo. Cada día que pasa es una derrota secreta para mí, que sigo soñando con escapar de esta miseria y redimirme en los libros. Pero hoy no es una tarde cualquiera, es mi cumpleaños. No pienso ir a casa de mis padres, que son tan pesados y quieren reformarme, curarme, llevarme por el camino del bien. Tampoco creo que aparezca Sebastián, a quien no le he contado de mi cumpleaños y seguro que lo ha olvidado. Sólo Sofía se acuerda de que hoy cumplo veintisiete años, veintisiete años malvividos en esta ciudad en la que nací, veintisiete años a los que he sobrevivido tras dos tentativas de suicidio y toda la cocaína que me metí. Sofía llega con globos, muchos globos, un montón de globos inflados de todos los colores, y llena el departamento de globos que se elevan y tocan el techo, y yo río y la abrazo y la beso, y ella me dice *feliz día, uno de estos globos tiene tu regalo.* Yo me quedo perplejo con la alegría y la vitalidad de esta chica, ¿cómo pudo haber inflado y traído tantos globos?, ¿cómo pudo pensar que mi regalo debía colgar de un globo?, ¿cómo encontró un regalo tan liviano para meterlo en un sobre y amarrarlo a ese globo amarillo?, ¿cómo pudo abrir ahora las puertas que dan al balcón, maldita sea, que se están saliendo todos los globos?, *¿cómo se te ocurre abrir las puertas, Sofía?,* grito, porque los globos han salido volando llevados por el viento y el amarillo con mi regalo también. Vuelan los globos y vuela mi regalo, y Sofía ríe a carcajadas y yo también, y es una escena memorable contemplar desde el balcón aquel puñado de globos multicolores preñando de alegría el cielo grisáceo de esta ciudad, caracoleando en diversas direcciones, provocando en los peatones, los niños mendigos y los perros chuscos un instante de asombro y felicidad, pues todos miran hacia arriba, a esos globos que avanzan díscolos, caprichosos, según los lleva el viento que viene del mar. Entonces Sofía sale corriendo, *vamos, corre, tenemos que seguir al globo de tu regalo,* y, nada más bajar del ascensor, yo corro detrás de ella, pero ella es más rápida que yo y no pierde de vista el globo amarillo con mi regalo colgando, y yo me pregunto si habrá fumado marihuana o qué, porque sigue riéndose de un modo eufórico y yo me contagio y río también, y la gente nos ve pasar y nos mira con caras de desconcierto, pensando tal vez que somos un par de locos corriendo a toda prisa tras un globo amarillo. Lima en ese momento es una ciudad perfecta, alucinantemente feliz. Mientras corro y veo el globo amarillo y la promesa de mi regalo que se esfuma o tal vez no y el cuerpo liviano de esta mujer que corre delante de mí, me digo en silencio que no recuerdo un instante en el que me haya sentido más feliz en esta ciudad, no recuerdo un mejor cumpleaños que el de hoy, corriendo con una chica linda detrás de un globo, oyendo el eco de sus risas impúdicas y olvidando por un momento los pesares que me agobian, como que mis padres no me han saludado porque se avergüenzan de mí y Sebastián tampoco y que a la noche tengo que ir al programa de televisión y el público, qué espanto, ¡me va a cantar *happy birthday*! *¡Se ha enganchado en un cable, se ha enganchado en un cable!,* grita Sofía, con un júbilo que no declina, y yo llego a su lado, jadeando, después de correr varias cuadras, y veo que el globo amarillo con mi pequeño regalo hamacándose por el viento se ha atracado en un cable de electricidad, y pregunto *¿y ahora qué hacemos?,* y Sofía *lo que sea, pero tienes que abrir tu regalo, no lo podemos perder,* y yo *pero no podemos llegar allá arriba, es imposible,* y ella *nada es imposible, búscate una piedra,* y yo *¿para qué?,* y ella me contesta tirando una piedra al globo, pero no le da, *para reventar el globo, a ver si se cae,* responde. Ahora Sofía y yo estamos tirando piedritas al globo amarillo y no le acertamos una sola y un par de niños de la calle, que han corrido detrás de nosotros porque me reconocieron y seguramente quieren una propina, tiran piedras también, sin saber bien por qué, pero por el mero placer de apuntarle a un globo y tirarle una piedra. Así estamos unos minutos, tirando piedras fallidas, hasta que de pronto alguien se asoma de un edificio vecino, en cuyo jardín al parecer están cayendo todas las piedras que no consiguen desinflar al globo, y grita *¡DEJEN DE TIRAR PIEDRAS, CARAJO, FUMONES DE MIERDA, QUE AHORITA LLAMO AL SERENAZGO!* Yo me río y pienso que mejor nos vamos rápido porque no quiero escándalos, no quiero que los periódicos digan mañana que andaba drogado tirando piedras a los edificios del malecón, y Sofía grita *no se moleste, señora, es que hoy es el santo de mi amigo y su regalo está colgado de ese cable,* y la mujer desde su ventana hace un gesto obsceno y se dispone seguramente a llamar a la policía, y yo *Sofía mejor olvídate, dejémoslo, es imposible recuperar mi regalo,* y ella *ni hablar, yo no me muevo de acá hasta que caiga tu regalo,* y yo me resigno a acompañarla y los chiquillos preguntan qué hay en el regalo y yo les digo que no lo sé, que es una sorpresa. Poco después llega una camioneta blanca del serenazgo de Miraflores y los policías particulares me reconocen. Los abrazo con cariño y firmo autógrafos para sus esposas y amantes y les explico la situación y ellos ríen, *ese Gabrielito, terrible eres, carajo, siempre haciendo cosas raras, a quién chucha se le ocurre colgar un regalo en un globo en un cable de alta tensión, puede morir gente electrocutada, hermanito, no es broma, cuánta gente asada muere así,* y yo les prometo una buena propina si me bajan el regalo antes de que se haga de noche, así que ellos llaman por radio a los bomberos y dicen que se trata de una emergencia, pero sin entrar en detalles, lo que se agradece. Pasa un buen rato, que aprovechamos para comer helados, mirar el globo y hablar con los serenos, mientras Sofía arroja incansablemente toda clase de objetos que puedan derribar el globo enroscado, hasta que aparece el camión cochambroso de los bomberos, que es un vejestorio y debe de haberse incendiado varias veces, y lanza al aire el ulular de una sirena que más parece el llanto de la señora quejumbrosa del edificio. Ahora los bomberos comprenden que la emergencia consiste en que al tontorrón insigne de Gabrielito Barrios se le ha colgado un globo amarillo con su regalo de cumpleaños en un cable de alta tensión y hay que bajarlo, *porque es su santo, pues, señores bomberos, tienen que colaborar acá con el santo del señor, que les va a mandar saludos esta noche en su programa,* promete Sofía, y los bomberos, animados por la promesa, por las propinas que he anunciado y por el cuerpo de Sofía que miran con cierta desfachatez, relamiéndose, montan en seguida una operación de rescate del globo amarillo, desplegando con lentitud una escalera mecánica, tan parsimoniosamente extendida que si el globo fuese una persona en medio de un incendio ya no quedarían ni las cenizas de ella. Cuando por fin alargan la escalera y la aproximan al globo, ninguno de esos bomberos pusilánimes, que son tres y tienen unas caras de hambre peores que la mía, da señales de estar dispuesto subir. Yo no lo puedo creer y Sofía tampoco y por eso nos miramos riendo, mientras los bomberos hacen yan-ken-pó para dirimir democráticamente a quién le toca subir. El que pierde, un gordo de ojos saltones y cara de pescado, se resigna a trepar por la escalera. Para entonces ya todo el vecindario está atento a la operación de rescate, y alguna gente me pasa la voz, gritando cosas amables o burlonas, y yo pienso que es el cumpleaños más extraño de mi vida. Los chiquillos aplauden cuando el bombero se acerca al globo amarillo, la gente se asoma a las ventanas, mira desde los edificios, nadie entiende qué diablos está pasando, y por fin el bombero regordete logra cortar la pita del globo y atrapar el sobre con mi regalo. Sofía aplaude eufórica y yo también y los chicos de la calle gritan jubilosos y nadie entiende nada, mientras un bombero me abraza, *feliz cumpleaños, Gabrielito,* y el sereno se confunde en un abrazo efusivo conmigo porque *no sabía que era su santo, don Gabriel, felicitaciones, caramba, a ver si nos echamos unas agüitas ahora para celebrar su onomástico,* y yo *no, míster, no se puede, hay que ir a la tele más tarde.* Baja el bombero con el sobre y se lo entrega a Sofía, que sonríe encantada y me lo da abrazándome, diciéndome al oído *feliz día.* Entonces los bomberos, los serenos, los niños de la calle y hasta los curiosos gritan *¡beso, beso, beso!,* y yo no puedo defraudarlos, uno se debe a su público, y beso en los labios a Sofía y ellos aplauden y yo saludo como un tonto y pienso que éste es ciertamente el cumpleaños más raro de mi vida. Entonces un bombero grita *¡que abra el regalo!,* y Sofía lo secunda, dándome ánimos, así que, una vez más, dispuesto a complacer a este público tan exigente, abro sin demora el sobre que tanto nos ha hecho sufrir y ¡es un calzón rojo! Sobreviene un momento brevísimo, dos segundos apenas, en que todos quedamos mudos, desconcertados, y yo miro a Sofía y ella rompe a reír y entonces todos comprenden la broma y ríen y aplauden y yo, como un idiota, muestro el calzón, abrazo a Sofía y me río con ella y le digo al oído *eres una loca, cómo se te ocurre regalarme un calzón rojo,* y ella, abrazándome, me susurra al oído *para que lo uses con Sebastián,* y los dos nos confundimos en una risa franca y tierna que un bombero interrumpe para pedirme su propina. Por supuesto les doy un buen dinero a todos, y ahora se va el carro de los bomberos y yo les pregunto *¿me pueden jalar por acá nomás?,* y ellos *claro, Gabrielito, trepa,* y Sofía y yo nos montamos en el carro de los bomberos y yo llevo mi calzón rojo en una mano y miro a esta mujer bella y adorable que me lo ha regalado, y sonreímos los dos y soy rotundamente feliz en este momento, cumpliendo veintisiete años esta tarde de febrero, trepado en un carro de bomberos con la mujer que amo y el calzón que siempre soñé.

so quise ir a verlos hasta [illegible] [illegible]
yo no puedo dejar [illegible] de ese punto [illegible]
en los [illegible]. Sólo y ellos [illegible] como [illegible]
[illegible] que [illegible] y el cumplíamos más
[illegible] de la vida [illegible] un hombre [illegible]
[illegible]
[illegible] publicado [illegible]
en [illegible] sufrir [illegible]
[illegible] los [illegible]
[illegible] en que todos [illegible]
[illegible] todos los com-
[illegible]
que [illegible] con él [illegible]
[illegible]
[illegible]
[illegible]
[illegible] pequeña. Por
[illegible] a todos, y ahora [illegible]
[illegible] les pregunto [illegible]
[illegible]
[illegible] de los [illegible]
[illegible] que me lo ha
[illegible] feliz en
este momento [illegible] esta tarde [illegible]
[illegible] con la mujer [illegible]
[illegible] que [illegible]

Sofía quiere que conozca a sus padres. Yo no tengo ningún apuro en conocerlos. Su madre se llama Bárbara y es hija de una norteamericana que vive en Costa Rica. Bárbara está fastidiando a Sofía porque no voy nunca a su casa y eso no le gusta, le parece que si tengo intenciones serias con su hija debo ir a visitarla. Cuando Sofía me lo cuenta, entre avergonzada y riéndose, yo le digo que no tengo intenciones serias con ella, conmigo ni con nadie. Sofía insiste en que, si no es mucha molestia, sería conveniente que pasara un día por casa de su madre y cumpliera ese odioso ritual, el de presentarme, poner cara de muchacho confiable, esconder mis devaneos homoeróticos y fingir que soy un buen partido para su hija, o sea, mentir con descaro, pues el único buen partido que estaba en juego es Sebastián, que por eso nos lo hemos repartido Sofía y yo. Mucho me temo que tendré que ir a conocer a Bárbara y a su esposo Peter, dueño de una cadena de hoteles, quien, según mis fuentes, es un caballero honorable. Los padres de Sofía se divorciaron hace veinte años, cuando ella era una niña. Lucho, su padre, se volvió hippy, quemó todos sus documentos, le regaló el auto a su mejor amigo y abandonó a su esposa Bárbara y a sus tres hijos pequeños, Francisco, Isabel y Sofía, para irse a las montañas y construir una casa rústica al pie del río, en Carhuaz. No volvió más a Lima, se dedicó a la vida bucólica y se desentendió por completo de las responsabilidades familiares y las responsabilidades en general. Sofía no le guarda rencor y cree que su padre me caerá muy bien porque *es un poco loco, un poco loco como tú,* me dice, sonriendo con dulzura. Su padre, después de tantos años viviendo lejos, en las montañas, al borde de un río, cultivando un huerto, ensimismado en su pequeño paraíso, lejos de la civilización que según él todo lo corrompe, se ha visto obligado a volver a Lima porque los terroristas han destruido sus plantaciones, lo han amenazado de muerte y han matado a varios campesinos de la zona que se negaron a colaborar con ellos. Sofía me cuenta que Lucho está perdido en la ciudad, impaciente por escapar a algún lugar menos hacinado, haciendo pronósticos apocalípticos sobre el futuro que aguarda a los habitantes de Lima, viviendo a regañadientes en casa de sus padres, dos ancianos que ocupan un departamento en la avenida Angamos, en Miraflores. Me hace ilusión conocer a su padre, creo que me caerá bien. Su madre, en cambio, me aterra: sospecho que es una señora caprichosa, de alta sociedad, que ve con espanto mis desenfrenos públicos y desaprueba esta relación ambigua que tengo con su hija. No hay más remedio, habrá que conocerlos. A sus hermanos, de momento, no tengo que verlos, porque Francisco, el mayor, está en Boston estudiando una maestría, e Isabel, dos años mayor que Sofía, en Washington, divorciándose de su esposo, un millonario italiano con aires de aristócrata. Sofía espera irse pronto de Lima, aún no sabe si a Ginebra o a Washington, a estudiar una maestría en ciencias políticas. Está contenta porque la han admitido en dos universidades estupendas: en la pública de Ginebra y en Georgetown, la más prestigiosa de Washington, y es seguro que en pocos meses se irá de Lima y, me confiesa con una sonrisa, *lo más probable es que sólo vuelva a pasar la Navidad, porque no me veo viviendo toda mi vida en esta ciudad, la verdad es que me deprime un poco la idea de quedarme acá.* Yo celebro su buen gusto, querer irse de este arenal mugriento y lleno de moscas, y la aliento a irse de Lima, le digo que una mujer tan elegante no puede dejarse envilecer por esta ciudad indigna de su fineza, y ella me anima a irnos juntos a pesar de que acabamos de conocernos y de que lo único seguro entre nosotros es que yo soy un niño tonto que sonríe extasiado cuando le regalan un calzón. Amorosa, entregada, dispuesta a vivir conmigo todas las aventuras que yo me escamoteo por pusilánime, Sofía me dice que debería volver a la universidad, pero no en esta ciudad que detestamos, sino en el extranjero, y estudiar algo que me guste, además de escribir, dejarme de excusas y sentarme a escribir la novela con la que tantas veces he amenazado a mis amigos. Ella comprende que yo desprecio mi trabajo en la televisión y piensa que debo dejarlo apenas termine mi contrato, en pocos meses, cuando se vaya a Washington o a Ginebra. Es bueno hacer planes con Sofía, imaginarme en alguna ciudad linda con ella, estudiando ambos y yo escribiendo mi novela y amándola como no amé a nadie, pero ¿y Sebastián? ¿Podré dejarlo? ¿Podría vivir sin él, con el recuerdo de su cuerpo brioso, sus jadeos de amante insaciable, su boca recorriendo mi cuerpo, estremeciéndome? ¿No me engaño al creer que puedo ser feliz con esta mujer, con cualquier mujer? Ya lo veremos: por ahora, sé que Sofía me hace feliz y que Sebastián es lo bastante tonto para pelear conmigo sólo porque yo quiero acostarme con esta chica que fue suya pero ahora es mía, ¿y por qué tendría que enfadarse, si a mí no me molesta que tenga una novia, Luz María, a la que exhibe compulsivamente para que nadie dude de su virilidad? Sofía me convence, después de mucho insistir, de que debo acompañarla a su casa, es decir, a la casa de Bárbara y Peter, su padrastro, que es como su padre, porque ambos tienen curiosidad por conocerme y si no voy será peor, pues desconfiarán más de mí. También me convence de salir a tomar un helado con Lucho, su padre, el lunático que se fue a las montañas hace veinte años, vivió como un ermitaño y está de vuelta, derrotado, en la ciudad que abandonó. A Lucho lo veremos otro día, primero hay que pasar la prueba más dura, conocer a su madre y a Peter, que, siendo dos figurones de alta sociedad, me juzgarán, será inevitable, con cierta severidad. Después de mis habituales rodeos, me resigno, ante su dulce insistencia, que, bueno, ya está, hay que ir a su casa y sonreír mansamente para que su madre no crea que soy tan impresentable como parezco en la televisión y para que deje de fastidiar a Sofía con preguntas, advertencias, reproches e intromisiones, porque, desde que sabe que su hija sale conmigo, no la deja en paz y le dice, según me cuenta Sofía riéndose, que soy un perdedor, un tipo escandaloso y poco confiable, indigno de una señorita como ella. Comprendo, sin conocerla, que su madre puede ser muy impertinente. Porque Sofía tampoco es una niña, ya tiene veintidós años y, además de Sebastián, ha estado de novia con tres hombres, según me ha contado en la cama después de amarnos: un italiano con quien tuvo una corta relación en Filadelfia; un peruano, Esteban, el dueño del Nirvana, la discoteca donde nos conocimos, y Laurent, un francés del que se enamoró en París y que sigue arrebatado por ella, pues aún le ruega que le dé una oportunidad más para salvar un amor que ella ya cree perdido. Sofía no ve a Laurent hace meses y me dice que ya no está enamorada de él, pero cree que tendrá que ir a verlo para terminar esa relación y no hacerlo sufrir más. *Quiero terminar bonito con él, ha sido un hombre muy importante en mi vida y no me gusta dejar las cosas a medias,* me dice un día, anunciándome que irá a Washington a verlo, porque él, que es dentista, tiene que ir a una convención en esa ciudad y la ha invitado con la esperanza de reconquistarla. Sofía no le ha hablado de mí, me promete que se lo dirá en Washington y aprovechará ese encuentro para terminar con él. *Haz lo que quieras, lo que sea mejor para ti,* le digo, abrumado por la idea de que ella deje a Laurent para estar conmigo, que estoy tan triste porque me ha dejado Sebastián. Cada uno mata sus pulgas como mejor puede, y ahora hay una que matar: Bárbara, su madre, a la que ya estoy odiando antes de conocer. Una noche antes de irme a la televisión, Sofía, tras darme muchos besos, me anima a pasar por la casa de su madre, *hazlo por mí, para que mi mamá deje de joderme, te prometo que será sólo un ratito y nadie te va a morder,* y yo *bueno, ya, pero sólo iré hoy y nunca más, no quiero que me vean como tu novio, porque nosotros no somos novios, yo no quiero tener una relación seria y formal con nadie, y si tu mamá no acepta eso, mala suerte, que se joda.* Me hago el valiente con la pobre Sofía, pero, cuando llego a la mansión de su madre, que en realidad es del acaudalado señor que se casó con ella, se extingue rápidamente mi coraje porque veo una jauría de perros negros y marrones, de raza oriental, ladrando alrededor de mi carro, pobres que se atrevan a mearme una llanta, que los enveneno, ¿a quién se le ocurre tener tantos perros en su casa? *No muerden, son mansitos,* me dice Sofía bajando del carro, al ver que no pienso bajar. No le hago caso y sigo paralizado dentro del auto y no doy señales de querer descender, temeroso del ataque concertado de esa jauría de perros peludos y hambrientos que, seguramente azuzados por Bárbara, quieren despedazarme y comerme vivo. Sofía llama a gritos a sus empleadas domésticas, un ejército de señoras en zapatillas y mandiles celestes, y les ordena encerrar a los perros, los que desaparecen en un santiamén. Bajo del auto y contemplo la belleza de esa casona colonial: el patio interior con una fuente de agua en la que beben las palomas; los techos de tejas a dos aguas; las salas y los salones decorados con muy buen gusto, llenos de obras de arte, antigüedades y alfombras que deben de valer más de lo que yo gano en un año; unos jardines interminables, muy bien cuidados, con pozas de agua; una casa, en fin, que me deja mudo porque me recuerda dos cosas: que yo vivo en una madriguera y que nunca ocuparé una mansión tan espléndida como ésa. Sofía me acomoda en la sala principal, de sillones rojos aterciopelados y en la que un ángel de mármol me apunta con una flecha, como un esbirro seráfico contratado por Bárbara, que yo sé que me odia y ahora sonríe regia, muy elegante, entrando en el salón como si fuese la reina de esta paupérrima comarca en la que habitamos, acompañada por un señor taciturno, bien vestido, de facciones angulosas y severas, que, muy serio, me mira con ojos recelosos, como si fuese yo un intruso que ha invadido su predio. Bárbara es una señora en sus cincuentas, estupendamente bien conservada, que me clava una mirada inquieta, llena de malicia, apenas disimulada por una sonrisa falsa que intenta hacerme creer que me ve con simpatía. Yo, procurando preservar un aire distraído para disipar las suspicacias, escudriño el cuerpo espléndido que ella exhibe, todo un mérito para una señora de su edad: unos pechos primorosos, cintura de quinceañera y un trasero soberbio, desmesurado. Esto es lo primero que pienso cuando conozco a Bárbara: ¡qué daría yo, señora, por tener un poto tan lindo como el suyo! Claro que no se lo digo, porque podría dar lugar a peores malentendidos de los que ya se ciernen como buitres sobre la felicidad de Sofía. Lo primero que pienso cuando conozco a Peter, un caballero pasmosamente circunspecto, con aire de monje anacoreta, es, pero tampoco se lo digo: si yo tuviera una casa tan linda como la tuya, también andaría en ese estado de laxitud que te permites, aunque tampoco te vendría mal tomar vitaminas, porque con tremenda mujer al lado, tienes que espabilarte, que la calle está dura y las leyes del libre mercado son crueles e inexorables. *Por fin te conozco,* exclama encantadora o tratando de serlo Bárbara, mientras Sofía parece nerviosa y Peter me estudia como si fuera yo una ave rara de la amazonía, y yo *hola, mucho gusto,* y le doy un beso a Bárbara y me extravío en el aroma que emana de sus mejillas y su cuello. Sin darme tiempo de saludar a Peter, ella me toma de los brazos, me mira de arriba abajo, como sometiéndome a un examen, y dice *lindo terno, te queda bien, pero ¿qué colonia te has puesto?, dime.* Sorprendido, digo con orgullo *Brut,* y no miento, me he puesto esa loción de frasco verde que me regaló uno de mis hermanos por Navidad. Entonces ella abre la boca, escandalizada, y comenta con aire cómplice, *ay, no, no puedes ponerte esa colonia, ¡ésa es colonia de cholos!*, y yo me río por la crudeza del comentario y Sofía ríe también, acostumbrada a los desatinos de su madre, de los que ya me había advertido, y Peter no ríe, no sonríe, no relaja en absoluto la rigidez de sus músculos faciales, mientras continúa estudiándome con una rara minuciosidad. Entonces extiendo la mano y digo *hola, yo soy Gabriel, encantado,* y él me aprieta la mano con fuerza y al mismo tiempo, examinándome con su mirada inquisidora, dice *Gabriel, ¿Gabriel qué?*, y se hace un silencio, porque casi todos saben en esta ciudad quién soy y cuál es mi apellido, y entonces él ríe y Bárbara también y yo caigo en cuenta de que me está tomando el pelo, y río también con mi colonia Brut de cholos y mi apellido que fingen no conocer. *Asiento, asiento,* invita Peter, señalando los sofás aterciopelados, pero yo, incómodo por lo que me dijo Bárbara sobre mi colonia, digo *un ratito, voy al baño,* y Sofía me lleva al baño de visitas y susurra *¿todo bien?*, y yo *no sé, creo que no, creo que me odian,* y ella *no le hagas caso a mi mamá, ella dice esas cosas sin darse cuenta,* y yo *ahorita salgo,* y me meto en el baño, me huelo y no reconozco el olor a cholo, pero si he ofendido el olfato de Bárbara con el olor de mi colonia, que seguramente es una versión espuria de Brut, debo enjabonarme bien la cara, cosa que hago con vigor, dispuesto a eliminar todo olor a cholo, a colonia de cholo o cualquier reminiscencia chola que pudiera exudar mi piel. Por fin, bien enjabonado, y me temo que, sin embargo, todavía oliendo a cholo, regreso en mi traje azul a la sala, me acomodo en un sillón y Bárbara manda traer bebidas y bocaditos, y Peter me pregunta *¿de aquí te vas a la televisión?*, y yo, mirando el reloj, *sí, en una hora tengo que estar en el canal,* y él *ah, caramba, o sea que has venido con el tiempo medido, una pena, queríamos invitarte a comer,* y yo *no puedo, no puedo, me encantaría pero tengo que ir al programa,* y Bárbara *¿te pagan bien en la televisión?*, y yo, haciéndome el tonto, *bue-*

no, sí, más o menos, no me quejo, y Sofía, tratando de salvarme, *pero no está contento en la televisión, quiere dejarla, está esperando a que termine su contrato,* y Bárbara *¿cuánto te pagan?, ¿ganas muy bien?,* y yo, asombrado de que esta señora se permita preguntarme cuánto gano habiéndome conocido hace apenas un momento, *bueno, me da un poco de vergüenza hablar así de plata,* y Sofía irritada *claro, mamá, ¿cómo se te ocurre preguntarle cuánto gana, qué clase de pregunta es ésa?,* y Peter *¿y qué piensas hacer cuando termines tu contrato?, ¿vas a dejar la televisión?,* y yo *bueno, todavía no sé, estoy pensando,* y Sofía *va a estudiar,* y su mamá *a estudiar, ¿estudiar qué?,* y Sofía *va a volver a la universidad,* y su mamá *¿qué?, ¿no te has graduado?,* y yo *bueno, no* y voy a añadir *me botaron por no ir a clases* pero Sofía, dispuesta a socorrerme, *dejó la universidad por la televisión, pero ahora va a seguir estudiando, se va a ir afuera a estudiar filosofía,* y yo me quedo sorprendido por la audacia de Sofía, que ya decidió que estudiaré filosofía en una universidad de prestigio, y Peter *qué bueno, filosofía, muy interesante,* y su mamá *yo no sé, creo que mejor se gana en la televisión, los filósofos se mueren de hambre,* y yo agrego, risueño, *y huelen todos a cholo,* y ella suelta una risa cómplice y pregunta *¿no te habrás ofendido por lo que te dije de tu colonia, no?,* y yo *no, qué va, para nada,* y ella, más cariñosa, *no lo tomes a mal, lo dije por tu bien, para mejorar tu posición social, porque un chico guapo, un ganador como tú, que además sale con Sofía, que es una chica del más alto nivel, que cualquier hombre ya quisiera a su lado, tiene que tener todo lo mejor, pues, y no puede estar usando una colonita barata de tercera ¿no?,* y yo *claro, señora, mil gracias,* y ella *¡te prohíbo que me llames señora, yo soy Bárbara, nada de señorearme, por favor!,* y Peter, muy serio, *bueno, ha sido un gusto conocerte, pero antes de que te vayas, quiero decirte algo,* y yo *sí, claro, encantado,* y él, asumiendo su papel de jefe familiar, *mira, nosotros no tenemos problemas de que salgas con Sofía, a pesar de que no tienes muy buena reputación, por las cosas medio raras que haces en la televisión, nosotros no tenemos problemas, eso sí, sólo una cosita: si vas a salir con ella, tienes que ve-*

nir por esta casa, dejarte ver, para que no parezca que te escondes de nosotros y que tienes una relación digamos extraña, poco formal, con Sofía, tú comprenderás, y yo *claro, absolutamente, tiene razón,* y él *trátame de tú, hombre,* y yo *perfecto, gracias, Peter, así será,* mientras pienso que acá no regreso más, vuelvo mañana con Sebastián y renuncio a esta vida heterosexual que, está claro, no es para mí, y Sofía, mirando el reloj, *bueno, creo que tienes que irte,* y Bárbara *una cosita más,* y yo nervioso, pensando en que me preguntará cuánto costó mi departamento, *sí, dime,* y ella *no se te vaya a ocurrir hablar de Sofía en la televisión o en las entrevistas que das en los periódicos, ¿ya?,* y yo *por supuesto, ni hablar, hay que cuidar la privacidad,* y ella *exacto, nosotros somos una familia muy privada.* Entonces nos ponemos de pie, beso a Bárbara sin dejar de admirar su elegancia y le doy un apretón de manos a Peter, que, insospechadamente bromista, insiste con un *chau, Gabriel, ¿Gabriel qué?,* y yo *bueno, nos vemos pronto, mil gracias,* y cuando estoy por trasponer el umbral de la puerta y recobrar la cordura, oigo la voz suave de Bárbara: *Gabriel, ven, una cosita más.* Yo me detengo, vuelvo tras mis pasos y ella me toma de la mano y dice *sonríe,* y yo sonrío como un tonto y ella me dice, bajando la voz, con un aire cómplice, *no puedes salir así en la tele con los dientes amarillos,* y yo *¿están muy amarillos?,* y Sofía *ay, mamá, déjalo tranquilo,* y Bárbara *tienes que blanquearte los dientes, ya, urgente, te lo digo yo, que soy tu asesora de imagen,* y yo sin sonreír, porque tengo los dientes amarillos, y sin acercarme a ella, porque huelo a cholo, *mil gracias, Bárbara, lo voy a hacer, no te preocupes.* Salgo aliviado de esta casa tan linda a la que no pertenezco, pues soy para ellos un cholo oloroso y amarillento, y Sofía me acompaña al auto, me da un beso agradecido y me dice *no estuvo tan mal, ¿no?,* y yo *no, no, ya pasó,* y ella *mil gracias por venir, no les hagas caso, ellos son así,* y yo *¿te parece que debo blanquearme los dientes?,* y ella *bueno, sí, no te vendría mal,* y yo subiendo al auto, con ganas de marcharme, *¿de verdad quieres que estudie filosofía?,* y ella *me encantaría, pero tú dirás,* y nos damos otro beso y salgo manejando a toda velocidad porque el programa comienza en media hora y no tengo idea de lo que voy a decir, sólo sé que no voy a sonreír con estos dientes amarillentos, pienso, mirándome al espejo, disgustado por el rostro asustadizo que me devuelve. Extraño a Sebastián. Después de todo, él siempre me dice que le encanta mi olor.

Sigo extrañándolo. Cuento los días que no viene a verme. Van seis. No me toco pensando en él, porque mi energía sexual, que no es mucha, la dedico toda a Sofía, pero lo extraño cada día más y a veces, cuando estoy haciendo el amor con ella, pienso fugazmente en él, aunque después me siento un canalla. Tal vez por eso, porque lo echo de menos, me provoca ir al teatro a verlo actuar en una obra que acaba de estrenar sobre Rimbaud y Verlaine en la que hace de Rimbaud, con buena crítica y éxito de público. Estoy seguro de que no ha leído una línea de Rimbaud o Verlaine o del periódico siquiera, porque él, siendo un amante delicioso, no cuenta entre sus aficiones la lectura. Sin embargo, no dudo de que estará encantado en el teatro, gimoteando, desgarrándose, hiperventilándose, protagonizando escenas históricas, todo lo cual le permite dar una imagen de actor serio, comprometido con el arte y al que le duele este país en que nació y sin la menor codicia por el dinero, porque ésas son cosas para espíritus chatos como el mío y él no se rebaja a esa carrera de ratas, él vive para el arte y para acostarse a escondidas con chicos como yo. Buena falta me hace Sebastián, buena falta me hace un revolcón con él, pero esto no se lo digo a Sofía porque no quiero lastimarla, sólo le digo para ir a verlo al teatro hoy sábado y ella acepta encantada y me pide, si no me molesta, que antes de ir al teatro tomemos un helado con Lucho, su padre, *sólo un ratito, media hora nomás, él muere por los helados y ya le dije que lo vamos a invitar,* y yo *bueno, genial, vayamos a tomar helados con tu papá, ojalá que no me pregunte cuánto gano y me diga que tengo los dientes amarillentos,* digo, sarcástico, y ella sonríe y me acaricia el pelo y dice *no, no, ya verás que te va a caer bien, es un loco como tú.* Muy bien, iremos a tomar helados con su padre, el lunático que volvió de las montañas, y de ahí al teatro a gozar con Sebastián. Vamos en mi coche nuevo, que es un agrado, y Sofía pone un disco de REM que me fascina, y cantamos *Losing my religion* y yo me siento tan leve porque he perdido mi religión, a los curas mañosos del Opus Dei y a mis padres fundamentalistas. Llegamos al edificio donde vive su padre y él nos espera en la calle. Bajo del auto, le doy la mano y él me dice *hola* y me mira con una intensidad perturbadora, con un brillo de loco bueno y genial. Está vestido de un modo descuidado, con pantalones viejos, sandalias de jebe y una camisa cualquiera, y huele fuerte a tabaco. Se monta en el auto, Sofía baja el volumen y yo me dirijo a la heladería de moda, a pocas cuadras de allí. Espero a que Sofía tome la iniciativa y lleve la conversación, pero no dice nada y su padre tampoco, va en el auto sin decir nada, mirándome con curiosidad, y yo *¿qué tal, Lucho?, ¿todo bien?,* y él con una voz nasal *ahí, medio jodido, como todos,* y yo me río pero él no se ríe, permanece serio, ensimismado. Lo miro por el espejo: es un hombre de cara alargada, ojos vivarachos y nariz de gancho que en su juventud debió de ser muy apuesto. Le pregunto *¿extrañas tu casa en el campo?,* porque no sé de qué hablarle pero quiero llenar estos silencios tan incómodos, y él *sí, claro, esto es una mierda,* y entonces comprendo que es un tipo estupendo, que me cae muy bien y que podríamos ser buenos amigos si dejase de fumar, porque ya encendió un cigarrillo y ahora sufro pensando que me va a dejar el auto apestando, pero no le digo nada por amor a Sofía, y ella por suerte se da cuenta y me mira con cariño y le dice *papi, mejor bota el cigarro, que a Gabriel le molesta que fumen en su carro,* y Lucho, sin hacerse problemas, *ah, carajo, no sabía,* y ahora veo que con él se habla así, como en la calle, sin remilgos, y entonces aspira una pitada larga y bota el cigarrillo, y yo *gracias, Lucho, perdona la molestia,* y él no dice nada, se calla, no sé si está molesto, se ve que le gusta ir callado y eso me desconcierta por momentos. Apenas llegamos, se arma un revuelo en la heladería porque las chicas uniformadas del mostrador, con sus gorros verdes y sus mandiles rojos, me reconocen, se alborotan, me hacen ojitos y se confunden en risas ahogadas y murmullos pícaros, mientras los clientes del local, en su mayoría señores barrigones que han sido derrotados por la vida y tal vez intentan olvidarlo, me miran con recelo y antipatía, y las señoras que los acompañan, revestidas de ese aire beatífico que es tan común entre las damas mayores de esta ciudad, me miran con ojos de honda tristeza, como diciéndome *ay, pero qué pena, tú que eras la última esperanza blanca para salvar a este país, ¡haciendo ese programa adefesiero, mamarrachento, de calatas y maricas en la televisión, tú que eres hijo de nuestra devota amiga, la supernumeraria del Opus Dei, que no merece la vergüenza de tener un hijo así!* Supernumerarias superlocas, déjenme comer mi helado y no me miren con esas caras de consternación, mírenme como las señoritas uniformadas, que son tan adorables y no me juzgan y al parecer no les molesta la imagen de libertino deslenguado que me esmero en cultivar, pues me sonríen con cariño y me miran muy taimadamente con aire coqueto pero a la vez comedido, sin ignorar que me acompaña Sofía, que pide un helado de chocolate, y su padre, el loco de Lucho, que reclama, con su voz nasal y un tanto áspera, *a mí dame puro chocolate, pero sirve sin miedo, pues, métele bastante que estoy con hambre,* y cuando toca mi turno pido, muy consciente de la barriga que escondo mal, *sólo fresa al agua, por favor, y no en barquillo, en vasito.* Luego nos vamos al carro con nuestros helados, ignorando las miradas de censura de los caballeros honorables y sus señoras avinagradas y sintiéndome extrañamente bien con Lucho, que no debería haber abandonado a sus hijos cuando eran niños pero que tuvo el coraje de mandar al diablo a esta ciudad de pacatos, cucufatas y pusilánimes. En el auto, las ventanas abajo, la música suave en REM, comemos sin apuro, no importa que lleguemos tarde a la función de Sebastián. Estamos disfrutando de los helados cuando Lucho me dice *yo no veo tu programa, pero todo el mundo dice que es el deshueve,* y lo dice atropelladamente, tan de prisa que no resulta fácil entenderlo. Sofía sonríe porque no ignora que Lucho ha querido decirme que le caigo bien, y yo *¿no ves nada de televisión?,* y él, con una franqueza desusada en esta ciudad de embusteros, *no, la televisión es una basura, me llega al pincho.* Yo me río porque no deja de ser curioso que Lucho hable con tanta crudeza delante de su hija y de mí mismo, que he hecho una carrera en el contenedor de basura que él repudia en términos tan virulentos. Tratando de cambiar de tema y relajar la tensión, le pregunto *¿y a ti qué te gusta hacer, Lucho?,* y él me mira como diciéndome *no me hagas preguntas tontas, que yo no tendré plata pero tampoco soy un huevón,* y luego dice *comer helados.* Yo no digo nada porque comprendo que es mejor no hablar mucho con este señor, que al parecer no miente y habla a una velocidad alucinante, y él agrega *también me gusta pintar,* y Sofía *sí, pinta increíble.* De pronto Lucho, sin más rodeos, me dice *oye, ¿es verdad que eres cabro como dice la gente?,* y yo casi me atoro, se me chorrea el helado, me quedo pasmado, y Sofía suelta una carcajada, relajando la tensión del momento, y dice *papá, ¿qué dices?, la gente habla un montón de tonterías,* y Lucho, al parecer muy divertido, *bueno, yo no sé, eso dicen pues, a mí me da igual, yo tengo amigos cabros, no tengo nada contra los cabros, es más, mi hermano menor es medio cabro, sólo que no se atreve a decirlo porque le da miedo la opinión de la gente, debería cagarse en la gente y hacer lo que le dé la gana nomás,* y yo saboreo mi helado de fresa y digo *bueno, Lucho, la verdad es que me gustaría ser más cabro, pero tu hija me gusta mucho,* y él ríe y ella también, y yo siento que he pasado la prueba. Ahora Lucho baja del carro, de regreso en su edificio, y yo le doy la mano y él *gracias, chau,* y yo *nos vemos pronto, encantado de conocerte,* pero él ya se fue, *gracias, chau,* se fue con su helado y habiendo conocido al cabro de la televisión basura que sale con su hija pero al menos tiene plata para invitarle helados. *Un loco genial tu papá, me cayó muy bien,* le digo a Sofía, mientras manejo por el malecón, rumbo al centro de Miraflores, donde presumo que ya comenzó Sebastián a dar sus alaridos desgarrados, y ella *sabía que te iba a caer bien, se parece en algo a ti,* y yo me quedo pensando que en realidad no nos parecemos mucho, porque yo tengo más entrenamiento en el oficio de mentir, y ella me pregunta *¿te molestó lo de cabro?,* y yo, *no, para nada, me hizo mucha gracia, sólo me sorprendió que me dijera que todo el mundo piensa eso,* y ella *no es así, tú sabes que la gente siempre habla estupideces de los famosos,* y yo *¿tú crees que soy amanerado?,* y ella sorprendida *no, para nada,* y yo *¿pero tú alguna vez, viéndome en la tele, pensaste que era gay?,* y ella *no, pensé que eras churrísimo y que quería conocerte,* y me da un beso y yo acelero por amor a Sebastián. Llegamos al teatro, ubicado en una calle muy angosta, refrescada por la brisa que llega del mar, y la función ya ha comenzado pero la señora de la boletería me reconoce, se contenta al verme, me pide un autógrafo para su hija, se niega a cobrarnos y nos hace pasar. Como al parecer desea halagarnos, descorre una cortina y nos hace subir por una escalera. *Los voy a acomodar en la* mezzanine, *para que estén solitos y nadie los moleste,* nos dice susurrando. Sofía y yo nos acomodamos en la primera fila de esta *mezzanine* desierta. Allá abajo está mi ex novio, mi Rimbaud despechado que ya no me quiere, vestido con ropas que parecen de otro tiempo, diciendo unas parrafadas ampulosas, mientras su compañero, el Verlaine esmirriado que lo acompaña, recita sus líneas floridas, ambos muy exagerados, muy sobreactuados, tanto que no les creo nada. Trato de pasarla bien pero siguen recitando una cháchara retorcida y pomposa que me irrita y me hace extrañar a Lucho, que no se las da de hombre culto y te pregunta si eres cabro como los valientes. Entonces le digo a Sofía *esto es un plomazo, no entiendo un carajo,* y ella sonríe con malicia y me dice *sí, Sebastián sobreactúa tanto, es insoportable,* y yo *sí, gritan como locas histéricas, y dicen un montón de cosas que se han aprendido de memoria y no tienen ni puta idea de lo que significa,* y ella se ríe cubriéndose la boca y dice *sí, tal cual, esto es un bodrio.* Entonces yo la beso y ella se deja besar, se enardece y yo me erizo y nos besamos con pasión. Mientras la beso veo a Sebastián allá abajo y me excito besando a Sofía, que fue su chica y ahora es mía, y él sigue gritando su parlamento con la mirada extraviada. Sofía me dice *paremos mejor, no seas loco,* y yo *no, no pasa nada, nadie nos ve,* y sigo besándola, mi mano subiendo por sus piernas, y ahora estoy tocándola y ella se deja y yo la beso y la toco y miro a Sebastián y eso me turba y ahora los dos nos tocamos en la penumbra de la *mezzanine* y Sebastián grita cosas pomposas que yo no le creo y yo beso a Sofía mirándolo de soslayo y siento un placer intenso amando a mi chica en la presencia lejana de mi ex chico. Luego recobramos la cordura y, faltando mucho para que termine la función, salimos del teatro. *¿Qué pasó?, ¿no les gustó?,* nos pregunta la señora de la boletería, y yo *sí, nos encantó, estuvo buenísima, saludos a su hija.* Me gustas tanto, Sofía, pienso, tomándola de la mano, y me gustas más cuando Sebastián nos mira con su cara de mono. Pero eso no se lo digo, desde luego, sólo le pregunto *¿qué tal Rimbaud?, ¿te gustó?,* y ella contesta *sí, mucho, me encantó* y los dos reímos abrazados.

Sofía ha viajado a Washington para ver a Laurent. Al despedirse, me ha prometido cortar del todo esa relación amorosa, lo que me abruma un poco porque tal vez le conviene volver con ese dentista que al parecer empieza a prosperar en París, pues, según me cuenta ella, se ha comprado un auto de lujo y un apartamento en Montecarlo. La despedida ha sido muy romántica, con besos y promesas acarameladas, por ejemplo, que voy a escribirle un poema todos los días, pero no tanto como para acompañarla al aeropuerto de esta ciudad, que es un espanto, un hervidero de gentes crispadas, ladronzuelos y chicas a la espera de que llegue algún cantante famoso. Me viene bien pasar unos días solo, sin Sofía, porque, si bien la quiero mucho, mi lado femenino está muy descuidado y ahora puedo ponerme al día, es decir, acudir presuroso en busca de mi chico. Lo espero a la salida del teatro pero Sebastián no me saluda y sigue de largo y yo me quedo pasmado, sin comprender la razón del desaire. La señora amable de la boletería me lo explica: *Parece que el joven Sebastián está asado con usted porque se enteró de que el otro día vinieron al teatro y se fueron a la mitad,* y yo *¿pero cómo se enteró?,* y ella, muy tranquila, *yo le conté, pues, señor Gabrielito,* y yo *pero cómo se te ocurre decirle que nos fuimos a la mitad,* y ella *es que no sé mentir y el joven me preguntó si se quedaron hasta el final, que por qué no fueron a saludarlo al camarín, y allí yo le conté que se fueron apurados usted y su señora, que es tan linda si me permite, pero que* *me dijeron que habían gozado mucho con la obra,* y yo *bueno, muchas gracias, hasta lueguito,* y me marcho enojado con aquella señora tan amable porque ¿cómo diablos se le ocurre decirle a Sebastián que estuvimos media hora en el teatro y que nos largamos aburridos, siendo él un egomaníaco peor que yo? Decido entonces, herido por su desplante, que debo ir a su departamento, darle una explicación y pedirle disculpas. Llego al edificio y, nada más verlo, una ola de recuerdos me sofoca y me obnubila, me cierra el pecho y me entrecorta la respiración, porque Sebastián ha sido el único hombre que he amado. Temblorosa mi mano, no menos que mi estragado corazón, toco el timbre del piso siete, al que ya le está haciendo falta un poco de aseo. *¿Sí, quién es?,* oigo el vozarrón de Sebastián, y adelgazando la voz para que perciba cuán honda es mi sensibilidad, contesto *Sebastián, soy yo, Gabriel,* y se hace un silencio pesado, opresivo, y por fin habla *¿qué quieres?,* pero me habla con tosquedad, como si yo fuera un vendedor de biblias, así que contesto, sin darme por aludido, *quiero verte un ratito, te extraño,* y él *no, piña, ahorita no puedo, estoy ocupado.* Por lo visto, sigue furioso conmigo, la señora del teatro tiene razón, Sebastián se enteró de que nos fuimos a media función y está indignado. Entonces digo *no seas malo, quiero decirte algo importante, porfa, déjame subir sólo cinco minutos,* y él, al parecer dudando, *¿qué quieres decirme?, dímelo por acá mejor,* y yo, ofendido pero disimulándolo, *Sebastián, no seas así, te extraño, déjame verte, ya sé que te molestó lo del teatro, sólo quiero explicarte qué pasó, por qué nos fuimos antes del final.* A continuación suena un timbre, se abre la puerta, entro al edificio y el portero me mira con mala cara, como si supiera que el galán de arriba es mi amante, chisme que él podría contar a la televisión. Estoy subiendo para ver a Sebastián, pedirle perdón, rogarle que no sea rencoroso y que me deje hacerle el amor. Sebastián sabe que es guapo, que las chicas se apasionan por él y que algunos chicos también, como sabe igualmente que tiene la verga más estimable de la ciudad, pues, en lo que a mí respecta, ninguna se compara en garbo, extensión, don de gentes y laboriosidad a esa poronga que antes sentía mía y que ahora me es esquiva. Me abre la puerta con cara de perro, sin afeitarse, el pelo largo y desgreñado, y yo me turbo porque está recién bañado, en pantalones cortos y negros y con una camiseta sin mangas, también negra, que resalta de un modo rotundo su belleza. *Pasa, tienes cinco minutos,* me dice con frialdad, y yo trato de abrazarlo pero él me lo impide y me mira con mala cara, y yo *¿qué te pasa, por qué estás tan molesto, sólo porque nos fuimos del teatro a la mitad?,* y él, indignado, *sí, por eso, ¡qué clase de amigos son, que vienen a verme y se largan a la mitad!, ¡yo jamás te hubiese hecho eso!, ¡jamás!,* y yo *Sebastián, no lo tomes así, yo quería quedarme pero Sofía estaba mal, se sentía pésimo, tuvo un ataque de náuseas y tuvimos que irnos por eso,* y él *no seas mentiroso, huevón, no te creo ni una palabra,* y yo *te juro, te juro, la obra me pareció buenísima, tu actuación es notable, espectacular, estás mucho mejor que el otro actor, tú te llevas solo la obra, pero, bueno, si Sofía se siente mal y se quiere ir, ¿qué puedo hacer yo?,* y él, ya más tranquilo, porque una dosis de halagos nunca le viene mal, *¿en serio te gustó mi actuación?,* y yo *no me gustó, me fascinó, creo que es tu mejor actuación, me muero por volver al teatro y ver la obra entera,* y él no sabe si creer mis mentiras y pregunta *¿en serio tenía náuseas Sofía?,* y yo pienso claro, náuseas de lo insoportable que era aquella obra pretenciosa, pero digo *sí, estaba fatal, comimos algo y le cayó mal,* y él no dice nada, pero se relaja, va a la cocina y sirve dos coca-colas. Entonces me acerco, lo abrazo, le hago caricias y siento la protuberancia de su sexo, lo que me pone contento, saber que todavía tengo el poder de ponérsela dura. *Ven, vamos a la cama,* le digo, y él *no, no, mejor no,* pero me besa con pasión, me araña con su barba de pocos días, me empuja el paquete y yo insisto y por fin se deja llevar a la cama. Nos quitamos la ropa, él con una premura que me excita, yo como un señorito que deja su ropa doblada en el perchero, y luego él se recuesta sobre unos almohadones, se agarra el paquete y me mira como diciéndome *ya sabes lo que tienes que hacer.* Yo me preparo para el combate cuando de pronto me dice *¿me extrañas cuando estás con ella?*, y yo *claro que te extraño, te extraño siempre, nada me gusta más que hacer el amor contigo*, y él *¿te gusta más estar así conmigo que estar con ella?*, y yo, muy gay *sí, claro, esto es lo más rico*, y él *¿entonces por qué estás con Sofía?*, y yo *no me jodas, Sebastián, no hablemos de eso ahora*, pero él insiste, *dime, dime, ¿por qué mierda estás con ella, si lo que te gusta es tirar conmigo?*, y yo *bueno, por la misma razón que tú estás con Luz María, porque también me gustan las mujeres*, y él *no metas a Luz María en esto, no tiene nada que ver, ella es mi hembrita y yo la quiero de verdad, tú a Sofía no la quieres, la estás usando para que los periódicos no digan que eres cabro*, y yo *ay, Sebastián, no digas tonterías, relájate, por favor*, y yo trato de besarlo pero él, a pesar de que la tiene dura, *no, no quiero*, y yo me hago el sordo y lo beso, y él *no, para, para*, pero yo no paro y él dice que pare pero la tiene paradísima y me dice *no quiero, mejor ándate*, y yo desolado *¿por qué?*, y él *no sé, no me provoca*, y yo *no seas así, Sebastián, juguemos un rato, nos hace bien a los dos*, y él *no, a mí me deprime porque ya sé que no me quieres, que sólo me buscas por sexo*, y yo *no digas eso, claro que te quiero*, y él, sentado en la cama, *no, si me quisieras, dejarías de jugar con Sofía y sólo tirarías conmigo*, y yo *¿pero por qué te jode tanto compartirme, si yo te comparto con Luz María?*, y él *no sé, seré más celoso que tú, pero me jode que juegues así conmigo, que me robes a Sofía*, y yo *¡pero no te la he robado, sigue siendo tu amiga, sólo que nos queremos mucho!*, y él *sí, claro, se quieren mucho, no te mientas, que yo sé lo cabro que eres, Gabriel*, y yo *bueno, contigo soy muy maricón y con ella soy muy hombre, ¿no es posible eso?*, y él, levantándose de la cama, *no, y mejor te vas, tengo que hacer mil cosas*, y yo *¿pero no podemos al menos terminar?*, y él *no, ándate*, y yo me acerco, quiero besarlo, pero él me rechaza y dice *mientras te acuestes con Sofía, olvídate de mí*, y yo *no seas cruel, no me hagas esto*, y él *si me quieres, déjala y sé mi pareja, sólo mi pareja, de nadie más, y entonces te creeré que de verdad me amas y que se fueron* *del teatro por un ataque de náuseas.* Entonces me visto desolado y le doy un beso en la mejilla. No es justo. Yo quiero a Sofía pero no menos a Sebastián, y necesito la ternura de mi chica y también la de mi novio. ¿Por qué todo tiene que ser tan complicado? Entro al carro, estoy llorando, enciendo la radio y pasan una canción de Sting, *If I ever lose my faith in you*, que a Sebastián le encanta. Llegando a mi cama, me toco pensando en él y luego le escribo un poema triste a Sofía y estoy a punto de llamarla a Washington y decirle que mejor terminemos, que no puedo vivir sin Sebastián, que será mejor para todos si se queda con Laurent y yo con Sebastián, pero no la llamo porque algo en mí me dice que esta relación torturada con Sebastián no tiene futuro y que Sofía es, en cambio, una promesa de felicidad. No sufras, Gabrielito, que a lo mejor ahora mismo ella está haciendo el amor con Laurent.

Sofía ha regresado de Washington extenuada, como si viniese de una batalla. Dice que ha terminado su relación con Laurent y está triste por eso, porque estuvo muy enamorada de él, vivieron juntos en París, pensaron en casarse y ahora todo se ha acabado y eso le duele aunque tenga ilusión en mí, en nuestro futuro. No fui a buscarla al aeropuerto, la esperé en mi cama y ella llegó con una sonrisa espléndida y la casaca de cuero que le presté para el viaje aunque le quedaba grande. Le he dado los poemas que escribí en su ausencia, la mayor parte escritos en servilletas del café en el que suelo comer, y, luego de entregarme los chocolates que me trajo de regalo, los ha leído con emoción y me ha agradecido con muchos besos. Yo sé que nunca seré un poeta como mi amigo Bolaño, el gran maestro, pero esas líneas inflamadas de nostalgia son una manera de decirle que he pensado en ella, que mi vida en su ausencia es más triste. Sofía lee mis poemas, hacemos el amor, comemos chocolates en la cama y luego me cuenta que los días en Washington fueron de una intensidad brutal y que por eso se desmayó, porque Laurent no la dejaba tranquila, la acosaba, le rogaba que no lo dejase, que se fuera con él a París, y ella tenía que explicarle llorosa que ya no estaba enamorada de él, que no podían seguir juntos, y entonces él se ponía histérico, agresivo, rompía cosas, pateaba las puertas y las paredes, le preguntaba si estaba con otro hombre, y ella mentía, decía que no, que no había nadie más, porque habría sido imprudente hablarle de mí, Laurent es demasiado celoso, y entonces él no entendía nada y trataba de hacerle el amor, pero ella se negaba o al menos eso es lo que me cuenta, quizá cedió, lo que sería muy comprensible después de todo el tiempo que estuvieron juntos como pareja. Por suerte, no compartían el hotel, pues Sofía dormía en el departamento de su hermana Isabel, en Georgetown Park, y Laurent se alojó bastante cerca, en el Four Seasons de la calle M, pero igualmente se veían todos los días. Yo le pregunto a Sofía si durmieron juntos y ella me dice que no, que él se lo rogaba, le pedía que se quedase a dormir en su hotel aunque no hicieran el amor, pero ella declinaba tan peligrosa invitación y entonces él enloquecía, gritaba obscenidades, rompía floreros y por eso una noche, abrumada por tan desmesuradas presiones, y con unas ojeras de no dormir varias noches, Sofía cayó desmayada. *No fue nada serio, no había comido nada en todo el día y me quedé sin fuerzas,* me dice cuando le pregunto si la llevaron a una clínica. Seguramente que este francés histérico aprovechó para manosearla mientras quedó inconsciente, el muy cabrón, mal perdedor, patético en sus ruegos y amenazas, pienso, pero no le digo nada, pues Sofía aún lo quiere y está preocupada porque él le ha dicho que si no siguen juntos se matará. *Es un cobarde y un infeliz,* le digo, indignado, y ella *pobre, está pasando por un mal momento,* y yo *pero no tiene derecho a presionarte de esa manera, es una bajeza decirte que se va a matar si no sigues siendo su novia, ¿qué clase de dentista perdedor se rebajaría a esos niveles de abyección?, ¿no tiene un poquito de amor propio?,* y ella, comprensiva, *no, tú no lo entiendes, los franceses son así y él me ama, no es tan racional como tú, es más apasionado,* y yo siento en sus palabras que todavía lo quiere, pero no me molesta porque la entiendo, cómo no comprender que siga queriendo a ese francés deportista, aventurero, rubio, de cuerpo atlético y mirada soñadora, cuyas fotos ella me enseña con cierta reticencia y yo admiro secretamente. *Es muy guapo,* le digo, y ella *sí, pero tú más,* y yo *no creo, no creo,* y me quedo pensando por qué será que ya no lo quiere. Sofía dice que se aburrió, que no lo admiraba intelectualmente, que la rutina de Laurent era simple y tediosa, todos los días al consultorio y en las noches salir a cenar y luego follar como un guerrero y los fines de semana subir al auto deportivo y manejar al campo. Sofía me dice que se aburrió de hacer el amor con él, que ya no lo aguantaba, no soportaba su olor, su cuerpo, sus exigencias desaforadas, su insaciable apetito sexual. *Las últimas veces que hicimos el amor, me daba náuseas, lo rechazaba,* me confiesa. Por otra parte, me cuenta que su hermana Isabel no pasa por un buen momento, pues está divorciándose de Fabrizio, un italiano muy rico y con aires de aristócrata que nunca le hacía el amor y la tenía abandonada en Washington mientras viajaba con sospechosa frecuencia y que ahora se ha mudado a Río de Janeiro, huyendo al parecer de ciertos problemas tributarios en Estados Unidos y, esto no me lo dice pero lo sospecho, tal vez porque se habrá enamorado de un jovencito brasilero, pues de otro modo no me explico, siendo tan linda Isabel, cuyas fotos he visto con admiración, que no quisiera hacerle el amor y la abandonase en Washington sin darle una explicación, dejándole el departamento en Georgetown Park, *que no baja del millón,* apunta Sofía, siempre atenta a esos detalles, y el Mercedes de lujo en el que las hermanas iban a tomar el té en el hotel Four Seasons. Le pregunto si cree que Fabrizio es gay en el clóset y me dice que no le sorprendería, que no es afeminado pero que no parece tener un interés por las mujeres, con lo cual, añade, *es gay o simplemente asexuado,* pero yo le digo que esto último no creo que exista, que todos tenemos deseos, pulsiones, apetitos y fantasías sexuales, sólo que algunos se resignan a reprimirlas y eso les da una apariencia de asexuados, pero no porque carezcan de unos deseos, sino porque los sofocan y los ahogan. Mientras Sofía toma una ducha, me pregunto por qué las dos hermanas habrán tenido la debilidad de enamorarse de Fabrizio y de mí, que somos bisexuales en el mejor de los casos y gays en el peor, en el peor de los casos para ellas, digo. Será porque son mujeres muy sensibles, que buscan hombres con una ternura femenina; o porque tuvieron un padre ausente que las abandonó y fue duro con ellas; o porque crecieron con una madre mandona, egoísta y caprichosa, que no supo darles amor propio; o simplemente porque tuvieron mala suerte o poco criterio para elegir novio. Del hermano mayor de Sofía, Francisco, no sé mucho, con excepción de las fotos que he visto de paso, en las que siempre aparece rechoncho, cachetón y con anteojos gruesos. Es un joven estudioso con aires de *nerd*, que ha tenido novias de paso y ahora está en Boston estudiando una maestría de negocios y viviendo con una peruana de familia muy tradicional, Belén Pardo, que era muy amiga de mis hermanas y, hasta donde recuerdo, un encanto y muy guapa, como sus seis hermanas, que causaban alborotos adonde iban porque no había chicas más lindas en Lima que ellas seis, nada menos que seis hermanas Pardo, espléndidas todas y acechadas por los muchachos más apuestos de la ciudad. Yo, por cierto, no soy uno de esos chicos, yo soy bisexual, me gusta acostarme con hombres, pero no le he mentido a Sofía, ella lo sabe y me comprende, y no le molesta porque sabe que ante todo la amo. No soy un canalla como Fabrizio, porque mi chica sabe quién soy, sabe que me encanta hacer el amor con ella y que jamás la dejaría sin darle al menos una explicación. Ahora Sofía sale de la ducha, se viste de prisa, me da un beso apurado y se va corriendo a visitar a Lucho, su padre, a quien llamó desde Washington y, según me cuenta, sintió mal, raro, deprimido, *al parecer ha dejado de tomar las pastillas que le ha recetado la psiquiatra y está más alterado que de costumbre, tengo que verlo, tengo la corazonada de que algo está mal con él,* me dice, y se va apurada. Yo tampoco pierdo tiempo porque tengo que correr a la televisión. Me doy una ducha rápida en agua fría, porque la poca agua caliente ya la consumió Sofía, y visto el terno de siempre, el único traje azul que me compré en Fort Lauderdale y que aguanta gallardamente cada noche de carnaval barato en la televisión. Me subo al Volvo, disparo el volumen en REM y me dirijo al canal por el zanjón, esa horrenda hendidura de asfalto que parte la ciudad en dos y parece un río seco, atestado de autos desvencijados que expelen humos negruzcos, un espanto de ciudad es la que me ha tocado, ya falta poco para terminar mi contrato y salir corriendo. Cumplo con la euforia esperada mi papel de bufón, agitador de escándalos, exhibicionista y provocador en una hora de televisión que me permite vivir muy cómodamente en Lima y no hacer nada útil las veintitrés horas restantes, ni siquiera visitar a mis padres, que me deprimen, ni ir al gimnasio, que es un agobio porque todos tienen cuerpos mejores que el mío, ni meterme al cine, llenas de pulgas todas las salas, ni pasear por la ciudad, que es dantesca, sólo acuartelarme en mi pequeño búnker privado, una inmundicia porque nadie viene a limpiarlo, y leer los periódicos, los serios y los canallescos, y luego alguna novela. Fuera de eso, no hago nada, tampoco escribo, cosa que Sofía me reprocha diciéndome que no tengo excusas, que si de verdad quisiera, lo haría en un cuaderno, a mano, pero no diría que no tengo computadora y que por eso no escribo. Soy un pusilánime. Al menos en la televisión no doy esa imagen de zángano, allí finjo ser emprendedor, audaz, lleno de vitalidad y picardía, lo que es una impostura, pues sólo me mueve una codicia rampante para cobrar el dinero malhadado que me procura esa caja boba, llena de mitómanos y egomaníacos como yo. Cuando estoy saliendo del canal, Sofía me llama al celular y dice llorosa que está en la clínica San Felipe, que su papá está mal, que, por favor, vaya corriendo a acompañarla. *En cinco minutos estoy allá, espérame,* le digo, y acelero por la avenida Salaverry, que bordea interminables cuarteles militares, casas de estudio militares —como si fuese posible que los militares pudiesen aprender algo— y estatuas de próceres militares. Me abruma que la vida de este país esté dominada por militares que me recuerdan a mi padre. Llego a la clínica, estaciono mal pero no importa, entro de prisa, llamo a Sofía al celular, me dice dónde está, subo dos pisos por la escalera, vaya que huele mal esta clínica, parece la escalera del estadio nacional, que despide el olor del ácido úrico reseco de miles de peruanos en medio siglo de fútbol paupérrimo, y encuentro por fin a Sofía, sola, llorosa, descompuesta, sentada en una banca. *¿Qué pasó?,* le pregunto, y ella me abraza y llora y no dice nada. *¿Qué ha pasado?,* insisto, y ella me dice *mi papá,* y yo temo lo peor y espero a que me diga algo más, pero ella no puede hablar, está agitada por el llanto y la emoción contenida que ahora la desborda. No me atrevo a preguntarle si ha muerto. Ella me dice *trató de suicidarse,* y yo me quedo perplejo, sin saber qué decir, y pregunto *¿está muy mal?,* y ella *no sé, lo han dormido, llegué al departamento y no lo encontré,* y el llanto la interrumpe, se abraza a mí, por suerte estamos solos a medianoche en este pasillo desangelado, y yo *¿qué hizo?,* y ella *se cortó, se cortó los brazos, lo encontré sangrando en la azotea del edificio, estaba loco, quería tirarse,* y yo *Dios mío, pobre mi amor, ¿y qué hiciste?,* y ella *le hablé, traté de calmarlo, pero estaba loco, no me escuchaba, decía cosas absurdas, y trató de saltar pero yo lo agarré y no lo dejé, fue horrible.* Sofía llora desconsolada porque no sólo le tocó un padre que la abandonó cuando era niña, sino que además quiso abandonarla esta noche saltando por la azotea del edificio, pero ella tuvo el coraje de impedírselo, de retenerlo y abrazarlo y decirle que lo quería mucho, que no podía irse y dejarla una vez más. Sofía llora y yo con ella, y le digo *te amo, nunca te voy a abandonar, eres la mujer más noble y buena del mundo,* y ella se recuesta en mi hombro y me dice *no sé qué haría sin ti,* y yo siento que nunca he amado a nadie como a esta mujer tan noble que acaba de salvar la vida a su padre.

Domingo en la noche. Faltan pocos meses para terminar mi contrato con la televisión. Recién entonces podré irme con Sofía adonde ella decida, a Washington o a Ginebra. Tengo unos ahorros en el banco. Esta vez no habrá excusas, invertiré ese dinero en mi sueño de escribir una novela. Sé que no puedo hacerlo en esta ciudad. Estoy demasiado absorbido por el mundo chato de la televisión y, además, no puedo salir a la calle sin que nadie me moleste, porque todos en el barrio —el panadero, el verdulero, los del camión del gas, los cuidacarros que a menudo son también los robacarros, los vigilantes, las fruteras con sus hijos a cuestas— me pasan la voz a gritos y me comentan las cosas bochornosas que hago en la televisión sólo para aumentar la sintonía. Me iré lejos, con Sofía, y pelearé por escribir la novela que me desvela ciertas noches. Ahora no puedo escribir, estoy atrapado por la rutina, sedado por el éxito fácil, idiotizado por esta ciudad que aturde a la gente, la hace débil y apocada. Sofía insiste en que debería comenzar a escribir cuanto antes y dejarme de pretextos, como que Lima me roba la inspiración, pero yo me aferro a esa idea o superstición, que no puedo escribir en esta ciudad con la que me llevo tan mal. Me iré. Sólo faltan cuatro meses. Paciencia. Me iré y no volveré. Me iré y escribiré una novela en la que me cobraré la esperada revancha y ajustaré cuentas con esta ciudad de hienas y chacales. Sofía está conmigo. Ha venido a media tarde, después de comer con su padre, que está de vuelta en su casa bajo un estricto régimen de medicamentos, y hemos hecho lo que es ya una rutina los domingos, echarnos en la cama, tomar té y galletas, amarnos, soñar el futuro y tratar de olvidar a los hombres que secretamente todavía amamos, ella a Laurent y yo a Sebastián. No hablamos de ellos, yo sé que a ella le molesta, prefiere que olvide a Sebastián, que deje atrás mis devaneos homosexuales, que sea feliz con ella, sólo con ella. No quiero lastimarla, no le he contado que visité a Sebastián mientras ella estaba en Washington, sólo le he dicho que por el momento no tengo ganas de verlo porque es un egocéntrico, un vanidoso y un tonto, como la mayor parte de los actores de esta ciudad, que sólo leen las páginas del periódico en las que ellos puedan aparecer. Sofía no me habla de Laurent por pudor, no porque a mí no me interese —yo estoy siempre curioso por conocer más detalles de su ex novio—, sino porque le resulta incómodo hacerme confidencias y compartir conmigo los pequeños secretos que tuvo con él. De todos modos, a veces le hago preguntas y ella se resigna a contarme algunos episodios de la agitada vida sexual a la que Laurent la sometió, obligándola a hacer el amor en las más pintorescas circunstancias, por ejemplo en el mar, en la cumbre de una montaña que escalaron juntos o en su consultorio, en la silla reservada a los pacientes. Yo no sé ya qué creer de mí, sólo me aferro a la ilusión de ser feliz con ella en algún lugar menos feo que esta ciudad. Sofía es, por el momento, mi mejor promesa: la amo, me da fuerzas, saca lo mejor de mí y me recuerda que debo dejar la televisión y ser un escritor. Sé que me ayudará contra viento y marea a cambiar de vida, a afincarme en Washington o en Ginebra —yo prefiero Washington porque no hablo francés— y a restaurar la armonía que perdí hace mucho, no sé bien cuándo, quizá cuando sentí de niño que papá me odiaba. Son las siete en punto, hora de los Simpson. Amamos a Bart, pero más a Homero y a su hija Liza. No nos perdemos un capítulo. Yo salgo a veces en mi programa de televisión con una camiseta que tiene el rostro estampado de Bart Simpson, mi héroe. Todos los héroes de este país parecen muy valientes, pero, al mismo tiempo, y que me disculpen los patriotas, un puñado de perdedores: el marino caballeroso que, sin embargo, perdió la guerra naval; el soldado que se arrojó a caballo desde las alturas del morro para no caer en manos enemigas; el valeroso militar que libró combate desigual y perdió la vida; el aviador que fue derribado; todos muy heroicos y perdedores. A diferencia de ellos, Bart Simpson sí que es mi héroe: hace lo que le da la gana, a menudo se sale con la suya y es condenadamente divertido. Por eso, Sofía y yo no nos perdemos sus aventuras los domingos por la noche, en episodios viejos, doblados al español, que nos hacen reír mucho. Sofía goza especialmente con el viejo Homero y me dice que yo me voy a poner así de barrigón, pedorro y perdedor si sigo saliendo a regañadientes en la televisión y no me atrevo a escribir. Yo, riendo, le doy la razón, porque mi jefe, el dueño de la televisora, me recuerda al narigón que no se cansa de humillar a Homero en la fábrica de Springfield, Missouri. De pronto, a mitad de los Simpson, se interrumpe la programación y aparece con rostro sombrío el presidente en cadena nacional, anunciando, en el español deplorable que sus nervios le permiten leer, que ha sacado las tropas a la calle para cerrar el Congreso y los tribunales. Es un discurso breve, mal leído, que alude a la seguridad nacional para urdir esa felonía, un golpe de estado más en la larga historia de barbaries y tiranías que se han sucedido en el país. El granuja que fue elegido presidente por una masa de ignorantes y resentidos acaba de perpetrar un golpe de estado con la complicidad de los canales de televisión, que han transmitido el discurso sin censurar ese acto de barbarie, el de sacar los soldados a la calle para aporrear a los parlamentarios elegidos por el pueblo. Sofía y yo estamos pasmados, mirando desde la cama cómo, una vez más, el país se va a la mierda, con el entusiasta apoyo de la mayoría, que, por supuesto, votó por este bribón y ahora aplaude el golpe. *Yo no me quedo ni un día más en este país de mierda, yo me voy mañana mismo,* le digo a Sofía. Ella me escucha, asiente y me da ánimos para tomar una decisión que me devuelva la dignidad que parezco haber perdido en la televisión. *Esto es un golpe de estado, es un escándalo que boten a patadas a los parlamentarios que fueron elegidos por el pueblo, no se puede apoyar una barbaridad así, esto sólo va a traer cosas malas, éste es un país salvaje, donde la ley no vale nada, donde mandan los matones, los hijos de puta, los mafiosos y los canallas. Yo no me quedo acá ni loco. Yo no pertenezco a este país de matones y militares. Me tengo que ir. Cuanto antes, mejor.* Porque, además, todas las noches le tomo al pelo al japonés, me burlo de los escándalos que sacuden a su gobierno, de las denuncias de corruptelas y comechados que se multiplican como una plaga, de los trajes que usa el felón y que seguramente ha hurtado de la ropa donada por Japón para los pobres de este país. Está claro que el canal de televisión, ocupado por los soldados después del golpe, no me permitirá seguir haciendo escarnio del presidente, de su esposa que dice disparates, de sus ministros esperpénticos. Sólo me permitirán seguir con mi programa si no hago una sola broma contra el golpe y no aludo para nada al impresentable que nos gobierna. *Sí, tienes que irte, no puedes salir mañana lunes en tu programa y apoyar el golpe,* me dice Sofía. *Y tampoco puedo salir y poner cara de tonto y hacer bromas sobre otras cosas y no decir una palabra al respecto, cuando hay soldados con fusiles frente a mí,* digo. Si hago el programa, tendré que decir que estoy contra el golpe, que el presidente es un traidor que ha deshonrado su juramento de cumplir la Constitución y que la mayoría que apoya este golpe se equivoca, pero es obvio que el dueño del canal no me dejará criticar a un gobierno que él apoya. *¿Qué vas a hacer?,* pregunta ella desde la cama, viéndome caminar agitado por la habitación. *Porque tienes un contrato y no lo puedes romper, te pueden enjuiciar. No sé qué voy a hacer, pero creo que lo mejor es irme del país mañana mismo,* digo. No dudo en buscar el celular y llamar al dueño del canal, que es mi amigo o finge serlo. Me contesta con amabilidad. *¿Qué vamos a hacer mañana?*, pregunto. *No sé, no sé, el canal está tomado por los soldados,* responde. *¿Vamos a hacer el programa?*, insisto. *¿Qué dirías si sales en tu programa mañana?*, me pregunta. *Si salgo, tendría que decir que estoy contra el golpe y hacerle diez bromas duras al chino. No puedo quedarme callado. No puedo acobardarme. La gente sabe que todas las noches, en este último año, he venido jodiéndolo. Ahora no me puedo callar.* El tipo guarda silencio, medita su respuesta, mide sus intereses y sus conveniencias. *De ninguna manera puedes salir mañana hablando mal del golpe y jodiendo al chino,* me dice. *Sería un suicidio para ti y para mí. A mí me quitarían el canal. Y a ti podrían meterte preso.* Me quedo frío, el coraje nunca fue una de mis virtudes. *¿Preso?*, digo, incrédulo. *Sí,* confirma él, con voz sombría. *He visto una lista de periodistas de oposición que podrían ser detenidos en cualquier momento y tú estás en esa lista. Sería una locura hacer el programa mañana contra el chino. Si sales, tendrías que hacerte el loco y no decir nada y hacer tus jodas de siempre, tus pendejadas, tus picardías que le gustan a la gente, pero sin meterte para nada con el gobierno, sin tocarle un pelo al chino, porque ahí sí que nos jodemos, y tú vas preso y a mí me quitan el canal.* Las cosas están claras, no puedo hacerme el despistado y salir en la televisión sin condenar el golpe, sin hacer gala de la irreverencia que el público espera de mí. Si me callo, me dejo intimidar, me hago el tonto y no digo nada, ni una broma siquiera contra el japonés felón, perderé mi fama de rebelde e irreverente. *Entonces mejor no hacemos programa mañana y así todos contentos,* digo. *Porque si salgo, voy a decir lo que pienso, no voy a poder callarme, tú sabes cómo soy en la tele,* agrego. Mi amigo, el empresario, listo como de costumbre, no lo duda: *Sí, lo mejor es que no hagas el programa por ahora, tómate unas vacaciones, ándate de viaje y después hablamos según cómo vayan las cosas.* Yo escucho esa decisión con júbilo. *Perfecto, de acuerdo* —me apresuro—. *No hacemos más el programa y me voy a Miami mañana mismo y el contrato queda anulado, ¿de acuerdo?* Y él, firme: *Sí, mejor así, va a ser una locura que sal-*

gas mañana en tu programa, vas a decir un montón de barbaridades y nos vamos a meter en un problemón del carajo. Arráncate a Miami, no digas nada y hablamos allá en unas semanas —me aconseja—. *Pero eso sí* —añade—: *no hagas una sola declaración antes de irte, ándate calladito porque si te metes con el chino, te van a joder, vas a ir preso. No te preocupes, me voy calladito, que no tengo vocación de mártir,* le digo. *Nos vemos en Miami,* me dice aliviado, y yo, muy contento, pues siento que estoy recobrando mi libertad, *nos vemos en Miami, y gracias por la confianza.* Dejo el celular, apago la televisión y abrazo a Sofía. *Me voy mañana en el primer vuelo a Miami,* le digo. *Tienes que irte,* me dice, con una mirada llena de ternura. *Vámonos juntos,* la animo. *No, yo me quedo, anda tú primero, yo ordeno mis cosas y voy después, lo importante es que te vayas de acá cuanto antes. Ya no alcanzo a llegar al vuelo de esta noche, tendré que irme mañana en la noche,* digo. No voy a salir del departamento. No voy a contestar el teléfono. Mañana me quedaré encerrado acá y con suerte me iré para siempre. Sofía está asustada pero también ilusionada. Cree que no tendré problemas en tomar el avión, porque no soy un enemigo encarnizado del presidente, sólo un periodista risueño que a menudo se burla de él en la televisión. *Si no dices nada y te subes al avión, no te van a hacer problemas* —opina, exasperada como yo por los eventos de esa noche—. *Pero si te haces el valiente y sales en tu programa y le das con palo al chino, te vas a joder, porque él ahorita tiene que demostrar que no le aguanta pulgas a nadie, y además, la gente apoya el golpe.* Es cierto, la mayor parte de los peruanos, asustados por el avance del terrorismo, apoya el golpe del felón y su camarilla militar. Sofía ha hablado por teléfono con Bárbara y con Peter, y ambos apoyan resueltamente la conspiración. Mis padres, a quienes he llamado por curiosidad, me han dicho lo mismo, que en buena hora el presidente ha tenido los pantalones de cerrar el Congreso y mandar a su casa a los legisladores. *Este país de ignorantes sólo se arregla con mano dura* —dice mi madre—. *Mano dura es lo que nos hace tanta falta.* Claro, mi madre adora la mano dura, por algo es militante del Opus Dei. Mi padre, por su parte, que suele alegrarse cuando ve salir a los militares de sus cuarteles, pues considera que deberían gobernar este país como lo hizo Pinochet en Chile, está encantado con el discurso del mandón de turno: *Me saco el sombrero por lo que ha hecho el chino, hay que tener cojones para gobernar este país, ahora sí se van a arreglar las cosas, el Parlamento no lo dejaba gobernar, estaban jodiéndole la vida, bueno, que se dejen de joder, que les metan palo, que los bañen con el rochabús, yo apoyo ciento por ciento al chino, hay que gobernar con los militares, es la única manera de ganarle al terrorismo y poner orden.* No conviene discutir con ellos, sólo escucho sus opiniones y recuerdo con melancolía que ellos naturalmente defienden lo que siempre han encarnado: la prepotencia, la intolerancia, el triunfo de la fuerza sobre la razón. Porque mi padre no sabe razonar o discutir serenamente, siempre se impone a gritos y a manazos, y mi madre no es menos intransigente, ejerce su poder con un dogmatismo y una intolerancia dignas de una satrapía africana. No es casual entonces que se alegren cuando un felón pervierte la democracia e instaura una dictadura. ¿Cómo podrían ellos, un golpista de toda la vida y una *ayatollah* religiosa, creer en las virtudes de la tolerancia? Imposible. Estoy en la familia equivocada, en el país equivocado, en el trabajo equivocado, ¿con la mujer equivocada, porque debería volver con Sebastián y no aferrarme a la superstición de que podré ser un hombre cabal? No: Sofía es la mujer de mi vida y no la voy a perder. Me iré a Miami y pronto nos reuniremos allá. Al día siguiente, no me muevo del departamento ni contesto el teléfono, sólo me dedico a hacer maletas y preparar el viaje, la esperada partida a la libertad. Antes de salir, hago el amor con Sofía, lloramos abrazados y le digo *te amo como nunca amé a nadie, lo mejor está por venir, te espero allá.* Ella me promete que venderá todas mis cosas —el departamento, el auto, el televisor, los teléfonos, la lavadora y secadora, el equipo de música, los muebles, todo lo que pueda vender, absolutamente todo, incluso mis corbatas usadas a los ropavejeros que deambulan por los alrededores de la clínica Americana—, y yo le agradezco porque no pienso volver en mucho tiempo a esta ciudad envenenada y pérfida. Ahora Sofía me lleva al aeropuerto en mi Volvo. Vamos en silencio. Tengo miedo de que me detengan en los controles migratorios y me impidan viajar, pero no digo nada y ella tampoco. *No bajes del carro, nos despedimos acá,* le digo, llegando al aeropuerto. Nos besamos largamente. Me conmueve la nobleza de su mirada, no puedo evitar llorar, sentir que sin ella y Sebastián voy a estar perdido, que los voy a extrañar miserablemente. *Te amo,* le digo, y me voy llorando. Dos horas después, el avión despega haciendo un estruendo. Miro el perfil pobremente iluminado de la ciudad. No pienso volver más a este arenal. Juro por lo poco que me queda de dignidad que no volveré a vivir en esta ciudad, que sólo volveré cuando haya publicado una novela y que seré un escritor y escupiré sobre este páramo hediondo.

Miami me ha recibido con más calor del que esperaba en abril. He pasado las primeras noches en el hotel Hampton de la avenida Brickell, que es barato y bien ubicado, y luego he alquilado un apartamento en un edificio nuevo, a pocas cuadras del hotel, en el número 1550 de la avenida Brickell. En el auto que también he arrendado, he ido a comprar a regañadientes —porque detesto ir al centro comercial de Dadeland— las cosas mínimas para estar cómodo, es decir, una cama, una mesa, un teléfono y un televisor. Una vez instalado, no hago nada. Paso los días durmiendo, hablando por teléfono con Sofía, saliendo a correr por el vecindario y comiendo en los cafés cercanos. No quiero salir más en televisión. Me han llamado de un canal en español, ofreciéndome un programa de entrevistas, pero he sido evasivo y no he querido comprometerme porque no deseo seguir esclavizado a la televisión, prefiero esperar a Sofía y luego viajar adonde ella decida. Mi rutina es de una pereza deliciosa: me mantengo en forma, duermo diez horas, hago una dieta sana y curiosamente no extraño a nadie, a Sebastián ni a Sofía, ni mucho menos a mis padres. Soy extrañamente feliz viviendo solo en este pequeño escondrijo mal amueblado, sin trabajo ni ocupación conocida, esperando las once y media de la noche para ver el programa de Letterman, que me hace reír mucho. El calor es agobiante, pero a todo se acostumbra uno. Me molesta el aire acondicionado, me irrita la garganta y me provoca dolores de cabeza, aunque más me molesta sudar cuando lo apago y trato de sobrevivir abriendo las ventanas y exponiéndome al aire sofocante de esta ciudad. Sofía vendrá en unas semanas. De momento, está dedicada a vender mis cosas en Lima. Por lo demás, ya decidió estudiar en Georgetown. Celebro su decisión. La universidad de Ginebra no le parece una buena idea porque Laurent estaría muy cerca. Washington nos conviene más, dado que ella es ciudadana de Estados Unidos y yo estaré más cómodo en esa ciudad. Todo está saliendo razonablemente bien. Animado por ella, hago unas gestiones ante la Universidad de Georgetown y consigo que me admitan en los cursos de inglés que comenzarán en agosto, cuando empiece su maestría. Qué vergüenza, ella estudiará un posgrado en ciencias políticas, y yo, ¡inglés como segunda lengua! No es que no pueda hablar ese idioma, sé hablarlo con algún decoro, aunque bastante peor que Sofía, que lo habla con envidiable fluidez, pero, si quiero estudiar en Georgetown, como ella desea, haría bien en desempolvar mi inglés macarrónico y hacerme a la rutina de la vida universitaria, que abandoné con euforia cocainómana años atrás. Todo está bien en Miami, mis días son una fiesta de libertad y holgazanería. Todo está bien menos mi vida sexual, que ha entrado en franca decadencia, a falta de Sofía y Sebastián, y se limita a tocarme en las noches pensando en él, en ella, en ellos. Duermo mejor si me masturbo y termino a gritos, perturbando seguramente al vecino. Para despertar del letargo que se ha instalado en mi vida amorosa, llamo a Sebastián y le ruego que venga: *Te extraño, vente unos días secretamente, sin que nadie se entere allá, y quédate en mi depa, y hagamos el amor como antes, como al comienzo, cuando nos enamoramos,* pero él, con una voz muy seria, me dice *no quiero verte, quiero dejarte atrás, me haces daño, por favor, no me llames más y olvídate de mí, que lo nuestro se ha terminado.* Luego cuelga y me deja triste, sin poder entender por qué se permite estos exabruptos, por qué se ha ensañado conmigo desde que empecé a salir con la chica que me presentó en el Nirvana. Te jodiste, Sebastián, ahora me iré despechado a South Beach y buscaré en otros hombres el amor que tú, mezquino, me niegas. No es cosa de ponerse muy atildado, pues detesto las ropas ajustadas y los productos químicos en el pelo, sólo es cuestión de recorrer el afiebrado circuito de la noche gay y, tomando las debidas precauciones, irme a la cama con un hombre que sepa amar con ternura. Aunque parece fácil, no lo es: las discotecas, llenas de gente tonta y vulgar, me aturden, dejan apestando a humo y odiando a los fumadores, y me recuerdan el tiempo en que fui un drogadicto, pues en sus baños la gente se droga con descaro y, además, me reducen a un pedazo de carne adiposa —es obvio que no estoy en condiciones de bailar con el torso desnudo, como esos chicos lindos, de admirable musculatura, a los que, por pura envidia, encuentro idiotas— en aquellos mercadillos de carne fresca de los que me marcho disgustado, jurando no volver. Prefiero tocarme en mi cama, desintoxicado, lejos de las drogas, sin soportar el asedio de los viejos libidinosos con miradas de hienas y chacales. No puedo estar bien sin un hombre que me ame ocasionalmente, pero tampoco quiero ser una loca escandalosa, chillona, desesperada, putísima, rogando por una verga enhiesta. Una noche, paseando por Lincoln Road, entro en un café con aire francés y me atiende un camarero muy guapo, francés, que extrañamente huele bien, y no tardamos en mirarnos con interés y curiosidad. Espero a que termine su turno a las once de la noche, lo subo en mi auto y lo llevo de prisa, sin darle tiempo a que se arrepienta, a un hotel cercano, el National, en la avenida Collins. François, que así se llama, es un chico alto, delgado, con ojos de gato y manos de pianista, se desnuda con una facilidad asombrosa, se echa en la cama y me espera. Yo me quito la ropa, me echo en la cama y lo espero. Está claro que él quiere que se la meta y yo también quiero que me la meta. Estamos los dos echados, besándonos, y nadie toma la iniciativa.

Entonces me pide que se la meta, pero yo declino cordialmente y le digo que no me apetece, que es mucho estrés porque hay que usar cremas, lubricantes, preservativos, toda una operación que me abruma y me disgusta. Yo le sugiero que me haga el amor, pero él también declina cordialmente, porque, me explica decepcionado, es sólo pasivo, no puede ser activo. Entonces yo le digo *bueno, se ve que no somos lesbianas, no hay mucho futuro entre nosotros, casi mejor si cada uno se toca y ya.* Luego nos tocamos mientras François me cuenta que está pensando en el marroquí que se lo cogía en los baños de la universidad, y yo me consuelo con el recuerdo pálido de Sebastián. Cuando terminamos, cada uno se va a su casa y trato de olvidar tan desafortunado encuentro. Irritado porque Sebastián insiste en no hablarme, dispuesto a vengar tan innoble afrenta, decido subirme a un avión a Nueva York y buscar a Geoff, a quien conocí en Manhattan paseando por el Museo de Arte Moderno, donde trabajaba como guía y repartidor de folletos informativos. Desde entonces nos hicimos amigos. No nos hemos acostado, no todavía, pero cuando hablamos por teléfono nos excitamos diciéndonos las cosas que nos gustaría hacer cuando estemos juntos. Geoff no es demasiado guapo, es flaco y tiene una voz afeminada, lo que a veces me disgusta, pero está siempre caliente y con ganas de hacer travesuras. Dice que es bisexual y yo no sé si creerle, porque ahora todos dicen que son bisexuales y nadie se acuesta con una mujer, aunque Geoff jura que tiene una amante en Manhattan, una cubana, Grettel, que estudia arte y quiere ser pintora. Geoff no me cree cuando le digo que me he acostado con varias mujeres y sólo con un hombre, Sebastián. No me cree porque ya tengo veintisiete años, cinco más que él, pero yo le digo que es verdad, que no tendría por qué mentirle, que Sebastián es el único hombre que he amado, sin contar por supuesto a mi urológo, el doctor Ramírez, que atiende al lado de la clínica Americana y me hace unos tactos rectales tan delicados que ¡cómo podría no amarlo!

Geoff me recibe contento, excitado, más guapo de lo que recordaba y más flaco también. Salimos a cenar y después volvemos a su departamento, donde acaba pasando lo que tenía que pasar, es decir, me hace el amor con una ternura, una paciencia y una destreza que nunca, y no lo digo por despecho, tuvo Sebastián conmigo. Luego se duerme sin demora y ronca toda la noche, lo que me impide conciliar el sueño. A la mañana siguiente, va a trabajar al museo y recién entonces consigo dormir profundamente. Cuando vuelve del trabajo, no salimos. Sólo nos interesa hacer el amor y conversar en la cama. Tras un fin de semana de mucho sexo, nos despedimos llorando en La Guardia, prometiéndonos un encuentro en Miami, y vuelvo entonces a mi departamento de Brickell sintiéndome un puto y un canalla: un puto porque ahora son dos los hombres con los que me he acostado y un canalla porque Sofía estaba en Lima vendiendo mis cosas mientras yo hacía el amor con Geoff. No sé por qué, llamo a Sebastián y le dejo un mensaje en el contestador diciéndole que he estado un fin de semana en Nueva York y que me he acostado con un amante delicioso, a ver si le dan celos y me llama indignado. Después llamo a Sofía y se lo cuento todo, que he viajado a Nueva York a escondidas sin decirle nada y que los últimos días le he mentido, pues no la llamé desde Miami, sino desde Manhattan, donde pasé un fin de semana con un amigo gay con el que me he acostado, *pero no fue nada serio, mi amor, sólo sexo, una aventurilla sin importancia, yo estoy enamoradísimo de ti, y esta escapadita a NY para ver a Geoff fue una tontería, nada más.* Entonces ella se echa a llorar y yo le pido perdón, *no sé por qué lo hice, perdóname, mi amor, no volverá a ocurrir, no sabía que te molestaría tanto,* y ella *lo que más me molesta es que me hayas mentido,* y yo *pero ahora te lo estoy contando,* y ella *sí, pero todos estos últimos días me mentiste, me dijiste que estabas en Miami y que me extrañabas, y en realidad estabas en Nueva York, acostándote con un amigo,* y yo *perdóname, mi amor, no volverá a ocurrir, te juro que es la última vez que me acuesto con un hombre,* y ella *no me tienes que prometer eso, sólo prométeme que nunca más me vas a mentir,* y yo *te juro que nunca más.* Colgamos y me siento un canalla que siempre acaba lastimando a los que más quiere. Ahora es Geoff quien no cesa de llamarme, de decirme que me extraña y que quiere venir a Miami, que no puede vivir sin mí. Yo no contesto sus llamadas aunque sufro oyendo su voz en el contestador. No quiero hablarle porque en pocos días llegará Sofía y no quiero lastimarla más. Geoff llora en mi contestador y me pregunta por qué diablos no quiero hablarle y Sofía llora cuando la llamo y me dice que no sabe si debe venir a verme, y yo también lloro porque quiero estar con Geoff y con Sofía y supongo que eso es imposible.

He escrito un artículo condenando el golpe en mi país y lo he enviado a un semanario que dirige un amigo, pidiéndole que lo publique. También se lo he mandado por fax a Sofía pensando que le gustaría, pero ella lo ha leído con Peter, su padrastro, y me ha llamado alarmada, sugiriéndome que desista de publicarlo porque, según dicen Peter y ella, me voy a meter en problemas. *Todo el país apoya al chino, no te mandes a criticarlo, vas a perder popularidad, no te conviene,* me aconseja Peter, con su voz de cardenal, y Sofía lo secunda, *no te metas en líos políticos, que eso siempre termina mal, y más aún en este país en el que los políticos son unas bestias,* me dice, y yo *¿pero no te ha gustado mi articulillo, no te parece que sería una pena guardarlo y no publicarlo?,* y ella *sí me ha gustado, pero Peter tiene razón, el ochenta por ciento apoya el golpe, todo el mundo como nosotros está con el chino, tú te has ido a Miami, deja que la gente te extrañe, no salgas a criticar al gobierno desde Miami, que se vería pésimo.* Yo me dejo intimidar por ellos, llamo a mi amigo de la revista y le pido que no publique el artículo contra el truhán que nos gobierna. Sofía y Peter se sienten halagados con mi decisión, y yo, un timorato, un hombrecillo apocado. Entretanto, mi amigo, el dueño de la televisora en la cual trabajaba, pasa por Miami vestido de blanco como si fuera a pasear en yate y me invita a un almuerzo excesivo en el que se emborracha, mientras yo lo secundo como un adulón, riéndome de sus bromas malas y celebrando sus artimañas y corruptelas, y me aconseja que no vuelva a Lima, que me quede en Miami para producir un programa juntos, pero yo le digo que no puedo, que me voy a estudiar a Washington, pues ya me admitieron en Georgetown University, y él se queda pasmado y dice *¿a estudiar, tú a estudiar, a estudiar qué?*, y yo, tragándome el orgullo, *a estudiar inglés primero, y después ya veremos*, y él se ríe en mi cara y dice *es una pelotudez que te vayas a estudiar inglés, yo no hablo una puta palabra de inglés y me importa un huevo, igual tengo mi casa en Key Biscayne y mi yate y mi Mercedes convertible, para eso no hay que saber inglés, sino saber hacer plata*, y yo *sí, pues, pero yo quiero ser un escritor*, y él no me escucha, me atropella, *tú tienes un talento para la televisión, no lo desperdicies, no seas pelotudo, sigue haciendo tu programa divertido, pendejo, jodedor, acá en Miami, y vas a tener un éxito de tres pares de cojones*, y yo, renuente a discutir, le digo *sí, tienes razón, hagamos tele*, pero luego me marcho entristecido, manejando este auto cuyo color me resulta un tanto hiriente, y pienso que no, que se vaya al carajo la televisión, me voy a Washington a estudiar inglés y a escribir la novela y que se joda mi amigo el millonario. Sofía, por suerte, me apoya en ese propósito: *No te metas de nuevo en el remolino, que te va a tragar, y si te metes en la tele de Miami, que es un remolino más fuerte, te vas a hundir más que en Lima y te va a costar mucho más trabajo salir.* Yo lo tengo claro: me iré a una ciudad donde pueda escribir, porque acá en Miami, entre lagartijas, zancudos y cubanos vocingleros, me resulta imposible, Miami es la ciudad menos literaria del mundo. Desorientado, aburrido y con dinero en el banco, pues Sofía ha vendido mi departamento y mi auto y ha transferido la plata a mi cuenta bancaria en Miami, decido, con su aprobación, escaparme un mes, quizá más, a Madrid, al departamento de un amigo que me acoge con generosidad, permitiéndome dormir en el sofá de la sala. Madrid me fascina como siempre; Miami es una ciénaga pretenciosa, un pantano al lado de esta ciudad con historia y cultura, en la que, sin embargo, no me atrevo a quedarme, porque ya tengo un compromiso con Sofía y no quiero decepcionarla. Ella piensa que voy a quedarme en Madrid y a terminar con ella, y por eso cuando le dije que viajaría rompió a llorar y luego me confesó que hizo añicos mis discos de Bosé, pero yo le prometo, en las cartas largas y amorosas que le escribo, que sólo estaré un mes, que la extraño con desesperación, que no puedo vivir sin ella y que nos iremos juntos a Washington. *Todos mis besos son para ti, mi amor,* termino siempre esas cartas tan cursis que me hacen llorar, pero ¿acaso no es siempre cursi el amor? Mi amigo Álvaro, que me ha alojado en su departamento, está escribiendo un libro, y por eso, nada más despertar, salgo a la calle y no regreso hasta la noche, para no perturbar su rutina de escritor, porque él, de quien me hice amigo cuando éramos adolescentes, es un escritor de raza, como su padre, uno de los más grandes escritores en lengua castellana. Álvaro es completamente heterosexual, tiene una novia que lo visita a menudo y quizá sospecha pero no sabe con certeza que yo soy bisexual, y casi mejor así, prefiero no compartir con él esas intimidades que podrían incomodarlo. Paso los días en los cines de la ciudad, en los que me recluyo a ver dos y hasta tres películas seguidas, con un breve descanso para comer algo, lo que me permite escapar de la humareda constante de los fumadores que están por todas partes. Yo tengo alergia al humo del tabaco y en Madrid parezco un conejo asustado, saltando de una acera a otra, conteniendo la respiración, cubriéndome la boca y la nariz con una bufanda para no aspirar el humo viciado de los fumadores, que son abrumadora mayoría. Cuando he visto toda la cartelera y empiezo a desarrollar una fobia pertinaz contra los fumadores, Sofía me anuncia que está lista para viajar y decido volver a Miami. Álvaro me despide con cariño y yo me alegro de volver a Miami, donde casi nadie fuma, hay una brisa fresca que viene del mar y me encontraré muy pronto con la mujer que amo. Sin embargo, apenas llego a Miami y sufro el calor agobiante, echo de menos caminar por las calles de Madrid, tomar el metro, entrar a museos y librerías. Acá me siento en una jungla espesa y bárbara, llena de mosquitos, iguanas y lagartijas. Exhausto y abatido, llego a mi departamento y me doy una ducha llorando porque no sé adónde ir, no sé cuál es mi lugar en el mundo, no puede ser Miami, porque acá no se puede caminar por la calle, y tampoco Madrid, pues todo el mundo fuma. No me queda sino confiar en que Sofía me revele el lugar en que estaré bien, no me queda sino esperarla y seguirla. Mientras tanto, me consuelo riendo con Letterman, mi mejor amigo aunque él no lo sepa, y extrañando a mis chicos, los que dejé o me dejaron, Sebastián y Geoff, y llorando con Sofía en el teléfono mientras le prometo, como le escribía en las cartas desde Madrid, que *todos mis besos, todos, son para ti, mi amor*. Unos días después, Sofía llega a Miami y yo la espero en el aeropuerto y quedo arrobado al verla tan guapa y elegante, empujando el carro de las maletas. La abrazo, me recuesto en su cuello y siento cuánto me quiere. Comprendo entonces que es allí donde quiero estar, donde mejor me siento, entre sus brazos. Manejo de prisa al apartamento y al llegar hacemos el amor con una pasión que había olvidado y, amándola en mi cama, no pienso en ningún hombre, sólo me pierdo en su belleza y en su mirada y en sus jadeos. Luego nos vamos a cenar al restaurante de Gloria y Emilio Estefan en la calle Ocean Drive y al terminar, no sé por qué, me invade una tristeza extraña, inexplicable. Tal vez por eso le pido que caminemos por la playa. Es de noche y ella me acompaña encantada. Nos sentamos en la arena, contemplando el mar manso cuya quietud es sólo alterada ocasionalmente por los pobres balseros que huyen del sátrapa. Sofía está contenta y me lo dice, presiente que seremos felices en Washington, ella estudiando y yo escribiendo. De pronto estoy llorando, y ella *¿qué te pasa, por qué lloras?*, y yo *porque no sé si voy a poder ser feliz contigo*, y ella *¿por qué?*, y yo *porque. me gustan mucho los hombres, porque a veces necesito estar* *con un hombre,* y ella *yo entiendo eso, no te preocupes, poco a poco vas a ir dejando eso atrás, no hay apuro,* y yo, lloroso, *pero es que no sé si voy a poder cambiar, mi amor, y tú estás segura de que sí y yo creo que no, que siempre me van a gustar los hombres.* Ella se queda en silencio, no dice nada, y me siento un tonto por haberla lastimado, y yo *¿estás bien?,* y ella *sí,* pero no, no está bien, y yo *tú sabes que te amo,* y ella *yo también te amo, te amo como nunca he querido a nadie, y no quiero perderte,* y yo *pero qué coño hago con los hombres, porque no quiero mentirte, no quiero decirte que voy a poder cambiar, que no me van a gustar más, me sentiría un farsante, un cabrón, porque yo creo que a veces va a ser inevitable que quiera estar sexualmente con un hombre, por eso me escapé para estar con Geoff, no por amor, sino porque tenía una necesidad, ¿me entiendes?,* y ella *sí, te entiendo, pero ¿no te basta estar conmigo?, ¿no eres feliz cuando estamos juntos?, ¿igual necesitas estar con un hombre?,* y yo *sí soy feliz contigo, y sí me encanta hacerte el amor, pero a veces mi cuerpo me pide otras cosas, otras sensaciones, y estar con un hombre es algo distinto, no digo mejor ni más lindo ni más placentero, pero distinto, y hay una parte de mí que me lo pide, y si lo niego y te miento, todo será peor y lo nuestro se irá a la mierda, por eso estoy llorando, porque te quiero y no quiero mentirte,* y ella me abraza y me besa y me dice *por eso te quiero tanto, porque no me mientes, pero no te preocupes por el futuro, pasará lo que tenga que pasar y yo te quiero igual, no te quedes en Miami, esta ciudad no es para ti, y no vuelvas a la televisión, que te vas a arrepentir, vámonos a Washington y siéntate a escribir por fin y haz lo que quieras, yo te amo y tú lo sabes, yo quiero que seas feliz, y si un día me dices que quieres estar con un chico, yo te llevaré a la mejor discoteca gay de la ciudad y te ayudaré a encontrar al chico más lindo, al que te haga más feliz,* y yo la abrazo, la beso y la amo con desesperación, *eres la mujer más genial y adorable del mundo, por eso te quiero tanto, porque siento que me entiendes como nadie y me quieres incondicionalmente,* y lloramos abrazados y ella *¿vas a venir conmigo a Washington?,* y yo *claro, por supuesto, y vamos a ser muy felices y te juro que nunca te voy a mentir, y si necesito estar con un* *hombre te lo diré y tú serás mi cómplice, mi amante y mi mejor amiga,* y ella *suena bien, creo que es un buen acuerdo, ya verás que todo saldrá bien, pero eso sí, nunca más me hagas lo que me hiciste con Geoff, no me mientas, no me trates como a una tonta, no me digas que estás en un lugar cuando estás en otro, dime siempre la verdad que yo no puedo dejar de quererte,* y yo, los ojos llorosos, mi rostro en su pecho, enterrados mis pies en la arena, *te prometo que nunca más te voy a mentir, y perdóname por eso, fue sólo una aventura tonta,* y ella *¿pero al menos valió la pena?,* y yo *no, porque te hice llorar,* y ella *pero ya estoy hecha a esa idea, tú has venido a mi vida para hacerme muy feliz y para hacerme llorar mucho, y por eso te amo.* Luego regresamos callados al departamento, oyendo en el auto *Tears in heaven,* la canción que Clapton canta en memoria de su hijo Conor, que murió al caer del piso cincuenta y tres de un rascacielos en Manhattan. Cuando llegamos a casa, hacemos el amor con una pasión inolvidable. Al terminar, lloro en su pecho y le digo *nunca he sido tan feliz como esta noche contigo llorando en la playa y ahora acá, en tu pecho.*

Isabel, la hermana de Sofía, ha viajado a Río para discutir su divorcio con Fabrizio, dejando desocupado su departamento en Washington, que según Sofía es precioso, digno de verse, ubicado en el corazón de Georgetown, al lado del centro comercial más exclusivo del barrio. Sofía me anima para aprovechar que el departamento está vacío, a nuestra disposición, y viajar unos días a Washington y, dado que faltan pocas semanas para que comience su maestría y mi curso de inglés, alquilar un lugar en el cual podamos instalarnos en agosto, cuando nos mudemos a esa ciudad. Yo aún tengo dudas: ¿me atreveré a mudarme, a vivir con ella, volver a la universidad y escribir la novela? ¿O me vencerá el miedo y volveré derrotado a Lima a seguir sonriendo sin ganas en la televisión? Aburrido de la vida previsible en Miami —desayunar veinte uvas contándolas, leer como un viejo jubilado los periódicos en inglés, ir al cine en las primeras funciones, que son las más baratas, ver el programa de Letterman comiendo helados de chocolate, correr con Sofía cuando cede el calor, al final de la tarde—, celebro la idea de pasar unos días en Washington, ciudad que aún no conozco, y alojarnos en el departamento de Isabel, quien ha tenido la gentileza de ofrecérnoslo mientras dure su viaje a Río. Desde el avión, oteando el horizonte boscoso de la ciudad, el río marrón que la divide, la imponente arquitectura de la universidad que nos espera, comprendo que ésta es una ciudad digna de ser llamada así, a diferencia de Miami, que es sólo un pueblo. Sofía sonríe al ver el júbilo contenido con que contemplo la ciudad desde el avión. *Sabía que te gustaría, vas a ser muy feliz acá, Miami no es para ti,* me dice, tomándome de la mano, ya en el taxi. Siendo un peruano familiarizado con el caos y la inmundicia, quedo pasmado al ver tanto orden, tanta belleza. El departamento de Isabel es hermoso, lleno de detalles exquisitos y decorado con el mejor gusto. Lo primero que llama mi atención son las fotos: a pesar de que está divorciándose, no las ha retirado todavía. Enmarcadas en plata, siguen allí, en una mesa de la sala, las fotos de su boda con Fabrizio, de la luna de miel, de los viajes a esquiar, de los momentos felices que vivieron esos tres años que estuvieron casados. Fabrizio es atractivo, con un aire misterioso, como si sus ojos marrones escondieran secretos turbios que su esposa ignoraba al casarse y nunca sabrá, pero no llega a ser un hombre guapo y ciertamente no parece contento, porque, aunque sonríe, una sombra de tristeza se cierne sobre su rostro. Isabel es muy linda, con el pelo marrón ensortijado, unos ojazos vivarachos y traviesa la sonrisa, y uno advierte en seguida que ella no vio venir la infelicidad, que se casó enamorada y engañada y sin saber quién era realmente ese hombre de mirada esquiva y aire taciturno, que, sospecho, bien podría ser un gay en el clóset. Me quedo un rato mirando las fotos, examinando cada expresión de ese italiano que, según me cuenta Sofía, es un tipo encantador, muy refinado, pero al mismo tiempo enigmático, indescifrable. Por suerte hay dos habitaciones grandes en el departamento, en las que reina un silencio de camposanto, y los baños están radiantes, como nunca han estado en mi casa, porque yo detesto que venga gente extraña a limpiar, prefiero convivir con el polvo y las arañas. Todo en apariencia marcha bien, la ciudad me ha maravillado, paseamos por las tiendas de Georgetown Park, comemos galletas de chocolate en Mrs. Fields, vamos a tomar té al Four Seasons, donde Isabel conoció a Fabrizio, visitamos la Universidad de Georgetown, que me deja boquiabierto, porque es hermosa y los chicos que pasean por sus jardines más aún, y vamos a cenar todas las noches a Au Pied de Cochon, un restaurante francés que a Sofía le encanta, en la Wisconsin y la P, frente al Georgetown Inn, y hacemos las compras en el Safeway, y yo soy en apariencia feliz, pero algo en mí no está bien, algo empieza a inquietarme, toda esta vida desahogada y confortable me recuerda de pronto, de una manera inesperada, que me falta algo, alguien, y que Sofía, por muy amorosa que sea, no logra compensar esa ausencia. Me siento solo, vacío, aburrido. No duermo bien. No estoy del todo presente cuando hago el amor con ella. Aquélla es una rutina, la del sexo, que por momentos se me hace tediosa. Tengo que forzarme para terminar. Después quedo desvelado, no duermo bien, salgo a tientas de la cama y me voy al cuarto de huéspedes, donde me asaltan mis fantasmas, el recuerdo de que me gustan los hombres y no puedo ser feliz con una mujer, aunque sea tan adorable como Sofía. No estoy bien pero se lo escondo para no lastimarla, y ese esfuerzo, esa impostura, minan todavía más mi estado de ánimo y me hunden lentamente en una depresión inexplicable, porque ¿cómo podría estar deprimido en esta ciudad tan linda, con una mujer bellísima y en este departamento de revista? Extraño a Sebastián, a Geoff, a un hombre conmigo. Cuando hago el amor con Sofía, la veo gozar pero yo no disfruto tanto como aquella noche en Nueva York, cuando la traicioné pero fui feliz de una oscura manera. No le digo nada de esto, pero ella me pregunta si estoy bien y yo le miento, le digo que sí, que estoy así, abatido, quizá porque el ocio me debilita, necesito ponerme a escribir, y ella me dice que ya falta poco, que sea fuerte. Con una energía que admiro, Sofía se levanta temprano y recorre el barrio en busca de un departamento al que podamos mudarnos en pocas semanas, cuando comiencen las clases. A veces me pide que la acompañe, pero hace calor y estoy fatigado, mal dormido, con una quemazón en el sexo porque me he forzado con ella, y por eso camino malhumorado por este barrio tan hermoso, de calles empedradas, casas victorianas con buhardillas y árboles que la primavera llena de flores. Es penoso que no pueda disfrutar de tanta belleza, ensimismado en mi propia amargura, en esta pesadumbre que intento esconderle pero que ella percibe de todos modos. Por eso discutimos en la calle, le digo que no aguanto más el agobio de caminar bajo este calor y mirar apartamentos tan feos, que me regreso al departamento de Isabel a dormir una siesta y que no me moleste más pidiéndome que la acompañe a sus citas con agentes inmobiliarias. Es la primera vez que discutimos y peleamos y ella se queda triste en una esquina, frente al edificio al que me he rehusado a entrar, y yo me subo a un taxi y regreso a la cama de Isabel y me toco pensando en Geoff, que está tan cerca, en Nueva York, y a quien podría ir a visitar en tren si tuviera el coraje de decirle a Sofía todo lo que estoy sintiendo. Comprendo entonces que esta vida de lujos no consigue mitigar mi infelicidad, que ésta es una vida forzada, lejos de mis sueños, de mis verdaderos deseos y apetencias. Ninguna antigüedad de las que adornan la sala, ningún departamento de un millón de dólares, ningún coche de lujo como el que conducimos compensa lo que tanta falta me hace, la pasión por un hombre que me recuerde quién soy en verdad, cuáles son mis miserias y mis debilidades, cómo es que me gusta gozar en la cama aunque luego me dé vergüenza. Sofía es mi amiga y no quiero seguir peleando con ella, por eso se lo digo una noche, después de cenar, mientras escuchamos música clásica —el piano de Rachmaninov que ella adora— y bebemos vino tinto, algo que la desinhibe y que a mí, en cambio, me torna callado y sombrío: *Quiero llamar a Geoff.* Se hace un silencio pesado. *Llámalo, haz lo que quieras,* se rinde ella, sin disimular su tristeza y su cansancio, pues ha pasado el día caminando por todo Georgetown para encontrar un lugar bonito en el que podamos vivir juntos y yo escriba la novela tantas veces prometida, y ahora yo se lo agradezco diciéndole que necesito hablar con Geoff, el chico que le juré había sido sólo una aventura fugaz, intrascendente. Me encierro en el cuarto de huéspedes y ella sube el piano. Llamo a Geoff, que me atiende con su voz dulce, se queja de que me he perdido y nunca devolví sus llamadas, y le digo que estoy en Washington y que podría tomarme un tren y pasar un fin de semana con él. Se alegra mucho, me ruega que vaya y le prometo que iré, y siento que mi ánimo se recompone y que mi espíritu se llena de alegría cuando un hombre como él me dice que me extraña. Soy bisexual, no puedo evitarlo, y aunque vaya de escritor solitario, al final del día necesito el cariño de un hombre para sentirme bien. Es triste pero es la verdad, y no me queda sino decírsela a Sofía, anunciarle que me iré en tren a visitar a mi chico neoyorquino. Empaco en silencio, avergonzado de mí mismo, salgo del cuarto de huéspedes y me presento en la sala con mis dos maletas y mi cara de bisexual torturado. Sofía me mira triste y no dice nada, mientras el piano de Rachmaninov me clava aguijones en el corazón. *Me voy a Nueva York a pasar el fin de semana,* digo. Ella permanece en silencio y me mira con una tristeza que la sobrepasa y le impide hablar. Aunque trata de evitarlo, llora, me mira y llora, y hace apenas un gesto, un ademán contrariado como diciéndome *vete, vete ya, no me hagas sufrir tanto.* Le digo entonces *no creo que vuelva, es mejor que me vaya, lo nuestro no puede ser, no tiene futuro.* Ella se cubre el rostro con las manos, sin poder creerlo, sin entender por qué un viaje que prometía tanta felicidad termina así, de un modo tan penoso. Camino a la puerta con mis maletas y entonces me vence la tristeza, me echo a llorar, me doy vuelta y la veo destrozada y no puedo hacerlo, no puedo abandonarla, no puedo ser tan canalla para irme a tener sexo con Geoff y dejar tirada a esta chica linda, que se desvive por hacerme feliz. No puedo ser tan insensible, tan egoísta. La amo, a pesar de todo. Me rompe el alma verla llorar. Me siento a su lado, la abrazo, lloramos los dos y ella me dice *si tienes que irte, ándate, no te quedes por pena,* y yo le digo *no me quedo por pena, me quedo porque te quiero, no puedo dejarte así,* y ella *no te preocupes, ya se me va a pasar,* y yo *tranquila, mi amor, todo va a estar bien, perdóname, fue sólo una mala idea, ya pasó, no me voy a ninguna parte,* y ella *¿pero por qué no estás contento, por qué quieres irte, por qué te entran estas crisis inexplicables?,* y yo no me atrevo a decirle crudamente la verdad, que necesito a un hombre besándome la espalda, las tetillas, el cuello, por eso digo simplemente *tú sabes que yo siempre quiero estar donde no estoy, que siempre quiero tener lo que no tengo, lo imposible, lo prohibido,* y ella sonríe y me mira con una nobleza que yo sé que nunca encontraré en mi corazón. Entonces la beso y le pido perdón y apago la música que ya me irrita y vamos a la cama de Isabel, nos desnudamos, nos besamos con pasión y yo amo a esta mujer mientras un recoveco pérfido de mi mente me recuerda a él, a Geoff, ese cuerpo lánguido y apetecible que aparece en mis recuerdos como una tentación prohibida. Y es la primera vez que hago el amor con ella sintiendo que la amo y que al mismo tiempo la traiciono. La traiciono pensando en un hombre que no me atrevo a amar porque no quiero lastimarla y porque en el fondo soy un cobarde, un tipo no muy distinto de Fabrizio, el italiano que huyó de esta cama porque no podía hacerle el amor a Isabel y acaso pensaba en un muchacho fornido que lo esperaba en Río como a mí me espera en vano Geoff, que agita mi imaginación y me hace gozar con Sofía de este modo oscuro, inconfesable.

Sofía ha arrendado un departamento al final de la calle 35, casi llegando a la avenida Wisconsin, a unas cuadras de la Universidad de Georgetown, en un edificio viejo, de tres pisos color ladrillo, al lado de un colegio de arte y un parque de juegos para niños. Ha firmado el contrato de alquiler por un año, pero aún no podemos ocuparlo, pues hay un inquilino que se marchará la primera semana de agosto y nosotros llegaremos poco después, al final del verano, cuando con suerte amaine este calor abrasador. Sofía me cuenta que el lugar es perfecto para nosotros, antiguo pero renovado, con pisos de madera, techos altos y un baño a la antigua: *Entré allí y sentí que es un lugar perfecto para que escribas y, además, la vista es linda porque miras a un parquecito.* Yo le agradezco emocionado porque no la he acompañado a mirar departamentos ni me he dado el trabajo de llenar las aplicaciones y cumplir los trámites de rigor, como tampoco he tenido el detalle de pagar el depósito de garantía, pues todo ha corrido a cuenta de ella, que no escatima esfuerzos por salvarme del carnaval patético que me espera en Lima si regreso a la televisión y cree en mí como escritor más que yo mismo. Isabel, su hermana, sigue liada en Río, envuelta en peleas y discusiones con Fabrizio, quien, al parecer, no está dispuesto a ser generoso en el divorcio y le regatea las cosas más ínfimas. Francisco, el hermano mayor, está estudiando en Boston con su novia Belén, y Sofía, que ama a su familia, me anima a visitarlo juntos un fin de semana, pero yo no tengo fuerzas para viajar, sigo deprimido, me paso los días tirado en la cama, leyendo, escuchando música, evitando el teléfono porque Geoff no cesa de llamar y Sofía de reprocharme que le haya dado este número a mi amante neoyorquino, quien, por lo visto, no está dispuesto a olvidarme. Si algo me queda claro, enfermo de tedio en Washington, es que mi vida en Lima no era tan mala como pensaba, que aquellos días de amores prohibidos, circo de televisión y plata fácil no eran tan infernales como los creía entonces, pues, si bien vivía en una ciudad objetivamente fea, al menos había una cierta violencia en las emociones que ahora echo de menos. Sofía es muy buena conmigo, me quiere como nunca me han querido, pero —será por mi tendencia autodestructiva— eso a veces me aburre, me cansa, me hace pensar que no merezco tanto amor y que ella está obsesionada conmigo, que, por mucho que tratemos de ser felices juntos, siempre desearé el cariño de un hombre y no podré ocultarlo. Ella sabe que soy bisexual y no por eso me ama menos, pero también cree, aunque no me lo dice, que cambiaré gracias a ella, que logrará desterrar mi ambigüedad, que nuestro amor me bastará para ser feliz. Y yo sé, en cambio, que, cuando estoy a solas en el baño o en el cuarto de huéspedes, a veces necesito tocarme pensando en un hombre, en uno que conozco y que me ha amado, como Sebastián o Geoff, o en uno anónimo, ficticio, hecho desesperadamente a la medida de mis fantasías. Sofía no ve esa película calenturienta que yo proyecto en la sala secreta de mi imaginación, en esa penumbra a la que ella no tiene acceso y que, sin embargo, tanto revela de mí. Si la viera, a lo mejor me dejaría con brusquedad. Ella sólo advierte lo más visible y tal vez insincero, mis ademanes más o menos refinados, mi vida sedentaria de lector, mis comentarios presumiblemente irónicos que no son otra cosa que chisporroteos neuróticos. Sofía ve todo eso y también mis bríos en la cama cuando me acuerdo de ser un hombre, la hago mía, le digo cosas desmesuradas al oído y le arranco palabras inflamadas de las que luego se arrepiente. No deja de sorprenderme que me diga que nunca gozó con ningún hombre como disfruta conmigo. Me sorprende y no la creo del todo, porque sé que soy un amante torpe, chapucero, lastrado por la ambigüedad, pero ella me jura que ni siquiera Laurent, su ex novio francés, que era un adicto al sexo, le dio orgasmos tan buenos como los que tiene conmigo. Eso curiosamente me hace feliz, me colma de una extraña manera, porque, a la vez que reconozco en mí un lado fuertemente gay, también me gusta mantener vivo al seductor profesional que suelo mostrar en la televisión de mi país. Por eso, cuando salgo a caminar por el barrio a solas y veo a una mujer guapa, no puedo evitar ser coqueto, mirarla, sonreírle, estar a la caza de la primera oportunidad para ser infiel, y no porque en realidad me apetezca acostarme con esa chica linda que pasea a un perro cojo y me recuerda a Ximena, mi primera novia, sino por el placer de entregarme a un acto oscuro y prohibido y sentir que el hombre que habita en mí no ha muerto del todo. Sofía, sin embargo, sabe que escondo una herida, la creciente apetencia de sentir el amor físico de un hombre, lo que ella atribuye a la mala relación que he tenido siempre con mi padre, que fue muy violento cuando yo era un niño, humillándome a menudo, y a quien procuro ver lo menos posible, porque aún está fresco el recuerdo de lo abusivo que fue conmigo, de todo lo que me hizo llorar sin razón, sólo porque su vida era una suma de frustraciones, y yo, su hijo mayor, le había salido más sensible y delicado de lo que podía tolerar. Sofía cree que dejaré de desear sexualmente a los hombres —a la idea borrosa de un hombre que me ame con desenfreno— cuando haga las paces con mi padre, me deshaga de esta mochila de malos recuerdos que cargo sobre los hombros y aprenda a querer a ese señor gruñón que es papá. *Tú no eres gay* —me dice en la cama, después de hacer el amor—. *Tú eres un hombre, más hombre que tu padre, más hom-*

bre que cualquiera de tus hermanos. Yo estoy segurísima de eso. Tengo amigos gays, adoro a los gays, no tengo nada contra ellos, pero tú no eres gay, y eso es demasiado obvio para mí. Yo la escucho en silencio, sorprendido por la determinación de sus palabras. Me gusta creer en esa superstición, que soy un hombre del todo y no a medias, que no soy un hombre roto, tal vez porque mi lado más estúpidamente orgulloso me hace pensar que ser gay es un estigma, una imperfección, una condición que te hace vulnerable, blanco de burlas, desprecios y abusos. *Tú necesitas el cariño de un hombre, no el sexo de un hombre, el cariño, la ternura, el afecto de un hombre, porque estás buscando en alguien lo que no encontraste en tu padre, lo que él no te dio, y como tienes ese hueco, ese vacío en el corazón, estás tratando de taparlo con cualquiera, con el primer Geoff que se te cruce en el camino,* dice Sofía, llena de amor. Infatigable en su cariño por mí, que es probablemente una de las maneras más nobles y tortuosas de elegir el sufrimiento, me anima a ir al psiquiatra y a deshacerme de los recuerdos traumáticos que me inspira mi padre, exorcizar esos demonios que azuzan mi infelicidad y perdonarlo, ser capaz de perdonarlo. *Nunca vas a ser feliz si vives molesto con tu papá, odiándolo, culpándolo de todas las cosas malas que te pasan* —me asegura—. *Tienes que hacer terapia y perdonarlo y decírselo: Papá, te perdono, fuiste una mierda conmigo, pero te perdono y te quiero y voy a ser muy feliz.* En esto, Sofía me recuerda a mi madre, que, cuando yo era niño, me decía a menudo, con una insistencia desesperante: *Sólo vas a poder torear al mundo si aprendes a torear a tu papá, que es el toro más bravo de todos.* Yo no sé si ella aprendió a torearlo, creo que no, porque se pasaba las noches llorando en silencio, pero yo nunca pude, no traté siquiera, le tenía demasiado miedo. Pero Sofía, desde su adorable ingenuidad, cree que no soy gay y que perdonaré a mi padre. Yo creo que papá sabe que soy gay y nunca me perdonará por eso. A veces creo que soy gay por su culpa y que nunca se lo perdonaré. Es decir, que la única capaz de perdonar en esta fea foto familiar es Sofía, porque mi padre no parece ser capaz, aferrado a sus modales de general, y mi madre tampoco, secuestrada por el Opus Dei, esa secta de fanáticos intolerantes, y yo menos, porque no sé perdonar. *Si alguien me hace daño, lo alejo de mi vida para siempre, aunque sea mi padre, y más aún si es mi padre,* le digo a Sofía, a quien he contado aquellas historias de abuso y prepotencia que papá ejerció contra mí en las circunstancias más innobles, pero ella me dice, con una terquedad que me recuerda a mamá, que *en el fondo tu papá te quiere, está orgulloso de ti, sólo que no sabe expresar ese amor, no sabe quererte porque no sabe querer a nadie, ni siquiera sabe quererse a sí mismo. Yo creo que te equivocas, que sí tengo un lado gay muy fuerte, que eso no es un delirio mío, que no es culpa de la mala relación con mi padre y que no va a desaparecer si lo perdono,* digo. Pero ella discrepa con ternura y me dice *te apuesto que, si tratas, tu lado gay va a desaparecer.* Y yo le digo *no creo, no creo, ni siquiera creo que debería tratar, porque cuanto más intentas eliminar esos deseos, con más fuerza te asaltan en seguida.* Bella, apasionada, cubriendo su desnudez con unas sábanas de seda, Sofía me dice que yo exagero, que idealizo el amor homosexual, que fantaseo sobre unos placeres que no son tales. *Te apuesto que no vas a ser feliz nunca con un hombre,* afirma, para mi sorpresa. *Te aseguro que no podrías enamorarte de un hombre, que nunca vas a ser sexualmente feliz con un hombre.* Me quedo pasmado, porque yo pienso exactamente lo contrario, que, aunque la amo con pasión, nunca voy a poder ser feliz con ella, con ninguna mujer, porque la sombra del deseo homosexual estará acechándome, y que, si me doy una oportunidad para estar con un hombre como Geoff, podría enamorarme y ser feliz con él, sin sentir la urgencia de poseer a una mujer. No se lo digo de esa manera, pero pienso que la violencia del deseo homosexual es infinitamente superior en mí a la palidez de las pulsiones heterosexuales que todavía me agitan a veces. Le digo esto: *Yo te amo, y soy feliz contigo sexualmente, pero necesito estar con un hombre.* ¿Le he mentido? ¿De veras soy feliz en la cama con ella? No del todo. Ninguna mujer me ha complacido tanto como Sofía, que es una amante deliciosa, pero no sé si en verdad me satisface del todo, porque a veces, sacudiéndome con violencia dentro de ella, estremeciéndome entre sus piernas, pienso en un hombre. ¿Alguna vez, haciendo el amor con Sebastián, pensé en una mujer? Nunca: esa mujer era a menudo yo mismo. ¿Pensé en una mujer cuando Geoff me asaltó con premura en esa cama estragada de su habitación en Nueva York? No: yo quería ser su chica, dejarme poseer. Entonces Sofía me sorprende una vez más: *Si realmente necesitas estar con un hombre, vamos.* Me dice eso y sonríe con un punto de locura que me recuerda a la sonrisa de su padre. *¿Vamos adónde?*, le digo, sorprendido. *Vamos a que estés con un chico,* dice ella, con la misma naturalidad como si me estuviera proponiendo ir al supermercado. Río de buena gana, celebrando esta complicidad que hace más verdadero nuestro amor, y le digo *pero cómo voy a encontrar a un chico, es imposible, no es tan fácil.* Y ella *¿realmente quieres acostarte con un chico hoy?* Yo no lo dudo, realmente quiero estar con un chico y más aún desde que, abatido, renuncié a tomar el tren para encontrarme con Geoff. *Sí, me encantaría, pero es imposible, y además no lo haría si te molesta,* digo. Pero ella está decidida: *Vamos, te voy a llevar a la mejor discoteca gay de Washington, y vas a elegir al chico que más te guste, y te vas a ir con él, te vas a acostar con él.* Yo sonrío nerviosamente y le digo *estás loca, no tiene sentido, ¿dónde me voy a acostar con él, y dónde vas a estar tú?* Sofía sonríe con aplomo y dice *puedes venir con él a este departamento, yo me voy a bailar y los dejo solos un par de horas,* y yo *no, ni hablar, no tiene sentido,* y ella *tienes que hacerlo, tienes que sacarte el clavo, no puedes vivir con esa idea que te hace infeliz, que no te deja estar bien conmigo, vamos a la discoteca, que está llena de chicos lindos, y escoge al que más te guste,* y yo, de pronto animado por la promesa de tantos chicos lindos a mi alrededor, me dejo convencer y digo *bueno, vamos,* pero Sofía me advierte *vas a ver que te vas a arrepentir, que no lo vas a disfrutar, que cuan-*

do te acuestes con el chico que elijas, no va a ser tan perfecto, tan lindo como te imaginas, y entonces te vas a dar cuenta de que lo nuestro es amor verdadero y eso es sólo una fantasía tuya que viene de la falta de amor de tu papá, de todo ese veneno que has ido metiéndote por odiarlo, y yo, asombrado por la contundencia de su razonamiento y por la ausencia de dudas que pone en evidencia, *¿de verdad crees que, si me acuesto hoy con un chico, me voy a arrepentir?,* y ella *sí, estoy segura, vamos,* y yo pienso que es muy improbable que me arrepienta. Entonces nos arreglamos, nos echamos encima pañuelos de seda y colonias finas, y nos montamos en el auto de Isabel, y yo manejo, siguiendo las instrucciones que Sofía me da con precisión, hasta un barrio más bien feo, en los extrarradios de Adams Morgan, entre tiendas de chamanes, bares bulliciosos, comercios de baratijas y consultorios de videntes que predicen el futuro por veinte dólares la hora. Sofía señala un galpón de aspecto siniestro, una especie de fábrica abandonada o hangar en desuso, y me dice *es allí, ésa es la discoteca, cuadra donde puedas.* Yo estaciono a regañadientes, pues el lugar me parece horrendo, arrabalero, sin una fachada digna o un cartel iluminado, apenas un portón de fierro en la penumbra y alrededor unos cuerpos musculosos de hombres con las ropas apretadas, y digo *mejor nos vamos, este lugar no me gusta nada,* y ella ríe y me dice *vamos, no seas maricón,* y yo sonrío de que ella me diga maricón y pregunto *¿de verdad crees que me va a gustar?,* y ella *sí, seguro,* y yo *¿pero tú has entrado alguna vez?,* y ella me sorprende *sí, cuando estudiaba en Filadelfia venía mucho a Washington y una vez vine con un amigo francés y otra vez con un italiano, por fuera es feo el lugar, pero adentro, ya verás, te va a gustar, hay chicos lindísimos.* No resisto la tentación de curiosear a esos chicos lindos. Bajamos del coche, caminamos tomados del brazo y amo en silencio a Sofía por dejar su orgullo de lado y traerme a este escondrijo de hombres afantasmados, de cuerpos en remate. Pagamos —es decir, paga ella, siempre más ágil que yo para sacar la cartera— y nos estampan unos sellos en las manos y odio al sujeto prepotente que nos sella y nos deja pasar, como haciéndonos un favor. No bien entramos, es un estruendo de música electrónica cuyos decibelios chillones me sacuden el estómago, una nube de gases multicolores, un amasijo compacto de cuerpos, músculos, extremidades, apéndices, glúteos, colgajos, hinchazones y erecciones, de sonrisas falsas y ojos sin alma. Nada de lo que veo me gusta, todo me recuerda a la atmósfera decadente de las discotecas gays de Miami Beach. Esos hombres sudorosos y saltimbanquis pueden tener cuerpos bonitos, pero la manera descarada cómo los muestran, aquella vanidad de la que parecen jactarse, la desesperación con la que mueven el trasero, el brillo malicioso de sus miradas, me intimida y me resulta abrumador. *Me siento un pedazo de carne,* le grito a Sofía al oído, y ella ríe y me dice *yo me siento peor, un fantasma, porque nadie me mira.* Los cuerpos se agitan hacinados, muy cerca unos de otros, entremezclados y rozándose, y no es posible caminar con holgura, pues todo el mundo se funde en esa masa ansiosa, saltarina, descamisada, histérica, en esa suma de vergas y culos que quieren anudarse, lo que me provoca una claustrofobia atroz: siento que no puedo respirar, que me tocan, me manosean y me dicen cosas inaudibles, y Sofía sonríe como diciéndome *¿tú eres uno de ellos o yo tengo razón y nunca podrás serlo?*, y yo le digo para ir a bailar, pero ella me dice *no, anda solo, busca a tu novio de esta noche, yo me voy a la barra.* En seguida se marcha y yo me quedo solo y angustiado, rehuyendo las miradas más persistentes, y trato de bailar pero no puedo, no me sale, no me suelto, soy demasiado tímido para entregarme a esa exhibición impúdica de torsos, bíceps, *six packs* y paquetes ajustados. Me muevo a duras penas pero sé que hago el ridículo, que Sofía se ríe de mí desde la barra. Se me acerca un viejo con mirada de chacal y empieza a moverse a mi lado, hamacándose de un modo repugnante, y yo me alejo horrorizado y termino al lado de un travesti que se relame los labios voluptuosos y me guiña el ojo, y escapo de él también sólo para terminar atrapado en medio de un grupo de hombres fornidos, con el torso desnudo, que bailan frenéticos, mostrando los músculos henchidos y recordándome que el mío es un cuerpecillo esmirriado y contrahecho, con abundante tejido adiposo y un abdomen indigno de ser mostrado en esta feria de adonis. Entonces, ahogado por el ruido, el humo, la euforia colectiva y el hacinamiento, pienso que no voy a encontrar a nadie aquí que pueda resultar mínimamente interesante, que todos tienen mejores cuerpos que el mío, incluyendo al viejo repugnante de la mirada de chacal y al travesti relamido, y que nadie me interesa siquiera para una noche de sexo, porque, díganme viejo y aburrido, a mí todavía me interesa la ternura, y en esta discoteca hay todo menos eso. Busco desesperado a Sofía y por fin la encuentro conversando muy animada con un chico lindo, y le digo *no aguanto más este lugar, vámonos,* y ella se ríe y me dice gritando *¿por qué?,* y yo *porque no estoy cómodo, no me gusta,* y ella me presenta a Dick, su amigo afeminado, una niña histérica, y yo insisto *vamos, por favor, que no aguanto más,* y ella se despide de su amigo/amiga y salimos a empellones, abriéndonos paso con dificultad en medio de la muchedumbre desaforada. Es un alivio respirar el aire fresco de la calle, despedirme con altivez del gorila que me selló la mano y alejarme de ese fragor vulgar que me ha dejado enfermo, con dolor de cabeza, sintiéndome menos gay que nunca. *Un asco este lugar* —le digo. Ella no dice nada, sólo sonríe y me deja hablar—. *No me gustó nadie, no me gustó la música, no me gustó cómo bailan, cómo me miraban, cómo eran todos tan escandalosamente felices,* me quejo, amargado. *Yo te dije* —sonríe ella, encantada—. *¿Pero estás seguro de que no quieres entrar solo y buscar a un chico para acostarte con él?,* me pregunta, burlándose de mí. *No, no quiero, no quiero volver más a este lugar,* digo, muy serio. Cuando subimos al auto, la beso en la boca, la miro a los ojos, sonrío con ella. *Tú ganas* —digo—. *Esta noche no quiero estar con ningún chico,* *sólo quiero acostarme contigo.* Ella me besa sin ocultar una sonrisa y dice, mientras manejo de regreso a Georgetown, *eso es el mundo gay y tú no perteneces a ese mundo,* y yo *no, a ese mundo no pertenezco,* y ella *tú no tienes ni la cabeza ni el cuerpo de esos gays; tú tienes la cabeza de un hombre, el cuerpo de un hombre y el sexo de un hombre,* dice, rozándome entre las piernas, erizándome un poco. *Puede ser,* digo. *Créeme, yo sé lo que te digo, si de verdad fueras gay, te habrías quedado feliz en esa discoteca y me hubieras olvidado. Pero no eres gay. Estás conmigo y se te ha parado porque eres un hombre. No dudes de eso. Eres un hombre, Gabriel.* Llegando al departamento, hacemos el amor. Después, cuando ella duerme, vuelvo a dudar: es el signo de mi carácter, el oscuro destino al que tendré que resignarme. Yo no soy un puto de discotecas, pero tampoco el hombre que ella cree. Mi alma está perdida en algún punto del camino y sospecho que un hombre, y no ella, me ayudará a encontrarla.

De nuevo estoy solo en Miami. No me quejo, me gusta pasar un día entero en silencio, sin hablar con nadie, durmiendo todo lo que me dé la gana, recordando con orgullo que no tengo una oficina, un jefe, un horario de trabajo y que puedo hacer lo que me apetezca con plena libertad, sabiendo que me respaldan unos ahorros en el banco, con los que puedo vivir austeramente un par de años sin trabajar para nadie, sólo para mí. Sofía ha regresado a Lima y así está bien. La extraño pero al mismo tiempo disfruto de estos días solitarios y soleados, con toda la cama para mí y con la secreta libertad de ver los programas más impresentables en televisión, como aquellos en los que la gente cuenta sus peores miserias y se arroja sillas en la cabeza, sin que Sofía me reproche, como solía hacer mi madre cuando era niño, que estoy desperdiciando mi vida, malgastando mis supuestos talentos. Ha sido triste despedirla en el aeropuerto, hemos llorado y prometido vernos pronto, cuando ella regrese para mudarnos a Washington, porque yo no pienso volver a Lima en mucho tiempo, pero, una vez que ha partido y yo he llorado lo que tenía que llorar, he vuelto a disfrutar de mí mismo, de mis caprichos y mis manías, de mi obsesión con dormir nueve horas, hablar poco o nada —pues siento que hablar me desgasta como escritor—, comer en algún café cercano para no tener que hacer muchas compras en el supermercado ni lavar los platos en casa, desconectar el teléfono —en un pequeño acto de arrogancia que equivale a decir: que se joda el mundo— o comerme un litro de helado de chocolate mientras río con el humor negro de Letterman. A Sofía, por lo demás, Lima le resulta menos hostil que a mí, en parte porque no es conocida públicamente, pues no sale en la televisión ni le interesa, y también porque se lleva mejor con sus padres que yo con los míos. Hablamos por teléfono todas las noches, a las nueve en punto, y ella me cuenta la suma de desgracias, catástrofes y vergüenzas que es la vida peruana, celebra que me haya marchado, me anima a persistir en el ánimo combativo del exilio, me informa de las últimas barbaries y tropelías del mandón de turno, que goza por cierto del favor popular, y me dice, ya en un tono más dulce, que cuenta los días para verme, que su vida sin mí es triste y vacía, que seremos felices en Washington, en el departamento que dejó alquilado. Curiosamente, a pesar de que hablamos todas las noches, también me manda unas cartas muy amorosas, en las que a veces escribe en español y firma como Sofía, y otras me seduce en inglés y firma Anne, y al parecer cuando está más traviesa me coquetea en francés y firma Cybille, lo que me divierte y me hace pensar que en ella, como en mí, cohabitan múltiples personalidades, siendo Anne la más seria y formal, Cybille la osada y casquivana, y Sofía la noble y alegre. Yo no le escribo en inglés ni en francés, porque mi dominio de ambas lenguas es precario en el primer caso y nulo en el segundo. No escribo cartas a nadie, ni a ella, ni a mis padres, ni a mis hermanos ni a Sebastián, a quien, en desmedro de mi orgullo, he llamado un par de veces y he dejado mensajes en su contestador con mi número en Miami, sin recibir respuesta alguna, sólo la cruel indiferencia de su silencio de divo, ensoberbecido con su éxito en la aldea en que nacimos y de la que, sospecho, no se irá nunca, cuidándose siempre de dar la imagen de un varón heterosexual y escondiendo con pavor su verdad gay, aquella que compartió conmigo en la cama. Podría escribir o llamar a mis padres, pero siento que no lo merecen, que no me entienden ni me entenderán, pues atribuyen todos mis supuestos males a mi rebeldía ante la Iglesia católica y el Opus Dei, instituciones en las que creen a ciegas y de las que yo desconfío igualmente a ciegas. A pesar de que no doy señales de vida, mi padre, debido a que con seguridad se aburre en su despacho, me manda por correo, todas las semanas y sin que yo se lo pida, las revistas de política y actualidad que más se leen en aquella confundida ciudad de la que nunca se atrevió a partir, y yo no sé por qué insiste en mandarme esas revistas, pero lo cierto es que, aunque me avergüence, las leo con fruición, regocijándome con las intrigas políticas, los chismes del espectáculo y las fotos de los amigos que se casan y me recuerdan que ése no es el futuro que yo quiero para mí. Mamá, un tanto enloquecida por su fe desmesurada en el Opus Dei, la secta de fanáticos que la ha tomado de rehén, me despacha por correo, desde el supermercado que visita todas las mañanas después de oír misa, panfletos y folletería religiosa, boletines de los clubes del Opus Dei y hojas parroquiales de la iglesia María Reina, en las que subraya, con un remarcador amarillo, ciertas líneas de las parrafadas obtusas que ha dicho el cura el domingo y de los evangelios que han leído ante los feligreses aterrados del infierno, pobres almas que no saben que el infierno está allí, en Lima la horrible, y no en la eternidad abrasadora con que amenazan los curas para mantener en pie el negocio del miedo con el que han lucrado impunemente a lo largo de siglos. Mamá no se da por vencida, insistirá hasta el final en convertirme a su credo e inscribirme en su secta de exaltados. Yo me río cuando abro aquellos sobres amarillos y encuentro sus notas entre signos de exclamación, al pie de las palabras del cura que ella ha subrayado, diciéndome, por ejemplo: ¡EL SEÑOR TE AMA!, o de pronto, sin previo aviso: BUSCA LA LUZ, ENCUENTRA EL CAMINO, o recordándome con infinita dulzura lo que tantas veces me dijo cuando era niño: DIOS TIENE GRANDES

PLANES PARA TI, ESCUCHA SU VOZ EN TU CORAZÓN Y DEJA QUE ÉL TE GUÍE. Pero yo, será por holgazán y descreído, no alcanzo a escuchar la voz de Dios, sólo la de Sofía a las nueve de la noche, diciéndome que no me rinda, que no vuelva a Lima, que la espere para irnos a Washington y escribir la novela. Por eso la amo tanto, porque ella se ríe conmigo de las beaterías de mi madre, de su incansable espíritu misionero, de sus monsergas y sermones, como se ríe también del machismo procaz de mi padre, que cuando yo era un adolescente quería meterme en un colegio militar, el Leoncio Prado, y mandarme a la guerra, no sé a cuál, a cualquiera, mejor si a una contra los cholos, para hacerme hombre de una vez por todas. Además de la voz de Sofía, escucho a menudo la de Geoff, mi amante neoyorquino, aunque, claro, esto no se lo cuento a ella, porque no quiero lastimarla más de lo que ya la herí cuando le conté torpemente mi viaje a Nueva York para acostarme con mi guía turístico, que, ya digo, me llama con una insistencia muy halagadora y afirma que me extraña con una pasión impropia de un habitante de esa ciudad, que es la cuna y celebración del egoísmo más feroz, del individualismo salvaje, porque yo he dejado de creer que mamá tenía razón cuando me decía que hay que compartir, que hay que ser solidarios y amar al prójimo y servir a los demás, yo creo que todo eso es una mentira que sólo te hace más pobre mientras algún listillo está haciéndose rico sirviéndose a sí mismo con pasión, amándose mucho más que al prójimo y siendo solidario sólo con las urgencias de su entrepierna. Geoff no deja de llamarme con celo de novio a la distancia. Hablamos muy tarde por teléfono, porque le sale más barato llamarme después de la medianoche, pues se ha inscrito en un plan de tarifas rebajadas, y nos quedamos hasta las tres o las cuatro de la mañana, diciéndonos trivialidades, fruslerías, cosas banales, sin importancia, pero sobre todo compartiendo fantasías sexuales, historias calenturientas, revolcones del pasado, todo aquello en lo que pensamos afiebrados cuando nos tocamos a dos manos. Me gusta Geoff, no puedo evitarlo. Me encanta sentir que me desea, que me perdona por no haberlo visitado cuando estuve en Washington, que acepta sin reproches mi amor por Sofía y que hasta le gusta que yo tenga una novia y, sin embargo, lo desee secretamente. Me alivia que no quiera ser mi novio con el espíritu posesivo de Sebastián, que acabó por sofocarme y darme la exacta medida de su egoísmo. Me excita que le guste preservar en secreto nuestra relación, estas conversaciones prohibidas de medianoche que, por supuesto, Sofía ignora. Me enardece, y sé que está mal, que me pregunte con curiosidad insaciable por las cosas que hacemos con Sofía en la cama, por los más íntimos detalles, todo lo que a ella le gusta y a mí me descontrola, las transgresiones y los desafueros que nos hemos permitido, como hacer el amor en la cama de Sebastián cierta vez que él viajó y le dejó la llave de su departamento a Sofía para que ella le regase las plantas, o hacerlo en el baño de visitas de la casa de mis padres, una tarde en que pasamos a darnos un chapuzón en la piscina y no había nadie, sólo las empleadas, adoctrinadas todas por mamá y reclutadas por su secta de fanáticos. Geoff quiere venir a verme a Miami y yo le digo que me parece una mala idea, que me da miedo, que mejor no, porque le he prometido a Sofía no decirle más mentiras, y si él viene y se queda conmigo, tendría que escondérselo a ella, no podría llamarla todas las noches a las nueve, como un novio formal, para contarle lo rico que he cogido esa tarde con mi amante neoyorquino del cuerpo esmirriado y la mirada de gato, después de mirar juntos los culebrones mexicanos de la televisión. No conviene que venga Geoff, como tampoco conviene volver a Nueva York a dormir en su cama de sábanas de Wallmart y su colchón usado del mercado de pulgas. Le explico todo esto en mi precario inglés, que no quiero mentirle a Sofía, que no puedo seguir siendo tan puto y canalla, que ella me hace feliz y que vamos a vivir juntos y va a convertirme en el escritor que siempre soñé, pero él, perverso, delicioso, se ríe con su risa sibilina, me tienta, insiste, me dice cosas traviesas y no se da por aludido. De pronto me anuncia una noche que vendrá a verme ese fin de semana, pues ya compró el boleto en tren, y se quedará conmigo, si es bienvenido, o en un hotel en la playa, si no quiero que duerma en mi casa. Yo me río nerviosamente, supongo que está bromeando, pero en seguida comprendo que no es una travesura y que en efecto vendrá en tren a visitarme. Quedo al borde de la histeria nada más colgar el teléfono y, a pesar de que son casi las tres de la mañana, ataco con furia las provisiones de la nevera, y doy cuenta, a cucharazos, de todo el helado de chocolate, tratando de mitigar la angustia. ¿Le digo la verdad a Sofía, que sigo pensando en Geoff, que él me calienta por teléfono y que se va a quedar en mi cama, aunque ella me mande al carajo, es decir, de regreso a Lima? ¿Le miento y me acuesto sin remordimientos con Geoff y me hago el tonto con ella? ¿Recibo a Geoff con cortesía pero sólo como un amigo y me niego a hospedarlo y lo mando a un hotel en la playa y luego le cuento todo a Sofía para que sienta orgullo por mi gallardo comportamiento, por no haber caído en la tentación del pecado aberrante del cual hablan las hojas parroquiales que mamá subraya con celo fundamentalista? ¿Qué diablos hago? ¿Cómo concilio mi deseo de ser novio de Sofía y mis impulsos de entregarme a Geoff? ¿Por qué tiene que ser tan difícil ser bisexual, un puto y un caballero a la vez? ¿Es tan complicado entender que uno puede sentir gratificación poseyendo a una mujer y en otras ocasiones encontrar regocijo ensartando o siendo ensartado por un varón brioso? Combato desesperadamente aquellas dudas atracándome con helados de chocolate y consolándome con el sufrimiento de las mujeres del culebrón mexicano, todas esas actrices carroñeras con sombreros absurdos, ropas horribles y vocabularios ampulosos, que, por suerte, parecen pasarla mucho peor que yo. Tal vez por amor a Sofía o porque soy un cobarde o porque prevalece mi egoísmo, decido no contestar más el teléfono y desaparecer súbitamente para Geoff. Después de todo, me parece un abuso de su parte que me notifique, sin consultarme, que vendrá a verme y que insista en subirse al tren cuando he intentado disuadirlo tantas veces. Decido no contestar sus llamadas, pero, cobardemente, no se lo digo, no le digo nada, simplemente desaparezco, me quedo al pie del teléfono escuchando su voz preguntando por mí, recordándome con dulzura que mañana subirá al tren muy temprano y contará las veintisiete largas horas tediosas del trayecto para abrazarme por fin al pie del mar. Es un romántico, un soñador. Dice que quiere vivir conmigo en un departamento frente al mar y no hacer otra cosa que escribir, porque él también quiere escribir una novela; por lo visto, todo el mundo quiere escribir una novela, sólo falta que Sofía también quiera novelar su infancia torturada, la fuga hippy de su padre y los amores saltimbanquis de su madre con no pocos ricachones y, de ser así, mejor vivimos los tres juntos y ponemos un taller literario, a ver si ganamos algo de plata. Geoff sube al tren y yo no le digo nada a Sofía porque no sé qué diablos hacer, tengo muchas ganas de verlo pero siento vergüenza de confesárselo a ella y miedo porque él quiere ser mi novio y quedarse conmigo en Miami, y la verdad es que no lo conozco mucho, a lo mejor resulta un asesino en serie y me sodomiza y me despedaza con un hacha y guarda mis extremidades en bolsas de plástico en la nevera y escribe una novela rosa mientras mis padres me buscan con detectives, perros y numerarios del Opus Dei. No le digo nada a Sofía, no hablo con Geoff y espero callado, sufriendo, comiendo helados, deseándolo y odiándolo a la vez, tocándome con sus recuerdos y detestando que me haya puesto en esta tesitura tan cruel. No debería haberse subido al tren, imponerme una visita, no cuando le dije que no podía verlo, que estaba comprometido con Sofía, que era una locura que viniese a vivir conmigo. No debería haberse subido al tren. Y yo no debería haberle dicho a Sofía que nunca más vería a Geoff, que había sido una travesura de una noche, algo sin importancia. No debería haberle mentido. Ahora está Geoff en la estación de tren en Miami, después de veintisiete horas de viaje, fatigado y ardiendo de ilusión, hablándole a mi teléfono, diciéndome baby, *ya estoy aquí, ¿dónde estás?, ¿por qué no has venido?, ven rápido, por favor, que estoy loco por verte, no me dejes solo, mi chini, mi chinito lindo.* Porque Geoff me dice así, *chini, chinito,* y sufre tratando de hablar en su español tortuoso, y yo sufro más al lado del teléfono, escuchando su voz, sus suspiros, sus jadeos, su llanto inminente, sin saber qué hacer, si ir corriendo a recogerlo y abrazarlo, besarlo, amarlo y escribir juntos frente al mar, o si quedarme allí paralizado, con el corazón de piedra, escuchándolo sufrir por mí, sin entender, desde su candor de niño bueno, el rigor de mi ausencia en aquella estación del tren. Geoff me llama desesperado, cada cinco minutos, con las contadas monedas que ya se le van acabando, desde un teléfono público, y me ruega que aparezca, se molesta, llora, se desespera, vuelve a ser dulce, me promete noches deliciosas, pero de nuevo se enfurece, me insulta y me dice que soy una mierda, que cómo puedo hacerle esto, dejarlo tirado en una miserable estación del tren, y yo me tiro en la cama, lloro y me estremezco, porque no sé qué diablos hacer, quiero verlo pero me da pánico, me da miedo que se joda todo con Sofía, me da miedo enamorarme de Geoff, me da miedo ser gay y ser feliz, me da miedo eso mismo, atreverme a ser feliz. Es el miedo lo que me paraliza, sólo el miedo, porque Geoff me inspira una gran ternura, me gusta mucho y me excita como no puede Sofía ni podrá mujer alguna; es el miedo a los reproches de Sofía, a la tristeza segura que le provocaré si la abandono por él, a quedar como un miserable con ella; pero, más aún, el miedo a aceptar que, aunque me duela, soy gay más que bisexual, un puto, una loca, un maricón. Es el miedo a ser gay lo que me tiene aquí, postrado en esta cama, escuchando un mensaje más de Geoff desde la estación del tren, llorando él, desesperado, llorando yo, avergonzado. Me odio por ser tan cobarde, tan poco hombre. Se puede ser maricón y un hombre digno, pero yo no soy suficientemente hombre para ser maricón. Soy un remedo de hombre, un esperpento. Llora Geoff una vez más en el teléfono y me dice que me odia, que es el peor día de su vida, que no me perdonará nunca este desaire, esta maldad inesperada. Porque han pasado horas, se ha hecho de noche, está solo en la estación, se muere de hambre y tiene miedo de que una pandilla de energúmenos lo asalte, y por eso me anuncia que no me esperará más, que tomará un taxi y dormirá en un hotel en la playa. Lloro como un imbécil, asqueado de mi cobardía, de mi ruindad. Me quedo tirado en la cama, odiándome, extrañándolo, amando a Sofía pero detestándola por haberme negado sin saberlo el encuentro con mi chico neoyorquino que, tan amoroso, se metió veintisiete horas en un tren para venir a besarme. Y me toco y pienso en él con desesperación y me duele en el alma desearlo tanto y esconderme como un mísero perdedor. Por eso termino como nunca he terminado, gozando con el recuerdo del hombre que he humillado y llorando desconsolado por una de las peores cobardías de mi vida. Después llamo a Sofía, le hablo con voz de hombre confiable, finjo que todo está bien y la odio un poco por eso. Esa noche no duermo porque me quedo pensando en Geoff, esperando que llame una vez más. Pero no llama esa noche ni al día siguiente. No llamará más. Ahora es él quien desaparece de mi vida y yo me quedo solo, con el recuerdo quemante de sus besos, escuchando una y otra vez sus mensajes en el contestador, diciéndome cuánto me ama esa tarde, en la estación del tren, esperándome, soñando con el beso que tantas veces le prometí de madrugada y no me atreví a darle. Escucho, tirado en la alfombra, muerto un poco, esos mensajes de amor y entonces odio a mis padres porque siento que ellos me negaron eso, el amor, y que por eso tienen la culpa de que yo me haya escondido de Geoff, de sus besos y de su ternura, para quedar así, tirado en la alfombra, llorando como un niño confundido, escondiéndole a Sofía la pena tan grande que llevo en el corazón.

Es agosto y en Miami arde el mar. Geoff se ha retirado de mi vida y yo me resigno a su ausencia. Lo he llamado, pero ha cambiado de número, supongo que en represalia al desaire que le infligí. Sofía llega con tres maletas en las que trae ropas gruesas para pasar el invierno en Washington, que, me advierte, es de una crudeza a la que nosotros, los peruanos, no estamos acostumbrados. La espero en el aeropuerto y me alegro al verla, tan guapa y elegante como siempre. No le digo una palabra de mi desencuentro con Geoff. El calor es brutal, insoportable, y por eso casi no salimos del departamento de la avenida Brickell, 1.550, tercer piso, con vista a la calle, en el que sólo caben, por pequeño, tres formas de entretenimiento: ver la televisión, leer o hablar por teléfono. La llegada de Sofía añade una cuarta, pues, nada más entrar y dejar las maletas, hacemos el amor con premura, con el arrebato de tantos días extrañándonos. Ésa es la mejor manera de resistir la inclemencia del verano, quedarnos desnudos en la cama, con el aire acondicionado a tope, riéndonos de las miserias de nuestras familias, haciendo planes para lo que nos aguarda en pocos días, la esperada mudanza a Washington. Viajaremos en avión, ya he comprado los pasajes para conseguir las tarifas más convenientes, y mandaré en un camión de mudanza las pocas cosas que he comprado acá en Miami, es decir, la cama, la mesa, el televisor y un puñado de novelas con las que intento mejorar mi defectuoso inglés. Nos aguardan dos semanas de sosiego bajo el sol impiadoso de Miami, luego dejaremos este apartamento y nos iremos a Washington a estudiar y a escribir. Yo no me veo estudiando, estoy inscrito en unos cursos de inglés en Georgetown University y supongo que tendré que asistir porque ya pagué y no pienso perder mi dinero, pero dudo que pueda complacer a Sofía en su sueño insólito de verme estudiando filosofía. Me veo, sí, escribiendo con rabia los peores recuerdos que llevo en el corazón, novelando la guerra que he librado con mis padres desde niño, las heridas y las cicatrices que han quedado abiertas por ser bisexual en la familia equivocada y en la ciudad equivocada. No quiero estudiar, me parece una pérdida de tiempo, ya fue un agobio estudiar en una universidad peruana que era una abigarrada reunión de charlatanes, demagogos casposos, enanos presumidos y viejas amargadas, una pléyade de profesores mediocres que repetían como cotorras las cosas más o menos inútiles que habían memorizado sin un ápice de talento. Sofía, en cambio, si bien me alienta sin desmayo a que escriba la novela que vengo prometiéndole desde que me conoció, considera que es indispensable, si uno quiere tener éxito, estudiar una maestría en alguna universidad de prestigio, y por eso sueña con colgar en las paredes de su habitación un diploma escrito en latín y firmado por algún cura jesuita, acreditando que ha concluido con excelencia académica una maestría en Georgetown. Yo no sueño con ese diploma, sino con una novela que me afirme como escritor, avergüence a mis padres por cucufatos e intolerantes, y sea una forma de venganza y redención, que me libere de las culpas del pasado y me permita salir del armario y revelar, entre las sombras borrosas de la ficción, al bisexual torturado que habita en mí y que el público que me festejaba en la televisión ignora casi por completo. Los días pasan lentos, perezosos, en la cama y en la piscina del edificio, a la que voy embadurnado por cremas protectoras de sol y repelentes de insectos, y en los cines más cercanos, los del Cocowalk, a los que acudimos por la noche, cuando decae el calor, pero nunca los fines de semana, para evitar el gentío, los nudos del tráfico y el penoso espectáculo de las chicas que exhiben sus carnes regordetas y apretadas, los negros en carros que brincan y escupen un ruido atroz y las parejas felices y heterosexuales que salen a cenar en pantalones cortos y mostrando el avance devastador de la celulitis. Yo no quiero ir a la playa, no quiero ir a bailar, no quiero ir al básquet ni al béisbol ni a los conciertos de músicos famosos, no deseo ir siquiera al supermercado. No me gusta salir, confundirme con la gente, pasar horas en el coche atascado en un embotellamiento de tráfico y ahogarme de calor en esas playas donde todo me irrita, la arena, la ferocidad del sol, las malaguas y los mosquitos, la vulgaridad de las gentes tiradas de cara al sol como lagartos. Por suerte, Sofía celebra mis manías de ermitaño y se contenta con encerrarse conmigo a hacer el amor, comer helados, ver la televisión y apenas salir para lo indispensable, comer en un café cercano de Brickell, donde todos los mozos son venezolanos amanerados, y hacer las compras en un supermercado que colinda con el barrio de los haitianos. Agosto es un mes cruel, salvaje, el peor en Miami; un castigo de los dioses, que parecen ensañarse conmigo para que no siga profiriendo insultos contra la tierra malhadada en que nací y a la que he jurado no volver, no al menos mientras no haya publicado mi novela. Pero esto es sólo el preludio, un anticipo de lo que está por venir, del castigo mayor, de la catástrofe que, anestesiados por la quietud frívola de nuestros días, ignoramos Sofía y yo. Los meteorólogos de la televisión empiezan a alertar que se acerca un huracán poderoso a las costas de la Florida, pero ella y yo no prestamos atención a dichas advertencias, principalmente porque nunca hemos sido testigos de un huracán, pues en Lima no llueve siquiera, es una ciudad árida y polvorienta como pocas, con el cielo encapotado y el sol como una quimera, allá todo lo que llueve son los constantes salivazos de los choferes del transporte público y los ríos de orín de los meones ambulantes que descargan sus vejigas en cualquier esquina. Nos reímos de los meteorólogos, que son unos muñecos, unos aparatos, unos hombrecillos esperpénticos, y no hacemos el menor caso a las noticias crecientemente alarmantes que publica la prensa en español, en un diario en el que sólo leo con placer las columnas de mi amigo Carlos Alberto Montaner, estupendo escritor afincado en Madrid, y las de su hija Gina, tan bellas que suelen hacerme llorar, así como los artículos atrabiliarios y valientes de un cubano monárquico, Vicente Echerri, que vive en Nueva York, y los de Francisco Pérez de Antón, un español de prosa fina, avecindado en Guatemala. Se viene el huracán, se acerca vertiginosamente a Miami, podría llegar en los próximos días si mantiene la actual trayectoria, advierten agitados y felices los meteorólogos, quienes, por cierto, sólo cobran importancia en momentos así, pues cuando hay buen clima, es decir, casi siempre, sus vidas son perfectamente prescindibles, estos odiosos señores viven de las catástrofes, de sus profecías agoreras, pájaros de mal agüero. No les hacemos caso, pero la gente del edificio comienza a inquietarse, a hacer maletas, a comentar con ansiedad el huracán que se avecina. Sofía y yo nos reímos, decimos que no va a pasar nada, que es sólo un vientecillo cabrón que seguramente se desviará y ni siquiera pasará por Miami, todo esto tiene que ser un negocio crapuloso de la televisión y de sus meteorólogos que rebuznan. Sin embargo, las cosas empeoran con las horas, pues la gente se apelotona en los supermercados, se aprovisiona de aguas, comidas en lata, linternas y velas, y muchos se precipitan al aeropuerto y a las estaciones del tren, para alejarse con premura de la ciudad, temiendo lo peor, como mi tío, el ex ministro ricachón, que estaba de paso en Miami y ha salido disparado de regreso a Lima sin saludarnos siquiera. Nuestro edificio, el modesto pero confortable 1550 Brickell, empieza a quedar vacío, desolado, pues todo el mundo empaca y se larga, creyendo a pie juntillas en los pronósticos del tiempo, la inminente furia del huracán que se aproxima, *the big one,* el tan temido viento que arrasará la ciudad entera y la reducirá a escombros. *Gringos de mierda, partida de pelotudos, qué ganas de exagerar y joder la vida,* me quejo, tirado en la cama, viendo la televisión. *Sí, son unos exagerados, no es para tanto,* me secunda Sofía, un amor. *Ni siquiera es seguro que el huracán pasará por acá, y si pasa, bueno, será un viento fuerte, nos quedamos en el departamento y nadie se muere,* digo, burlándome de esta ola de alarma que recorre la ciudad. Pero la policía no desdeña los sombríos vaticinios de los meteorólogos, que ahora aparecen sin descanso en la televisión, mostrando mapas, dibujando posibles trayectorias, arengando a la población a ponerse a buen recaudo, pues numerosos agentes policiales, en autos con sirena y altavoces, recorren nuestro barrio alertando del peligro inminente y pidiendo a la gente que se retire cuanto antes a lugares seguros, no tan cercanos al mar, y que, si no tiene adónde ir, busque refugio en los albergues y asentamientos que la ciudad ha acondicionado a prisa para guarecerla del huracán. Oficialmente, estamos en zona de evacuación y no debemos permanecer allí, nos recuerda la voz metálica e imperiosa del policía que grita en inglés desde su automóvil. Si nos quedamos, añade, estaremos en grave peligro y sin protección de nadie, a expensas nuestras. Vemos por televisión cómo la gente huye despavorida de las playas, de esa línea delgada que es la isla de Miami Beach, cuyos comercios de moda cierran sus puertas y se protegen clavando tablas de madera en sus fachadas, lo mismo que escapan alborotados los residentes de Key Biscayne, una isla muy vulnerable a los huracanes, así como quedan abandonan las mansiones opulentas de Coconut Grove y Coral Gables, que miran al mar y quedan desiertas en un santiamén, a la espera de lo peor. En nuestro barrio, la avenida Brickell, una sucesión de grandes rascacielos que se erigen de cara al mar y echan sombras sobre el pequeño edificio al otro lado de la calle en el que Sofía y yo permanecemos imperturbables ante el alboroto general, la gente obedece las órdenes policiales y evacua, es decir, se marcha de prisa a lugares tierra adentro, a casas de amigos, hoteles de lujo, moteles de treinta dólares la noche al pie de la carretera, incluso refugios públicos, *shelters,* habilitados por la ciudad para los pobres, los que viven en las calles, los que no tienen mejor sitio donde esconderse del huracán. En la televisión aparecen las imágenes de esos refugios, como canchas de básquet y auditorios municipales, que empiezan a colmarse de familias que instalan allí sus colchones, sus provisiones de alimentos, sus bolsas de dormir, una imagen dantesca de la que Sofía y yo nos reímos como niños mimados de alta sociedad. *Prefiero morir en este departamento, despedazado por el huracán, que pasar una noche en una jodida cancha de básquet, tirado en el piso con toda esa masa de gordos pedorreros y señoras histéricas y bebés chillones,* digo. Sofía está de acuerdo: *Me parece divertido vivir un huracán, no nos pasará nada, los policías son unos exagerados, lo peor que puede pasar es que se rompan algunos vidrios y se caigan algunas hojas de las palmeras, no creo que más, y eso de meternos a un* shelter *con un montón de gente horrible y apestosa,* no way, dice, y yo la amo porque ella desconfía de la policía siempre, en cualquier caso, igual que yo. Cae la noche tropical y se instala una quietud desusada que parece presagiar el desastre mayor. Sofía y yo seguimos viendo la televisión, que es una repetición monocorde de alarmas y advertencias, y ya empezamos a odiar a los meteorólogos que chillan histéricos que nos aguardan pocas horas para ser tragados por el huracán, como odiamos igualmente al maldito coche de la policía que sigue pasando por este barrio afantasmado, gritando que evacuemos perentoriamente, que nos vayamos, que nadie debe quedar allí, al pie del mar. No salimos a comprar comida ni bebidas por temor a que la policía nos arreste y conduzca a un refugio maloliente. Nos quedamos tranquilos, en la cama, viendo la televisión con el aire acondicionado a tope, sintiéndonos más valientes y aventureros que los gringos exagerados y los hispanos acomplejados que han salido huyendo del temido huracán. Es sólo un huracán, no es para tanto. Nosotros, que hemos vivido terremotos devastadores en Perú, no vamos a sobresaltarnos tanto por un huracán. Lloverá a cántaros, pasará un viento fuerte, se mojarán las gaviotas, volarán quizá las lagartijas, pero nada más, sólo eso, no es para tanto. Ahora se ha hecho de noche. Cenamos en casa, viendo la televisión. Sofía llama por teléfono a su madre y le dice que está todo bien, que no se preocupe. Yo no llamo a mis padres porque sospecho que ellos dejaron de preocuparse por mí hace mucho tiempo. Llegan por fin unos vientos fuertes hacia las diez de la noche y vemos fascinados cómo se doblan las palmeras, se balancea el semáforo de la esquina, vuelan hojas y desperdicios, suenan golpes secos de objetos que el viento desplaza con violencia, se enfurece la naturaleza con esta ciudad privilegiada de ricos y fugitivos, latinos y gringos, señoras de compras y señoritos afeminados en busca de libertad. *No pasa nada con el huracán, es sólo un viento fuerte,* digo, desde la ventana, contemplando cómo se hamaca la ciudad entera, los árboles, los cables de luz, las señales de tránsito y todo lo que el viento puede doblegar y hacer bailar en ese festín despiadado que viene del fondo del mar a recordarnos que también en Miami te puedes ir a la mierda cualquier día, que también en esta ciudad eres mortal y estás a expensas de los caprichos de la naturaleza. Pero Sofía y yo no estamos sufriendo, más bien gozamos con el huracán, siendo testigos de tan raro y poderoso fenómeno. Seguimos gozando hasta que el viento empieza a silbar de un modo pérfido, inquietante, anunciándonos que lo peor está por venir y entonces vemos caer postes de luz, cables de alta tensión, árboles enteros que son descuajados, pasan volando al lado del edificio y caen sobre el techo de un auto de lujo, estacionado en la cochera, cuya alarma se activa y se confunde con el silbido cruel de los vientos. Entonces todo se oscurece, se interrumpe la corriente eléctrica, un apagón más como los muchos que ella y yo hemos vivido en Lima, cuando el terrorismo volaba las torres de alta tensión y la ciudad quedaba ennegrecida y asustada, pero el primero que nos ha tocado vivir acá, en Miami, una ciudad en la que uno suponía que estas cosas no pasarían. No estamos asustados todavía, sólo incómodos, porque ahora carecemos de luz, teléfono y, por supuesto, aire acondicionado. Tampoco contamos con velas, apenas una pequeña linterna que Sofía, previsora, trajo desde Lima. La potencia destructiva de aquellos vientos de medianoche que vienen del mar y humillan a esta ciudad arrogante va en aumento, se multiplica con los minutos, así como crece el número de objetos que vuelan y caen en las inmediaciones del departamento, cualquier cosa que el viento pueda arrancar de raíz, descuajar y hacer volar caprichosamente, a su antojo. *Esto se está poniendo feo,* le digo a Sofía, mirándonos con el primer miedo de la noche, cuando el silbido vengativo del huracán parece ensañarse con nosotros, empequeñeciendo nuestra bravura y dando la razón a los policías y meteorólogos que pidieron que evacuásemos. *Ojalá no se rompan las lunas, porque allí sí que la vamos a pasar mal,* dice ella, más valiente que yo, como de costumbre. No mucho después, pasada la medianoche, empiezan a sonar, uno tras otro, los vidrios que se rompen, despedazados por el impacto furibundo del viento, y entonces comprendemos que es sólo cosa de minutos que nuestras ventanas salten también por los aires y el huracán se meta como un intruso loco al departamento, tome posesión de él y de nosotros, revuelva todo, lo inunde de desperdicios y malezas y se lleve nuestras cosas con una furia asesina que desconocíamos. Ahora tenemos que gritar para hacernos oír, porque el viento brama, ruge, silba, grita más fuerte que nadie, como si Dios estuviese gritando rabioso que Miami es la nueva Sodoma y Gomorra y que la borrará de un solo soplido rencoroso. *¡Agarra tus cosas más valiosas y aléjate de la ventana, que ahorita se rompe!,* me grita Sofía, y yo corro al cuarto, busco nerviosamente en la penumbra mi pasaporte, mi billetera y las llaves del auto, que ojalá no termine chancado por una palmera, y ella también rebusca entre sus cosas para asegurarse de que el huracán no le arrebate sus documentos, su dinero, sus pocas joyas y las fotos familiares. Cuando estamos terminando de reunir nuestras más preciadas posesiones, el huracán nos anuncia que ha llegado rompiendo las ventanas de la sala y metiéndose como un gigante dando patadas, sacudiéndonos, haciendo volar todo a nuestro alrededor y casi también a nosotros mismos. *¡Vamos al baño!*, grito, y Sofía se agarra de mi mano y avanzamos contra la fuerza chúcara del viento que nos escupe con todo su desprecio. Logramos encerrarnos en el baño, que está a oscuras y no tiene ventanas, y nos sentamos en el piso de la ducha, aterrados, y comprobamos que estamos bien, que no nos hemos cortado con los vidrios que salieron volando y que tenemos el dinero y los pasaportes, menos mal que alcanzamos a guardarlos, fue cosa de minutos, ahora sería imposible volver a la sala. Tengo miedo de salir volando, de terminar siendo arrastrado por el huracán y caer sobre las ramas de un árbol o encima de los techos de los autos vecinos. No le digo esto a Sofía, trato de ser un hombre y calmarla. Aunque estamos abrazados, sentados sobre el piso de la ducha, debemos gritar para comunicarnos, porque el ruido del viento y los objetos volando, agitándose, cayendo y rompiéndose es ensordecedor, y ella me grita con un humor invencible *¡ojalá que si el viento nos lleva, nos deje en Washington y no nos regrese a Lima!*, y yo sonrío pero no puedo reírme porque estoy muerto de miedo, y sólo grito *¡deberíamos haber evacuado, tengo miedo de que se caiga el puto edificio!*, y ella *¡no, no se va a caer, tranquilo!*, y yo *¡estas paredes son endebles, el viento las puede tumbar, estamos jodidos!*, y ella *¡tranquilo, que no podemos ir a ningún lado, si salimos al pasillo y tratamos de bajar por la escalera, sería mucho peor!* Claro, tiene razón, adónde vamos a ir, ahora que el huracán se ha instalado en la ciudad y barre todo a su paso, incluyendo nuestro orgullo, que ha quedado hecho escombros, confinado en esta esquina oscura y temblorosa del baño. Cuando ya estoy resignado a que caigan las paredes, perdamos la vida aplastados y me arrepienta para siempre de no haber escrito la novela ni amado a Geoff, los silbidos empiezan a declinar, el rugido del viento a amainarse y los golpes de los objetos que vuelan y se rompen a hacerse menos frecuentes. Entonces suspiramos aliviados, ha pasado lo peor, se aleja el ojo del huracán y quedamos vivos pero hechos unos guiñapos, mojados, despeinados, empavorecidos, con el departamento transformado en un caos. Aunque la tempestad parece darnos tregua, no nos atrevemos a salir del baño por temor a que arrecien de nuevo los vientos más brutales. Sofía entreabre la puerta del baño y dice *ya pasó lo peor, creo que podemos salir.* Aún sopla fuerte el viento, pero ya no destruye con la rabia que nos atemorizó tanto y me hizo pensar que podíamos salir volando o morir aplastados. Yo no me muevo del baño y espero a que el viento se calme un poco más. Bien entrada la madrugada, todavía asustados, salimos al cuarto y a la sala. Todo está sucio y mojado, los vidrios rotos en la alfombra, el televisor caído, la mesa de espaldas, las sillas ausentes, robadas por el viento, y nuestro colchón de quinientos dólares todavía allí, invicto a pesar de todo. Después de asomarnos al balcón y atestiguar con asombro que la avenida Brickell ha quedado convertida en un caos interminable de árboles descuajados de raíz y caídos, postes derribados, ríos de agua surcándola y autos volteados y arrastrados por el viento, regresamos exhaustos al cuarto y nos tumbamos en la cama. Tratamos de dormir, pero no podemos. El viento sigue pasando amenazante, recordándonos lo poco que somos, la fragilidad de nuestra condición. Humillado, con miedo, me tumbo en la cama y cierro los ojos, sabiendo que no podré dormir. Un rato después, despierto sobresaltado y veo que Sofía se toca calladamente entre las piernas y respira de un modo intenso. La escena es de una belleza mórbida, oscura: entre los escombros del huracán que osamos menospreciar, una mujer hermosa se toca a mi lado. Empieza a despuntar el alba cuando la beso con violencia, me monto sobre ella y le hago el amor, celebrando de esa manera que sigamos vivos, juntos, después de esta noche horrenda.

A mediodía, después del huracán, es el infierno en Miami. El departamento es una pocilga, la alfombra mojada e inmunda, todas las cosas rotas y tiradas por el suelo, y un bochorno insoportable nos hace sudar sin tregua porque no disponemos de aire acondicionado y tampoco de agua para darnos una ducha, y en la piscina no podemos bañarnos porque sus aguas han quedado oscuras y apestosas, llenas de plantas y desechos. Tenemos hambre. Ya hemos comido las pocas cosas que quedaban en buenas condiciones en la nevera, las demás se han malogrado por el calor y la falta de corriente eléctrica. Hambrientos, aturdidos por la violencia del sol, gruñones por la falta de sueño, salimos a caminar en busca de algún lugar donde comer algo. Mi auto está en buenas condiciones, no ha sido golpeado por un árbol como otros del parqueo, lo enciendo y al parecer está bien, pero no podemos salir a manejar porque las calles están cortadas e inundadas. Caminamos con cuidado, entre charcos de agua y cables desparramados, recordando que puede ser peligroso pisar uno de esos cables negros que la tormenta ha tumbado sin dificultad. Llegamos al supermercado pero está cerrado, los vidrios rotos y un par de agentes de seguridad cuidando que los haitianos del barrio vecino no irrumpan a saquearlo. La ciudad es una pesadilla, el sol descarga su furia sobre nuestras cabezas con saña inexplicable, como si no hubiese bastado un huracán para estropearnos la vida. Maltrechos, extenuados, llegamos a pie a un pequeño restaurante argentino en Coral Way, que está abierto de milagro y ofrece un pedazo pollo a la parrilla por veinte dólares. Parecemos dos balseros recién llegados a las costas de la Florida comiendo esas pechugas al carbón con una voracidad vulgar, entre gentes que cuentan con orgullo cómo sobrevivieron a la debacle. De vuelta en el departamento, comprendemos que lo mejor es no movernos, tendernos desnudos en el colchón estragado y esperar a que baje el calor, regresen la luz y el agua y podamos salir en el auto. *En Lima estábamos mejor,* digo, abrumado. *Quién hubiera dicho que en Miami estaríamos así,* sonríe Sofía, tratando de ponerle buena cara al mal tiempo. No provoca hacer el amor porque el calor mata cualquier deseo de moverse o acercarse a otro cuerpo. *Hay que irnos de acá* —digo—. *No aguanto más. Ésta es una señal del destino. Estamos en la ciudad equivocada. No debemos volver a Lima, pero hay que irnos cuanto antes de Miami.* Sofía se entusiasma. Nunca le gustó Miami, le parece un pueblo sin cultura, no una ciudad respetable. Odia que no haya estaciones marcadas, que los días sean mínimos altibajos entre mucho o poco calor, mucha o poca lluvia, y la misma humedad densa y pegajosa de siempre. *Yo no puedo vivir en Miami* —dice—. *No podría. Al menos, con aire acondicionado se puede sobrevivir. Pero así, sin agua ni luz, vamos a terminar matándonos.* Tiene razón, el calor y el hambre provocan tal desesperación que uno podría cometer un acto de violencia, como darle una bofetada al argentino de las parrillas de Coral Way para que deje de gritar tantas boberías. *Esperemos a que abran la calle y podamos salir en el carro hasta la autopista y nos largamos de acá,* digo resueltamente. *Podemos irnos cuando quieras, yo tengo las llaves del departamento que hemos alquilado en Washington,* me anima ella. No lo hemos alquilado, en honor a la verdad: lo arrendó ella sola, sin que yo hiciera otra cosa que quejarme. Pero Sofía es así, fuerte y combativa, y el huracán no ha destruido sus reservas de humor, y se ríe por eso de todo, de que el televisor esté roto y una lagartija corra por la alfombra y los mosquitos se enseñoreen en la casa y yo tenga que echarme un aerosol repelente en todo el cuerpo y me confunda a la hora de usar desodorante y termine echándome el aerosol contra insectos en las axilas, y ella riéndose a carcajadas de mi torpeza. El edificio ha quedado en un estado calamitoso, casi todas las ventanas rotas, las sillas, los colchones, las sábanas y toda clase de mobiliario desperdigado en el estacionamiento, en el jardín, al lado de la piscina. Nadie duerme en este edificio, sólo nosotros, los valientes que desafiamos a la policía y ahora pagamos cara aquella imprudencia, porque no podemos salir en automóvil, pues la calle sigue cerrada, aunque ya las cuadrillas de trabajadores comienzan a desbloquearla, cortando árboles caídos, retirando los postes y los cables de luz que se han desplomado sobre la pista, allanando con dificultad el camino. *Ni bien Brickell quede abierta, nos vamos,* digo. Apestamos. Apesto yo, en realidad, porque Sofía siempre huele bien. No puedo bañarme, salvo que quiera meterme al agua verdosa con los sapos de la piscina. Me resigno a echarme desodorante y colonia varias veces al día, pero eso no mejora las cosas. *Si me quieres así como estoy, toda cochina y sudada, es que me quieres de verdad,* dice Sofía con una sonrisa estupenda. Yo no puedo querer a nadie cuando estoy con hambre y sueño; sin embargo, a ella la quiero aun así, y celebro que me acompañe en este momento desgraciado. Salimos a caminar como zombis cuando el hambre acecha y todos los comercios siguen cerrados, no hay dónde conseguir comida, y yo me siento un idiota por no habernos aprovisionado de alimentos antes del huracán, como hizo la gente previsora que confió en los meteorólogos, hasta que por fin, exhaustos, bañados en sudor, hallamos un cafetín grasoso que está abierto y que ofrece cafés y medialunas frías de jamón y queso. Todavía me queda dinero en efectivo, lo que es una suerte, porque nadie acepta tarjetas de crédito, los bancos no funcionan y las máquinas para sacar dinero tampoco. Comemos al final de la tarde, volvemos al edificio ruinoso y le digo a Sofía *es como si Miami se hubiese convertido de pronto en La Habana, no hay comida, no hay luz ni agua, no puedes hablar por teléfono, tienes que caminar para movilizarte, ¡extraño Lima!* Sofía me calma y me dice que en Washington estaremos bien, que ya falta poco. También falta poco, recuerdo en silencio, para que mi organismo digiera los cuatro emparedados llenos de mayonesa que he deglutido con violencia, y entonces tendré que ir al baño, ¿a qué baño, al inodoro del departamento, que no podemos jalar porque no hay agua? No: tendré que ir sigilosamente a algún rincón del jardín, esconderme tras los arbustos y los matorrales, premunido de un rollo de papel higiénico, y cagar como los perros. Yo, que antes era una estrella de la televisión de mi país, ahora ando defecando a la sombra de una palmera. El amor y el huracán han destruido mi vida. Ahora soy un náufrago, un sobreviviente, un hombre cansado y apestoso que no tiene dónde dormir. La calle sigue bloqueada y no podemos escapar. Ya hemos metido las maletas en el auto, estamos listos, aguardamos con impaciencia la partida, pero dependemos de los pobres trabajadores que se turnan sin descanso, día y noche, para reabrir el tránsito en la avenida y restaurar los servicios básicos en la ciudad. Entretanto, seguimos completamente desinformados, sin televisión ni periódicos, y sólo podemos escuchar las noticias encendiendo el auto y sintonizando la radio, pero no lo hacemos por más de cinco minutos para no consumir la poca gasolina que nos queda. Por las noticias que escuchamos en la radio, sabemos que el aeropuerto permanece cerrado, la ciudad ha colapsado y en los barrios pobres la gente se pelea por bloques de hielo. No nos queda sino esperar. Sofía y yo, con todo el edificio estragado para nosotros, y con su linterna y la luna llena como únicas fuentes de luz, nos tumbamos afuera, en las perezosas maltrechas de la piscina, bien cubiertos de repelente antimosquitos, a descansar de este día tan miserable. No podemos dormir en el colchón del departamento porque el calor es insoportable y terminamos mojándolo todo de sudor. Es mejor estar afuera, mirando la luna, tratando de olvidar esta pesadilla. Para escapar un momento del infierno, hacemos el amor aquí, al aire libre, ella sentada sobre mí, el vestido apenas levantado. Cuando terminamos, me pregunta cómo será mi novela y yo empiezo a divagar, a contarle las ideas borrosas que excitan mi imaginación, y ella se entusiasma, me ayuda a aclarar dudas, me sugiere escenas o personajes y es un momento espléndido, Sofía y yo hablando con pasión de mi novela después del huracán, esta noche de luna llena al pie de la piscina. No dormimos, pasamos la noche hablando, contándole yo pequeñas historias impresentables de mi familia, relatando ella las visitas que hacía, con su hermano Francisco y su hermana Isabel, a la casa rústica que su padre, Lucho, tenía al borde del río, en los Andes peruanos, donde debían dormir en el suelo, con las arañas y los alacranes, lavar la ropa en el río chúcaro, llevar agua a la casa cargando unas bateas muy pesadas —que pobres de ellas si se les caían, porque entonces Lucho las castigaba sentándolas encima de una piedra en el río—, y cocinar pobremente en una cocinita a gas cualquier cosa que ellas, las hermanas, dos niñas apenas, pudiesen imaginar. Pienso en Sofía castigada porque se le cayó la batea de agua, sentada sobre una piedra del río turbio, y no puedo sino amarla y pensar que su padre resultó siendo casi tan loco como el mío. Mi padre no me castigaba así, exponiéndome a la corriente traicionera de un río, sino de maneras más retorcidas y sañudas, obligándome a recoger con las manos las cacas de los perros, golpeándome en las nalgas con un látigo para montar a caballo o burlándose de mí ante sus amigos, lo que me dolía en el alma, que papá fuese tan traidor como para decirles a sus amigos, en presencia mía, que yo era una mariquita y un bueno para nada, como si él, aparte de vivir de la fortuna de su padre, hubiese hecho algo útil con su vida. Sofía al menos tuvo suerte, porque no le tocó una mamá beata, sino más bien casquivana y liberal, y porque su papá, siendo un lunático, prefirió irse al campo y no quedarse amargado en un matrimonio que lo hacía infeliz, al menos tuvo el valor de quemar todo —su matrimonio, su reputación, sus documentos de identidad y una parte de su cerebro con las drogas que consumía— y largarse a un rincón en la sierra donde nadie lo jodiese y él no jodiese a nadie, a diferencia de mi padre, que nunca tuvo coraje para irse a ninguna parte y se quedó torturando a mi madre y ensañándose conmigo, volcando en mí toda su rabia, sus complejos y sus frustraciones. Yo no le perdono eso, que fuese tan cobarde conmigo cuando yo no podía defenderme, pero Sofía no le guarda rencor al suyo, lo comprende y lo perdona, lo quiere de verdad, *yo tampoco podría haber aguantado a mi madre,* dice, *yo también me hubiese escapado de ella a una casita en el río, el pobre tuvo que hacer eso para sobrevivir.* Yo digo que me parece atroz que Lucho las obligase a ellas, dos niñas, sus hijas, a dormir en el suelo con las arañas, a cargar bateas de agua pesadísimas, a cocinar y a lavar la ropa en el río, y que me parece imperdonable que las castigase con tanta brutalidad, sentándolas sobre una piedra del río, pues nada justifica, salvo la locura, un comportamiento tan irresponsable y egoísta, el de abandonar a sus hijos, obligarlos a hacer un viaje larguísimo en autobús para verlo en ese paraje inhóspito del norte peruano y someterlos a las privaciones de su vida de ermitaño. *No, no fue así* —dice ella—. *Mi papá se volvió loco, estaba enfermo, no estaba bien de la cabeza. Nos abandonó y se fue a la sierra porque tenía que hacerlo, porque era la única manera de sobrevivir. Pero no era malo con nosotros. Nos quería a su manera. Cuando lo visitábamos, nos obligaba a vivir como él, pero no por malo ni egoísta, sino porque ésa era su manera de querernos. Así nos mostraba su mundo. Así nos hacía un poquito como él. Y a nosotros nos gustaba eso, que mi papá tuviese un mundo propio, completamente distinto del de todos. Nadie tenía un papá que vivía solo al borde del río, sin luz, sin agua, sin teléfono, sin empleadas. Eso me hacía sentir especial. No me acomplejaba. Al contrario, me daba orgullo que mi papá fuese un hippy genial.* Yo no quiero ser un hippy. No quiero comerme los sapos de la piscina ni las lagartijas que corren por la alfombra del departamento. Quiero irme de acá. Quiero volver al mundo civilizado. A la mañana siguiente, Sofía y yo seguimos vivos, aunque hediondos, y la avenida Brickell ha sido reabierta. Me arrastro de cansancio, el hambre aguijonea mi estómago y la conciencia me remuerde diciéndome que no debería haberme ido de Lima, donde lo tenía todo tan fácil, incluyendo, con intermitencias, el cuerpo de Sebastián. Tras hablar a gritos con los trabajadores que siguen limpiando la avenida y asegurarnos de que podemos llegar al acceso a la autopista I-95 y manejar sin interrupciones rumbo al norte, subimos al auto, abandonamos sin pena los muebles desvencijados y el colchón heroico, dejamos las llaves del departamento en medio de la alfombra, entre charcos grisáceos, lagartijas y mosquitos que se multiplican, y nos largamos del maldito 1550, Brickell, donde nos pasó por encima el huracán, del que ahora somos orgullosos sobrevivientes. Cuando, tras sortear ramas, cables y camiones de trabajadores, logramos subir a la autopista I-95 rumbo al norte, miro a Sofía, sonreímos, y ella me dice *acelera, baby, que Georgetown nos espera. Te amo,* le digo, y no le doy un beso porque mi aliento apesta. Es una mañana luminosa a finales de agosto. Lima ha quedado atrás, Miami es un mal recuerdo, el huracán nos ha dejado inmundos y hambrientos pero no ha logrado doblegarnos, y ahora nos espera Georgetown, donde nos amaremos y escribiré mi novela. Acelero. El auto es demasiado pequeño y está atestado de maletas y no parece cómodo hacer el viaje hasta Washington en estas condiciones. En Fort Lauderdale tomamos un desvío, paramos en un lugar de comida rápida y comemos como carreteros. Ya no me suena la barriga de hambre, ahora sólo apesto. Necesito darme una ducha. Sofía también parece desesperada por eso, quiere un baño decente y una cama en la que podamos echar una siesta. Le parece imprudente manejar así, con tanto sueño y estas ropas de presidiarios. Me convence sin mucho esfuerzo. Nos desviamos en West Palm Beach y nos registramos en un hotel modesto al borde de la autopista, en el que nos miran con cierta desconfianza, pues nuestro aspecto es de terror. Entonces Sofía explica que venimos huyendo del huracán y el tipo de la recepción sonríe y nos da las llaves con amabilidad. Es un cuarto horrible, con una decoración nauseabunda, digna de una película truculenta de bajo presupuesto, pero con aire acondicionado, un inodoro que puede jalarse, luz, agua, teléfono y una alfombra seca y sin lagartijas, todo aquello de lo que no disponíamos en Miami. Nos damos una ducha muy larga, la mejor de nuestras vidas, y luego nos tumbamos en la cama y caemos dormidos. Despierto asustado horas después. No sé dónde estoy. Sofía me sonríe, me da un beso y me devuelve el sentido de la realidad. *Has dormido cuatro horas, dormilón,* susurra, enroscándose conmigo, ovillándose. *¿Todavía apesto?,* le pregunto, y ella mordisquea mi oreja y me dice *tú siempre apestas, pero me encanta tu olor*. Nunca imaginé que haría el amor con una mujer tan linda en un motel deplorable a la salida de Palm Beach. Ahora estoy de buen humor, seguro de que lo mejor está por venir. Nos vamos del motel y Sofía me convence para dejar este auto y cambiarlo por uno más grande, que nos permita disfrutar del viaje. Se ve que a mi chica le gusta la comodidad, ¿pero cómo podría reprochárselo, cuando tiene que ser una grandísima incomodidad ser mi chica? Damos vueltas, nos perdemos, encontramos por fin la tienda de autos y cambiamos este coche pequeño por una camioneta grande, color guinda, con un buen equipo de música y unos asientos mullidos en los que hundiremos el trasero las no sé cuántas horas, dieciocho o veinte, que nos esperan en la carretera. Ahora avanzamos en la camioneta a una velocidad ilegal, las ventanas abajo, el viento despeinando a Sofía, sonando con fuerza la música que ella ha escogido, y yo la miro de soslayo y la veo canturrear y mover levemente la cabeza, como bailando sola, y siento que no merezco tanta felicidad y que la vida no es tan mala como pensaba.

Podríamos hacer el viaje hasta Georgetown durmiendo una sola noche en la carretera, pero eso sería agotador. El huracán nos ha dejado cansados y no me gusta conducir de noche, por eso decidimos viajar sin apuro, dormir un par de noches en hoteles de paso y recorrer en tres días las mil cincuenta millas que nos separan de Washington. Serán más o menos veinte horas al timón de esta camioneta. El primer día de viaje avanzamos unas cuatrocientas millas, por las horas que perdimos durmiendo la siesta en West Palm Beach, así que apenas alcanzamos a trepar en unas seis horas todo el litoral de la Florida y, ya de noche, paramos a dormir en el hotel Ramada de Brunswick, Georgia, no sin antes ver en «Nightline», con Ted Koppel, los destrozos que ha causado el huracán en Miami. Desde el modesto cuarto de hotel, Sofía llama a su madre y le asegura que estamos bien y que no debe preocuparse. Por suerte, no me pide que hable con ella. No quiero hablar con Bárbara porque sé que no me quiere, desconfía de mí y me ve con el aire de superioridad con que suele desdeñar a las personas que tenemos menos plata que ella. De momento, parece resignada a que su hija quiera vivir conmigo. Ha tratado de disuadirla, diciéndole que soy un peligro, un personaje de la farándula que goza de mala reputación, un tipo que se viste mal, con los pantalones caídos y el pelo bochornosamente largo, pero todo eso no hace sino avivar el cariño o la pasión que Sofía siente por mí, de modo que, por ahora, Bárbara se repliega y espera el momento para atacarme. Si supiera que no soy tan malo con su hija, que le compro donuts y helados en las gasolineras en que me pide detenernos, que sé hacerla reír, que la complazco decorosamente en la cama y pago todas sus cuentas, tal vez me odiaría menos. No deja de sorprenderme que esa señora tan frívola y odiosa tenga una hija como Sofía, quien, por suerte, se parece bastante más a su padre. En el hotel de cuarenta y nueve dólares la noche, sin servicio a la habitación ni una cafetería digna, nos damos un atracón de comida chatarra que sacamos hambrientos de una máquina tragamonedas. Si la madre de Sofía nos viese así, mal vestidos, en el estacionamiento de un hotel barato, tragando con felicidad estos bocadillos grasosos, quizá contrataría a unos matones y me haría desaparecer. Supongo que sueña con que Sofía se case con un millonario y vengue así las privaciones que ella tuvo que sufrir cuando su marido la abandonó para hacerse hippy. Sin embargo, ahora tiene que resignarse a que ella se haya enamorado de un bisexual que detesta a sus padres, hace escándalos en la televisión y se opone al régimen mandón que ella tanto admira. Sofía y yo dormimos esa noche en camas separadas porque así nos ha tocado la habitación, con dos camas pequeñas de una plaza, y yo estoy irritado tanto por el cansancio del viaje como por un ardor en la entrepierna que atribuyo a la excesiva frecuencia de nuestros encuentros amorosos. A la mañana siguiente, buscamos en este pueblo perdido una cafetería donde podamos desayunar, pero no hay sino lugares de comida rápida, y no nos quejamos por eso y comemos huevos con tocino y salchichas, un festín de grasa. Sofía cuenta a quien puede que hemos escapado del huracán Andrew, por ejemplo, a la cajera negra y obesa de este McDonalds de Brunswick, Georgia, y yo le reprocho que ande alardeando de nuestro heroísmo por todo el sureste del país, pero ella no me hace caso, está orgullosa de haber mirado a los ojos al huracán y se lo cuenta al primero que cruza su camino. Tras desayunar, manejo despacio, sin traspasar la velocidad máxima que manda la ley por temor a que nos detenga la policía y compruebe que sólo tengo un carnet de conducir expedido en mi país, que además es fraudulento, a pesar de lo cual me ha servido para alquilar esta camioneta. Aunque en general no me gusta conducir, por momentos puede ser un agrado recorrer esta autopista sin sobresaltos, ancha y bien afirmada, rodeada de una vegetación que se hace más boscosa a medida que avanzamos al norte, tan distinta de las rutas ahuecadas y polvorientas de mi país. El paisaje es hermoso, inspirador, y me da una sensación de libertad, como si hubiese salido de un largo cautiverio. La compañía de Sofía no podría ser más gratificante. Ella reclina el asiento para atrás, pone los pies sobre el tablero y a veces saca el pie derecho fuera de la ventana y decide sin consultarme la música que hace sonar. Cada cierto tiempo, examina obsesivamente el mapa que hemos comprado en una gasolinera para decirme el nombre del pueblo por el que estamos pasando. Cuando le da hambre o quiere estirar las piernas, me ordena con dulzura que debemos detenernos en la siguiente gasolinera, y al llegar, busca los enrollados de canela que le encantan. De vuelta en la carretera, se entretiene enseñándome francés. Yo no hablo francés. A pesar de que mi madre me matriculó en la Academia Francesa cuando era niño, he olvidado las pocas palabras que aprendí. Sofía, para mi vergüenza, lo habla muy bien, tal vez mejor que el inglés, lo que atribuye a los años que vivió en París con Laurent. Me pregunto si lo seguirá extrañando, si pensará en él cuando hacemos el amor, si lo llamará por teléfono secretamente y le prometerá que irá a visitarlo en sus vacaciones. Ella me dice que ya no está enamorada de él que sólo quiere ser su amiga, pero yo no la creo del todo y sospecho que todavía juega con la idea de irse a París, casarse con él y someterse con resignación a sus desmesuras amatorias; sospecho que piensa todo eso cuando yo le recuerdo que todavía me gustan los hombres. Pero ahora no se lo digo porque estamos jugando a que es mi profesora de francés y yo su alumno remolón. Mientras avanzamos a setenta millas por hora por la carretera 95 a través de Carolina del Sur, ella me enseña unas pocas palabras en francés y yo las repito obediente, y ella se ríe de mi acento y me enseña la correcta pronunciación y yo lo intento pero soy un desastre, y entonces ella vuelve a reír de lo mal que hablo francés y lo lento que soy para aprenderlo. Nos reímos y la amo cuando, ruborizándose, me dice, a sugerencia mía, cosas atrevidas en francés, y yo las repito con mi acento macarrónico y el brazo izquierdo bastante más tostado que el otro por el sol, y ella se sonroja, sonríe pudorosa, se reclina, descansa en mi pierna y me pide que acaricie su pelo mientras vemos pasar los verdes campos de Carolina. Esa noche dormimos en el hotel Hampton Inn de la calle Industrial Park Drive, en Selma, un pueblo desolado a poco de entrar en Carolina del Norte. Estamos contentos. El hotel es bastante mejor que el de la noche anterior. Hay un comedor muy grande, decorado con simpleza, en el que atienden unas señoras negras, ya mayores, con mandiles amarillos y sonrisas fatigadas. Después de cenar, nos damos un baño en la piscina. Aun de noche, hace calor. Desde el tercer piso, parado fuera de su habitación, con el torso desnudo que muestra el obsceno tamaño de su vientre, un hombre se apoya en la baranda de fierro y nos mira con obstinación. Podría ser un pervertido, un asesino en serie o más probablemente un tipo solitario, hastiado de su vida. Su mirada pertinaz me asusta, y por eso evito besar o abrazar a Sofía y le digo para volver al cuarto de inmediato. No hacemos el amor porque me duele el sexo, pero amo a esta mujer y ella lo sabe. Despierto de madrugada, acalorado, sin saber dónde estoy. Ella duerme a mi lado. La miro con perplejidad, sin entender por qué una criatura tan hermosa elegiría amarme. No puedo evitar tocarla, besarla, despertarla, pero ella no se queja y se entrega al acto del amor. Me duele un poco pero no importa, porque quiero que Sofía me siga diciendo que soy el mejor amante que ha tenido y que ni siquiera Laurent la hacía gozar como se estremece cuando me muevo entre sus piernas y le digo cosas inflamadas. Al día siguiente, amanecemos tarde, yo con los ojos hinchados y un dolor de espalda que atribuyo a la blandura del colchón, y salimos dispuestos a recorrer las casi trescientas millas del tramo final, dejar atrás Carolina del Norte, cruzar el estado de Virginia y llegar a Washington, al apacible barrio de Georgetown, a la calle 35 del noroeste, esquina con la calle T, donde nos espera vacío el departamento que hemos alquilado. Una creciente excitación se apodera de nosotros a medida que dejamos atrás los pequeños pueblos de Virginia —Sussex, Petersburg, la capital Richmond, Fredericksburg, Stafford— y nos acercamos a Washington. Por primera vez en el largo trayecto, acelero con impaciencia y traspongo el límite de velocidad. Sofía ya no quiere parar en las gasolineras para comprar donuts, enrollados de canela, helados de yogur, pasteles de manzana y chocolates, ahora sólo desea llegar a la calle 35, tomar posesión del departamento y llevarme a caminar por ese barrio que tanto ama. Como está contenta, casi eufórica, pone nuevamente los pies descalzos sobre el tablero, deja que el viento desordene su pelo y me somete a un examen de francés, recordándome las palabras que me ha enseñado el día anterior, cuando surcábamos los bosques de Carolina, y corrigiendo de paso mi pronunciación. Es un momento fantástico: yo repitiendo cómo se dice en francés queso, pan, auto, señorita, camarero, y ella riendo de mi torpeza y mi horrorosa pronunciación y soltando una carcajada que rompe el aire quieto de Virginia y me contagia de su felicidad. Por alguna razón, Sofía parece más feliz que nunca, tal vez porque el sueño de llegar juntos a Georgetown se hace realidad, y todo parece sugerir que seremos felices en esta aventura. *No te había visto así de contenta en mucho tiempo,* le digo, y le doy un beso en la mejilla, sin desviar la mirada de la ruta. *Estoy feliz porque sé que en Georgetown vas a ser más feliz que nunca en tu vida,* me dice, y luego se deja caer en mis piernas para que, como hacíamos en mi auto azul cuando nos conocimos en Lima, le acaricie la cabeza mientras ella cierra los ojos y canturrea alguna canción. Son casi las cinco de la tarde cuando cruzamos el Key Bridge, contemplando a ambos lados el río Potomac y admirando la cúpula de la Universidad de Georgetown que se perfila a lo lejos. *Sí, tienes razón, acá voy a ser muy feliz,* le digo. Poco después, entramos por la calle M, nos metemos entre los recovecos de Georgetown, recorremos la calle 35 y llegamos a la puerta del edificio viejo, de ladrillos rojos y puerta de vidrio, con el número 1813, en la esquina de la 35 y T, donde dormiremos esta noche. No lo podemos creer. Hemos llegado. Me duelen la espalda, las piernas, el trasero, todo el cuerpo, y tengo el brazo izquierdo más moreno que el otro, pero hemos llegado por fin. Entramos al edificio, caminamos por un pasillo oscuro, abrimos la puerta del departamento y compruebo que Sofía ha elegido bien: es pequeño pero acogedor, con el piso de madera y una bonita vista al parque de juegos vecino. Nos abrazamos. *Te amo,* le digo. *Acá vas a escribir tu novela,* dice ella. *Seguro que sí,* prometo. Luego salimos a caminar. *Vamos a un café que te va a encantar,* me dice. Bajamos por la calle 34 tomados de la mano, admirando la belleza de las casas antiguas y señoriales, de estas calles tan silenciosas en las que la gente se saluda al pasar. Es un momento de gran felicidad y se lo debo a Sofía, que sonríe como diciéndome confía en mí, lo mejor está por venir. Poco después comemos en Booeymonger, un café lleno de estudiantes guapos que multiplican mis ganas de volver a la vida académica, y regresamos caminando por la avenida Wisconsin, entre comercios de ropa, licorerías, farmacias y salones de belleza, hasta encontrar una mueblería en la que, apurados, recordando que no tenemos dónde dormir esta noche, compramos un colchón y unas sábanas que la vendedora se compromete a entregarnos personalmente, un par de horas más tarde o quizá menos, en el departamento de la calle 35. Esperamos a que nos traiga el colchón columpiándonos en el parque de juegos al lado del edificio. No hemos fumado marihuana, pero reímos como si estuviésemos volados. Sofía es una droga buena que me hace reír. No quiero irme nunca de acá. Por suerte, la vendedora llega con el colchón y nos ayuda a cargarlo hasta el cuarto. Esa noche hacemos el amor en ese colchón tirado en el piso, Sofía sentada sobre mí, y no nos importa que la ventana esté abierta y que el vecino pueda vernos. Sofía grita de placer cuando termina. *Nunca habías gritado así,* le digo. *Es que nunca me habías querido como hoy,* contesta con una sonrisa.

Las clases han comenzado y, aún me cuesta creerlo, he vuelto a la universidad. Me siento un extraño en las clases de inglés en que me inscribí para complacer a Sofía. Las clases se dictan desde muy temprano, las ocho de la mañana, lo que resulta una pesadilla para mí, pues a esa hora suelo estar malhumorado, y terminan a las dos de la tarde. Mi profesora, una señora de mediana edad, regordeta, de aspecto descuidado, con gafas gruesas y el pelo largo y algo canoso, me cae bien. Cumple su trabajo con un aire de pesadumbre y aburrimiento, sin fingir que la está pasando bien. No trata con severidad a nadie y eso me gusta. En el salón predominan los estudiantes orientales: chinos, coreanos, japoneses, vietnamitas e indonesios. También hay un puñado de árabes —un marroquí, un libanés y un par de saudís con aires de millonarios— y sólo dos latinoamericanos: un colombiano y yo. Me resulta penoso aceptar todas las mañanas que, a mi edad, habiendo sido expulsado de la universidad en mi país, pertenezco a este grupo académico, el de los inmigrantes que tratan de mejorar su dominio del inglés, es decir, el último escalón, los de más abajo. Es una vergüenza asistir a estas clases pero lo hago por amor a Sofía, que parece tan contenta cuando caminamos juntos por la mañana las pocas cuadras que separan nuestro departamento de la universidad. Ella también ha comenzado sus clases de ciencias políticas. Entre sus profesores, está muy contenta con un cubano, Luis

Aguilar León, que le parece un sabio humilde, y con el gran escritor chileno Jorge Edwards, que, según me cuenta, dicta unas clases fascinantes. Yo no hago amigos en mis clases, mantengo las distancias e intervengo sólo cuando es inevitable, aunque a veces, en los recreos, se acerca a conversarme un chino simpático, Huan, que me cuenta, en su inglés desopilante, cómo es la vida en Pekín, donde nació. En realidad, cuento los días para terminar el curso, rendir un examen y quedar libre para escribir mi novela. Sofía no ignora que me aburre estudiar inglés, pero me anima a perseverar para sacarme un buen puntaje en el examen y quedar en condiciones de seguir estudiando en Georgetown, ya no inglés, sino lo que ella sueña para mí, filosofía. Yo sonrío y no digo nada, porque estoy seguro de que no podría ser un filósofo. A pesar de la humillación que significa asistir a las clases de inglés y tener como amigo al chino Huan, que usa unos anteojos muy gruesos de científico perseguido, come los *bagels* solos, habla atropelladamente y al hacerlo muestra los pedacitos blancuzcos del *bagel* que se le atracan entre los dientes; y a pesar de que todavía no comienzo la novela y ningún chico lindo del campus corresponde mis miradas, la estoy pasando bastante bien. El departamento ha quedado muy bonito gracias a los esfuerzos de Sofía, que ha comprado, en la feria de pulgas que se monta todos los domingos en el parqueo aledaño a nuestro edificio, sillas, mesas, velas, espejos y hasta un televisor usado que ha colocado en el dormitorio, sobre unos contenedores plásticos. Yo contribuyo a duras penas, y quejándome, con un equipo de música y un aparato telefónico que conseguimos en las tiendas de Georgetown Park. Increíblemente, la primera llamada que recibimos es la de mi padre, que está en Lima y habla a menudo con Bárbara, la madre de Sofía, quien le dio nuestro número sin consultarnos. No contesto a mi padre, escucho disgustado su voz ronca en la grabadora y me niego a responderle. *No sé para qué llama este pesado,* le digo a Sofía. *Contéstale, no seas malo,* me dice con ternura. Yo no quiero hablar con él, sólo me trae malos recuerdos. Si nunca me llamaba en Lima, ¿por qué me llama ahora que estoy lejos? Será porque está aburrido en la oficina y quiere saber cómo está el tiempo en Washington. Aunque no contesto sus llamadas, papá insiste en hablarle todos los días a mi grabadora. Nada más regresar de clases, escucho sus mensajes generalmente largos, en los que no me llama Gabriel, sino hijo, y me cuenta las novedades familiares —quién viajó, quién se enfermó, quién celebró su cumpleaños, quién salió retratado en una revista— y las desgracias políticas que, como de costumbre, afligen a ese desdichado país. *Estoy harto de que papá llame todos los días, qué ganas de joder, ¿cuándo se va a dar cuenta de que no quiero hablarle?,* me quejo con Sofía. *Te llama porque te quiere, es una manera de decirte que sabe que ha jodido las cosas contigo y quiere mejorarlas, dale una oportunidad,* dice ella, conciliadora. *Que no me joda, que me deje en paz,* digo. Como si fuera poco, mi padre ha conseguido, gracias a Bárbara, la dirección del departamento en que vivimos, y ahora me acosa también con despachos de correo que llegan cada semana. En ellos me envía revistas y periódicos peruanos y especialmente recortes en los que se hace alusión a mí y se me critica con mezquindad. Me irrito cuando leo todo eso. *¿Cómo se le ocurre a este viejo huevón mandarme recortes donde me dicen cosas feas y mezquinas?, se nota que disfruta obligándome a leer toda esa mierda, es el colmo del desatino y la estupidez que se dé el trabajo de recortar y mandarme críticas negativas,* le digo a Sofía, indignado, y ella me da la razón e intenta calmarme. *No te guardes todo eso que sientes, díselo a tu papá, habla con él y explícale que no quieres que te mande recortes de periódicos que te atacan,* me dice con serenidad. En la siguiente llamada de mi padre, yo todavía furioso por sus impertinencias, escucho su voz, levanto el teléfono y grito: *¿No te das cuenta de que no quiero hablar contigo? ¿Vas a seguir llamando todos los putos días aunque no conteste nunca? ¿Me vas a seguir mandado esos estúpidos recortes de periódicos que me critican?*

¡Deja de joderme la vida, por favor! ¡No me llames, no me mandes revistas ni periódicos, no me recortes nada, ni cosas buenas ni cosas malas, déjame tranquilo! Oigo que tose nerviosamente y me pregunta: *Hijo, ¿qué te pasa?, ¿estás tomando drogas otra vez? No me llames más,* digo, y cuelgo el teléfono. No estoy tomando drogas. No creo que vuelva a tomarlas. Si quiero ser un escritor, no puedo ser un cocainómano. *Has sido muy duro, no deberías haberle tirado el teléfono* —me reprocha Sofía, con cariño—. *Pero al menos es bueno que te atrevas a decirle todo lo que piensas,* añade. Desde entonces, papá deja de llamarme y de mandar correos. Mucho mejor así. Nadie más me llama desde Lima, esa ciudad que quiero olvidar. Cuando Sofía no está en casa, a veces llamo a Ximena, que estudia en Austin y fue mi primera novia. Ximena conoce a Sofía porque estudiaron en el mismo colegio de monjas americanas en Lima. También conoce a Sebastián, sabe de mis andanzas con Geoff y cree que soy demasiado gay para poder ser feliz con una mujer. Le parece cómico que esté estudiando inglés con chinos, coreanos y vietnamitas, que mi mejor amigo sea Huan el pekinés y que Sofía me obligue a levantarme a las siete de la mañana para ir a clases. Ximena es un amor. No la veo desde hace un par de años, pero su voz me reconforta. Como yo, detesta Lima y no piensa volver. Tiene un novio tejano que sabe darle muy buenos orgasmos y que es medio pobretón, cosa que ella pasa por alto. Me anima a escribir mi novela y a visitarla en Austin si alguna vez me peleo con Sofía. *Ojalá te pelees pronto para que vengas a vernos, acá hay un montón de chicos lindos, o sea, que estarías muy feliz,* me dice traviesamente. No le cuento a Sofía que me gusta hablar con Ximena porque sé que le tiene celos. Pero a mí también me dan celos cuando Laurent la llama desde París, se quedan hablando horas en el teléfono y yo no entiendo nada porque hablan en francés y ella no dice *pan, queso, auto, señorita* o *camarero,* algunas de las pocas palabras que aprendí en la carretera. Por su tono de voz, la estridencia de sus risas y la alegría que

exuda cuando la llama, me parece que Sofía todavía está enamorada de Laurent. Se lo digo y ella lo niega: *Sólo quiero que seamos amigos, no me gustaría que desaparezca de mi vida cuando nos hemos querido tanto, él sabe que yo no quiero volver a ser su novia y, si no lo acepta, no es mi problema, con el tiempo se dará cuenta. No sé por qué te llama tanto, ¿acaso no sabe que estamos viviendo juntos?, es una impertinencia que llame a cualquier hora de la noche para decirte que te extraña, cuando tú estás durmiendo conmigo,* me quejo con una amargura que me avergüenza. *No le tengas celos, yo estoy enamorada de ti, he dejado a Laurent para estar acá contigo,* me susurra ella en la cama. Me he vuelto adicto a su cuerpo, a sus besos y a sus caricias, a sus jadeos ahogados de niña pudorosa de colegio de monjas. Hacemos el amor todas las noches con las ventanas abiertas porque todavía hace calor y el aire acondicionado es un desastre, hace un ruido espantoso y apenas enfría. Yo le pido que me cuente todos sus secretos, las historias más oscuras de su sexualidad, y ella, con reticencia, venciendo el pudor, me cuenta con voz entrecortada las pequeñas aventuras, las travesuras, los desafueros y las transgresiones que se ha permitido desde que perdió la virginidad con Sebastián en el último año del colegio. No sé por qué me gusta tanto que me cuente aquellos secretos que en cierto modo la avergüenzan. Me excita la historia del jugador de polo, un tipo narigón, de cuerpo atlético, que una tarde la invitó al cine y la tocó entre las piernas; la noche en Filadelfia que se fue a la cama de un francés que acababa de conocer en una discoteca; y especialmente cómo le gustaba hacer el amor con Sebastián cuando regresó a Lima, tras graduarse en Filadelfia. Sebastián está muy presente, demasiado quizá, cuando hacemos el amor Sofía y yo. Aunque sé que la incomoda, yo la obligo a hablarme de él mientras hacemos el amor, lo que me produce un placer extraño, pues a menudo imagino que soy Sebastián complaciéndola. Sé que él no me perdonará y que no volveremos a ser amantes, pero tampoco ignoro que fue uno de mis pocos amores y tal vez por eso me aferro a su recuerdo aun en los momentos más íntimos con Sofía. Después, en la quietud de estas noches, cuando ella duerme, me desasosiegan los fantasmas de siempre. No me siento del todo un hombre. Me esfuerzo para serlo cuando hago el amor con Sofía. Por eso, a veces quedo adolorido ahí abajo y paso las noches desvelado, soportando una irritación y un escozor en el sexo que me van llenando de rencor contra ella y me recuerdan que todo esto, ser un hombre, dormir con una mujer, es un esfuerzo, porque lo que más me provoca es acostarme con un hombre, por ejemplo, con el chico precioso que veo caminando por los jardines de la universidad, de pelo negro y mirada melancólica, que lleva siempre botas de vaquero y un *walkman* amarillo. Sofía duerme cuando entro al baño. Yo me encierro, veo en el espejo mi rostro angustiado y me toco pensando en él, en ese chico esquivo a quien sueño con besar. Esto se convierte en una rutina que por suerte ella ignora: después de amarnos, y cuando ya duerme, me levanto sigilosamente, me escondo en el baño y recién entonces me atrevo a ser yo mismo, a liberar mis demonios y mis fantasías, a reencontrarme con el chico suave que he querido ignorar pero que resucita siempre. Soy más gay de lo que Sofía sabe. Soy más gay de lo que mis compañeros chinos y coreanos sospechan. Si Huan supiera lo gay que puedo sentirme en el baño a las tres de la mañana, quizá dejaría de hablarme con sus ojillos risueños y los pedazos de *bagel* incrustados entre los dientes. No puedo decirle a Sofía que ella no me basta para ser feliz. Tengo que escondérselo; le partiría el corazón. La amo y sólo quiero verla feliz. Por eso voy todas las mañanas a las clases de inglés, me preparo para el examen estudiando en la biblioteca, la acompaño a hacer las compras y le hago el amor en las noches antes de dormir. Sin embargo, sé que algo no está bien. Porque tengo que pensar en un hombre cuando me agito sobre ella y refugiarme más tarde en el baño para soñar con que un hombre me hace el amor. Algo está mal y sólo yo lo sé. Sofía, tan ingenua, cree que todo está bien, que voy a sacarme el mejor puntaje en el examen, que voy a inscribirme en el programa de filosofía y a escribir una novela linda de la que se sentirá orgullosa y que quizá algún día me casaré con ella en una iglesia de este barrio tan bonito. Yo veo el futuro de un modo más sombrío: creo que siempre me gustarán los hombres, que no estudiaré filosofía, que escribiré una novela sobre el amor gay que ella lamentará y que no tendré el valor para casarme con ella ni con nadie, y que me esconderé en algún lugar oscuro para seguir escribiendo. Por el momento, sólo me queda fingir que todo está bien y esperar a que termine el curso de inglés para comenzar a escribir. Eso, escribir la novela, me salvará. Huan, mi amigo chino, no tiene idea de la trama ni de los personajes que excitan mi imaginación, pero me dice que tengo cara de escritor. No sé si será verdad, no quiero mirarme al espejo, me da vergüenza haberme tocado pensando en Huan cuando una mujer tan hermosa duerme en mi cama. Me doy pena. Sólo necesito dormir unas horas. Regreso a la cama después de esa media hora de encierro en el baño que me deja relajado, en armonía con mi secreta identidad. Ahora puedo dormir bien, sabiendo que me he esmerado en ser un hombre con Sofía y, en la soledad del baño, todo lo gay que me ha dado la gana. Duermo plácidamente y amanezco con una sonrisa cuando Sofía me trae a la cama el café con leche y las tostadas con queso y me dice que me apure porque en media hora comienzan mis clases. ¿Cómo podría no amar a esta chica linda, que huele tan rico y me trae el desayuno a la cama? ¿Dónde encontraré valor para decirle que no soy el hombre que ella cree y dejarla sola para que encuentre a un hombre de verdad, que sepa hacerla feliz? Si supiera que me he tocado una madrugada pensando en Laurent, me tiraría el café en la cara. Ahora caminamos a la universidad por la calle 35 tomados de la mano, con las mochilas llenas de libros en la espalda, animosos y sonrientes, disfrutando de esta mañana fresca, prometiéndonos un encuentro en la cafetería Sugar's para almorzar juntos, y cualquiera diría, al vernos pasar, que somos una pareja feliz. Pero yo no soy feliz: la mía es, una vez más, una sonrisa impostada.

Por fin han terminado las clases de inglés. Junto con decenas de postulantes, he rendido el examen un sábado en la mañana y, para orgullo de Sofía, que ha llamado a su madre a contárselo, he obtenido un puntaje bastante alto, lo que me deja en buenas condiciones para seguir estudiando en la universidad, algo que a ella le entusiasma pero que a mí me abruma. Ya no hay más excusas, ahora puedo escribir la novela. Sofía insiste en que debo estudiar además de escribir, que puedo hacer las dos cosas bien, pero yo le digo que eso es imposible, que si me dedico a estudiar me quedaré sin energías para escribir. No quiero estudiar nada, ni siquiera literatura. Sería una pérdida de tiempo. Prefiero elegir libremente las novelas que me interesen de la biblioteca y no leer por obligación las que me mande un profesor que sólo debe de pensar en su jubilación y que leerá bostezando y soltando flatulencias las tareas que yo le entregue a regañadientes. *No seas tonto, aprovecha esta oportunidad, métete a estudiar lo que quieras, tienes un puntaje buenísimo, vas a disfrutarlo mucho y te va a servir para ser un mejor escritor, te van a tomar más en serio como escritor,* me anima Sofía, entregándome los papeles y las aplicaciones que ha recogido en la universidad, y en seguida me sugiere llenarlos para que no venza el plazo y pueda ser admitido ya no como estudiante de inglés, sino de la Facultad de Filosofía. Pero yo me niego, aferrándome a un solo argumento: *Quiero escribir mi novela y si no la escribo ahora no la escribiré nunca, y si me preguntas qué me hace más ilusión, publicar una novela o graduarme en Georgetown, sin duda prefiero publicar.* Infatigable, Sofía sigue tratando de convencerme. Ella sueña con reformar mi vida, adecentarme, convertirme en un hombre serio, y para eso cree indispensable que termine la universidad y me gradúe con honores. También le parece bueno que escriba la novela, pero esto último le parece menos importante o en todo caso menos urgente. Yo discrepo: lo más urgente es escribir. *Si me dicen que me voy a morir en un año, no perdería mi tiempo estudiando pendejadas en la universidad, me dedicaría exclusivamente a escribir,* le digo. *¡Pero no te vas a morir en un año, tienes que planificar tu vida pensando que el futuro es largo, que vas a vivir cincuenta años más!,* se ríe ella. Esta vez, sin embargo, no doy mi brazo a torcer y me niego a seguir estudiando. Además, la universidad es muy cara, yo estoy viviendo de mis ahorros y no me parece prudente dilapidarlos en unas clases que no me apetece llevar. Si escribo y llevo una vida austera, puedo estar dos años, quizá tres, sin trabajar, viviendo en esta ciudad, leyendo sin costo alguno en la biblioteca, persiguiendo en secreto a los chicos guapos que tanto animan la vida del campus, dándome, en suma, la vida que tanto soñé en Lima, cuando me sentía un prisionero. Empiezo a escribir la novela con una rutina estricta: me levanto a las siete, cuando Sofía me despierta, desayunamos hojeando el *Washington Post* que nos dejan en la puerta envuelto en una bolsa amarilla, caminamos a la universidad por las calles de siempre, pero en vez de meterme a las clases de inglés me dirijo al centro de computación, elijo un ordenador, empiezo a rumiar mis ficciones truculentas y no me muevo hasta oír las campanadas de las dos de la tarde, salvo para ir a los lavabos, comer algún bocadillo en las máquinas tragamonedas del pasillo o, lo que es más importante, coquetear con un italiano que estudia inglés, un joven rubio y de contextura delgada que, por desgracia, no parece tener el menor interés en mí, porque cuando le digo para ir al cine algún día, se pone nervioso y me contesta que mejor no, que hace mucho frío y que prefiere ver vídeos en casa. No hace tanto frío, aunque ya va cediendo el verano y se sienten los primeros rigores del otoño. Estoy contento todas las mañanas en las computadoras de la universidad. Es un ambiente muy propicio para escribir, pues reinan el silencio y el orden, aunque a veces me perturba la chica que se sienta a mi costado y golpea histéricamente las teclas mientras chatea con un amante presumo que calenturiento, así como un argentino insoportable, con aires de intelectual, que tiene la manía de sentarse a mi lado, hacerme preguntas impertinentes, opinar con aires de sabihondo y, lo que es peor, fisgonear las cosas que escribo, las palabras inflamadas que titilan en la pantalla y que él no se cansa de espiar. Entre la chica del chat y el argentino espía, escribo con más paranoia de la habitual, pero esto quizá sea bueno. De todas formas, confirmo que esta rutina me da mucha más satisfacción que sentarme a bostezar como alumno en una clase, sólo para complacer las alucinaciones de Sofía, que insiste en recordarme mi destino como filósofo. A sugerencia de ella, que ve como una amenaza a la chica que me acosa en las computadoras y comparte mi alergia por el argentino fisgón, decido comprarme un ordenador, cuya marca ella elige tras leer todas las revistas, reportes al consumidor y boletines cibernéticos disponibles. Es una alegría recibir tres días después la computadora Dell, instalarla en mi mesa de trabajo, frente a la ventana que mira al parque infantil, y cargarla con los programas piratas que nos ha enviado Francisco desde Boston, en un acto de generosidad que le agradezco por teléfono. Ahora puedo quedarme a escribir en casa todas las mañanas, después de despedir a Sofía y desearle un buen día en la universidad. Lo primero que hago cuando ella se marcha es meterme de nuevo en la cama y dormir un par de horas más, para escribir contento y relajado al despertar, a media mañana, oyendo el barullo de los niños que juegan en el parque vecino y que me recuerdan las inestimables ventajas de vivir solo. Ya no voy con frecuencia a la universidad, salvo en ocasiones a la biblioteca o con Sofía a alguna conferencia. Sólo echo de menos a mi amigo Huan, que se ha ido a Maryland a estudiar ingeniería, y al italiano desdeñoso que ignoró mis avances amatorios. Una mañana, escribiendo en ropa de dormir, tomando un té más, caminando en pantuflas como un demente, suena de pronto la puerta apolillada y me acerco presuroso pensando en que quizá Sofía olvidó algo o se siente mal. Pero no: tan pronto como abro, me encuentro con una mujer muy guapa, de pelo marrón levemente enrulado, ojos almendrados y una sonrisa dulce. No la reconozco en seguida porque soy un tontorrón. Ella me saluda con cariño: *tú debes de ser Gabriel, hola, yo soy Isabel, la hermana de Sofía.* Entonces me siento un estúpido porque claro, es ella, Isabel, más linda en persona que en las fotos que había visto. La hago pasar, le digo que Sofía no está en casa y ella echa un vistazo y dice *no está mal el departamento, tiene su encanto,* y yo comprendo que es sólo una pocilga al lado del suyo, tan lujoso y confortable, pero ella no me hace sentir mal, sonríe con cariño, acepta la taza de té que le ofrezco y me cuenta que acaba de llegar de Río. Yo prefiero no preguntarle nada porque seguro que las peleas con su marido han sido horribles, sólo atino a preguntarle si habla brasilero y ella me responde con unas palabras sensuales en portugués que confirman la impresión que me he llevado al verla: es una mujer espléndida. Está vestida con elegancia y sus ademanes son finos y muy suaves, los de una persona cuya vida ha sido amortiguada por el dinero. Mira y sonríe divertida, como si no hubiese perdido un cierto espíritu travieso con el cual me identifico en seguida. Nos sentamos sobre el sofá cama, el único lugar donde podemos sentarnos a no ser el piso, y, como es pequeño y ella no se sienta en un extremo sino casi al medio, quedamos bastante cerca. No puedo evitar mirarla, recorrer su cuerpo con mis ojos, adivinar sus pechos y sus piernas, desearla en silencio mientras ella me cuenta que *Washington es la ciudad perfecta para vivir, es tranquila y tiene mucha cultura, y hay gente de todas partes, lo único malo es el frío, pero yo prefiero vivir en una ciudad fría, con estaciones marcadas, que en Miami, donde el calor me vuelve loca.* Mientras habla, miro su boca, sus labios, sus brazos, sus pechos erguidos, y siento ganas de besarla, pero sólo la miro con una sonrisa mansa y me excito imaginando las cosas que me gustaría hacerle en la cama donde duermo con su hermana, tan linda y distinta de ella. Ahora Isabel me dice que tenemos que salir juntos los tres, *los voy a llevar a la ópera y al ballet, porque desde que mi marido me dejó estoy harta de quedarme sola en el departamento, necesito salir, airearme un poco, ojalá me presentes a un amigo, no me vendría nada mal.* Yo sonrío y me pregunto si ella también estará pensando que deberíamos callarnos, dejar las tazas de té de mandarina y besarnos. Ahora me mira fugazmente allí abajo y quizá nota que la tengo dura porque ardo por besarla y acariciarla. Yo no sé si lo nota, pero de pronto se queda en silencio y hay algo espeso en el ambiente y nos miramos de una manera cómplice, como dudando si besarnos o no, como reconociendo la atracción que se ha instalado entre nosotros. Yo comprendo que es ahora o nunca, que es el momento de besarla y arriesgarme a que después ella se arrepienta, se lo cuente a Sofía y todo se vaya al carajo. Entonces el miedo me detiene y, a pesar de que estoy erizado por ella, que es tan linda y encantadora, no me atrevo, me quedo en silencio, mirándola, y ella parece comprenderlo, porque se pone de pie y dice *bueno, tengo que irme, no quiero interrumpirte con tu escritura, me ha encantado conocerte, dile a Sofía que pasé por acá, vénganse por la casa cuando quieran.* Me levanto, tratando de disimular la erección, y le digo *ven cuando quieras, yo estoy solo todas las mañanas escribiendo; yo, feliz si me visitas cuando quieres y nos tomamos un tecito.* Entonces ella me abraza, y yo también la abrazo y no sé si siente que la tengo dura. Luego se va feliz, con su pantalón ajustado, mientras yo le hago adiós desde la puerta y admiro su belleza. No puedo seguir escribiendo en este estado de turbación. No me queda sino tumbarme en la cama y agitarme unos minutos soñando con Isabel, la hermana de mi novia, que ha llegado inesperadamente esta mañana para despertar al hombre que pensé que ya no existía en mí y que ahora se alborota pensando en ella. Al terminar, vuelvo a la computadora y trato de escribir, pero hay algo que me provoca un desasosiego: un dolor en la entrepierna, el ardor y la comezón que suelo sentir allí abajo después de amar a Sofía ciertas noches y que ahora me asalta con fuerza. Se lo cuento cuando vuelve de clases y ella se preocupa, me mira los órganos genitales y comprueba que están hinchados, aunque no le cuento que en las madrugadas me toco en el baño luego de hacerle el amor y que quizá por eso tengo todo tan irritado. Siempre dispuesta a ayudarme, ella lo toma como un desafío y consigue toda clase de remedios, cremas, ungüentos, pócimas, jarabes tonificantes y hierbas que le trae una amiga de Lima, enviadas por el doctor Pun, un chino que se dedica a curar las enfermedades con sus hierbas presumiblemente mágicas. Creyentes en el poder curativo del doctor Pun, hervimos las hierbas y un olor repugnante invade de inmediato el departamento y se impregna en nuestras ropas. Bebo asqueado ese líquido verduzco que Sofía vierte de la olla en un vaso y aguanto el sabor amargo, espeluznante, de las hierbas de este chino que debe de ser un charlatán. Por unos días, las hierbas me producen una sensación de alivio y bienestar, y Sofía parece orgullosa de haberme curado. Sin embargo, en dos semanas regresan los dolores en el sexo y el bajo vientre, una quemazón que no me deja respirar, me priva del sueño y me envenena contra Sofía, a quien culpo en secreto de obligarme a ser más hombre de lo que puedo ser. Entonces ella pierde la paciencia y me dice *vamos al urólogo, esto no puede seguir así.* Obedezco sumiso. Recurriendo al seguro médico de la universidad, hace una cita con el doctor Rumsfeld, que es, según me cuenta, un distinguido especialista que atiende en el hospital de Georgetown University, al lado mismo del campus, a pocas cuadras de nuestra casa. No nos costará un centavo, el seguro se hará cargo de los gastos y con suerte pondrá fin a mis padecimientos genitales, que amenazan nuestra vida amorosa. Yo sigo pensando que quizá me arde la entrepierna de tanto masturbarme en el baño de madrugada, tras hacer el amor con Sofía. Días después, hartos de las hierbas y los ungüentos que de poco o nada han servido, nos presentamos como una pareja amorosa y compungida en el consultorio del doctor Rumsfeld, que nos hace pasar a su despacho y nos pregunta la naturaleza del problema, asunto que Sofía describe con su perfecto inglés: que después de hacer el amor, me sobrevienen un dolor y una irritación en el área genital. Entonces el doctor, que es bastante amanerado, un cincuentón canoso y de rostro ajado, hace otras preguntas de rutina, y Sofía las responde con solvencia y aplomo, muy en su papel de novia, consciente de que el doctor Rumsfeld me ha echado el ojo. Ocurre luego lo que yo presagiaba: el doctor le dice a Sofía que, por favor, se retire un momento porque tiene que hacerme unos chequeos privados. Ella se marcha muy digna del despacho pero alcanza a mirarme, y creo que me dice con esos ojos asustados: *Ten cuidado con este viejo pervertido, que no te vaya a manosear, a la primera que te toquetee este sátiro, me gritas y yo entro y le aviento una patada en los huevos.* Sofía sale del consultorio y el doctor Rumsfeld respira aliviado y me pregunta por qué creo que me está pasando todo esto. Yo le confieso que quiero a mi novia pero que también me gustan los hombres, que me encierro en el baño de madrugada y me toco pensando en un hombre, y que tal vez por eso estoy irritado allí abajo, por la excesiva virulencia en los frotamientos y los sacudones de madrugada. El doctor Rumsfeld sonríe comedido, muy profesional, como celebrando esta confesión, casi como si la hubiese adivinado, y me pide que pasemos a un ambiente privado para hacerme un examen, una pequeña inspección. Yo pienso: todo bien siempre que no me inspecciones la pinga con tu lengua de viejo depravado, estudioso de mil pollas. Me pide que me baje los pantalones y yo obedezco. Entonces me sugiere que también me quite los calzoncillos, lo que hago en seguida. Me mira con descaro, respirando pesadamente, se aproxima a mí, me hace sentir su aliento rancio, desagradable, y toquetea suavemente mis partes, recordándome los manoseos a que me sometía un cura ojeroso del Opus Dei que mi madre creía un santo. Luego me dice que me dé vuelta, que abra las piernas y me apoye sobre la camilla. Yo obedezco y quedo en posición de recibir. El doctor enguanta su mano, la unta de un lubricante y me advierte que va a introducir su dedo. Yo consiento encantado la operación. Ahora el doctor Rumsfeld se apoya en mí, me mete el dedo, lo mueve y me pregunta si duele y yo le digo que sí, que un poquito, mientras pienso que duele rico, que no me lo saque tan rápido, que lo mueva despacio y con cariño. Entonces me pregunta si he tenido sexo anal y yo le digo que sí, que hace algún tiempo no lo practico pero que he tenido un amante en mi país y otro en Nueva York. Mueve la cabeza, asiente, sonríe, me mira con cierta complicidad, como diciéndome: *No me vas a decir a mí, que soy un viejo resabido, lo rico que se siente cuando te ensartan el culo.* Ahora me subo los pantalones y él se quita el guante y me dice que todo está bien, que no hay lesiones serias, y que la sensación de malestar es sólo una consecuencia del sexo forzado a que me someto, y sugiere a continuación que me ponga en contacto con las organizaciones gays de la ciudad y que lleve una vida gay si eso es lo que deseo, y promete que entonces este dolor malhadado desaparecerá como por arte de magia. Yo sonrío y le pregunto si todo es tan simple. Me dice que sí, que no es el primer caso que ha tratado, que el dolor se irá cuando tenga una vida sexual razonablemente buena. Yo pienso que si Sofía estuviera allí ya le hubiese tirado una bofetada por atreverse a decir que nuestra vida sexual no es feliz. Saliendo del consultorio, encuentro a Sofía ansiosa, que no tarda en preguntarme qué tal salió todo. Yo no sé bien qué decirle, no quiero mentirle, pero tampoco lastimarla. Entonces le cuento que el doctor me hizo un tacto rectal y que me dijo que todo está bien, que no hay nada serio, pero ella me pregunta *¿pero no te recetó nada?*, y yo sonrío y le digo *no, dice que el dolor se irá solito,* y ella se enfada *¿cómo que solito?*, y yo *dice que no tendré ese problema cuando tenga una vida sexual feliz,* y ella me mira incrédula, indignada, y pregunta *¿eso te dijo?*, y yo *sí, tal cual,* y ella *¡pero qué se cree este viejo maricón pervertido para venir a decirte eso!*, y yo *bueno, no sé, ésa es su opinión, que yo debería hablar con grupos gays y que así se me iría el dolor, que todo es provocado mentalmente, que es una tensión que yo genero y se convierte en dolor,* y ella *¿eso te dijo, que hables con grupos gays?*, y yo *sí, tal cual,* y ella, furiosa, *ni más volvemos donde este viejo amanerado, qué asco me da, seguro que se morboseó contigo, yo me di cuenta clarísimo que te miraba con ojitos de vieja loca,* y yo muy sumiso, porque no quiero que se enfade más, *sí, ¿viste cómo me miraba?, era un asco el viejo, no sabes cómo respiraba cuando me tocaba el poto, juraría que se excitó tocándome,* y entonces Sofía sentencia *ni más volvemos donde este viejo maricón,* y yo la secundo *ni más,* pero pienso secretamente qué ganas de volver. Esa noche, en el baño, me toco pensando en el doctor Rumsfeld mientras Sofía duerme plácidamente, confiando en el hombre que cree que soy y que yo sé que no podré ser.

Una noche regreso a la cama después de tocarme en el baño, traicionando el amor de Sofía y evocando a los hombres que me desearon, y ella me espera despierta con un gesto de fastidio. Me acomodo a su lado, la beso en la mejilla y el cuello, paso mi brazo sobre su camisón blanco, pero ninguno de esos gestos de cariño logra borrar esa mirada sombría, la tristeza que no consigue esconderme. *¿Qué hacías en el baño?* pregunta, y siento la pesadez de su aliento. El cuarto es muy austero, sólo hay una cama, un televisor sobre unas cajas de plástico y una silla vieja que compró en la feria de baratijas de los domingos. *Nada, nada importante, tuve que ir un ratito,* contesto con dulzura, tratando de disipar su preocupación. Pero ella no quiere dormir, necesita saber la verdad. *¿Estabas masturbándote?,* me pregunta a quemarropa. *No, no, para nada* —miento—. *Sólo tuve que ir a sentarme al baño, eso fue todo,* añado, y trato de darle un beso, pero ella lo elude y me mira con desconfianza. *Me estás mintiendo,* me acusa. *No me estaba masturbando, tontita, estás alucinando, duerme, que estás cansada y mañana tienes clases,* me hago el tonto, con mi pantalón de franela de cuadros que ella me ha regalado, la camiseta de manga larga que debería lavar más a menudo y los calcetines que jamás me quito para dormir, pues me previenen de las pesadillas que suelen asaltarme cuando tengo frío. *Mientes* —dice secamente—. *Te he oído. Sé que te has masturbado.* De pronto comprendo que no puedo seguir encubriendo la verdad: cuando terminé, hice más ruido del que hubiera querido, un gemido ahogado que ella quizá ha oído en toda su intensidad. *Bueno, sí, es verdad, me toqué en el baño,* admito, avergonzado. Recuerdo entonces la culpa que sentí la primera vez que me masturbé y no fui a comulgar ese domingo en misa: de regreso en la casa, mi madre me interrogó con severidad, preguntándome por qué no había comulgado, qué pecado mortal había cometido. Tuve que confesarle llorando, sintiéndome un pecador que ardería en el infierno, que me había masturbado. Entonces ella se cubrió el rostro con las manos y rompió en un llanto sofocado, como si le hubiese confesado que había matado a alguien. *¿Por qué me mentiste cuando te pregunté qué hacías en el baño?,* pregunta Sofía, con una cierta tosquedad. *Porque me daba vergüenza,* respondo. *Sí, debería darte vergüenza* —afirma indignada, sentándose en la cama, sin el menor ánimo de volver a dormir—. *Debería darte vergüenza que prefieras irte a masturbar al baño que hacerme el amor.* Me quedo herido: esa noche no he querido hacerle el amor, alegando cansancio y dolores de espalda, y ahora ella me descubre agitándome en el baño, jadeando, gozando a escondidas. *Lo siento,* digo, y guardo silencio. *¿En quién pensabas?,* pregunta. No sé qué decirle. No quiero decirle la verdad, que he pensando en Sebastián, en Geoff y también en el vaquero del *walkman* amarillo que camina melancólico por la universidad y nunca me mira. No quiero confesarle que he terminado mascullando el nombre de Sebastián, rogándole que me hiciera el amor con esa violencia que tanto me excitaba. *No pensé en nadie en particular, simplemente me toqué porque estaba desvelado y quería relajarme para poder dormir,* contesto, tratando de preservar la calma. *Si no podías dormir, me hubieras despertado, sabes perfectamente que me encanta que me despiertes para hacer el amor,* dice ella, dolida, haciendo un esfuerzo por no llorar. *No quise despertarte, lo siento,* digo. Ella queda callada un momento, como midiendo la pregunta que ahora lanza sobre mí: *¿Pensaste en un hombre en el baño?* Yo no vacilo en contestar: *No.* Porque es verdad: no pensé en un hombre, pensé en varios. Pero ella no me cree: *Estoy segura de que estabas pensando en Sebastián o en Geoff,* me dice, y le cuesta decir esos nombres que la amenazan y le roban la paz. Me quedo unos segundos en silencio, los suficientes para que ella sepa que no quiero seguir mintiéndole, que la amo y que me siento un canalla cuando la engaño. *¿Pensaste en ellos, verdad?,* insiste, desolada. *Bueno, sí, un poquito,* digo. Ahora está llorando y yo trato de consolarla pero me rechaza. *Déjame* —dice—. *No me toques.* Yo intento calmarla: *No es para tanto, Sofía. No lo tomes así. Sabes que te quiero muchísimo, pero también sabes que soy bisexual y es normal que a veces tenga ganas de pensar en un hombre.* Ella se encoleriza, levanta la voz: *¿Te parece normal que prefieras masturbarte en el baño pensando en el huevón de Sebastián que hacer el amor conmigo? ¿Eso te parece normal?* Yo no quiero gritar, rasgar la calma de la noche con recriminaciones mezquinas: *No prefiero tocarme que hacer el amor contigo. Nada se compara a hacer el amor contigo. Pero me toqué porque no podía dormir, eso es todo. Tampoco es para tanto.* Sin embargo, ella se toma todo con mucha seriedad, sabe que algo está mal, por eso llora furiosa y humillada y me dice: *¿Por qué no te masturbaste acá, en la cama, mirándome? ¿Por qué te fuiste a esconder al baño? ¿Por qué me engañas así? No puedo entender que sigas pensando en Sebastián cuando él te ha demostrado que es un pelotudo, un vanidoso de mierda, un gran huevón que vive enamorado de sí mismo. Me duele en el alma que seas tan maricón de mentirme, de encerrarte en el baño mientras yo duermo. ¿Cuántas veces lo habrás hecho antes? Dime: ¿lo has hecho un montón de veces mientras yo dormía?* Yo, cobarde, sigo mintiendo: *No, lo he hecho poquísimas veces.* Pero ella no me cree y grita con un descontrol que me irrita porque va a despertar a los vecinos: *¡No te creo! ¡Sigues mintiendo! Estoy segura de que lo has hecho muchas veces porque te he sentido ir al baño, sólo que ahora me pareció raro que te demorases tanto y me acerqué a la puerta y oí todos tus ruiditos. No sabes cómo me ha dolido en el corazón oír eso.* Sofía se cubre el rostro y llora y me recuerda al día en que mi madre también lloró cuando le confesé que me había masturbado, aunque por suerte mamá no me preguntó en quién había pensado, hubiese tenido que decirle la verdad, que había pensado en mi prima Inés, que era tan linda y graciosa. *Perdóname* —digo, y le acaricio el pelo, pero ella hace un gesto de disgusto y se aleja de mí—. *No puedo evitar que me gusten los hombres* —añado—. *No puedo evitar pensar en eso de vez en cuando.* Entonces ella me mira con menos lástima que enfado: *¿Pero sigues pensando en Sebastián? ¿Estás enamorado de él? ¿No estás enamorado de mí?* Yo no sé bien qué contestar, no quiero herirla, pero tampoco seguir mintiendo, por eso digo: *No estoy enamorado de Sebastián, pero a veces necesito estar con un hombre y me toco pensando en él porque es el hombre con el que más gocé.* Ella hace un gesto de disgusto: *¿El hombre con el que más gocé?* —me remeda—. *¿Acaso has estado con muchos hombres?* Me apresuro en contestar: *No, sólo con Sebastián y con Geoff, tú sabes todos mis secretos,* digo. *¿Me quieres, Gabriel?,* pregunta ella con una seriedad que me desarma. Son casi las cuatro de la mañana y no quiero pelear. Si no logro dormir, seré incapaz de escribir mañana. *Claro que te quiero* —respondo—. *Te quiero muchísimo, tú lo sabes.* Sofía no parece contentarse con esa respuesta: *Si me quieres, si estás enamorado de mí, ¿por qué diablos tienes que irte al baño a pensar en Sebastián? Siento que me estás engañando, que yo no te basto para ser feliz. No entiendo que necesites pensar en un hombre para satisfacerte cuando me tienes a mí.* Empiezo a irritarme, aguijoneado por un dolor de cabeza: *¿Es tan difícil entender que soy bisexual y que te puedo querer mucho pero también desear mucho a un hombre?* —levanto la voz—. *¿Es tan difícil entender eso, que me gustaban los hombres antes de conocerte y que me van a seguir gustando toda la puta vida?* Ahora estoy gritando y tengo miedo de que el vecino, un gordo que va a jugar al golf los fines de semana, se entere de mis debilidades y mis pecadillos. *Sí, a mí me duele muchísimo que no seas feliz conmigo y que necesites pensar en otras personas, no me importa si son hombres o mujeres, pero que tengas que encerrarte en el baño a correrte la paja como un enfermo, sacándome la vuelta mentalmente con otras personas que ni siquiera te quieren el uno por ciento de lo que yo te* *amo. Sí, me jode en el alma que me digas eso,* añade, muy triste, otra vez llorando. Pero sus lágrimas no me conmueven, más bien me irritan, y por eso digo: *¡Deja de llorar, por favor, que sólo me he hecho una paja! ¡Si vas a llorar porque soy bisexual, mejor cómprate un montón de kleenex porque te vas a pasar llorando la vida entera!* Sofía me mira, ofendida. *¡No me importa que seas bisexual o qué, lo único que quiero es que me ames a mí y sólo a mí, que me seas fiel como yo soy contigo!* —grita—. *¿O acaso te gustaría que me vaya al baño a masturbarme cuando tú estás durmiendo y que piense en Laurent? ¿Te gustaría descubrirme en el baño así?* Yo sonrío con más cinismo del que ella es capaz y digo secamente: *Me encantaría que te encierres en el baño a hacerte una paja pensando en Laurent. Me parecería delicioso. No me molestaría en absoluto. Más bien te pediría que me cuentes todo lo que has pensando para calentarme yo también.* Ella se pone de pie y grita, moviendo con virulencia la mano derecha: *¡Eres un degenerado!* Yo me río mientras ella se retira de prisa del cuarto y grita: *¡Me voy a dormir a la sala, buenas noches!* Luego tira la puerta del cuarto haciendo temblar estas viejas paredes. Me tiendo de espaldas en la cama y trato de recuperar la calma y respirar profundamente para dejar ir el enojo. Me duele la cabeza. No puedo dormir. Las palabras de Sofía me taladran el cerebro y me rasguñan el corazón. No sé por qué le enerva tanto que me gusten los hombres. No puedo cambiar eso. Tampoco me ha pillado con otro hombre, sólo haciéndome una paja de madrugada. No es para tanto. Pero entiendo que se moleste. Es una mujer noble, está enamorada y no quiere tener a un puto o casi puto como novio. El problema es que yo no puedo ser el hombre que ella quisiera. ¿Cómo dejo de ser gay? ¿Cómo elimino de mi cabeza esas fantasías que perturban mis noches? No lo sé, creo que estoy condenado a ser medio puto toda mi vida, aunque a ella le moleste. Me levanto abatido de la cama, abro la puerta y camino hasta la sala. Sofía está acostada en el sofá cama, cubierta sólo por una manta de cuadros que robó de algún avión cuando viajaba con Laurent. Me siento a su lado y la oigo sollozar. *No* *llores, mi amor* —le digo, acariciando su cabeza, besándola con ternura. Ella no contesta, sigue llorando—. *No llores, por favor, que me partes el corazón* —digo, y ahora yo también derramo unas lágrimas—. *Ven a la cama, no duermas acá solita. Tú sabes que yo te amo, pero me tienes que querer como soy, aceptarme como soy, porque yo no puedo cambiar.* Entonces ella me sorprende: *No puedo. No puedo estar contigo si me eres infiel,* se lamenta. Yo me defiendo: *Pero no te he sido infiel, mi amor, sólo me he masturbado.* Ella dice, derrotada: *Pero te masturbas pensando en hombres. Eso es serme infiel. Los deseas más que a mí. Prefieres imaginarte con ellos que hacerme el amor a mí. Eso me destruye, me duele en el alma. No puedo vivir así, Gabriel. No puedo. Me hace muy infeliz.* Yo me quedo en silencio, acariciando su pelo, y sólo atino a decir: *Te entiendo. Entiendo que quieras tener un novio que te sea fiel. Es normal. No mereces nada menos. Pero, siendo bisexual, creo que no puedo prometerte eso, mi amor. Porque sé que en algún momento voy a necesitar estar con un hombre. Y si eso te lastima, no quiero lastimarte.* Ella solloza derrotada, escondiendo su rostro. *No sigas, por favor,* dice. Me hace daño verla así. *Ven a la cama, te ruego que vengas a la cama,* insisto. *No, no puedo* —dice ella—. *No puedo seguir acostumbrándome a ti. Te vas a ir, me vas a dejar. Mejor me quedo acá solita. Anda a dormir.* Le doy un beso en la mejilla, apretándome contra ella, y le digo: *Duerme, mi niña linda. Te amo mucho.* Luego me voy a la cama, me dejo caer derrotado y pienso que ella tiene razón: me voy a tener que ir pronto, no puedo seguir haciendo sufrir a esta mujer tan noble y tampoco puedo dejar de ser muy gay, y si a ella le fastidia que yo desee a un hombre ocasionalmente, me voy a tener que ir. Pero ¿adónde? ¿De regreso a Lima? ¿A Miami? No: si Sofía se niega a aceptarme como soy, me iré a un departamento cercano, en este mismo barrio, seguiré escribiendo la novela, seremos buenos amigos y a lo mejor ella volverá con Laurent y yo con Sebastián. Sí, eso haré, me quedaré en esta ciudad pero viviré solo. Y cuando quiera tocarme pensando en un hombre, no tendré que esconderme en el baño y sofocar mis gemidos de hombre/mujer.

Mi vida es todo menos excitante. Virtualmente no salgo de casa. Me abandono con placer a la mecánica repetición de unos actos que se parecen a los de un hombre retirado. Duermo hasta bien entrada la mañana, con toda la cama para mí; desayuno huevos y tostadas leyendo el periódico; salgo a correr por la calle 35, desde la esquina con la T, donde está nuestro edificio, hasta la calle N, más allá de la cafetería Sugar's, y luego regreso por la 34, que es más bonita que la 35 y también algo más empinada; me doy una ducha en el baño del pecado; visto las mismas ropas viejas y holgadas que lavo sólo una vez por semana en el sótano terrorífico donde están las máquinas de lavar y secar; pongo música suave, generalmente Mozart, Bach o Vivaldi, los discos de siempre, y me siento a escribir toda la tarde. Si me da hambre, como una manzana o una rebanada de pan integral. Sólo bebo agua, mucha agua. No contesto el teléfono. Por suerte, mi padre ha dejado de llamar. Sólo contestaría si llamase Geoff o Sebastián, pero eso es imposible, ya sé que no llamarán. Bárbara, la madre de Sofía, llama todos los días y yo dejo que desarrolle una amistad con la máquina contestadora. No quiero perder el tiempo, sólo contesté una vez y me arrepentí, la señora me abrumó con preguntas e impertinencias, por ejemplo: *¿Hasta cuándo piensas quedarte en el departamento de Sofía?* Yo le dije: *No sé, ya se verá.* Debería haberle dicho lo que pienso: no es el departamento de Sofía, es de ambos, pues lo pagamos a medias. No es caro, por suerte: cuesta mil dólares al mes y cada uno paga quinientos. Lucho, el padre de Sofía, nunca llama, y uno agradece su silencio. Isabel no ha vuelto a visitarme. Es una pena. Creo que sabe que no soy de fiar. Es una mujer lista y sintió mi erección cuando la abracé aquella mañana. Uno no tiene la culpa de sus erecciones, como tampoco de las cosas que escribe. Me duele escribir la novela. Me duele en los cojones. Me hace llorar. Odio a mis padres. Me gustaría llamarlos y decirles todo lo que pienso de ellos pero nunca tendré suficiente coraje para hacerlo. Sofía me dice que debería llamarlos y desahogarme. No lo haré. La novela me sirve de terapia. Allí puedo ser todo lo que ellos ahogaron con esa mezcla tan perniciosa de homofobia y celo religioso. La vista frente a mi mesa de trabajo es inspiradora: un parque de juegos en el que ríen niños y niñas cuando salen al recreo. Los veo jugar felices y recuerdo que yo no fui un niño así. Yo fui un niño triste, preocupado. Sabía que era distinto y que estaba condenado a sufrir por ser menos hombre que los matones de la clase, los chicos rudos, los que hablaban de mujeres y se frotaban con descaro la entrepierna. Escribo mis ficciones mientras esos niños juegan despreocupados en el patio de cemento vecino, entre columpios y resbaladeras, bajo el sol tibio del otoño. Las tardes pasan sosegadas, el silencio apenas quebrado por las risas y los gritos del recreo y, a veces, por el ruido que hace una pareja vecina cuando se entrega al amor. Son un chico muy flaco y una chica baja y de pechos grandes. Viven en un departamento al fondo del pasillo. No me saludan cuando nos cruzamos. Creo que me desprecian porque no soy un blanco norteamericano como ellos. Soy un hispano, tengo el pelo mal cortado, rara vez me afeito, los pantalones se me andan cayendo y mi camisa es una reliquia. Me encanta oírlos tirar. Golpean con ferocidad la pared de mi sala. Su cama debe de estar exactamente al otro lado de la pared. La chica baja, de pechos grandes, grita cuando termina, sin importarle que yo pueda oírla. Sofía nunca grita así. Sofía termina ahogando sus gritos, consciente de que los vecinos podrían oírla. Pero la vecina es una gritona y no le importa perturbar mis tardes con sus alaridos, rogando que le den más. Yo me caliento cuando la oigo. Me caliento no por ella, sino por el chico flaco, que es atractivo y por lo visto muy sexual, y que me recuerda un poco a Geoff. Me encantaría que me cogiera como se revuelca con la chica baja y tetona. Pero yo no tengo tetas y no sé gritar como puta. Yo quiero ser un escritor y sexualmente soy un híbrido raro. De todos modos, cuando comienzan a gemir y a hacer crujir la cama, me acerco a la pared de la sala y me quedo parado hasta que terminan. Luego ríen y yo regreso a escribir. Es un recuerdo de lo que me estoy perdiendo, pero nunca he tenido ni tendré una vida sexualmente feliz. Mi vida sexual es la que escribo en la computadora tecleando con más rabia de la que quisiera, rogando que Sofía no llegue todavía, que se demore un poco más. Por suerte, ella sabe que escribo en las tardes y que aprecio la soledad, por eso no se apura en volver y, cuando termina sus clases, visita a su amiga Andrea, una argentina que la adora, y a su hermana Isabel, la ricachona de la familia. Termino de escribir cuando oscurece, pasadas las seis. Por lo general, me duele la espalda. Me tiendo en el piso, hago abdominales, me alimento con cualquier cosa que saco de la nevera y espero las noticias de las seis y media. Las veo en inglés, con Peter Jennings, y en español, con Jorge Ramos, admirando el rigor con que ambos hacen su trabajo. En el noticiero en español es bastante más probable que dediquen un reportaje de dos minutos a la última desgracia acontecida en mi país. Lo que veo suele darme vergüenza: la gente es fea y chilla embrutecida ante el micrófono, y los monigotes del gobierno son unos bribonzuelos encabezados por el felón y su brazo derecho, el pérfido intrigante en la sombra. No quiero saber nada de eso. Mi país es un desastre, y cuanto más me aleje, mejor para mí. Después de las noticias salgo a caminar sin rumbo fijo, llevado sólo por una necesidad de respirar aire fresco y atrapar con la mirada a algún chico guapo. Bajo por la calle 35, me detengo en The Little Corner Shop, en la esquina de Dent y la 34, compro una banana y un refresco, hablo brevemente con la mujer turca que atiende al otro lado de la barra y me mira con simpatía, y me siento afuera, a una mesa en la calle, a ver pasar la gente, con la secreta esperanza de que alguno de esos chicos guapos que van y vienen de la universidad se siente y me dé su teléfono y me salve de esta soledad. Pero nadie me mira ni se sienta conmigo, salvo la mujer turca, que a veces sale a la calle y me hace compañía. Es joven y está casada, pero sospecho que no es feliz. Me limito a sonreírle con ternura, no sabe que puedo ser más mujer que ella en la cama. Luego me despido y sigo caminando sin saber adónde ir. A veces paso por Booeymonger, el café de los estudiantes mimados, en la esquina de Potomac y Prospect, donde tomo un jugo de naranja natural, converso con la cocinera peruana y trato de seducir inútilmente a alguno de esos chicos fornidos que llevan gorras de béisbol, tragan hamburguesas y no se rebajan a mirarme. Derrotado, bajo hasta la calle M, evito las tiendas de Georgetown Park, que son muy caras, entretengo el hambre con una galleta en Dean and Deluca, donde compran las señoras distinguidas como Isabel, y termino en la tienda de los periódicos, bien arriba en la M, casi llegando al desvío que cruza el Key Bridge, sobre el río Potomac. Nada más entrar, me saluda Juan, el muchacho salvadoreño que vende periódicos y revistas y ya sabe que no voy a comprar nada pero que, después de pasar un buen rato hojeando la prensa, le dejaré una propina generosa. Juan es un buen chico. Sabe que no debe interrumpirme ni preguntar nada, porque suelo contestar con evasivas y una expresión melancólica que él atribuye a todos los años que he pasado sin jugar fútbol. Juan me invita a jugar fútbol con sus amigos salvadoreños, pero yo declino cordialmente, me voy a una esquina de la tienda y leo los tres diarios españoles que llegan con sólo un día de retraso, *El País*, *ABC* y *El Mundo*, mientras, a mi lado, otros hombres solitarios hojean revistas pornográficas o periódicos en otras lenguas. Ya conozco a los diplomáticos amanerados que llegan de prisa y compran un periódico extranjero y una revista pornográfica para homosexuales, que luego llevan en una bolsa de papel marrón para encubrir su interés por los chicos. Yo no veo esas revistas. Me da vergüenza delatarme ante Juan y, además, las encuentro vulgares. Prefiero leer los periódicos en español y soñar con irme a Madrid cuando termine la novela. Le dejo su propina a Juan, que bien ganada la tiene porque cada diario cuesta tres dólares y me deja leerlos enteros, y emprendo lentamente el camino de regreso a casa, subiendo por la calle 35, a ver si me encuentro con Sofía saliendo de la cafetería Sugar's, que tanto le gusta, o de la universidad. Siempre cenamos en casa. No salimos porque es muy caro y nos gusta vivir con austeridad. Ella cocina, yo sólo ordeno la mesa y lavo los platos. No hay un menú muy variado: puede ser una pasta con salsa de tomate y ensalada; unas lentejas con arroz; o un sánguche de jamón y queso y una sopa en lata. Durante la cena, Sofía me cuenta su día en la universidad. Su mejor amiga es Andrea, la argentina. Hay dos tipos que le tienen ganas y al parecer la coquetean: Peter, un cubano que lleva el pelo recortado como si fuese militar, y Larry, un gordo con el pelo largo en colita que se da aires de politólogo. Sofía se aburre en las clases y la biblioteca. No le interesa lo que está estudiando, ciencias políticas latinoamericanas. Lo único que la divierte, y no la culpo, es ir a Sugar's a tomar café con su amiga Andrea y salir de compras con Isabel por las tiendas de Georgetown Park. Pobre Sofía: ¿quién quiere estudiar ciencias políticas latinoamericanas? La política en Latinoamérica es todo menos una ciencia: es un carnaval de bárbaros, truhanes, pillarajos y babosos, una suma de mil intrigas y traiciones, un circo barato en el que suelen triunfar los peores charlatanes, todo menos una ciencia. Si el curso se llamase «circos políticos latinoamericanos», a lo mejor Sofía podría aprender algo. Pero los jesuitas que dirigen la universidad son unos señores más o menos avinagrados y lo único que quieren es sacarle plata a Sofía, como a otros miles de estudiantes despistados, para seguir gozando de los privilegios que ellos, ensotanados y con aires de sabios virtuosos, se permiten en el viejo castillo que habitan. Yo no le cuento nada de mi novela porque no quiero alarmarla, y es obvio que ella prefiere no saber. Nunca me pide leerla, echar una mirada a lo que escribí esa tarde. Mantiene una prudente distancia y no se mete en mi trabajo. Después de la cena, me gusta lavar los platos. Me recuerda a mi padre, gritándome *anda a lavar los platos, mariconcito, a ver si cuando seas grande trabajas como empleada,* lo que solía hacer, borracho, cuando terminábamos de almorzar los fines de semana, él furioso porque yo no había querido comer mariscos, camarones, langostinos, machas, almejas, todas esas cosas apestosas que él devoraba y a mí me daban náuseas y me hacían correr al baño. Su venganza consistía en insultarme y en hacerme lavar los platos. Pero yo gozaba como lavandero y sigo disfrutándolo ahora en la cocina, con Sofía a mi lado contándome las pequeñas historias que animaron su día. Después vemos a Letterman tirados en la cama. Es como una rutina para mí. A las once y media, como hacía en Miami, enciendo la televisión y me río con las bromas de ese señor con cara traviesa, que se pone unos sacos cruzados horribles y medias blancas y nos hace reír mucho. Nada excitante pasa en mi vida: escribo, miro a los niños del recreo, escucho agitarse a los amantes vecinos, camino sin rumbo y ya con frío porque se viene el invierno, busco con secreta desesperación a un chico que me rescate de la trampa en que me he metido, y en las noches finjo que amo a la mujer tan linda que me cocina y que duerme a mi lado. Sofía me pregunta en la cama, después de hacer el amor, si todavía pienso irme a vivir solo. *No lo sé* —digo—. *Por ahora estoy bien así. No hay apuro. No quiero mudarme ahora que estoy escribiendo.* Ella se alegra al ver que no estoy impaciente por marcharme. Me recuerda el infierno que me espera en Lima si regreso derrotado, me anima a seguir viviendo con ella, me pide perdón por la escena histérica de la otra noche. Adoro a esta mujer de piel tan suave, que huele tan rico y me besa con un amor incondicional. Por ahora no quiero irme. Pero tengo un plan secreto: a fin de año, cuando Sofía se vaya a Lima a pasar las Navidades, me quedaré en Georgetown, porque de ninguna manera quiero ir a Lima a visitar a mis padres y cumplir la odiosa rutina navideña y cantar villancicos con mamá y soportar las borracheras de papá, y aprovecharé su ausencia para alquilar un departamento, mudar mis pocas cosas y darle una sorpresa cuando vuelva. De ese modo, mi partida será más leve, menos traumática. Me mudaré a fin de año. Paciencia, sólo faltan unas semanas. Por ahora estoy bien así. Sólo me iría antes si un chico se enamorase de mí, un chico como el vaquero de los *walkman* amarillos que suele comer en Booeymonger, un chico como cualquiera de esos dos que son pareja y viven juntos en una casa preciosa, de revista, en la esquina de la 35 y la S, a media cuadra del edificio, recordándome la felicidad que me estoy perdiendo, un chico incluso como el flaco del departamento número 4, que se coge con violencia a su novia tetona que ya quisiera ser yo. Pero no se puede tener todo: por ahora una mujer hermosa duerme a mi lado y no me quejo, así está bien.

Fines de noviembre. El frío golpea con un rigor que no conocía y anuncia la crudeza del invierno por venir. Salgo lo menos posible: al banco de la avenida Wisconsin a sacar plata del cajero automático; a trotar muy abrigado con un buzo grueso y la cabeza cubierta; a hacer las compras con una mochila que regreso cargando a mis espaldas con todos los pedidos que Sofía me deja escritos en un papel. Me gusta esta vida de peatón, aunque a veces desearía tener un auto cuando regreso del supermercado con la mochila tan pesada encorvando mi espalda y también cuando vamos al cine en autobús, bien arriba en la Wisconsin, en la calle cincuenta y pico, pasando los departamentos de MacLean, la catedral y Sidwell Friends, el colegio donde estudia la hija del presidente Clinton. No es agradable esperar en la parada del autobús, de cara al viento helado, viendo pasar tantos autos de lujo como el que yo podría conducir si me fuera a Miami a trabajar en la televisión. Tengo suficientes ahorros para comprarme un buen auto, pero eso sería dilapidarlos. No quiero un coche de lujo, prefiero gastar cuidadosamente mi dinero mientras escribo la novela. A Sofía, por lo demás, el frío le molesta menos que a mí. Se abriga poco y desafía el otoño con una reciedumbre de la que soy incapaz. Nunca se queja ni me pide que compre un auto. A veces me acompaña a correr y, para mi asombro, sale en pantalones cortos. Supongo que está acostumbrada al frío porque ha vivido cuatro años en Filadelfia, donde estudió historia. Esta noche, sin embargo, voy a salir a correr solo. He terminado de escribir y necesito despejarme un poco. No corrí por la mañana porque estaba helado y me dio pereza y no quiero dejar de hacerlo ahora; me hace bien, me agita la cabeza, me da ideas para la novela, me previene de resfriarme. *¿No te animas a correr conmigo?*, le digo a Sofía, en la cocina. *No, gracias* —contesta—. *Prefiero quedarme preparando la comida.* Mejor, correré solo, pienso. Así puedo ir despacio, a mi ritmo, gritando una obscenidad si me provoca. Cuando corro con ella, voy más de prisa, como si eso me hiciera más hombre, y a veces conversamos al trotar y luego me quedo sin aire. Creo que Sofía me ganaría una carrera de cien metros planos. Creo que es más atleta que yo. En realidad, creo que es más viril que yo. Cuando se quema un foco, ella lo cambia. Cuando hay que bajar con la ropa sucia a la lavadora del sótano terrorífico, va ella, no yo. Cuando es preciso destrabar una ventana, martillar un clavo, desatorar el lavatorio o aplastar una araña, es Sofía la que me supera en aptitudes y valor, mientras yo me repliego como una quinceañera tontuela y celebro su coraje. Me voy al cuarto, me cambio de prisa porque hace frío a pesar de que la calefacción está encendida, rodeo mi cuello con una bufanda de lana, cubro mi cabeza con una vieja gorra verde, anudo los cordones de las zapatillas, me miro al espejo de Sofía y confirmo que tantas pastas y lentejas han abultado mi barriga y me han convertido, quizá para siempre, en un gordo abúlico que va al cine en autobús, regresa del supermercado con una mochila llena de comida y sueña con publicar una novela que seguramente nunca terminará. ¿Seré yo también uno de los tantos pusilánimes que se pasan la vida escribiendo una novela que jamás se atreven a concluir? ¿Será la novela un pretexto para quedarme en casa, no trabajar y darme una vida de holgazán? Mi madre siempre me decía que mi principal defecto es la pereza y que todos mis males y pecados provienen de esa tendencia al ocio y la haraganería.

Para fingir que no soy un ocioso, saldré a correr esta noche y bajaré no hasta la calle N, sino más allá, pasando Prospect, hasta la misma M y luego el Key Bridge, y entonces volveré trotando a prisa a ver si tengo la fortuna de cruzarme otra vez con el príncipe Felipe de Borbón, que está estudiando en Georgetown y el otro día pasó corriendo en ropa deportiva, seguido por sus guardaespaldas, que me miraron con una cierta hostilidad, seguramente advertidos de que estudié al príncipe con unos ojos inquietos, admirando su belleza. No fue aquélla la primera vez que lo vi en este barrio que tanto amo y que él embellece con su presencia. A poco de llegar huyendo del huracán, paseando una tarde por la librería de Georgetown Park, tropecé con él, que me sonrió amablemente, y yo quedé en tal estado de pasmo y estupor que tuve que correr a los servicios higiénicos para echarme agua en la cara y jurarme que era verdad lo que acababa de ver, al príncipe heredero del trono español sonriéndome al pasar, custodiado por sus agentes. Así estaba, mojándome la cara y recuperando el aliento cuando, en una coincidencia que podría parecer inverosímil, vi salir de los inodoros, levantándose los pantalones, a Bryant Gumbel, periodista negro de la televisión, estrella del noticiero matinal, que pasó sin mirarme y dejó un olor feroz en el baño, un olor indigno de una estrella de su calibre y su sueldo anual de siete dígitos. ¡Es demasiado encontrarme un mismo día con el príncipe de Borbón en una librería y luego con Bryant Gumbel cagando en los baños de Georgetown Park!, pensé. Luego reflexioné: ésos son los privilegios de comprar en unas tiendas tan exclusivas, codearse con la realeza y encontrarse en el lavabo con una estrella con diarrea. Me dispongo ahora a salir a correr, animado por la esperanza de cruzarme con el príncipe tan apuesto, algo que no puedo decirle a Sofía porque me arrojaría en la cabeza la cacerola en la que me prepara amorosa un caldo de pollo. *¿Segura de que no quieres venir a correr?*, insisto, entrando en la cocina. *No, baby, anda tú solo, yo me que-*

do feliz cocinando, dice, con una sonrisa. Me detengo un momento a admirar su belleza: el rostro distinguido y anguloso, iluminado por esos ojos vivaces y una sonrisa tierna; su pelo largo, entre rubio y café, que dice estar perdiendo y cuida con cremas y vitaminas y huele tan rico cuando se lo seca después de darse un baño; sus manos finas y alargadas; la exacta voluptuosidad de esos pechos no muy abultados pero tampoco magros; la amplitud de sus nalgas, que esos pantalones ajustados remarcan bien; los movimientos rápidos, precisos, un poco atropellados, que me recuerdan a su padre. Me gusta amansarla, someter a esta mujer chúcara, dominarla cuando hacemos el amor. Me gusta que interrumpa su ritmo febril, se rinda unos minutos, me entregue su orgullo y se mueva al ritmo que yo le marque, la cadencia de mi cuerpo agitándose entre sus piernas. Me excito mirándola y ella me dice *ya, anda a correr, no seas flojo,* pero yo no me voy a correr, me acerco a ella, la abrazo por detrás, haciéndole sentir mi erección, y la beso en el cuello. *No seas travieso, anda a correr,* sonríe ella, halagada. *Necesito mis vitaminas para correr mejor,* susurro en su oído, mientras acaricio sus pechos sobre la blusa y mordisqueo su nuca. *No podemos ahorita, se me va a quemar la comida,* protesta débilmente. Yo insisto: *Déjate, por favor, me muero de ganas, mira lo dura que la tengo.* Entonces ella apaga la hornilla, da vuelta y me besa con todo el amor que siente por mí y yo no merezco. Yo la beso, acaricio su cuerpo de atleta, deslizo una pierna entre las suyas y me erizo con sus jadeos cuando la beso, la mordisqueo y la acaricio sin tregua. La llevo entonces a la sala, muevo mi computadora y la siento sobre mi mesa de trabajo. Estoy muy excitado y al parecer ella también. *Quítate el pantalón,* le digo. Ella me obedece de prisa, mientras yo me bajo el buzo y muestro con orgullo la erección que, a sus ojos, prueba que no soy marica, que soy un macho y que muero por metérsela. Yo no sé si soy marica o macho, puedo ser ambas cosas, marica cuando veo pasar trotando al príncipe de Borbón y macho cuando quiero hacerle el amor a mi novia. Sofía abre las piernas, sentada sobre mi mesa, los brazos apoyados hacia atrás, y aguarda la arremetida. *Espérame un toque, que voy a ponerme un condón,* digo, agitado, y camino hacia el baño con el pantalón abajo. *No, no te preocupes, no tienes que ponerte un condón, estoy en un día seguro,* dice ella. Me detengo. Dudo. *¿Seguro, seguro?,* pregunto. *Segurísimo,* dice ella. *Mucho mejor,* digo. Detesto usar condones y ella lo sabe, pero a veces resulta inevitable porque no puede tomar pastillas anticonceptivas, le caen mal. Regreso donde mi chica, la beso con pasión, con más amor del que nunca sentí por nadie, ni siquiera por Sebastián, que fue su chico y el mío, y hundo mi sexo entre sus piernas, y nos movemos primero con ternura y luego con una cierta violencia, y siento que nos vamos a venir juntos, lo veo en sus ojos, y le digo *espérame, no te vengas todavía,* y ella *me puedo venir cuando quieras, yo te espero,* y yo me agito como un hombre, levantando sus piernas, dejando que me atenacen en la espalda, y le digo *te amo, Sofía,* y ella alcanza a decir *yo también te amo* justo cuando nos venimos juntos con unos gritos que no podemos ahogar. Luego quedamos abrazados, ella tendida sobre la mesa, yo recostado en sus pechos, besándolos, y se instala un silencio que sólo me atrevo a quebrar para decirle: *Nunca te había amado tanto como esta vez, ha sido la mejor de todas.* Ella sonríe, revuelve suavemente mi pelo y dice *para mí también ha sido la mejor.* En seguida nos incorporamos, me subo el pantalón y ella me da un beso fugaz, se arregla y se va al baño. Antes de irme a correr, le pregunto: *¿Segura de que era un día seguro?* Detrás de la puerta, lavándose, ella dice: *Tranquilo, no pasa nada, corre rico.* Me voy a correr. Salgo a la calle, me cubro el rostro para soportar la aspereza de este viento helado que me deja la nariz y las orejas lastimadas, estiro los músculos y empiezo a trotar por la calle 35, frente al Colegio de Artes Fillmore, en dirección a la universidad. Una sensación de orgullo me llena de energía y me hace correr más de prisa de lo habitual. Estoy escribiendo una novela, vivo en un barrio hermoso y acabo de amar con una intensidad inolvidable a la mujer de mi vida. Ignoro, corriendo con tanto vigor, que una violenta tempestad, un huracán que lleva su nombre, está por azotarme.

Bárbara, la madre de Sofía, y Peter, su esposo, han llegado de visita a Washington y se han alojado en el departamento de Isabel. Sofía está contenta porque le han traído dinero y regalos, pero yo estoy inquieto porque temo que tendré que verlos. Peter es un hombre rico, dueño de una cadena de hoteles, y trata a Sofía como si fuera su hija, con ternura y generosidad, aunque sin perder su extraño aire circunspecto. Bárbara aprovecha estos días en Washington para renovar su vestuario en las tiendas lujosas de Georgetown Park y pelea con Isabel la primera noche, según me cuenta Sofía riéndose, porque la acusa de haberse apropiado de unos almohadones de plumas que eran de ella, riña que termina a gritos, insultos y golpes de almohadas, a pesar de los intentos de Peter por apaciguarlas. Bárbara y su hija Isabel se parecen en la fascinación que comparten por la moda, la ropa y la decoración. Sofía, por suerte, es bastante más relajada y se ríe de las costumbres de su madre, por ejemplo, comprar un conjunto muy caro, usarlo esa noche y devolverlo al día siguiente alegando que no le quedó bien, que le ajustó un poco o le raspó la piel. Sofía me pide que vayamos a cenar con ellos pero yo le doy pretextos y evasivas, porque sé que su madre me detesta y me acosará con preguntas impertinentes que no sabré responder. Le explico que estoy escribiendo y no quiero distraerme en una cena familiar que, estoy seguro, me hará pasar un mal rato, y la animo a que ella salga de compras con su madre, se paseen juntas y me disculpe diciéndole que me he impuesto una rutina estricta de escritor. Logro eludir el encuentro con su familia un par de noches, pero Sofía insiste tanto que acabo por rendirme, aunque recordándole que no nos conviene dar ante ellos una imagen de pareja feliz porque en pocas semanas dejaremos de vivir juntos. Sofía hace un gesto de tristeza cuando le digo eso, que tengo planes de vivir solo. *Espero que no me hagan pagar la cuenta,* digo, y ella me tranquiliza, *no te preocupes, Peter es un caballero y jamás haría eso.* Me consuelo pensando en que al menos veré a Isabel, tan linda y estupenda, y por fin comeré algo distinto del menú de pasta o lentejas que me ha puesto rollizo. Para que Bárbara no me acuse de verme como un pordiosero, porque ya tengo claro que me juzga según mi ropa y mi corte de pelo, decido ponerme el único traje que tengo en el clóset y unos zapatos que detesto porque son elegantes pero muy incómodos. Me siento disfrazado, falso, con esa ropa de hombre serio, como me sentía cuando hacía televisión. Sofía se arregla estupendamente y queda muy bella. Yo recuerdo entonces que Bárbara, el día en que la conocí, me amonestó por usar colonias baratas, así que, como no tengo ningún perfume fino, le pido a Sofía que me preste alguna de sus fragancias, la menos femenina, y ella se ríe, me baña en Chanel, y yo le digo *tu madre se va a caer desmayada cuando me huela a mujer,* y ella dice, riéndose, *no, está bien, este perfume es unisex.* Antes de salir, nos miramos al espejo, vestidos ambos de negro, y parecemos una pareja radiante, ambiciosa y feliz: por lo visto, hay espejos benévolos, y el de Sofía, comprado en la feria de baratijas de los domingos, ciertamente lo es. Bárbara quería reunirse con nosotros en el departamento de Isabel, pero yo, para abreviar la noche, insistí con Sofía en citarlos en un restaurante. Caminamos de prisa por la calle 35, el sosiego habitual del barrio apenas perturbado por el paso de un autobús, y me siento bien cuando Sofía me toma del brazo y ríe de las ironías que digo de su madre, que seguramente vestirá un conjunto muy fino recién comprado en Georgetown Park, el cual devolverá mañana con algún cuento inverosímil que la vendedora tendrá que aceptar, odiando en silencio a esa señora presumida que devuelve casi todo lo que compra. Sé que me van a incomodar con preguntas indeseables que me recordarán mi condición de marginal y perdedor a sus ojos de figurones de alta sociedad, pero habrá que capear el temporal con sonrisas falsas y respuestas de niño bien. Llegamos a la pizzería Cero, casi en la esquina de Wisconsin y M, y es un gentío atronador, pero por suerte Peter, siempre previsor, ha hecho reservaciones, y entonces Sofía y yo ocupamos una mesa al fondo, a la espera de que aparezca su familia. Inquieto, me pregunto qué dirá Bárbara cuando me huela, y cómo me mirará Isabel cuando la abrace y tal vez recuerde esa mañana de contenida crispación erótica en mi departamento, y qué intrigas políticas contará Peter, quien, según me cuenta Sofía, acaba de rechazar una oferta del dictador, a quien apoya con entusiasmo, para incorporarse como ministro al gabinete. Recuerdo que debo ser prudente, replegarme, callar mis opiniones, celebrar las bromas aun si son malas y hacerme el idiota. Poco después llegan Bárbara, Isabel y Peter y es como si fuesen a un desfile de modas, ellas esplendorosas, demasiado arregladas para esta pizzería de moda, con unos vestidos y unos peinados que de inmediato levantan miradas, y él muy sobrio y formal, con traje negro, corbata gris brillosa como para vestir en un casamiento, anteojos de bisnieto de Freud y el pelo rubio, planchado hacia atrás, cortesía de Bárbara, que lo viste y lo peina a su antojo. Nos saludamos con cariño, todos fingiendo por supuesto, salvo Isabel y yo, que nos miramos con genuina simpatía y luego le doy un abrazo y le digo *qué rico verte, te he extrañado,* y Bárbara me da un beso distante y me dice: *¿Te has puesto una colonia de Sofía, no?* Yo me quedo pasmado, no sé qué decir, y Sofía me rescata diciendo *no, mamá, no seas pesada, se ha puesto una colonia suya y no lo fastidies con tus fri-*

volidades, por favor, y Peter la mira como diciéndole *sí, Barbie, déjalo tranquilo al muchacho, no seas tan pesada,* y yo *bueno, la verdad, para qué vamos a estar mintiéndonos, sí, me he puesto una colonia de Sofía,* y Bárbara celebra mi franqueza con una risotada e Isabel se ve tan linda riendo y Sofía por suerte no se enoja y sonríe también, contenta de que yo por un momento logre encajar en su familia de revista. Sin saber bien por qué, hago más varoniles mis ademanes y mi tono de voz, y siento que Sofía me ama por eso, por esconderle a su familia mi lado gay. *¿No quieres quitarte el saco?,* me sugiere Bárbara, después de que Peter se quita el suyo y lo cuelga en la silla, pero yo declino la sugerencia *no, gracias, así está bien, yo soy muy friolento,* y Bárbara echa una mirada a mi saco maltrecho y dice *te queda bien ese terno, pero tenemos que ir de compras, yo voy a ser tu asesora de imagen,* y yo procuro sonreír con los labios cerrados para que no examine mis dientes y me recuerde que debo blanquearlos, como los suyos y los de Isabel, que son inmaculados. Bárbara parece hermana de sus hijas y ella lo sabe, se sienta muy erguida, orgullosa de esos pechos generosos que se ha operado recientemente, y acomoda su pelo rubio que cae ondulado y perfecto sobre los hombros pecosos y me mira con unos ojos inquisidores, desconfiados, al tiempo que yo le miro los pechos con descaro, cosa que estoy seguro ella aprecia y que Peter no debe de hacer con la debida frecuencia, y calculo los estiramientos y las correcciones quirúrgicas que se habrá hecho en la cara para tenerla así, tan planchada, sin una sola arruga. Peter posee un vozarrón grave y un aire de intelectual, y está contento porque Bárbara lo ha obligado a ir al gimnasio, lo que le ha sacado buenos músculos. *Debes seguir estudiando en la universidad, es importante que saques un título,* me aconseja, con su mirada de búho. Yo me hago el tonto, no quiero discutir, no conviene mencionar siquiera mi novela porque podría meterme en líos y malentendidos, por eso digo *vamos a ver, estoy viendo mis opciones con calma, ya tengo un buen puntaje en el examen de in-*

glés. Peter no parece tenerme antipatía, me trata con cariño, el problema es que no me conoce y proyecta mi futuro de un modo que me sorprende: *Termina la universidad, regresa a Lima y métete a la política, que allí está tu futuro y para eso es obligatorio que tengas un título y mejor aún si lo sacas acá, en Washington.* Sofía asiente: *Yo le digo lo mismo, que ha nacido para la política.* Bárbara opina: *Con ese terno no llegarías muy lejos,* y suelta una risita burlona que yo acompaño dócilmente. *Déjenlo que haga lo que quiera, no lo metan de político si él quiere ser escritor,* me defiende Isabel, y yo la miro con simpatía y contemplo embobado sus labios voluptuosos, las pequitas en sus brazos, su sonrisa juguetona, los pechos que se insinúan bajo el lino blanco. *En el Perú la política es un nido de ratas,* digo con cierta brusquedad. Peter me amonesta con la mirada y discrepa: *El gobierno está haciendo las cosas muy bien, por fin tenemos un presidente serio, que sabe mandar y poner mano dura,* y Bárbara se alborota, lo secunda con entusiasmo, *sí, el chino es un estadista, un presidente de lujo, ni se te ocurra criticarlo, que te hacemos pagar la cuenta,* me advierte, traviesa. Sofía trata de intervenir *pero mamá, la democracia...*, y Bárbara la atropella con aire de superioridad *ay, por favor, no vengas a hablarme de esas cosas intelectuales que te enseñan en la universidad, yo no fui a la universidad pero tengo suficiente criterio para saber lo que pasa en mi país, y el chino es un gran presidente, punto final. Así es* —dice Peter, con aire pontificio, y luego zarandea al consagrado escritor que ha condenado el golpe del felón—: *Es una vergüenza que un peruano ande atacando a su país por el mundo,* y yo trato de defender al escritor, *pero no ataca al país, sino a la dictadura que ha usurpado el poder, y eso es un acto de honestidad intelectual y de lealtad al país,* digo, pero no encuentro eco, *es una traición a la patria* —se exalta Bárbara—, *no tiene nombre echarle barro al Perú en el extranjero aprovechando su fama y sus contactos,* y Peter sentencia: *Nadie lo quiere en el Perú, ha quedado como un picón y un antipatriota, más le vale que no regrese nunca porque le tirarían piedras, todos en nuestro ambiente están indig-*

nados con su actitud. El problema es que nuestro ambiente, es decir, «su» ambiente, el de los señores vanidosos y cabezahuecas de Lima, que montan caballos de paso, se emborrachan con sombreros de ala ancha, van a toros para dárselas de cultos y enamoran a las mujeres con piropos encebollados, no es el mío, pero procuro que eso no se note mucho y suavizo por ello mis opiniones políticas para no agitar una discusión innecesaria. Sofía toma partido por mí y dice *los golpes de estado siempre son malos y nada justifica destruir la democracia,* pero su mamá se ríe y le toma el pelo *ay, hijita, se ve que estás estudiando mucho, anda de compras de vez en cuando para que no te afecte el pensamiento, que está probado que hacer* shopping *reduce el estrés y el colesterol y aumenta el promedio de vida.* Isabel se ríe de las ocurrencias de su madre y Sofía la mira molesta, como diciéndole *eres una vieja ignorante y frívola,* pero Bárbara le lanza una mirada altanera, como respondiéndole *sí, soy eso mismo, una vieja frívola, pero tengo unas tetas mejores que las tuyas y un marido millonario, no como tu noviecito, que es un perdedor y no tiene plata para comprarse un saco digno.* Todos comemos pizzas, que Peter ha pedido con cierta austeridad en previsión de que pagará la cuenta, e Isabel cuenta con euforia su viaje a Río y comparte con nosotros los pormenores de sus peleas con Fabrizio y luego Peter, que se da aires de jefe, nos aburre hablando de las distintas especies de orquídeas que cultiva en sus hoteles andinos, de los pájaros que ha mandado dibujar en carbón a un artista nativo, del oso enjaulado que atrae a los turistas y del funicular que quiere construir hasta las ruinas de Machu Picchu, mientras a mí me duele el trasero en esa silla tan dura y pienso que quiero construir un funicular que me lleve derechito al pecho pecoso de Isabel. Yo no digo nada, ya me han mandado de vuelta al Perú, me han metido a la política y me han mirado feo por defender al escritor famoso, así que mejor me callo, me doy un atracón de pizzas y sigo representando mi papel de escritor pusilánime y futuro politicastro que ama a la niña rica que estudia en Georgetown. *¿Y hasta cuándo piensas quedarte en el departamento de Sofía?,* me ataca de pronto Bárbara, con una sonrisa falsamente inocente, y Sofía la mira con indignación, y yo prefiero no entrar en detalles incómodos y decir que pagamos la renta a medias, pero no sé de dónde saco coraje y digo *vamos a vivir juntos hasta fin de año, después voy a alquilar un departamento yo solo porque estoy escribiendo una novela y me viene mejor así.* De pronto la mesa ha enmudecido. Sofía me mira con indudable contrariedad, como diciéndome *eres un bocazas y un marica, no tenías que contarles eso, me has dejado pésimo,* y Bárbara se alegra y dice *ay, qué bueno, porque Sofía necesita su espacio para estudiar, me parece una gran idea que te mudes cuanto antes,* y Peter *bueno, Barbie, pero no lo presiones al muchacho, déjalos que se entiendan entre ellos,* y Sofía *no te metas en nuestras cosas, mamá, ya veremos nosotros si Gabriel se consigue un estudio para escribir,* pero Bárbara vuelve a la carga *¿y se puede saber qué estás escribiendo?,* y yo carraspeo, dudo, no sé qué decir, y contesto mansito *una novela,* y ella, con ese aire de prepotencia que se permite con todos quienes tenemos menos plata que ella, *¿una novela de qué?,* y yo *una novela inspirada en mi vida,* e Isabel, ayudándome amorosa, *ay, qué bueno, suena divertido,* y Peter me mira con cara de preocupación y no dice nada, pero su mirada es bastante elocuente y parece decirme *cuidado con andar contando mariconadas, que se jode tu futuro político.* Entonces Bárbara salta sobre mí y me machaca con elegancia *¿tan interesante es tu vida para contarla en una novela?,* y yo *no, no, mi vida es un aburrimiento y por eso trato de hacerla interesante novelándola,* y Peter interviene *yo insisto en que deberías estudiar, volver al Perú y meterte a la política,* y Bárbara sentencia *sí, sin un título universitario eres un* loser *total,* y Sofía cree que me auxilia pero me hunde más al decir *va a hacer las dos cosas, la novela y la universidad,* y yo miro a Isabel con desesperación y ella me sonríe amorosa y se me atraganta la pizza y las palabras de Bárbara resuenan en mis oídos, *eres un* loser *total,* y yo sólo digo *no se preocupen, que ninguno de ustedes* *va a salir en la novela.* Nadie se ríe, sólo Isabel, que bebe un poco de vino y dice *ay, qué decepción, yo me muero de ganas de salir,* y Sofía *ay, Isabel, no seas desubicada,* y yo la miro como diciéndole *ay, Isabel, yo me muero de ganas de salir contigo,* y Bárbara me mira diciéndome loser *total* y Peter me dice en voz baja, inclinándose hacia mí, *tengo un contacto muy bueno que te puede dar trabajo acá en una fundación internacional, hazme acordar para que te comente después,* y yo le digo *gracias,* y pienso ni loco voy a rogarle un trabajo a tu amigo, yo voy a ser un escritor y no un burócrata pedorro. Sofía me mira como diciéndome *no me odies, yo no tengo la culpa de tener una mamá tan loca,* y yo rozo mis piernas con las de Isabel debajo de la mesa y ella me sonríe y me dice *no te preocupes, Gabriel, que si no tienes un lugar donde escribir, puedes venir a mi departamento y ahí nadie te molesta,* y yo la amo con pasión y sonrío, pero no mucho, para que no me vean los dientes amarillentos, y Sofía la mira con ferocidad como diciéndole *un coqueteo más con Gabriel y te tiro en la cara la copa de vino,* y yo mastico la bola de masa y queso que tengo en la boca y me digo en qué carajo estaba pensando cuando acepté venir a esta cena delirante.

Caminando de regreso a casa, Sofía y yo discutimos acaloradamente. *No sé para qué diablos me obligaste a venir a esta comida absurda con la loca de tu madre y su esposo,* protesto. *No te obligué, tú quisiste venir* —se defiende ella, indignada, caminando rápido para mitigar el frío, y añade—: *Yo sé que mi mamá es una pesada y yo no tengo la culpa de eso, pero no tenías que decirle que en un mes te vas a mudar solo y que estás escribiendo una novela sobre tu vida.* Yo me enfado más y levanto la voz: *¡Ella sí puede decirme que soy un* loser *total porque no he terminado la universidad y yo no puedo decirle la verdad, que estoy escribiendo una novela y que quiero irme a vivir solo! Además, fue ella quien me preguntó hasta cuándo me quedaría contigo, como si yo fuese un intruso, un mantenido.* Sofía camina golpeando los tacos, las manos metidas en el abrigo negro, un gesto de fastidio avinagrando su mirada: *¡Pero lo que más me jodió fue que coquetearas tanto a Isabel delante de mí, como si yo fuera un florero o qué!* Me río exageradamente, burlándome de la acusación: *¡No digas tonterías, por favor! No he coqueteado a Isabel, simplemente la traté con cariño porque es buena gente conmigo, punto, nada más.* Sofía se exalta, me toma del brazo, se detiene en la esquina de las calles 34 y P, por donde pasan los rieles del viejo tranvía ya en desuso: *¡Te has pasado toda la noche haciéndole ojitos y coqueteándole descaradamente, no creas que soy una cojuda y no me doy cuenta! ¡Y al final le has dado un abrazo que un poco más y le manoseas el poto!* Yo me río de buena gana y pienso que no se le escapa un detalle, y digo: *Bueno, sí, tu hermana me parece guapa, ¿no puedo sonreírle y admirar su belleza? ¡No, no puedes, si estás conmigo no puedes!*, contesta furiosa, y yo le digo: *No grites, por favor, que parecemos un par de actores malos de telenovela, cálmate.* Sofía hace un esfuerzo por permanecer en silencio pero no lo consigue y vuelve a disparar: *No sé por qué, siempre tienes que estar coqueteando con alguien, sea hombre o mujer. Me enferma tu coquetería. Si fueras mujer, serías la más puta de todas.* Yo, para irritarla, le doy la razón: *Sí, absolutamente, sería la más puta de todas, no una celosa amargada como otras. ¡No me insultes!*, se enfurece ella, y yo sonrío sarcásticamente y digo *bueno, tú me has dicho puta, yo sólo te he dicho celosa. Pobre de ti que te atrevas a coquetear con Isabel delante de mí otra vez, que te tiro una bofetada y se te acaba todita la gracia,* me amenaza, turbia la mirada, y yo reacciono con virulencia y digo: *Mira, hijita, yo puedo coquetear con quien puta me dé la gana, porque tú y yo vivimos juntos pero no somos una pareja formal y tú lo sabes, yo en un par de semanas me voy a alquilar un estudio y se acabó, así que no me jodas con tus celos histéricos.* Es una vulgaridad discutir en estas calles tan apacibles y hermosas, en las que reina el silencio, que estamos envileciendo con nuestras pequeñas intrigas domésticas. Pero Sofía no cede, no se acobarda: *Está bien, ándate cuando quieras, no te voy a rogar que te quedes conmigo, y coquetea con quien te dé la gana, para que te des cuenta de que no eres tan maricón como dices y vengas después a llorarme como niñito arrepentido, pero eso sí, te prohíbo que coquetees con mi hermana, te prohíbo terminantemente que te acerques a ella y le hables todo melosito, ¿está claro?* Ha gritado esa última pregunta, *¿está claro?*, que es también una amenaza velada, y yo por eso levanto la voz y contesto: *¡Yo voy a coquetear con Isabel todo lo que me dé la gana y tú no tienes ningún derecho de prohibirme eso ni nada!* Sofía vuelve a detenerse, como dando énfasis a sus palabras, y me sujeta fuertemente del brazo: *¡Claro que tengo derecho! ¡Es mi hermana! ¡Tú la conociste por mí, porque yo te la presenté! ¡No puedes ser tan degenerado y no respetar nada!* Yo me enfurezco, me irrita que me llame degenerado, no es para tanto, sólo encuentro guapa y encantadora a su hermana, eso es todo. Para provocarla, no mido mis palabras y digo: *La verdad, me muero de ganas de acostarme con Isabel y me he tocado pensando en ella.* Sofía no vacila en darme una bofetada que sacude mi rostro y me deja ardiendo la mejilla. *¡Eres un degenerado!* —grita, llorando, histérica—. *¡Me voy a dormir a casa de Andrea, no me llames!*, añade, y da vuelta y se marcha presurosa calle abajo, rumbo a la esquina de Prospect y Wisconsin, donde vive Andrea. Camino rápido, avergonzado por la escena, y al llegar al departamento me tiro en la cama a recuperar el aire. Suena el teléfono. No contesto. Prefiero que se ocupe la máquina. Es Bárbara, que deja un mensaje corto pidiéndole a Sofía que la llame. No me manda saludos. No existo para ella. Vieja malvada, yo sé que me detestas, el sentimiento es recíproco. Me gustaría llamar a Isabel y decirle para tomarnos una copa en la barra del Four Seasons. No tomo alcohol, pero ahora estoy descontrolado y un poco de *champagne* no me vendría mal. Me levanto de la cama y reviso los papeles de Sofía hasta encontrar las cartas que le ha enviado Laurent todas las semanas desde París. Trato de leerlas y entender algo, pero no lo consigo, lo que me enardece más porque imagino que le ruega que me deje y se vaya con él, le recuerda los momentos de amor que compartieron y le promete días mejores si me abandona y se marcha a París a vivir con él. Encuentro los poemas que le escribí a Sofía en Lima cuando viajó a Washington a encontrarse con Laurent. Leo esas palabras inflamadas, aquellas promesas rotas, y siento vergüenza, rompo los poemas y los tiro a la basura. Estoy mal, descontrolado. Necesito una copa. Con qué ganas me fumaría un porro. Hace años dejé la marihuana, pero en momentos así, abrasado por la ira y el rencor, la echo de menos. Levanto el teléfono y marco el número que Laurent ha anotado en sus cartas a Sofía. Miro el reloj, deben de ser las seis de la mañana en París. Suena el timbre varias veces, luego contesta la voz somnolienta de un hombre. Sin pensarlo, digo con mi peor voz: *Hey, fucking asshole, stop writing letters to Sofía, she's my fiancee now, so go to hell and stick your letters up your ass!* Cuelgo y me río de la estupidez que acabo de perpetrar. Si quiero vivir solo y acostarme con un hombre, ¿por qué me molesta tanto que Laurent siga enamorado de Sofía y trate de reconquistarla? No lo sé, pero me indigna. Si ella puede coquetear con él, pues sin duda le escribe de vuelta cartas amorosas que yo no he leído y tampoco entendería, ¿por qué yo no puedo coquetear con Isabel? Necesito tomar aire. Salgo a caminar. Está helado. Es medianoche. Me encantaría besar a un chico guapo. No estoy desesperado por besar a Isabel, como cree Sofía: lo que me desasosiega es el recuerdo de los hombres que dejé, Sebastián y Geoff, para entregarme a ella, posesiva hasta la locura. Necesito estar con un hombre. No conozco en todo Georgetown un lugar gay en el que pueda probar suerte. Sé que en Dupont Circle hay bares de hombres, pero la noche está helada y me da miedo ir hasta allá. Recuerdo entonces que hay un festival de cine gay en la calle M, casi frente al Four Seasons. Es tarde para ver una película, pero podría pararme en la puerta del cine y esperar a que salga algún chico lindo que me salve de esta noche en la que me siento una mentira, un hipócrita más, un marica asustado que tiene novia y cena con la familia de ella y sonríe cuando le dicen que su futuro está en la política y juega a coquetear a su cuñada cuando, en realidad, secretamente, es más gay de lo que todos saben, más gay incluso de lo que su orgullo le permite reconocer. Camino de prisa por la 34, bordeando el parque y la piscina pública, y bajo por la calle P hasta Wisconsin, evitando las miradas de los negros con ropas fosforescentes que venden chucherías, baratijas y toda clase de drogas, y cruzo los dedos para que Sofía y Andrea no me encuentren en esta misión gay, rumbo al festival que me estoy perdiendo por comer pizzas con una señora que me llama perdedor y su esposo que me exhorta a dedicarme a la vida pública. Llego por fin al cine modesto en la calle M, pasando la librería Borders, y la señora lesbiana de la boletería —y digo que es lesbiana porque en ciertos casos las apariencias no mienten— me dice que están exhibiendo la última película y ya falta poco para que concluya, así que decido quedarme allí tranquilo, con mis viejos zapatos Clarks, mis pantalones Gap chorreados y el abrigo negro usado que compré en la feria de pulgas de los domingos. Me congelo pero no importa, estoy seguro de que pronto saldrán hombres guapos del cine y alguno de ellos me mirará intensamente y se quedará conmigo esta noche y me dará el amor que ni Sofía ni Isabel ni ninguna chica podría darme, el amor áspero de un hombre mordisqueándome el cuello y las tetillas. Ahora salen los espectadores del cine, al parecer contentos con la película que acaban de presenciar, y yo los miro, las manos en los bolsillos, ofreciendo mi alma a quien desee atraparla esta noche, pero nadie se fija en mí, todos salen felices, distraídos, en medio de un gran barullo chismoso y alborotado, y casi todos enamorados, en pareja, tomados de la mano, o grupos de amigos más o menos chillones, y hay una que otra lesbiana por ahí, pero nadie, ninguno de esos chicos lindos se fija en mí, todos pasan a mi lado, me ignoran y me dejan solo, muy triste, cuando ya el cine se ha vaciado y no queda nadie sino la boletera lesbiana que me pregunta si espero a alguien, y yo le digo que no, porque no espero a nadie en particular, sólo al amor, que por lo visto no está aquí esta noche y habrá que buscarlo en otra parte. Camino entonces hasta la universidad, donde tiene que estar el chico que el destino me escamotea vilmente, y me siento en una banca frente a la rotonda principal, desde la cual me mira adusta la estatua de John Carroll, *patriot, priest, prelate,* y espero a mi chico mientras me pregunto qué tres palabras dirán de mí cuando muera, qué escribirán de mí, no ciertamente *patriot, priest, prelate,* sospecho que más bien *puto, pusilánime, potón,* tres palabras que describirían mejor las andanzas y las peripecias a que me entregué con la pasión que siento esta noche, sentado en una banca frente a los dos cañones vetustos del Healy Hall, en el corazón de la universidad que los jesuitas fundaron en Georgetown en 1789, esperando a que pase un chico, corresponda mi sonrisa, se detenga y se siente conmigo, me deje abrazarlo y comprenda la urgencia que tengo de sentir sus labios con los míos, comerle la boca y rogarle que me lleve a su cama no para tener sexo, sino para acomodarme en su pecho y dejar caer un par de lágrimas. Pero ese chico no pasa ni pasará esta noche, sólo me acompañan un viento helado que me cala los huesos y las ardillas que se acercan en busca de comida. Me echo en la banca derrotado y lloro por el chico que no aparece.

Sofía ha viajado dos semanas a pasar la Navidad y el Año Nuevo en Lima, aprovechando un breve receso académico y la invitación de Peter, que le ha enviado billetes de avión en primera clase, lo mismo que a Isabel y Francisco, para que los tres hermanos se reúnan con Bárbara y con él a pasar las fiestas de fin de año. A mí, por suerte, Peter no me ha invitado, y mis padres menos, así que, aunque Sofía insistió mucho en que la acompañase a Lima, me he quedado en Georgetown, dispuesto a pasar a solas las fiestas navideñas en medio del frío. Ni siquiera la he acompañado al aeropuerto: he cargado sus maletas hasta el taxi, le he dado un abrazo y un beso en la mejilla y le he deseado buen viaje. Ahora estoy solo en el departamento y es un placer. Hago lo que me da la gana, duermo hasta cualquier hora, escribo de madrugada en calzoncillos, engordo comiendo helados de chocolate y salgo poco, ni siquiera a correr, sólo al supermercado o a dar una vuelta a la manzana, porque hace un frío atroz. Nadie me saluda por teléfono, mis padres saben que sus llamadas no son bienvenidas y por eso han desaparecido de mi vida; mis hermanos prefieren no saber de mí tal vez porque me consideran una mancha en la familia, y Sebastián y Geoff al parecer me han olvidado como yo no he podido olvidarlos. Sólo llama Sofía todas las noches a contarme las novedades de Lima y muy rara vez la adorable Ximena, desde Austin, a contarme lo bien que está con su novio pobretón y animarme a que los vaya a visitar, pero yo no quiero interrumpir mi novela ni salir de casa, y me parece agradable pasar una Navidad a solas. Las Navidades en Lima son deprimentes: la gente se atropella por comprar regalos, el tráfico enloquece aún más, la miseria de los que no pueden comprar nada se hace más visible y golpea los cristales del auto, mi madre entra en trance religioso y canta villancicos como una alucinada, mi padre se emborracha y anda paranoico pensando en que los ladrones se van a meter a su casa porque él afirma que se roba mucho más en Nochebuena, y yo tengo que correr comprando regalos para toda la familia, y si no voy a la misa de gallo con el cura marica que habla boberías, mi madre me mira mal y en represalia me sirve menos puré de manzana en la cena. No, esta Navidad no haré regalos, ni cantaré villancicos ni iré sumiso a la misa de gallo. Esta Navidad escribiré y seré más egoísta que nunca. No adoraré a ningún niño en el pesebre: me adoraré a mí mismo, nacerá el Niño Gabriel en Nochebuena y será un Niño Muy Gay, y le haré regalos y prenderé velas en su honor. Sofía, un amor, quiso comprarme un arbolito de Navidad en el mercado de pulgas de los domingos y dejarlo instalado en la sala antes de partir, pero yo le rogué que no lo hiciera y ella me dejó en paz. Navidad es perdonar y amar: tengo que perdonarme por ser tan gay y amarme por ser tan gay; perdonarme por tener unos padres tan trastornados y amarme por vivir lejos de ellos; perdonarme por no querer estudiar en la universidad y amarme por escribir todos los días un fragmento más de la novela; perdonarme por haberme enamorado de Sofía y amarme por desear a su hermana Isabel; perdonarme por nacer en Lima y amarme por vivir en Georgetown; perdonarme por ser el *loser* total que me considera Bárbara y amarme por ser un *loser* totalmente feliz cuando me dejan solo en este departamento lleno de cucarachas; perdonarme por estar tan gordo y amarme por ser tan puto; en suma, esta Navidad me voy a amar y a perdonar como nunca lo hicieron mis padres. Sin embargo, algo debe de amarme mi madre todavía, aunque lamentando mi debilidad por los hombres y la alergia que siento por los curas, pues recibo un papel del correo, notificándome de que me ha llegado un envío certificado, y me apresuro en caminar bajo el frío inclemente hasta la pequeña oficina de correos enfrente de la universidad, y me doy con la sorpresa de que mamá me ha mandado un regalo navideño. Nada más salir de la oficina, de vuelta al frío despiadado de diciembre, me siento en una banca y abro impaciente el regalo que ella ha envuelto cuidadosamente en un papel colorido en el que predominan el verde, el rojo y las repetidas figuritas de Papá Noel. Mamá, indesmayable en su fe, no deja de sorprenderme: al abrir la caja, encuentro una bolsa de fruta seca, otra de nueces y almendras, y una tercera de chocolates redondos envueltos en papelitos dorados como si fuesen monedas y, en medio, una biblia verde, de tapa dura, en cuyas páginas ha deslizado una tarjeta de saludo navideño que abro en seguida y leo con una sonrisa: «Mi hijo querido: Que Dios, la Virgen y el Niño te enseñen el Camino de la Rectitud en esta Navidad y te lleven por la Senda de la Santificación del Trabajo Ordinario y la Oración al Altísimo. ¡Abre tu Corazón al Niño Jesusito y Pídele que Te Ilumine con Su Infinita Bondad! Te quiere y reza por ti, Tu Mamita Querida, que te conoce mejor que nadie y sabe lo triste que está tu Corazón de Oro.» Suelto una risotada que interrumpe la quietud de la tarde y provoca una bocanada de aire helado que puedo ver como si fuera humo. Mamá es increíble. ¿Cómo se le ocurre mandarme una biblia de casi mil páginas y escribir este mensaje inverosímil? Pero ella es así y no cambiará, y no me queda sino reírme y probar los chocolates, que están deliciosos, y arrojarles a las ardillas un puñado de nueces y almendras. Regreso a casa y dejo la biblia en mi mesa de trabajo, pero su sola presencia me incomoda, me recuerda los dogmas lunáticos de mi madre y el aliento rancio del cura del Opus Dei que me manoseaba cuando era niño. No sé qué hacer con esta biblia voluminosa y tampoco si llamar a mamá para agradecerle el detalle o llamar a Sofía para leerle la tarjeta pintoresca y reírnos juntos. No voy a llamar a mamá. Terminaríamos discutiendo sobre religión y ella me rogaría que me confiese con un cura y vaya a misa, y yo me irritaría y le diría que soy agnóstico y que desconfío de todas las religiones, que son formas organizadas de lucrar con el miedo de la gente más débil, y que desconfío en especial de la católica, tan intolerante y cuya historia está plagada de atrocidades, y con seguridad le estropearía estos días prenavideños en los que ella suele andar de buen humor, canturreando villancicos, decorando la casa con motivos religiosos y balbuceando promesas y agradecimientos ante el pesebre del niño Jesusito que ha desplegado en la sala de su casa. Tampoco voy a llamar a Sofía. No quiero que piense que la extraño y no puedo vivir sin ella. Éstos son días felices y quiero pasarlos en silencio, hablando con mis personajes ficticios, conmigo mismo y, en las noches, cuando me toco, con el recuerdo de Sebastián atizando el fuego de mis fantasías. Como no sé qué hacer con la biblia, trato de leerla pero me hundo en el aburrimiento, me tiro en la cama con ella y me caliento pensando en Sebastián. Lo llamo por teléfono pero me da el contestador y no dejo mensaje. Me toco pensando en él y cuando termino le encuentro una insospechada utilidad a los sagrados evangelios que mamá me ha regalado: arranco unas hojas delgadas, me limpio con ellas, las tiro al basurero del baño y sonrío pensando que mamá no tiene la más vaga idea de lo útil que me ha resultado la biblia de tapa dura con la que me ha recordado, en vísperas de la Navidad, que soy un pecador y que me espera el infierno, y que no podré viajar con ella en el vuelo chárter al cielo que ha fletado para toda su familia o al menos la parte de la familia que la obedece en la sumisión al Opus Dei. Podríamos ser tan felices Sebastián y yo viviendo juntos en esta ciudad. Debería convencerlo para que deje a su novia de mentira y se venga un tiempo a Washington o a Nueva York a tentar suerte como actor. Pero Sebastián es orgulloso y no quiere saber nada de mí, no contesta mis llamadas y ya me cansé de dejarle mensajes en la grabadora. Aunque quisiera borrarlo de mi cabeza, no lo consigo, y las imágenes imprecisas que retengo de él son las que más placer me dan cuando me toco pensando en un hombre. Pienso todo eso, en llamarlo y rogarle una oportunidad para estar juntos, mientras corro por la calle 35, con toda la ropa que he podido echarme encima, y me doy luego una ducha tibia en el baño que, en ausencia de Sofía, luce sucio y descuidado. Más tarde, preparando la cena, suena el teléfono, espero a que atienda la máquina grabadora, escucho la voz de Sofía y no dudo en contestar. Me trata con cariño, pero la siento triste, acongojada. Le pregunto si ha tenido una pelea familiar y me asegura que no, que todo está bien, pero yo siento que algo está mal y por eso insisto *te noto tristona, siento que no me estás diciendo algo, ¿qué te pasa?* Ella demora la respuesta y me dice *no te preocupes, estoy bien,* y unos segundos después, *¿me extrañas?,* y yo *sí, claro, te extraño,* pero lo digo en un tono frío y distante que revela lo contrario, que estoy contento solo, no la echo de menos y en una semana pienso alquilarme un estudio para que cuando ella regrese los primeros días de enero ya no sigamos viviendo juntos. Colgamos y yo atribuyo su tristeza a que no la acompañé a Lima a pasar las Navidades y ni siquiera la llevé al aeropuerto, y a que ella no ignora que en unos días llevaré mis pocas cosas a un lugar que arrendaré a solas. Dos días después, el día mismo de Navidad, descubro el motivo de su extraña melancolía. Suena el teléfono mientras estoy escribiendo. Maldigo el aparato y sólo lo levanto cuando reconozco la voz de Sofía. *Feliz Navidad,* me dice, pero está triste como en los últimos días, y yo *feliz Navidad para ti también* —y luego—: *¿cómo la estás pasando?,* y ella *acá, tranquila, con la familia, ¿y tú?,* y yo *muy feliz, escribiendo, muerto de frío, no sabes el frío de mierda que hace,* y ella *extraño tanto Georgetown, estar allá contigo, todo esto me parece horrible, insopor-*

table, no veo la hora de regresar, y yo *qué bueno, menos mal que no te acompañé, es tan deprimente pasar la Navidad allá; en cambio acá es toda una aventura.* Ahora ella se queda callada y yo siento que está mal, *¿qué te pasa?* —le pregunto, y ella no contesta, la oigo sollozar—, *¿por qué estás tan triste, Sofía?,* insisto, y ella sigue muda, no responde, y yo pienso está triste porque sabe que no podemos ser una pareja y que me gustan los hombres y que nuestro amor es imposible. *Dime, ¿qué te pasa?, ¿por qué lloras?,* pregunto, y ella, haciendo un esfuerzo, balbuceando, *tengo que decirte algo importante.* Yo siento que es una mala noticia, tal vez ha muerto mi padre, ha chocado uno de mis hermanos y está grave en el hospital, o ella está enferma y me lo ha ocultado estos últimos días. *Dime, ¿qué ha pasado?* —me apresuro, y ella vuelve a enmudecer y yo me desespero—: *Dime, por favor, no me tortures así.* Entonces ella hace acopio de todo el coraje que le queda esta tarde de Navidad y me dice con la voz llorosa y un tono de disculpa: *Estoy embarazada.* Yo me quedo helado, sin saber qué decir, como si de pronto estuviese actuando en una película de la que quiero escapar pero no puedo. Respiro hondamente, me llevo una mano a la cabeza y pregunto *¿estás segura o es sólo un atraso?,* y ella *¿estás molesto?,* y yo *no, pero sólo dime, ¿es un hecho o crees que estás embarazada?* Ella lloriquea, como pidiéndome perdón y a la vez ayuda en este momento desesperado, y dice con una voz débil *hoy salieron los resultados del examen en la clínica y es un hecho.* Entonces me siento abrumado y no sé qué decir, porque no me atrevo a preguntarle si yo soy el padre, simplemente me callo, asumo que es así, sólo atino a decir *¿cómo te sientes?,* y ella sigue llorando *¿cómo crees?, fatal,* y yo *lo siento, qué mal momento, y qué pena que te fuiste y estás solita allá,* y ella al parecer se enternece y dice *no sabes cómo te extraño,* y yo, aterrado *¿qué vas a hacer?,* y ella, más aterrada aún, *no sé, no tengo idea, estoy muy confundida,* y yo *¿se lo has dicho a alguien?,* y ella *sólo lo sabe mi amiga Macarena, que me acompañó a la clínica,* y yo *pero no se lo has dicho a tu madre, ¿no?,* y ella, bajando un poco la voz, *no, cómo se te ocurre, estoy embarazada pero no loca.* Me quedo en silencio unos segundos y pregunto *¿qué quieres que haga?, ¿cómo puedo ayudarte?,* y ella *no sé, no hagas nada, espérame allá, yo me quedo unos días más, paso Año Nuevo y al día siguiente me regreso y vemos qué hacemos,* y yo *¿quieres que vaya a Lima y nos regresemos juntos?,* y ella *no, no te preocupes,* y yo *¿segura?,* y ella otra vez rompe en llanto y me dice *no sé, ya no estoy segura de nada,* y yo *no te preocupes, en un par de días estoy allá, no te voy a dejar sola en un momento así,* y ella *gracias, sería lindo que vengas,* y yo *claro, te entiendo, quédate tranquila que pasamos Año Nuevo juntos allá,* y ella *¿no estás molesto conmigo?,* y yo, tratando de aparentar calma y dominio de las circunstancias, *no, tranquila, todo bien, no le cuentes esto a nadie, no estés triste y espérame, que en unos días estoy contigo allá,* y antes de despedirnos ella *¿me quieres?,* y yo *claro que te quiero, te adoro, y ahora más que nunca,* y luego ella *bueno, que tengas una linda Navidad, te extraño mucho,* y yo *feliz Navidad, preciosa, yo también te extraño.* Cuelgo el teléfono y siento que me han pegado con un bate de béisbol en el pecho, no puedo respirar bien, camino al cuarto, me tumbo en la cama, pienso que esto no puede ser verdad, que tiene que ser un mal sueño. Luego veo la biblia mutilada y pienso: Dios me ha castigado por limpiar mi esperma con su santa palabra. Soy gay y he dejado embarazada a mi chica. Estoy jodido. Ahora sí que estoy jodido. ¿Qué mierda voy a hacer? ¿Por qué diablos no me puse un condón esa noche que la amé sobre mi mesa de trabajo antes de salir a correr? Nunca más usaré la biblia para limpiar los residuos de una paja navideña. Ansioso, me pongo ropa deportiva y salgo a correr a toda prisa en medio del frío y siento que ésta es la Navidad más extraña de mi vida, una que nunca olvidaré.

Estoy en un vuelo entre Miami y Lima. Es la última noche de diciembre y el avión está vacío. Me quiero emborrachar. Una azafata muy amable no deja de traerme *champagne* a la última fila de clase económica en la que trato de olvidar mis angustias. Le pido que se siente a mi lado y me haga compañía, pero ella se excusa con una sonrisa y promete que vendrá más tarde, apenas pueda. Es guapa, no me molestaría darle un beso. Trato de dormir, estoy extenuado, no he podido dormir bien las últimas noches en Georgetown, abrumado por la noticia que Sofía me dio el día de Navidad, pero mis esfuerzos son inútiles, no logro conciliar el sueño, una sola idea me golpea como un martillo la cabeza: voy a ser papá en el peor momento de mi vida, justo cuando quería ser un escritor y atreverme a ser todo lo gay que me diese la gana. No puedo ser papá. No puedo ser pareja de Sofía, vivir con ella, hacerla feliz. Quiero estar solo, sentirme libre, vivir austeramente como escritor y, si tengo suerte, enamorarme de un hombre. Sería una locura ser papá. Sofía tendrá que entenderlo. Si no somos una pareja y estamos separándonos y ella está en medio de una maestría y yo escribiendo una novela y es casi un hecho que soy gay o al menos bisexual y en todo caso los hombres me gustan más que las mujeres, ¿qué sentido tiene obligarnos a ser padres en este momento crucial de nuestras vidas? Ninguno. Ella tendría que dejar sus estudios y quedarse sola con el bebé porque yo no puedo ser su pareja. Yo no podría seguir escribiendo la novela. Estos últimos días, angustiado por la noticia del embarazo, arrepentido por haber cometido un descuido tan elemental que nos ha llevado a esta crisis, los nervios crispados, no he podido escribir una línea. Si quiero ser escritor, no puedo tener un hijo de este modo tan irresponsable con una mujer de la que no estoy enamorado. Sí, la amo, la amaré siempre, pero no puedo ser su novio o su esposo, el hombre que ella sueña y necesita, porque yo también sueño con un hombre que me ame. No hay alternativas: Sofía tendrá que abortar. Lo siento por ella, porque un aborto debe de ser un trauma, pero es un pésimo momento para ser padres y no me parece bueno traer al mundo a una persona en tan adversas circunstancias. Eso haré: hablaré con Sofía, seré tierno pero firme al mismo tiempo, le explicaré que este embarazo es un error, un descuido de ambos, le recordaré que debe terminar su maestría y yo mi novela y que no podemos seguir viviendo juntos porque yo no soy feliz con ella, y le daré todo el apoyo necesario para que, sin demora, cuanto antes, se haga un aborto, mejor aún si en Lima, donde, a pesar de estar penado por la ley, es bastante fácil someterse a una intervención de esa naturaleza en algún consultorio confiable y discreto. Sofía tendrá que abortar. No puede obligarme a ser padre. Es una mujer inteligente, bondadosa, y no se le escapará lo que resulta obvio: que no podemos traer al mundo a una persona en estas circunstancias. ¿Podré convencerla? ¿Se resignará a abortar? ¿Me mandará al diablo y se aferrará a su bebé invocando principios morales? No lo sé. No lo sé y por eso tengo miedo. Estoy aterrado porque mi futuro ha dejado de pertenecerme y ahora está en manos de otra persona. Le pido a la azafata otra copa de *champagne* y ella, aunque sabe que estoy borracho o casi, no duda en traérmela con una sonrisa, y yo le sonrío por eso y le recuerdo que estoy esperándola para conversar y ella me promete que ahorita viene. Bebo *champagne* con un descontrol que me recuerda la facilidad con que puedo hacerme adicto a cualquier cosa que me saque de la realidad, y recuerdo con precisión el instante en que amé a Sofía sobre mi mesa de trabajo, antes de salir a correr, y la dejé embarazada cuando ya era un hecho que no podíamos seguir juntos. Recuerdo que ella me aseguró que era un día confiable, que no había necesidad de usar un condón. Me enfurezco por eso y me pregunto si habrá sido una trampa en la que ella cayó sin darse cuenta, una manera desesperada de aferrarse a mí y seguir creyendo en nuestro amor. ¿Fue en cierto modo un embarazo deseado por su parte? ¿Me mintió? ¿Sabía que era un día peligroso y no me lo dijo? ¿Pensó como piensan algunas mujeres que un bebé nos unirá como pareja y traerá la felicidad que se nos ha escapado? No lo sé, pero sólo pensar en eso me llena de rabia y de rencor hacia ella y confirma mi decisión de pedirle un aborto. Debo pedírselo con cariño, sin resentimiento, para que ella no piense que si aborta desapareceré de su vida. Debo ser cuidadoso. Debo decirle que podemos seguir juntos como amantes pero que eso sólo será posible si ella no me echa encima el lastre de una paternidad accidental. Sofía sólo abortará por amor a mí, y por eso, ahora más que nunca, debo ser amoroso con ella. Si insinúo que quedó embarazada deliberadamente, me arriesgaré a que prevalezcan su rebeldía, su terquedad, sus instintos maternales y su amor por lo único que le quedaría de mí, el bebé que lleva en el vientre. Además, conociendo su bondad y su nobleza, no creo que haya planeado, deseado o buscado de un modo deshonesto este embarazo. Tiene que ser un accidente. Cuando me dijo que era un día seguro, lo pensó de veras y no me mintió a sabiendas. Sofía es incapaz de jugarme sucio y hacerme trampa. Es la mujer más buena que conozco y no me haría eso nunca. ¿Nunca? ¿Ni siquiera por un amor loco, obstinado, irracional? ¿Porque me ama tanto que no puede dejarme ir? Ya no tengo nada claro, no me queda otra certeza que la de rogarle que aborte. Llegaré en pocas horas a Lima con esa misión:

que Sofía aborte sin que nadie se entere y que regresemos juntos a Georgetown. Tal vez tenga que acompañarla unas semanas más antes de mudarme, me quedaré con ella hasta que se recupere del trauma del aborto, que no debe de ser una cosa menor. Pido más *champagne.* La azafata linda me lo trae y por fin se sienta conmigo. El avión está desierto, nadie nos mira, la cabina sigue a oscuras y yo humedezco mis labios en ese líquido burbujeante que adormece mi conciencia. Ella me pregunta por qué estoy tan preocupado y yo le miento, me hago el tonto, le digo *porque nadie me quiere.* Entonces ella me sonríe y yo la coqueteo y le hago preguntas bobas y ella me cuenta cosas de su vida y yo finjo interés pero en realidad sólo quiero olvidar por un momento mi desgracia y darle un beso. Por eso dejo caer con aire distraído mi mano sobre la malla negra de su pierna. No parece incomodarse, seguimos conversando y ella toma un poco del *champagne* de mi copa y yo le digo *eres linda,* y ella se sonroja y le brillan los ojos almendrados y se acomoda el pelo negro azabache. Ya es primero de enero, Año Nuevo, y yo le digo *feliz año* y le doy un beso en los labios, y ella me mira traviesa y dice *no seas loco, que si me ven besándote me botan,* y yo le digo *entonces, que no nos vean,* y nos agachamos y le doy un beso borracho y desesperado, y ella se incomoda un poco aunque no tanto y me dice *eres un loquito pero un loquito lindo, voy a dar una vuelta y regreso en un ratito.* Me quedo borracho y triste pensando que soy un patético aspirante a gigoló que anda seduciendo a todas las azafatas de la cabina. Esta pobre chica no va a regresar con más *champagne* porque ya sabe que quiero besarla y que no me importa si después la echan del trabajo. Es Año Nuevo, voy a ser papá y estoy borracho. Cuando bajo del avión, la azafata se despide cariñosamente y me deja un papel con su teléfono. Es un agrado sentir la brisa húmeda que me revuelve la cara al bajar la escalinata, sacándome por un momento del aturdimiento alcohólico en que me encuentro. Juré que no volvería en mucho tiempo, que sólo regresaría con la novela publicada, y ahora, nueve meses después, estoy de regreso, borracho, angustiado, con una pena horrible porque amo a Sofía pero no quiero ser papá y odio la idea de hacerla abortar pero no veo otra alternativa. Mientras camino a duras penas hacia el sudoroso agente de migraciones que sellará mi pasaporte después de una cola infernal que me recuerda el caos tercermundista del que salí huyendo, pienso que, una vez más, he sido incapaz de cumplir una promesa y he vuelto a esta ciudad que tanto aborrezco de la peor manera, ebrio y enfermo del corazón, más gay que nunca y con mi novia embarazada. Soy un perdedor, Bárbara tiene razón, soy un *loser* total, pienso en el taxi. La ciudad no ha cambiado, es el mismo caos polvoriento y bullicioso, los letreros de pollerías con nombres en inglés, las casas de juego con luces de neón y dueños seguramente narcotraficantes, los colectivos cochambrosos que zigzaguean sin respeto alguno por la ley, un fragor de bocinazos, gritos de cobradores y obscenidades de peatones borrachos y barras bravas del fútbol que lo rompen todo a su paso, las paredes embadurnadas de lemas políticos y promesas de amor, la cochinada general, la mugre en los rostros desdentados, la sensación de pobreza, de abatimiento y de confusión de la que quise escapar y que ahora me atrapa en el asiento trasero de este taxi decrépito que se mete en todos los huecos de la calle y me golpea sin tregua. Sofía sabe que he llegado y me espera en un hotel de San Isidro en el que me ha hecho una reserva por tres noches. No quiero ir a casa de sus padres y menos a la de los míos. No quiero que se enteren de que estoy en esta ciudad. Sólo Sofía y sus dos empleadas de confianza, Matilde y Gloria, que darían la vida por ella, saben que he venido a Lima, aunque esas dos señoras a su servicio ignoran que ella está embarazada y creen que mi viaje es un acto de amor. Llego al hotel, me registro de prisa y, todavía de noche, el eco de las fiestas de Año Nuevo retumbando en el aire, entro en la habitación donde ella, mi chica embarazada, me espera. Toco la puerta. Sofía me abre, me mira con amor y nos abrazamos sin pudor delante del botones que carga mis dos maletines. *Gracias por venir,* me dice al oído. *He venido porque te amo y nunca te dejaría sola en un momento así,* le digo, mirándola a los ojos, tan pronto como el botones se marcha con su propina. Nos besamos. Ella siente el aliento amargo del *champagne* en mi boca y me pregunta si he tomado. Le digo que no, pero mi mirada me traiciona y quizá mis pasos erráticos también. *Espérame en la cama, me voy a lavar,* digo. Entro al baño, me doy una ducha rápida y salgo con una toalla en la cintura. Ella se ha metido en la cama, está viendo la televisión y tiene los ojos hinchados de tanto llorar. Es una mujer hermosa, no merezco que me ame. Ahora está así, jodida, por mi culpa, porque soy un demente, un irresponsable. Me acuesto a su lado, la beso, acaricio su pelo, ella se esconde en mi pecho. *¿Qué vamos a hacer?,* pregunto con la voz más tierna que me sale del corazón. *No sé, no sé qué hacer,* dice ella y me mira con angustia. *¿Qué quieres hacer tú?,* pregunto. Ella se queda callada, mueve la cabeza con ansiedad, me mira como pidiéndome perdón. *Es una locura* —dice—. *No sé.* Yo, borracho a pesar de la ducha y amándola no obstante ser gay, le digo: *Sí, es una locura tenerlo, pero ¿quieres tenerlo?* Ella me mira con amor y se atreve: *Sí, quiero tenerlo, no puedo abortar este bebito que es tuyo, nuestro.* Yo la beso despacio, la miro a los ojos y digo: *Si quieres tenerlo, vamos a tenerlo, cuenta conmigo absolutamente.* Ella me abraza, se enrosca conmigo, llora en mi pecho. *Te quiero tanto* —susurra—. *Eres un hombre bueno. Por eso te amo.* Yo sé que se equivoca, pero guardo silencio, conmovido. *¿Dónde quieres tenerlo?,* pregunto, con serenidad, como si nada me diese miedo. *Allá* —contesta ella, sin dudarlo—. *Acá sería una locura.* Yo le doy la razón: *Si vamos a tener este bebé, tiene que nacer allá. Claro* —dice ella—. *Mucho mejor. Acá sería un escándalo con mi familia y la tuya y tu imagen de televisión y todo eso.* Se hace un silencio mientras acaricio su pelo y ella me da besos en el pecho. Le encanta acomodarse así, su cabeza en mi pecho, y sentir mi mano jugando en su pelo. *¿Entonces vamos a tenerlo?*, insisto. *¿Tú quieres?*, pregunta ella. *Si tú quieres, yo quiero,* respondo. Ella suspira abrumada y es valiente: *Sí, yo quiero, y quiero tenerlo allá, y quiero que estés conmigo.* Le doy un beso en la frente y digo: *Muy bien, entonces nos vamos cuanto antes a Washington.* Luego nos besamos y hacemos el amor muy delicadamente, y antes de quedarme dormido pienso que quizá no sea una locura convencerme de que todavía puedo ser feliz con esta mujer y nuestro bebé. No puedo obligarla a abortar, me digo en silencio. Seré un hombre y la ayudaré a tener al bebé. Luego busco su barriga, la beso, acomodo mi cabeza sobre ella y lloro porque soy un perdedor, un mal escritor, un puto perdido, el novio de esta chica y el padre de este bebé que no merecía un papá tan impresentable. Estoy jodido, pienso, besando su barriga. Estoy condenado a ser un hombre aunque no quiera. Amanece en Lima. Se oyen todavía los fuegos artificiales serpenteando en el aire y estallando allá arriba, el ladrido de unos perros chuscos, el chirriar de las llantas de un auto cuyo conductor borracho morirá unas cuadras más allá. Esta noche tampoco voy a dormir.

Es primero de enero. Sofía se ha ido a casa de sus padres. Yo estoy malhumorado porque he dormido poco. Odio comenzar el año así, fatigado, ojeroso, con dolor de cabeza y en la ciudad equivocada. No sé qué hago en Lima, para qué vine, debería haberme quedado en Georgetown y no darle ilusiones a Sofía. Es una locura tener al bebé. ¿En qué estaba pensando anoche cuando me hice el valiente y le dije que no hay ningún problema con tenerlo? Ahora Sofía está ilusionada con ser madre y no será fácil llevarla a abortar. Será mejor postergar el aborto para cuando volvamos a Washington. Estoy muy incómodo en esta ciudad. Ya no tengo un departamento ni un auto, ahora soy un turista y un peatón. No me provoca salir a la calle. Tengo vergüenza de que me reconozcan. No quiero que me pregunten dónde estoy viviendo, qué me pasó, por qué desaparecí, cuándo volveré a la televisión. No tengo fuerzas para mentir ni dar explicaciones. Tampoco tengo coraje para decir que me fui porque soy gay, porque no me atrevo a ser gay y tampoco a escribir en esta ciudad. Ésa es la verdad, aunque duela. Podría pasar por casa de mis padres pero sería un mal rato seguro. Los puedo imaginar sentados al lado de la piscina, comiendo los bocaditos que trae una empleada con mandil celeste, comentando la noche de Año Nuevo, papá renegando de los vecinos que reventaron cohetes hasta el amanecer, mamá un poco somnolienta porque tomó una copa de vino y le sentó mal. No debo ir a verlos.

Papá me recibiría con cara de perro. Debe de estar resentido porque le dije que no me llamara más por teléfono ni me enviase revistas y recortes de actualidad a Washington. Mamá se alegraría al verme, pero sólo para atormentarme con su prédica religiosa y sus exhortaciones a que conduzca mi vida por el camino del bien. Porque ella, como Sofía, quiere que yo vuelva a la universidad, pero no a estudiar filosofía, sino teología, y sueña, como Peter, con que, ya graduado como teólogo, me dedique a la política y sea candidato a algún puesto público importante, a presidente en el mejor de los casos, porque ella es ambiciosa, como cualquier supernumeraria del Opus Dei, y no se conforma con tener un hijo alcalde o concejal, ella quiere un hijo primer ministro o presidente, siempre que sea un presidente muy pío, muy devoto, un presidente que prohíba el aborto, el divorcio, la homosexualidad, las drogas, la risa y todas las religiones que no sean la católica. Mamá tiene reservado ese destino para mí, el de presidente ultraconservador que rija los destinos del país según la Constitución, es decir, el Camino de Escrivá, y mucho me temo que voy a tener que defraudarla, porque yo me he trazado un destino distinto: en el exilio, desintoxicado de fundamentalismos religiosos y entregado con pasión a los libros y a mí mismo. Por eso no quiero ir a casa de mis padres, porque les echaría a perder el almuerzo del primero de enero y terminaría pensando que he dejado embarazada a Sofía por limpiarme una paja con hojas de la biblia de tapa dura que mamá me envió para salvarme de las tentaciones del diablo. Tampoco tiene sentido que vaya a casa de Sofía con esta cara hinchada, estas ojeras y este dolor de cabeza. No quiero que me vean así, demacrado y abatido. También puedo imaginar sin dificultad a Sofía y a su familia, sentados en la terraza con vista al jardín, tomando vino blanco, comiendo quesos, Peter hablando de sus proyectos ecológicos en Machu Picchu, Francisco y su novia Belén comentando lo difícil que se les hace la vida de estudiantes en Boston sin empleadas domésticas, Isabel muy linda en un vestido veraniego, calculando el dinero que le dará Fabrizio por el divorcio y consultando cómo invertirlo, Sofía fingiendo interés en la conversación, sonriendo sin ganas, pensando en el bebé que les esconde, en el novio que también les esconde en un hotel de San Isidro y en el futuro tormentoso que nos aguarda, y las empleadas Matilde y Gloria yendo y viniendo con fuentes de bocaditos mientras los perros no se cansan de ladrar porque quieren que les abran la puerta para salir a correr por el barrio, y entretanto el vecino haciendo sonar una música chillona y vulgar, y ahora Bárbara pidiéndole a Peter que haga algo, que hable con el alcalde, *que arresten a este cholo pezuñento que nos ha tocado como vecino, que chanquen su casa con un bulldozer, o si no nos mudamos de acá cuanto antes, porque este barrio se ha maleado muchísimo, Peter, y ya es insoportable vivir así con los cholos en las narices.* También podría llamar a la chica linda que besé en el avión, la azafata cuyo nombre no recuerdo, pero no tengo fuerzas para seguir haciendo el papel de hombre, ya bastante me cuesta hacerlo con Sofía. Además, he dormido poco y mal, así que hoy sólo puedo ser muy gay. Me siento muy gay, un puto angustiado y perdido, víctima de la discriminación homofóbica que me ha perseguido la vida entera, comenzando por mis padres, pasando por curas y profesores y terminando en la canallesca prensa peruana, siempre dispuesta a cebarse con los gays y a hacer escarnio de ellos. Hoy quiero sentirme muy gay. Necesito que un hombre me bese en la espalda y no hay nadie en esta ciudad que me provoque más que Sebastián, a quien, en un momento de obnubilación, dejé por Sofía. Salgo del hotel y la señora de la recepción me pregunta *¿y cuándo vuelves a la televisión, Gabrielito, que se te extraña?*, y yo sonrío como un niño bueno, como el personaje ganador de la televisión, y digo *vamos a ver, vamos a ver, conmigo nunca se sabe,* y ella me hace un aspaviento coqueto con la mano, *chau, Gabrielito, feliz año,* y yo salgo con el andar más varonil que puedo improvisar, detengo un taxi cochambroso, subo a duras penas y, tras negociar la tarifa con tacañería, le pido al conductor que me lleve al malecón, donde espero que siga viviendo Sebastián. No digo una palabra para que el taxista barrigón, que va escuchando una canción de moda, no me reconozca y haga preguntas que sólo podría responder mintiendo. La ruta es una pesadilla y me recuerda la barbarie de la que escapé y debo mantenerme lejos, el futuro que no quiero para mi bebé si Sofía impone su voluntad y le da vida: la insoportable grisura de la ciudad, la fealdad de sus edificios construidos a medias y sus comercios empobrecidos, el desánimo que se respira en el aire y salta a la vista en cada esquina, allí donde pululan los niños mendigos, los tullidos pedigüeños y los ladronzuelos que rompen las ventanas de los autos, las mujeres con los pechos caídos y los bebés en la espalda pidiendo limosna al pie del semáforo, los ex drogadictos que venden caramelos y piden una contribución para el centro de rehabilitación que dicen que los curó. En diez minutos llegamos al malecón. Pago de prisa, desciendo de ese vejestorio que escupe un sonido vocinglero y ahora se marcha traqueteando como si fuera a desarmarse en la próxima esquina. Miro el mar y confirmo que esto es lo que más extraño de Lima, este paisaje brumoso al pie de los acantilados, entre parejas que se besan y se frotan. Es verano. Abajo las playas son hervideros de gentes que duermen la resaca al sol. El mar lame suavemente las orillas rocosas y ofrece al bañista un montón de caca desperdigada que ha sido vertida allí por los desagües de la ciudad, lo que no parece intimidar a toda esa gente, que desde arriba semeja un hormiguero y se baña en el agua salada y cagada del mar peruano. Dios libre a mi bebé de esta vida de mierda, pienso, con el orgullo de saberme de paso y la convicción de que en un par de días estaré de regreso en Georgetown, lejos del caos. El edificio en que vive Sebastián es alto y moderno y está pintado muy adecuadamente de rosado opaco, lo que parece describir el carácter gay disimulado del dueño del piso siete, mi ex novio.

Aunque sé bien lo que quiero, me asalta un extraño pudor antes de tocar el timbre. Nadie contesta. Miro hacia arriba, pero nadie aparece. Vuelvo a tocar el timbre. Un sol tibio muere en mi cabeza, el viento levanta una polvareda, en el parque más allá se pelean los perros chuscos y se besan sobre el césped los amantes con aliento a ron barato. Al tercer timbre, ya resignado a irme, oigo la voz metálica de Sebastián, *¿quién es?,* y contesto con la mayor delicadeza *hola, Sebastián, soy Gabriel,* y él, con una voz que más parece ladrido, *¿Gabriel qué?,* y yo, herido en mi orgullo, *Gabriel Barrios, feliz año.* Se queda en silencio y yo permanezco allí parado esperando a que me abra la puerta, y él *estaba durmiendo, huevón, me has despertado, ¿qué hora es?,* y yo *las dos y media, ábreme, que vengo a visitarte un ratito,* y él, con muy malos modales, *¿qué quieres?,* y yo, muy digno, *sólo quiero estar contigo un ratito porque mañana me voy de viaje, he venido a Lima dos días y me gustaría verte,* y él *bueno, sube, pero sólo diez minutos porque tengo que ir a casa de mi hembrita.* Oigo la alarma que destraba la puerta y me permite entrar. Subo por el ascensor, dándome un vistazo en el espejo y acomodando el pelo chúcaro que cae sobre mi frente. Cruzo los dedos para que Sebastián me reciba con las mismas ganas de un revolcón amoroso que animan mis pasos. Se abre el ascensor y Sebastián me espera en la puerta de su departamento con cara de dormido, el pelo revuelto, hinchados los ojos, molesto porque lo he despertado. No lleva nada de ropa, salvo unos calzoncillos negros, apretados. Así, en ropa interior, con cara de resaca y el pecho levemente velludo, Sebastián me recuerda, por si hacía falta, que soy muy gay y nada me gusta más que acostarme con él. Me mira con mala cara, camino hacia él, lo abrazo y le digo *feliz año, perdona por despertarte, pero moría de ganas de verte. Feliz año,* contesta a regañadientes y cierra la puerta detrás de él. El departamento es pequeño y no le toma mucho caminar hasta su habitación sin decir palabra, tumbarse en la cama y estirarse con una mueca perezosa. *¿Te acostaste muy tarde anoche?,* pregunto, sentándome en la cama, y él me mira sabiendo lo mucho que lo deseo, y dice *sí, tuve una fiesta con Luz María, ahora estoy con una resaca de mierda,* y yo, servicial, *¿quieres que te traiga algo de la farmacia?,* y él *no, gracias, pero tráeme una botellita de agua de la cocina.* Voy a la cocina con premura de empleada recién estrenada y regreso con una botella de agua, y él toma un par de tragos largos y eructa sin vergüenza. *¿Cómo van tus cosas?,* pregunto, y él *ahí, dándole,* y yo *¿pero contento?,* y él *sí, no me quejo, al menos tengo trabajo y gano buena plata,* y yo *¿y qué tal con Luz María?,* y él, abriendo las piernas, rascándose la entrepierna, *contento, tranquilo, cero problemas con mi chica, nos compenetramos súper bien,* y yo lo odio por decir eso que suena tan feo, *nos compenetramos,* pero Sebastián es así, siempre me sorprende con alguna palabreja, y no me pregunta nada, me mira con cara de perro, no hace el menor gesto de cariño, mira el reloj y dice *en un ratito me tengo que duchar porque Luz María me espera.* Me atrevo a preguntarle *¿estás molesto conmigo?,* y él, tranquilo, *no, para nada, ¿por qué voy a estar molesto contigo?,* y yo *no sé, porque te siento frío,* y él *no, no, lo que pasa es que estaba durmiendo y tengo una resaca de puta madre, ¿qué quieres?, ¿que me ponga a bailar un merengue contigo?* Yo miro ese cuerpo hermoso que ahora siento tan lejano y maltrato mi orgullo diciéndole *he venido porque me muero de ganas de estar contigo como antes.* Luego pongo una mano en su pierna y lo miro suplicándole un beso, y él *ajá, ¿o sea que me extrañas?,* y yo *sí, muchísimo, he pensando en ti todo este tiempo, me he hecho mil pajas contigo en la cabeza,* y él sonríe halagado y dice *qué bueno, ¿pero sigues con Sofía o ya terminaron?,* y yo *no, no, seguimos, estamos viviendo juntos en Washington, pero igual te extraño un huevo,* y él no me dice si me extraña, me mira con arrogancia y dice *¿pero ella sabe que me extrañas, que te la corres pensando en mí?,* y yo *claro,* y él *¿no le jode?,* y yo *no, no le jode, si ella también fue tu amante,* y él se ríe de buena gana y dice *sí, pues, qué cague de risa, me acosté con los dos y ahora ustedes son pareja,* y yo me pongo serio y digo *en realidad no somos pareja, vivimos juntos pero yo soy demasiado gay para* *ser feliz en pareja con una mujer, tú sabes,* y él *sí, claro, yo te dije eso cuando tú empezaste a salir con Sofía, pero no me hiciste caso y te importó un pincho,* y ahora me habla como si estuviese resentido, no me mira bien, hay un rencor empozado en sus ojos, y por eso le digo *¿sigues empinchado conmigo por eso, porque me enamoré de Sofía y dejamos de vernos?,* y él me mira con frialdad, *no, empinchado no, pero dolido sí, porque te fuiste con una hembrita que era mi amiga íntima y dejé de verlos a los dos.* Me acerco a darle un beso y él deja que bese sus labios pero no hace el menor movimiento, simplemente se deja besar. Luego beso su cuello, su pecho, sus tetillas, y él no se mueve, se queda inmóvil, como si estuviese concediéndome un premio de consolación, el de su cuerpo espléndido. Cuando acaricio su sexo por encima de los calzoncillos negros y lo siento endurecerse, él me detiene con una sonrisa cruel y dice *sorry, Gabriel, es tarde, voy a ducharme.* Luego se levanta de la cama y me da un abrazo, *gracias por venir, feliz año, cuídate y salúdame a Sofía,* y yo *¿puedo ducharme contigo?,* y él me mira con lástima y me dice *no, mejor no, nos vamos a confundir, lo nuestro ya terminó y es mejor dejarlo así.* Le doy un beso rápido en la boca, y él, sabiendo que me hace sufrir, se baja los calzoncillos y queda desnudo y con el sexo erguido frente a mí, recordándome lo que me estoy perdiendo, lo que dejé por irme con Sofía, y me dice *chau, buen viaje, gracias por la visita.* Lo miro embobado y él me da la espalda y se mete en la ducha soltando una flatulencia. Disgustado, me marcho tan rápido como puedo. Camino perdido por el malecón, viendo a los amantes que se besan calenturientos, arrepentido de haber visitado a este hombre que fue mío y que ahora me desprecia, y detengo el primer taxi que veo pasar. Me hundo en el asiento de atrás y lloro en silencio. Lima me está matando. El aire que viene del mar me golpea la cara, me revuelve el pelo y se lleva las lágrimas que caen por Sebastián, por Sofía, por el bebé que no puede nacer, porque todo se ha ido a la mierda y ahora estoy solo, triste y confundido.

[illegible]

Regreso a Georgetown antes de lo previsto. Apenas pasé dos noches en Lima y no aguantaba una más. Sofía no quiso acompañarme en el viaje de regreso. Prefirió quedarse unos días en esa ciudad que le resulta menos hostil que a mí, descansando, siendo mimada por las empleadas a su servicio, visitando a sus amigas, almorzando en el club de polo y pasando tardes tranquilas en la playa, cien kilómetros al sur. Llego extenuado pero contento al aeropuerto de Washington. Me subo a un taxi manejado por un africano que no tiene interés en hablar más de lo estrictamente necesario, lo que se agradece, teniendo en cuenta las nueve horas de vuelo que llevo encima, y me dejo embargar por una cierta alegría cuando cruzamos el Key Bridge y veo las calles apacibles de Georgetown, este barrio tan hermoso del que no quiero irme. Nadie elige el lugar en el que nace, es una arbitrariedad a la que debo resignarme, pero, si tengo suerte, podré elegir el lugar en el que deseo vivir, y yo quiero vivir en este país, en esta ciudad y especialmente en este barrio. Mientras recorremos la calle 35, admiro las casas de tres pisos que miran los campos verdes, adyacentes a la universidad, donde juegan al fútbol las mujeres jóvenes con una vehemencia de la que yo sería incapaz a estas alturas de mi vida. Al llegar al departamento, enciendo la calefacción, mato tres cucarachas arrojándoles un aerosol en la cocina, reviso el correo —sólo cuentas por pagar y cartas de Laurent que no voy a abrir porque no las entendería—, me pongo ropa deportiva y, a pesar de que las calles están heladas y ya oscurece, salgo a correr para sentir el pulso del barrio y ordenar mis ideas. Trotando a paso lento por la calle 34, me digo que debo volver al plan original: Sofía tendrá que abortar. Lo haremos acá. Será más fácil que en Lima. Quizá hasta lo pague el seguro médico de la universidad. Estos días averiguaré cuál es el mejor lugar para llevarla a abortar, cuánto cuesta la operación y qué debemos hacer para pedir una cita. De ese modo, cuando ella regrese, se encontrará con que todo está dispuesto para abortar. Estoy molesto conmigo mismo. Corro más de prisa que de costumbre para sacarme de encima esta furia que me aprieta la mandíbula y me pesa en la cabeza como un ladrillo. No debería haber dejado a Sebastián por ella, pienso. No debería haberme engañado pensando que era posible ser feliz con una mujer. No debería haber venido a esta ciudad. No debería haber tenido sexo sin protegerme. No debería haber confiado en su palabra. No debería haber sido blando, viajar a Lima y decirle que no me opongo a que seamos padres. Toda esa larga cadena de errores, me digo corriendo como un energúmeno en medio del frío, es la consecuencia de mi probada cobardía. He tratado de huir de mí mismo y no ser gay, por ahora tengo una novia y la he dejado embarazada. Mi vida es una película mala, serie B, bajo presupuesto y cámara vacilante. Tengo que editar esta secuencia de hechos desafortunados en la penosa cinta de mi vida. Editar, borrar, suprimir, eliminar; eso es lo que haré, editar el error que hemos cometido. Todavía puedo corregir la película y buscarle un final feliz. Ese desenlace no es otro que abortar, despedirme de ella, mudarme solo, seguir escribiendo y buscarme un novio. Porque Sebastián también será editado de la película de mi vida. No tiene sentido seguir pensando en él, darle un protagonismo que él mismo desprecia. No me conviene estimular más la fantasía boba, irreal, de que volveremos a ser amantes. En realidad, no quiero tener un novio peruano. No volveré a vivir en ese país. Me quedaré acá. Buscaré un novio en este barrio tan lindo, un hombre que no tenga miedo de ser gay, que no esconda como Sebastián su verdadera identidad y no necesite salir a la calle tomado de la mano con una mujer que en verdad no ama. Editaré al bebé, a Sebastián y a Sofía: haré un corte preciso en el momento oportuno, se irán a negro y recién entonces retomaré la dirección de la película de mi vida. Porque ahora he perdido el control y la cámara la lleva Sofía, es ella quien tiene la última palabra y no será fácil convencerla de que editemos su embarazo. Porque su película termina de un modo muy distinto de la mía: tenemos al bebé, nos casamos enamorados, me gradúo en Georgetown como filósofo, regresamos a Lima, nos afiliamos al club de polo, compramos una casa de playa en esa franja privilegiada del kilómetro cien donde los indios y los mestizos sólo caben como empleados domésticos y me dedico a la política para que ella algún día sea la Primera Dama que convirtió a un Escritor Gay en Presidente Heterosexual del Perú. Esa superstición me aterroriza. Sé bien que me haría infeliz. Mi película es un corto oscuro y deprimente, una sucesión de imágenes tristes en las que un hombre, incapaz de amar, se hunde en su propia soledad, devorado por un profundo rencor contra sus padres, y se encierra a escribir con una violencia que no puede dominar, traicionando a su familia y a sus amigos, y entregándose al sexo en encuentros desalmados. Así me veo cuando sea viejo: escribiendo en un cuarto con arañas en las esquinas, gordo, solo y apestoso, rumiando en silencio mis fracasos, gritando obscenidades contra mí mismo, llorando porque no tuve coraje para ser padre. Entretanto, a la espera de que ella vuelva de Lima, he regresado a mi rutina de escribir, dormir mucho y salir lo menos posible para evitar el ruido y la gente. Me acompañan los niños del patio de juegos, las cucarachas de la cocina, los jadeos amorosos de la pareja vecina, unos pocos discos que repito sin cesar y la voz de Sofía en el teléfono, anunciando que está por llegar. Ahora estoy en el aeropuerto Reagan una noche helada, esperándola con flores en la mano. La gente me mira y piensa que soy un hombre bueno. No saben que estas rosas son una trampa, una emboscada, un señuelo para que ella crea que la amo y, contra sus instintos, se resigne a abortar. Sofía llega con retraso, se ilumina con una sonrisa cuando me ve extendiendo las flores, luego me besa y me abraza, y nos quedamos abrazados un momento. Ella me dice *pensé que el avión se iba a caer,* y yo *no seas tontita, bienvenida a Washington,* y ella me mira con sus ojos amorosos, sonríe y me dice *tengo un antojo,* y yo, como jugando, *dime, ¿cuál?,* y ella *que me lleves a comer ahorita a Au Pied du Cochon,* y yo sonrío, beso su frente y le digo *vamos, encantado, dejamos las maletas en la casa y vamos a comer.* En el taxi nos tomamos de la mano, nos besamos, nos decimos cosas dulces al oído, le prometo que todo va a estar bien. ¿Por qué, cuando estoy con ella, caigo en este trance hipnótico, quedo embobado, olvido mis planes y digo tantas insensateces que después, estoy seguro, no podré cumplir? No lo sé, será que esta mujer es adorable y que, muy a pesar mío, la amo más de lo que quisiera. Me alegro de tenerla de vuelta. ¿Quién no quisiera tener una novia como la mía? Después de dejar las maletas en el departamento, la llevo a cenar a Au Pied du Cochon. En medio de los comensales que hablan agitadamente y fuman en su mayoría, elegimos una mesa afuera, en la terraza cubierta por un techo de plástico que la protege del frío, en un rincón débilmente iluminado por pocas velas. Sofía me mira con gratitud y ordena una sopa de cebolla, un plato de quesos y una copa de tinto de la casa. *No puedes tomar,* me apresuro, y ella, halagada, *una copita no es nada,* y yo *bueno, como quieras, pero casi mejor si tomas sólo agua,* y ella *ay, no, no seas aburrido, te prometo que sólo tomo media copita,* y el mozo nos mira impaciente y yo ordeno un pollo al horno. Si quiero que Sofía aborte, ¿por qué finjo preocuparme cuando pide una copa de vino? Soy un idiota, pienso una cosa y digo otra distinta y contradictoria. Es lo que soy, una suma incontable de miserias y traiciones. Sofía me cuenta los pormenores del viaje, ensañándose con una azafata que la trató con rudeza (no sé por qué, siempre se pelea con alguna azafata). Parece animada, contenta. No sabe que tengo un plan secreto, hacerla abortar, y que he hecho una cita en una clínica cerca de Dupont Circle para la próxima semana. Me siento un impostor: la miro embobado como si la amase, cuando en realidad pienso hacerla abortar y luego escapar, dejándola sola, malherida. Cuando se cansa de contarme los chismes de nuestra ciudad, y mientras comemos con remordimiento esos panes con mantequilla, pierdo el control, dejo de actuar, me harto de la duplicidad y revelo mi verdadero rostro, el de un hombre mezquino, sin escrúpulos. *He cambiado de opinión,* digo, muy serio. *¿A qué te refieres?,* pregunta ella. *Creo que tenemos que abortar,* digo, mirándola con ternura, pero mis palabras me delatan y no la engañan. *¿Por qué piensas eso?,* pregunta, dolida. *Porque lo nuestro no tiene ningún futuro,* afirmo. *Yo sé que las cosas son difíciles, pero no tires la toalla tan rápido* —me anima, forzando una sonrisa—. *Tratemos de estar juntos, yo creo que sí podemos ser felices* —insiste—. *Tienes que dejarte querer, no le tengas miedo al amor* —me aconseja—. *Yo te amo y estoy segura de que tú también me quieres mucho, sólo que tienes miedo a comprometerte y eso es normal.* Sofía me mira con ojos rebosantes de amor y eso me enerva. *No es así* —la interrumpo—. *No estoy enamorado de ti. No te engañes. Te quiero mucho, sí, y eso no va a cambiar, pero soy gay.* Ella ha escuchado las palabras prohibidas: *Soy gay.* Su rostro se ensombrece, frunce el ceño. *¿Tenemos que hablar de eso ahora?,* pregunta, molesta. *Sí, ahora mismo* —respondo—. *Soy gay y voy a publicar un libro gay y no me vas a obligar a tener un hijo,* digo, con una violencia que me sorprende. *No, no te puedo obligar a que seas papá* —dice ella, a punto de llorar, y toma un trago de vino—. *Tampoco puedo obligarte a que te quedes conmigo. Si no estás feliz en el departamento, ándate cuando quieras. Pero tú no puedes obli-*

garme a abortar, dice, ahora llorando con mucha dignidad. *Sí vas a abortar* —digo, y me siento un canalla, un miserable—. *Vas a abortar porque no tienes derecho a obligarme a ser papá.* Ella me interrumpe, furiosa: *¡Y tú no tienes derecho a quitarme a mi bebito!* Yo insisto: *Vas a abortar, ya hice una cita para la próxima semana, déjate de huevadas románticas, acepta que soy gay y que lo nuestro no tiene ningún sentido, y acabemos cuanto antes con esta pesadilla.* Sofía me mira desolada. Hace una hora le daba un ramo de rosas y acariciaba su barriga y le decía al oído *tranquila, mi amor, que todo va a estar bien,* y ahora, en su restaurante favorito, la traiciono y le digo que tendrá que abortar porque no la amo y es un estorbo en mi vida. Soy un mal bicho, no tengo perdón. El mozo deja la sopa de cebolla pero Sofía ni la mira. *No sé si voy a poder abortar* —dice—. *No seas malo conmigo.* —Me suplica con la mirada—. *Entiéndeme. No puedo matar a un bebito que llevo en mi barriga. ¿Tan difícil es entender eso?* Yo muestro mi peor cara: *¿Y tan difícil es entender que no quiero ser papá porque soy gay y no puedo ser tu pareja?* Sofía no aguanta más. Está llorando. *Me voy a dormir con Andrea, no me esperes,* dice, y se pone de pie y se marcha presurosa. Yo bebo su sopa de cebolla y me siento un tipo abyecto. Más tarde, tirado en la cama, viendo a Letterman sin poder reírme, llamo al departamento de Andrea y pregunto por Sofía, pero Andrea me contesta: *No quiere hablar contigo. Dile que, por favor, venga a dormir,* insisto. *No creo que vaya, está descansando, llámala mañana,* responde, y cuelga. Ésta va a ser la peor pesadilla de mi vida, pienso, y trato de tocarme pensando en un hombre pero no puedo. Recuerdo la escena de Au Pied du Cochon y me invade una vergüenza profunda, que me hace llorar bajo la almohada. ¿Por qué soy tan malo y egoísta? ¿Por qué hago sufrir tanto a la única mujer que me ha querido incondicionalmente? ¿Por qué la he humillado así? Dios, perdóname, que es tu oficio, porque yo no puedo perdonarme.

Sofía me perdona siempre, sólo ella es capaz de perdonar lo imperdonable. Regresa al día siguiente, después de clases, cuando estoy escribiendo. Al verla entrar con el rostro demacrado, me pongo de pie, la abrazo y le digo *perdóname por las cosas feas que te dije anoche en el restaurante.* Ella, con una calma que me sorprende, dice: *No te preocupes, yo entiendo que no es fácil para ti, ya pasó, está todo bien.* Luego entra a la cocina, prepara cosas ricas que acaba de comprar y me llama a tomar lonche. Sobre un mantel de cuadros, sirve *muffins* con queso y jamón, galletas, pasta de guayaba, ensalada de frutas y unos jugos de pera exquisitos. Amo a esta mujer tan hacendosa, que no se cansa de idear maneras para hacerme feliz. Comemos en silencio. *Extrañaba tanto mi mesa y mi cocina,* dice. *Me imagino,* digo. No quiero mencionar el tema prohibido. Parto un pedazo de guayaba y saboreo el dulce que se deshace en mi boca. *¿Te vas a mudar?*, pregunta, con una voz débil. *No sé* —digo—. *No sé qué hacer.* Ella pone su mano sobre la mía y me acaricia. *Perdóname* —dice—. *Este embarazo es mi culpa. Yo sé que el momento no podía ser peor. Te juro que lo siento en el alma por ti.* Yo la miro con ternura y digo: *No, perdóname tú. Yo debería haberme cuidado y no lo hice, y ahora estás sufriendo por mi culpa.* Sofía pasa su mano por el pelo que cae sobre sus hombros. Está vestida con unos *jeans,* casaca gruesa y botas de jebe para protegerse de la lluvia. *¿Qué quieres que haga?*, me pregunta, con una serenidad que me desarma. Me quedo en silencio. No quiero lastimarla pero debo ser franco. *Tenemos una cita el lunes en la clínica,* digo, sin mirarla a los ojos. *Creo que lo mejor es ir juntos.* Ella permanece callada, me mira con pena. *¿Estás seguro?*, pregunta. *No* —digo—. *No estoy seguro de nada, me da mucha pena, pero creo que es lo mejor.* —Como ella no dice una palabra, insisto—: *Si vamos a la clínica, será duro para ti, yo lo sé, pero me quedaré contigo, no me mudaré, lo tomaré como un acto de amor y no te daré la espalda.* Sin embargo, al mismo tiempo pienso: es mentira, huiré como un cobarde tan pronto como te recuperes del aborto. Continúo hablando: *Podemos irnos unos días al campo, a Maryland o a Virginia, a esos* bed and breakfast *lindos que salen en los periódicos, y recuperarnos juntos de este mal momento. Yo te prometo que no te voy a abandonar y te voy a querer más si vienes conmigo a la clínica.* Me siento un manipulador y un tramposo prometiéndole amor siempre que aborte. Soy un asco. Ella, que es tan buena, no lo advierte. Pero duda: *¿Y si no voy a la clínica?* Yo no vacilo mi respuesta: *Si no vamos el lunes a la clínica, me tendré que ir de acá cuanto antes, no podría quedarme contigo.* Ella trata de tomarlo con calma pero le duele y apenas consigue disimularlo: *¿Por qué? ¿Por qué te quedarías conmigo si aborto y me dejarías si no aborto? ¿No te das cuenta de que si no puedo abortar es por amor a ti?* Yo procuro no enfadarme. Mantengo la calma, preservando un tono de afecto en mi voz: *Sí, entiendo que no quieras abortar por cariño al bebito y a mí. Lo entiendo. Pero si decides tenerlo, yo no podría quedarme contigo porque estaría muy nervioso, muy abrumado, viviría de mal humor y te haría la vida imposible. Por eso me iría, para dejarte en paz y no amargarte el embarazo.* Muerdo más dulce de guayaba y ella me mira desolada, como pidiéndome un poco de nobleza. *No me dejes* —me ruega—. *Voy a tratar de abortar, pero si no puedo, no me dejes,* añade. *¿Vas a tratar?*, pregunto, acercándome a ella, acariciando su rostro. *Sí, voy a tratar,* confiesa con un dolor que ensombrece su mirada y le quiebra la voz. *¿Vas a venir conmigo a la clínica el lunes, mi amor?*, pregunto, besándola en la frente, en las mejillas. *Sí, voy a ir,* se resigna, derrotada. *Es lo mejor,* digo, mirándola con cariño. Y pienso al mismo tiempo: soy un manipulador, estoy torturando a esta pobre mujer, no tengo derecho de hacerle esto. *Yo no sé si es lo mejor, pero si tanto me lo pides, lo haré por ti,* dice ella, y rompe a llorar, y yo la abrazo, su rostro en mi pecho, y le prometo: *Tranquila, todo va a estar bien, tenemos que ser fuertes, salir de esta crisis y seguir juntos. Quizá más adelante, cuando sea el momento adecuado, tendremos un hijo. Pero ahora no podemos, mi amor. Es una locura. Vamos a sufrir mucho y esa pobre criatura sufrirá también.* Sofía asiente llorando y dice con dificultad: *Entiendo, entiendo, pero igual me muero de la pena.* Nos levantamos, la llevo a la cama y se deja caer abatida, como si le hubiese robado toda la ilusión que trajo al llegar de clases. Voy al teléfono, marco el número del consultorio, me aseguro de que la cita siga en pie y le pido a Sofía que dé sus datos generales y diga que irá el lunes. Ella me mira disgustada, sin entender por qué la violento de esta manera. Luego confirma que irá a abortar y me devuelve el teléfono con lágrimas en los ojos. Me echo a su lado, acaricio su pelo, la abrazo y hago que apoye su cabeza en mi pecho. Lloramos los dos. *¿No te da ni un poquito de ilusión tener este bebito?,* me pregunta. No sé qué contestar. *Sí, pero me muero de miedo* —respondo—. *Ningún bebé merece tener un papá como yo* —añado—. *Es una cobardía pedirte que abortes, pero sé que no voy a ser un buen padre y prefiero evitarle a este bebé una vida de mierda.* Ella llora, no me mira, no me entiende, pero me ama a pesar de todo, y dice: *Serías un gran papá, no sé por qué dices esas cosas tan feas. Tú no mereces esto* —le digo—. *Mereces un hombre que te ame sin miedo, que se muera de ganas de tener un hijo contigo. Yo soy un pobre diablo. No te jodas la vida teniendo un hijo con un perdedor como yo. Aunque no me creas, te amo, te amo mucho, y amo a tu bebé, pero por amor a ti y al bebé, prefiero que abortes. Para que tengas una vida mejor y para que ese pobre bebito no venga al mundo a sufrir.* Sofía descansa su cabeza en mi pecho y habla desde el fondo de su corazón: *No sé si voy* *a poder abortar.* Yo respondo con frialdad: *Sí vas a poder. Lo vas a hacer por amor a mí.* Ella se estremece y dice: *Nunca me imaginé que se podía sufrir tanto por amor.* Yo me siento un miserable y pienso: tranquilo, ya la convenciste, ahora llévala el lunes a la clínica y resuelve cuanto antes este problema. Después, piérdete y no la veas más.

Es domingo a mediodía. Despierto resfriado. He tenido pesadillas: mi padre encañonándome con una pistola de su colección; Sofía confesándome que ama a un colombiano repugnante que me pidió mil dólares prestados en un hotel de Miami y nunca me los pagó; Sebastián y Geoff casándose en una playa y riéndose de mí porque me fui con una mujer y perdí el amor. Para evitar más pesadillas, a las seis de la mañana me he puesto un pantalón y una camiseta de manga larga, pues había dormido desnudo, la calefacción apenas calienta y estoy convencido de que las pesadillas me asaltan cuando tengo frío. Sofía no está en la cama cuando despierto tosiendo, la nariz congestionada. La busco en el departamento pero no la encuentro. Tomo vitaminas y jugo de naranja y me siento en la computadora a corregir lo que escribí el día anterior. Poco después la veo llegar. Viene sonriendo, muy abrigada, con un gorro, una bufanda y guantes en las manos. Le doy un beso y siento sus mejillas y su nariz heladas. *Me fui al mercado de pulgas,* me dice. *Qué bueno* —digo—. *¿Estuviste contenta?* Ella entra en la cocina y pone café a calentar. *Mucho* —responde—. *Tú sabes que me encanta ir los domingos a mirar chucherías aquí al lado.* Es cierto, Sofía goza confundiéndose en esa pequeña muchedumbre de curiosos que husmean entre baratijas, muebles decrépitos, antigüedades, ropa usada y toda clase de artículos extravagantes que son exhibidos allí por un puñado de vendedores en camiones y casas rodantes, muchos de los cuales lucen barbas crecidas y tatuajes, como si fuesen parte de una secta o cofradía que opera al margen del sistema. Yo prefiero quedarme en la cama y dormir un poco más. *¿Compraste algo?,* pregunto. Ella me mira con una sonrisa: *Hice una travesura. ¿Qué?,* pregunto, curioso. *Ven, ayúdame a cargar,* me sorprende. *¿Cargar qué?,* digo, sin mucho interés. *Es una sorpresita,* dice ella, juguetona, y me toma de la mano y me lleva hacia la puerta. *Espera, que me abrigo un poco,* digo, y me pongo encima un sacón, sombrero y anteojos oscuros. Salimos del edificio. Es un día frío y soleado, los arces han quedado resecos, una señora en buzo pasa cargando dos cuadros y nos saluda amablemente. *¿Me tenías que sacar al frío?,* me quejo. Sofía me toma del brazo y dice *es sólo un ratito, no seas malo.* Bajamos la escalera que lleva al estacionamiento donde se ha instalado el mercadillo, frente al Colegio de Artes Fillmore y la academia de idiomas, entre la avenida Wisconsin y la calle 35. En menos de dos minutos llegamos a un pequeño toldo debajo del cual conversan unos hombres panzones, desparramados en sus sillas plegables, escuchando música estridente. Nada más verla, le sonríen a Sofía con simpatía y yo susurro *¿quiénes son estos cachalotes pervertidos?, ¿tus amigos?,* y ella finge que no ha oído nada y les dice *hi guys, this is Gabriel, my boyfriend.* Ellos me saludan sin entusiasmo y yo hago un ademán distante y pienso que Sofía, por muy embarazada que esté, no debería andar diciendo que soy su *boyfriend,* no cuando yo estoy buscando un *boyfriend* en este mismo barrio, aunque no en este mercado de pulgas. *Ésta es la sorpresita* —dice Sofía, sonriéndome, señalando una cuna blanca, y yo me quedo pasmado, sin entender nada, y ella—: *¿no está linda?,* y yo *sí, muy bonita,* y ella radiante, jubilosa, coloradas las mejillas por el frío, la punta de su nariz helada, *¿me ayudas a cargarla, porfa?,* y yo *claro, encantado,* porque debo hacer mi papel de *boyfriend* servicial delante de esos gordos barbudos que deben de ser unos cleptómanos que han robado esta cuna. Ahora Sofía y yo cargamos la cuna blanca, con un colchoncito amarillo adentro, y parecemos una pareja feliz, bien avenida, del todo heterosexual y con planes de procrear. Un par de señoras nos miran al pasar, se enternecen y una de ellas dice *good luck!, you'll make a gorgeous baby,* y Sofía sonríe fascinada y yo pongo mi mejor cara de tonto feliz y cargo la cuna arrastrando un resfrío que no cede y empeora con los minutos. Ni bien entramos al departamento, Sofía me pide que llevemos la cuna a la habitación. La dejamos al lado de la cama, y ella viene, me abraza, sonríe con aire maternal y me dice *¿no está linda?* Yo pienso: esta mujer se ha vuelto loca, anoche aceptó que irá a abortar y ahora compra una cuna, ¿quién la entiende? *Sí, está muy bonita, pero no sé para qué carajo va a servir,* pierdo la paciencia y me separo de ella. *No seas aguafiestas* —dice, sin perder el buen humor—. *Simplemente la vi y me enamoré de ella y no pude evitar comprarla,* añade, despreocupada. *Pero ¿vamos a ir a la clínica mañana, no?,* pregunto. *Ay, no seas pesado, por ahora no quiero hablar de eso,* dice, acomodando la cuna en un rincón. *¡Cómo que no quiero hablar de eso!* —levanto la voz, indignado—. *¿Se puede saber qué carajo te pasa? ¿Vas a abortar mañana sí o no?,* grito. Ella no se deja intimidar, se lleva las manos a la cintura y me mira desafiante: *¡Ya te dije que voy a ir a tu maldita clínica! ¡Ya te dije que voy a tratar de abortar! ¡Pero no sé si voy a poder! ¡Y me dio la gana de comprarme esta cuna, y si no te gusta, déjame sola y no me sigas amargando la vida!* Ahora camina de prisa, entra al baño y cierra la puerta con llave. *¡Deberías ir a devolver la cuna donde ese par de pervertidos con los que has estado coqueteando toda la puta mañana!,* grito en la puerta del baño. *¡No la voy a devolver!* —grita ella más fuerte—. *¡Voy a quedarme con la cuna porque es linda y me hace feliz!* No le doy tregua: *Y si abortas mañana, ¿de qué carajo te va a servir?* Ella responde, agitada: *¡No sé, ya veré, pondré una muñeca o un monito, ahora ándate a comprar el periódico y déjame en paz!* Antes de salir, grito: *¡Gracias por joderme el día!* Tiro la puerta y me voy caminando de prisa por la calle 35. Al llegar a la esquina de la 33 y Dent, compro el *Washington Post* en la tienda de la mujer turca y me siento a una mesa afuera. Trato de leer el periódico pero no lo consigo, porque estoy demasiado crispado.

Lunes, siete de la mañana. Suena el despertador, lo apago en seguida y salto de la cama. Sofía sigue durmiendo. Voy al baño, me doy una ducha caliente y me visto en silencio para no despertarla. Es temprano. A las nueve tenemos la cita en la clínica. Con salir media hora antes, llegaremos a tiempo, pues queda cerca de Dupont Circle y un taxi desde acá no demora más de quince minutos. Me siento en la cocina y tomo desayuno: jugo de naranja, tostadas con queso cremoso, yogur cero grasa y un pedazo de dulce de guayaba. Sofía no podrá comer esta mañana, tiene que ir en ayunas. Me acerco a la ventana y veo a los niños que, bien abrigados, enguantadas las manos, juegan en los columpios y la resbaladera, antes de entrar a clases. ¿Quiero realmente que Sofía aborte nuestro bebé? ¿Estoy seguro de lo que estamos haciendo? Sí. No soy feliz, no quiero quedar atado a ella para toda la vida, no puedo ser padre cuando me siento tan gay, no al menos con una mujer que, sospecho, quiere hacerme padre para impedirme ser gay. Me da pena, porque este bebé cuya vida vamos a interrumpir en pocas horas podría ser un niño que juegue en unos años en este mismo patio frente a mi ventana, una persona sana y alegre que disfrute de la vida ignorando que su padre se acobardó cuando ella estaba en el vientre de su madre, que fui un traidor y preferí escapar antes que sacrificarme por darle vida. Eso soy, un cobarde y un traidor, y por eso no quiero ser padre, porque mi hijo tendrá vergüenza de mí y prefiero que no me conozca, que no venga al mundo, que de un zarpazo quirúrgico deje de existir. Estoy llorando frente a la ventana porque esos niños que juegan abajo, en el frío, me recuerdan una felicidad que mi bebé no conocerá. En pocas horas, ese bebé que fue procreado en un momento de amor, de amor loco y desmesurado, será sólo un feto sin vida, una promesa rota, un cuerpecillo a medio hacer que terminará en un pomo o envuelto en la basura. ¿No me queda un poco de compasión, una pizca de dignidad? ¿Voy a llevar a rastras a mi novia para que aborte a mi bebé? ¿Tan condenadamente egoísta soy? ¿Me arrepentiré toda la vida por haber organizado este aborto contra la voluntad de Sofía? No lo sé. Prefiero no pensarlo. Ahora sólo tenemos que ir a la clínica y salir de este trámite odioso pero necesario. Voy de prisa al cuarto y despierto a Sofía. *Son las ocho* —le digo—. *Levántate. En una hora tenemos que estar en la clínica.* Ella me mira con un aire de fragilidad que me conmueve. *No me hagas esto, por favor* —me ruega, tomándome de la mano—. *No me lleves a la clínica. No puedo abortar. No seas malo.* Yo saco lo peor de mí: *Tenemos que ir, Sofía. No me hagas escenas, por favor. Este embarazo es una locura y tú lo sabes mejor que yo. Levántate y vístete. Te espero en la cocina.* Ella me mira desolada y yo me levanto, camino a la cocina y pongo el agua a calentar para servirme un té. Soy una mierda, pienso. Estoy destruyendo a esta pobre mujer. Al no oír ruidos, regreso a los pocos minutos y la encuentro en la cama. Me siento a su lado, le acaricio el pelo y la veo sollozar. *¿Qué te pasa?,* le digo. *No puedo levantarme* —dice ella—. *No puedo hacer esto. Mi bebito está vivo acá adentro. No puedo ir a que me lo arranquen a la fuerza. No puedo,* dice, llorando. Yo apelo a la carta más ruin y hablo con frialdad: *Si no vamos a la clínica, hago mis maletas, me voy y no me ves más. Elige: el bebito o yo. Si te quedas con el bebé, no me verás nunca más, te juro que nunca más. Si vamos a la clínica, me habrás dado una prueba de amor y me quedaré contigo y quizá algún día podremos tener un hijo, pero en las circunstancias apropiadas.* Sofía me mira desgarrada, una pena infinita en sus ojos cafés, y yo me levanto, vuelvo a la cocina y bebo mi té de mandarina. Un momento después, sale vestida y con anteojos oscuros. Está pálida, la mirada hundida, bruscos y ásperos los movimientos. Dice secamente: *Vamos.* Me pongo un sacón y un gorro y salimos a la calle. Miro el reloj, son las ocho y cuarto. Es temprano, estamos bien de tiempo. Caminamos hacia la avenida Wisconsin en busca de un taxi. La tomo del brazo pero ella rechaza mi mano. *Nunca te voy a perdonar que me hayas hecho esto,* dice, el rostro adusto, amarga la voz. Me quedo en silencio, no quiero decir nada que pueda poner en peligro el aborto. *Pensé que me querías, ahora ya sé que no me quieres,* dice ella, la voz quebrada. *No digas eso, claro que te quiero,* respondo, y trato de tomarla del brazo pero me rechaza otra vez. *No mientas* —dice ella, y me dirige una mirada furiosa—. *Si me quisieras, no me harías esto.* No me conviene discutir, pienso. Cuanto menos hablemos, mejor. En cualquier momento, se arrepiente, me manda a la mierda y vuelve sobre sus pasos. Estiro el brazo, detengo un taxi y subo con cuidado para no golpearme la cabeza. Le digo al taxista la dirección de la clínica. *Te la sabes de memoria, qué vergüenza* —dice Sofía, cuyo enfado parece crecer con los minutos—. *No te acuerdas de los cumpleaños de nadie, pero sí te sabes de memoria la dirección de la clínica. No puedo creer lo egoísta que eres.* Me quedo callado, mirando hacia la calle, ignorando sus quejas. La mañana está gris, helada, y esta ciudad que siempre me ha parecido tan hermosa ahora luce sombría. Sofía toma mi mano y la pone sobre su barriga. *Toca* —me dice—. *Aquí adentro hay vida. ¿Sientes? ¿No te das cuenta? ¿No te da pena?* Yo la miro a los ojos, molesto también, y digo: *Sí me da pena, pero es lo que tenemos que hacer, es lo racional, lo sensato, y la razón tiene que prevalecer sobre los sentimientos.* Ella retira mi mano con un movimiento brusco y dice: *A veces pienso que no tienes corazón.* El taxi se detiene y su conductor, un hombre negro, de cabeza rapada, nos informa que hemos llegado. Pago, dejándole una propina generosa. Soy generoso con el taxista pero no con mi bebé. Bajamos del auto y el viento es un látigo que azota en la cara. Caminamos mirando al suelo para evitar este viento helado. De pronto, un puñado de manifestantes, agolpados en la puerta de la clínica, empieza a gritarnos insultos y amenazas en inglés. Son hombres y mujeres de mediana edad, con camisetas y pancartas en las que leo al pasar: *Shame on you, Babykillers!, You will go to Hell!, Stop the Murder of Innocent Children!, Abortion is Genocide.* También veo letreros con alusiones a pasajes bíblicos y dibujos de bebés acuchillados y ensangrentados. Sofía se detiene, los mira a los ojos y por un momento parece dudar. *Vamos, no los mires,* le digo, y la animo a seguir caminando. Pero esas caras iracundas, amenazadoras, violentas, le gritan que no entre en la clínica, que no mate a su bebé, que Dios la condenará sin piedad si comete un crimen tan horrendo, que se vaya a su casa y dé vida al bebé, mientras otros exaltados me gritan *cobarde, asesino, genocida, hijo de Satanás. Camina, Sofía,* insisto, y ella me obedece. Tras subir una escalera, entramos de prisa en la clínica y respiramos aliviados. *Qué mala suerte* —digo—. *Nos tenía que tocar una manifestación en la puerta. Lo siento.* Sofía me mira asustada y dice: *Es una señal de algo. Por algo están acá. Nos están recordando la verdad, que el aborto es un asesinato.* Me quito la gorra y los anteojos y procuro calmarla: *No digas eso. Estos tipos son unos energúmenos, unos locos de mierda. Dicen que el aborto es un crimen y luego van y le meten un balazo a un doctor que hace abortos. No les hagas caso, están mal de la cabeza. Te apuesto que son unos pésimos padres y que tratan como el culo a sus hijos.* Pero Sofía no me escucha, está ensimismada, como hablando consigo misma. Después de identificarnos ante la recepcionista, nos sentamos en unos sillones y esperamos a que nos llamen. Hojeo unas revistas en las que aparece gente bonita y famosa, pero sólo estoy pensando: ¿Lo hará o no lo hará? ¿Se arrepentirá, saldrá corriendo, se convertirá en una manifestante antiabortos más y me gritará insultos cuando salga de la clínica? Sofía bebe el vaso de agua que le ha alcanzado la recepcionista. Tiene una mirada inexpresiva, vacía, y cruza las manos sobre su barriga, como protegiendo al bebé cuya vida quiero interrumpir. De pronto, aparece una doctora y la llama. Nos ponemos de pie. La mujer me dice que sólo puede entrar Sofía, que yo debo esperar. No sé qué decirle a Sofía. La miro a los ojos. No puedo decirle: *Suerte.* Simplemente le doy un beso en la frente y le digo: *Te quiero. Sé que lo estás haciendo por mí. Nunca lo voy a olvidar.* Ella no me contesta. Me mira triste, decepcionada de mí, aterrada de lo que está por venir, y camina lentamente, las manos en los bolsillos, perdida la mirada. Me dejo caer en el sillón y trato de relajarme, pero sólo oigo el eco de los insultos en la calle, los cánticos y las admoniciones de esos manifestantes que, desafiando el frío, nos llaman asesinos, criminales, genocidas. ¿Qué he hecho tan mal para terminar viviendo esta situación espantosa? Sólo quise amar a una mujer, no ser gay: ¿merezco un castigo tan severo? Y la pobre Sofía, que me amó con pasión: ¿merecía vivir esta mañana de mierda que nunca olvidará ni me podrá perdonar? Dios, perdóname, perdónala, cuida, por favor, a mi bebé, porque yo no puedo hacerlo, a duras penas puedo conmigo mismo. Contigo, si existes, estará en mejores manos, y si no existes, y estos espantapájaros allá afuera te inventan para odiarnos, prefiero que mi bebé se salve de esta vida sin sentido, llena de crueldades y sufrimiento. No te arrepientas, Sofía. Relájate, no pienses, déjate llevar, deja que el bebé se vaya a un lugar mejor. No te aferres a una ilusión absurda, a un sueño que terminará mal. Hazme caso. No pienses y aborta. Después, me quedaré unas semanas contigo, me iré y no me verás más, no me querrás ver más. De pronto, una mano toca mi hombro, sacándome de estas cavilaciones. Abro los ojos. Es Sofía y está llorando. *Vamos,* me dice. *¿Qué pasó, tan rápido?,* pregunto, sorprendido. *Vamos, no aguanto este lugar un minuto más,* contesta, y empieza a caminar hacia la puerta. La doctora me mira y dice: *She's not ready, take good care of her.* Salimos a la calle. Sofía camina unos pasos delante de mí y yo me apuro para alcanzarla porque me da miedo que pase sola frente a los manifestantes, pero ella camina tan rápido que no logro alcanzarla. Entonces arrecian los gritos, las miradas de odio, los insultos y las diatribas, las amenazas de que arderemos en el infierno y Dios descargará su rabia infinita sobre nosotros. Sofía se detiene frente a una gorda loca que le grita *babykiller!, babykiller!,* y le grita en la cara *shut up, you asshole!, I still have my baby and I'll keep it!,* y la gorda se queda sorprendida y se calla la bocaza, y ahora algunos de esos fanáticos aplauden a Sofía y yo camino detrás de ella odiándola, odiando a estos predicadores cretinos, odiando mi vida y esta mañana que no pudo ser peor. Vamos callados en el taxi. *No me digas nada* —me advierte Sofía, con una mirada fría—. *Traté y no pude. Pobre de ti que me digas una cosa fea.* Yo entiendo, guardo silencio. La tomo de la mano y digo: *Gracias por tratar, no te preocupes, está todo bien.* Ella no contesta. *No te voy a perdonar nunca que me hayas llevado a ese lugar,* dice, y siento que me odia. Llegando al edificio, bajamos de prisa y entramos sin decir una palabra. Sofía va a la cocina y abre la nevera. Yo me dirijo al cuarto, saco mis dos maletas y comienzo a empacar. Un momento después, me ve haciendo maletas y pregunta sorprendida: *¿Te vas?* Tratando de no llorar, digo: *Sí. Me voy. Es mejor así.* Ella me mira con desprecio, como si ya supiese la verdadera catadura de la que estoy hecho, y dice: *Muy bien, ándate. Tendré a este bebito yo sola. Si no quieres ser el papá, ándate y no vuelvas más.* Luego vuelve a la sala, pone un disco de Rachmaninov que me eriza los nervios y espera a que me vaya. Cargo mis maletas llorando como un niño, avergonzado de mí mismo, y le digo desde el umbral de la puerta, sin acercarme a ella, porque sé que si la abrazo no podré irme: *Adiós, Sofía. Que seas muy feliz. Gracias por todo.* Ella me mira incrédula y no dice una palabra. Salgo de la casa y cargo mis dos maletas por la calle 35 y sé que ella me mira por la ventana y llora como estoy llorando yo. Pero sigo caminando sin saber adónde ir, alejándome de la mujer que más me quiere y del bebé que me rehúso a amar.

Estoy alojado en el Georgetown Inn, en el número 1310 de la avenida Wisconsin, enfrente de Au Pied du Cochon. Es un hotel tradicional, de seis pisos, cómodo sin ser lujoso, con una vista lateral a las casas de la calle N y no muy lejos del departamento de Sofía, distancia que he recorrido a pie, arrastrando mis maletas como un miserable. No es un hotel distinguido como el Four Seasons, pero tampoco llega a ser tan económico como el Holiday Inn de la avenida Wisconsin. No puedo escribir. He pasado el día frente a la computadora, encerrado en mi habitación, pero el recuerdo de Sofía me atormenta. La he abandonado en el peor momento, como un cobarde. Estará llorando, pensando que su bebé no tendrá un padre. No pudo abortar y la castigué de la peor manera, huyendo, dándole la espalda cuando más me necesitaba. Pero no puede obligarme a ser padre. No es un acto de amor: es una locura, una insensatez. Por eso debo ser fuerte, olvidarme de ella, resistir y seguir escribiendo. Sin embargo, no puedo. No consigo escribir una palabra. Me arrastro por la habitación, me echo agua fría en la cara para sacarme las lágrimas, me siento como un zombi frente a la pantalla y se me aparece, una y otra vez, sin que pueda evitarlo, el recuerdo de Sofía angustiada con el bebé que ahora quiero ignorar. No sé qué hacer. Podría buscarme un departamento por acá y tratar de escribir, pero no le veo sentido porque este barrio es pequeño y no tardaría en cruzarme con ella, su hermana y sus amigas. Si quiero desaparecer de su vida, que no me vea más como la amenacé, debería irme de Washington. Además, todo me recuerda a ella, no hago sino pensar en Sofía. No salgo del hotel por temor a encontrarla en la calle, a no poder mirarla a los ojos porque me siento un tipejo acobardado, un pusilánime que salió corriendo por temor a ser padre. Tendré que irme de esta ciudad. Pero ¿adónde? ¿De regreso a Lima? Imposible. Muy pronto, todos los que me conocen allá sabrán que he abandonado a Sofía embarazada y nadie me lo perdonará. Lima no es una opción. Además, he jurado terminar la novela antes de poner pie en esa ciudad, y esta vez cumpliré mi juramento. Quizá podría tomar el tren a Nueva York, buscarme una madriguera, esconderme del mundo y tratar de anestesiar mi conciencia, que ahora, ya de noche, sin haber escrito una línea en todo el día ni haber salido del cuarto, no me deja dormir porque me recuerda que tengo una obligación moral con ese bebé y que nada justifica eludirla. Esto es lo que no me deja escribir, dormir, respirar con calma: la certeza de que mi conducta es indigna, deshonrosa. El bebé no tiene la culpa de nada y merece tener un padre. Que yo sea gay, que quiera ser escritor, que no pueda ser pareja de Sofía, que necesite vivir solo, que esté a favor del aborto en esta ocasión, no justifica, en ningún caso, abandonar al bebé y negar mi paternidad. Sí, Sofía me está obligando a ser padre, pero tiene derecho a hacerlo, porque el bebé está en su barriga, no en la mía, y ella tiene la última palabra, y me consta que trató de abortar pero no pudo, porque, siendo una mujer noble y bondadosa, se impuso su instinto maternal y prefirió complicarse la vida por ser mamá. La culpa del embarazo, en todo caso, es mía, no suya, porque yo no tuve suficiente cuidado al hacerle el amor. Ahora que está embarazada, el bebé es más suyo que mío, una parte de su cuerpo, una prolongación suya, y por lo tanto es justo que sea ella quien decida, aun contra mi opinión, la suerte del bebé. Yo quise que abortase pero fracasé. Ahora sólo tengo dos opciones: escapar para siempre, negando mi paternidad, y vivir con ese peso abrumador en la conciencia, o cumplir mi deber y aceptar ser padre a sabiendas de que no quise serlo y de que no quiero ser novio, pareja ni esposo de Sofía. Agonizo toda la noche, desvelado, pensando qué hacer. Mi voz más egoísta me dice: ya te fuiste, no vuelvas, toma el tren a Nueva York, busca a Geoff, haz una vida gay, no te enrolles más con Sofía, que te va a hundir en la miseria y obligar a vivir una película equivocada. Pero mi lado más noble, que curiosamente todavía existe, me recuerda: no podrás vivir en paz si abandonas a Sofía y a tu bebé, vivirás avergonzado de ser tan poco hombre, tan cobarde, y no podrás enamorarte de nadie porque sentirás asco de ti mismo, y tampoco podrás escribir porque te verás como un perdedor, un canalla. Regresa. Pídele perdón. Dile que aceptas ser el padre del bebé, que cumplirás tus obligaciones y que, al mismo tiempo, no serás su pareja, porque te sientes gay y quieres vivir solo. Luego búscate un departamento en este barrio, sigue escribiendo, visita a Sofía con frecuencia y enséñale a ser tu amiga, nada más que tu amiga, y vive con ella esta aventura loca pero divertida de la paternidad, sin perder tu libertad para estar con un hombre cuando te dé la gana. Además, si vas a tener un hijo porque ella así lo ha decidido, tienes que ser un buen papá, no puedes ser un padre egoísta y abusivo como el que te tocó. Si voy a ser padre, seré uno muy amoroso, todo lo contrario de lo que fue mi padre conmigo. La única manera de sentirme mejor que él, más noble y decente, es perdonando a Sofía por imponerme al bebé y amando sin reservas, con todo el corazón, a esta persona que imprudentemente vamos a traer al mundo. Comprendo entonces, revolviéndome en la cama con angustia, que si escapo y me escondo como un cobarde, mi padre me habrá ganado la partida final, definitiva, y que si regreso donde Sofía, doy la cara, aprendo a querer a mi bebé y me las ingenio para que la paternidad no me haga tan infeliz como ahora, seré yo quien habrá ganado este duelo, aquella rivalidad secreta y enconada que él inició y que se prolongará hasta el final. Me levanto, voy al baño, me echo agua en la cara y decido que no puedo seguir viviendo así, sintiéndome un miserable, y que tengo que volver adonde Sofía y hacer las paces con ella y con mi bebé. Miro el reloj, son las cuatro de la madrugada. Me suena de hambre el estómago. He entrado a esta habitación a las once de la mañana y sólo he comido, a media tarde, una pasta y un helado que me trajo el camarero. Me ha costado un gran esfuerzo no beber el alcohol del minibar; lo he conseguido porque no quiero ser un alcohólico como mi padre. Me miro al espejo, veo mi rostro desdibujado, me avergüenzo de haber sido tan malo con Sofía y prometo no ser el miserable perdedor que papá me dijo que sería aquellas mañanas cuando me llevaba al colegio y escupía sobre mí todo su rencor. Llamo por teléfono a Sofía pero no contesta. Me visto con lo primero que encuentro a mano y salgo de la habitación. Camino resueltamente por el pasillo, con la convicción de estar haciendo lo correcto, lo decente, lo que me dará paz y me permitirá seguir escribiendo y tal vez algún día amar. Salgo a la avenida Wisconsin. Está helando, una ráfaga de viento me rasguña la cara. Camino a toda prisa por la calle N, rumbo a la 35, para luego girar a la derecha y emprender el regreso a casa. Sofía debe de estar durmiendo. Eso espero. ¿O se habrá ido a casa de Andrea? ¿O estará en lo de Isabel y ya toda su familia se habrá enterado de que soy un cerdo y la abandoné por no querer abortar? ¿O quizá estará en el teléfono con Laurent, pidiéndole que venga a visitarla? No lo sé, me da igual: iré al departamento, que todavía es mío porque he pagado la parte de la renta que me corresponde, y daré la cara, y si ella no está, la esperaré. La calle 35 está desierta. Envidio a los ricachones que duermen en esas casas espléndidas que miran al parque. Sé que nunca conseguiré ser uno de ellos porque he elegido ser un escritor y eso me condena a la pobreza, pero no me importa, mi bebé entenderá, y a lo mejor algún día leerá mis libros y me perdonará. Paso por el Corcoran School of Arts, en la calle Reservoir, con sus esculturas grotescas en el jardín, y llego por fin al edificio, en la esquina de la calle T. Por suerte, todavía tengo mi llave. Entro tratando de no hacer ruido, reviso el buzón pero hay sólo una carta de Laurent que prefiero no retirar y camino por un pasillo oscuro hasta llegar a la puerta número 3, la nuestra. Nada más entrar, siento que algo está mal. Las luces están prendidas. *¿Sofía?*, digo, y no hay respuesta. Camino hacia la habitación. Veo manchas de sangre en el baño y el corazón me salta de golpe. Ahora espero lo peor. *¿Sofía?*, digo, más fuerte, y hay un silencio que me llena de miedo. Sigo las gotas de sangre en el pasillo hasta llegar al cuarto a oscuras. Prendo la luz, temeroso. Veo a Sofía en la cama, entre manchas de sangre. Me acerco a ella. Está vestida, sin zapatos. Se ha cortado las muñecas. Ha sangrado mucho. Está inconsciente y no responde cuando le hablo, la muevo, intento reanimarla. Tiene la boca levemente abierta y no sé si está viva. No me atrevo a tocarle el pecho. Puede estar muerta, desangrada, y yo tengo la culpa de todo. He matado a esta mujer y a mi bebé, los he matado por cobarde. Mierda, no puede ser, tiene que ser una pesadilla. *Sofía, despierta, por favor, dime algo,* digo, desesperado, pero ella no da señales de vida. Veo angustiado un frasco de pastillas para dormir en la mesa de noche. No sé si las ha tomado, esto no puede ser verdad. Dios, no me hagas esto, no me castigues así, por favor, sálvala y te prometo que seré bueno, que la querré, que seré un buen papá. Corro al teléfono, llamo a emergencias y pido una ambulancia porque mi novia está desangrándose en la cama y no sé si está muerta. Me dicen que llegará en diez minutos. Corro al baño, saco las toallas, las llevo a la cama y trato de ajustarlas alrededor de sus muñecas para impedir que siga desangrándose, pero lo hago todo mal y las toallas quedan impregnadas de sangre y me siento impotente y lloro desesperado. Llega por fin la ambulancia perturbando el silencio de la noche. Entran de prisa los enfermeros, cargan a Sofía, la tienden en la camilla y salimos rápidamente. Tiro la puerta y veo al fondo del pasillo que los amantes ruidosos se asoman a la puerta y observan incrédulos la escena. Subo a la ambulancia y me apresuro en decir que ella es estudiante de Georgetown University y que tiene seguro médico, mientras rebusco nervioso en su billetera y encuentro el carnet del seguro. Por suerte, el hospital está a pocas cuadras y llegamos en un par de minutos. *¿Está viva?*, le pregunto a uno de los tipos en la ambulancia, y él le toma el pulso y me dice *sí*, y luego me pregunta *¿hace cuánto ocurrió esto?*, y yo le digo *no sé, acabo de llegar y la encontré así*, y luego pregunto *¿va a vivir?*, y él me dice *parece que sí, tienes suerte, no se ha desangrado mucho, las heridas no son tan profundas*, y yo digo *pero no sé si además ha tomado pastillas para dormir*, y él hace un gesto de preocupación, y yo digo *por si acaso, está embarazada*, y él me mira con rostro adusto. Llegamos al hospital por la puerta de urgencias, cargan la camilla con el cuerpo inerte de Sofía y yo camino a su lado, viéndola ensangrentada, inconsciente, al borde de morir, y me siento asquerosamente culpable de todo y maldigo el momento en que fui tan cobarde y la abandoné por no abortar. Entran con ella a la sala de urgencias y me dicen que no puedo ingresar, que debo quedarme afuera. Es la media hora más larga de mi vida, caminando como un energúmeno por este pasillo desangelado. Pienso que, si Sofía muere, no podré seguir viviendo. Me siento en el piso, de espaldas contra la pared, hundo la cabeza entre mis rodillas y lloro porque no puedo creer que este día, el peor de mi vida, haya comenzado en una clínica de aborto con aquellos manifestantes insultándome y termine acá, en el hospital de Georgetown, con Sofía desangrada y muriéndose. Por fin aparece el doctor con una expresión serena y me mira con lástima al verme así, encogido en el piso. Me pongo de pie y espero lo peor. El doctor habla con aplomo: *No se preocupe, va a vivir, las heridas no son tan malas y* *no ha perdido mucha sangre, de todos modos, le hemos hecho una transfusión*, y yo *¿y el bebé?*, y él *está vivo, está bien*, y yo *¿pero han visto si tomó pastillas para dormir, porque quizá eso pueda hacerle daño al bebé?*, y el doctor *tomó algunas, está sedada, pero no las suficientes para hacerse daño o lastimar al bebé, no se preocupe que va a descansar y a recuperarse y en unas horas, quizá a mediodía, podrá llevarla de regreso a casa. Gracias, doctor*, le digo y lo abrazo. Se queda pasmado y no hace nada, no corresponde el abrazo pero tampoco me rechaza. Yo lloro en su hombro y él me deja llorar y no hace preguntas porque tal vez comprende que soy el culpable de tanto dolor en el corazón de esa mujer que yace adentro con las muñecas heridas. *Tranquilo, tranquilo, váyase a dormir un rato y regrese por la mañana*, me dice, y se marcha con paso sereno. Pero yo no puedo irme, no puedo dejar sola a Sofía. Me siento en una esquina del pasillo, me cubro la cara de vergüenza, lloro desolado y juro que nunca más dejaré a Sofía y a mi bebé. Si hasta hoy fui el peor enemigo de este pobre bebé, ahora seré su aliado y su protector incondicional y no permitiré que le hagan daño. Perdóname, Sofía, por ser tan canalla.

Sofía y yo salimos del hospital caminando lentamente. Por fortuna, ha sobrevivido y el bebé también. No tengo palabras para decirle cuánto lo siento, mi mirada lo dice todo. Ella me trata con ternura, que es también una manera de perdonarme. Hace frío pero un sol radiante mitiga el rigor del invierno. Caminamos en silencio, yo paso un brazo sobre sus hombros, ella va con las muñecas vendadas y el rostro hinchado por los sedantes. Su familia no se ha enterado de su intento de suicidio y sus amigas tampoco. Le ruego que no diga nada y ella promete que guardará el secreto. Llegando a casa, me pide que nos sentemos en los columpios del parque vecino, que a esa hora está vacío. Bien abrigados, nos balanceamos en los columpios y ella me sonríe. No quiero hablar de cosas difíciles, quiero verla así, distraída y contenta, como en los primeros días de nuestro amor, cuando tan fácilmente la hacía reír. *Te ves linda así,* le digo. *Tú también,* me dice. Me gustan los hombres, pero amo a esta mujer más de lo que nunca amé a un hombre. Hay algo en ella —las heridas de su alma, esa nobleza que tan bien conozco, sus ganas de arriesgarlo todo por mí, una pasión para amar que yo ignoraba— que me resulta irresistible. *Todo va a estar bien,* le digo. Ella me mira, se columpia y sonríe. *A partir de ahora, todo será de bajadita,* prometo. *Gracias por volver* —me dice—. *Pensé que no te vería más y así no valía la pena seguir,* añade, y no me mira con rencor, sino con aire bondadoso. *¿Qué puedo hacer* *para que seas más feliz?*, pregunto. Desde la ventana del departamento número 4, la vecina de los pechos grandes, aquella que hace unos ruidos escandalosos en la cama, nos mira con perplejidad, quizá preguntándose cómo ayer Sofía yacía ensangrentada en una camilla de urgencias y hoy se balancea tan contenta en el columpio de los niños del barrio. Son hispanos, estará pensando. Esa gente es distinta, se pelean, se pegan y luego se aman, dirá para sí misma. Sofía me mira con serenidad y dice: *Nada, sólo quiero verte tranquilo y feliz, eso es todo lo que quiero.* Seguimos columpiándonos. *No podemos quedarnos en este departamento, necesitamos algo más grande y bonito para nosotros tres,* digo, y ella sonríe con gratitud y yo me siento bien de haber dicho eso, *nosotros tres,* y ella dice con humildad *como quieras, podemos quedarnos acá y acomodarnos,* pero yo insisto *no, este departamento nos queda muy chiquito y, además, ya me trae malos recuerdos, quiero que nos mudemos cuanto antes a uno más grande.* Ella asiente, sonríe, me dice que me ama con sólo mirarme y se columpia con más fuerzas, levantando los pies y dejando que su pelo se alborote. *Mañana mismo empezamos a ver departamentos* —digo—. *Tú eliges el que más te guste y nos mudamos. Y a partir de ahora yo pago toda la renta, no la compartimos más.* Ella se sorprende: *No, estás loco, yo quiero pagar mi parte. No way* —digo—. *Pago yo y punto final.* Me pregunto si el bebé estará bien después de tanta angustia en el cuerpo de su madre. Espero que esté disfrutando de esta tarde en el columpio, una tarde que me hace pensar que ser feliz con Sofía no es una quimera, es algo que podemos conseguir esporádicamente si persistimos en el empeño de amarnos a pesar de todo. *¿Qué más puedo hacer para que seas feliz?*, pregunto. *Nada más, baby, no quiero que hagas nada por mí* —dice ella—. *Tú escribe tranquilo y relájate, no hagas ningún esfuerzo por mí. ¿Quieres que nos casemos?*, pregunto, y me sorprendo de haberlo dicho. Ella me mira, perpleja y halagada, y dice: *Pero tú no crees en el matrimonio, me dijiste siempre que no querías casarte. No me casaría nunca por la religión* —aclaro—.

Pero creo que debemos casarnos por el bebé, digo. Ella dice con timidez: *Me encanta la idea, pero no quiero que te sientas obligado.* Yo siento que le hace mucha ilusión casarnos y por eso prosigo: *Sería bueno, sobre todo, por los papeles. Yo estoy acá como turista y tengo que salir en unos meses. Tú eres ciudadana de este país. El bebé nacerá acá y también tendrá la ciudadanía. Yo no quisiera seguir como turista. Si nos casamos, puedo aplicar de inmediato a la residencia y quedarme acá con ustedes todo el tiempo que nos dé la gana.* Sofía me mira con un aire risueño y pregunta, traviesa: *¿Sólo por eso quieres casarte conmigo, para sacar la residencia?* Yo le digo: *No, también porque te amo.* Ella se burla: *Pero en ese orden, primero por la residencia, después porque me quieres.* Yo sonrío y digo: *No seas tontita, creo que es una buena idea por razones prácticas, yo no tengo que ir donde ningún juez para decirle que te quiero, pero me parece una buena idea casarnos para que los tres podamos vivir tranquilos en este país.* Ella aprueba con entusiasmo: *Me encanta la idea. ¿O sea que me estás pidiendo matrimonio en estos columpios?* Yo me siento raro pero divertido con la escena y digo: *Sí, ¿quieres casarte conmigo?* Ella me mira a los ojos y responde: *Eso depende.* Yo sonrío, la amo por ser tan juguetona y pregunto: *¿De qué depende, mi amor?* Ella me sorprende: *Depende del lugar al que quieras llevarme de luna de miel.* Yo suelto una risotada que alborota a las palomas que se alejan volando. Esta mujer es alucinante, pienso. Ayer quería matarse por amor y hoy me hace reír hablando de nuestra luna de miel. *¿Adónde quieres ir?*, pregunto. Ella ríe, orgullosa de su travesura, y dice: *Si me llevas a Lima de luna de miel, no nos casamos ni cagando. Pero si nos vamos a París, podemos casarnos cuando quieras.* Yo río de buena gana y digo: *Trato hecho, nos vamos a París.* Ella me dice: *Entonces podemos casarnos, pero con una condición más.* Intrigado, pregunto: *¿Cuál?* Ella dice muy seria: *Que hagamos una separación de bienes.* Yo sonrío y digo: *Pero yo no tengo bienes, mi amor, sólo una magra cuenta bancaria.* Ella me mira socarrona: *Por eso, no quiero que después vengas a reclamarme que los hoteles de mi madre y de Peter también son tuyos.*

Yo me río de su descaro y me columpio con fuerzas pero ella llega más alto que yo. *Muy bien, señorita ricachona* —digo—. *Yo seré el escritor pobre y mantenido y tú serás mi mecenas.* Ella se divierte: *Yo no, mi mamá en todo caso. Espérate a que sepa que estoy embarazada y que nos vamos a casar. Le va a dar un ataque de nervios. Se le va a caer el pelo. Te va a querer matar. Y me va a desheredar.* Yo digo: *Que se joda. Por eso es mejor quedarnos acá, para estar lejos de ella y de los locos de mi familia. Mi mamá no me va a perdonar nunca que no nos casemos por la religión.* Sofía se ríe, le divierte burlarse de la histeria religiosa de mi madre. *¿No quieres casarte en una iglesia de Lima para hacer feliz a tu mami?,* pregunta, con aire pícaro. *Las huevas* —digo—. *Antes me pego un tiro. Sólo faltaría que nos case el cura del Opus que me manoseaba cuando era chico.* Sofía no se ríe. *Entonces, ¿nos vamos a París?,* pregunta, con una felicidad que no veía en ella hacía tiempo. *Nos casamos y nos vamos a París* —respondo, entusiasmado—. *Pero antes nos mudamos.* Ella me mira con amor y dice: *Ven acá, dame un beso.* Me bajo del columpio, me acerco a ella, que abre sus piernas y me atenaza en la espalda, y me inclino y la beso en la boca. *Te amo,* le digo. *Yo también* —dice ella—. *Pero estoy esperando mi anillo.* Nos reímos, me doy vuelta, ella baja del columpio y caminamos hacia el edificio. *Bueno, ya que vamos a ir a París y tú no conoces todavía, hay que ir practicando lo que te enseñé* —dice ella, y me toma de la mano suavemente y siento sus vendas rozándome—. *¿Cómo se dice queso en francés?,* pregunta. *Laurent,* respondo, y ella suelta una carcajada. Soy tan feliz en este instante y, sin embargo, pienso: ¿No querrá ir a París de luna de miel para ver a Laurent?

Domingo en la mañana. Sofía desayuna en la cama. He despertado temprano, he caminado hasta el Starbucks de la avenida Wisconsin, he comprado el *cappuccino* descafeinado que le encanta y, de vuelta en casa, le he llevado una bandeja con tostadas, queso, mermelada y café, y la he despertado con un beso y una sonrisa. No estoy durmiendo bien, me abruma la idea de ser padre y casarme con ella, pero trato de ser optimista. Ahora tenemos un plan y debo aferrarme a él: mudarnos, casarme, sacar el permiso de residencia y viajar de luna de miel a París. No debo dudar, mirar atrás, llenarme de rabia, seguir torturando a esta mujer. Debo darle lo mejor de mí. Por eso sonrío con todo el amor que soy capaz de inventar a pesar del cansancio; mientras ella, sentada en la cama, bebe su *cappuccino.* Leo los avisos del *Washington Post* buscando un departamento en este barrio al que podamos mudarnos pronto para escapar de los malos recuerdos. Hay uno que llama mi atención: cuesta el doble del que ocupamos y está en la misma calle, la 35, pero más cerca de la universidad, entre la N y la O, a media cuadra de la cafetería Sugar's, y se alquila sin mueble por un año, con una habitación, cocina y baños renovados. *Me suena bien,* digo. *La ubicación es perfecta, a dos cuadras de la universidad,* dice Sofía. Apunto el teléfono y llamo en seguida. Contesta un hombre amable, que describe sin apuro el departamento. Le digo que me interesa verlo y acordamos reunirnos una hora después en el edificio, que no está lejos, apenas a cinco cuadras caminando por la 35 hacia abajo, en dirección al río Potomac. Cuelgo y le digo a Sofía que se aliste. Parece contenta. Mientras se cambia, veo los programas políticos de la televisión y recuerdo que nunca seré uno de esos señores importantes, de traje y corbata, porque la oculta certeza de que me gustan los hombres me inhibe de pelear por el poder con aires de sabihondo. Ahora caminamos por la calle 35 tomados de la mano. Hace frío, todavía es enero, pero reina un sol espléndido que alegra el domingo. Resuenan a lo lejos las campanas de la iglesia de San Ignacio de Loyola, adonde acuden a oír misa los señores en trajes impecables y las señoras con vestidos, sombreros y zapatos de taco. Al pasar, la gente nos saluda con ademanes sobrios, deseándonos buenos días. En el parque de la calle 34 y la Q, las risas y los gritos de los niños se confunden con los ladridos de los perros que juegan sobre el césped, y más atrás luce seca y desierta la piscina municipal, y un aire de plácida armonía familiar parece recordarnos las ventajas de ser padres. Sofía, las manos vendadas, una sonrisa tibia, me mira con amor. Me pregunto si en unos meses vendremos con el bebé a jugar a este parque y yo seré uno de esos hombres vigorosos y levemente barrigones que arrojan una pelota para que el perro la traiga de vuelta, eufórico, y Sofía será una de aquellas mujeres que cuidan a sus niños mientras hablan trivialidades con las amigas y disfrutan del invierno porque pueden engordar un poco sin que se note, pues todo el mundo anda muy abrigado. Esta postal de felicidad que veo en el parque es, a un tiempo, linda y aterradora. Prefiero no pensar en el futuro, sólo caminar sin prisa y confiar en que las cosas saldrán bien si mantengo una actitud positiva. Llegamos al edificio a la hora convenida. Es de apenas dos pisos, rosado opaco, y dice «Summit» en la fachada. Nos hace sonreír que una placa de bronce anuncie el número 1318, cuando en nuestro edificio, unas pocas cuadras más arriba, entre las calles T y la S, una placa idéntica dice 1813. *Es una buena señal* —dice Sofía sonriendo—. *Nos mudaremos del 1813 al 1318, en la misma calle. No te apures* —digo, con una sonrisa—. *Veamos el departamento a ver si nos gusta. Pero la ubicación no puede ser mejor, la cuadra me encanta y en la esquina está Sugar's para comprar el periódico y comer algo.* Poco después, llega un auto negro, deportivo, se estaciona frente al edificio y baja un tipo alto, apuesto, con el pelo negro enroscado en una colita y una actitud de hombre de éxito. Debe de ser unos años mayor que yo, tendrá treinta o treinta y dos, no creo que más. Está bien vestido, lleva anteojos oscuros y el detalle del pelo enroscado no me molesta. Nos da la mano, muy respetuoso, sin darle un beso a Sofía, y nos dice que se llama Don Futerman y es el dueño del departamento número siete, que nos enseñará en seguida. Yo sonrío encantado porque es el hombre más guapo que he visto en algún tiempo y porque, al estrecharme la mano, me ha hablado con una suavidad y una fineza que resultan prometedoras. Aunque trato de ser leal con Sofía, estos encuentros me recuerdan que soy más débil de lo que quisiera y que las tentaciones aguardan a la vuelta de la esquina. El joven Futerman sube con presteza la escalera alfombrada de azul y blanco y detrás subimos Sofía y yo, con menos vigor que él. Ella echa un vistazo al pasillo, que huele bien, y me dice al oído *qué diferencia con nuestra ratonera, está mucho mejor este lugar,* y yo asiento y fijo mis ojos en el trasero del amigo Futerman, que se mueve con agilidad y al que sigo sumiso. En seguida nos abre la puerta, pasamos al departamento y la primera impresión, que es la que cuenta, es tan favorable como la que su dueño ha provocado en mí. Con sólo echar una mirada, Sofía dice *es perfecto,* y yo digo *sí, genial, me encanta.* No siendo grande, es muy acogedor, tiene un piso de madera reluciente, la cocina y los baños están impecables, con buenos acabados y equipos modernos, y la vista a la calle 35 es hermosa, un árbol encorvado haciendo sombra sobre las ventanas. En la sala hay una chimenea, lo que hace sonreír a Sofía, y en medio del cielo raso se abre una claraboya por la que se filtra una luz muy blanca que inunda el lugar de buena energía. *Nos encanta,* digo, y el señor Futerman sonríe, me mira con simpatía, y luego nos cuenta que compró y renovó el departamento el año pasado y que ahora se ha mudado a una casa en Virginia pero no quiere vender este lugar porque le tiene mucho cariño. *Lo queremos, definitivamente, lo queremos,* digo. *¿Cuándo podríamos mudarnos?,* pregunta Sofía. *Cuando quieran* —responde él—. *Podemos firmar el contrato mañana mismo, porque me han caído muy bien, y me pagan y les entrego la llave. ¿A qué se dedican ustedes?* Sofía se apresura: *Yo estudio una maestría acá en Georgetown.* Él me mira y yo digo: *Estoy escribiendo una novela.* Sofía interviene: *Y pronto va a terminarla y a estudiar una maestría. Estupendo* —dice él. Luego me sorprende—: *¿Son pareja o amigos?* Yo digo con mi mejor voz de hombre: *Somos novios, nos vamos a casar pronto.* Futerman sonríe sorprendido y dice: *Qué bueno, todavía hay gente que se casa y cree en el amor, felicitaciones. ¿Tú no estás casado?,* pregunto, a sabiendas de que es una pregunta inapropiada. *No, me casé y me divorcié, ahora vivo solo y soy mucho más feliz,* responde. *Nos vamos a casar y vamos a tener un hijo,* dice Sofía. El joven Futerman se alegra, nos felicita, pregunta para cuándo esperamos el nacimiento del bebé y sonríe con ternura cuando Sofía le dice que nacerá en agosto, en el hospital de la universidad. *Los felicito, me encanta saber que están embarazados y que van a tener un bebé en este departamento, que es tan pacífico y tiene tan buena energía,* dice, con un cariño que parece sincero, y yo me quedo pensando en lo que nos ha dicho, que *estamos embarazados,* algo que nunca antes me habían dicho. No digo nada, comprendo que eso de que *estamos embarazados* es una cortesía muy moderna y norteamericana, y acuerdo con él en que mañana firmaremos el alquiler, pagaré tres meses adelantados y nos dará las llaves. Nos damos un apretón de manos y algo en mí renace y se estremece cuando me mira a los ojos y dice que le encantaría que nos viésemos en otra ocasión y que le cuente de qué va mi novela, y yo *por supuesto, veámonos, será un placer,* y Sofía sigue distraída y contenta, mirando la tina del baño, el *counter* de la cocina, los vestidores, que son muy amplios, y yo pensando que tal vez el destino me ha premiado por ser bueno con ella, aceptar al bebé y comprometerme a casarnos. Bajamos la escalera, nos despedimos, Futerman se marcha en su auto deportivo y Sofía me dice *es perfecto, ideal para nosotros,* y luego me abraza con amor, y yo repito *sí, es perfecto, ideal para nosotros,* pero no pensando en el departamento, sino en este tipo encantador que ahora se marcha presuroso. *Vamos a Sugar's a tomar algo y a celebrar,* me dice Sofía y yo le doy un beso en la mejilla helada y digo *buena idea, ¿estás contenta?,* y ella me mira con amor y dice *feliz, muy feliz, y mi baby más,* y acaricia su barriga y yo siento que todo está bien así, con mi novia, mi *baby* y mi flamante amigo con colita.

otra ocasión y [illegible] de que [illegible] mi novia, y no me [illegible] guía, además, era un plomo, y vi [illegible] que distraída y contenta [illegible] la tarea del [illegible] de la [illegible] vendedores, que son muy amables y preocupados que [illegible] el destino me ha premiado por ser [illegible] con ella, y que, al beber, [illegible] a casarnos. [illegible] la escalera [illegible] desesperados. [illegible] en su auto deportivo. Se [illegible] y luego me [illegible] con amor y [illegible] pero pensé que el [illegible] en [illegible] que [illegible] [illegible] [illegible] [illegible] y [illegible] [illegible]

Al día siguiente, mientras Sofía asiste a una de sus clases en las que se entretiene haciendo el geniograma de *El Comercio* que le envía su madre por correo, me reúno con Don Futerman en el edificio, firmo el contrato y le entrego el cheque. Ahora me parece menos atractivo que el día anterior; incluso lo encuentro pedante y me ofende cuando me pregunta si nosotros, siendo peruanos, sabemos usar una lavadora y una secadora de ropa. De todos modos, le miro las manos, que son bonitas, y me turbo un poco cuando, nada más sellado el trato, me da un abrazo y me pregunta si quiero que me lleve de regreso a mi departamento. Sin pensarlo, digo que no, que prefiero caminar. *Pero hace frío, déjame llevarte,* insiste. Yo, tal vez porque me avergüenza el edificio tan viejo en que vivimos, insisto en que prefiero caminar, pero no se da por vencido y casi me empuja adentro del coche. Ahora estamos en su auto y él enciende la calefacción y maneja despacio por la calle 35 y me pregunta cómo va la novela. Yo digo: *Va bien, gracias. Me gustaría leerla,* dice, y me mira con una simpatía que me confunde. *Pero está en español,* digo. *Lástima* —dice—, *sólo hablo inglés.* Se hace un silencio. El auto avanza lentamente. Estaría bueno tener un carro así para ir al supermercado y no muriéndome de frío con una mochila en la espalda, pienso. *Tu mujer es muy guapa,* me sorprende. *Gracias* —digo—. *Sí, es muy linda. ¿Tú tienes novia, sales con alguien?,* me atrevo. Algo nervioso, se acomoda la colita y dice: *Sí, ten-*

go una amiga con la que me acuesto, pero no estoy enamorado. Mejor, pienso: quizá no estás enamorado porque no te gustan tanto las mujeres. *Sería bueno vernos algún día* —digo, tímidamente—. *No sé, ir al cine o comer algo, lo que te provoque.* Luego señalo el edificio y pido que se detenga. *Claro* —dice—, *llámame cuando quieras,* y me da su tarjeta y apunta el número de su celular. *¿Aquí viven?,* pregunta, mirando el edificio. *Sí,* digo, avergonzado. *En el edificio nuevo van a estar mejor,* dice, sonriendo. Extiendo la mano pero él se acerca y me abraza, a la vez que pasa su mano por mi cabeza y dice: *No dejes de llamarme. No, seguro, te llamo,* digo. Bajo del auto y lo veo alejarse. Es un tipo raro, pienso. Pero me gusta, me cae bien. Ahora me echo en la cama y me agito pensando en él. Cuando termino, me siento mal. No debo caer en estas tentaciones peligrosas, pienso. Me preparo algo rápido en la cocina —un batido de frutas y un pan con queso derretido— y salgo a buscar un taxi. Camino hasta la avenida Wisconsin, me subo al taxi y le pido al conductor con turbante que baje el volumen de la radio —esa música sibilina me enerva— y me lleve al edificio de la Corte Federal, en el centro de la ciudad. Llegamos en menos de diez minutos. No tardo en reservar una fecha para nuestro casamiento —el primer día disponible, un miércoles a principios de marzo—, pagar el costo del trámite, escuchar las instrucciones generales y recibir un folleto con información sobre los pasos previos que debemos cumplir antes de la boda. La mujer afroamericana que me atiende, una secretaria obesa y atenta, tal vez percibe una cierta tensión en mis movimientos y me pregunta si realmente quiero casarme. *Sí, claro, ¿por qué?,* contesto. *Porque no parece contento,* dice, con una sonrisa amable. *Estoy muy ilusionado, no se preocupe,* miento, pero es cierto, la sola idea de casarme en pocas semanas, ante un juez de Washington, me llena de temor. Salgo cabizbajo de aquel edificio grisáceo, lleno de recovecos y pasillos, miro la fecha en el papel y pienso que todavía puedo cambiar de opinión y cancelar la boda.

Pero si lo hago, no podré sacar los papeles para vivir en este país, me quedaré como turista, tendré que salir cada cierto tiempo y seguiré atado al Perú. No te engañes, pienso, en el taxi de regreso: esta boda es menos un acto de amor que un esfuerzo desesperado por liberarte para siempre de esa enfermedad contagiosa que es el Perú. Apenas me case, seré menos libre en teoría, porque habré unido mi vida a la de Sofía, pero podré vivir en Estados Unidos como residente temporal, luego como residente definitivo y finalmente como ciudadano, según me ha informado un abogado de confianza: *Si te casas con Sofía, que es ciudadana, puedes hacerte ciudadano norteamericano en cinco años.* Tranquilo, Gabriel, me digo: te estás casando con Sofía, pero divorciando del Perú, lo que parece un buen negocio. Además, de todos modos vas a estar amarrado a Sofía, porque tendrás un bebé con ella. Si no te casas, perderás la oportunidad de escapar del destino chato que el Perú reserva a sus atribulados habitantes. Es entonces una decisión fría, racional, bien calculada. Llego a la casa, me doy una ducha, pongo un disco de Clapton y me relajo. Ha sido un día agitado aunque provechoso: ya tenemos un nuevo lugar donde vivir, más cómodo y aseado que este escondrijo, y una fecha para el casamiento, el segundo miércoles de marzo. Una y otra vez, me repito, caminando en círculos por la sala: Cásate y en cinco años serás ciudadano, podrás divorciarte y vivir en este país el resto de tu vida. Sofía es tu pasaporte a la felicidad: te hará padre y sacará de esa cárcel que es tu país de origen. No debes sentirte abatido porque tu vida toma ahora una bifurcación inesperada: la inteligencia consiste en saber adaptarse a los cambios y ver en una adversidad una oportunidad. Cháchara barata, me desmiento. Sería más feliz con Sebastián en Lima que casándome con Sofía en las Cortes de Washington para ser *US citizen.* Ya es tarde. Ahora sólo queda ser fuerte, resistir y ejecutar el plan. Bebo un té de melocotón cuando ella llega cansada de sus clases. La recibo con un abrazo y anuncio la buena noticia: *Nos casamos el miércoles, 10 de marzo. ¿Cómo así?* —pregunta, sorprendida. Le muestro el papel de la Corte, con la fecha que he reservado—. *Te adoro, eres tan bueno,* dice, abrazándome. Luego le enseño el contrato y digo con una sonrisa impostada: *Y nos mudamos cuando quieras a The Summit.* Nos damos un abrazo y le digo que la amo. Más tarde, cuando duerme, me levanto en silencio y marco el celular de Futerman. Tengo ganas de decirle que soy bisexual, que me gustan los hombres, que necesito verlo. Por suerte, no contesta. Me da la grabadora. No dejo un mensaje. Entro al baño.

Escribo en silencio. Sofía se ha ido a clases. Los niños juegan en el parque vecino. Hace frío y por eso tengo puestos dos pares de calcetines, para mantener tibios los pies, y dejo encendida la estufa al lado de mi mesa de trabajo. La novela avanza con dificultad: escribir es una agonía, pero es mucho peor dejar de hacerlo. Suena el teléfono. No contesto, espero a escuchar el mensaje. Me sorprende la voz de mi padre: *Hijo, soy tu papá. ¿Estás por ahí? Contesta, por favor. Bueno, supongo que estarás en la universidad. Me he enterado hoy de que te vas a casar con Sofía. Tu mamá y yo estamos muy contentos. Te quería felicitar. Nos da mucho gusto que des este paso tan importante en tu vida. Estamos muy orgullosos, hijo. Es la mejor decisión que podías tomar. Sofía es una chica estupenda y será una gran esposa. Ojalá podamos estar juntos por allá el día de la boda. Tu mamá y yo te mandamos muchos cariños y felicitaciones a los dos. Bueno, ya te llamo en otro momento. Un saludo muy cariñoso a la novia y un abrazo para ti.* Me quedo en silencio, pensativo. ¿Cómo se ha enterado de que nos vamos a casar? ¿Por qué llama cuando le pedí que dejara de hacerlo? ¿No es obvio que mis padres están contentos porque piensan que ya no seré homosexual, que la boda me salvará de ese estilo de vida que ellos consideran inmoral y aberrante? Trato de calmarme pero no lo consigo, una ola de rencor me invade, me oprime el pecho y me acelera la respiración. Es obvio que mis padres se han enterado porque Sofía ha esparcido con orgullo la noticia de nuestra boda. ¿No podía quedarse callada? ¿Tenía que irse de boca? ¿No es evidente que el nuestro es un casamiento de emergencia? ¿Habrá llamado a casa de mis padres o se lo habrá dicho a su madre, quien, a su vez, habrá corrido con el chisme donde mi familia? ¿Sabrá Bárbara que su hija está embarazada? ¿Lo sabrán mis padres? No lo creo: si mi padre lo supiera, hubiera dicho algo en su mensaje telefónico. Pero Sofía tiene que habérselo contado a alguien, de otra manera no se explica que mi padre llame a felicitarnos. Estoy enfurecido y agitado cuando vuelve a sonar el teléfono. Me quedo de pie y escucho: *Hijo, soy tu papi otra vez. Me olvidé de decirte algo. Es muy importante que te acuerdes de regalarle un anillo a Sofía. Me imagino, conociéndote, que te has olvidado de ese detalle, que, créeme, hijo, es vital para que las cosas comiencen bien en tu matrimonio y para que quedes como un hombre educado, de buena familia, como siempre te hemos educado tu mamá y yo. Consíguele un buen anillo a la novia y, si no sabes dónde, me das una llamadita y yo te paso unos datos que te servirán o me encargo de conseguirte el anillo acá en Lima y veo la forma de hacértelo llegar o te lo llevo con tu mamá cuando vayamos a la boda. Bueno, hijo, sólo quería recordarte esto del anillo. Un abrazo y felicitaciones nuevamente, tu papi.* Me quedo perplejo, sin poder creerlo. ¿Comprarle un anillo a Sofía porque así me educaron ellos? ¿Pedirle a mi padre que me lo envíe desde Lima? ¿Esperar a que vengan a la boda? ¿Van a venir? ¿Quién los ha invitado? ¿Tienen derecho a invitarse a una ceremonia que yo quería que fuese un acto íntimo y ahora amenaza convertirse en un evento social que saldrá en las revistas de allá? No puedo seguir escribiendo. Tengo ganas de caminar hasta la universidad, buscar a Sofía y confrontarla a gritos: *¿En qué estabas pensando cuando decidiste contarle a alguien en Lima que nos vamos a casar? ¿Se puede saber a quién le dijiste el bendito chisme?* Pero no: me quedo furioso, dando vueltas por la sala, arrepentido del momento de debilidad en que le dije que me quedaré con ella, nos casaremos, tendremos al bebé y nos iremos de luna de miel a París. No la llevaré a París. Si quiere ir, que la invite Laurent. No habrá luna de miel y a lo mejor tampoco boda, me vuelvo a Lima y que Sofía se las arregle con su embarazo. No, Gabriel, tranquilo, no te precipites: sé frío, piénsalo bien, te conviene casarte, sacar la residencia y en cinco años hacerte ciudadano. Pero, eso sí: en caso de que haya boda, de ninguna manera vendrán mis padres a sonreír con orgullo en esta charada absurda. Que se jodan. Me han amargado la vida y, por si fuera poco, se invitan a mi boda. No lo permitiré. Ahora sólo quiero que vuelva Sofía para saber qué está pasando, con quién o quiénes habló en Lima, si dijo o no que está embarazada. No puedo dominar la rabia. Levanto el teléfono y llamo a la oficina de mi padre. Sé de memoria el número aunque hubiese querido olvidarlo. Contesta la secretaria. Es agradable y educada. En seguida mi padre se pone al teléfono: *Hijo, qué sorpresa, ¿escuchaste mis mensajes?* Hablo con una voz que delata mi rabia: *Sí, los escuché y por eso te llamo.* Papá se apresura a hablar, quizá porque advierte que estoy enfadado y quiere evitar una discusión: *Bueno, ante todo quería felicitarte, porque es una gran cosa que hayan decidido casarse Sofía y tú, en la casa todos estamos muy felices.* Lo interrumpo: *Gracias, papá, pero las felicitaciones están de más. Llamo para saber cómo te has enterado de esta payasada del matrimonio.* Mi padre se queda callado, como meditando su respuesta, y habla: *Me llamó Bárbara, la mamá de Sofía, a darnos la buena noticia. Y no me parece bien que hables así de una cosa tan importante en tu vida de pareja con Sofía, hijo.* Yo, furioso, disparo de vuelta: *Sofía no es mi pareja. No nos vamos a casar por amor, sino para que me den los papeles. Y no quiero que vengas ni que venga mamá, no están invitados, no quiero verlos, ¿está claro?* —Mi padre guarda silencio, no contesta—. *Esto es todo lo que quería decirte,* añado, y cuelgo con violencia. Ya me siento mejor. Ya están más claras las cosas. ¿Debería haberle dicho que vamos a casarnos porque Sofía está embarazada? No: mejor así, cuanto menos sepa, mejor. Ahora sigo descontrolado, furioso, con ganas de romper algo. Voy al cuarto, agarro un retrato enmarcado en el que sonreímos Sofía y yo, lo arrojo contra el piso y se rompe el vidrio. Levanto el teléfono y marco el número de la casa de Bárbara. No lo hagas, Gabriel, pienso. Cuelga. Suena el teléfono. Contesta Matilda, la empleada gorda y amorosa. *Hola, Mati, ¿está la señora Bárbara?*, pregunto, tratando de disimular que estoy indignado. *Joven, qué gusto, ¿cómo está la Sofía?*, pregunta Matilda, cariñosa. *Muy bien, muy bien, en la universidad* —respondo—. *Por favor, pásame con Bárbara. Cómo no, ahoritita la llamo, joven. Bueno, cuídese y salúdeme a la Sofi y vengan prontito, pues, que se hacen extrañar. Seguro, Mati, seguro.* Me quedo en silencio, el teléfono aplastándome la oreja derecha, pensando en lo que debo decir y en el tono en que debo decirlo. Bárbara se pone al teléfono: *Hola, Gabriel, qué sorpresa,* dice, con una voz que pretende ser educada y encubre mal la antipatía que siente por mí. *Hola, Bárbara,* digo, muy serio. *¿Y esa voz?*, dice, burlona. No contesto el sarcasmo, digo: *¿Has llamado a mis padres para decirles que Sofía y yo nos vamos a casar? Sí, me pareció lo más lógico contarles, ¿por qué?*, contesta, en tono desafiante. *Porque son mis padres, no los tuyos, y si alguien debía llamar o no llamar, era yo, no tú,* digo con agresividad. *No estoy de acuerdo* —dice ella—. *Yo tengo todo el derecho del mundo de llamar a contarles. Y me parece muy mal de tu parte que llames a regañarme, es una insolencia que no tengo por qué aceptarte.* Yo prosigo: *¿Cómo te enteraste? ¿Te lo contó Sofía?* Bárbara contesta: *Sí, me llamó esta mañana y me contó que han decidido casarse. Y, si quieres que te sea franca, me pareció una pésima noticia, porque ni siquiera ha terminado su maestría y no veo por qué tienen que casarse así tan apurados si recién están juntos hace un año, menos, ni siquiera un año.* Yo la escucho disgustado y contesto: *¿Sofía te ha dicho por qué vamos a casarnos tan apurados? ¿O te ha contado una linda historia de amor?* Ahora Bárbara parece sorprendida y pregunta con curiosidad: *¿Por qué van a casarse?* Yo dudo: *¿Qué te ha dicho ella?* Bárbara habla con una voz odiosa: *Que se van a casar en marzo por la ley,* *no por la iglesia. ¿Nada más?*, insisto, mientras dudo si decirle toda la verdad. *Nada más* —dice ella—. *¿Qué más debo saber?* Yo escupo entonces todo el rencor que llevo adentro, tantas noches de dormir mal, tantos encierros secretos en el baño, tantas lágrimas de frustración: *Nos vamos a casar porque Sofía está embarazada. ¿Qué?* —chilla Bárbara—. *¿Qué has dicho?* Yo levanto la voz: *Que está embarazada. Nos vamos a casar por eso. Yo no quiero tener el bebé. Le pedí que abortase pero ella no quiso. Está terca con que quiere tenerlo. Y como se ha obstinado en tenerlo, yo me tengo que quedar con ella y por eso nos vamos a casar, para que yo pueda sacar los papeles y quedarme con ella.* Bárbara se queda perpleja y habla con una voz de catacumbas: *¿Me estás diciendo que se van a casar para que tú saques los papeles norteamericanos? Sí, exactamente* —contesto—. *Vamos a casarnos no por amor, sino por los papeles,* añado, con crueldad. *Esto es demasiado para mí* —dice Bárbara, llorosa—. *Siempre supe que eras una mala compañía para mi hija, pero no me imaginé que llegarías a tanto.* Yo no me dejo intimidar y sigo machacando el orgullo de esa señora presumida que se cree una estrella de cine y trata a sus empleadas domésticas con un racismo repugnante, como si fuesen sus esclavas: *Hay algo más que quiero decirte.* Bárbara chilla: *¿Más? ¿Después de todas estas cosas horribles que me has dicho?* Yo digo, muy frío y disfrutándolo: *Sí, más. Yo no estoy enamorado de tu hija. Yo quería irme a vivir solo. Pero ella quedó embarazada. Yo le dije que aborte. Ella no quiso. Y quiero que sepas por qué le pedí que abortase.* Bárbara dice: *No sé por qué, pero me parece una buena idea, yo tampoco quiero que Sofía tenga un hijo contigo.* Continúo, sin que me sorprendan sus ataques insidiosos: *Yo no quería tener al bebé porque no estoy enamorado de Sofía. Y no estoy enamorado de Sofía porque soy gay.* Bárbara chilla otra vez: *¿Qué? ¿Qué me has dicho?* Yo grito: *¡QUE SOY GAY! ¡QUE NO QUIERO CASARME CON SOFÍA NI TENER UN HIJO CON ELLA PORQUE SOY GAY!* Bárbara se confunde o finge confundirse: *No te entiendo y no me grites, por favor. ¿Me estás diciendo que eres maricón y que vas a tener un hijo con Sofía y que te vas a casar sólo por* *los papeles?* Yo contesto con frialdad, sin gritar: *Sí, exactamente. Te estoy diciendo que soy maricón, que no quiero casarme con tu hija, que no estoy enamorado de ella, que hubiera preferido no tener el bebé y que sí, la única razón para casarnos es que me den la residencia.* Ahora Bárbara llora o simula llorar para cumplir a cabalidad su papel de señora de alta sociedad que no tolera estas emboscadas del destino: *Éste tiene que ser el peor día de mi vida,* comenta, abatida. Yo no siento la menor lástima y digo: *El mío también. Y por eso te pido que dejes de llamar a mis padres y darles información equivocada.* Ahora Bárbara grita: *¿CUÁNDO TE VAS A IR DE LA VIDA DE MI HIJA? ¿CUÁNDO LA VAS A DEJAR EN PAZ?* Yo contesto con cinismo: *No grites, por favor, que se va a enterar tu vecina. Me voy a ir apenas pueda. Me iré cuando nazca el bebé y me den los papeles. Y, si por mí fuera, ya me habría ido hace meses, pero Sofía quedó embarazada y acá estoy, jodido, sin poder irme. Pero no te preocupes, que me iré pronto y no nos veremos más, porque sé que me detestas y yo te detesto igualmente. Gracias, chau.* Cuelgo el teléfono y sonrío frente al espejo que Sofía compró en la feria de baratijas. Estoy demasiado tenso, siento que me puede dar un infarto en cualquier momento, un dolor agudo me oprime el pecho. Necesito tomar aire. Me pongo un saco y un sombrero negro y salgo a caminar. Hace frío, ya oscurece. Mi vida es una puta mierda: vivo en el barrio más lindo que he conocido y soy tan miserablemente infeliz, qué ironía. Detengo un taxi y le pido que me lleve a The Fireplace, un bar de hombres cerca de Dupont Circle. No me importa que el conductor, un tipo de apellido impronunciable que seguramente nació en otro continente, piense que soy gay. Lo soy y a mucha honra. Me gusta cómo me queda este sombrero negro: me miro al espejo del taxista y sonrío coqueto. Poco después, entro en The Fireplace sin quitarme el sombrero. A pesar de que es temprano, hay un buen número de hombres alrededor de la barra. Nadie baila, pero una música agradable relaja el ambiente. Voy a la barra, siento que algunos me miran con interés, miro aquí y allá con coquetería, le pido una copa al barman, que está guapo y muestra los músculos con un descaro que se agradece, y me quedo sentado, bebiendo con premura, esperando a que venga un hombre amable a salvarme de este infierno. Esta noche voy a emborracharme y a acostarme con un hombre, pienso, y siento cómo el vino me raspa la garganta y apaga el incendio que llevo en el estómago.

Regreso borracho al departamento. No me acosté con ningún hombre. No me atreví. Me daba miedo ir a la casa de uno de ellos y descubrir que era un asesino en serie y terminar cortado en pedacitos en su nevera. Desconfío de la especie humana, imagino siempre lo peor, no puedo evitarlo. Sólo uno de esos hombres borrosos de The Fireplace, cuyos rostros se perdían entre la penumbra y el humo, me inspiró confianza y me gustó. Creo que me gustó cuando me dijo: *Con ese sombrero y esa sonrisa, pareces un político en campaña.* Yo sonreí y le grité al oído, porque la música era un estruendo: *Soy un político y estoy en campaña.* El tipo, algo mayor que yo, pero aún joven y bien puesto, me miró con simpatía y preguntó: *¿Y en qué consiste tu campaña?* No dudé en responderle: *En irme a la cama con el hombre más guapo de este bar.* Nos reímos, hablamos de cualquier cosa y creo que nos gustamos, pero cuando le dije para irnos a un hotel, me sorprendió: *No puedo, tengo novio.* Yo pregunté sin entender: *¿Y entonces por qué vienes acá?* Él sonrió encantador, su mano sobre la mía, y dijo: *Para entretener los ojos, pero yo sólo me acuesto con mi novio. Una lástima,* dije, y seguimos bebiendo y yo tuve ganas de arrancarle un beso, sólo uno, y poco después, ya borracho, cuando hablaba de su trabajo como arquitecto y de la casa que estaban construyendo con su novio en Maryland, le robé un beso en la boca y él sonrió con ternura y me devolvió el beso, pero sólo nos besamos, nada más. De todos modos, esas horas en The Fireplace me hicieron bien, porque salí relajado, contento y habiendo olvidado la tarde miserable que pasé en el teléfono, peleando con mi padre y con Bárbara. Cuando le conté al arquitecto todo lo que estoy viviendo, se conmovió y me dijo al oído: *Los gays somos los mejores padres del mundo, ya verás que serás un gran papá y gozarás mucho de la experiencia.* Lo amé por ser tan optimista, envidié a su novio y sentí, por si hacía falta, que ese mundo, el de los hombres suaves, con los pantalones ajustados y los glúteos remarcados, era el mío, uno al que pertenezco naturalmente. Estoy borracho en el taxi y extraño aquellos días en Lima en que acudía a lugares peligrosos en busca de cocaína para despejar la embriaguez y sentirme menos inseguro. Pero no quiero volver a ser un cocainómano, no podría mirarme a los ojos, tendría asco de mí mismo. Soy gay y estoy borracho pero no volveré a meterme coca. En The Fireplace pensé pedirle cocaína al barman, pero me contuve. Ahora estoy tratando de abrir la puerta del departamento, en este pasillo mugriento y oscuro por el que a menudo corren las cucarachas, y no puedo acertar la llave en la cerradura porque mi mano temblorosa no me lo permite. De pronto, Sofía abre bruscamente la puerta y me recibe con una cara tremenda. Yo la miro con los ojos chispeantes, una sonrisa traviesa y sin sacarme el sombrero negro a pesar de que son las diez de la noche. *¿Se puede saber dónde estabas?*, pregunta, furiosa. *Emborrachándome,* digo, y hago una venia burlona con el sombrero. *Muy gracioso* —dice, y luego—: *¿Se puede saber dónde?* Yo, haciéndome el gracioso: *Sí, cómo no. En The Fireplace, un bar gay muy bonito, ¿lo conoces?* Sofía me mira con odio y estalla: *¡Eres un maricón!* Yo contesto sarcásticamente: *Bueno, sí, eso lo sabíamos desde el principio, ¿no? Y no grites, por favor, que se van a enterar los vecinos, que son los únicos que tiran rico en este edificio.* Sofía me mira como si quisiera pegarme. Tiene las mejillas coloradas, los ojos desorbitados y los labios temblando. *¡No pensé que podías ser tan maricón!*, vuelve a gritar. *¿Tan grave* *te parece que vaya a coquetear a The Fireplace?*, digo. Ella viene hacia mí y yo espero una bofetada, pero me saca el sombrero y lo tira al suelo. *¡Quítate esto, por favor, que son las diez de la noche y pareces un payaso!*, grita. *Cálmate, por favor, que si yo parezco un payaso, tú pareces una loca,* digo, recogiendo mi sombrero. *¡La loca eres tú!*, grita, histérica, y yo, más histérico, porque ya puestos a gritar no me voy a dejar atropellar, *¡sí, la loca soy yo, y a mucha honra!* Entonces ella camina de un lado a otro, las manos en la cintura, y dispara: *Te juro que nunca me imaginé que podías ser tan maricón de llamar a mi madre a decirle todo. ¡Eres una rata!*, me acusa y yo, borracho y atontado como estoy, caigo en cuenta de que está furiosa por eso, porque llamé a su madre y le conté la verdad, que soy gay y su hija una loca, y que vamos a tener un bebé y nos casaremos para sacar los papeles. *Llamé a tu madre para decirle la verdad,* me defiendo, sentándome a mi mesa de trabajo y apagando la computadora que había quedado encendida. *¡No tenías que decirle que estoy embarazada y que eres gay!*, chilla ella. *¡Y tú no tenías que decirle que nos vamos a casar!* —grito yo—. *¡Y ella no tenía que llamar a mis padres a darles la buena noticia de que su hijito es muy hombre y se va a casar! ¡Y mi padre no tenía que llamarme a preguntarme si ya te regalé un anillo!*, sigo gritando, descontrolado. Sofía se me acerca, me mira con desprecio y grita: *¡La llamé porque tú mismo me dijiste que teníamos fecha para casarnos! ¡Me pareció lógico contarle! Pero no le dije nada de mi embarazo y tampoco de tu plan de sacar la residencia, y menos de tu sexualidad, porque todo eso era un secreto entre tú y yo, ¡y ahora tú me has traicionado de la peor manera, como el maricón malvado que eres!* Yo no aguanto más: *¡Basta de decirme maricón como si fuera un insulto! ¡Y no te he traicionado, sólo les he dicho la verdad! ¡El problema es que tú no soportas la verdad y prefieres vivir en la mentira de que somos una pareja feliz y nos vamos a casar por amor! ¡Y la verdad es que yo soy gay y tú me vas a obligar a ser papá y por eso nos vamos a casar!* Sofía se lleva las manos a la cara y dice: *¡Basta!* Luego va al teléfono y marca de prisa unos números. *¿Qué* *haces?, ¿a quién llamas?,* pregunto. *A Laurent* —dice—. *Me voy a París a vivir con él. No aguanto más esta pesadilla. ¡Genial!* —grito, burlón—. *Me parece una gran idea. Ándate con tu francesito y déjame en paz.* Me voy al cuarto y tiro la puerta. Sofía habla en francés, llora, yo no entiendo nada y me siento una mierda. Mi mujer y mi hijo se van a ir y me voy a quedar solo y arrepentido. No me importa. Estoy borracho y necesito tomar aire. Salgo de la casa, me subo a un taxi y le digo que me lleve a The Fireplace. En el camino siento el sabor salado de mis lágrimas resbalando hasta mi boca. La vida es una puta mierda, pienso. Ahora sí se jodió todo. Mi bebé tendrá un padre francés.

Me estoy cayendo de borracho, apesto a humo, tengo la boca seca y pastosa y me siento un asco cuando vuelvo al departamento, pasada la medianoche, y confirmo que Sofía se ha marchado. Su ropa no está en el clóset y tampoco sus cremas y perfumes en el baño. Echo de menos nuestros retratos en el cuarto, pero todavía queda su olor y eso me hace llorar en la cama, arrepentido de humillarla una vez más. Seguramente habló con Laurent, le dijo cosas horrendas de mí, lamentó tantas desgracias que no cesan y él le rogó que se tomara el primer avión a París y ella prometió que llegará pronto y se fue con sus maletas y ahora estará en el aeropuerto o ya volando y no hay nada que pueda hacer, ya todo está perdido. Tal vez esto sea lo mejor, que Sofía tenga al bebé pero no conmigo, con Laurent como padre, y viviendo en París, una ciudad que ama. Será el destino. Me quedo dormido pensando que se ha cerrado este capítulo tormentoso de mi vida, este huracán que parece eterno y lleva su nombre. Despierto a las ocho de la mañana, con pesadillas y dolor de cabeza, cuando los niños llegan al colegio y juegan ruidosamente en el patio vecino. Corro al baño a tomar unos tylenols, pero Sofía se los ha llevado todos. Me arrastro hasta la cocina y bebo un jugo de naranja. No están las vitaminas, se las llevó también. Veo que hay un mensaje en el teléfono. Me precipito a escucharlo: *Hola, soy yo, Sofía. Sólo quería despedirme. He venido a dormir a casa de Andrea. En la tarde me voy a*

París. Lamento haberte complicado tanto la vida. No te preocupes, ahora ya no estaré por acá molestándote y podrás hacer lo que quieras. Que seas muy feliz. Adiós. Todavía no se fue, me digo, aliviado. Tal vez podría impedirlo. Podría ir a casa de Andrea, pedirle disculpas a Sofía y rogarle que me dé una última oportunidad. Pero no tengo fuerzas; estoy rendido. Regreso a la cama arrastrando los pies, me dejo caer boca abajo y cierro los ojos tratando de poner la mente en blanco y olvidarlo todo. El eco de las risas infantiles me recuerda que no tuve valor para ser padre y que algún día mi hijo reirá en un patio de juegos de un colegio en París sin saber que soy su padre, y volverá a casa a decirle «papá» a Laurent. Quizá sea mejor así. El niño será feliz allá, no conmigo. Yo no puedo hacer feliz a nadie, siempre hago llorar a la gente que más quiero, y este pobre niño no será la excepción. Ahora mismo podría hacer algo para evitar que se vaya lejos de mí, levantarme de la cama y buscar a Sofía, pero soy un perdedor, un maricón borracho que agoniza en la cama de la mujer que lo abandonó. Dios, regálame un poco de sueño para olvidar quién soy y a qué niveles de abyección he descendido. Cuando despierto, miro el reloj y son las dos de la tarde. Ya me siento mejor. Camino a la cocina, muerdo una manzana, veo que no hay mensajes y me pregunto si Sofía habrá partido. Trato de llamarla a casa de Andrea para despedirme pero no encuentro el número. Caminaré, no es lejos, apenas siete u ocho cuadras, y me hará bien respirar el aire fresco de la calle. Me doy una ducha fría, me veo gordo en el espejo mientras paso una toalla por mi cuerpo flácido, huelo la ropa de la noche anterior, que apesta a humo, me pongo encima ropa limpia y salgo a caminar. Llueve. Abro el paraguas negro que Sofía me regaló y apuro el paso, bajando por la calle 34. Miro el reloj, son las dos y media. Con suerte, todavía no habrá partido. A medida que camino, lleno mis pulmones de aire fresco y me desintoxico de la noche anterior, me siento con más fuerzas y me animo a desear que no viaje, que se quede conmigo. A veces me siento un hombre y ahora es uno de esos raros momentos. Llego al edificio donde vive Andrea, en la esquina misma de la calle Prospect y la avenida Wisconsin, en cuya primera planta funciona una tienda de ropa exclusiva, y me apresuro en tocar el timbre del cuarto piso, el *penthouse* con una amplia terraza que ella, argentina, hija de médicos exitosos que viven en Chicago, estudiante como Sofía de una maestría en ciencias políticas, ocupa desde que se mudó a esta ciudad. El viento silba entre los autos, parte la lluvia, me chicotea la cara y me recuerda algo que Sofía solía decirme: el clima frío produce gente que piensa, es muy raro encontrar pensadores en los climas tropicales. Yo no soy ni seré un pensador, apenas soy un hombre confundido. Ahora sólo quiero abrazar a Sofía pero nadie contesta y sigo apretando el timbre y no hay respuesta, y las ráfagas de viento y esta lluvia pertinaz se ensañan conmigo y me mojan sin piedad a pesar del paraguas. No me muevo de allí, hundo mi dedo en el botón y miro hacia arriba a ver si se asoma Andrea, que yo sé que me odia, pero nada, es un fiasco, será mejor que vuelva y acepte la derrota con dignidad, si queda alguna. Camino entonces por la calle Prospect, dispuesto a detenerme en el café Booeymonger a tomar unos jugos de naranja que consigan aplacar el incendio de la resaca, cuando, de pronto, una voz familiar interrumpe mis cavilaciones. Es precisamente Andrea, la argentina infatigable que suele estar estudiando, cargando pilas de libros y hablando de cosas intelectuales que yo no entiendo ni quiero entender. *¿Qué hacé vos acá?,* me pregunta, con mala cara, porque conoce todas las miserias que he perpetrado contra Sofía. *Vine a tu departamento a buscar a Sofía* —digo, secamente—. *¿Sabes dónde está?,* pregunto. *Se fue al aeropuerto hace media hora,* responde con todo el desprecio que le inspiro. *¿Se fue a París?,* pregunto, parado bajo la lluvia, mi paraguas negro rozando el suyo celeste. *Sí, a París, y no creo que vuelva,* contesta con ponzoña, y yo pienso: nadie te pidió un pronóstico, vaticinio o augurio de mala leche. *¿A qué aeropuerto fue, al National o a Dulles?,* pregunto, a sabiendas de que tal vez no me lo dirá. La veo triste y no es casual, porque es la mejor amiga de Sofía en esta ciudad, siempre leal y generosa con ella. No se le conocen novios y la pasión que exhibe por Sofía despierta una cierta suspicacia en mí. Con frecuencia la invita a dormir, le hace los trabajos académicos, le regala ropa y la lleva a cenar a los mejores restaurantes, es decir, hace con Sofía todo lo que yo debería hacer y nunca hago. *¿Por qué preguntas?,* dice ella, desconfiada. *Porque quería despedirme,* digo. *Obvio que se fue a Dulles, de allí salen los vuelos internacionales,* contesta. *¿Air France?,* pregunto, y ella asiente. *Gracias, chau,* digo, y bajo la mirada y apuro el paso, pero ella grita: *Mejor no vayas al aeropuerto, déjala en paz, ya basta de hacerla sufrir.* Avergonzado, sigo caminando y me alejo de ella. Me refugio de la lluvia en Booeymonger y le pido a la cajera peruana, que ya me conoce, dos jugos de naranja, tratando de disimular con una sonrisa falsa la tristeza que llevo en el corazón. *¿Qué te pasa, Gabrielito?,* me dice la mujer, baja y morena, los ojos vivaces, voluptuosos los labios. *Nada, nada, todo bien,* respondo, pero ella no me cree: *Andas tristón, será la lluvia. Será,* digo, y le pago. Tomo los jugos de pie, salgo a la calle y detengo un taxi. *Al aeropuerto Dulles,* digo, sin pensarlo. Miro el reloj, son las tres, no voy a llegar a tiempo. No importa, lo intentaré. Y si la encuentro, ¿qué haré? ¿Le pediré que se quede? ¿Me despediré con aplomo? ¿Lloraré en sus hombros y le rogaré que me perdone? Sofía se ha quedado sin alternativas: huye a París porque yo, con toda maldad, he escandalizado a su madre, diciéndole que soy homosexual, que Sofía está embarazada y no la amo y que sólo estoy dispuesto a casarme por los papeles. Sé que, aunque le ruegue que no suba al avión, se irá de todos modos, porque he destruido la poca felicidad que quedaba entre los dos y le he revelado mi naturaleza pérfida y mi infinita capacidad de ser ruin y desleal. El taxi avanza con exasperante lentitud en medio de la lluvia que cae a cántaros. Los autos circulan despacio, con las luces encendidas, por una autopista rodeada de bosques, que nos aleja de la ciudad a través de un camino que no conocía. Le pido al taxista, un sujeto de mal aspecto, que, por favor acelere pues voy a perder el avión, pero el hombre responde con unos exabruptos y hace un gesto crispado, como mandándome al diablo, y yo no digo nada porque lo último que quiero es que este forastero malhumorado me dé una golpiza y arroje mis huesos al bosque. No sé para qué estoy metido en este taxi camino al aeropuerto Dulles, haciendo una escena romántica de culebrón, cuando lo sensato sería dejarla partir y olvidarme de ella. Se ve que no puedo hacer lo que tanto digo anhelar: estar solo y borrar a Sofía de mi vida. Tan pronto como la pierdo, salgo corriendo a buscarla como los galanes de las telenovelas malas que veía de chico con las empleadas domésticas en la cocina de mis padres. ¡Cómo me conmovían las escenas en los aeropuertos! Ahora, ironías del destino, estoy atrapado en una de ellas porque mi amor, mi heroína, la madre de mi bebé me abandona, se marcha a París en busca de un antiguo novio, y yo no puedo vivir sin ella. Vergüenza debería darme: yo quería ser un escritor y ahora estoy metido en este culebrón serie B. Llegamos por fin al aeropuerto Dulles, le pago de prisa al crápula en el volante y pienso que a lo mejor han cancelado el vuelo por la lluvia. Entro a ese edificio moderno, luminoso, un prodigio de cristales y barras circulares, me confundo entre la muchedumbre impaciente y avanzo con dificultad hasta el mostrador de Air France. Me detengo entonces a observar entre la hilera de pasajeros de clase económica. Sofía no está. Echo una mirada a los alrededores, tampoco la encuentro. Son las tres y cuarenta y cinco y la pizarra electrónica anuncia que el vuelo sale a las cinco y media. Lo más probable, pienso, es que ya se registró y pasó los controles. Es muy tarde. La he perdido. Si no me hubiese tirado en la cama toda la mañana, si la hubiera buscado más temprano, quizá habría alcanzado a despedirme. Pero soy un holgazán. Prefiero dormir antes que ser papá. Soy una vergüenza. Necesito un café para reponerme. Camino entre masas de viajeros malhumorados, maldigo la insana costumbre de viajar, recuerdo que todos los males provienen de no saber estarse quieto —todos los míos, especialmente— y me acerco, abatido, mojados los zapatos, un aguijón persistente taladrándome la cabeza, a una cafetería atestada de personas con maletines rodantes y ordenadores portátiles. De pronto, la veo: allí está Sofía en un teléfono público, al final del pasillo. Un sobresalto me recorre la espalda y me produce escalofríos. Entonces la escena del culebrón cobra vida: ahora estoy corriendo entre las azafatas y los tripulantes amanerados y sólo quiero abrazar a Sofía antes de que cruce los controles de inmigración y sea demasiado tarde para despedirnos. Llego por fin a su lado, con la respiración agitada y la duda estúpida de no saber qué decirle. Sofía está hablando por teléfono. Toco su hombro. Voltea sorprendida y palidece al verme. Cuelga. *Estaba dejándote un mensaje,* dice. Yo sonrío, no sé qué decir. *¿Qué haces acá?,* pregunta, seria, aunque su voz delata que no me odia. *Vine a despedirme,* digo. Ella baja la mirada, las manos en los bolsillos, y, aunque trata de no llorar, se le humedecen los ojos. *Me muero de la pena de hacer esto, pero siento que no tengo alternativas,* susurra, sin mirarme. Es tan noble, tan decente. Nunca seré como ella, soy una alimaña a su lado y una vez más la hago llorar. *Perdóname,* le digo. Me mira a los ojos como tratando de escrutar la sinceridad de mis palabras. *No puedo perdonarte* —dice ella—. *No sabes el escándalo que has armado en mi familia. No puedo entender por qué le dijiste todo eso a mi mamá. Tú sabes lo loca que es. Me has tirado una bomba en la cara.* La escucho, asiento dócilmente, me conmuevo, se me anegan los ojos, no sé qué decir. *Me emborraché, perdí el control, la cagué* —digo, pero es una mala disculpa—. *Fue un momento de locura,* añado, y ella me mira con lástima, ni siquiera con desprecio, y siento que no me cree, que ya no puede creerme una palabra más. *Ya no importa, ya es tarde* —dice ella, mirando el reloj con nerviosismo—. *Te estaba dejando un mensaje diciéndote que no te preocupes por mí, que voy a estar bien en casa de Laurent.* —Ahora se le quiebra la voz y desvía sus ojos de los míos. Sin embargo, hace un esfuerzo para continuar—: *Me da pena dejarte, abandonar la universidad, irme con Laurent a pesar de que te amé muchísimo, tú lo sabes. Pero lo hago por el bebé. No puedo obligarte a ser papá, tú no lo quieres y eso me parte el corazón, Gabriel. Tengo que buscar lo mejor para mi bebé. Laurent quiere ser el padre, está muy ilusionado, me quiere con una seguridad que tú no tienes, y por eso me voy con él.* Yo la escucho, la veo llorar, me siento un pedazo de mierda y lloro con ella, y no puedo sino darle toda la razón: es comprensible que se vaya y esté harta de mí, es lógico que quiera proteger al bebé y darle un padre. *Te entiendo, te entiendo perfecto, pero igual me da muchísima pena y siento que todo esto es culpa mía y me siento una mierda por eso,* digo. No me atrevo a tomarla del brazo, a pasar una mano por su pelo, a rozarla mínimamente. Siento que ya la perdí, que ahora ama a Laurent, que soy una pesadilla que quiere cortar de raíz para iniciar una nueva vida. *¿Me perdonas?,* digo. Ella permanece en silencio. *No puedo* —responde—. *Es muy pronto. Quizá algún día pueda, pero ahora no. Me has hecho mucho daño. Ni siquiera sé si esta pobre criaturita nacerá bien,* añade, tocándose la barriga, y de nuevo se le parte la voz. *No digas eso,* la interrumpo, pero ella mueve su cabeza, impaciente, mira el reloj y dice: *Tengo que irme, voy a perder el avión.* La tomo del brazo, la miro a los ojos con todo el amor que todavía siento por ella y digo: *No te vayas.* Ella me mira sorprendida pero a la vez apenada y sin fuerzas ya, sin ninguna esperanza en mí. *Por favor, no te vayas, quédate,* le ruego. Ella mueve la cabeza, negándose. Le tiemblan los labios, las manos, y yo insisto: *Te juro que estaré contigo y te haré feliz y seré un buen papá.* Ella retira su mano y dice con cierta crispación: *No me hagas esto, por favor. No sigas haciéndome sufrir. Me vas a matar de un infarto.* Me quedo callado, comprendo que la he perdido. *Ya no te creo nada* —dice ella—. *Un día dices cosas bonitas y al día siguiente eres un monstruo. Ya no sé quién eres. Adiós, Gabriel.* Se acerca a mí, besa tímidamente mi mejilla y se marcha a pasos rápidos. *Sofía,* le digo, caminando detrás de ella, pero no voltea, se aleja de mí. Me detengo. Ella entonces me sorprende. Se da vuelta, improvisa una sonrisa muy triste y dice: *Te mandaré fotos cuando nazca el bebito.* Luego me hace adiós, pasa los controles y desaparece tras unos vidrios gruesos. En el taxi de regreso a casa no puedo dejar de llorar en silencio. Ha dejado de llover, es de noche y siento que es el momento más triste de mi vida. Entro al departamento, recuerdo su ausencia definitiva y lanzo un grito de dolor. Me miro al espejo y veo a un hombre que tendrá que vivir con la vergüenza el resto de sus días. Tengo los ojos rojos, hinchados, y un dolor agudo y creciente en el pecho que no me deja respirar. Camino hasta el cuarto, abro las ventanas para que se meta el viento helado, me tumbo en la cama, busco su olor entre las almohadas y lloro con una desesperación que no conocía. No puedo moverme. Me quedo así, tumbado, exhausto, sin saber adónde ir, qué hacer con mi vida. No podré escribir una línea más, menos aún volver a Lima y sonreír a sueldo en la televisión. Quizá convenga acabar con esta pesadilla, caminar a la farmacia, comprar un frasco de somníferos, tomármelos todos y escapar de mí, de esta cárcel en que se ha convertido mi vida. Trato de dormir pero no puedo. Tampoco quiero comer. He perdido, debo irme. Pasan los minutos y una sola idea machaca mi cabeza: debo irme, la película se ha terminado. Me quedo tendido un rato largo, quizá una hora o dos. Luego me incorporo con dificultad y salgo a la calle sin paraguas. Ha vuelto a llover. Me mojo. No importa. Nada importa ya. Ella se ha marchado y otro hombre será el padre de mi hijo. Llego desesperado a la farmacia y pido pastillas para dormir. Un sujeto imperturbable, en mandil blanco, me informa que necesito una prescripción. *No tengo* —le digo, con voz grave—. *Y real-*

mente necesito dormir. El tipo señala unos frascos en un estante y me dice que, sin prescripción, sólo puedo llevarme esas pastillas. Agarro diez frascos de Tylenol PM, voy a la caja registradora y pago. Camino las dos cuadras de regreso pensando: si me tomo estas diez cajitas, me muero o duermo una semana entera, es decir, que en cualquier caso las tomaré. Entro al departamento y me recibe una música familiar, el piano de Rachmaninov. Me quedo atónito. Sofía me mira, las piernas cruzadas, desde mi mesa de trabajo. *Cancelaron el vuelo,* dice, con una sonrisa. Yo la miro incrédulo, los ojos irritados, la ropa mojada, las diez cajitas de Tylenol PM en los bolsillos de mi sacón negro. *Falló una turbina del avión antes de despegar, regresamos y nos bajaron,* dice, de pronto seria. *Qué bueno,* digo, y me acerco a ella. *Estás empapado,* se alarma, al verme húmedo, goteando de pies a cabeza. *Me olvidé el paraguas,* digo. *Te vas a resfriar* —me amonesta con cariño—. *Voy a hacerte un tecito, ¿quieres?,* pregunta. *Sí, porfa,* digo. Ella se levanta y camina hacia la cocina, pero yo la detengo, la abrazo y lloro en su hombro. *No te vayas, mi amor* —le digo—. *Si te vas, yo me voy también.* Ella me abraza con fuerza, se moja con mis ropas, se estremece y dice: *¿Adónde te irías?* Yo respondo: *Me iría, simplemente me iría.* Ella me acaricia el pelo mojado con una ternura que pensé ya no sentía por mí y dice: *No digas tonterías. Acá estoy contigo. Es el destino, supongo.*

Sofía no puede tener al bebé, es una locura absoluta, yo me opongo totalmente, dice Bárbara, levantando la voz, el rostro crispado, las manos inquietas, temblorosas. *No digas eso, Barbie, déjala decidir tranquila, que haga lo que ella crea más adecuado,* le reprocha Peter, su marido. Estamos en el departamento de Isabel, que escucha en silencio, el ceño fruncido y, a pesar de la gravedad del momento, me mira con simpatía, apiadándose de mí por el mal rato que estoy pasando frente a su familia. Peter y Bárbara han llegado en el primer vuelo desde Lima y se han acomodado en el cuarto de huéspedes. Francisco, el hermano mayor de Sofía, y su novia, Belén, han tomado un tren en Boston, donde estudian, y se han sumado a este consejo familiar, reunido para decidir qué hará Sofía con su embarazo y conmigo. Somos siete personas —Bárbara y Peter, Isabel, Francisco y Belén, Sofía y yo— sentadas en la sala, y parece como si alguien hubiese muerto en la familia porque la atmósfera es sombría, deprimente. Bárbara es, con mucha diferencia, la que parece más molesta. Me mira con furia, culpándome de esta suerte de desgracia familiar. Peter procura mantener la calma y evitar los excesos dramáticos en que a menudo cae su esposa. Es un tipo frío, con bastante dominio de sí mismo, y sólo en ocasiones se permite un gesto de contrariedad, en particular cuando Bárbara dice un disparate. *No sé qué esperas para abortar, no puedes tener un hijo con Gabriel, que no te quiere y dice que quiere vivir solo,* estalla Bárbara, dirigiéndose a Sofía. Peter la mira pidiéndole calma, pero ella lo ignora. *No puedo abortar, ya les dije que traté y no puedo,* se defiende Sofía, con voz débil, sentada en un sillón con las piernas cruzadas. *Creo que te equivocas, Sofía,* interviene Francisco, su hermano, vestido con vaqueros y una camisa de cuadros. Es un hombre todavía joven, bordeando los treinta, pero ha engordado y perdido pelo, lo que hace que parezca mayor. *Tienes que hacer un análisis frío de los costos y los beneficios de tu decisión,* añade, con aire de sabihondo, envanecido porque estudia en una universidad de prestigio. *En mi opinión, los costos serían muy altos, porque no podrías terminar tu maestría, serías madre soltera, volverías a Lima en medio de la vergüenza social y limitarías muchísimo tu desarrollo y crecimiento profesional,* prosigue, acomodándose las gafas, sentado en la alfombra. Me irrita su actitud de geniecillo *nerd* que todo lo analiza rigurosamente, salvo el tamaño de su barriga, me digo, en silencio, con actitud culposa, porque el malo de la película soy yo y Sofía la víctima de mis desmanes amorosos. *Yo sé que si soy mamá ahora, mandaría al tacho mi futuro profesional, pero no me importa, prefiero darle vida a esta criaturita y ser pobre,* dice Sofía, la voz quebrada, y Belén la mira llena de compasión, mientras Isabel hace un gesto de impaciencia, harta de este melodrama, y Francisco vuelve a la carga, estimulado por las miradas cómplices de su madre: *No seas terca, Sofía. Piensa. Piensa con la cabeza, no con las hormonas. Te falta un año para terminar la maestría. ¿Vas a dejarla a la mitad? ¿Qué clase de trabajo vas a conseguir sin una maestría y con un bebito? ¿Quién va a cuidar al bebito? Vas a estar sola, en Washington, sin empleadas, sin trabajo y con un bebito llorando todo el día. ¿Qué clase de vida es ésa?* Bárbara asiente y lo secunda: *¿Qué clase de vida es ésa, Sofía? Vas a vivir como las negras que se llenan de hijos, no puede ser. Nuestra familia tiene una posición social, no podemos pasar por esta vergüenza de que tengas un hijo sin casarte y abandonando tus masters.* Sofía se eriza y levanta la voz: *Ya sé que tienen vergüenza de mí, ya me lo dijeron mil veces, ¿cuántas veces más me lo van a* *decir?* Yo pienso en silencio: No tienen vergüenza de ti, tienen vergüenza de que yo sea el padre de tu bebé, por eso quieren que abortes, para borrarme de tu vida y de tu familia. Bárbara me considera un impresentable porque le he dicho que soy gay, un tema del que aún no se habla en este consejo familiar; su hijo Francisco me tiene como un perdedor porque no terminé la universidad y me dedico a escribir, un oficio que a él le parece absurdo, un camino seguro a la pobreza; Peter me ve con lástima, pues no atiendo sus consejos de volver al Perú y dedicarme a la política; Belén, curiosamente, no me trata con hostilidad y por momentos hasta me mira con simpatía, e Isabel es mi aliada incondicional y me defiende con pasión cuando su madre me lanza sus habituales insidias. *No tenemos vergüenza de ti* —le dice Bárbara a Sofía—. *Estamos acá para ayudarte. Pero no podemos permitir que te hagas un daño teniendo un hijo con Gabriel, que, perdóname la franqueza, no está a la altura de nuestra familia y ni siquiera se siente un hombre, si me dejo entender.* Peter carraspea nerviosamente y mira al jardín; Francisco me escudriña con ojos desafiantes; Isabel sonríe y mueve la cabeza como diciendo *yo sé que Gabriel es más hombre de lo que ustedes creen. El daño me lo haría si abortara, mamá, ¡no entiendes nada!*, se desespera Sofía, mirando con indignación a su madre, que le devuelve una expresión fría, mezquina, egoísta. *Yo estoy con Sofía totalmente* —interviene Belén, que ha permanecido en silencio hasta entonces—. *No podemos obligarla a abortar. Se haría un daño muy grande. Ella quiere tener al bebé y todos debemos apoyarla para que lo tenga, aunque la situación sea complicada. Pero mucho peor para ella sería abortar, porque se quedaría traumada y hecha puré.* Sofía la mira con gratitud. Belén ha hablado con determinación, con una fuerza inesperada que nadie había mostrado en esta reunión. Yo la miro con respeto: es una mujer de convicciones y no tiene miedo de defenderlas aun estando en minoría. Sólo Belén y Sofía han tomado partido claramente a favor de que nazca el bebé. *Yo creo que, si queremos ayudar a Sofía, tenemos que hacerle ver las cosas como son, aunque le duela* —discrepa Francisco con su novia—. *Y lo que más le conviene, desde el punto de vista económico y profesional, de su futuro en el mercado laboral de este país tan competitivo, es abortar un embarazo indeseado y seguir adelante con sus estudios,* agrega, con una voz profesoral que me resulta odiosa. Belén lo mira con furia y levanta la voz: *Déjate de hablar cojudeces, Pancho. En este momento no estamos buscándole trabajo a Sofía, sino tratando de ayudarla a que esté bien. Vuelves a pedirle que aborte y me paro y me voy de esta casa, ¿está claro?* Francisco se empequeñece ante el exabrupto de su novia y asiente con docilidad. Bárbara e Isabel miran a Belén con disgusto, ofendidas de que vapulee así al niño estrella de la familia. *¿Tú qué vas a hacer, Gabriel?,* me pregunta Peter. Se hace un silencio incómodo. Yo casi no he hablado hasta entonces. *No sé, depende de lo que Sofía decida,* digo, tímidamente. *Sofía ya decidió, va a ser mamá, y tú eres el papá,* dice Belén, con una seguridad que me intimida. *No es así, Belén, todavía tengo dudas* —la corrige Sofía con cariño—. *Pero, sinceramente, no creo que pueda abortar, es algo que me parece tan horrible, tan cruel, que me da pesadillas todas las noches,* añade, y se le quiebra la voz. *Por eso, prohibido hablar del aborto, es una mariconada seguir haciéndole esto a Sofía,* afirma Belén, con aspereza. Yo me hago el tonto y miro a otro lado, pero me sonrojo cuando ella habla de mariconadas, porque sé que todos piensan que soy un maricón vergonzoso, un maricón que ha dejado embarazada a su chica y ahora sale del armario a gritar que es gay. *No me has dicho qué vas a hacer, Gabriel,* dice Peter, y me mira con una insistencia desesperante, al tiempo que Bárbara me clava sus ojos inquisidores y Francisco me observa con inocultable desdén. *Bueno, ya parece que todo está claro* —hablo con la voz más viril que puedo improvisar—. *Sofía va a tener al bebé y yo me voy a quedar con ella y ser el papá.* Isabel me sonríe cariñosa; Belén aprueba, moviendo la cabeza, y Bárbara y Francisco me desprecian, pues me ven como un intruso en la familia. *¿Vas a ponerte los pantalones y ser un hom-*

brecito?, pregunta Peter en un tono de superioridad, dirigiéndose a mí con una cierta condescendencia irritante. Yo lo odio por hablarme así, como si fuese mi padre, pero trato de disimularlo y respondo: *Voy a cumplir mis obligaciones*. Me hubiera gustado tener coraje para añadir: *Y no voy a ser esposo de Sofía, ni me voy a poner los pantalones, ni voy a ser el hombrecito que tú quieres que sea, porque soy gay, y así como Sofía tiene todo el derecho del mundo de ser feliz con su bebé, yo también tengo derecho de ser gay, sin descuidar mis obligaciones como padre. Así que no me hables de ponerme los pantalones con esos modales de capataz homofóbico, no me hables con esa actitud prepotente y abusiva, porque yo soy gay pero puedo ser muy hombre, y tú eres un pobre sacolargo casado con una bruja que te domina a su antojo, así que poca autoridad tienes para hablarme de pantalones*. No digo nada de eso, me quedo callado y aguanto el vendaval. *¿Vas a casarte con Sofía y apoyarla varonilmente?*, insiste Peter. Yo siento sobre mí todas las miradas, carraspeo, busco una voz gruesa para fingir que soy más hombre y balbuceo: *Bueno, sí, el plan es casarnos*. Entonces Bárbara mete cizaña: *Pero tú me dijiste que el plan es casarte para sacar la residencia, no porque estés enamorado de ella*. Francisco se exalta y hace un gesto cínico: *O sea, una boda de conveniencia, un braguetazo*. Isabel suelta una carcajada: *Te están diciendo braguetero, Gabriel, defiéndete*, me dice, con una sonrisa cómplice. Yo guardo silencio, me siento acorralado, no quiero mentir, y además es cierto que nos casaríamos para que yo pueda quedarme a vivir en este país, cerca de Sofía y del bebé. *¿Entonces es un matrimonio por papeles y nada más?*, pregunta Peter, que no me deja escapar. Belén me mira como diciéndome *pobre de ti que digas que sí, que te casas para sacar una jodida tarjeta de residencia, te aviento el florero si dices tamaña pachotada*. Sofía no mira a nadie, se hunde en un silencio compungido, mira esta alfombra que Isabel aspira dos veces al día, porque, como su madre y su hermana, es maniática de la limpieza. *No, yo quiero mucho a Sofía* —digo, y se hace un silencio—. *La quiero mucho y voy a apoyarla en todo* *lo que pueda. No quiero que deje sus estudios. Yo puedo cuidar al bebé para que ella vaya a clases y termine su maestría.* Bárbara se impacienta: *Eso es imposible, tú no sabes cuidar un bebé, no digas tonterías. Tampoco es tan difícil, mamá* —dice Isabel—. *Podemos cuidar al bebé entre Gabriel y yo, y así Sofía no deja sus clases, me parece una buena idea.* Yo amo a Isabel una vez más. Sofía respira aliviada, se siente menos acosada. Belén me mira como diciéndome *muy bien, muy bien, yo sabía que no me ibas a defraudar, yo te conozco de chiquito y no creo que seas tan marica como anda diciendo la loca de Bárbara. ¿O sea que te comprometes ante todos nosotros a casarte con Sofía y apoyarla ciento por ciento en su embarazo y su maestría?*, pregunta Peter, con desconfianza, como si fuese un abogado tratando de hacerme firmar un contrato. *Sí*, respondo, secamente. *Pero igual vas a casarte y rapidito nomás vas a sacar la residencia*, opina burlona Bárbara. *Bueno, ¿y eso qué tiene de malo?*, me defiende Sofía, mirando con enfado a su madre. *Claro, si puede sacar los papeles, mucho mejor*, dice Isabel. *No me estoy casando por los papeles, sino para ayudar a Sofía* —digo—. *Pero no puedo ayudarla si estoy como turista y tengo que irme cada tres meses. Es más fácil si me dan la residencia, así puedo estar acá tranquilo.* Peter asiente: *Bueno, sí, tiene todo el sentido del mundo.* Sofía dice: *Además, el bebito va a nacer acá y tendrá la ciudadanía como yo, y no sería bueno que Gabriel se quede como turista, si podemos sacarle los papeles.* Bárbara me mira con hostilidad, lo mismo que su hijo Francisco; los demás se resignan a la idea de tenerme en la familia y no parecen demasiado contrariados por eso. *Bueno, ¿cuándo se casan?*, pregunta Peter. Bárbara se lleva las manos al pecho, como si fuese una derrota atroz aceptar que me casaré con su hija. *El segundo miércoles de marzo*, respondo. *Ahorita, en menos de un mes, qué emoción*, dice Isabel. *Que conste que yo me opuse, y sigo pensando que todo esto es una locura, que estás pensando con las hormonas*, le dice Francisco a Sofía. *¡Pancho, carajo!*, le grita Belén, callándolo en seguida. *Ya basta de hacer sufrir a Sofía* —interviene Peter, en tono conciliador—. *Hemos evaluado to-*

das las opciones con serenidad, pero ya se tomó una decisión, que es la mejor para ella, y ahora todos tenemos que trabajar en equipo por el bien de Sofía —afirma—. *¿Estamos claros, Gabriel?,* me pregunta. *Muy claros, Peter,* respondo. *¿Te vas a poner los pantalones, dejarte de dudas hamletianas y aceptar tus responsabilidades con hombría y virilidad?,* insiste. *Sí, no te preocupes,* contesto. *El problema no es que se ponga los pantalones, sino que no se los saque tanto, por eso está embarazada Sofía,* dice Isabel, risueña, y las mujeres sueltan una risotada, salvo Bárbara, que me mira prometiendo venganza. *Bueno, salud por los novios,* dice Peter, y Sofía y yo rozamos nuestros vasos de agua mineral y nos miramos con amor aunque también con miedo. *Salud por el bebito,* dice Belén, al parecer contenta. *Salud por tu tarjeta de residencia,* dice Bárbara y me mira sarcástica, y yo la odio pero sonrío amablemente.

Las cosas han vuelto a una cierta normalidad. Sofía está más tranquila, asistiendo a clases y permitiéndose antojos de embarazada, como ir todas las tardes con su amiga Andrea al café Dean and Deluca y darse un atracón de dulces. Yo he retomado mi rutina: escribir cuatro horas diarias, encerrarme en el departamento, no ver a nadie ni atender el teléfono y salir a correr y hacer las compras. No falta mucho para la boda, apenas tres semanas. Unos días después, nos mudaremos al nuevo departamento que hemos alquilado y nos iremos a París. Peter ha regresado a Lima para seguir dirigiendo sus negocios. Antes de despedirse, me ha dicho con su habitual frialdad: *Tener un hijo con Sofía es lo mejor que te podía pasar en la vida, te has sacado la lotería, sólo que todavía no te das cuenta, cambia de cara, no lo tomes como una desgracia, sino como el premio mayor, y no la vayas a cagar de nuevo.* Creo que Peter me quiere a su manera, o al menos no me tiene aversión como Bárbara, que, para mi contrariedad, ha decidido quedarse con Isabel hasta nuestra boda, así aprovecha para hacer compras en Washington, descansar de la violencia de Lima y ayudar a su hija en los preparativos del casamiento. Yo he insistido con Sofía en que no quiero ninguna celebración, sólo la ceremonia legal en la más absoluta intimidad, pero bien pronto he comprendido que es una batalla perdida y que será inevitable una pequeña fiesta familiar organizada por Bárbara, en el departamento de Isabel. Isabel está encantada con la idea de tenerme como cuñado y yo, contento de sentir su cariño tan noble y su complicidad juguetona. Francisco y su novia Belén han tomado el tren de regreso a Boston, lo que es un alivio considerable, aunque prometen volver para la boda. También vendrían Harry y Hillary, tíos de Sofía que viven en Saint Louis, Missouri; su abuela Margaret, que Sofía adora, desde San José, Costa Rica, y sus primos George y Brian, residentes en Miami. De mi familia no vendrá nadie, he sido claro con mi padre en decirle que no están invitados, y él ha dejado de llamarme. Bárbara, sin embargo, insiste, con su habitual capacidad para entrometerse en asuntos que no le competen, en que debo invitar a mis padres a Washington, hospedarlos en el Four Seasons y convidarlos a la fiesta del casamiento. Es curioso, pero ella siempre habla bien de mi padre, dice que es un señor encantador, bonachón, gracioso y zalamero con las mujeres, y yo pienso que debería vivir un mes con él y aguantar sus borracheras a ver si sigue pensando lo mismo. Corre el mes de febrero y el frío va cediendo. En las noches se siente más, y por eso me pongo dos pares de medias y un suéter grueso. Sofía duerme en el sofá de la sala. No está molesta conmigo, me ha perdonado, pero dice que así yo duermo mejor y ella también, porque con el embarazo se mueve mucho y no me deja dormir y luego a la mañana le pongo mala cara y la culpo de todos mis malestares. Ella parece haber comprendido que mi felicidad depende de dos cosas elementales: dormir ocho horas sin sobresaltos y quedarme escribiendo a solas en la casa. Por eso prefiere dormir en la sala, despertar temprano, alistarse sin hacer ruido y marcharse a clases, dejándome una nota en la cocina, y no volver hasta la noche, cuando he terminado de escribir, así peleamos menos y todo es más fácil. Don Futerman, el dueño del departamento al que nos mudaremos pronto, ha dejado un mensaje en el teléfono, invitándonos al cine, pero lo he borrado sin contestarle porque no me provoca ver a nadie y menos a él, que me recuerda ciertas debilidades que, por el momento, estoy tratando de ignorar, en aras de la armonía con Sofía. También ha dejado un mensaje mi madre, que ahora escucho desde mi mesa de trabajo: *Hijo, soy tu mami, sé que estás en una etapa de reflexión e introspección, que te has metido en tu burbuja de soñador como hacías de chiquito, pero igual quiero decirte que estoy feliz y orgullosa por la noticia de tu matrimonio con Sofía. Es un verdadero regalo del Señor que te cases con una mujer tan buena, tan cristiana y tan fiel a ti, y por eso no dejo de dar gracias a Nuestro Señor. No sé si nos veremos el día de tu boda, pero eso es lo de menos, porque te veo siempre en mis oraciones y todos los días ofrezco la misa por tus rectas intenciones y tu santificación personal. Mi amor, mi Gabrielito, te mando un beso muy grande y dile a mi nuera que la tengo muy presente en mis oraciones.* Aunque conozco bien la religiosidad exacerbada de mi madre, me quedo sorprendido y sonrío cuando la oigo decir que Sofía será su nuera, esa palabra tan horrible. ¿Es Sofía la mujer cristiana y fiel que cree mamá? No estoy tan seguro de ello. Sofía no va a misa, descree como yo de la Iglesia católica y tiene una vida espiritual tan intensa como la mía, es decir, reza cuando viaja en aviones, especialmente en zonas de turbulencia, y cuando le sale un bulto raro que ella de inmediato sospecha que puede ser un tumor. Poco después, suena el teléfono nuevamente y oigo la voz de Bárbara: *Gabriel, sé que estás ahí, contesta el teléfono, por favor, que es importante.* —No me muevo de mi mesa de trabajo—. *Gabriel, contesta, no me hagas este desaire, tengo algo que decirte que es muy urgente y te va a interesar.* —Sigo sin moverme—. *Gabriel, si no contestas voy a ir a tu departamento y te voy a esperar en la puerta hasta que salgas, así que contesta.* Me rindo. Contesto. *Hola, Bárbara, estaba saliendo de la ducha,* miento. *Necesito verte cuanto antes,* dice ella, con voz urgida. *¿De qué se trata?,* pregunto. *No te puedo decir, tenemos que hablar en secreto, sin que Sofía se entere,* me dice en voz baja. *Bueno, cuando quieras,* digo. *Tiene que ser ahora mismo, es muy urgente,* dice ella, con un apremio extraño, que sólo multiplica mi curiosidad. *Estaba escribiendo,* alego. *Bueno, no te vendrá mal un recreo* —dice, confianzuda—. *Encontrémonos en el bar del Georgetown Inn en media hora,* añade. *No conviene, porque a Sofía le gusta ir allí,* digo. *¿Dónde es seguro?, ¿adónde no va nunca?,* pregunta, con una complicidad que me desconcierta. *El Four Seasons es más seguro,* digo. *Pero es carísimo,* protesta. *No, si tomamos un té,* digo. *Bueno, está bien, en el Four Seasons en media hora, y no le digas nada a Sofía, esto es un secreto entre los dos, ¿okay?,* dice ella. *Okay, no te preocupes, nos vemos en media hora,* digo y cuelgo. ¿Qué estará tramando esta bruja incansable? Algo malo con seguridad, alguna intriga desalmada y ponzoñosa sin duda. Trato de escribir pero estoy demasiado inquieto por la llamada de Bárbara, así que me cambio de ropa, me pongo algo más apropiado para las circunstancias, le dejo una nota a Sofía por si llega —«me voy a la biblioteca, regreso en un par de horas, te quiero»— y salgo a la calle. Camino a paso rápido para resistir mejor el frío. Decido no tomar un taxi, sino caminar por toda la avenida Wisconsin hasta la calle M y luego unas cuadras más hasta el hotel Four Seasons. Me hace bien pasear por este barrio donde nadie me conoce, mirar a los chicos y a las chicas guapas, perderme entre los pocos turistas que contemplan las vidrieras a ambos lados de la avenida. Esto, caminar, mirar, es algo que nunca pude hacer con placer en Lima y menos en Miami. Media hora después, llego al Four Seasons y siento el aire cálido que me envuelve tras cruzar el umbral de la puerta de vidrios corredizos. Camino hasta los salones del té, sacándome el sombrero y los guantes, y advierto que Bárbara no ha llegado. Me siento a esperarla. Miro el reloj, son las cinco de la tarde, estoy puntual. Poco después la veo llegar: Bárbara cruza el vestíbulo como una estrella de cine, en sus pantalones de cuero negro y su abrigo de piel, maquillada y enjoyada, toda una señora de alta sociedad que pasea por el Four Seasons con absoluta naturalidad y no se detiene a contestar los saludos de los porteros, quienes inclinan levemente la cabeza a su paso y no se atreven a mirarle el trasero, como harían en Lima. *Qué puntual,* me dice, con una sonrisa exagerada, y me da un beso en la mejilla, envolviéndome en la nube de perfume que la rodea. *Te ves regia,* digo, adulón, y ella sonríe encantada con el halago, aunque esa palabra, *regia,* es demasiado afeminada y tal vez debería haber usado otra. *Tú estás un poco gordito, tienes que ir al gimnasio y bajar la barriga,* me dice con cariño. Entonces se acerca el mozo y pedimos té, galletas y agua mineral. *No he almorzado, me muero de hambre,* confiesa ella, haciendo un ademán compungido. *Pide un sanguchito,* la animo. *No, ni loca, estoy a dieta, sólo almuerzo una manzana,* responde. *Me parece una locura, si estás espléndida así,* continúo con los halagos. *No, tengo que bajar tres kilos, si no, cualquier día Peter se va con otra,* dice, con una preocupación afectada, y luego se ríe. Yo sonrío mansamente y me pregunto qué ardides y triquiñuelas la habrán traído a sentarse conmigo en este hotel. Sé que no me quiere, no me engaño, pero finjo que todo está bien entre nosotros porque en eso, el arte de la duplicidad y la hipocresía, ella es, como buena señora limeña, una artista consumada. *¿Cómo va la novela?,* me pregunta. *Bien, bien, avanzando,* respondo. *¿Pero crees que vas a ganar plata con un libro?,* me dice. *Bueno, no sé, supongo que no, pero no estoy escribiendo por plata,* digo. *¿Entonces por qué lo haces?,* pregunta, con un tono de voz que rezuma amabilidad y no hace sino avivar mi desconfianza. *Bueno, porque siento que es mi vocación,* contesto. *No, no, te equivocas* —me dice, con esa arrogancia tan natural en ella—. *Tu vocación es la televisión, eres muy bueno en eso y ahí puedes ganar mucha plata,* sentencia. Prefiero no entrar en una discusión inútil y digo: *Bueno, quizá. Pero cuéntame, ¿qué querías decirme que era tan urgente?* Ella se queda callada, ensombrece su rostro con una expresión acongojada, hace chasquear los dedos de las manos y dice, bajando la voz: *Quiero proponerte algo que puede ser beneficioso para los dos.* Lo único de mutuo beneficio para ambos sería vernos lo menos posible, pienso, y digo: *Cuéntame,* *por favor, que me interesa mucho.* Ella cruza las piernas, tensando el cuero negro del pantalón, y balancea levemente la bota derecha, también negra y de cuero, y a continuación tira los hombros para atrás, tratando de no encorvarse y mantenerse erguida, y dice: *Yo sé que tú no quieres que Sofía tenga el bebito y yo te entiendo.* Permanezco en silencio. *Bueno, en algún momento me pareció que el aborto era lo mejor para los dos,* comento con vergüenza. Ella prosigue, como si no me hubiese oído: *Yo sé que tú quieres que Sofía aborte y que no quieres casarte con ella, que todo esto es muy duro para ti, ¿no es cierto?* Me sorprende el tono de cariño con que se dirige a mí y digo: *Bueno, sí, es duro para mí y para Sofía, y supongo que para ti también.* Ella asiente, apretando los labios, como tratando de mantenerlos muy rojos y brillosos, y dice: *Yo estoy contigo totalmente. Sofía no puede tener al bebito y menos casarse contigo. Es un error garrafal. No deben hacer eso. Van a joderse la vida por un capricho, por una calentura hormonal. Yo tengo un plan para que ella aborte y tú puedas recuperar tu libertad, que sé cuánto valoras, y acabemos con esta pesadilla que no sabes cuánto me ha hecho sufrir.* Ahora Bárbara se lleva las manos al rostro muy maquillado, me mira desolada y se le humedecen los ojos. *Lo siento* —digo, incómodo—. *Supongo que estás sufriendo mucho. No sabes* —me interrumpe—. *No sabes cómo sufro de ver a mi hija destruyendo su futuro, cavando su propia tumba. Y tengo que hacer lo que sea para ayudarla. Entiendo,* digo. Ella recupera el aliento y dice: *Pero tengo un plan,* y sonríe con aire maquiavélico. *¿Cuál es el plan?,* pregunto, lleno de curiosidad. Ahora Bárbara juega nerviosamente con el collar de perlas que baila sobre su pecho pecoso y dice, con un aire de misterio: *¿Conoces Londres?* Intrigado, respondo: *No, pero me muero de ganas.* Ella sonríe y me sorprende de nuevo: *¿Te gustaría pasar un mes en Londres?* Yo me hago el tonto y digo: *Claro, me encantaría, pero ahora no puedo porque tengo que acompañar a Sofía y seguir con la novela. Pero nos vamos a ir de luna de miel a París y tal vez después podríamos pasar unos días. Te invito a Londres,* me dice, con una sonrisa inquietante y esa mirada de mujer trastornada. *¿Cómo es eso?*, pregunto, tratando de mantener la calma. *Te invito un mes a Londres*, insiste. Esta vieja se ha vuelto loca, pienso. Está caliente y quiere llevarme a Londres. No entiendo nada, todo esto es muy absurdo. *¿Me puedes explicar bien en qué consiste la invitación, porque estoy un poco confundido?*, digo. Ella sonríe, pone una mano sobre mi pierna, me palmotea el muslo y dice: *Escúchame y no digas nada hasta que termine. Yo quiero que Sofía aborte. Cuanto antes, mejor. Sofía no puede tener un hijo ahora y menos contigo. No tengo nada contra ti, creo que eres un buen chico, pero tú mismo me has dicho que eres gay y que no estás enamorado de ella. Y yo no quiero que mi hija tenga un bebito con un gay, ¿me entiendes? Entonces, tengo que mover cielo y tierra para que aborte. Pero ella no va a abortar si tú te quedas a su lado. Porque si estás a su lado, le haces creer que eres su pareja, que no eres gay, que la quieres de verdad. Por eso Sofía no ha podido abortar todavía. Porque te has quedado con ella. Pero si te vas, si la dejas, entonces estoy segurísima de que abortará. Es mi hija y la conozco mejor que nadie. Lo que tenemos que hacer para que aborte, cosa que tú y yo queremos, es dejarla sola, que la dejes, que te vayas. Entonces ella se va a dar cuenta de que estaba engañada, de que no puede contar contigo, y ahí abortará de todas maneras. Créeme, estoy segura de eso. Lo que tenemos que hacer, si me sigues, es ponernos de acuerdo para que te vayas cuanto antes. Le dices que no la quieres ver más, que estás harto de ella, que no quieres ser el papá de esa criatura ni verla más a ella, y te vas con todas tus cosas, desapareces, te haces humo. Ahí entro yo a tallar y éste es mi plan. Obviamente, no te conviene regresar a Lima. Tienes que irte a un sitio donde nadie te conozca y puedas estar escribiendo tu libro tranquilito. Bueno, te invito un mes a Londres. Eso sí, no le puedes decir a nadie nuestro plan, no le puedes decir a Sofía que te estás yendo a Londres, ella no puede saber eso, no puede saber dónde estás* —Bárbara habla agitadamente, pero en voz baja, casi susurrando, al tiempo que la escucho con atención, y luego mordisquea una galleta y prosigue—: *Entonces te vas a Londres con un pasaje en British que yo te voy a sacar por lo* *bajo en la oficina de Peter, porque tenemos unos descuentos buenísimos con British, y te quedas en el departamento de una amiga, que ya me prestó las llaves. No tienes que gastar en nada, yo te consigo el pasaje y te doy las llaves del departamento, que es lindo, comodísimo, te vas a sentir un rey. Y te quedas ahí un mes enterito y no das señales de vida. Sólo yo puedo saber que estás allí. Yo te llamaría de vez en cuando para contarte las novedades. Y entonces Sofía se daría cuenta de que no puede tener al bebito sin un papá y de que tú no la quieres, que la has abandonado. Y te puedo jurar que abortaría. Yo la ayudaría en todo eso, los trámites del aborto y toda la recuperación. Y cuando aborta, te llamo, te aviso y ya está, puedes hacer lo que quieras, seguir con tu vida, pero ya salimos del problema. ¿Qué te parece mi plan? No está malo. Un mes en Londres escribiendo en un lindo departamento y yo te aseguro que Sofía aborta y los dos, tú y yo, que en esto estamos en el mismo barco, nos quitamos un problema de encima. ¿Qué te parece?* Yo me quedo pasmado. Esta mujer es más astuta e inescrupulosa de lo que pensaba, una manipuladora de cuidado, una arpía que no descansará hasta arrancarle el bebé a Sofía. *No es una mala idea* —digo cobardemente—. *Me encanta la idea de pasar un mes en Londres y te agradezco la invitación* —añado, y ella sonríe encantada—. *Pero, la verdad, no sé si puedo hacerle esto a Sofía. ¿Hacerle qué?*, pregunta ella, perdiendo la sonrisa. *Bueno, abandonarla, dejarla en este momento tan difícil de su vida. Creo que sería muy duro para ella.* Bárbara se impacienta y me mira con poco cariño: *Pero peor sería que tenga al bebé y que luego la dejes, porque igual la vas a dejar. Esto sería más franco, más honesto, y le harías un bien a mi hija. ¿Y qué pasa si no aborta?*, pregunto, y bebo un poco de té que ya está frío. *Es imposible, ella va a abortar de todas maneras si tú la dejas* —responde, cortante—. *Pero si te quedas, si duermes con ella, si la engañas haciéndole creer que vas a ser su pareja, su esposo, ¿cómo se te ocurre que va a abortar? ¡Imposible!*, sentencia, levantando la voz. *Bueno, quizá tengas razón, si me voy es probable que ella vea las cosas de otra manera y se convenza de abortar*, digo. *Claro, yo la voy a convencer, no te preocupes por eso*, dice, y se acomoda el pelo rubio, tieso por todos los productos químicos que lleva encima. *Es un buen plan* —digo, tratando de parecer más convencido de lo que estoy—. *Pero, insisto, no sé si voy a ser capaz de dejarla, y no estoy seguro de que lo mejor para ella sea abortar, porque ella es muy buena, muy maternal, y creo que un aborto sería un trauma terrible.* Bárbara hace un esfuerzo para no perder la paciencia, respira profundamente y dice: *Te equivocas, un aborto es una cosa sencilla, un mes y ya está todo olvidado. Yo soy mujer y sé mejor que tú de estas cosas.* Yo la interrumpo: *¿Pero y qué si no aborta? Yo ya traté y fracasé. ¿Qué si tú fracasas también y ella, que es terca, se niega a abortar? No puedo desaparecer de su vida y darle la espalda a mi hijo. No puedo hacer eso. Sería una canallada.* Ella sonríe muy tranquila, como si lo tuviera todo bajo control: *Qué bueno que digas eso, que seas un buen tipo después de todo* —comenta, con alivio—. *El plan es muy simple: si Sofía aborta, todos contentos, y si no aborta en ese mes que tú estás en Londres, te llamo, te cuento que no la pude convencer, que mi hija es terca como una mula y quiere cavar su propia tumba, y regresas rapidito, le pides perdón, te arreglas con ella y se casan, ya está.* Esta mujer es una bruja de cuidado, pienso. *Pero a lo mejor regreso y no me perdona, no me quiere ver más. De repente se aloca, toma un avión, se va a París y se casa con Laurent y decide que él será el papá del bebé, porque ya estuvo a punto de hacerlo el otro día.* Bárbara suspira y dice apesadumbrada: *Sí, ya sé, me contó.* —Luego añade, como para sí misma—: *Es una lástima que haya dejado a Laurent, que era tan buen partido, para estar contigo. No me hizo caso. Yo le dije que se casara con el francés. Pero, bueno, así es la vida, las hijas no escuchan, no hacen caso.* —Luego se hace un silencio, me mira con una cierta conmiseración y dice—: *Entonces, ¿te gusta mi plan?* Yo finjo entusiasmo: *Sí, me gusta. Tengo mis dudas, porque dejarla estando embarazada me parece una cosa horrible, pero me gusta.* Ella vuelve a palmotear mi pierna derecha y sonríe coqueta: *Un mes en Londres te haría la mar de bien. Los hombres son tan guapos, tan distinguidos.* —Yo me sonrojo, pero ella prosigue—: *Y si Sofía* *aborta, te quitarías un peso tremendo de encima, créeme. Y sólo va a abortar si te vas, yo soy mujer y sé de esas cosas. Y, bueno, si no aborta, te regresas y ya está, igual pasaste un mes de vacaciones en Londres, no te puedes quejar. Gracias,* le digo. *¿Tenemos un plan, entonces?,* me dice, con vehemencia. *Tenemos un plan,* digo. Bárbara me da la mano y dice: *Siempre supe que eras una persona inteligente, pragmática. Me alegro de que veas las cosas con claridad y confíes en mí. No te preocupes, sólo hazme caso, sigue mis consejos y todo va a salir bien. Gracias, Barbie,* digo, como un niño obediente, y ella me mira con esos ojos inquietos, rebosantes de cinismo, y suspira: *Es un desperdicio que seas maricón, con lo bueno que estás.* Luego hace un gesto impaciente y pide la cuenta. *Yo pago,* digo, pero ella sonríe y me detiene: *No, no, a partir de ahora, tú eres mi invitado. ¿Cuándo quieres viajar?* Yo no sé qué decir: *Ni idea, déjame pensarlo. Bueno, piénsalo, no le digas nada a Sofía y mañana te llamo y me dices cuándo viajas.* Sonrío con una debilidad que me avergüenza y digo: *De acuerdo, mañana te diré cuándo viajo.* El mozo trae la cuenta y ella deja su tarjeta dorada. Apenas el muchacho se retira, Bárbara mira sus pechos erguidos, echa una mirada fugaz a mi entrepierna y dice: *Si eres gay, ¿por qué te acostabas con Sofía?* A pesar de la incomodidad, respondo: *Porque soy bisexual y Sofía me gusta. ¿Pero los hombres te gustan más?,* pregunta, curiosa. *Sí, supongo que sí,* digo. *¿Supones?,* se burla. *Bueno, sí, los hombres me gustan más.* Ella mueve la cabeza levemente, mira hacia el pianista, que sigue tocando con aire ausente, y dice: *Es un desperdicio que seas maricón, y te lo digo con cariño. Si fueras un hombre de verdad, podrías ser presidente, como te dice Peter. Pero así, siendo mariquita, lo mejor que puedes hacer es vivir lejos del Perú.* Yo sonrío amargamente y digo: *Lo mismo dice mi padre.*

Esa misma noche se lo cuento todo a Sofía. *No puedo hacerte una bajeza así* —le digo en la cama—. *No puedo conspirar con tu madre contra ti. No tengo cara para decirte que me voy a ir, dejándote embarazada, y que no me vas a ver más, tengas o no al bebé, porque me parece una cobardía, una canallada sin nombre, y ya traté de hacerlo y me sentí un miserable. No voy a ser un títere de tu madre y hacer lo que ella quiera. Que se vaya al carajo.* Sofía me mira con cariño. Está en camisón, con unas ojeras pronunciadas, y sus ojos revelan tristeza y fatiga, como si ya nada le sorprendiese. *Es increíble que mi madre sea tan desleal conmigo* —dice, menos molesta que cansada—. *¿Tan difícil le es entender que no puedo abortar? Si fuese menos egoísta, me entendería. Pero sólo le preocupa la imagen social, el qué dirán, la opinión de sus amigas de Lima.* —Luego me toma de la mano, me acaricia suavemente y dice—: *Gracias por decírmelo. Gracias por ser mi amigo y no caer en su juego.* Me invade una sensación de orgullo. Esta vez, he hecho lo correcto, he sido noble con ella y he desenmascarado a la pérfida de su madre. *Yo entiendo que tu madre esté a favor del aborto en este caso* —digo—. *No la culpo por eso. Yo le dije que soy gay y está aterrada y no me quiere nada. Y piensa que si tú te quedas con el bebé, no terminarás tu maestría y joderás tu futuro. Entiendo que piense eso. Yo también lo pensé y te pedí que abortases. Pero lo que me parece sucio, bajo, innoble es que me pida que haga esta especie de teatro maquiavélico y te diga que me voy, que te abandono para siempre, y que luego me esconda en un depar-*

tamento prestado por ella hasta que abortes. Eso me parece indigno. Sofía me mira con cariño. *Claro, es una perrada,* dice. Yo continúo, envalentonado: *Porque yo no tendría cara para decirte eso: que me voy, que te jodas con el bebé, que no quiero verte más. No tendría cara. Yo ya entendí que no puedes abortar, que es una crueldad pedirte que abortes, que vas a tener al bebé conmigo o sola, y por eso no te haría algo tan traidor, sabiendo el daño que te harías abortando.* Estoy sentado en la cama en ropa de dormir, la habitación apenas iluminada por la luz que irradia el televisor. Tendida de costado, Sofía parece reconfortada de sentir mi cariño y dice: *Pero aunque te fueras otra vez, no abortaría. Aunque hicieras el plan de mi mamá y me abandonases, igual tendría el bebito. Quiero que entiendas eso, mi amor: yo voy a tener a esta criaturita contra mi mamá, contra mi familia entera y contra ti mismo si hace falta. Es mi hijo y nadie me lo va a quitar. Y la tarada de mi mamá no entiende que es mi decisión y mi futuro, y que ella no tiene la última palabra, sino yo.* En la voz de Sofía no hay rencor hacia su madre, no al menos el que yo siento por mis padres. Eso no deja de sorprenderme. Aunque sabe que su madre ha intrigado contra ella, no le molesta tanto como pensé que le molestaría. En seguida digo: *Yo creo que deberías mandarla al carajo y que no vengan a la boda.* Pero Sofía me corrige: *No vale la pena, no quiero más peleas, mi mamá es así de loca y es peor si no la invito al matrimonio, porque seguro que viene igual y me hace una escena.* Yo discrepo: *Creo que te equivocas. Deberíamos casarnos tú y yo solos, nadie más. Ni mis padres, que no vendrán porque ya los mandé al carajo, ni tu familia, que, seamos francos, me ve con abierta antipatía, porque nadie quiere que te cases y tengas un bebito conmigo, salvo Isabel, creo, que es la única que me quiere.* Sofía se irrita cuando menciono a su hermana: *Isabel no es que te quiera o no te quiera, sino que está feliz de que yo tenga a esta criaturita porque cree que así no voy a terminar mi maestría y de puro envidiosa eso la hace feliz, porque ella no pudo entrar a Georgetown y yo sí, y ahora su venganza sería que yo tenga que dejar la universidad.* Me quedo sorprendido y digo: *No creo, Isabel no es tan envidiosa.* Sofía prosigue, como si no me hubiese oído: *Pero se equivoca, porque voy a ser mamá, no voy a dejar mis clases y, como sea, voy a graduarme con toda mi promoción, aunque tenga que contratar una empleada para que me cuide al bebito, pero yo no soy una* loser, *una* quitter, *y no voy a tirar la toalla con mi embarazo ni con la universidad.* Veo su determinación y digo: *Haces bien. Te admiro. Cuenta conmigo. Yo te voy a ayudar con tus* papers *de la universidad. Y cuando nazca el bebito, no tenemos que contratar empleada, yo me quedo cuidándolo mientras estás en clases.* Sofía se ríe, me hace cosquillas en la barriga y dice: *Sí, claro. Quiero verte cambiando pañales y haciendo de mamá. ¡No aguantarías una semana! Seguro que traerías tres empleadas de Lima.* Yo me río y digo sin pensarlo: *La ventaja de ser bisexual es que puedo ser un buen papá y también una buena mamá.* De pronto, Sofía se queda muy seria, pues no le ha hecho gracia mi broma. *No digas tonterías* —dice—. *Tú serás un excelente papá.* Ahora se echa de espaldas a mí. Apago el televisor. Le doy un beso en la cabeza y me quedo oliendo su pelo, abrazándola por detrás. *Perdona si te molestó la broma,* digo. Ella se queda callada y luego dice: *No me molestó, pero me cae fatal que hables de tu bisexualidad. Prefiero no oír esa palabra. Me da dolores de barriga.* Sí, claro, pienso. Muy conveniente no escuchar esa palabra, pero ¿y qué se supone que debo hacer yo? ¿Fingir que esos conflictos no existen? ¿Hacerme el tonto? Mejor no me molesto. No más peleas. No esta noche. Le doy un beso en la cabeza y digo: *Duerme rico.* Me echo de costado, dándole la espalda, pero me quedo desvelado y siento que ella tampoco duerme. *¿Le vas a decir a tu madre que te conté todo?,* pregunto, en voz baja. *Creo que mejor me hago la tonta y no le digo nada,* responde. *¿Y yo qué le digo?,* insisto. *Lo que quieras,* dice, con voz dulce. *Dile que no te parece una buena idea, que no quieres dejarme sola con un embarazo que también es tuyo, y que sabes que, aunque te vayas, no voy a abortar.* A lo lejos se oye el televisor del vecino. Suele dejarlo encendido hasta tarde, quizá se duerme así, como dormía mi padre cuando yo era niño, mirando la televisión aunque ya no hubiese señal, sólo unos puntitos intermitentes que yo pensaba eran hormigas. *Tienes razón* —digo—. *Le diré eso mismo, que es una mala idea y que no puedo dejarte porque sería una canallada y te quiero.* Sofía busca mi mano con la suya por debajo de las sábanas y me acaricia levemente. *Gracias* —dice—. *Gracias por ayudarme a tener el baby. Ya verás lo feliz que vas a ser cuando seas papá.* Miro el reloj despertador, los números rojos: es temprano, todavía no son las doce. *Voy a llamar a tu mamá y así me quito este peso de encima,* digo. *Mejor mañana, mi amor,* dice ella, con voz cansada. *No, mejor ahora,* insisto, y me pongo de pie, camino a la sala, marco el número de Isabel y espero. Oigo su voz pidiendo que deje un mensaje en la grabadora. No digo nada, prefiero colgar. ¿Realmente quiero a Sofía? ¿Tengo ilusión de ser padre? ¿Estoy dispuesto a ayudarla con sus trabajos académicos? ¿Seré capaz de cuidar al bebé mientras ella asista a esas clases en las que no parece aprender nada? ¿Por qué le digo tantas cosas de las que no estoy seguro? ¿Por amor o por cobardía? Soy débil. Me parezco a mi madre, que ha sufrido toda su vida y sigue sufriendo al lado de mi padre porque nunca tuvo el coraje de dejarlo. ¿No tendrá razón Bárbara cuando me dice que debería irme para que Sofía comprenda que eso ocurrirá tarde o temprano, que no debe engañarse pensando que cuando nazca el bebé yo me quedaré y seremos una familia feliz? Quizá era un buen plan hacer maletas, viajar a Londres y obligar a que Sofía se desengañe. Pero ya lo estropeé por hacerme el bueno. Me voy a dormir molesto. Soy un hombre débil y por eso soy tan infeliz, pienso. La felicidad es un botín que sólo conquistan los fuertes, los audaces, los que se atreven a pelear por ella. Como mi madre, no seré feliz por falta de valor. Cuando despierto con los ruidos de los niños en el patio vecino, Sofía ya se ha ido. Me miro al espejo del baño, rasco mi cabeza y veo cómo caen los pelos en el lavatorio. Me voy a quedar calvo, pienso. Es el estrés, la tensión, las noches mal dormidas con la mandíbula apretada y los dientes rechinando. Sofía quiere que vaya al dentista para que me den una placa dental como la que usa mi madre en las noches, pero esas placas me parecen un asco y no estoy dispuesto a ceder en eso, al menos no en eso. Suena el teléfono. Es Bárbara, que empieza a dejarle un mensaje a Sofía. Contesto en seguida. *Hola, Barbie* —le digo, y me avergüenzo de saludarla con ese diminutivo tan falso—. *Sofía se fue a clases,* añado. *Qué raro, tú despierto tan temprano* —dice ella, en tono sarcástico—. *Pensé que dormías hasta mediodía.* Yo me hago el laborioso y contesto: *No, ahora me levanto temprano y me siento a escribir.* Ella baja la voz y dice como secreteando: *Bueno, ¿y cuándo nos vamos a Londres?* Yo me armo de valor y digo: *No, Barbie, no me voy a ir, es una mala idea.* Pero lo digo con una voz suave, mansa, servicial. No sé por qué esta mujer arrogante me intimida. Debe de ser porque es tan prepotente como mi padre, porque se da aires de princesa y me trata como si fuese su lacayo. *¿Qué pasó?, ¿por qué has cambiado de opinión?,* dice, tratando de sonar cariñosa, pero sé que en el fondo maldiciéndome. *Lo pensé bien y no puedo hacerle eso a Sofía* —digo—. *No puedo abandonarla así. Sería una cobardía. Y estoy segurísimo de que ella no abortaría. Incluso si me voy diciéndole que no la veré más, te puedo apostar plata que ella no va a abortar,* añado, con voz firme. *¿No se lo habrás contado, no?,* pregunta, suspicaz. *No, cómo se te ocurre,* miento. *Porque si le cuentas nuestro plan, ahí sí que te jodes conmigo, Gabriel, y más te vale no tenerme como enemiga, porque yo cuando quiero ser mala puedo ser muy mala,* me amenaza. Yo sé que eres una vieja malévola, no tienes que decírmelo, pienso. *No te preocupes, Barbie, Sofía no sabe nada* —la tranquilizo—. *Pero no puedo irme a Londres, por ahora me voy a quedar con ella,* añado. *¿Hasta cuándo?,* pregunta, desafiante, interrumpiéndome. *Hasta que nazca el bebé y ella se gradúe,* respondo. *¡Pero ella no va a poder graduarse, es imposible!,* se enfada. *No creo que sea imposible* —respondo, tratando de mantener la calma—. *Yo puedo ayudarla con sus tareas.* Ella se impacienta y grita: *¡Tú lo único que* *quieres es casarte para sacar la residencia! ¡Y ni bien te den los papeles te vas a ir corriendo y no te vamos a ver más, te lo puedo asegurar! Te conozco, Gabriel. A mí no me vas a meter el dedo a la boca como haces con Sofía. ¡Tú la has dejado embarazada a propósito, para obligarla a que se case contigo y así sacar los papeles! ¡Eres un manipulador y no quieres a Sofía ni a nadie, sólo te interesa conseguir los papeles y por eso has hecho todo esto!* Yo me quedo pasmado. No puedo creer que me acuse de ser tan perverso. Jamás pensé dejarla embarazada. Fue un tropiezo, un accidente, un descuido de ambos. Si esta loca supiera que llevé a su hija a una clínica de abortos, que la obligué a entrar en medio de aquellos energúmenos que nos insultaban, tal vez no me diría tantos disparates. *No es así, Bárbara* —digo, haciendo un esfuerzo por no levantar la voz y contestar sus insidias con otras peores—. *Yo no quise dejar a Sofía embarazada. Yo no quise ser papá. No me interesan los papeles. Pero ya que ella quiere tener al bebé, sí, lo mejor es casarnos y sacar los papeles.* Bárbara chilla como una perturbada: *¡No te creo ni una palabra, pendejo de mierda! ¡Eres un* wimp*! ¡Te conozco más de lo que crees, conozco a los bragueteros como tú, y sé que te estás aprovechando de Sofía para hacerte residente acá, porque eres un maricón y no quieres volver al Perú! ¡Necesitas los papeles, no me mientas! ¡Por eso la dejaste embarazada y no te quieres ir ahora, porque sabes que, si te vas, ella aborta y te quedas sin matrimonio y sin tu* green card *y te vuelves a Lima como el* loser *que eres!* Yo sonrío, caminando en círculos por la sala con el teléfono inalámbrico en un oído y luego en el otro, y digo con todo el cinismo del que soy capaz: *Aunque grites y me insultes, no voy a dejar a Sofía, nos vamos a casar y sí, voy a sacar los papeles. Y estás cordialmente invitada a la boda. Y si quieres prestarnos el departamento en Londres para la luna de miel, sería todo un detalle de tu parte.* Bárbara grita, odiándome: *¡Idiota!* Asshole! Go fuck yourself! *¡Ya te jodiste conmigo, vas a ver! ¡Ojalá termines tirado en una vereda muriéndote de sida y pidiendo limosna! ¡Vete a la mierda!* En seguida cuelga y yo permanezco de pie, mirando la imagen que me devuelve el espejo, la de un hombre barrigón, en pijama, perdiendo pelo, que no sabe qué hacer con su vida, cómo salir del embrollo en que se ha metido. Me doy una ducha, me hago una tortilla con jamón, desayuno en la cocina escuchando mi disco favorito de Bach y voy a la computadora a escribir. Trato de seguir con la novela, pero no puedo. Sólo consigo escribir insultos contra Bárbara, uno tras otro. Lleno la pantalla de invectivas, diatribas y procacidades. Más tarde me calmo y vuelvo a mi libro. De pronto suena el teléfono. No contesto. Reconozco la voz de Isabel en el contestador. *Gabriel, si estás ahí, contesta, porfa,* me dice, con voz dulce. Amo a esa mujer. Si la hubiese conocido antes que a Sofía, habría intentado seducirla. Ya es tarde. *Hola, Isabel,* digo, con mi mejor voz de escritor rebelde, gay torturado y macho ocasional. *¿Qué ha pasado, que mi mamá está hecha una loca?*, me dice. *Ay, Isa, es una larga historia* —suspiro—. *Básicamente, cree que he dejado embarazada a Sofía a propósito, para sacar los papeles,* añado, con voz de víctima. *No sabes lo histérica que está* —me cuenta ella—. *Ha gritado toda la mañana contra ti y ha dicho unas cosas increíbles que te juro que me han dejado preocupada, Gabriel, y por eso te llamo, porque me da miedo que mi mamá haga una locura.* Me encanta que Isabel sea mi aliada y mi confidente. *¿Qué ha dicho? ¿Que me va a cortar las pelotas?*, digo, haciéndome el gracioso. *Ay, es que no sé si decirte todo,* duda ella. *Cuéntame, Isa. Tú sabes que te adoro y que puedes confiar en mí.* Ella habla susurrando: *Bueno, te cuento porque estoy sola y aprovecho que la loca se ha ido de compras aquí al lado. Dice que te va a hacer brujería con su bruja en Lima.* Yo me río y digo: *Me da igual, no creo en esas huevadas.* Pero ella sigue, muy seria: *Escúchame, escúchame. Y dice que le va a meter una pastilla a Sofía en la comida, sin que se dé cuenta, para hacerla abortar.* Yo me sorprendo: *No te creo.* Isabel continúa, alarmada: *¡Te juro! ¡Y mami es capaz! ¡Está hecha un pichín! Por eso te llamo, porque dijo que iba a comprar esas pastillas. O sea que avísale a Sofía ahorita mismo, que no vaya a comer nada que le dé mi mamá. Anda ahorita a la universi-*

dad, búscala y dile esto, ¿okay? Yo le digo agradecido: *Tranquila, que se lo voy a decir apenas la vea. ¿Pero existen esas pastillas para hacerte abortar? ¿Se pueden mezclar con la comida?* Isabel habla con voz grave: *Claro que existen pastillas abortivas que te aceleran la regla. Y, créeme, Gabriel, mi mamá es capaz de meterla en una bebida y dársela a Sofía como si nada y adiós embarazo.* Yo la secundo: *Claro que es capaz, no tengo la menor duda.* Ella sigue: *O sea, que anda ahorita, busca a Sofía y cuéntale. Pero no le digan a mami que yo les avisé, porque me mata. Háganse los locos, y eso sí, que Sofía no coma ni tome nada que mami le dé.* Yo le hablo con todo el cariño que ella me inspira: *Gracias, Isabel. Eres genial. Eres, de lejos, lo mejor de tu familia. Te adoro y te agradezco mucho por ser buena y cariñosa conmigo.* Ella me interrumpe: *Ya, ya, no seas sobón. ¿Cuándo nos vemos, ingrato?* Yo me alegro: *Cuando quieras. Vente un día por acá y nos tomamos un tecito.* Ella se ríe: *Qué aburrido eres. Nunca sales, ¿no? Más bien vente tú un día a mi casa y te preparo una comidita rica. ¿Estás loca?* —le digo—. *No pienso ir a tu casa mientras tu madre esté allí. Ay, cierto* —se lamenta—. *No veo la hora de que mami se vaya a Lima y me deje en paz. Es una tortura vivir con ella. Me imagino,* digo. *Bueno, no pierdas tiempo, corre a la universidad, que tengo pánico de que mami vaya a buscarla y le meta la pastilla.* Me despido, cuelgo y salgo de prisa a la universidad. Por suerte, son pocas cuadras, apenas cuatro: dos por la calle S hasta la 37, y dos por la 37 hasta la universidad, ingresando por la entrada lateral. Llego a la rotonda, busco a Sofía con impaciencia y finalmente la encuentro en la biblioteca, sola, leyendo un libro en inglés. *Vamos a tomar algo a Sugar's,* le digo. Sonríe encantada. En la calle O, caminando sin mucho apuro, se lo cuento todo: que su madre me acusó de embarazarla deliberadamente para conseguir la tarjeta de residencia; que me mandó a la mierda con insultos porque me negué a ejecutar su plan de fugarme a Londres; que amenaza con hacerme brujerías y maleficios, y que le dará una pastilla para abortar sin que ella se dé cuenta. Sofía lanza una carcajada. Me irrita que se ría, que no tome en serio lo que le digo. *No es broma, Sofía* —le digo—. *Tu mamá es capaz de hacer cualquier cosa para que abortes. No, no* —me corrige, divertida—. *Eso es imposible. Lo dice para hacerse la mala, pero no es capaz de meterme una pastilla y hacerme abortar.* Yo hago un gesto de enfado: *Yo creo que es capaz de eso y mucho más. Mi madre es una cucufata insoportable, pero la tuya es una bruja.* Sofía me mira disgustada: *No insultes a mi mamá, por favor.* Me lleno de furia contra ella por ser tan tonta, tan ingenua. *Bueno, si no me crees, jódete* —le digo—. *Vine corriendo para avisarte, pero si quieres, anda con tu mamita y toma todas las cocacolitas que te dé, a ver cómo te va con el embarazo.* —Le doy un beso en la mejilla y digo, cortante—: *Chau, me voy a escribir.* Ella me mira sorprendida: *¿No me ibas a invitar un café en Sugar's?* Yo hago un gesto desdeñoso, las manos en los bolsillos, y digo: *Cambié de opinión.* Sofía se ríe y eso me irrita todavía más. Tonta, eres igual que tu mamá, pienso.

Esa noche Sofía llega a casa sobreexcitada cuando estoy leyendo y escuchando música, me mira con desusada intensidad y dice: *¡No sabes lo que pasó!* Su voz revela que no está molesta conmigo por haberla desairado más temprano en la puerta de Sugar's. *Cuéntame, ¿qué pasó?*, digo, y pienso que seguramente hizo una travesura en clase, copió un examen o algo así. *Mi mamá me invitó a comer y tenías razón: ¡quiso meterme la pastilla!*, grita, menos colérica que divertida. *¡Ya ves, te dije!*, digo, acomodándome en el sofá. Sofía apaga la música, no se sienta porque luce demasiado nerviosa y habla: *Pasé por casa de Isabel al terminar clases y mami me invitó a comer. Isabel no estaba. Fuimos a Milano, que tú sabes que es un restaurante que a mí me encanta. Mami estaba amorosísima conmigo, tanto que me parecía raro. No me hablaba de ti ni del embarazo, estaba irreconocible, un amor, súper relajada y positiva. Me decía que se iba a quedar acá a ayudarme con el bebito, que no me preocupe por nada, que si quiero manda traer a una de las empleadas de Lima, porque Peter es amigo del cónsul americano y les consigue la visa al toque, sin problemas.* —Yo la escucho fascinado, sin moverme, y ella prosigue, dando pasos cortos y nerviosos por la sala—: *Entonces todo iba bien, nos sentamos adentro, claro, porque hace frío, y yo me acordaba de lo que tú me habías dicho de la pastilla, pero, la verdad, pensé que era una locura de Isabel, que mami no podía ser tan loca.* Yo la interrumpo con un mohín cínico: *Eres tan ingenua, Sofía.* Ella se arregla el pelo, hace un gesto nervioso con la boca, parecido a los que yo hacía cuando tomaba cocaína, y continúa: *En eso, pedimos la comida, yo pido un* risotto, *por supuesto, que tú sabes que me fascina el* risotto *de Milano, y pido agua mineral, pero mami me dice que no sea aburrida, que mejor pida una coca* light, *y ahí me pareció raro y empecé a sospechar, y por eso cuando nos traen las bebidas, yo le digo a mami que voy un ratito al baño. Y me paro de la mesa y voy al baño, pero me quedo escondidita atrás de la pared, justo donde comienza el pasadizo que lleva a los baños. ¡Y no me vas a creer lo que veo! Mami voltea así toda solapada, como chequeando por si las moscas que nadie la esté mirando, pero yo estoy en la esquina del baño mirándola atrasito de la pared sin que ella se dé cuenta, y saca una pastillita del bolsillo de su saco y la parte en dos con el cuchillo y tira todo el polvito de la pastilla adentro de mi coca* light. Yo la interrumpo, perplejo: *¡No!* —digo—. *¡No puede ser! ¡La muy cabrona lo hizo!* Sofía se enardece aún más: *¡Me metió el polvito de una pastilla, movió mi coca-cola como si nada y puso carita de yo no fui, la desgraciada! ¡Yo vi todito desde la esquinita de la pared, no sabes la rabia que me dio, te juro que quería llamar a la policía y denunciarla!* Yo me río y pregunto: *¿Y entonces, qué hiciste?* Ella mordisquea las uñas de su mano derecha y yo la miro reprochándoselo y ella deja de hacerlo y dice: *¿Qué hice? ¿Qué crees? Fui a la mesa, me senté y me hice la estúpida, la cojuda. Me hice la que no había visto nada.* Yo me erizo: *¡Pero no tomaste la coca-cola!* Ella sonríe con aplomo: *No, claro que no. Al ratito trajeron la comida y empecé a comer mi* risotto *y mami comía su ensalada de pollo y tomaba su vino blanco y las dos hablábamos muy bonito, súper hipócritas, pero yo por supuesto ni tocaba mi coca-cola. Y mami se hacía la loca pero miraba medio nerviosa mi vaso de coca-cola y no entendía por qué yo no tomaba ni un trago.* Yo suelto una risotada: *Me hubiera encantado estar ahí.* Sofía prosigue como si no me hubiese oído: *Entonces mami no pudo más, perdió la paciencia y me dijo que por qué no tomaba mi cocacolita, que ni la había tocado, pero, claro, me lo dijo así, con una vocecita de buena gente que no mata ni a una mosca. ¿Y tú que hiciste?*, pregunto, impaciente. Sofía sonríe con orgullo y responde: *Yo le dije que no me provocaba, que se la tomase ella mejor.* —Yo río de buena gana—. *Entonces mami puso una cara rarísima y dijo que no le provocaba tomar coca-cola, que estaba feliz con su vinito. Pero yo no me iba a dejar cojudear por ella. Así que le dije muy tranquilita, sin gritar ni alocarme ni nada, muy* lady *yo, le dije mami, te vas a tomar toda mi cocacolita.* Yo vuelvo a reír: *¡No, no puede ser! ¿Y qué dijo ella?* Sofía se ríe conmigo y prosigue: *Puso una cara de culo increíble y me dijo que no le provocaba y punto. Y yo le dije: te la vas a tomar toda ahora mismo o llamo a la policía y les digo lo que acabas de hacer.* Yo me pongo de pie, me acerco a ella, la abrazo y siento que huele a tabaco, pero no le digo nada, no quiero estropearle el buen humor preguntándole si ha fumado. *Eres genial,* le digo. Ella da unos pasos muy agitada, disfrutando cada pequeño instante de esta historia que recrea para mí, y continúa: *Entonces mami se hizo la loca, por supuesto, y me dijo que ella no había hecho nada, que no entendía de qué le estaba hablando, pero yo la cuadré y le dije déjate de huevearme, que no soy ninguna cojuda, te he visto cuando has tirado el polvito de la pastilla adentro de mi coca-cola, y no sé qué mierda es, pero te la vas a tomar todita tú y, si no lo haces, llamo a la policía, te juro que los llamo.* Yo río, los ojos achinados y risueños: *¿Entonces?* Los ojos de Sofía brillan de complicidad al encontrarse con los míos. Con voz acelerada, atropellándose, prosigue: *Entonces mami me dijo que sólo me había echado un calmante porque me veía muy nerviosa, que me había echado una pastillita para relajarme y hacerme dormir mejor.* Yo me enfurezco: *¡Mentirosa, vieja cabrona!* Sofía ni me escucha: *Pero yo, ni cojuda, le dije que no la creía, que seguro me había echado una pastilla para que me venga la regla, y ella puso cara de locaza, me dijo nada que ver, cómo se te ocurre, jamás haría una cosa así, y yo le dije bueno, dejémonos de huevadas, tómate la coca-cola ahorita mismo, pero mami no quería, se hacía la pendeja, decía que era una pastillita relajante y nada más, y yo la jodía, ¿entonces por qué no te tomas la coca-cola?, y como ella no quería, llamé al mozo y le dije que llamen a la policía, y entonces mami se asustó, no sabes la cara de* *pánico que puso, y agarró mi coca-cola y empezó a tomarla y le dijo al mozo que no llamen a la policía, que todo estaba bien.* Yo suelto una carcajada. *¿Se la tomó todita?*, pregunto, eufórico. *¡Todita!* —responde Sofía, y ríe conmigo—. *No sabes la cara de mami tomándose la coca-cola, una cara de asco como si estuviese tomando cicuta. ¿Y entonces, le va a venir la regla nomás?*, pregunto. Sofía levanta los hombros, como si no le importase: *No sé, me da igual, creo que mami ya tuvo la menopausia, o sea que supongo que la pastillita le dará dolor de barriga nomás, y si todavía le viene la regla, bueno, se jodió, le vendrá una catarata, un huaico, pero bien hecho, que se joda.* Yo me alegro y digo: *Tal cual, que se joda. ¿Bueno, y entonces?* Sofía sigue, agitada: *Y entonces ahí no termina la historia. Porque me paré antes de que trajeran los postres y me fui y dejé a mami solita para que pague la cuenta.* Yo amo a Sofía y le pregunto: *¿Adónde te fuiste?* Ella me mira, traviesa: *¿Adónde crees? A casa de Isabel, pues. Caminé rapidito, porque estaba cerca, a tres cuadras, y por suerte encontré a Isabel y le conté todo.* Yo me sorprendo: *¡No! ¿Le contaste?* Ella se enorgullece: *Le conté todito, tal cual, e Isabel se quedó helada, pero estaba feliz porque ella nos avisó y me salvó, le agradecí horrores, la verdad es que si Isabel no te llamaba y tú no ibas corriendo a avisarme, ahorita ya me habría tragado la coca enterita y estaría perdiendo al bebito.* Inquieto, pregunto: *¿Y qué hizo Isabel?* Sofía chasquea los dedos y me mira con alegría: *Bueno, bueno, le dije a Isabel que mami había querido hacerme abortar con esa pastillita que me metió en la coca-cola, que yo la vi, que vi todito, que la obligué a mami a tomarse la coca, e Isabel se cagó de la risa, por supuesto, y luego decidimos las dos que mami no podía seguir quedándose en el depa de Isabel, que tenía que irse.* Yo aplaudo: *Bien hecho,* digo. Sofía continúa: *Así que, ni bien llegó mami, Isabel la recibió con una cara de culo y le dijo que tenía que irse inmediatamente, que no se quedaba un segundo más en su casa. Yes!*, salto de alegría. *Y mami no lo podía creer, se hacía la cojuda, lo negaba todo ante Isabel, decía que me había querido dar un calmante para los nervios, la muy mentirosa. Pero Isabel no le creyó un carajo, sacó toda la ropa de mami del cló-*

set, y empezó a tirarla a la alfombra, diciéndole que tenía que irse en ese momento, que se dejara de hablar huevada y media, que nadie le creía nada. Y mami, por supuesto, se puso a llorar como una loca, diciendo que no la podíamos botar así a la calle, que era una falta de respeto, pero Isabel, tú sabes cómo es mi hermana, se puso firme y no le creyó sus lágrimas de cocodrilo y le dijo que se tenía que ir, punto, no excuses. Yo estoy en éxtasis: *Todo esto es* too good to be true, digo. Sofía termina entonces la historia: *Y como Isabel seguía tirando la ropa de mami a la alfombra, y dijo que si no se iba llamaba a* security *del edificio, a mami no le quedó otra que hacer sus maletitas llorando como una magdalena, haciéndose la víctima, y llamar un taxi.* Yo me quedo incrédulo: *¿Y se fue? ¿Adónde se fue?* Sofía responde: *Se fue, se fue allí delante de mí y de Isabel. Nos dijo que nunca nos iba a perdonar esa insolencia, que era una falta de respeto, nos dio un sermón haciéndose la madre superiora, pero Isabel la calló y la puso en su sitio y le dijo que lo que había hecho con la pastilla era una mierda, y que ella no podía alojarla en su depa porque le había perdido todita la confianza y el respeto, y yo la amenacé con contarle a Peter, y no sabes la cara de pánico que puso, porque ahora sólo falta que Peter también la bote de la casa y le pida el divorcio, y bueno, mami se fue con sus maletitas, llorando a moco tendido, como si hubiese abortado ella.* Yo me hago el gracioso: *¿No le vino la regla, no tenía el pantalón manchado?* Sofía se ríe y dice: *No sé, pero se fue llorando, e Isabel y yo nos quedamos un rato chismeando y comentando la escena, pensando que segurito que mami volvía, pero no volvió. ¿Y adónde se fue?, ¿a Lima?,* pregunto. *No, está en el Four Seasons, llamó un rato después y dejó un mensaje, seguro que piensa que Isabel se va a arrepentir, pero pobre de ella que la deje a mami quedarse en su depa, esto que me ha hecho hoy no tiene nombre.* Yo pongo cara de tristeza: *Qué pena que no se fue a Lima.* Sofía me consuela: *Seguro que se va mañana o pasado. Cuando vea que Isabel no la deja volver, se va a ir, porque con lo tacaña que es debe de estar sufriendo en el Four Seasons.* Yo sonrío: *Sí, y debe de estar con unos cólicos del carajo. ¿Entonces no va a venir a nuestro matrimonio?,* pregunto, ilusionado. *Ni cagan-*

do —responde Sofía—. Over my dead body. *Mami quiso hacerme abortar a la fuerza, a escondidas, y yo esto no se lo voy a perdonar así nomás. Ya le dije que ni piense en venir a la boda en dos semanas, que no está invitada, y que si viene le digo a la policía lo que me hizo en Milano para que la arresten por mala madre.* Yo me río, la abrazo de nuevo, siento el olor a tabaco y pienso que está loca si ha fumado con el bebé adentro, pero no le digo nada porque no quiero más discusiones. *Perfecto* —me alegro—. *No vienen mis padres ni tu mamá, ahora sí será una boda feliz, para mí era un estrés casarme delante de tu mamá, cuando ella piensa que te he dejado embarazada a propósito, para sacar los papeles, imagínate lo loca que tiene que estar para imaginarse eso.* Sofía me acaricia la cabeza y me mira con ternura. *Pobre, mi amor, todo lo que estás sufriendo por mi culpa* —me consuela—. *Pero no te preocupes, que ahora mami no te va a joder más. Te debo la vida de mi bebito* —añade, emocionada—. *Te has reivindicado conmigo, ahora sí, porque si no fuera por ti y por Isabel, habría perdido el embarazo.* Yo la miro con amor y digo: *Lo hice porque, aunque tengo miedo de ser papá, te quiero y entiendo que no puedes perder a tu baby, que tienes mucha ilusión, y porque simplemente me parecía una pendejada sin nombre eso de meterte una pastillita.* Sofía me da un beso y dice: *I'm proud of you, baby. Le has salvado la vida a esta criaturita que es tuya también.* Yo la abrazo y siento que la amo a pesar de todo. *¿Tú crees que Peter vendrá a la boda si no invitas a tu mamá?*, pregunto. *No, imposible* —responde—. *Peter es demasiado bueno con mami, y si ella no viene, él tampoco, dalo por hecho. Pero el que sí tiene que venir es mi papá, él no puede faltar.* Yo me entusiasmo: *Sí, claro, tu papá es buenísima gente, espero que le den la visa nomás.* A Sofía no parece hacerle gracia el comentario, pues me mira con toda seriedad. *Si le cuentas a la cucufata de mi madre lo que tu mamá te hizo hoy, te juro que va y la ahorca con sus propias manos en nombre de Dios,* digo, riéndome. Sofía ríe conmigo y dice: *Tu mami y la mía son los extremos totales, son polos opuestos.* Yo añado: *Sí, pero las dos están locas.*

Por fin nos hemos mudado al departamento que alquilamos a Don Futerman, en la misma calle 35, pero más cerca de la universidad. Ha sido una tarea extenuante porque, para ahorrar un dinero, hemos hecho la mudanza solos, en un camión U-Haul arrendado por el día y con la solitaria ayuda de Juan, el empleado salvadoreño de la tienda de periódicos, un muchacho callado y servicial que, a cambio de cien dólares, pasó el domingo con nosotros, cargando los pocos muebles que tenemos. A pesar de que el departamento que dejamos era impresentable, pues estaba lleno de cucarachas, el sótano de la lavandería parecía un cuarto de torturas, los jadeos amorosos de los vecinos se filtraban por las paredes y el piso de madera crujía de un modo inquietante, nos ha dado pena marcharnos, tal vez porque allí hemos vivido un pedazo memorable de nuestras vidas, un capítulo que probablemente no olvidaremos. Allí, entre las cajas plásticas de leche que sostenían el viejo televisor, el colchón tirado en el piso, la mesa en que escribía y la ventana que miraba al patio de los niños, quedó embarazada Sofía, escribí con rabia, traté de escapar pero no pude, la torturé pidiéndole que abortase, se cortó las venas, la encontré desangrándose, nos amamos y nos odiamos, fui un miserable y rara vez un caballero. Ahora nos vamos y todo será diferente y con suerte mejor. Los dados están echados: el bebé nacerá, ya es tarde para dar un paso atrás, y por eso nos casaremos en pocos días ante un juez, lo que me tiene muy inquieto, y en seguida viajaremos a París de luna de miel, y a la vuelta nos instalaremos en este departamento que está lleno de luz y es un lujo comparado con el que hemos dejado, y ella seguirá estudiando las cosas absurdas que estudia y yo escribiendo las cosas absurdas que escribo y que ella prefiere no leer, a ver si algún día termino la maldita novela que me está robando media vida, y unos meses después, si no hay contratiempos, nacerá el bebé en el hospital de Georgetown University. El departamento ha quedado muy bonito con los pocos muebles que tenemos, no gracias a ellos, que carecen de refinamiento, sino a que es tan lindo que luce bien aun con muebles feos. Tampoco son tan feos nuestros muebles, son básicos, exentos de cualquier lujo —una mesa de trabajo, una cama, un sofá cama, una pequeña mesa de cocina, además del televisor, el teléfono y el equipo de música—, pero Sofía insiste en que debemos comprar plantas para darle más vida al lugar y un estante para colocar mis libros, que suelo apilar en desorden sobre el piso. *Yo dormiré en la sala, en el sofá cama donde tú dormías en el otro depa* —le digo a Sofía, apenas el muchacho salvadoreño se marcha, dejándonos todo bastante limpio y ordenado—. *Así tú puedes dormir más cómoda en la cama y moverte todo lo que quieras sin despertarme.* Sofía hace un gesto de contrariedad. *Yo prefiero que duermas conmigo en la cama, porque estamos comenzando una nueva etapa y no me gusta que durmamos separados, pero si estás más cómodo así, no hay problema,* dice, con cierta tristeza. Quiero dormir en el sofá porque no consigo dormir bien a su lado: me molesta su presencia, su respiración, los ruidos más leves, los inevitables movimientos que hace durante la noche. Además, si duermo en el sofá me siento menos cautivo y puedo tocarme a escondidas pensando en un hombre o despertar abruptamente de madrugada con una idea para la novela, saltar a la computadora y escribirla, sin que ella se despierte, me pregunte qué estoy escribiendo y me obligue a mentirle, porque aquellas escenas suelen ser de una sensibilidad gay que a ella le molesta. Mi mesa de trabajo, ya algo enclenque y paticoja, está frente a la ventana que da a la calle, la vista apenas cubierta por las ramas frondosas de un árbol añoso por el que a menudo corren las ardillas, y al caer la tarde, la primera que pasamos juntos en este departamento, se llena de una luz naranja pálida que anuncia la noche. Me quedo mirando a la gente que pasa por la calle 35, gente agradable de contemplar, estudiantes y profesores, chicos que salen a correr, chicas que pasean a sus perros, muchachos en bicicleta, y no extraño el patio de juegos infantiles cuyos ruidos ya me tenían harto y a veces me obligaban a escribir con tapones en los oídos. *Prendamos la chimenea para celebrar,* dice Sofía, radiante de entusiasmo. Aún no se le nota la barriga, apenas una leve hinchazón que ciertamente es menor que la de mi barriga, y parece satisfecha con la mudanza y nuestra inminente boda. *Pero no tenemos leña,* digo. *No importa, yo voy a comprarla,* alega ella. *Es domingo, ¿dónde vamos a conseguir leña?,* pregunto con mi habitual cansancio. *En el súper, tonto,* dice ella, optimista invencible. *¿Estás segura de que en el súper venden leña?,* desconfío. *Segurísima. Tú quédate acá y yo voy y vengo en quince minutos y te prendo un fueguito riquísimo y nos calentamos los pies,* dice, muy amorosa. Hace frío y no vendría mal encender la chimenea, pero me abruma caminar hasta el supermercado y cargar la leña de regreso. El problema con esta mujer es que tiene demasiada energía, pienso. Acabamos de mudarnos, cargando mesas, cajas y colchones, ¡y ahora quiere traer medio árbol partido en troncos! Tranquilo, Gabriel, no te exasperes, todo sea por el bebé y la vida matrimonial que se avecina. En vez de meterte en la ducha, acompaña a tu mujer al supermercado, carga los jodidos troncos y pon cara de felicidad cuando ella prenda la chimenea. *Bueno, vamos* —me resigno—. *Pero, eso sí, vamos en taxi y sólo compramos poquita leña, que me duele la espalda de cargar,* añado, en tono quejumbroso. Sofía me abraza y me besa y yo no la abrazo porque estoy sudoroso y huelo peor que el salvadoreño que ya se fue. Tomamos un taxi en la misma calle 35, vamos al Safeway de la Wisconsin y compruebo que Sofía tiene razón: camina resueltamente, encuentra las bolsas de leña, cargamos una entre ambos y no pesa tanto pero de todos modos pongo cara de sufrimiento y ella me pide disculpas y se ríe de la cara de agonía que tengo al cargar estos pedazos de madera con los que se ha encaprichado y que constituyen su más extravagante antojo de embarazada. Lleno de amabilidad y ternura, cargo la bolsa hasta el taxi *porque tú no puedes hacer ningún esfuerzo físico, puedes hacerle daño al baby, mi amor,* y Sofía me mira con cariño redoblado porque nos hemos mudado a un departamento lindo y ahora estoy complaciendo su arrebato de conseguir leña para prender la chimenea esta misma noche. Llegando al edificio, cargo la bolsa hasta el segundo piso, resoplando como un buey de carga, odiando a mi mujer que será pronto mi esposa, es decir, odiándola más por eso, y dejo caer el atado de leña al lado de la chimenea y me voy al baño a darme una ducha caliente para sacarme toda la suciedad que la mudanza me ha dejado encima. *No te preocupes, que cuando salgas vas a encontrar la chimenea prendida y te preparo una comidita rica,* me dice ella. No me masturbo en la ducha: simplemente me quedo de pie, inmóvil, bajo el chorro de agua caliente, tratando de no pensar en nada, porque todo lo que puedo pensar me resulta deprimente. De pronto, oigo un sonido agudo, un pito que interrumpe bruscamente este pequeño momento de sosiego e intimidad y me hace salir corriendo de la ducha. Salgo del baño con una toalla amarrada en la cintura y veo a Sofía agitándose en medio de una humareda en la sala, abriendo las ventanas, tratando de echar el humo hacia afuera, mientras el pito sigue sonando con una intensidad que me taladra la cabeza. Entonces le pregunto, mojado y asustado, *¿qué diablos pasa?,* y ella, riéndose, *prendí la chimenea pero está cerrada y la casa se ha llenado de* *humo; ven, ayúdame a apagar el fuego.* No entiendo de qué se ríe si la situación es bochornosa y el pito enloquecedor. Me lleno de rabia y grito *¿qué coño quieres que haga?,* y ella *¡abre la puerta para que se vaya el humo y tira agua a la chimenea para que se apague el fuego!* Corro y abro la puerta y me encuentro cara a cara con una chica linda al otro lado del angosto pasillo alfombrado, mirándome asustada. Por suerte la toalla se mantiene anudada en mi cintura y no cae al suelo. Le digo en mi inglés chapucero *no se preocupe, prendimos la chimenea pero estaba cerrada y la casa se nos ha llenado de humo,* y ella hace un gesto de alivio y otros vecinos se asoman al fondo del pasillo y yo, tosiendo, porque el humo no cede y me irrita los ojos, pido disculpas a gritos y digo que no se alarmen, que no es nada serio, pero igual una china con cara de puta sale corriendo histérica porque no me cree y seguramente piensa que vamos a arder vivos. Regreso a la sala y veo que Sofía sigue riéndose y echando el humo hacia afuera y la odio porque no entiendo de qué diablos se ríe. Lleno una olla de agua y arrojo el agua sobre los rescoldos todavía humeantes de la chimenea que ella ha logrado apagar pero no del todo, y repito la operación varias veces, soportando el chillido enloquecedor de la alarma y temiendo que en cualquier momento aparezcan los bomberos. Veo a Sofía moviéndose como una loca en la sala, agitando frenéticamente los brazos como si estuviese tratando de atrapar a un fantasma escurridizo, y sigo sin entender de qué se ríe, por qué la situación le parece cómica o risible, cuando a mí me resulta tan irritable. Por fin se disipa el humo y la alarma calla y yo, con la toalla aún en la cintura y medio mojado y congelado por el viento que se mete por las ventanas, le digo *gracias por joder mi primera noche acá,* y ella, para mi desesperación, se ríe todavía más y dice *no te amargues la vida, me he sentido una estúpida pero me he cagado de risa viendo cómo se llenaba de humo la sala,* y yo, furioso, *me parece bien que te sientas una estúpida, porque fue una gran estupidez que prendieras la chimenea sin asegurarte de que es-*

tuviera abierta, y ella se ríe de que yo esté tan furioso y eso me pone más molesto todavía y entonces estallo *¡deja de reírte, carajo, que no es gracioso llenar la casa de humo!,* y ella hace un gesto leve y despreocupado como diciéndome *ay, no seas exagerado, no es para tanto,* y yo *¡no es bueno tragar humo, me has intoxicado y seguro que le has hecho daño al baby, aunque, claro, ya estará acostumbrado al humo, con todo lo que andas fumando a escondidas!,* y entonces ella se ríe de nuevo, no sé qué le pasa, qué ha fumado, de dónde provienen esas sospechosas reservas de felicidad, y me dice *ahora te preocupas tanto por la salud del baby, qué bueno, cómo has cambiado.* Me enerva que se permita ser irónica conmigo. Me voy al cuarto a vestirme y estoy poniéndome cualquier ropa y rumiando mi odio contra ella por ser tan cretina de obstinarse en prender la chimenea este primer día en el departamento cuando de pronto suena una sirena, otro pito agudo, más potente aún, que interrumpe de nuevo el silencio del barrio y se instala con intermitencias en la puerta del edificio. Nada más asomarme a la ventana, confirmo mis peores sospechas: es el carro de bomberos, a los que seguramente ha llamado la china histérica que salió corriendo por el pasillo del segundo piso. Entonces acabo de vestirme de prisa y salgo corriendo a la sala, y Sofía está atacada de risa otra vez y me dice *¡qué exagerados son los gringos, han llamado a los bomberos por este humito ridículo!,* y yo *no son exagerados, son responsables, casi quemas el edificio, es normal que vengan los bomberos, deberían venir unos enfermeros también y llevarte a un manicomio, ¡eres una loca del carajo, no puedes estar tranquila, coño!,* y me sorprendo de estar tan furioso con ella, pero no puedo evitarlo. Luego se asoman a la puerta del departamento, que sigue abierta, dos bomberos uniformados y preguntan qué está pasando, y yo en mi mejor inglés les explico que ha sido un accidente minúsculo, una torpeza absurda por la que les pido disculpas, que hemos encendido unas leñas en la chimenea estando clausurado el ducto de aire, con lo cual la casa se llenó de humo y las alarmas antiincendios se dispararon y, comprensiblemente, algunos vecinos creyeron que estaban en peligro. Los bomberos me preguntan si pueden pasar y yo desde luego asiento y ahora pasan los dos tipos con sus botas de jebe y saludan a Sofía, que les devuelve una mirada coqueta, sólo para fastidiarme, y les explica en su impecable inglés que ella tiene la culpa de todo, que no se le ocurrió pensar que la chimenea podía estar bloqueada, pero es su primera noche en este departamento, al que acabamos de mudarnos, y además está embarazada y nos vamos a casar en unos días y por eso lo quería celebrar. Entonces los bomberos se enternecen y la felicitan, nos felicitan, y ahora uno de ellos palmotea mi espalda y yo no sé de qué me felicitan, tal vez por eso, en mi país dicen *para cojudos, los bomberos,* y se despiden con cariño, y Sofía les dice *espero que no tengan que volver pronto,* y ellos se ríen y ella suelta una risotada de pirómana peligrosa. Cuando por fin se van, cierro la puerta, me siento en el sofá donde dormiré esta noche, miro a Sofía y no lo puedo creer: ahora que los bomberos le enseñaron a abrir el ducto que bloqueaba el humo, ¡va a encender la chimenea a pesar de todo! En efecto, prende unos periódicos viejos y cuando la leña empieza a crujir y a atizar el fuego, voltea, me sonríe con amor a pesar de todo y dice *no te molestes,* shit happens, *lo mejor es reírse nomás.* Yo trato de sonreír pero creo que me sale una mueca patética, y ella me dice *no te muevas, quédate ahí sentado que te voy a preparar una comidita rica y vamos a comer con los pies calentitos por la chimenea.* La veo caminar contenta a la cocina y no sé por qué estoy tan irritado, por qué todo me fastidia, el humo, los bomberos, su coquetería con ellos, la absurda obstinación por prender este fuego, creo que lo que me irrita es ella, vivir con ella, y por eso cada pequeña cosa que hace o dice me pone de tan malhumor. Ahora tengo los pies calientes, tomo una sopa de zanahorias, Sofía me mira con amor y sonrío como si todo estuviera bien. Debería estar satisfecho, porque el departamento está lindo y mi mujer embarazada y nos vamos a casar en unos días, pero me siento un rehén y sólo puedo pensar: en medio año seré libre otra vez. Pero ahora estoy atrapado y tengo que tomar mi sopa de zanahorias como un niño bueno.

Mañana me voy a casar. No lo puedo creer. Yo, que soy gay a pesar mío, estoy a punto de casarme precipitadamente, bajo presión, casi contra mi voluntad, con una mujer a la que he dejado embarazada. No me engaño: la boda me hace infeliz y, aunque trate de fingir lo contrario, creo que se me nota. Podría servirme de consuelo que, gracias a mi nuevo estatus de hombre casado, podré sacar un permiso para vivir en este país, pero la verdad es que estoy abrumado por la ceremonia a la que debo concurrir mañana, en un juzgado de Washington, acto en el que voy a declarar que amo a una mujer, tanto que quiero casarme con ella, cuando en realidad sólo la quiero como amiga, es decir, que voy a mentir, a cometer perjurio, un gay más que se casa en circunstancias desafortunadas. Al menos no vendrán mis padres ni mis hermanos, nadie de mi familia. Ya sería demasiado. Sofía, con esa terquedad tan suya, ha insistido en invitarlos, en que yo perdone a mis padres y les dé la oportunidad de que, si así lo desean, se paguen el viaje y nos acompañen en la boda, pero yo me he negado y la he amenazado: *Si los invitas y se aparecen de milagro acá, te juro que mando todo a la mierda y no me caso contigo.* Tal vez en represalia, ha invitado a su familia, aun sabiendo cuánto me molesta, porque sin duda prefiero que nos casemos solos ante el juez, con la menor cantidad de gente posible, es decir, con los dos testigos que manda la ley, que bien podrían ser su hermana Isabel y su amiga Andrea. Pero no: vendrán Peter y Bárbara desde Lima; su tía Hillary desde Saint Louis; su hermano Francisco y Belén desde Boston; y, por supuesto, Isabel, que, junto con Hillary, hará de testigo. Estoy furioso con Sofía porque me prometió que no invitaría a su madre después del incidente de la pastilla abortiva, pero, incapaz de un mínimo acto de rebeldía, la niña buena del colegio de monjas ha cedido tras hablar con Peter y se ha resignado a que Bárbara y él nos acompañen mañana, cuando esa señora no lo merece, porque ha hecho todo lo posible para que Sofía pierda al bebé y yo la abandone. No sé con qué cara miraré a Bárbara mañana. Sé que me odia y me desprecia, que no me perdonará por haber rehusado cumplir su plan de abandonar a Sofía, que me cree un calculador que ha embarazado a su hija sólo para conseguir la residencia en Estados Unidos. Será espantoso casarme en un ambiente tan hostil, rodeado de gente que espera borrarme cuanto antes de la foto familiar. Estoy muy nervioso. Me odio por haberme metido en una situación así. No puedo escribir, he dormido mal los últimos días, ando de un humor de perros. Sólo quiero cumplir el trámite de casarme y luego seguir con mi vida. *¿Por qué diablos tenías que invitar a la bruja de tu mamá?*, le grito a Sofía, cuando llega de clases con una sonrisa beatífica que me enerva aún más. *¿Qué te pasa?*, *¿por qué estás tan molesto?*, me pregunta, al parecer sin entender lo mal que la estoy pasando. *Porque odio tener que casarme delante de tu mamá, que es una bruja y me detesta,* respondo. *Gabriel, por favor, no hables así de mi mamá,* me corta ella. *Gabriel, por favor, no hables así de mi mamá,* la remedo con un sonsonete burlón, y voy a sentarme a mi escritorio, donde sé que no podré escribir nada, salvo más insultos contra su madre, que tiene que venir desde Lima a estropearme la boda, como si no estuviese ya bastante jodido sin ella. Sofía se encierra en el baño. Puede pasar una hora allí. No sé bien qué hace —lee, habla por teléfono, se mete en la bañera, resuelve el geniograma de *El Comercio* de Lima que le envía su madre por correo—, pero lo usa como un refugio cuando me ve malhumorado. Tengo que aprender una breve declaración en inglés, que debo recitar mañana en la boda, de cara al juez, pero todavía no me sé una línea y me dan escalofríos cuando la leo, así que la dejo a un lado y me digo que algo improvisaré mañana, aunque Sofía me mire con indignación y su madre me odie más, si cabe. Por fin Sofía sale del baño, se acerca a mi escritorio y me pregunta con voz dulce: *¿Qué te vas a poner mañana?* No he pensado qué vestir, seguramente me pondré el único traje que cuelga en el ropero que comparto con ella. *No sé, supongo que uno de tus vestidos,* respondo, sólo por fastidiar, y ella sonríe mansamente, no cae en la provocación y dice: *¿Qué tal si salimos un ratito a comprarte un lindo terno?* Yo respondo enojado, sin saber por qué sigo tan enfadado, pues en realidad ella no me ha hecho nada malo y tampoco me obliga a casarme mañana, podría largarme, tomar un taxi, no volver, no verla más, reinventar mi vida en otra ciudad, en otro país, pero sigo enojado con ella porque siento que casarme será un día muy triste, un accidente del que me costará tiempo recuperarme. Por eso, molesto, refunfuño: *¿Estás loca? No voy a gastar mi plata comprando un terno que no necesito. Con el que tengo estoy más que bien.* Ella sonríe tierna, comprensiva, cariñosa, todo lo cual me pone de peor humor, y me dice: *No es por nada, baby, pero ese terno ya está un poquito gastadito, ¿no crees?* Yo, sin ceder: *Bueno, sí, ¿y qué? Es una simple boda civil, no un desfile de modas, ¿o quieres que trate de impresionar a tu mamá y me disfrace de dandi?* Entonces ella ríe de buena gana, se sienta a mi lado y dice: *No seas tonto, no me discutas por discutir, yo te quiero y sólo estoy tratando de que te veas lindo mañana, déjame que te compre un terno, porfa, no seas malito, es un regalo mío, tú no tienes que gastar nada.* La miro con la escasa ternura que soy capaz de improvisar en este momento de ofuscación y digo: *No, gracias. Prefiero usar mi terno de siempre, aunque me quede mal. No me importa que tu mamá se burle de mí porque es un terno viejo y lo he usado mil noches en la televisión. Si* *me pongo un terno nuevo, igual se va a burlar de mí, así que para qué preocuparnos tanto.* Sofía suspira, haciendo acopio de paciencia, y me aconseja: *Deja de hablar tanto de mi mamá. No me escuchas siquiera. Te estoy ofreciendo un terno de regalo porque me da ilusión que te veas guapo mañana. Aunque no te guste, nos vamos a casar y hay que hacerlo bien, ¿no te parece?* —Yo me resigno a darle la razón—. *Ven, siéntate acá, te voy a hacer un masajito en la espalda para que te pase la tensión,* me dice. Obedezco porque sé que sus manos presionando mi espalda me producen un placer que no me atrevo a menospreciar. Mientras me masajea con precisión, pregunto, los ojos cerrados: *¿Tú qué te vas a poner?* Ella responde con orgullo: *Un vestido que mi tía Hillary me ha prestado. ¿Cómo así?* —pregunto, sorprendido—. *¿No era que tu tía estaba en Saint Louis? Sí, pero me lo mandó por UPS y me quedó regio* —dice. Me abandono al placer que sus dedos arrancan en mi espalda y ella pregunta—: *¿Quieres que me pruebe el vestido de Hillary que me voy a poner mañana?* Yo, sedado por la fuerza de sus manos, digo, más bien balbuceo: *Sí, claro, si tú quieres.* Sofía va a su cuarto a ponerse el vestido y yo me quedo tirado en el sofá donde voy a dormir esta noche, echando de menos a la persona con quien debería casarme si la ley lo permitiese: Sebastián, el actor peruano, mi primer amante. ¿En qué estaba pensando cuando lo dejé para jugar a ser un hombre con esta chica que ahora se prueba radiante el vestido que llevará mañana en nuestra boda? Si soy una persona inteligente —cosa que a estas alturas dudo—, ¿no tendría que haberme dado cuenta de que me gustan más los hombres y que, si bien puedo complacer a una mujer en la cama, sólo puedo sentirme satisfecho si hago el amor con un hombre? Todo esto me recuerda que la vida es una suma de fracasos y decepciones, y por eso mañana voy a casarme no con Sebastián, sino con Sofía, que, ironías de la vida, fue su novia y, como yo, perdió su virginidad con él. Debería ser Sebastián el testigo de nuestra boda, pues, en rigor, fue él quien lo atestiguó todo: cómo Sofía le dio su virginidad, cómo yo le entregué la mía y cómo ella y yo nos enamoramos aquella noche que él nos presentó en el Nirvana y lo dejamos abandonado. Lo peor no es que él ya no me ama; lo peor es que, según he podido leer en las revistas que llegan a la casa, anda de novio con otra chica, ya no Luz María, a la que, por lo visto, hará sufrir como yo a Sofía. ¿No podemos los gays amarnos entre nosotros sin tratar de amar inútilmente a las mujeres confundidas que se enamoran de nosotros sabiendo que somos gays pero seguras de que dejaremos de serlo por amor a ellas? Todo esto es un trágico error: Sofía debería casarse con Laurent en París —estoy seguro de que el francés debe de ser un tigre en la cama, no sé cómo ella insiste en decirme que sus mejores orgasmos los ha tenido conmigo—, y yo con Sebastián. Quiero llamarlo, oír su voz, desahogarme aunque sea por teléfono. Esta noche, cuando Sofía duerma, lo llamaré. Iré a un teléfono de la universidad y lo llamaré para decirle que me voy a casar y que me siento desolado, triste, con ganas de patear algo, a alguien, porque en realidad yo quería estar con él y terminé empantanado en este amor heterosexual que me está costando media vida. Lo más penoso es que yo no sabía que estaba enamorado de Sebastián cuando nos acostábamos furtivamente; yo sabía que me gustaba, que me reía con él, que era un amante estupendo, pero no que tal vez era el amor de mi vida. Lo era, pero fui un tonto y no me di cuenta. Nadie me gusta, me excita y me enternece más que él. Siempre que me toco, pienso en un hombre, y siempre que evoco a un hombre, termino pensando en él. Puedo distraerme con otros rostros, otros cuerpos, pero en el momento crucial de acabar, en aquel instante en que me convierto en el gay que llevo adentro y termino jadeando como un animal insaciable, pienso en Sebastián, sólo en él, y es su pecho el que lamo, sus tetillas las que beso y sus brazos los que muerdo. *¿Qué tal?,* me dice Sofía, trayéndome de vuelta a la realidad. Está de pie frente a mí, con el vestido que usará mañana, y parece una princesa atacada de melancolía porque se ha enamorado de un bisexual torturado como yo. No merezco a esta mujer. Es, con mucha diferencia, la más linda y buena que he conocido. Ninguna le podría ganar en nobleza, ternura y generosidad. Cuando la veo desnuda en la cama, bajo mis brazos, me quedo maravillado. *Estás preciosa, ese vestido te queda regio,* digo. *¿En serio?* —pregunta, halagada—. *¿No me veo demasiado señorona?* Yo me pongo de pie y la beso en la mejilla: *No, te ves lindísima, demasiado linda, no deberías casarte con un perdedor como yo, deberías casarte con un tipo exitoso, con plata, que te lleve a vivir a una casa preciosa.* Ella me abraza y me dice: *Yo no quiero eso. Yo te quiero a ti. Nadie podría hacerme más feliz que tú.* Yo pienso: esta mujer es increíble, cómo puede decirme eso, he sido un canalla y, sin embargo, dice que la hago feliz. *Pruébate tu terno, no seas malo, a ver cómo te queda,* me pide, con una voz muy dulce que me obliga a complacerla. *Como quieras,* digo. *Porque si te queda bien, no importa que esté viejo, pero si te queda medio mal, mejor te compro uno, ¿ya?*, insiste, amorosa. Voy a su cuarto, cierro la puerta, abro el ropero y veo mi traje bien escondido en una esquina, arrinconado por su ropa. Entonces descuelgo un vestido, me desvisto, quedo desnudo, busco sus calzones, elijo uno blanco y me lo pongo con dificultad porque he engordado, qué horror, voy a parecer un vendedor de empanadas mañana en las cortes de Washington. Bien apretado en su calzón, me embuto como puedo en un vestido de flores, que me queda bien porque ella lo usa como vestido de embarazada, y me miro al espejo y suelto una risa desgarrada de chacal, una risa de hombre roto. Salgo de su cuarto y me presento así, vestido de mujer, con sus calzones y su vestido de flores. Ella me mira boquiabierta, pasmada, risueños sin embargo los ojillos vivarachos, y, para mi sorpresa, en lugar de enfadarse, suelta una risa franca y dice: *Te ves graciosísimo, ¿quieres que yo me ponga tu terno y nos tomamos una foto?* Yo, aliviado porque no me odia en su vestido, pensando que después de todo podríamos ser una buena pareja, le digo *sí, claro, pruébate mi terno.* Entonces ella entra a su cuarto y poco después sale en mi traje estragado pero aún gallardo, y nos miramos al espejo y nos vemos estupendos, yo muy dama, muy altiva, pero con un escozor de puta agazapada recorriéndome la espalda, y ella muy novio, muy circunspecto, muy en su papel, y así, mirándonos al espejo, nos damos un beso y entonces me erizo y le abro la bragueta que es mía y la toco, pero no encuentro lo que quisiera y terminamos haciendo el amor, las ropas confundidas, todo confundido, sobre el sofá cama donde me confundo en las noches pensando en Sebastián.

Es tarde. Sofía duerme. Yo no puedo dormir. Me levanto del sofá, me visto sin hacer ruido y salgo a la calle. Hace mucho frío. Camino a pasos rápidos, las manos en mi sacón negro, la cabeza y las orejas cubiertas por un gorro de lana. Tres cuadras más allá, subiendo por la calle O, cruzo la entrada principal de la universidad y camino hasta los teléfonos de la biblioteca. Sé que no debo hacer esta llamada pero el corazón me traiciona. Nunca he podido ser un hombre racional; en realidad, nunca he podido ser un hombre. Llamo a una compañía de larga distancia, doy mi número de tarjeta de crédito y marcan el teléfono de Sebastián. Es allí donde yo debería estar, durmiendo a su lado. Pero estoy acá, en Georgetown, muerto de frío y de miedo, porque en unas horas me voy a casar. Suena el teléfono. Contesta, Sebastián. Dime que me amas, que no me has olvidado, que me perdonas por haberte dejado, que volveremos a estar juntos. Dime algo, contesta. No hay respuesta, sólo la grabadora pidiendo un mensaje que yo sé que no debo dejar pero que voy a dejar de todos modos, aunque lo escuche su nueva novia y le haga un escándalo y él me odie más, si cabe. Hablo con la poca hombría que me queda: *Soy Gabriel. Estoy en Washington. Hoy me caso. Te amo.* Luego cuelgo y emprendo el camino de regreso. El guardia de seguridad me mira con insistencia pero no me pregunta nada porque comprende, por mis ojos llorosos y mi andar errático, que soy un hombre perturbado. Regreso al sofá cama. Odio estar allí. Supongo que es mi naturaleza: soy un hombre que a menudo quiere estar en otra parte. No voy a poder dormir. El amor no está acá, se quedó lejos, en el arenal donde nací, y ahora es irrecuperable, sólo una quimera. No voy a poder casarme. No tengo coraje. Debería escapar. Todavía estoy a tiempo. No voy a poder mirar al juez y decirle sin que me tiemblen las piernas que amo a Sofía. No, Gabriel: tranquilo, no huyas como un maricón patético, sé un hombre, anda a la boda con el alma en la espalda pero no le falles a Sofía, cumple el compromiso que has hecho con ella, acepta por una vez tus responsabilidades y las consecuencias de tus actos kamikazes. Me revuelvo en el magro colchón del sofá como si fuese un condenado a muerte esperando el patíbulo al amanecer. Siento que esta boda es una pequeña muerte: la extinción de unas fantasías secretas —vivir con un hombre, llevar ligero el equipaje de las obligaciones, poder ser todo lo gay que me dé la gana— y del poco amor propio que me queda. ¡Cómo se reirán de mí los hombres que dejé en el camino! Cuando Sebastián se entere de que me he casado en Washington con Sofía, su primera novia, no creo que se entristezca, seguramente soltará una risa burlona. Hoy a las cuatro de la tarde iré arrastrándome a decir que amo a una mujer. Nunca había tenido tanto miedo a una ceremonia. Por eso no puedo dormir. Me levanto, salgo al pasillo, bajo la escalera, abro la puerta del edificio, me siento al lado del portón de madera y me quedo en silencio, las manos cubriéndome el rostro.

Sofía y yo vamos en el asiento trasero de un taxi, camino a la Corte Federal de Washington, D. C. Son las tres y media de la tarde. En media hora, un juez nos casará. Sofía está molesta porque no he llamado un taxi de lujo, uno de esos *towncars* negros que cuestan el doble que un taxi regular, para que nos lleve a los tribunales en el centro de la ciudad. *Es una tacañería que me lleves a mi matrimonio en un taxi cochino,* me dice, espléndida en su vestido prestado y sus zapatos Manolo Blahnik, cuando detengo un taxi cualquiera en la puerta del edificio. Va seria, callada, las piernas muy juntas, los zapatos balanceándose ligeramente en el piso polvoriento del auto, las manos cruzadas sobre la cartera. Le pedí que no se maquillase, que no se pusiera zapatos de taco, pero no me hizo caso. Ella me rogó que no vistiese el viejo traje que llevo puesto y también por eso está enfadada conmigo. *Parece que fueras a una fiesta bailable de tus amigas* vedettes *de la televisión y no a casarte,* me reprendió en la casa, al verme con el terno arrugado y los zapatos opacos, cubiertos por una fina capa de suciedad que a duras penas retiré con papel higiénico. Yo no estoy molesto, estoy aterrado. Mi respiración se acelera a medida que nos acercamos al centro de la ciudad, me tiemblan las piernas, tengo las manos mojadas de sudor, aprieto los dientes con fuerza, miro por la ventana hacia la calle envidiando a los peatones que veo al pasar, pensando que ellos son libres y yo un rehén. Tengo ganas de abrir la puerta, saltar y salir corriendo. Cada vez que el conductor en turbante, con una barba espesa y la mirada desorbitada, detiene el auto, considero abrir la puerta y escapar de las miradas recelosas de Sofía, que no imagina el pánico que me atenaza la garganta. Sal corriendo en el próximo semáforo, pienso. No te compliques más. Ya cometiste un error dejándola embarazada: ¡ahora vas a cometer otro peor casándote con ella! Dos errores no hacen un acierto, Gabriel. *Run, baby, run. Run for your life.* Pero no me atrevo. No puedo hacer una escena tan cobarde. Ya es tarde. Estoy atrapado. Yo tengo la culpa de todo. Yo y ella, para ser justos. Por eso la miro con rencor y le digo en voz baja, no vaya a ser que este sujeto de mal aspecto entienda algo de español: *Te odio, Sofía.* Ella me mira con frialdad, como diciéndome: *No me sorprende y, en realidad, yo también te odio.* Se queda en silencio, saca un pequeño espejo de su cartera y se repinta los labios con un lápiz rojizo. Yo me irrito más porque me ignora, no me contesta, y digo: *Te odio por obligarme a todo esto.* Ella me mira con desprecio y apenas masculla, agobiada: *No sigas, por favor. Nadie te ha obligado a nada. Nos vamos a casar porque es lo mejor, y vas a sacar los papeles, y vas a poder estar cerca de tu hijo, y cuando quieras, nos divorciamos, no creas que me hago la menor ilusión de que este matrimonio va a durar.* Me asombra la dureza de esta mujer. Lo tiene todo muy claro: no es una boda por amor, sino por desesperación, porque las circunstancias nos han derrotado y ésta es la mejor manera de perder con honor. *Sí me has obligado* —digo con amargura, como el hombrecillo abyecto que he terminado siendo—. *Me has obligado a casarme contigo y tú lo sabes.* Ella me mira con incredulidad. No puede entender que a pocos minutos de la boda le haga estos reproches tan mezquinos. *Si no quieres casarte conmigo, todavía estás a tiempo* —me advierte, con aplomo—. *Dile al taxista que dé media vuelta y volvemos a la casa,* añade. *No, ya es tarde* —me lamento—. *No podemos hacer escenas de telenovela. Hay que cumplir con la jodida boda y poner cara de novios felices para que la bruja de tu mamá nos tome la foto.* Sofía me mira, furiosa: *¡Nadie va a tomar ninguna foto!,* levanta la voz, y el taxista mira de soslayo por el espejo interior y luego sigue escuchando la música insufrible que vomita la radio. *Eso espero* —refunfuño—. *Porque ya sería demasiado tener que salir sonriendo en la foto.* Sofía hace un gesto de fastidio, cruza las piernas y dice: *Si puedes sonreír muy bien en la televisión sólo porque te pagan, trata de hacer el esfuerzo de sonreír hoy también.* Yo la miro con mi peor cara y digo, vengativo: *Te odio. Tú tienes la culpa de todo. Tú querías quedar embarazada. Tú te negaste a abortar. Tú querías casarte conmigo a la fuerza. Bueno, te felicito, has logrado lo que querías, ¿no?* Los ojos de Sofía se llenan de lágrimas que intenta disimular. *¿Me vas a seguir pidiendo que aborte?* —se pregunta, la voz quebrada, sin mirarme—. *¿Vas a pedirme que aborte hoy que nos casamos?,* dice. Siento vergüenza. Es una bajeza seguir atormentando a esta mujer en el día de su casamiento. Pero no lo puedo evitar, tengo un nudo de rencor en la garganta y por eso escupo rabia: *No, no te pido que abortes, ya perdí esa batalla. Pero sólo te digo que te odio y que me voy a divorciar apenas pueda. No te hagas la menor ilusión de que seremos felices en este matrimonio de mentira. Ni bien pueda, me divorcio y, chau, no me ves más.* Sofía encaja el golpe con serenidad y se permite una ironía: *Gracias. Me harías un favor. Si quieres, nos divorciamos antes de casarnos.* Luego sonríe a pesar de sus lágrimas y me hace sentir una alimaña. Al menos ella, en medio de tanta adversidad, es capaz de hacer una broma; yo, en cambio, soy un atado de nervios, un cobarde. *Algún día me voy a vengar escribiendo todo esto,* la amenazo, poco antes de llegar a los tribunales donde sellaremos este amor de amantes suicidas. *Ya lo sé, no me lo tienes que decir* —suspira ella—. *No te preocupes, escribe lo que tengas que escribir. Sólo espero que cuando cuentes esta historia se la dediques a esta criaturita que llevo acá adentro y que es fruto del amor,* añade, a punto de llorar otra vez. *No digas «criaturita», por Dios* —la amonesto—. *¡Qué palabra tan cursi que te empeñas en usar! Di bebé, bebito, pero no criaturita, por favor.* El taxista se detiene frente a un edificio gris, le pago de prisa, bajamos del auto y caminamos sin hablarnos, como dos extraños, rumbo a nuestra boda. El nuestro debe de ser uno de los casamientos menos románticos en la historia de esta ciudad, pienso, al ver a las parejas que salen del lugar, recién casadas, celebrando ruidosamente, haciéndose fotos, besándose. Subimos una escalera, pasamos los controles de seguridad —*¿lleva algo metálico, cortante?*, me pregunta una mujer obesa, en uniforme azul, y yo le contesto secamente: *sí, mi lengua,* pero ella no entiende la broma y me dice *abra la boca, por favor, ¿tiene un arete en la lengua?*, y yo abro la boca y le digo: *era una broma* y Sofía me mira con mala cara, como diciéndome *a ver si te ahorras tus bromas de comediante frustrado, por favor*— y en seguida subimos por la escalera mecánica, camino al tercer piso, donde nos espera el juez Diosdado Peynado, el pobre hombre que nos casará ante las leyes del distrito de Columbia. ¿Puede un juez de las cortes de Washington, D. C., llamarse así, Diosdado Peynado? Por lo visto, sí: vuelvo a leer el papel que nos cita a la ceremonia y confirmo que ese mismo es el nombre improbable del juez. Lo debe de haber enviado mi madre, pienso. ¡Tenía que llamarse Diosdado! Debe de ser un numerario del Opus Dei, esos tipos están por todas partes, han urdido un complot para adueñarse del mundo. Pobre de ti que me mires con ojos beatos, Diosdado, que te rompo las bolas de una patada. Apenas bajamos de la escalera mecánica en el tercer piso, se acercan Bárbara y Peter con caras de preocupación. *Pensé que no venían, están tardísimo,* dice Bárbara, y me saluda con un beso en la mejilla, lo que me sorprende, porque pensé que no me hablaría más. En seguida me echa una mirada, hace un gesto de desaprobación y dice: *¿Tenías que ponerte ese terno viejo en tu matrimonio? ¿No podías comprarte uno?* Peter la mira con rostro adusto, me estrecha fuertemente la mano y dice risueño: *Pensé que nos ibas a dejar plantados.* Yo sonrío, tratando de aparentar una cierta calma, y digo: *No, hombre, cómo se te ocurre. ¿Estás tranquilo?*, me pregunta, palmoteándome la espalda, con un aire de complicidad que agradezco. *Más o menos,* respondo. Me mira a los ojos y dice, circunspecto como de costumbre: *No te preocupes. Yo te entiendo. Yo también he pasado por esto. Es normal tenerle un poco de miedo al matrimonio. Yo me casé a los cuarenta años. Pero ya verás que el matrimonio trae cosas muy buenas. Esto te va a hacer mucho bien, créeme.* Yo sonrío mansamente, como él quiere que sonría, y escucho sus consejos paternales, pero me resisto a creer que la vida matrimonial me hará bien. Lo único bueno de todo esto es que nuestro hijo sabrá que nos casamos por amor a él y, de paso, que podré sacar los papeles para vivir en este país, pienso, mientras caminamos detrás de Sofía y Bárbara, que algo se dicen al oído como buenas amigas, como si nada hubiese pasado dos semanas atrás, cuando Bárbara le metió una pastilla abortiva en la cocacola. Entramos a la antesala del despacho del juez Diosdado Peynado y nos encontramos con Isabel, espléndida en un vestido rojo, y con Hillary, la hermana de Bárbara, que ha venido desde Saint Louis, Missouri, y parece a primera vista una señora encantadora. Isabel me besa y me abraza suavemente y pregunta con una sonrisa traviesa: *¿Cómo estás?* Yo le digo al oído: *Cagado de miedo.* Ella sonríe cubriéndose la boca. Amo a Isabel. Me celebra todo y es tan guapa. Me fascina su pelo ensortijado y marrón, sus mejillas pecosas, el brillo pícaro de sus ojos, la facilidad con que sonríe, mejorándome un poco la vida. Luego saludo a la tía Hillary. Es una señora rubia, hermosa, distinguida, muy elegante, que me trata con inesperada calidez, conquistándome en seguida. Qué mujer tan agradable, pienso. Me acerco a Sofía y le digo al oído: *Qué encanto tu tía Hillary.* Ella asiente, nerviosa, y sonríe al verme de mejor humor. En realidad, no estoy de buen humor, sólo que no puedo mostrar mi amargura delante de ellos, su familia más íntima. Debo actuar como el caballero refinado que creen que soy, aunque Bárbara no lo cree ni por un segundo, ella piensa que soy un maricón, un braguetero, un trepador y una cucaracha que se encargará de envenenar pronto. El ambiente es tenso, solemne, y más parece un velorio que una boda, pues todos hablamos en voz muy baja, casi susurrando. El juez no aparece todavía. *¿Puedes creer que el juez se llama Diosdado?,* le digo a Isabel, y ella suelta una risa que ahoga convenientemente, toda una dama. *Lindo nombre para tu hijo, si es hombre,* susurra en mi oído, y yo me río. Sofía me mira con mala cara, como diciéndome *basta de coqueteos, por favor,* y Peter me inflige un sermón sobre el honor, la hombría, la responsabilidad y el deber patriótico que tengo de volver a Lima para construir juntos un futuro mejor. Las huevas del gallo que vuelvo a Lima, pienso. De este país no me mueve nadie y por eso me estoy casando. Aparece de pronto el juez, don Diosdado Peynado, y es, para mi sorpresa, un hombre de muy corta estatura, tez aceitunada, bastante moreno, con el pelo muy corto y enrevesado como si fuese un pedazo de alfombra negra adherida a su cuero cabelludo, todo él embutido en un traje cruzado, relucientes los zapatos y aún más el anillo en la mano. Se presenta ante nosotros con absoluto dominio de las circunstancias, nos saluda respetuosamente, elogiando de paso la belleza de la novia —enano zalamero, pienso, debes de hacer esto con todas las novias que casas de prisa para ganar más plata— y nos pide que procedamos sin más demora a cumplir la formalidad del casamiento. Yo lo miro asombrado y divertido: no puedo creer que este muñeco sea el juez que nos casará. *¿De dónde son ustedes?,* nos pregunta muy amable, pensando seguramente en que le conviene adularnos para que le demos luego una buena propina: te equivocas, pigmeo codicioso, no te voy a dar ni las gracias. *De Perú,* responde Peter con orgullo, y yo pienso: por favor, no le vayas a lanzar el discurso sobre la belleza de Machu Picchu. *¿Y usted?,* sorprendo al juez, que no esperaba la pregunta de vuelta. Diosdado carraspea levemente incómodo y escupe la verdad aunque le duela: *Soy de origen dominicano, pero de nacionalidad norteameri-*

cana, naturalmente, dice, como si hubiese corregido un defecto de nacimiento adoptando la ciudadanía de este país generoso que, además de acogerlo entre los suyos, le ha conferido el honor claramente inmerecido de representar a la autoridad en esta boda y muchas otras. *Yo soy un gran amante de su país, he vivido cinco años en Santo Domingo,* le digo, para incomodarlo. *Hacía un programa de televisión allá,* añade Sofía, tan amorosa, siempre dispuesta a exaltar mis dudosos méritos. *De repente usted vio alguna vez el programa,* agrega ella. Diosdado se empequeñece un poco más, al parecer molesto de que le recuerden que viene del Caribe, y dice, como zanjando el tema: *Yo soy de padres dominicanos, pero he vivido toda mi vida acá.* Yo digo entonces, sabiendo que es una impertinencia: *Qué lástima, no sabe lo que se pierde, Santo Domingo es una belleza.* Sofía me mira como diciéndome cállate, e Isabel observa todo con una sonrisa coqueta y yo pienso: a ver si Diosdado se pone un merengue para aliviar un poco la tensión y terminamos todos bailando borrachos y dando vivas a Balaguer, a Juan Luis Guerra, a Óscar de la Renta y a Sammy Sosa. *Bueno, procedamos,* dice el juez, en su inglés sospechoso. Luego nos conmina a los novios a pararnos frente a él y cita a los testigos, la tía Hillary, una dama espléndida, e Isabel, tan linda y adorable, a acompañarnos. Más atrás, Bárbara mira acongojada y Peter, sereno e indescifrable, aunque se diría que disfrutando del momento, quizá porque piensa que ahora sí, casado con una dama de alta sociedad, tengo expedito el camino para la política y el servicio público en mi país, cuando yo sólo quiero correr a los servicios higiénicos. De pronto, Diosdado nos sorprende con un vozarrón, como si en el acto mismo de casarnos se transfigurase en otra persona, alguien más serio y grave, con otra voz y otra actitud: *Dearly beloved, we are gathered here today to join this man and this woman in matrimony,* anuncia. Enano quisqueyano, jinete de circo, ¿por qué coño tienes que hablarnos en tu inglés masticado si podrías casarnos en puro dominicano sabroso?, pienso, sorprendido por el carácter pintoresco que ha tomado la ceremonia. Entonces Diosdado Peynado se dirige a mí con una solemnidad que me abruma y casi me deja mudo: *Gabriel Barrios, do you take this woman to be your wife, to live toghether in matrimony, to love, honor, comfort her and keep her in sickness and in health, and forsaking all other, for as long as you both shall live?* Yo me quedo en silencio, no sé qué decir. Diosdado, malparido, ¿por qué me tengo que quedar con ella incluso si está enferma? ¿Y si es una enfermedad contagiosa? ¿No sería mejor que en ese caso se quede con ella el médico? Estoy absorto en esas cavilaciones cuando Sofía me dice al oído: *Tienes que decir «I do». I do,* me apresuro a decir. Diosdado me mira complacido, Hillary e Isabel sonríen levemente y a Bárbara ni la miro porque sé que me está odiando. Luego el juez le pregunta lo mismo a Sofía y ella responde rápido y bien: *I do.* Entonces Diosdado, en éxtasis casi, y en pleno dominio de sus poderes, mandando a sus anchas sobre nosotros, me ordena: *Repeat after me.* Yo empiezo a repetir balbuceante lo que él dice: *I, Gabriel Barrios, take you, Sofía Edwards, to be my wife, to have and to hold you from this day forward...* No vayas tan rápido, Diosdado, mamón, dame tiempo para repetir despacio, enano renegado. *...For better for worse...* Yo digo mal: *for better or worse.* Diosdado sigue: *for richer for poorer.* De nuevo me atraco y balbuceo: *for richer or poorer.* El rey del merengue prosigue su bachata: *in sickness and in health, to love and to cherish.* Yo digo *cherish* y me acuerdo de esa canción tan linda de Madonna, *Cherish,* del disco «Like a Prayer», y quiero llorar. *Till death do us part,* repito tras Diosdado Peynado, y pienso: las huevas, no será la muerte sino otro juez adefesiero, pero de divorcios, el que nos separe, y lo más pronto que se pueda. Entonces el juez obliga a Sofía a repetir las mismas promesas que ella y yo sabemos falsas, vacías, y ella las dice con más convicción que yo y con mejor inglés también, y Diosdado le sonríe con un apetito lujurioso que encuentro completamente impropio de este acto. Por fin hemos terminado, pero no todavía, pues el menudo juez anuncia *now, you exchange rings* y yo me quedo pasmado, porque no tengo ningún anillo, pero Sofía, siempre más lista, saca un par de anillos y yo la amo por eso, por salvarme de tan bochornosa circunstancia, porque habría sido una vergüenza tener que pedirle prestado a Diosdado ese anillo de narcotraficante que lleva puesto o, peor aún, a Bárbara y a Peter sus anillos matrimoniales. Sofía me da un anillo y el juez me obliga a repetir tras él: *I give you this ring as a token and pledge of our constant faith and abiding love.* Sofía se pone el anillo, que le queda perfecto, esta chica es un avión, está en todos los detalles, y yo pienso, mientras ella dice lo mismo y desliza el anillo en mi dedo, que al menos saldré con un premio de esta boda, un anillo que sabe Dios o Diosdado quién se lo habrá dado. Finalmente, intercambiados los anillos, el pintoresco caballero, desde el subsuelo en que preside la ceremonia, anuncia con excesiva solemnidad: *By virtue of the authority vested in me under the laws of the District of Columbia, I now pronounce you husband and wife. The bride and groom may now exchange a kiss.* Sofía y yo nos besamos. Todos aplauden, incluyendo Diosdado. *¿De dónde sacaste los anillos?*, le pregunto, susurrando en su oído. *Son prestados* —responde, con una sonrisa—. *Tienes que devolvérmelo saliendo de acá,* añade. *Te amo,* le digo, y beso su mejilla. Entonces Diosdado se acerca, me toma del brazo empinándose un poco y me separa de los demás para decirme: *Acá le dejo un sobre, por si quiere dejarme algo de propina.* Asombrado por su osadía y su codicia, le pregunto: *¿Cuánto se estila que le dejen de propina?* Diosdado responde con la seguridad que Dios le ha dado: *Bueno, de cincuenta a cien dólares. Comprendo,* digo. *Pero no es una obligación, es sólo una cortesía de los recién casados con el juez,* me advierte. *Entiendo,* digo, con una sonrisa. *Me deja el sobrecito aquí en la mesa,* añade, y luego se despide a prisa, repartiendo felicitaciones y parabienes. La tía Hillary, un amor, saca una cámara y hace algunas fotos. Yo escribo en un pequeño papel: «Mr. Godgiven, Muchas gracias. Fue un placer. No le dejo un dinero porque en Perú somos pobres, usted comprenderá. Pero le prometo que algún día lo haré inmortal. Su más rendido admirador, Gabriel Barrios.» Meto el papel dentro del sobre de la propina y lo dejo donde Diosdado me instruyó. Hillary insiste en hacernos más fotos, así que sonrío de buena gana. No estuvo tan mal, pienso. Fue un sainete divertido. *Bueno, vamos a mi departamento a celebrar,* anuncia Isabel. Salimos de prisa, alborotados, con ganas de comer, beber y olvidar este circo. *¿Cuánto le dejaste de propina?,* me pregunta Sofía, bajando la escalera. *Nada, ni un peso, que me la chupe si quiere propina,* digo en voz baja, sólo para ella. *No seas grosero* —se ríe—. *Bueno, ya, dame el anillo, no te vaya a gustar,* me advierte. *En el taxi, en el taxi,* le digo, pero pienso: este anillo no me lo quita nadie, de acá me voy directo a una casa de usura, lo empeño y voy a emborracharme a The Fireplace con todas las locas de la ciudad. *¿De quién son los anillos?,* le pregunto, intrigado. *De Isabel* —responde—. *¿Cómo te sientes casado?,* me pregunta, mientras su familia se agita tratando de encontrar un par de taxis. *Si me regalas el anillo, muy feliz,* respondo, coqueto. *Braguetero,* me dice ella, traviesa. *Me vas a tener que cortar el dedo para quitarme este anillo,* le digo y nos reímos. No estuvo tan mal casarnos, pienso en el taxi y le doy un beso a Sofía en la mejilla. *¿Ya no me odias?,* me pregunta. *No, ya no. Debe de ser un milagro de Diosdado.*

Me cuesta creer que estoy celebrando mi propia boda. Nunca lo imaginé. Mi vida es una suma de errores y el de hoy, casarme con Sofía, parecería uno de los más conspicuos. No sé si ponerme triste, emborracharme, reírme de todo, coquetear con Isabel o pelearme con Bárbara, que está sospechosamente amable conmigo. Sofía, muy prudente, no se me acerca, me mira desde lejos, me sonríe con cariño, tal vez porque no ignora que todo esto es un esfuerzo para mí, y, aunque no debería, pues está embarazada, sigue bebiendo vino a escondidas de su madre y con la complicidad de Isabel, que tampoco le hace ascos al tinto que circula en abundancia por su casa. La tía Hillary me habla de su vida acomodada en Saint Louis, ciudad en la que se ha instalado con su esposo, un alto ejecutivo de una corporación multinacional, después de haber vivido juntos en varios países lejanos y exóticos. Es un encanto, no hace preguntas indiscretas, es todo lo que no será nunca su hermana Bárbara: atinada, respetuosa, fina, sensible. Bárbara mira cada tanto desde la cocina, como si quisiera enterarse de lo que hablo con su hermana. Parece que tuviera celos, pues ella quiere estar siempre en el centro de la atención, no como Peter, tan discreto y callado, sentado en la sala leyendo el *National Geographic.* Si bien parece amar a su esposa, es probable que Peter quiera más a cualquier especie animal en vías de extinción. Isabel ha puesto como música de fondo unos ritmos brasileros que trajo de Río de Janeiro, donde estuvo no hace mucho, tratando de salvar su matrimonio con Fabrizio, el millonario italiano que algunos sospechamos es gay en el clóset. No sé si me gusta esta música, pero al menos consigue acallar los esporádicos chillidos de Bárbara en la cocina, donde prepara la cena junto con sus hijas. Sofía se ha quitado los zapatos y parece un tanto acelerada, señal de que está contenta. Ella es así, nerviosa y sobreexcitada, y más si toma vino. No se lo puedo decir, porque me arriesgaría a que me diese una bofetada, pero pienso que ha heredado la tendencia al histerismo de su madre, aunque, por suerte, también la nobleza de su padre, que no ha venido a la boda porque cuando quiso subirse al avión en Lima se dio cuenta de que no tenía el pasaporte vigente. La tía Hillary sigue hablándome y yo me siento muy a gusto con ella. ¿Sabrá que me gustan los hombres? ¿Le habrá contado Bárbara la historia secreta de esta boda? Probablemente, sí, pero no por eso Hillary es menos cariñosa conmigo. No creo que esta noche haga el amor con Sofía, estoy muy cansado y me abruma el miedo escénico, pues las expectativas son altas siendo la noche de bodas. Suena el teléfono. Contesta Isabel. Me llama en seguida. *Es para ti,* dice. Me pongo al teléfono y es mi padre, que me dice con su voz inconfundible, ronca, áspera: *¡Felicitaciones, hijo, bien venido al club de los casados!* Me quedo mudo, sin saber qué decir, pensando que no quiero pertenecer a ese club y menos si mi padre es socio. *Gracias,* digo secamente. ¿Cómo se enteró? ¿Quién le dio el teléfono de Isabel? Tiene que ser la intrigante de Bárbara. Ella se lleva bien con mi padre, habla maravillas de él, dice que es un señor educado, galante con las damas y con gran sentido del humor. *¿Qué tal salió todo?,* pregunta mi padre, muy cariñoso, al parecer sin importarle que no haya sido invitado al casamiento. *Bien, muy bien, todo rápido y sin contratiempos,* digo. *Qué bueno, hijo, has tomado una gran decisión, tu madre y yo estamos muy felices con tu matrimonio con Sofía, que es una chica estu-*

penda, de tan buena familia. —Yo no digo nada—. *Nos hubiera encantado estar allá pero, bueno, no estábamos invitados y no queríamos caer como paracaídas, ¿no?* Luego se ríe nerviosamente y yo digo: *Lamento no haberlos invitado, pero era mejor así.* Mi padre no es una mala persona, aunque sería exagerado decir que la sensibilidad es una de sus virtudes. No hace mucho le pedí que no llamase más, que dejase de molestarme, pero ahora está de vuelta, formal y caballeroso, diciéndome: *Bueno, hijo, te deseo lo mejor en tu vida matrimonial, espero que llegues a cumplir tus bodas de oro como vamos a cumplir tu mamá y yo en pocos años, acá te paso con ella, que te quiere saludar.* Yo trato de decirle: *no, papá, mejor no,* pero no me da tiempo: *¡Felicitaciones, mi Gabrielito! ¿Cómo te sientes ya casado y bien casado además?,* exclama mi madre, con una voz muy aguda. *Bien, gracias,* digo, mirando a Sofía, que comprende mi incomodidad, y a Bárbara, que se hace la distraída, aunque estoy seguro de que es ella quien ha tramado esta llamada. *¿Cómo que bien? ¡Tienes que sentirte no bien, sino excelente, mi amor!* —me reprocha cariñosamente mi madre—. *¡Te has casado con la mujer ideal para ti, mi hijito! ¡Has tomado la mejor decisión de tu vida! Yo acá estoy rezando mucho, mucho por ti, pidiéndole al santo Escrivá que te ilumine para que seas un hombre muy recto. Sí, claro,* digo, fatigado de la cháchara religiosa de mamá. *Ahora sólo te falta casarte ante los ojos de Dios, mi amor* —me recuerda—. *Te falta el paso más importante. Tienes que santificar tu matrimonio. Si quieres, te voy buscando parroquia acá en Lima, yo tengo muchos padres amigos de la Obra, y ¡quién no estaría gustoso de casarte!* Que me la mamen en fila india y con rodilleras los padres de la Obra, pienso. Son todos una manga de mañosos, depravados, tocaniños, pajeros con halitosis y locas ensotanadas. *No te preocupes, mamá, de momento no hay boda religiosa, así que tómalo con calma,* le digo. *Bueno, no te demores mucho, mi amor, que si no te casas a los ojos de Dios, tu matrimonio va a ser un completo fracaso, te lo digo yo con la experiencia que tengo y la sabiduría que me da el ejercicio de la fe y la piedad.* Y las huevas del gallo, pienso, y me despido: *Bueno, mamá, saludos a todos, te dejo porque tengo que sentarme a la mesa, ya vamos a comer. ¡Pero pásame a mi nuera, a mi hija política, que es como mi hija!*, reclama ella, y yo, encantado de escapar de sus monsergas, *sí, claro, chau,* y le paso el teléfono a Sofía, que la saluda con cariño. *Bueno, a sentarse,* anuncia Bárbara. Todos nos sentamos alrededor de la mesa, que está impecable, con un mantel blanco, cubiertos de plata, las mejores copas de cristal y una vajilla muy fina. Fiel a su estilo, Peter se sienta en una cabecera y me invita a sentarme en la otra. Para mi desgracia, Bárbara se acomoda a mi lado. Sofía termina de hablar por teléfono con mi madre, viene a la mesa y brindamos. *Por la felicidad de los novios,* dice Peter. *Por la novia, que está lindísima, más linda que nunca,* dice la tía Hillary. *Salud por el hijo de Sofía,* dice Bárbara, haciendo un esfuerzo por ser diplomática, pero se le nota un rictus de amargura, una sombra que tensa su rostro. *Por el hijo de Sofía y Gabriel,* la corrige Isabel, y todos decimos *salud,* y yo miro a Isabel y le guiño el ojo. *Bueno, que hable Gabriel,* dice Peter, y me mira con gesto adusto de científico. Isabel se entusiasma y Sofía también, y yo, todo un caballero o fingiendo serlo, me pongo de pie, arrepentido de no haber bebido unas copas de vino que me aflojasen la lengua, y me dispongo a hablar, no sé de qué, de algo falso, desde luego, porque toda esta celebración es un ejercicio sofisticado de esa hipocresía tan nuestra. De pronto suena el timbre en un momento que no podía ser más oportuno para mí. Corre Isabel a la puerta y anuncia que es Francisco, su hermano, que llega agitado, mofletudo y barrigón, embutido en unos pantalones que le quedan chicos e hiperventilado como siempre. Todos lo saludan con grandes muestras de afecto, que en mi caso son menos grandes, pues me parece un presumido y un tontorrón, sólo nos damos la mano y él palmotea mi espalda con una virulencia excesiva, y yo pienso suave, Pancho, que vas a romperme las costillas, no tienes que demostrarme que eres tan machito. Con sus anteojos intelectuales, su camisa adquirida a precio de liquidación y el voraz apetito que ya le conocemos, sobre todo cuando no es él quien paga la comida, Francisco se remanga la camisa, remoja su lengua con el vino que Sofía le alcanza servicial, demasiado servicial para mi gusto, y se lanza a contarnos las últimas hazañas de su vida académica, *porque este chico es un genio,* dice su madre, Bárbara, casi babeando de orgullo. Yo sonrío encantado de ahorrarme el discurso, o eso pensaba, porque ahora, para mi consternación, y una vez que Francisco nos da un respiro y calla, Peter, siempre tan apegado a las formalidades, me recuerda que es mi deber de novio decir unas palabras de pie. *Ay, Peter, qué pesado eres, no molestes a Gabriel, te voy a cortar la suscripción de* National Geographic, le dice Isabel en tono risueño, pero Bárbara, seguro que para molestarme, insiste en que debo hablar, y la tía Hillary se entusiasma y celebra la idea, mientras Francisco me mira con esa cara tan antipática que, por mucho que estudie en una universidad de prestigio, no va a cambiarle aunque saque tres maestrías y cuatro doctorados. Me pongo de pie y oigo que Bárbara dice con ironía ponzoñosa *a ver, Hamlet, qué vas a decir,* y entonces me hago el tonto, no me doy por enterado y digo: *Estoy muy contento y les agradezco a todos por este momento tan feliz para mí. Nunca pensé que me casaría. Por momentos, me parece irreal todo esto. Pero es un privilegio estar casado con una mujer tan inteligente, tan buena y tan linda como Sofía. Gracias, Sofía, por quererme a pesar de todo. Sé que no lo merezco, que tú mereces algo mucho mejor, y no me atrevo a hacerte promesas, porque no soy bueno para cumplirlas. Pero gracias por casarte conmigo. Lo tomo como un honor, como una distinción. Y sobre todo te agradezco por querer ser la madre de nuestro hijo, a pesar de lo complicado que se ve el futuro. Eres una gran mujer y vas a ser una gran mamá, y siempre te voy a querer por eso y porque me has regalado este anillo tan bonito que no pienso devolverte. Muchas gracias.* Todos aplauden y se ríen, Sofía, Isabel y la tía Hillary con especial cariño, Bárbara y Francisco con el desgano previsible, y Peter de esa manera fría y distante con la que suele expresar sus sentimientos. Cuando se hace un silencio, Isabel me advierte: *No sales de esta casa si no me devuelves el anillo, hijito.* Todos reímos. Pido permiso para ir al baño, pero Peter me contiene: *Que hable Sofía.* En seguida ella enrojece porque no le gusta hablar ante un grupo de personas aunque sean de su propia familia. Resignada, encuentra valor en un trago más de vino y dice simplemente: *Éste es el día más feliz de mi vida. Gracias.* Luego se sienta, la aplaudimos, me pongo de pie, paso a su lado, la beso y voy al baño. Exhausto, me encierro en el baño de Isabel, me miro al espejo y veo la tristeza escondida en mis ojos. Debería emborracharme. Doy una meada rápida y al salir me encuentro con Isabel. *¿Estás cómodo, lo estás pasando bien?,* me pregunta, acercándose, tomándome del brazo. Huele tan rico, es tan linda, los suyos son unos labios tan turbadores, que hago un esfuerzo para guardar la compostura y no irme sobre ella. *Estoy feliz porque estás tú,* le digo. Ella ha tomado unas copas y sonríe. *Qué bueno, quiero que la pases bien esta noche ¿ya?,* me dice. *Imposible,* le digo, coqueto. *¿Por qué?,* pregunta, siguiéndome el juego, casi rozándome en la puerta del baño. *Porque tendría que pasarla contigo,* digo, muy serio. *Picarón, picarón, cuñadito picarón,* me dice, haciéndome cosquillas en la barriga. *En serio, Isabel* —le digo—. *Todo esto es un error. Sofía debería haberse casado con Fabrizio y yo contigo.* Isabel suelta una carcajada demasiado ruidosa y luego se cubre la boca con una mano, como arrepintiéndose, no vaya a oír Sofía lo bien que la estamos pasando a escondidas. *No digas huevadas, estás borracho,* dice. *No, no he tomado nada,* digo. *Bueno, voy a hacer pila,* me dice, empujándome levemente. *¿Puedo entrar contigo?,* le digo. Ella me mira, como dudando, y dice: *No seas loco, si llega Sofía y nos encuentra encerrados en el baño, la cagada.* Amo a Isabel. *Mejor me voy,* me acobardo. *Mejor,* dice ella. Me acerco, le doy un beso en la mejilla y le digo: *Te adoro, Isabel. Si pudiera, me casaría contigo.* Ella se deja besar encantada y dice: *Too late.* Luego añade: *Bueno, ándate, que me* *hago la pila.* Me armo de valor y la beso en la boca, un beso corto pero intenso. Ella me mira divertida y no dice nada. Me voy de regreso a la mesa. *¿Todo bien?,* me pregunta Sofía. *Todo bien,* digo, y acaricio su pelo al pasar.

La fiesta termina pasada la medianoche. Estoy sobrio, no he tomado nada de alcohol y eso me hace menos vulnerable a las inevitables asperezas de este día tan brutal. Sofía y yo caminamos por la avenida Wisconsin, la noche está helada y el frío me cala los huesos, poca gente deambula por la calle, sólo los mendigos de siempre, cuyos rostros ya me resultan familiares, y algunos borrachos escandalosos. Mi esposa parece contenta. La tomo del brazo, aún llevo puesto el anillo y el traje de la boda, los zapatos duros que me ajustan y la corbata que no he querido desanudarme. No hablamos. Aprecio que sepa guardar silencio. Es una virtud que ha aprendido de su padre. Llegamos al departamento en diez minutos o poco más, por suerte está muy cerca del de Isabel. Nada más entrar, me quito el anillo y se lo doy a Sofía. *Gracias* —le digo—. *Fue todo un detalle de tu parte.* Ella sonríe halagada. *No tienes que dármelo ahorita,* dice. *Mejor así, me incomoda,* digo. *Yo voy a dormir con el mío puesto,* dice, con aire travieso. Escucho los mensajes en el teléfono: no ha llamado Sebastián, sólo mis padres a felicitarnos. Me meto en la ducha y trato de relajarme bajo el agua caliente. Me pregunto si Sofía estará esperando a que, siendo la noche de bodas, hagamos el amor. No me provoca, sólo quiero dormir y olvidar que soy un hombre casado, a punto de ser padre, que llora en la ducha porque recuerda al hombre que ama. Me visto en su habitación mientras ella, ya en camisón de dormir, me escudriña desde la cama con un libro abierto, *Los miserables*, cuya lectura ha interrumpido al verme salir del baño. *¿Estás bien?*, pregunta. *Podría estar peor* —digo—, *pero podría estar mejor.* Ella trata de levantarme el ánimo: *Bueno, pero tampoco estuvo tan mal, ¿no?* Mientras me pongo un buzo grueso y dos pares de medias, digo: *No, no estuvo tan mal, tu tía Hillary es un encanto, e Isabel se portó increíblemente bien.* —Y fue divertido besarla a escondidas, pienso—. *Pero el juez, dime si no era un personaje absurdo, cantinflesco,* digo. *Totalmente* —ríe ella—. *¿En serio le dejaste propina?*, pregunta. *Ni un peso,* respondo, con aire arrogante. Se hace un silencio que de pronto me incomoda porque siento que Sofía me mira con un amor que yo debería corresponder, dadas las circunstancias, y no sé si podré hacerlo. *¿Vas a dormir en la sala hoy también?*, me pregunta. *No sé, supongo que sí* —digo—. *Así cada uno duerme bien y mañana no estoy de un humor de perros,* añado. Ella pone una cara triste que me llena de culpa. No dice nada, sólo me mira como si estuviese castigada y necesitase un poco de cariño. Es tan linda, tan amorosa, y yo tan mezquino. *Duerme hoy conmigo, no seas malito,* me pide con su voz más dulce. No sé qué decirle, cómo salir del apuro sin lastimarla. Me apetece dormir solo, en el sofá, pero acabo de casarme y, aunque ha sido una boda poco romántica, precipitada por nuestros errores, hoy es la primera noche que pasamos como esposos. *Bueno, te acompaño un ratito hasta que te duermas, después me paso a mi sofá,* digo, tratando de ser tierno. Me meto en su cama, la abrazo, acaricio su barriga, la beso con todo el amor que me inspiran ella y su bebé y le digo cosas dulces al oído, por ejemplo que, aunque me gusten los hombres, ella va a ser siempre la mujer de mi vida y que, pase lo que pase entre nosotros, no dejaré de amarla. Supongo que era inevitable: terminamos haciendo el amor con mucha delicadeza, no sé si con más delicadeza que amor. Luego le doy un beso, le digo *buenas noches, que duermas rico, te quiero mucho,* y me levanto de la cama, pero ella me pide que me quede un ratito más, y yo la complazco y recién cuando se queda dormida me voy al sofá. Estoy casado con una mujer muy linda, que me ama, una mujer que me quiere tanto que va a darme un hijo; vivo en el barrio más hermoso que he conocido; trabajo haciendo lo que más me gusta, que es escribir, y en unos días nos iremos a París de luna de miel. Debería sentirme feliz esta noche, pero no estoy contento, estoy desvelado en el sofá, sufriendo en silencio porque Sebastián no está conmigo o, lo que es peor, sigue en mi cabeza, en mis recuerdos, azuzando unas fantasías que ahora parecen más lejanas e irreales que nunca.

Me despierta el timbre del fax. Miro el reloj, son casi las diez. Oigo el ronroneo del papel imprimiendo alguna noticia en el fax, me quito los tapones de los oídos y el antifaz con que me protejo del chorro de luz que cae como una catarata desde la claraboya sobre mi sofá y me arrastro hasta el fax, al lado de mi escritorio. Sofía sigue durmiendo, así que me muevo con cuidado para no hacer ruidos que pudieran despertarla. Fax de mierda, olvidé desconectarlo antes de dormir, pienso, malhumorado. Leo el logotipo del periódico: es *Expreso,* el segundo más leído del Perú, después de *El Comercio,* el más serio y tradicional. Cuando era joven trabajé en *Expreso* como reportero y columnista. Su director, Manuel D'Ornellas, un gran periodista y un amigo muy querido, fue como un maestro para mí. Cuando le dije que quería irme a vivir al extranjero y ser un escritor, no dudó en animarme y decirme que me tenía mucha fe como escritor. Manuel fue uno de los mejores amigos de mi madre cuando ambos corrían olas en colchoneta en La Herradura, la playa que por entonces reunía a la gente más bonita de la ciudad (no era una playa muy grande, y no hacía falta que lo fuera, porque naturalmente había muy poca gente bonita). Reconozco en la pequeña pantalla del fax el número de teléfono desde el cual me envían este recorte de la primera plana del diario *Expreso* de Lima: es, claro, el de la oficina de mi padre, ¿quién más podía mandarme un fax a esta hora de la mañana?

Arranco la hoja que reproduce la portada del periódico y leo uno de los titulares: «Gabriel Barrios se casó en Washington.» Veo una foto mía, vieja y muy fea, en la que salgo haciendo una mueca grotesca en la televisión y con el mismo traje que usé ayer en la boda, y un titular más pequeño que dice: «Estrella de televisión contrajo matrimonio con la peruana Sofía Edwards.» Me quedo perplejo. No puede ser verdad: ¿cómo diablos se ha enterado la gente de *Expreso* que me he casado ayer, si no se lo he contado a nadie en Lima? Una llamarada me abrasa el pecho, me sofoca la garganta y me recorre la espalda. Me siento humillado, herido, avergonzado. Yo no quería hacer alarde de mi boda porque siento que es un casamiento de emergencia, desesperado, pero ahora todos en mi país sabrán que me he casado y creerán que soy el hombre que no soy ni puedo ser, salvo Sebastián, que pensarán que soy un farsante, un embustero y que me he casado con Sofía para acallar el creciente rumor de que soy gay. *Mierda,* digo, indignado, mientras veo aparecer una segunda hoja del diario *Expreso,* esta vez una página interior, en la que aparece la noticia de mi boda con Sofía. Incrédulo, leo el titular de la página seis, confundido entre las noticias de actualidad: «Gabriel Barrios perdió su codiciada soltería en Washington, se casó con la estudiante peruana Sofía Edwards.» Con esfuerzo, porque las letras son pequeñas y la copia del fax algo defectuosa, alcanzo a leer: «En una emotiva ceremonia celebrada ayer en la ciudad de Washington, capital de Estados Unidos, el recordado periodista y animador de televisión Gabriel Barrios contrajo matrimonio con la guapísima estudiante Sofía Edwards, en compañía de familiares y amigos. A pesar de la estricta reserva con que se llevó a cabo la ceremonia, *Expreso* pudo saber de fuentes confiables que Barrios lució muy emocionado cuando pronunció las sagradas palabras de amor ante su bella esposa y que incluso en un momento estuvo a punto de llorar. La novia, Sofía Edwards, estudiante de ciencias políticas en una universidad muy importante de esa ciudad, lucía bella y radiante y estuvo en todo momento acompañada por sus padres Peter Cannock y Bárbara Gubbins, y por sus hermanos Isabel y Francisco Edwards, que viajaron desde distintos confines del mundo para estar presentes en la ceremonia nupcial. Fuentes dignas de crédito, cercanas a la familia de la estrella de televisión, revelaron a *Expreso* que Barrios cayó perdidamente enamorado desde el primer día que conoció a Sofía Edwards Gubbins, en una academia de tenis del exclusivo barrio de Camacho, a la que el joven y talentoso hombre de televisión acudió a practicar uno de sus deportes favoritos, encontrándose allí con la señorita Edwards, que estaba tomando clases de tenis, y por cuya belleza quedó inmediatamente fulminado cayendo rendido ante sus encantos. "Desde entonces, Gabriel y Sofía se hicieron inseparables" —comentó nuestra fuente—. "No sólo juegan mucho al tenis juntos, casi a diario, sino que son grandes lectores de novelas y biografías de personajes históricos, y otra de sus pasiones es la política, puesto que ambos tienen una gran fascinación por la política y no sería raro que en unos años vuelvan al Perú y se dediquen a la política", reveló una de nuestras fuentes, muy allegada a la familia de Gabriel Barrios, que prefirió no ser identificada, por obvias razones. Se supo, asimismo, que el recordado Barrios y su flamante esposa partirán de luna de miel en los próximos días a París, la Ciudad de las Luces, y que luego volverán a Washington, donde ambos cursan estudios en la afamada Universidad de Georgetown, cuna de grandes pensadores y filósofos y escuela donde estudió el actual presidente William J. Clinton. Por último, *Expreso* pudo saber que Gabriel Barrios está ultimando detalles para contraer muy pronto matrimonio religioso con Sofía Edwards, y que ambos desean que tan magno evento, que sin lugar a dudas concitará la curiosidad del público peruano, se lleve a cabo en una iglesia de San Isidro o Miraflores, seguramente la Virgen del Pilar o María Reina. "Siendo Gabriel y Sofía tan buenos cristianos y tan buenos peruanos, podemos dar por seguro que muy pronto vendrán a Lima a santificar su matrimonio ante Dios", reveló nuestra fuente, digna de toda confianza, muy allegada a la familia del recordado hombre de televisión. Desde las páginas de este diario, en el cual trabajó Barrios no hace muchos años, les hacemos llegar a los novios nuestras más sinceras felicitaciones y les deseamos éxitos, alegrías y parabienes en su vida conyugal.» Termino de leer la noticia y no sé si estallar en una carcajada o romper el florero que Sofía ha comprado en un anticuario de la calle P. Voy a su cuarto con los papeles en la mano, pero la veo durmiendo y prefiero no despertarla. Regreso a mi escritorio, levanto el teléfono y llamo a la oficina de mi padre. *Hola, hijo, ¿viste el fax que acabo de mandarte?* —me pregunta él—. *Estás en la primera plana de* Expreso, *tu madre está muy orgullosa*, añade. Yo hablo con toda la indignación que me calienta la sangre: *¿Quién llamó a* Expreso *a contarles que me he casado, papá?* Mi padre parece advertir que no estoy contento. Carraspea, señal de que está nervioso, y dice: *¿Por qué, no te ha gustado la noticia? A mí me parece que está muy positiva, está escrita con mucho cariño, hijo.* Yo insisto: *¿Quién llamó? ¿Tú llamaste, papá?* Él responde en seguida: *No, hijo, cómo se te ocurre, yo te hubiera consultado antes, yo sé que tú te preocupas mucho por tu imagen pública.* Guardo silencio. Vuelvo a la carga: *¿Fue mamá?* Mi padre responde: *Sí, hijo, tu mami se encontró por casualidad con Manu D'Ornellas en un cóctel diplomático, tú sabes que son íntimos amigos desde chicos, y parece que le contó que te habías casado y, bueno, así fue la cosa. Pero ¿no estás molesto, no?* Yo no puedo evitarlo y respondo: *¡Claro que estoy molesto! Yo quería guardar el secreto y sale esta noticia estúpida, llena de falsedades e idioteces, en la primera plana de* Expreso. *No lo puedo creer. Voy a llamar a mamá ahorita mismo.* Mi padre intenta calmarme: *Tranquilo, hijo, no lo tomes a mal, tu mamá lo ha hecho con las mejores intenciones. Sí, claro* —digo—. *Y quiero que sepas algo: ¡no me voy a casar por la religión, aunque mamá lo anuncie en* Expreso*!* Cuelgo furioso, con ganas de romper algo, y llamo al teléfono de mi madre. Contesta sin demora, seguramente estaba rezando un rosario a esta hora de la mañana. *Hola, mamá, soy Gabriel,* digo, secamente. *Hola, mi amor, ¿cómo está el recién casado?,* me pregunta, muy amorosa. *Muy molesto,* digo. *¿Por qué, mi amorcito?, ¿qué te pasa?, ¿has dormido mal?,* pregunta con una voz tan dulce que me resulta insoportable porque parece falsa. *No, estoy molesto porque llamaste a Manu D'Ornellas a contarle que me he casado y ha salido en la primera plana de* Expreso *hoy,* digo, tratando de no levantar la voz. *Ay, sí, hijo, lo llamé, claro, y con mucha ilusión cristiana, porque sentí que era mi deber contarle esto a Manu, que tanto te quiere, y que corría olas conmigo en La Herradura, y compartir esta linda noticia con tu público de fans en el Perú, que tanto te quieren.* Yo no puedo creer la osadía de mi madre: *¿Y no te pareció que podrías haberme consultado antes? ¿No crees que era yo quien debía decidir si contar o no a los periódicos los detalles de mi boda?* Mamá me responde imperturbable: *No, mi hijito, no me pareció, tú estabas muy ocupado allá y yo pensé que era mi deber ayudarte hablando con Manu y dándole la noticia. Además, déjame decirte que ha salido muy linda, muy positiva, Manu se ha portado como el caballero hecho y derecho que es, ya le he dicho a tu papá que no me traiga más* El Comercio *a la casa, que a partir de ahora me traiga el* Expreso, *que es un diario tan ético y moral.* Indignado, entrecortada la respiración, grito: *¡Es una payasada todo lo que has hecho publicar en* Expreso, *mamá! ¡Casi todo es mentira! ¡Yo no conocí a Sofía en una academia de tenis, sino en una discoteca! ¡Nunca hemos jugado tenis! ¡No pensamos dedicarnos a la política! ¡Y no es verdad que vayamos a casarnos en la Virgen del Pilar o María Reina! ¡Ya te dije que no voy a casarme por la religión! ¿No entiendes? ¿Eres sorda o bruta o las dos cosas?* Mamá no pierde su candor insoportable: *Ay, hijito, no grites, por favor, no seas tan violento, que me haces acordar a tu papá. La nota de* Expreso *está linda y todo lo que dicen es cierto, aunque tú te me hayas vuelto un poco olvidadizo y no te acuerdes de las cosas. Pero yo te conozco más que nadie en todo el mundo, y te quiero más que nadie en todo el mundo, mi Ga-*

brielito, y sé lo que te gusta el tenis, la política, la lectura, y estoy segurísima, como que me llamo Diana Luna de Barrios, que más rápido de lo que canta un gallo te vas a casar ante el padre García en María Reina, mi amor, y no te preocupes, que yo te consigo la parroquia cuando quieras, para eso está tu mamacita, para ayudarte en lo que quieras, mi Gabrielito. Yo comprendo entonces que es un diálogo de sordos y que mi madre no me entiende ni me entenderá, pues está extasiada con la noticia llena de falsedades que ha filtrado a *Expreso*, y por eso digo, lleno de rencor: *Eres una loca del carajo, mamá. Lo que has hecho es una manipulación tramposa y tú lo sabes. Como te da vergüenza que tu hijo sea gay, has corrido a* Expreso *a publicar la noticia de que me he casado con Sofía. Y como te parece horrible que sólo me case por la ley, anuncias sin ninguna razón ni autoridad que me casaré ante la Iglesia. Deberías estar avergonzada de actuar así.* Mamá me interrumpe: *¡Más respeto con tu madre, mi hijito, que yo no le aguanto insolencias a nadie! No estoy avergonzada, estoy muy orgullosa de lo que ha publicado* Expreso *y también estoy muy orgullosa de ti, porque, como ya te dije ayer, lo mejor que has podido hacer en tu vida es casarte con Sofía, claro que sólo te falta ahora santificar tu matrimonio ante Dios Nuestro Señor.* Yo la corto: *Estás más loca que una cabra del monte, mamá,* y tiro el teléfono. Luego camino hacia el cuarto de Sofía y la encuentro despierta, mirándome con ojos asustados. Tiro sobre su cama las hojas del fax y digo, sarcástico: *Te espero en la cancha de tenis, mi amor.* Luego me voy a la sala, me pongo unas zapatillas y me voy a correr. Si no salgo a correr ahora mismo, voy a romper algo.

Son las cuatro de la mañana. Estoy manejando el auto negro de Isabel, que me lo ha prestado con generosidad, mientras suena un bolero cantado por Luis Miguel, que ella adora. Conduzco despacio y con cuidado porque llueve a cántaros y apenas puedo ver la pista. Tengo que llegar cuanto antes a las oficinas de Inmigración en Virginia, a media hora desde mi departamento en Georgetown, porque me espera una cola larga y lenta, llena de extraviados como yo, algunos de los cuales pasan la noche entera frente al edificio. Hace mucho frío, pero por suerte la calefacción del auto me previene de esas molestias. Sofía se ha quedado durmiendo, me dio pena despertarla, prefiero hacer solo este trámite odioso pero indispensable para sacar el permiso de residencia. Aunque las plumillas del vidrio se mueven a una velocidad frenética, echando el agua a los costados, la lluvia cae con tanta fuerza que a duras penas logro ver. Temo perderme: es un camino enrevesado para un forastero como yo y lo es más todavía por las malas condiciones climáticas. Lo conozco más o menos bien porque ayer por la tarde manejé hasta la mole de concreto de Inmigración, aprendiendo las curvas, los desvíos y las señales que debo seguir para llegar hasta aquel barrio apacible de Virginia. A mi lado tengo un papel con todas las anotaciones que he tomado ayer, cuando ensayé la ruta que debía seguir, así como una manzana y un plátano, el desayuno que tomaré apenas llegue a la cola y aguarde a que abran esas oficinas públicas a las siete de la mañana. Espero que el trámite sea breve y sencillo, que no me hagan muchas preguntas, que sean indulgentes con mi acento inglés y que me autoricen a salir fuera del país en los próximos días, porque Sofía está impaciente por ir a París conmigo. El auto de Isabel, un Mercedes un poco viejo pero que aún conserva su prestancia, avanza sin sobresaltos entre las lagunas que se forman en la pista, levantando pequeñas olas que caen sobre la acera. Todo se ve tan distinto desde el timón de este coche con asientos de cuero; ya me había acostumbrado a tomar el autobús o taxis cochambrosos guiados por gentes de poco fiar. Isabel es un encanto: apenas se enteró de que tenía que ir de madrugada a Virginia para gestionar mi residencia, no dudó en dejarme su auto. No quisiera chocárselo. Para comenzar, no tengo una licencia de conducir expedida en este país. Nunca tuve una legal en el Perú, abrumado por la interminable pesadilla burocrática que me esperaba si quería obtenerla. Cuando cumplí dieciocho años, la edad mínima para conducir en mi país, mi padre me regaló una licencia. Pensé que era válida, pero un tiempo después me detuvo la policía por conducir a alta velocidad y, alegando que era falsa, me pidió un soborno, que, por supuesto, le pagué. Por eso tengo miedo de que me detenga la policía. Acá no podría sobornarlos ni firmarles un autógrafo para salir del apuro. Por suerte, no me pierdo a pesar de la lluvia y la niebla. Llego a las oficinas de Inmigración y veo desde el auto una cola muy larga de por lo menos cien personas, quizá más, que resisten este frío de madrugada y el aguacero pertinaz. Me espera una cola brutal. Tras dar vueltas por los alrededores, encuentro un espacio donde aparcar, salto del auto y me protejo con el paraguas que me prestó Sofía. Luego deposito en el parquímetro ocho monedas de veinticinco centavos y camino, mojándome los zapatos, hasta la fila de inmigrantes que esperan, como yo, algún favor, concesión o permiso de este país que nos ha acogido. No me engaño: sólo un pobre diablo podría estar en esta cola, a las cuatro y media de la mañana, convulsionándose de frío, temblando con cada ráfaga helada que le azota la cara, protegiéndose a duras penas del diluvio que el cielo descarga con saña sobre nosotros, apátridas, fugitivos y traidores, gentes que huimos de nuestro pasado y soñamos con un futuro más libre en este país tan cruel con nosotros, los recién llegados, los que no tenemos dinero para contratar un abogado que nos ahorre esta cola de espanto. Entre la bruma de la noche y la delgada cortina de agua que me separa de los demás, alcanzo a ver a quienes me anteceden: chinos esmirriados, negros haitianos que vociferan cosas incomprensibles y ríen de un modo obsceno, mujeres en turbante y probablemente sin clítoris, cholos barrigones agringados, centroamericanos tullidos que huyeron de la barbarie, rusos con el pelo muy corto y aspecto de mafiosos. Yo era una estrella de la televisión en mi país, una promesa política incluso; ahora soy uno más de los varados en este naufragio, un pobre hombrecillo que tiembla de frío y se esconde bajo un paraguas que ni siquiera es suyo. Algo tengo que haber hecho muy mal para terminar tan jodido. Trato de hablar con un hombre de ojos rasgados a mi lado pero me sonríe tímidamente y dice: *No english, no english.* Miro mi reloj: me esperan dos horas por lo menos. ¿Valdrá la pena todo esto? ¿Me darán la residencia? ¿Tendrá sentido quedarme en este país? ¿No estaba mejor en Lima con empleadas, lavanderas, choferes y jardineros? ¿Éste es el sueño americano del que tanto se habla? ¿Una cola de cien extraños mojados que a duras penas hablan inglés, miran al cielo pidiendo clemencia y se estremecen ateridos por el frío de la madrugada? Mi madre solía decirme que uno no nace para gozar, sino para sufrir, que no se viene al mundo para hacer lo que uno quiere, sino lo que debe. Ahora mismo pienso que tal vez tenía razón. Este matrimonio, esta cola de madrugada, el agua que se me mete en los pies, las miradas de otros forasteros que me recuerdan que soy sólo un número como ellos, todo esto es una humillación de la que no sé a quién culpar. Sofía tiene la culpa de todo: ella me forzó a casarnos. Podría decir que mis padres tienen la culpa, porque ellos me enseñaron a ser infeliz. En realidad, soy yo quien tiene la culpa: soy un pobre y triste tontorrón. No seré menos tonto teniendo la residencia norteamericana, si es que me la dan, pero al menos seré un tonto con permiso a vivir en este país, cosa que, en el mejor de los casos, me convertirá en un tonto con suerte.

Han pasado sólo tres días. Estoy de regreso en las oficinas de Inmigración, ya no de madrugada, sino a media mañana, citado a las once en punto junto con mi esposa Sofía para probar, ante quien corresponda, seguramente un oficial odioso y con mal aliento, que el trámite que he iniciado no está basado en una mentira y que mi matrimonio es verdadero, una desconfianza o recelo comprensible, puesto que muchos inmigrantes se casan con ciudadanas norteamericanas con el único propósito de obtener el permiso de residencia, y yo, en honor a la verdad, soy en parte —pero sólo en parte— uno de ellos, porque me he casado con Sofía por estar embarazada y para no alejarme de nuestro bebé, y por eso me será muy útil el permiso de residencia, pero en ningún caso me hubiera casado sólo para conseguir el famoso *green card*, es decir, que la verdadera razón de aquella boda es el amor a mi bebé —y por extensión a su madre—, y no necesariamente a este país. En ningún caso me hubiese casado con Sofía si no estuviera embarazada y creo que ella lo sabe bien. Por eso acudimos a la cita con la conciencia tranquila, sin sentir que estamos actuando de un modo tramposo o fraudulento. Bajo ninguna circunstancia me hubiese casado con ella ni con nadie sólo para burlar la ley y obtener el permiso que he solicitado hace tres días y que ahora espero que me concedan sin más demora, dado que, mientras no me lo otorguen, no podemos viajar fuera del país. Sofía está tranquila, de buen humor. En el camino, mientras yo conducía el auto de su hermana, la he visto cantar suavemente un bolero de Luis Miguel, señal de que está contenta, porque es muy raro que se atreva a canturrear cuando vamos juntos en el auto, sólo lo hace si está segura de que no estoy crispado o furioso, de que esa demostración de alegría no va a molestarme. En efecto, no estoy crispado, si acaso sólo con Luis Miguel, que me parece insoportablemente vanidoso, pero el auto de Isabel no tiene otro casete y no nos queda sino repetir una vez más esos boleros cursis y quejumbrosos. El sol es tan intenso que me enceguece y por eso no me saco los anteojos oscuros. Ahora estamos sentados en una antesala, con un papel y un número impreso, a la espera de que en la pantalla electrónica aparezca nuestro número y nos llamen a la entrevista. No hemos tenido que hacer una cola tan larga y cruel como la que padecí la otra mañana bajo la lluvia. De momento, todo va bien. Sofía no tiene dudas de que aprobaremos el examen y me expedirán el permiso. Yo tengo mis reservas, y por eso he traído no sólo el certificado de matrimonio, sino también una hoja médica dando fe de que ella está embarazada, el contrato de alquiler del departamento de Don Futerman, unas pocas fotos que Sofía y yo nos tomamos en la playa de Miami antes del huracán y, aunque me avergüence, las dos hojas del fax que reproducen la noticia que el diario *Expreso* de Lima publicó sobre nuestra boda. Con todos esos papeles y retratos, creo tener suficientes pruebas para demostrar, más allá de cualquier duda o sospecha razonable, que nuestro matrimonio es verdadero y no una pura operación mercenaria para conseguir los papeles que estoy solicitando. Será que la conciencia me traiciona —me he casado a regañadientes, odiando a ratos a la novia, echando de menos al novio que abandoné—, pero me siento nervioso, inseguro, y no hago sino repasar con Sofía las posibles preguntas domésticas a que nos podrían someter con la intención de pillarnos en falta. *Tranquilo, es una estu-*

pidez, todo va a salir bien, me calma ella, que está linda, huele rico y lleva unos zapatos preciosos, Manolo Blahnik, porque Sofía tiene una debilidad por los zapatos de marca, no como yo, que calzo el mismo par de zapatos arrugados todos los días. De pronto, antes de lo que me esperaba, la pantalla electrónica salta varios números sin que nadie los reclame y llega al nuestro. Entonces nos ponemos de pie y nos acercamos a una mujer uniformada, que, tras hojear mis papeles, confirma nuestra cita y nos conduce a la oficina de otra mujer, más obesa y negra si cabe, quien nos recibe con poca cordialidad y nos invita a sentarnos frente a su escritorio. Es una oficina diminuta, atestada de papeles, en cuyas paredes cuelgan el retrato del presidente Clinton, un decálogo para ser feliz —uno de cuyos puntos dice: «Toma un vaso de leche con una galleta todas las tardes», y yo me pregunto si habrá tontos que crean que eso da felicidad, porque a mí la leche me produce desarreglos estomacales— y fotos de unas niñas negras, cachetonas, con el pelo amarrado en colitas, que podrían ser sus hijas, aunque nunca se sabe. La mujer, que lleva en el pecho un cintillo con su nombre impreso, Ofelia, nos pregunta cuándo nos casamos, a qué nos dedicamos, hace cuánto vivimos en Estados Unidos y por qué queremos que me den el permiso de residencia. Sofía contesta casi siempre y yo apenas intervengo con timidez porque mi inglés es bastante impresentable comparado con el de ella, con el de Sofía, digo, porque el inglés de Ofelia parece *creole* y no entiendo gran cosa, parece que la señora tuviese atracado un donut en la garganta porque pronuncia todo de una manera que resulta indescifrable. Entonces Ofelia me pide que me retire un momento porque quiere hacerle unas preguntas a Sofía, a quien yo, poniéndome de pie, miro con una cierta agonía y todo el amor del que soy capaz, como diciéndole *no la cagues, por favor, contesta todo bonito, que no quiero tener que volver a Lima a pedir que me renueven la visa de turista en el consulado, que la última vez que hice el trámite tuve que hacer una cola peor que las de acá.* Sofía me mira como diciéndome *tranquilo, no soy tan tonta, a esta negra me la almuerzo con ketchup y mostaza,* así que salgo, cierro la puerta según me ordena Ofelia —bota el donut, gorda, pienso— y me siento a hojear una revista toda manoseada, arrugada y olorosa, que debe de haber sido leída por miles de orientales, africanos y latinoamericanos que han pasado por esta misma sala. Espero que fumiguen las revistas de esta oficina, pienso, y luego, a riesgo de contraer alguna enfermedad contagiosa, me abandono a leer la vida de los ricos y famosos sabiendo que nunca seré uno de ellos. No pasa mucho tiempo, apenas diez minutos, quizá menos, y aparece Ofelia, tremenda morena con unos pechos que parecen misiles, y deja libre a Sofía y me pide que la acompañe, no sin que Sofía, al pasar a mi lado, me mire con una expresión sombría, inquietante, como advirtiéndome de que la señora es de cuidado y me va a querer joder. Ahora estamos solos, Ofelia y yo, y está claro que ella, una importante masa de lípidos embutida en su uniforme del servicio migratorio, será quien decida mi suerte y diga si merezco o no ser residente en este país que tantos donuts le ha dado. Si esta mujer de insaciable apetito va a decidir mi futuro, vamos por mal camino, pienso. *¿Por qué se ha casado con Sofía?,* me pregunta, mirando un papel para no equivocarse con el nombre de mi esposa. *Porque estoy enamorado de ella* —respondo, con determinación, y en seguida añado—: *Y porque vamos a tener un hijo,* no vaya a ser que Sofía le haya dicho eso, que nos hemos casado sólo por el embarazo. A mí no me vas a pillar con tus preguntas capciosas, simia sobrealimentada, pienso, dándome fuerzas para salir airoso de la emboscada burocrática. *¿Hace cuánto tiempo viven juntos?,* pregunta, mirándome a los ojos como si quisiera bañarme en azúcar en polvo y tragarme entero con su bocaza de foca. *Bueno, hace más o menos un año,* digo. Ella toma anotaciones y hace pequeñas muecas que no sé si deberían preocuparme. *¿Dónde se conocieron?,* ataca de nuevo, y yo no lo dudo, no creo que Sofía se haya equivocado en este punto: *En una discoteca de Lima.* En seguida, por las dudas, añado: *Aunque el recorte del periódico peruano que tiene allí enfrente dice que nos conocimos en una academia de tenis de Lima, lo que no es verdad, ya sabe que los periódicos a veces publican muchas cosas falsas.* Ofelia sonríe y aprueba el comentario, parece que le hizo gracia lo que dije, aunque sospecho que cuando va a comprar al supermercado no vacila en adquirir los tabloides escandalosos. *¿Qué le regaló a Sofía en su último cumpleaños?* Ahora sí me pilló la gorda. No me acuerdo bien. Sofía cumplió años en abril, hace casi un año, y lo pasamos juntos —no sé si juntos, lo dudo, quizá lo celebramos unas semanas después, cuando llegó de Lima— en el departamento en Miami, el mismo que devastó el huracán. *¿No se acuerda?* —pregunta Ofelia, como burlándose—. *Porque ya vivían juntos, ¿verdad?,* me pone a prueba. *Sí, ya vivíamos juntos en Miami* —digo—. *No recuerdo con exactitud, pero creo que le regalé un disco y un libro y un par de zapatos,* digo, por si Sofía sólo mencionó una de esas tres cosas. Ella hace un gesto de aprobación, lo que me da a entender, aunque tampoco estoy seguro, de que acerté. No creo que Sofía haya dicho que también le compré unos calzones en Victoria's Secret, supongo que dijo zapatos o un libro para darse aires de intelectual. *¿De qué color son las sábanas de la cama?,* pregunta Ofelia, haciéndose la distraída, y yo pienso gorda mamona, no te propases, no te metas en mi cama, porque yo no duermo con Sofía y no creo que la ley nos obligue a dormir juntos para probar que somos un matrimonio real, bien avenido, y no uno ficticio y amañado. Grandísimo imbécil que soy, casi he preguntado: *¿De mi cama? ¿O de la cama de Sofía?* Pero, a tiempo, he caído en cuenta de que eso hubiera sido un error catastrófico, porque debemos parecer la pareja más feliz del mundo, una que duerme junta, cocina cantando, hace el amor tres veces al día y va al baño tomada de la mano. Supongo que debo contestar por el color de las sábanas de Sofía, pienso. Acá me puedo equivocar. Porque me estoy demorando un par de segundos más de los que debería y ella ya me mira con cierta suspicacia y por eso, para distraerla, digo: *La verdad, no soy muy atento a esos detalles, rara vez ordeno la cama yo,* pero ella sonríe por compromiso y abre mucho los ojos a la espera de mi respuesta. *Celestes* —digo, porque creo que las de Sofía son de ese color—, *aunque a veces las cambiamos por blancas o marrones,* añado, balbuceando, porque las mías, creo, no estoy seguro, son de esos colores, pero es Sofía quien las lava y extiende en la cama. *Bueno, ¿son celestes, blancas o marrones?,* insiste Ofelia, burlona, con una saña que no encuentro justificada, salvo que le moleste que yo no sea tan gordo como ella. Sonrío mansamente, ocultando el encono que tan voluminosa señora despierta en mí, y digo: *Celestes, ahora mismo, celestes,* porque estoy casi seguro de que así son las sábanas en las que ha dormido Sofía anoche, espero que ella no haya contestado pensando en mi sofá. Pero Ofelia ha preguntado por nuestra cama, y Sofía no podría pensar que el sofá es nuestra cama, sino la mía. *Celestes,* repite ella, desconfiada, como haciendo notar mi error. *Celestes, sí* —digo—. *Celestes o blancas, ya no estoy seguro,* añado como disculpándome. Ofelia me mira con su jeta protuberante y sus ojos caídos y dispara una vez más, sin piedad: *¿De qué color es el horno?* Ahora sí que me jodí, pienso. *¿El horno de microondas?,* pregunto, nervioso. *El horno,* responde, secamente. *Bueno, a ver* —digo, ganando tiempo—. *La verdad, yo no soy de cocinar, no entro mucho a la cocina, yo soy un escritor, estoy escribiendo una novela, así que no me fijo mucho en esos detalles,* explico, pero ella me mira sin ninguna simpatía y dice: *Bueno, si es escritor, debería ser observador, prestar atención a los detalles.* Yo digo entonces: *El horno, el horno, creo que el horno de microondas tiene la puerta blanca, y creo que el horno grande de la cocina tiene la puerta negra, pero también podría ser marrón, marrón oscura, en todo caso, es de color oscuro,* digo, y siento que no debería estar equivocado. *¿Me está diciendo que el horno es blanco, negro o marrón?,* me pregunta Ofelia, ya abiertamente odiosa, dándoselas de lista. Gorda malparida, te estoy diciendo que el microondas es blanco y el otro oscuro, ¿no te basta con eso?, pienso, y sigo odiándola: ¿de qué color eres tú? ¿Negro, moreno, aceitunado, prieto, marrón oscuro? Escondo mi rabia y digo tranquilo: *Bueno, creo que no me dejé entender bien. El horno grande es negro, estoy casi seguro, y el chiquito de microondas es blanco. Blanco o crema,* añado, dudando, porque quizá Sofía, tan minuciosa para la decoración, dijo crema y nos jodimos y no me dan la residencia porque ella dijo crema y yo blanco. *Bueno, eso es todo* —dice la mujer, y yo me levanto y espero a que diga algo—. *Ya se puede ir, mucha suerte en su matrimonio,* me dice. Pero yo no me voy. *¿Y cuál es el siguiente paso?,* pregunto. *El siguiente paso es que le diremos por correo si califica o no para ser residente temporario,* me informa. *¿Por correo?,* pregunto. *Así es, recibirá nuestra respuesta por correo,* afirma. *¿Sabe más o menos cuándo?,* insisto, sabiendo que va a odiarme más. *Pronto* —dice ella—. *Muy pronto. ¿Como en una semana o un mes?,* pregunto. *Como en una semana,* se resigna a confesar. *Muchas gracias, encantado,* digo, y salgo de su oficina. Sofía me toma del brazo, me mira con curiosidad y, mientras nos alejamos buscando el ascensor, me pregunta: *¿Qué dijiste, qué dijiste?* Y yo: *¿Te preguntó por las sábanas y el horno?* Y ella: *Sí, claro, ¿qué dijiste? Creo que la cagué,* digo, sombrío. *¿Por qué?, ¿no sabías?,* se impacienta ella, sonriendo de todos modos porque la escena le parece divertida. *Dije que las sábanas son celestes y que el horno es negro.* Sofía suelta una carcajada en la puerta del ascensor. *¡Yo dije que las sábanas son blancas!,* dice, riendo. *¡Pero las tuyas son celestes!,* digo. *Sí, pero yo pensé que tú ibas a responder por tus sábanas, que son blancas. La cagamos* —digo—. *Creo que me van a deportar. De todos modos, yo dije celestes o blancas, que no recordaba bien.* Ella sigue riéndose: *¿Y el horno, dijiste negro?* Yo: *Sí, claro, es negro, ¿no? ¡No es negro, es marrón, marrón oscuro!,* dice ella. *Está todo mal, nos vamos a la mierda,* me río. *¿Nunca has visto la puerta del horno?,* pregunta risueña, cuando salimos del ascensor y caminamos hacia la puerta del edificio, entre guardias de seguridad y gentes de todas nacionalidades. *No, creo que nunca* —digo. Y luego le pregunto—: *¿Dijiste que nos conocimos en una discoteca, no?* Ella me mira muy seria y dice: *Ahora sí estamos jodidos. ¿Por qué?*, me preocupo. *Porque dije que fue en una academia de tenis*, responde. *¡Estás loca, ya pareces mi mamá, nunca hemos ido a una academia de tenis!* —me exalto, y añado—: *Nos conocimos en el Nirvana, nos presentó Sebastián, nos acostamos esa noche, ¿no te acuerdas?* Ella me mira coqueta y dice: *Bueno, sí, pero no podía contradecir al periódico que le has dejado.* —Advierto por su sonrisa pícara que me está tomando el pelo y respiro aliviado—. *Mentira, tonto* —me calma—. *Dije que te conocí en una discoteca y que esa misma noche me acosté contigo y que las sábanas eran blancas y olían como si no las hubieses lavado en un año.* Nos reímos. Caminamos buscando el auto de Isabel. *¿Y ahora qué?*, pregunta ella. *A esperar el correo*, respondo. *¿Y si no te la dan?*, pregunta, juguetona. *Nos vamos a París y nos quedamos allá* —digo—. *Porque a Lima no vuelvo ni a palos.* Entramos al auto. Hace frío. Enciendo la calefacción. *A ver, ¿de qué color es mi cepillo de dientes?*, pregunta ella. Me río. No sé qué contestar, pero sí que la amo a pesar de todo.

Exactamente tres días demora en llegar por correo la respuesta del Servicio de Inmigración. Nada más recibirla, abro el sobre amarillo con la seguridad de que me comunicarán que he sido rechazado como residente. Para mi sorpresa, la respuesta es positiva: me han concedido un permiso temporal, válido por un año, para vivir en este país. Me alegro mucho. Por fin puedo decir que no volveré al Perú, que estoy protegido de la barbarie y el caos. Cuando Sofía regresa de clases, le doy la buena noticia. Ella se pone muy contenta, me abraza y luego llama a Lima a contarle a su madre, con quien habla extensamente de ese y otros temas. Tan pronto como cuelga el teléfono, le digo que no debería seguir hablando tanto con su madre, a quien considero una intrigante y una chismosa, pero ella la defiende y dice que no quiere terminar como yo, que a ella le gusta llevarse bien con sus padres a pesar de las peleas que pueda tener esporádicamente con ellos. Para celebrar mi nueva condición de residente, vamos a cenar a un restaurante francés en la calle M y al volver a casa hacemos el amor. Mientras me agito sobre ella, pienso ocasionalmente en Sebastián. Me pregunto si ella pensará en otro hombre, quizá en Laurent, cuando hacemos el amor. Sería divertido —divertido para mí, no creo que para ella— que pensara en Sebastián, su primer amante, precisamente cuando yo también pienso en él, aunque no creo que eso ocurra, porque no lo recuerda con cariño, dice que él la trató muy mal y se portó como un perro. Al día siguiente voy nuevamente a las oficinas del Servicio de Inmigración y pido que me expidan un salvoconducto para salir del país, dado que, mientras dure mi permiso temporal como residente, sólo puedo salir y volver a entrar si poseo una autorización emitida por ellos. Por suerte, el trámite es corto y me entregan el salvoconducto sin demora. Ya está todo listo para partir a París, sólo nos faltan los pasajes de avión. Hemos hecho una reserva en Air France, en clase turista, y el plazo para comprar el billete vence en unas horas. Una vez que tengamos los pasajes en la mano, tendré que pedir la visa en el consulado francés, pero es muy improbable que me la nieguen, dado que mi esposa es norteamericana, y yo, residente legal. Cuando le digo a Sofía que me voy al banco a sacar dinero y en seguida a la agencia de viajes a comprar los billetes de Air France, ella me sorprende y anuncia con una sonrisa que Peter nos ha regalado dos boletos en British Airways, primera clase, a Londres, París y Madrid, como obsequio por nuestra boda. Me quedo en silencio, abrumado por esa muestra de generosidad que no esperaba. Me sorprende que Bárbara, que sé que me detesta, le haya permitido regalarnos dos pasajes en primera a Europa, que deben de costar mucho dinero. A sugerencia de Sofía, llamo a Peter y le agradezco. Contesta con la caballerosidad de siempre: *Estamos muy contentos de tenerte en la familia y esperamos grandes cosas de ti,* me dice, con cariño paternal. Estoy seguro de que lo defraudaré, pienso, pero no será fácil olvidar este detalle. Mis padres no nos han regalado nada, salvo la noticia del periódico, aunque no sería justo esperar algo de ellos cuando no fueron invitados a la boda. Peter no me pregunta por la novela. Es prudente. Nunca menciona el tema, hace como si no existiera. Sabe, por Sofía y por Bárbara, que estoy escribiendo algo muy personal, pero respeta esos fueros íntimos y sólo nos desea suerte en el viaje y me da un par de consejos sobre hoteles en Londres y Madrid, porque en París no será necesario buscar uno, ya que nos quedaremos en el departamento de Isabel, que era de Fabrizio, el marido italiano, pero, tras la separación, es ahora de ella. Isabel no debería quejarse, su matrimonio fue poco feliz pero le ha dejado un departamento en Washington y otro en París. Cuando me entregan los billetes en la oficina de British Airways, pienso que casarme con Sofía y tener a Isabel como cuñada ha mejorado mi vida de un modo que sería mezquino negar. Nunca he viajado en primera clase, no conozco Londres ni París, y ahora debo todos estos lujos a mi flamante vida conyugal. Por suerte, el consulado francés, al comprobar que viajo en primera y mi esposa es norteamericana, me expide la visa en pocas horas. Algún día tendré un pasaporte norteamericano como Sofía, dejaré de ser un ciudadano de segunda clase y podré viajar sin las restricciones y las penurias que se imponen a los peruanos, sospechosos de ser los bribonzuelos, pillarajos y tramposos que por desgracia a menudo somos. Algún día no tan lejano, porque, si me ha informado bien un abogado al que he consultado discretamente, podré aspirar a la ciudadanía norteamericana en cinco años, siempre que pueda probar que durante ese tiempo he residido y pagado mis impuestos en este país, sin cometer delitos ni felonías, y, por supuesto, que sigo casado. No debo divorciarme en cinco años. Si lo hiciera, perdería la posibilidad de ser ciudadano. Sólo cuando, con suerte, me sea otorgada la gracia de ser norteamericano por adopción, podré disolver mi matrimonio, sin que ello ponga en peligro mi condición de ciudadano de Estados Unidos. De momento, no conviene pensar en esas cosas, sino en los placeres que nos aguardan en Europa, donde pasaremos un mes y quizá algo más. Sofía anda ya con una barriga notoria y siente los malestares propios del embarazo, pero a pesar de eso parece entusiasmada cuando vamos en taxi al aeropuerto Dulles, en las afueras de la ciudad, allí donde le rogué que no se fuera a vivir con Laurent y ella no pudo viajar porque el avión sufrió un desperfecto mecánico. Estoy contento porque, en medio de tantas tribulaciones, he terminado el primer borrador de mi novela, que ahora llevo impreso conmigo, con la intención de corregirlo durante la luna de miel, que no sé por qué la llaman así, pero es un nombre espantosamente cursi para designar al período de sexo, ocio y turismo que suele seguir al acto de casarse. La primera clase de British Airways es de un lujo mayor del que imaginé. Nunca he viajado tan cómodo y bien atendido, nunca amé tanto a Sofía, nunca me sentí tan cómodo de pertenecer a la familia de Peter, el magnate que nos ha concedido estos privilegios. Entre las películas en pantalla privada, las comidas exquisitas y las sonrisas de las azafatas, el vuelo a Londres se nos hace más bien corto, tanto que cuando llegamos no me quiero bajar del avión, quiero que me sigan cuidando tan minuciosamente. En Londres me siento un bárbaro, un ignorante. Comprendo que he nacido en las cloacas del mundo, en los arenales más paupérrimos, y que siempre seré un salvaje por mucho que intente refinar mi acento inglés. El hotel es tan caro que no me provoca salir de la habitación. Sofía me ruega que la acompañe a los museos, pero yo sólo quiero dormir y caminar por los alrededores del hotel. Procuro concentrarme en unas pocas cosas: dormir ocho horas consecutivas, no importa si durante el día; ponerme a buen recaudo del humo de los fumadores, que están por todas partes, y caminar por los parques más bonitos, a ver si trabo amistad con algún chico guapo. Esto último es más difícil, porque Sofía suele acompañarme, así que me dedico a dormir y a ver la televisión, una manera sosegada de conocer la ciudad. Unos días después, llegamos a París. Sofía luce radiante, eufórica. Ha vivido un par de años acá, cuando era novia de Laurent. Habla el idioma perfectamente y se mueve por la ciudad como si todavía viviera aquí. Yo no hablo francés, ni siquiera las palabras que ella me enseñó en una autopista a Washington, así que ella oficia de traductora y lo hace muy a gusto. En la portería del edificio, una mujer nos entrega las llaves del departamento de Isabel, que está en el último piso. Subimos por la escalera, yo cargando las dos maletas porque mi esposa está embarazada y no puede llevar la suya, ya bastante tiene con cargar al bebé, que debe de pesar casi como una maleta. La buhardilla, siendo pequeña y austera, es muy acogedora. Nos damos un baño de tina en una bañera muy antigua como aquellas que se ven en las películas, nos echamos en la cama y hacemos el amor. Estamos en París de luna de miel, en una buhardilla coqueta, amándonos en la cama de Isabel. Debería estar todo bien, pero yo le pregunto a Sofía, mientras hacemos el amor, si piensa ver a Laurent, y ella se enoja, interrumpe el lance amoroso y se aleja de mí. *Deberías verlo* —le digo—, *no sé por qué te molestas. No quiero que me hables de Laurent* —me dice, muy seria—. *No voy a verlo y no quiero que me digas que debo verlo.* Me sorprende la dureza de su actitud. *Lo más normal sería que lo vieras* —digo—. *No te digo que quiero que te acuestes con él, obviamente prefiero que no te acuestes con él, pero me parece raro que, estando acá, y habiendo sido tu novio tanto tiempo, no quieras verlo.* Sofía me grita al tiempo que se viste: *¡Basta! ¡Ya te dije que no voy a verlo! ¡No sigas!* Luego se va dando un portazo. No sé por qué le molesta tanto que le hable de Laurent. Me gustaría conocerlo. He visto sus fotos y me parece guapo. Ahora estoy desnudo y huelo estas sábanas buscando el olor de Isabel, pero no lo encuentro porque en realidad no sé cómo huele en la cama. Me toco pensando en ella y en Laurent, mientras mi esposa, de luna de miel, camina enojada por las calles de esta ciudad.

Quiero conocer a Laurent. Estoy cansado de París, o tal vez sería más exacto decir que estoy cansado en París. Sofía, incansable, me lleva en metro a todas partes, a pesar de que detesto bajar al metro porque mucha gente apesta y comienza a hacer calor, lo que agrava las cosas. Ya fuimos a los lugares turísticos más obvios y nos hicimos fotos o, en realidad, Sofía me las hizo a mí, no sé por qué está empeñada en hacerme tantas fotos. Sí, París es una ciudad hermosa, pero sus habitantes por lo general son rudos, poco amables y me tratan como si fuera un apestado sólo porque no hablo el idioma y pretendo comunicarme en inglés, lo que genera una resistencia inmediata. A pesar del embarazo, Sofía quiere verlo todo, los museos, las plazas, los cafés famosos, las obras de teatro, y ya no me quedan fuerzas para arrastrarme de un lado a otro, sólo quiero quedarme en la cama. Lo que más me interesa de París son sus hombres guapos, que por suerte abundan y miran ocasionalmente con intensidad, recordándome la vida que el destino parece negarme. Si no estuviera con Sofía, me acercaría a hablarles, les pediría el teléfono, trataría de llevarlos a mi cama. Ella no es tonta y advierte cómo miro a esos chicos lindos, el silencio incómodo que se instala cuando, sin tratar de disimularlo, sigo con ojos inquietos el andar cadencioso de algún joven. No creo que a Sofía le molestara que yo fuese un gay desbocado, si sólo fuésemos amigos; lo que le molesta es que va a tener un hijo conmigo y sigo sin dar señales de que pueda o quiera cambiar mi pasión por los muchachos. Ella, de puro bondadosa, me propone un día ir a Queen, la discoteca gay más grande y de moda, en los Campos Elíseos, que ella conoce porque fue con Laurent cuando eran novios. Me sorprende que me lo diga con tanta naturalidad, mientras comemos un *baguette* con queso *brie* en la buhardilla de Isabel. Acepto encantado. Esa noche vamos a Queen, que más que una discoteca parece un coliseo, pues es muy grande y está atestada de gente joven embriagándose, fumando y bailando, cuando no besándose o tocándose con descaro, en medio de las sombras y las luces giratorias que me dan dolor de cabeza. No la pasamos bien porque el humo nos molesta, más a mí que a ella, naturalmente, pues Sofía fuma o solía hacerlo. No puedo seducir a un chico dado que estoy con ella y me siento vigilado. Por eso vamos arriba, a un entrepiso para los curiosos, a mirar a la muchedumbre compacta que se mueve allá abajo en la pista de baile como un hormiguero lujurioso, donde me gustaría perderme, abandonarme, rozarme con otros cuerpos, pero no puedo porque Sofía me dice que se siente mal, que tiene náuseas, así que salimos de prisa de este templo hedonista y volvemos en taxi a casa, molestos y en silencio, ella porque cree que no debería haberme llevado a Queen y así me lo ha dicho al salir, y yo porque pienso que no debería haberme acompañado, pues he sufrido viendo tantos hombres bellos y sintiéndome prisionero de Sofía. Es entonces cuando comprendo que quiero ver a Laurent. Se lo digo llegando a casa y ella se enoja. *Sólo quiero conocerlo, sería bueno invitarlo a cenar y salir los tres una noche,* insisto, pero Sofía se va a la cama y no me dice nada. Está claro que, si quiero conocer a Laurent, que fue su novio antes de que ella me conociera, deberé hacerlo solo, y creo que esto es lo que haré, aunque a ella le moleste. Cuando Sofía duerme, me levanto sin hacer ruido, busco su agenda y encuentro los números de Laurent, que apunto en un papel que a continuación escondo. Al día siguiente le digo a Sofía que no me siento bien y le doy mi tarjeta de crédito para que vaya a comprar ropa, algo que la pone de muy buen humor. Confío en que no compre en exceso porque mis ahorros han diezmado, teniendo en cuenta que hace más de un año que vivo de ellos y no vivo mal, aunque sí con austeridad. Apenas Sofía se va, llamo al consultorio de Laurent, que es dentista y, según ella, bastante exitoso. Me contesta una mujer en francés a la que yo hablo en inglés. Por suerte, ella me comprende. Poco después, Laurent se pone al teléfono. Parece sorprendido, sin saber bien quién soy. Tengo que explicarle dos veces que soy el esposo de Sofía Edwards y que estamos de luna de miel en esta ciudad. Alarmado, me pregunta si Sofía está bien. Yo le digo que sí, que está muy bien, pero que ella no quiere verlo por el momento —uso esas palabras, *por el momento,* para ser amable—, y que yo sí quisiera verlo a solas, sin que ella se entere, para decirle unas pocas cosas que considero importantes, sobre todo si todavía se preocupa por ella, lo que parece obvio, a juzgar por sus frecuentes cartas y llamadas telefónicas. Con una voz distante y poco amable, que no sé si atribuir al carácter natural de los habitantes de esta ciudad o a cierta animadversión que tal vez siente por mí, acepta reunirse conmigo al salir del trabajo, en el café de la Paix, al lado de la Ópera Garnier, cuyo nombre tiene que repetir tres veces para que yo pueda anotarlo correctamente. Luego, en una señal de cortesía, me deja su número de celular y dice que no dude en llamarlo si tengo algún inconveniente. Antes de cortar, me pregunta nuevamente si Sofía está bien y le digo que sí, que no se preocupe, que ya le contaré esta tarde en el café. No le pido una cita porque ya sería demasiado, aunque buena falta me hace pasar por el dentista y blanquearme los dientes, como me sugirió Bárbara nada más conocerme. Cuelgo el teléfono y me alegro de haberlo llamado. Fue un acto de audacia pero valió la pena. Si Sofía se llega a enterar de que he hecho una cita con su ex novio francés, no me lo perdonará, y por eso haré mi mejor esfuerzo para que no lo sepa, claro que ahora dependo de que él sea discreto y leal, lo que es bastante improbable, porque seguramente me detesta, dado que ella lo dejó para estar conmigo. Trataré de caerle bien a Laurent, que por fotos parece guapo y presumido, como casi todos los franceses que veo por la calle. Paso la mañana tratando de dormir un poco más, lo que resulta difícil por los ruidos de la calle, y Sofía regresa con bolsas de ropa y se prueba los vestidos, los zapatos y la cartera que ha comprado, y luego me llena de besos y caricias, y yo siento que me ama mucho más cuando le presto mi tarjeta de crédito y mucho menos cuando me acompaña a una discoteca gay. A la tarde, me invento que tengo que visitar a una editorial francesa, Gallimard, a ver si tienen interés en publicarme, y ella se pone suspicaz y sugiere acompañarme, pero yo le digo que prefiero ir solo y que no le conviene agitarse por el embarazo. Ella asiente de mala gana, tal vez pensando que anoche, en el baño de Queen, hice una cita secreta con algún chico, y dice a regañadientes que aprovechará para darse un baño de tina y descansar, y yo pienso que ojalá no llame a Laurent cuando yo vaya a verlo al café de la Paix, en la plaza de la Ópera. Me visto con la mejor ropa que tengo en la maleta, un saco azul, un pantalón marrón claro y unos zapatos cómodos de suela engomada, no demasiado abrigado porque el invierno ya pasó y comienza a sentirse el primer calor del verano, y me despido de ella con cariño, para que no sospeche nada, prometiéndole que estaré de vuelta en un par de horas para salir a cenar. Insisto en rogarle que duerma una siesta, pero ella nunca lo hace porque dice que le malogra el humor y que la deja insomne, y antes de irme me dice que me quiere, que me cuide, que ella y el bebito —por suerte, no dijo *la criaturita*— estarán esperándome. Bajo la escalera sintiéndome un traidor de poca monta —no es por lujuria o por calentura que deseo conocer a Laurent, es tan sólo por curiosidad— y tomo un taxi y le pido al conductor en mi mal inglés que me lleve al café donde en unos minutos debo encontrarme con el hombre que, sospecho, mejor ha amado a Sofía en la cama. Llego al café de la Paix, me paseo entre las pequeñas mesas circulares y la espesa nube de humo que se ha instalado sobre ellas, y compruebo que Laurent aún no ha llegado, así que me siento a una mesa en la calle para no intoxicarme con el humo del tabaco y pido un jugo de naranja, pero el camarero se ríe en mi cara, porque no sirven esas bebidas saludables, y me sugiere una coca-cola o un café y yo, para no discutir, pido las dos cosas, que en realidad no tomo ni debería tomar, pues me ponen muy nervioso y ya bastante nervioso estoy esperando a Laurent. Diez minutos más tarde, cuando ya he tomado la coca-cola y el café, lo veo llegar agitado. Lo reconozco en seguida porque no ha envejecido ni engordado desde las últimas fotos que le mandó a Sofía y yo alcancé a fisgonear. Tampoco ha cambiado su corte de pelo, que es más bien largo y tirado hacia atrás, aunque un mechón rubio cae sobre su frente, lo que le queda muy bien, claro que no se lo diré. Me pongo de pie, le doy la mano y me saluda fríamente aunque con un esbozo de sonrisa. Parece un hombre tímido, lo que me sorprende, y también más guapo de lo que las fotos revelaban, lo que me sorprende más, porque nunca entenderé por qué Sofía lo dejó por mí. Es alto, arrogante, de brazos largos y manos bonitas, con cara de águila, ligeramente narigón y pequeña la boca, y sus ojos son los de un hombre duro, desconfiado, quizá tacaño, alguien que puede ser muy mezquino o muy generoso, pero diría que más a menudo mezquino. Es un hombre atractivo a no dudarlo, aunque él no parece sentirse así, y está vestido de un modo descuidado. A primera vista no parece afeminado como pueden ser los hombres en París sin que por eso sean gays. Le hablo en inglés y me dice que no tiene dificultades en hablarme en ese idioma y le agradezco por haber venido. Me pregunta por Sofía, le digo que está muy bien, muy ilusionada con su embarazo. Me pregunta cuándo nacerá el bebé y digo que en pocos meses. Me pregunta, no con amabilidad, sino con rigurosa corrección, si ya sabemos el sexo del bebé y le digo que no, que preferimos saberlo cuando nazca. No me lo pregunta, pero le digo que Sofía prefiere que sea mujer y yo ciertamente también. Me pregunta por qué Sofía no quiere verlo y yo me tomo un momento para responder. Llamo al mozo, le sugiero a Laurent que pida algo y él pide una cerveza y un bocadillo y yo una coca-cola más. Cuando se va el camarero, le digo que estoy seguro de que Sofía todavía lo quiere pero que evita llamarlo o verlo tal vez porque piensa que, al estar casada conmigo y llevar en el vientre un bebé del que soy padre, sería desleal, inconveniente o peligroso reunirse con él. *Ella es una mujer muy tradicional, muy a la antigua, y no creo que no quiera verte por falta de interés o de cariño, sino porque debe de pensar que estaría mal y que quizá terminaría metiéndose en un problema,* digo, y él me escucha con una mirada intensa que no sé si esconde simpatía, encono o nada, lo más probable es que nada. Me pregunta si Sofía sabe que lo he llamado y nos hemos reunido y le digo que no, que he preferido no decírselo, y él hace un gesto adusto, como desaprobando mi actitud, pero yo no me dejo intimidar por sus modales ásperos y le digo que conozco bien a Sofía y sé que no me hubiera permitido verlo a solas, pues le pedí varias veces que lo llamase para reunirnos los tres y ella rechazó indignada la idea, y que por eso no me quedó más remedio que llamarlo a escondidas, porque tengo algo importante que decirle. *¿Qué?,* pregunta secamente, interrumpiéndome. Entonces me pongo un poco nervioso y digo sin mirarlo a los ojos, bebiendo más coca-cola, adelgazando la voz a extremos algo afectados, pero sin perder, creo, el aplomo y la compostura: *Quiero que sepas algo. Yo no sé si tú todavía amas a Sofía y quieres estar con ella, pero supongo que sí, porque la sigues llamando y le escribes con frecuencia. Si es así, si te gustaría volver con ella, quiero que sepas que yo me he casado con ella y soy el padre de su bebé, pero no puedo ser su pareja.*

¿Por qué? —me pregunta, con brusquedad—. *¡Pero te has casado con ella!* —observa, como si hiciera falta—. *¿No la amas?* Yo trato de recuperar el aliento: *La quiero mucho, siempre la voy a querer, pero no puedo ser su pareja porque soy bisexual, me gustan los hombres.* Laurent arquea levemente las cejas, hace un gesto de sorpresa y no sé si también de disgusto, creo que sólo de sorpresa, y no me deja continuar, pues pregunta: *¿Pero ella lo sabe?* Yo afirmo: *Claro que lo sabe. Siempre lo supo. Ella ha decidido tener un hijo conmigo y casarse aun sabiendo que yo soy bisexual y no puedo ser su pareja. Eso es muy admirable, por supuesto, y me hace quererla mucho más, pero es bueno que sepas que yo, tarde o temprano, voy a dejarla, y quiero que ella sea feliz, y si tú la amas de verdad, cosa que yo no puedo, porque aunque quisiera no puedo —y créeme que he tratado—, entonces yo no tengo ningún inconveniente en que, cuando nazca el bebé, que será pronto, tú trates de volver con ella, si quieres, por supuesto. No quiero meterme en tu vida ni en tus planes amorosos, Laurent, sólo quiero ser honesto y decirte que cuando nazca el bebé yo dejaré de vivir con Sofía y que tal vez sería bueno que tú entonces la busques, porque ella todo este tiempo ha pensando en venirse a París a vivir contigo, lo que me hace pensar que todavía te quiere.* Laurent se queda en silencio, bebe su cerveza con aire ausente, no me mira o lo hace con frialdad, y pasa una mano nerviosa por su cabellera rubia. *Gracias por decirme todo esto* —me dice, de un modo distante y desconfiado—. *Me sorprende. No lo sabía. Pensé que estaban enamorados, aunque sabía que tenían problemas y que peleaban mucho.* —Después de un silencio que no me atrevo a romper, me pregunta—: *¿Tú crees que todavía me ama?* Yo no vacilo en responder: *Sí. Creo que sí. Pero no quiere verte porque está embarazada y acabamos de casarnos y, recuerda, hemos venido de luna de miel. ¿Crees que debo llamarla?*, me pregunta, y entonces parece un hombre menos arrogante de lo que lucía al llegar al café. *No, no la llames y, por favor, no le digas que nos hemos visto, porque no me lo perdonaría* —insisto—. *Pero no dejes de llamarla a Washington o mandarle cartas, y recuerda que en pocos meses, cuando nazca el*

bebé, yo me iré, y si tú quieres volver con ella, entonces sería un buen momento para que vayas a visitarla y veas si la convences de volver contigo. Laurent me dice que le parece una buena idea y que no me preocupe, que no le dirá nada a Sofía. *¿Puedo confiar en ti?*, le pregunto, y él me mira con severidad y dice: *Sí, claro, soy un hombre de palabra.* Entonces pide la cuenta y, para mi sorpresa, paga sin dejarme cancelar siquiera mi parte. Luego se pone de pie y me da la mano con más calidez que cuando llegó. Antes de irse, me pregunta: *Si crees que todavía me quiere, ¿por qué crees que me dejó?* Yo me quedo en silencio, meditando mi respuesta, y digo: *No lo sé. Quizá se enamoró de mí, pero nunca dejó de quererte.* Mi explicación no le parece satisfactoria a juzgar por el mohín de disgusto que hace. *Adiós,* me dice. *Adiós, buena suerte,* le digo. Me quedo pensando: creo que te dejó porque eres dentista y a ella eso le aburría y le daba asco. También porque eres un sexómano y ella estaba harta de hacer el amor contigo, sobre todo cuando te pedía que no lo hicieran y tú la forzabas. Laurent se va con aire ausente. Tarde o temprano, Sofía volverá con él, me digo. Me voy del café con una pena que no entiendo y tal vez debería atribuir al cansancio, porque ahora estoy llorando, llorando por Sofía, porque la amo, quizá más que Laurent, y sin embargo sé que no podré vivir con ella mucho tiempo más. No tiene sentido llorar en París de luna de miel, pero a mí me pasan siempre estas cosas absurdas, sin sentido.

Hemos llegado a Madrid con buen tiempo, el sol tibio que trae la primavera, y viniendo de París ha sido como llegar al paraíso. Nos alojamos en un hotel pequeño, más bien modesto, sin ningún refinamiento, a dos cuadras de la Castellana, que me ha recomendado un amigo muy querido, Carlos Alberto Montaner, uno de los tipos más inteligentes y generosos que conozco. Le digo a Sofía que, cuando termine su maestría y nazca el bebé, deberíamos mudarnos a Madrid, pero ella, que está muy cansada y ni siquiera tiene fuerzas para salir a caminar, se enfada, pierde la paciencia, me dice que soy un tonto y que no tiene sentido mudarnos sin un trabajo, sin los papeles en regla y menos ahora, cuando acaban de darme la residencia en Estados Unidos, lo que me obliga a seguir viviendo allá al menos unos años. Yo le digo que un escritor debería estar donde mejor pueda escribir, en el lugar que le resulte más propicio para hacer su trabajo, y que no sería tan difícil encontrar un trabajo como periodista en Madrid, incluso Carlos Alberto me ha ofrecido un empleo en su editorial, que más parece una fundación benéfica, porque el gran Montaner socorre a todas las almas en pena que llegan a esta ciudad, dándoles trabajo, aliento, consejo, amistad y hasta casa. Sofía se agita, abre la ventana con vistas a un viejo museo y me dice que no cuente con ella para venirnos a Madrid, que no tiene fuerzas para más aventuras, que si me voy de Washington y la dejo sola con el bebé, se irá a Lima porque allá se siente más querida y protegida por su familia y sus amigos. Yo la calmo y digo que no vale la pena discutir por una idea tan incierta, pero me quedo pensando que sería fantástico que ella viviera con Laurent y nuestro hijo en París, y yo solo —o con un amante o muchos— en España, ganándome la vida como escritor. Pero esto último es harto improbable y depende de que alguna editorial quiera publicar mi novela, que es tan excesiva y deshilvanada que ni siquiera sé si llamarla así. Aunque parezca un sueño insensato, aspiro a que se publique aquí, en Madrid o en Barcelona, y no en Lima, donde muy pocos leen y nadie me tomará en serio como escritor. Por eso me reúno con un viejo amigo, Álvaro Vargas Llosa, el hijo mayor del escritor, y le pido que lea el manuscrito y me oriente en el mundo editorial español, que él conoce mejor que yo, o dicho de un modo más exacto, que él conoce y yo no. Álvaro, amigo de los buenos, siempre leal y combativo, se toma el trabajo de leer el manuscrito, que es un mamotreto infumable, y me dice que le ha gustado mucho, tanto que se lo ha pasado a su padre, uno de los escritores que más admiro, y yo no sé cómo agradecerle ese gesto de generosidad que siento no merecer. Mario, el padre de Álvaro, uno de mis grandes héroes literarios, a quien admiro no sólo como creador de ficciones, sino como agitador intelectual, como un pensador que no teme ir a contracorriente y desafiar los tópicos, sobrevive a la lectura de mi novela y me cita en el hotel Palace para darme sus impresiones y sus sugerencias, todo lo cual me abruma bastante y me alegra más, lo mismo que a Sofía, que de pronto comprende con algún temor que esa cosa rara que he venido escribiendo hace tiempo —y que ha leído de lejos, como si pudiera hacerle daño— podría ser publicada, lo que provocaría un seguro revuelo en nuestro país, donde se me tiene como una joven promesa —de algo, no se sabe bien de qué— y no como el bisexual frustrado que delata inequívocamente la novela. Esa tarde camino por la Castellana con mi novela bajo el brazo, setecientas páginas impresas y anilladas en el Kinkos de la calle M de Georgetown, tan aterrado como orgulloso de que Vargas Llosa me haya leído —pobre, debe de odiarme— y se dé el tiempo de recibirme para decirme qué le pareció ese libelo gay que he perpetrado, convenientemente agazapado tras la ficción. Mario sale del ascensor angosto del Palace como el caballero espléndido que es, me da la mano con la amabilidad que siempre le he conocido y me lleva a los sillones del amplio vestíbulo, bajo esa cúpula de cristal que es una joya y no muy cerca del pianista, que tal vez debería tomarse un descanso. Lo interrumpe brevemente Octavio Paz, que lo saluda con aprecio y parece un hombre fatigado. Nada más sentarnos, Mario dice con esa pasión tan suya que ha leído la novela y le ha gustado, pero que hay cosas que podrían estar mejores y debería corregir, por ejemplo, el punto de vista del narrador, que a veces salta indebidamente, rompiendo la coherencia del relato, o la profusión de adjetivos, que habría que podar, o la extensión de la historia, algo desmesurada, o incluso la manera como he articulado los distintos capítulos. Yo lo escucho con mucha atención y tomo nota de sus observaciones, que son todas muy sensatas además de generosas, porque sospecho que recibe decenas, centenares de manuscritos de aspirantes a escritores que lo acosan sin cesar y lo flagelan pidiéndole que los lea, que les dé una opinión, que los ayude a abrirse paso en el espinoso mundo editorial. Sin que yo se lo pida, y en una demostración de su gran nobleza, Mario se ofrece a ayudarme a publicar mi novela en una editorial española y dice que hablará con Beatriz de Moura, de Tusquets, y con Pere Gimferrer, de Seix Barral, y yo no hago sino agradecerle y decirle que no olvidaré ese gesto suyo tan generoso. Luego, por si fuera poco, nos invita a cenar a Sofía y a mí, junto con su esposa Patricia y con Álvaro y su mujer, Susana, en el casco viejo de la ciudad. Yo siento que todo esto es como un sueño hecho realidad y que con suerte publicaré la novela en alguna editorial española gracias al empeño que

Mario y Álvaro han puesto en ayudarme. Sofía, con una barriga que ya se le nota, sonríe encantada a mi lado y conversa con Patricia, que es un amor, y me susurra al oído: *Tienes suerte, desgraciado, te has conseguido al mejor padrino del mundo.* Yo pienso que es verdad, que no podría estar en mejores manos y que la ayuda de Mario y de Álvaro es inestimable y me deja en deuda con ellos. Mi familia no es la gente que arbitrariamente me impuso la naturaleza, sino las personas que me quieren bien y me hacen feliz, que no siempre son las mismas que llevan mi sangre, y por eso me siento en familia esta noche con los Vargas Llosa en un restaurante lleno de humo en Madrid, como me siento en familia con Carlos Alberto y Linda Montaner y su hija Gina, una escritora bella y fascinante de la que estoy enamorado sin que ella lo sepa. Mario paga la cuenta de este banquete desmesurado, se despide con cariño y se marcha con Patricia, su mujer, en un taxi de vuelta al hotel Palace. Sofía está contenta, orgullosa de mí, tal vez porque siente que sé portarme como un hombre cuando las circunstancias lo exigen. Por eso me toma del brazo mientras caminamos sin saber adónde ir, disfrutando de esta noche en Madrid. Cuando llegamos al hotel —hemos tomado un taxi a mitad de camino porque Sofía se cansó—, nos quitamos la ropa, nos damos un baño juntos —me encanta que ella me enjabone y me cepille la espalda con reciedumbre— y luego hacemos el amor en una cama angosta, en la que no conviene moverse mucho porque podría caer de bruces al suelo, un suelo que, sospecho, no es limpiado a diario y con aspiradora, como limpia Sofía, tan hacendosa —hacendosa incluso cuando hacemos el amor—, el piso de nuestro departamento en la calle 35, en Georgetown. Cuando terminamos, me visto y digo que necesito salir a tomar aire fresco, pues ha sido una noche hermosa y quiero prolongarla un poco más. *Te acompaño,* me dice, sonriendo. Creo que, a pesar de todo, Sofía es feliz conmigo; creo que, a pesar de ser muy gay en ocasiones, he aprendido a hacerle el amor y a complacerla como merece. Se pone un vestido holgado, que no esconde su barriga abultada, y calza unos zapatos chatos para mi felicidad, porque odio cuando se pone tacos altos. Salimos a la calle, caminamos hacia Serrano, una brisa nos despeina y nos detenemos frente a la librería Crisol, mirando las novedades iluminadas en la vitrina, entre ellas una del gran Vargas Llosa, y yo, en un arrebato, le digo a Sofía *te prometo que algún día volveremos a esta librería y verás un libro mío en esta vitrina,* y ella se ríe, me abraza con todo el amor que siente por mí, me besa en la mejilla y dice: *Sí, claro, sueña nomás, tontito,* y yo la miro con ojos risueños y le digo *te apuesto mis cojones que algún día venderán un libro mío acá,* y ella vuelve a reír y me dice *no me apuestes tus cojones, porque te vas a quedar sin huevos, y si te quedas sin huevos yo me voy con otro,* y yo, terco, orgulloso, digo *ya verás, mi amor, ya verás,* y ella me recuerda, amorosa, *sólo espero que ese libro, si algún día lo publicas, esté dedicado a esta criaturita,* y lo dice tocándose la barriga, y yo la amo y amo a mi bebé a pesar de que Sofía insiste en decirle *criaturita* y juro, por el poco honor que me queda, que algún día exhibirán mi libro en esa vitrina tan linda que admiramos esta noche como dos tercermundistas recién llegados de la barbarie.

Despierto sobresaltado de madrugada en la pequeña habitación de hotel en Madrid. Sofía sigue durmiendo. Tengo frío en los pies y la espalda. Estaba soñando con Bárbara, su madre. Se podría decir que era una pesadilla pero tenía un matiz cómico que me hace sonreír. Yo estaba en Lima con unos amigos, dos amigos concretamente, pero sólo puedo recordar a uno de ellos, Paul Bullard, que me enseñó a fumar marihuana y siempre jugó al fútbol mucho mejor que yo. No veo a Paul hace años, no recuerdo la última vez que nos vimos. En el sueño habíamos fumado marihuana y nos reíamos con Paul y otro amigo. Estábamos sentados a una mesa jugando cartas y tomando unos tragos. Yo ya no tomo alcohol, pero cuando fumaba con Paul solía tomarme unos whiskys y él prefería beber cerveza. De pronto se acerca Bárbara, la madre de Sofía, enfundada en una bata blanca, furiosa, como si la hubiéramos despertado. Va descalza, medio despeinada, y me mira con mala cara, como si me odiase. Yo también la odio, aunque, y esto es lo raro del sueño, la miro sonriendo, con una gran sonrisa que debo atribuir a la marihuana, como si no me importara en absoluto que ella me odiase. Mis amigos también se ríen de Bárbara. Creo que ellos no saben que soy gay, y por el momento es mejor así. Bárbara se acerca con una jarra en la mano. Está molesta, quiere hacerme algo malo, vengarse de mí. Yo la miro con un aire risueño, burlón, y le pregunto: *¿Te pasa algo malo,*

Bárbara? ¿Te hemos despertado? ¿Quieres jugar cartas con nosotros? Entonces ella me dice *extiende la mano,* y yo comprendo que va a hacerme algo malo, pero no me asusto, sigo riéndome, gozando con la certeza de que esta bruja en albornoz me odia pero no consigue enfadarme o siquiera incomodarme. Extiendo la mano y Bárbara vierte sobre ella el agua hirviendo que trae en la jarra. Me echa mucha agua caliente, muy caliente, pero a mí, si bien me quema, no me duele tanto como ella quisiera, en realidad casi no me duele, tal vez porque la marihuana me ayuda a relajarme y a soportar la agresión sin crisparme. Entonces sigo riendo y ella no comprende cómo puedo tolerar tanta agua hirviendo sobre mi mano derecha. Yo, más burlón todavía, le digo: *Qué rico, está riquísimo, sigue echándome agüita caliente, por favor, ¿no quieres hacerme un masajito también?* La señora se enfurece aún más al ver que estoy tan contento y continúa derramando sobre mi mano el contenido de la jarra de plata. Mis amigos se ríen de la escena y yo me río más. *Qué rico, no pares, Bárbara, está delicioso* —digo, para molestarla, y ella me mira con rabia, frustrada porque su agresión ha sido un fiasco—. *¿No quieres echarme un poquito en la cabeza también?,* la fastidio. Paul me mira con sus ojillos chinos y brillosos y ríe extasiado. Bárbara me odia, me mira con un odio que me divierte. Entonces deja de echarme agua en la mano, se da vuelta y, cuando empieza a retirarse, le toco el trasero con la mano mojada. Mis amigos sueltan una carcajada y ella voltea y me mira indignada, y yo me río muy volado, mirándola a los ojos sin miedo.

Quiero depilarme las nalgas. Sé que mi luna de miel no es el mejor momento para ello, pero se lo he dicho a Sofía y ella curiosamente no se ha enfadado y ha prometido encargarse de tan delicada tarea. Quiero depilármelas porque, si bien no las tengo muy velludas, me gustaría despoblarlas de esos pelitos tan inconvenientes para el amor. No me molesta tener vellos en las piernas o el pecho, pero unas nalgas velludas espantan la pasión y disuaden al más valeroso de los amantes. Sofía dice que le encanta mi trasero, que no hace falta depilarlo. Yo digo que se vería mejor sin pelos y ella tiene que aceptar que tengo razón. *Además* —añade—, *deberías depilarte también esos pelitos que tienes en la parte baja de la espalda, porque cuando te pones ropa de baño se te notan, y eso en la playa se ve feo.* Tiene razón: quiero depilarme no sólo las nalgas, también la baja espalda y parte del pecho. No dudo de que Sofía hará un buen trabajo, porque, como Bárbara, su madre, es una doctora frustrada, con una curiosidad insaciable por conocer las cosas relativas a la medicina y el cuerpo humano, aunque no niego que me habría sentido en mejores manos si hubiese sido Sebastián quien me arrancase uno a uno los pelitos indeseables del trasero. Es sorprendente que Sofía no se enoje conmigo porque pedirle que me depile las nalgas es un capricho extravagante, más aún en nuestra luna de miel. Atribuyo esa complicidad a que, además de gozar haciendo de mi enfermera, le parece divertido que comparta estas miserias íntimas con ella. Eso me hace pensar que a ella no le molesta que yo sea gay o bisexual; lo que le fastidia es que quiera acostarme con otra persona que no sea ella. Creo que me consentiría toda clase de arrebatos gays —no sólo depilarme cada tanto el trasero, sino hasta prestarme sus calzones— si yo le hiciera el amor todas las noches. En realidad, Sofía es muy *gay friendly* y suele atraer a los homosexuales de todo pelaje y plumaje, porque es una mujer elegante y con sentido del humor, pero conmigo no suele ser tan amigable, salvo ahora, que ha ido a la farmacia para comprar los aditamentos, las cremas, los paños y los alcoholes que necesita para dejarme un trasero tan lampiño como el suyo. El culo más lindo que he visto en un hombre es el de mi amigo Carlos Travezán, a quien conocí en la universidad. Era menudo, musculoso y arrogante —él, no su trasero, aunque también su trasero— y sabía que yo lo deseaba secretamente, pero nunca dejó que se lo tocase, algo de lo que ahora, esperando a que regrese Sofía de la farmacia, me arrepiento, porque era el suyo un trasero muy viril y enhiesto, muy digno de ser palpado. Ahora estoy en Madrid, de luna de miel, esperando a que mi esposa me haga una depilación en las nalgas, y Carlos probablemente en Lima, aspirando cocaína o vendiéndosela a muchachos incautos que no saben la clase de basura que inhalan para prolongar la noche. Sofía no llegó a conocer a Carlos, y casi mejor así, porque si ella y yo fuimos amantes de Sebastián, no resultaría extraño que a ella también le gustase Carlos, dado que nos gusta el mismo tipo de hombre. Sebastián tenía un buen trasero, pero era difícil fijarse en sus nalgas, nada velludas como las de Carlos, por el pedazo de tranca que llevaba entre las piernas, un garrote con el que me hacía sufrir y gozar. Sebastián sí dejaba que le tocase las nalgas, pero no que se la metiera, porque decía que le dolía demasiado. Yo no he renunciado a la ilusión de volver a seducirlo, y sé que con un trasero depilado —y un libro publicado— aumentan mis posibilidades en la ruleta del amor. Por fin regresa Sofía de la farmacia. Ha tardado porque, además de comprar las cosas para depilarme, trae frutas, bebidas y helados. Soy una vergüenza: debería ser yo quien cargue las bolsas y ella quien se quede en la cama viendo televisión, pero Sofía es feliz así y yo no puedo cambiarla, a ella le encanta salir a la calle, moverse de un lado a otro, agitarse, ir de compras, bajar al metro, comprar mapas, hablar con extraños, recorrer la ciudad, visitar museos, reliquias, tumbas y monasterios, caminar el parque entero y meterse a nadar al estanque si la dejan. *Quítate la ropa, baby, que te voy a hacer una depilación muy profesional,* me dice con voz coqueta, y yo obedezco como un niño. Antes de darle mi trasero, le pregunto si me va a doler y ella me promete que no, que sólo un poquito. *No me mientas, si me va a doler dímelo, quiero estar preparado,* digo, desnudo a su lado, y ella ríe, me acaricia las mejillas y dice: *Tranquilo, te va a doler mucho menos que cuando te la metió Sebastián,* y reímos los dos y yo adoro que ella tenga este sentido del humor. Tomo un jugo de durazno en caja, me tiendo en la cama con el trasero hacia arriba y Sofía se dispone a mejorar el descuidado aspecto de mis zonas posteriores. Comienza suavemente por la espalda, afeitando con una navaja portátil todos los pelitos que me han salido, lo que, por supuesto, me resulta muy placentero, porque amo que me acaricien la espalda, no importa si lo hace una mujer. Luego echa una crema sobre el exuberante matorral de pelos que han crecido justo donde termina mi espalda pero antes de que comience el trasero, es decir, esa zona intermedia, esa tierra de nadie que no es la espalda y tampoco el culo, y que en mi caso parece más un pequeño huerto, porque entre tanta pelambre podría esconder hortalizas y tubérculos. Entonces Sofía, mi esposa o simplemente mi señora, como dicen algunos, me advierte que pasaré un poquito de dolor —y ésa es la expresión que usa: *un poquito de dolor*— cuando retire bruscamente el paño adhesivo que ha fijado con firmeza sobre la selva velluda que preside el descenso a mis nalgas. *No pasa nada, soy un hombre después de todo,* le digo, y ella me pregunta, por las dudas, *¿listo?,* y yo me hago el recio, aprieto el trasero y digo *listo.* Ella tira fuertemente el paño adhesivo y yo siento que me ha arrancado un pedazo de piel, un trozo de la baja espalda, y ahogo un grito de dolor mordiendo la almohada como la mordía cuando Sebastián me hacía el amor, una técnica que él me enseñó, como me enseñó a poner otra almohada debajo de mi entrepierna para que así quedar en posición de recibir, ¡y después el caradura anda diciendo que nunca estuvo con un hombre y todas son habladurías mías de marica despechada! *¿Dolió mucho?,* pregunta Sofía, soplándome la parte baja de la espalda, que arde como no imaginé, como si me hubiesen prendido fuego, y yo *¡demasiado, te ruego que no sigas, no voy a poder aguantar!* Ella ríe divertida, no hay duda de que debería haber estudiado medicina, y me pide que no sea tan cobarde: *Te ha quedado linda la espalda, ahora sólo te falta el poto y vas a quedar regio.* Yo protesto: *¡Pero en el poto me va a doler mucho más, es más sensible que la espalda incluso!* Sofía se divierte viendo cómo me retuerzo en la cama y dice: *Tienes que aguantar, te juro que son dos pañitos más, uno en cada cachete del poto, y te va a quedar el poto más lindo que te puedas imaginar.* Resignado, pienso: ¿sabrá que quiero tener el poto lindo no para ella? *Bueno, ya, sigue nomás, pero, por favor, házmelo con cariño, no te olvides de que estamos de luna de miel,* digo, con una voz que procura inspirar compasión. Pero no: ella simula ser una profesional y hará su trabajo sin que le tiemble el pulso, aunque yo gima y chille como una loca histérica. Por suerte, la primera parte de la operación es agradable, porque Sofía unta una crema tibia, que se calienta con la fricción de sus dedos, en mis nalgas pedigüeñas, y lo hace con el amor de una esposa en luna de miel, dejándome medio culo cremoso, blancuzco y relajado gracias a sus caricias un tanto viscosas. Luego viene lo peor: vuelve a pegar el paño extra largo, que cubre casi la totalidad de la nalga derecha, lo que algo dice del tamaño de mi trasero, y me previene que debo ser fuerte porque va a tirarlo de una vez y sin más rodeos. *Aguanta, no grites, sé un hombre,* me dice. Oír esa voz recia a mis espaldas, con el trasero al aire, me excita un poco, porque me recuerda las cosas inflamadas que me decía Sebastián cuando yo le rogaba que me la sacara y él seguía dándome sin piedad. *¡Ay, ay, ay!,* chillo, y meneo el trasero cuando me arranca decenas si no centenares de vellos finos y odiosos. Entonces me incorporo y le digo *no más, no puedo más, no sigas, por favor, esto es una tortura china,* pero Sofía se dobla de la risa, no comprende la devastadora quemazón que me asalta en el trasero, sólo atina a darme vuelta y soplar con todas sus fuerzas, soplarme rico para concederme, a la par que esa brisa bienhechora, una mínima tregua, un respiro. *No podemos parar ahora, mi amor* —me dice, soplándome el trasero rapado a medias—, *¡no te puedes quedar con un cachete sin pelos y otro con pelos, comprende, baby!,* dice riendo a carcajadas. Resignado, le doy la razón y me echo mansamente en la cama. De nuevo ella me llena de cremas y yo me engrío con su mano recorriendo mi nalga izquierda y muevo un poco el culo, a ver si se anima a deslizarme el dedo cremoso y darme un premio de consolación, pero ella no parece advertir la invitación que le hago encarecidamente, cimbreando y meneando el trasero como una cabaretera, y luego me avisa que ya va a jalar, que aguante, y yo *te odio, te odio, te odio, ¿por qué me tienes que hacer llorar así en mi luna de miel?,* y ella se ríe y me dice que me ama, que soy un niño tontito y engreído y que ella me ama como si fuera mi madre. Esas palabras dulces me anestesian un poco y cuando tira el paño adhesivo me duele en el alma pero quizá un poco menos, porque siento que Sofía me quiere siempre, a pesar de todo, aunque sea un bisexual con el culo recién depilado. *Ya está, ya terminó, ya pasó,* me dice, soplándome el trasero, y me canta *sana sana, potito de rana,* y yo amo estar en Madrid de luna de miel con esta mujer que me ha depilado las nalgas con tanto amor. Por eso, cuando pasa el dolor, me doy vuelta, la lleno de besos y le hago el amor con pasión, sólo rogándole que, por favor, no me toque el trasero, *porque duele mucho, baby, duele mucho.*

Regresamos a Washington en un vuelo directo desde Madrid. Todavía me duelen las nalgas al subir al avión. Por suerte, viajamos en primera clase, cortesía de Peter, que insiste en conseguirme trabajo en Washington en una organización ecologista cuyo directorio integra, probablemente con la intención de que yo desista de publicar mi novela, si alguna casa editorial desea hacerlo, lo que parece harto improbable. El embarazo de Sofía avanza sin complicaciones. La fecha del parto está prevista para agosto, finales del verano. Los peores malestares parecen haber pasado. Ahora que ya no se habla de abortar, nos hemos casado y he terminado la novela, Sofía parece más relajada y contenta. Yo le prometo que podré ayudarla con sus trabajos de la universidad, que suelen abrumarla, y que, cuando nazca el bebé, podrá continuar su maestría sin interrupciones, porque yo me encargaré de cuidarlo hasta que ella, dos semestres después, concluya sus estudios y se gradúe. Para entonces, el bebé ya tendrá casi un año y yo llevaré casi tres sin trabajar, viviendo de mis ahorros, y con mucha suerte habrá salido la novela. De momento sólo está claro que nos quedaremos en Washington, en el departamento tan agradable de la calle 35, esperando a que nazca el bebé en el hospital de la universidad. Confío en que al llegar a casa no encontraremos una carta de Laurent contándale a Sofía nuestro encuentro en París. Ahora mismo, lo último que quiero es volver a pelear con ella. Ya bastante he hecho sufrir a esta mujer, llevándola a abortar, empujándola al borde del suicidio; ahora quiero darle un poco de ternura para que termine sin más sobresaltos este embarazo tan accidentado. En el avión, jugamos a escoger nombres para el bebé. Ella dice sin dudarlo que, si es mujer, se llamará María Gracia, y si es hombre, Martín. Yo, para hacerle una broma, digo que si es mujer quisiera llamarla Ximena, y si es hombre, Sebastián. Ella no se ríe, me mira con un gesto de contrariedad, frunciendo el ceño. No ignora que Ximena fue mi primera novia y Sebastián mi amante y que secretamente todavía pienso en ellos. Le pido disculpas, besando su mano, y digo que ella elegirá el nombre y que María Gracia me gusta y Martín también. Yo digo que prefiero que sea mujer, porque sospecho que comprenderá con menos dificultad o vergüenza que me gusten los hombres, pero ella, para mi sorpresa, dice que prefiere tener un hijo, aunque no explica por qué, tal vez porque piensa que si es hombre me obligará a suprimir mis devaneos bisexuales y a convertirme en heterosexual, lo que, por supuesto, me parece imposible, no que Sofía se aferre a dichas supersticiones, sino que yo pueda cambiar mi sexualidad. Mi plan es simple: seguir viviendo con ella un año más, hasta que se gradúe; acompañarla en el parto; cuidar al bebé mientras ella termina su maestría; publicar la novela y seguir escribiendo; no moverme mucho de Washington y no bajar a Lima en ningún caso, y al cabo de un año, cuando ella se gradúe, irme a vivir solo y conseguir un trabajo en la ciudad, salvo que mi novela haya sido publicada y me procure unos ingresos que me permitan seguir viviendo como escritor sin tener que agenciarme algún trabajo alimenticio. El plan de Sofía no lo conozco porque ella dice no tener planes y estar resignada a que yo haga lo que quiera, aun contra su voluntad, pero sospecho que piensa que las cosas mejorarán gradualmente entre nosotros, que el nacimiento del bebé afianzará nuestro amor y que no me iré a vivir solo y saldremos adelante como pareja y, eventualmente, después de su graduación, nos mudaremos a Lima, conseguiré un trabajo en la televisión, tendremos otro hijo, nos inscribiremos en el club de polo, compraremos una casa de playa al sur y todos los domingos comeremos cebiche con sus amigos. Prefiero que me corten una mano antes que vivir esa pesadilla. Quiero mucho a Sofía y supongo que es la mujer de mi vida, pero volver a vivir en Lima me parece una idea espantosa. Yo puedo vivir contento sin empleadas, cocineras, lavanderas ni choferes a mi servicio; me basta con barrer el departamento una vez por semana, si acaso, y vivir sin auto en una ciudad con buen transporte público y en la que sea agradable caminar. Sofía, en cambio, echa de menos las comodidades domésticas de la vida lujosa en el Tercer Mundo, donde, por muy poca plata, puede tener un ejército de criados y mucamas que le faciliten considerablemente la vida. Al llegar al aeropuerto Dulles, soportamos las colas de turistas —Sofía puede entrar por la fila de norteamericanos, pero yo sigo siendo peruano y tendré que esperar cinco largos años para emanciparme de ese yugo—, llegamos por fin donde el oficial de inmigración y le entregamos nuestros pasaportes. Con gesto adusto, nos pregunta por la razón de nuestro viaje y Sofía dice, sonriendo: *Luna de miel.* El tipo, un moreno rechoncho y mal afeitado que debe de hablar español pero prefiere darse aires de gringo, no sonríe y dice que mi visa de turista ha expirado hace poco. Yo le explico que tengo un permiso de residencia temporal y un salvoconducto para salir del país, sellado en mi pasaporte. Mira bien las hojas del pasaporte, batracio ignorante, pienso, con una sonrisa falsa. El tipo encuentra el sello y lo examina minuciosamente, como si desconfiase de mí o yo le cayese mal y quisiera meterme en problemas. Tal vez me detesta porque le encantaría viajar con una mujer tan linda como Sofía. *El salvoconducto sólo le permitía salir del país por una semana y usted ha estado más de una semana fuera,* dice, con cara de pocos amigos. Sofía y yo nos miramos sorprendidos. *Nadie me dijo eso* —alego—. *Me dijeron que podía viajar con mi esposa de luna de miel, no me dijeron que sólo podía estar fuera por una semana,* me defiendo. El tipo me mira con desdén y afirma: *Bueno, usted debería haber leído el sello en su pasaporte, acá dice claramente que se le concede un permiso para salir por siete días, ni un día más, y usted, ¿cuándo salió?* Sofía se apresura en contestar: *Hace como dos semanas. Casi tres,* digo. *Hace tres semanas que está fuera. Ha violado el permiso. Ésa es una falta grave. Espéreme un momento, por favor,* dice, y se marcha con mi pasaporte en la mano. Sofía y yo nos miramos asustados, y la gente en la cola nos mira con odio por hacerlos demorar más en este infierno burocrático. Poco después, el tipo regresa con la misma cara de pocos amigos y me dice que he violado la ley y que no puedo entrar al país, que quedaré detenido en un cuarto del aeropuerto con otros pasajeros en tránsito y me deportarán a mi país de origen apenas puedan. Sofía rompe a llorar, levanta la voz, dice que es injusto, que acabamos de casarnos, que ella es norteamericana y yo su esposo, que no pueden hacernos una cosa así. El tipo nos pide una prueba de que estamos casados y, por supuesto, no tenemos a mano el certificado de matrimonio, ¿quién se iría de luna de miel con el certificado en el maletín? *No tienen anillos de casados,* observa el oficial, dándoselas de listo, y Sofía me mira furiosa, como diciéndome *tonto, te dije que no te sacaras el anillo,* y yo digo *no llevamos anillos porque no creemos en esas formalidades, oficial, pero es un hecho que estamos casados ante la ley de Washington, D. C., y usted puede comprobarlo si desea.* Al tipo no le gusta que yo le hable con esos airecillos leguleyos y retruca como un gorila: *No importa, aunque estén casados, el hecho es que usted ha violado la ley y por lo tanto no puede entrar al país y, mientras se aclara su estatus legal, quedará detenido acá en el aeropuerto. ¿Y yo qué?* —protesta Sofía, como una dama humillada—. *Yo estoy embarazada de seis meses, ¿me voy a quedar sola, sin marido, sólo porque nuestra luna de miel fue más larga que una semana, señor?* Amo a Sofía cuando hace estas escenas, llorando con una elegancia que yo nunca podría igualar y que a este hombrecillo vulgar le recuerda su condición de semianalfabeto acomplejado. *Usted puede entrar sin problemas, usted es ciudadana, pero el señor queda detenido, lo siento,* dice el agente. *¡No es el señor, es mi marido, el papá de esta criaturita!,* dice ella, tocándose la barriga. *Puede ser, señora, pero igual queda detenido,* afirma enfático el oficial, y luego me dice que lo acompañe, pese a las protestas de Sofía, a quien miro desesperado y alcanzo a decir *llegando a la casa, llama a Peter y busquen un buen abogado que me saque de acá antes de que me manden de regreso a Lima.* Sofía me manda un beso volado y dice: *No te preocupes, baby, te voy a sacar cuanto antes de acá.* Yo trato de ablandar al sujeto no ofreciéndole una retribución económica, que eso podría llevarme a la cárcel, pues no estamos en el Perú, sino apelando a su improbable corazón: *No me haga esto, le juro que venimos de nuestra luna de miel, fue un error no leer con cuidado las restricciones del salvoducto, pero le juro que no tuvimos ninguna mala intención de incumplir la ley, fue sólo un descuido, una distracción, pero somos gente decente y mi esposa está embaraza y me necesita, le ruego que me deje libre, no me haga esto, por favor, póngase en mi caso.* El tipo, mudo, no me mira, ignora mis súplicas y me mete a un cuarto grande y algo pestilente, sin aire acondicionado o con el aire tan bajo que no se siente, lleno de turistas ilegales, y me dice que no me mueva hasta que otro oficial me llame. Luego se va, cerrando la puerta. Me encuentro de pronto entre un grupo de morenos haitianos, desparramados por los asientos de plástico y en el piso, hablando a gritos en un idioma que no entiendo, comiendo cosas que huelen feo, babeando, dejando a sus niños correr, gritar y cagarse. Respiro aliviado cuando veo una máquina de bebidas gaseosas y otra de galletas, chocolates y papas fritas. Al menos no me voy a morir de hambre, pienso. Luego voy al baño, que es un asco, me echo agua en la cara, trato de no llorar, y me resigno a lo peor, a que en unas horas me suban a un avión de regreso a Lima, deportado por ilegal. Me imagino el titular de *Expreso* en portada, anunciando, ya no mi boda glamorosa, sino mi llegada a Lima en tan aciagas circunstancias: «Gabriel Barrios expulsado de EE. UU. por ilegal.» Tal vez mi madre pueda hablar con nuestro querido amigo Manu D'Ornellas, el director, y hacer un poco de *damage control*. Dios parece haberse ensañado conmigo, ¿y dónde irán a caer, sino en saco roto, todas las súplicas, los ruegos y las plegarias de mi madre, si es que sigue rezando por mí? Camino hasta las máquinas de comidas y bebidas, evitando las miradas de los haitianos, saco una bebida en lata y unas papas fritas, me siento en una esquina sobre esta alfombra inmunda que apuesto no han aspirado hace un mes y en la que seguramente han follado mil negros lujuriosos con igual número de negras ardientes, y, tras comer este paquete de grasa con cafeína, me tumbo en el suelo, cierro los ojos, me coloco mis tapones y mi antifaz, me abrazo bien a mi maletín para que no me lo vayan a robar si me quedo dormido, y espero el sueño. Unas horas después, alguien me despierta. Milagrosamente, he dormido y no me han robado nada. A pesar del dolor de cabeza, me encuentro con la cara amable de un oficial que me conmina a incorporarme y a seguirlo. Me jodí, pienso. Me voy derecho a Lima, se acabó la vida de escritor itinerante y el sueño de hacerme ciudadano de este país en cinco años. *Sígame, por favor*, me pide el tipo, menos rudo que el que me detuvo. Salgo de ese cuarto horrendo, ahora todavía más hacinado de inmigrantes ilegales, y camino detrás de este agente que tiene un trasero que parecen dos y lo mueve al caminar como si fuera una batea. Los culos más grandes del mundo están sin duda en Estados Unidos de América y en el servicio de inmigración y aduanas en particular. Dios me ha castigado por querer abortar, por casarme ante la ley y no por la Iglesia, por no invitar a mis padres a la boda y por ser tan gay, pienso, tal vez porque mis padres me educaron a flagelarme así. Tras caminar unos minutos que se hacen interminables, el tipo me hace pasar a sus oficinas, se acomoda tras un escritorio y me invita a sentarme frente a él. Luego examina mi pasaporte, mira la pantalla del ordenador y dice: *Hemos revisado su caso y hemos verificado que usted se casó hace poco con una ciudadana norteamericana y que no tiene antecedentes policiales.* —No en este país, pienso. El tipo prosigue—: *Aunque usted excedió el tiempo permitido por su salvoconducto y ésa es una falta que podría ameritar que se le retire el permiso temporal de residencia y se lo devuelva a su país de origen, hemos considerado que esa sanción sería excesiva y que vamos a perdonarle la falta y a dejarlo entrar, más aún considerando que su esposa se encuentra en avanzado estado de embarazo.* Dios lo bendiga, pienso, y digo: *Muchas gracias, señor oficial. Le pido disculpas por incumplir mi salvoconducto y le prometo que esto no volverá a ocurrir.* El tipo, que a lo mejor es gay, me mira con sospechosa simpatía y dice: *Eso espero. Puede irse a casa. Suerte en su matrimonio.* Yo le doy la mano y digo: *Igualmente, lo mismo para usted, muchas gracias.* Al retirarme pienso que he dicho una estupidez, que a lo mejor no está casado, pero estaba tan nervioso que no pensé en lo que decía. Antes de tomar un taxi, llamo de un teléfono público a Sofía y le digo que voy en camino. *¿En camino adónde?, ¿a Lima?,* pregunta, asustada. *No, tontita, camino a abrazarte, ya me soltaron,* digo. Media hora después, entro al departamento, la abrazo y siento que mi vida sin ella sería mucho más triste. *Gringos de mierda, me han dado un susto de la gran puta,* digo, y ella me dice: *No hables así, que el bebito va a salir lisuriento.* Luego prepara una cena deliciosa y esa noche duermo en su cama.

Tres veces por semana Sofía y yo vamos juntos al hospital de Georgetown University a tomar clases de respiración, preparándonos para el parto que se avecina. Nunca había necesitado una profesora de respiración, pensaba que podía hacerlo adecuadamente sin ayuda de nadie, pero mi profesora, la miss Milligan, me ha nombrado entrenador del parto de Sofía y trata de educarnos con mucha paciencia en las formas, técnicas y modalidades más convenientes de respirar cuando llegue el momento de dar a luz al bebé. Somos no más de diez parejas las que acudimos a sus clases, aunque a veces las mujeres vienen solas y la relación que se establece entre ellas es de absoluta cordialidad, si bien generalmente las gordas se hacen amigas entre sí y las más lindas se juntan entre ellas. Para mi pesar, ningún marido, novio o acompañante es atractivo. Así como a las mujeres embarazadas les enseñan en estas clases a dosificar el aire y echarlo en largas bocanadas o exhalaciones cortas y repetidas, a los gays y bisexuales también deberían adiestrarnos en respirar apropiadamente cuando nos meten una verga por el trasero, pero por desgracia no hay clases de respiración para sobrellevar mejor aquellos dolores que a veces resultan inevitables. Yo dejé de respirar, me puse colorado y lloré cuando Sebastián me hizo el amor por primera vez. Según estoy aprendiendo ahora con la profesora Milligan, experta en las técnicas de respiración Lamaze, eso, ponerte tenso, es lo peor que puedes hacer cuando pasas por un trance semejante. Por eso estoy asistiendo a estas clases con mucho rigor y curiosidad. Echado al lado de Sofía en unas colchonetas sobre el piso de la cancha de básquet del hospital, veo a la profesora Milligan gritar *¡tomen mucho aire, aguántelo, bótenlo despacito!*, y yo siento que Sebastián me la está metiendo y debo dosificar el aire sin echarme a llorar, y luego la profesora, que a lo mejor nunca ha parido, chilla orgullosa *¡ahora respiren rápido, uno, dos, tres, uno, dos tres, uno, dos tres!*, y Sofía y yo, tumbados en las colchonetas, ambos en buzo, mirándonos con una media sonrisa, respiramos al ritmo frenético que nos marca la instructora y casi silbamos exhalando el aire de esa manera, uno, dos y tres, y yo pienso en Sebastián metiéndomela de esa forma machacona y repetida, uno, dos y tres, y que esta respiración habría sido muy útil para mitigar la natural aflicción o pesar que me producía esa penetración. Tales fantasías hacen mis clases más entretenidas. Desde luego no las comparto con mi esposa, pues la veo satisfecha de tenerme a su lado como un entrenador responsable y dedicado. Luego la profesora Milligan nos entrena a los hombres en las frases, palabras o los latiguillos de aliento que debemos decir a nuestras mujeres cuando estén pasando por los peores dolores del parto, además de recordarles las distintas fases y técnicas respiratorias. Lo más importante es decirles cosas optimistas, alentadoras, positivas, por ejemplo, *vamos, tú puedes, ya falta poco, lo peor ya pasó, no te rindas, no sabes cuánto te admiro, puja fuerte, mi amor, que ya está saliendo el bebito*, pero yo, hincado de rodillas detrás de Sofía, hablándole al oído mientras practica sus ejercicios respiratorios, siento que toda esa cháchara es inútil y que cuando le duela la matriz entera, nos olvidaremos de ella. Yo creo que, llegado el momento, será mejor respirar con ella, ambos al mismo ritmo, guardar silencio y tratar de no caer desmayado, pues no creo que tenga fuerzas para repetir el discurso optimista de la profesora. Las clases también ponen énfasis en todo lo que debemos hacer para reconocer que ha llegado el momento de ir al hospital a dar a luz, explicándonos en detalle las contracciones, la ruptura de aguas, el grado de dilatación y todas las señales que podemos detectar para estar seguros de que debemos correr a ser padres. Yo, atento y en silencio, considero que, por el tamaño desmesurado del sexo de Sebastián, debo tener una dilatación anal aún mayor que la dilatación vaginal diagnosticada por miss Milligan como adecuada para parir, y en cuanto a la ruptura de aguas, recuerdo que se me rompieron las lagrimales cuando el desgraciado me la empujó sin un ápice de ternura, pues dejé muy aguada la almohada en la que lloré de dolor, mordiéndola (mordiendo la almohada, digo, aunque bien merecía el desconsiderado que lo mordiera ahí abajo). Las clases disipan en parte nuestros temores y nos recuerdan, como no se cansa de repetir la profesora, que no está embarazada sólo la mujer, estamos embarazados ambos padres, y por eso nos obliga a repetir en voz alta, de pareja en pareja, sentados sobre las colchonetas haciendo un círculo, *hola, mi nombre es Sofía y estoy embarazada, hola, mi nombre es Gabriel y estoy embarazado,* y luego ambos al unísono: *¡nos queremos mucho y estamos embarazados!,* y los demás aplauden y yo me siento un idiota. Tal vez por eso, una noche sueño con que me encuentro casualmente con mis padres caminando por las calles de Georgetown y les anuncio con orgullo lo que me ha enseñado la profesora Milligan: *Papá, mamá, ¡estoy embarazado!* Ellos quedan mudos, pensando que es una broma de mal gusto, y yo, afirmando mi condición de hombre preñado, insisto: *De veras, no estoy diciendo esto para molestarlos, ¡estoy embarazado!* Entonces mi madre palidece en el sueño, aprieta con fuerzas el rosario que lleva entre las manos y me dice: *Hijo, eres un hombre, el Señor te hizo así, ¡no puedes estar embarazado!* Yo, sin dejarme intimidar por sus dogmas intolerantes, digo casi gritando para que me oiga el vecindario entero: *¡Estoy embarazado, mamá! ¡Hay un bebé en mis entrañas, una criaturita moviéndose en mi* *vientre! Tócame la barriga, mira cómo se mueve, ¿sientes sus pataditas?* Entonces mi padre dice: *¡Pataditas son las que te voy a dar yo, maricón de mierda!*, y me da una patada en el trasero, al tiempo que mamá, para mi sorpresa, grita: *¡Si estás embarazado, tienes que abortar!*, pero yo me defiendo: *No, mamá, la religión condena el aborto, es un crimen, un asesinato, ¿cómo puedes pedirme que aborte a tu nietecito, a una criaturita inocente?* Entonces ella me toma con fuerza del brazo, mirándome con unos ojos flamígeros, inquietantes, poseídos por la fe única y verdadera, y sentencia: *Tienes que abortar porque estás embarazado del diablo.*

Sofía ha leído mi novela y está indignada. En realidad, no la ha leído toda, sólo la primera parte, el primer tercio más o menos, lo suficiente para que se escandalice y se oponga a que intente publicarla. La leyó mientras yo fui al cine en autobús, y casi mejor que lo hiciera, porque ya me parecía extraña su reticencia a leerla. Yo nunca quise esconderle el manuscrito y más bien la animé a que lo leyera, pero ella decía que estaba muy ocupada en sus tareas académicas y que lo haría apenas tuviese tiempo. Pensé que en realidad ella sospechaba, por las cosas que le había contado escribiéndola, que no le gustaría leerla, dado que la historia o las historias están impregnadas de una sensibilidad gay que me resultó natural, inevitable. Al llegar del cine, ya de noche, la encuentro en el teléfono hablando con su madre, que está en Lima, y apenas cuelga me mira con ojos llorosos y dice: *Por favor, no publiques este libro, Gabriel.* Me quedo sorprendido. Veo el manuscrito abierto sobre la cama y le pregunto: *¿Lo has leído todo?* Ella dice: *No todo, pero me basta con lo que he leído.* Yo trato de tomar las cosas con calma y le pido que se siente conmigo en la cama. Luego le pregunto con dulzura: *¿No te ha gustado?* Ella no me mira a los ojos, como si le costara trabajo responderme: *No puedo mentirte, tú me conoces demasiado. Me duele decirte esto, pero no, no me ha gustado, me parece demasiado fuerte.* Yo me entristezco porque, a pesar de que la novela es por momentos dura y hasta sórdida, pensé que ella podía entender mi necesidad de escribirla, de encontrarle algunos méritos y de leerla con cierto agrado. *Sí, es fuerte* —digo—. *Pero la vida también es fuerte. Y yo he escrito esta novela porque me ha salido del alma y tenía que escribirla. Es así. No hay vueltas. Ésta tenía que ser mi primera novela.* Ella me acaricia la mano y me mira con amor. Es tan hermosa cuando me mira así, llena de ternura. *Yo te entiendo* —dice—. *Entiendo que tenías que escribirla. Tenías que sacarte de encima esos recuerdos tan feos. Ha sido como una terapia y ahora te veo más feliz. Pero sólo te pido, por favor, que no la publiques. No ahora.* Yo retiro mi mano de la suya. *¿Por qué?* —pregunto—. *¿Por qué no ahora?* Ella me mira como si le sorprendiese la pregunta, una sombra en sus ojos: *¿No te das cuenta? Vamos a tener un hijo. No puedes publicar esa novela tan escandalosa. Me harías mucho daño. Nos harías daño a esta criaturita y a mí.* Yo asiento y digo, resignado: *Te entiendo. Déjame pensarlo. Pero no te preocupes, que, la verdad, no creo que ninguna editorial quiera publicarla. O sea, que no hay ningún peligro por el momento.* Sin embargo, parece que esa respuesta no la deja satisfecha y por eso dice: *¿Y si te dicen que quieren publicarla? Acuérdate de que Vargas Llosa te está ayudando. Yo creo que si él les pide que la publiquen, lo van a hacer.* Yo tomo aire profundamente, como nos ha enseñado miss Milligan a hacer en los momentos de tensión, y digo: *Si una editorial española me hace una buena oferta, lo pensaría, pero creo que sería muy difícil para mí decirle que no.* Sofía se pone de pie, molesta: *¿Aunque yo te pida que no la publiques?* Yo también me pongo de pie y digo con firmeza: *Aunque tú me lo pidas.* Ella se da vuelta y se retira bruscamente de la habitación. Yo me acerco y la detengo con suavidad. *No me entiendes, mi amor* —le digo con ternura, y veo que está llorando—. *Yo no puedo abortar mi novela como tú no pudiste abortar a tu bebé,* añado, tocándole la barriga. Ella me mira, fastidiada por la comparación, y dice: *Es muy distinto. No es igual. Tu novela me va a dejar humillada. Puedes escribir otra. Puedes escribir una historia bonita, que no sea tan deprimente, tan fea, tan escandalosa. Una historia* *tierna, que tu hijo pueda leer algún día. ¿Por qué no escribes una novela así? ¿Por qué tienes que publicar un libro lleno de historias feas, horribles?* Yo trato de no enfadarme y digo: *¿Tanto te ha disgustado el libro?* Ella dice: *¿No te das cuenta de que si lo publicas no vamos a poder volver más al Perú? ¡Es una locura! ¡Vas a tener un hijo y quieres publicar un libro diciéndole a todo el mundo que eres una loca! ¡Y ni siquiera eres una loca, eres mucho más hombre de lo que dices en el libro!* Yo me irrito y digo antes de salir del cuarto: *Lo siento, Sofía. Si no te gusta la novela, mala suerte. Pero si alguna editorial se anima, creo que voy a publicarla.* Ella tira la puerta de su cuarto. Esa noche vamos a dormir sin hablarnos. No me gusta dormir así, peleado con ella. Duermo mal, tengo pesadillas. A la mañana siguiente, se va temprano y no me deja una nota ni el desayuno preparado. A media mañana, mientras trato de escribir, suena el teléfono y cometo la imprudencia de contestar. Es Bárbara, que me habla con una amabilidad sospechosa: *Hola, Gabriel, qué gusto hablar contigo, hace tiempo que no hablamos.* Yo me hago el tonto: *Sí, qué gusto, ¿todo bien?* Ella no pierde tiempo: *Sí, mira, te llamo porque Sofía me ha contado que ya terminaste tu libro y que quieres publicarlo en España.* Yo temo lo peor. *Sí, así es,* digo, odiando a Sofía por acusarme ante su madre. *Mira, sólo quiero decirte algo para que lo pienses, y no te lo digo para fastidiarte la vida, sino por tu bien.* —Claro, seguro que es por mi bien, pienso, seguro que no duermes pensando en hacerme feliz, vieja arpía, ¿crees que soy tan ingenuo para engatusarme de esta manera tan chapucera? Ella continúa—: *Sofía me ha contado que tu libro es tremendo, que está lleno de mariconadas, que es un libro para maricones.* —Yo guardo silencio: nada que pueda decir cambiará las cosas. A Bárbara, al parecer, le molesta que no diga nada, tal vez por eso se pone más agresiva y dice—: *Todos en la familia pensamos que sería una locura que publiques un libro así. Recapacita, por favor. Tú eres una persona inteligente. Comprende que estás por tener un hijo con Sofía. Eso es para toda la vida, Gabriel. Vas a ser papá y no puedes seguir ha-*

ciendo payasadas, irresponsabilidades, cosas de chico malcriado que quiere fastidiar a sus papás. Ya basta de rebeldías, basta de poses de niño terrible. No puedes publicar ese libro, Gabriel. Simplemente, no puedes publicarlo si quieres ser papá. —Yo sigo callado. Ella pregunta—: *¿Me estás escuchando?, ¿estás ahí?* Yo digo secamente: *Sí, aquí estoy.* Bárbara dice entonces: *Tienes que elegir. O tu hijo o el libro. No puedes hacer las dos cosas. Si eliges a tu hijo, olvídate de tu libro, bótalo a la basura, quémalo. Si eliges esa novela de maricones, olvídate de tu hijo, no vas a ver a Sofía y no vas a ver nunca a tu hijo.* Yo me indigno de escuchar ese chantaje vil: *¿Y quién dice eso? ¿Lo dices tú o lo dice Sofía?* Ella responde con firmeza: *Lo decimos todos en esta familia, incluyendo a Sofía.* Yo me defiendo, aunque no debería decir nada, lo mejor sería quedarme callado: *No tienes derecho a decirme eso. Yo puedo ser un buen papá y también publicar mi novela, aunque a ti y a Sofía no les guste. No es justo que me hagan escoger entre mi hijo y mi novela.* Ella habla con su voz más despiadada y egoísta: *A mí no me importa si te parece justo o no. Yo lo he hablado con todos en la familia y hemos tomado una decisión: Si publicas ese libro de maricones y haces un escándalo asqueroso y nos salpica a todos la mierda que vas a poner en el ventilador, olvídate de tu hijo y de Sofía para siempre. Eso es todo lo que tenía que decirte. Adiós.* Me quedo desolado y rabioso al pie del teléfono. Regreso a la computadora pero no puedo escribir. Estoy indignado con Sofía. No debería haber llamado a su madre y urdir este complot contra mi novela. Un rato después, vuelve a sonar el teléfono. Es mi madre: *Mi amor, mi Gabrielito, mi pericotito, no vayas a publicar ese libro que has escrito, ¿ya? Porque sería muy malo para tu futuro, para tu vida familiar. Te lo digo yo con todo el amor que tú sabes que siento por ti, que siempre has sido mi favorito, mi engreído.* Yo le digo: *Pero, mamá, ¡no has leído una línea del libro! ¿Por qué te parece que no debo publicarlo?* Su respuesta me irrita aún más: *Porque yo no tengo que leer tu libro para saber que no te conviene publicarlo, mi amor. Yo te escucho la voz y ya sé perfectamente cómo estás. Y sé que estás confundido, pasando por un mal momento, pero con la ayuda* *del Señor y del Beato José María saldrás adelante, ya verás.* No vale la pena discutir con mamá, es inútil, está aferrada a unas supersticiones tóxicas de las que ya es obvio que nunca se sacudirá. Sólo falta que llame mi padre. Antes del mediodía, cumple con hacerlo. Con voz consternada, me dice: *Hijo, te suplico que no publiques ese libro. Te ruego que no lo hagas. Vas a hacerle mucho daño a la familia.* Le digo que lo voy a pensar, que no se preocupe, que no es seguro que lo publique porque todavía no hay una editorial interesada. Tras despedirnos, me quedo pensando que es la primera vez que mi padre me ruega algo en esos términos tan desesperados. Está todo muy claro: si llego a publicar la novela, habrá una guerra familiar y todos en la familia de Sofía y en la mía me odiarán, tomarán represalias contra mí y acaso Sofía cometa la locura de alejarme de mi hijo. Si creen que me van a intimidar, se equivocan. No me rendiré ante ellos. Si quiero ser un escritor, es ahora cuando debo demostrarlo. No abortaré esta novela aunque toda mi familia me odie. Tal vez algún día mi hijo pueda comprenderme. ¿Cómo podría querer a ese niño o a esa niña si destruyo esta novela que tanto trabajo me ha costado? ¿Debo renunciar a mi sueño de ser un escritor sólo porque, como voy a ser padre, se supone que debo cuidar el honor tal como estúpidamente lo entienden las señoras beatas o refinadas de la ciudad en que nací? ¿No seré un mejor padre si lo arriesgo todo y publico la novela, aunque deje de ver un tiempo a mi hijo y a Sofía? Lo tengo claro: nadie va a negarme el derecho de dar vida a mi novela. La publicaré porque amo a mi hijo y quiero que algún día se sienta orgulloso de que su padre se atrevió a ser lo que soñó y no se dejó intimidar por su familia. No abortaré mi novela. Voy a ser padre y también escritor. Que se jodan mi madre, mi esposa, mi suegra, mi padre, mis hermanos, mi cuñado y todos los maricones reprimidos del Opus Dei.

Sofía vuelve agotada de clases, me saluda con cariño, lo que me sorprende, y sugiere ir a tomar un café a Sugar's. Me gusta esa cafetería a sólo media cuadra del edificio: los dueños son unos coreanos muy amables, Kim y su esposo Sun, que hacen unos sánguches muy buenos, y a menudo la visitan los chicos guapos de la universidad, claro que ninguno se fija en mí; el único que a ratos me mira es Julio, el hondureño de la cocina, un chico bajo, con las patillas largas y pobladas como Elvis, que debe de ser gay porque me mira con una insistencia sospechosa. En Sugar's hay una barra con asientos rojos, redondos y giratorios, frente a la plancha eléctrica en la que Julio fríe agitadamente las comidas, y un puñado de mesas dispersas, no más de diez, siendo la mejor aquella que da a la ventana de la calle 35, donde por lo general nos sentamos Sofía y yo, como ahora, que acabamos de entrar, saludar a Kim, la coreana y pedir Sofía un café con leche y tostadas y yo unos huevos con tocino y un jugo. Sofía me mira con cariño. No sé qué decirle. No hay novedades. Ninguna editorial me ha contestado y quizá no lo haga nunca. Sin embargo, seguiré escribiendo. Es probable que no pueda dejar de hacerlo a pesar de tantas contrariedades o precisamente a causa de ellas. Ya le he dicho a Sofía que, por mucho que se opongan su familia, la mía y ella misma, la decisión sobre los textos que debo o no publicar la tomaré yo solo. Ella me comunica entonces la decisión que ha tomado: *Si publicas la no-*

vela que he leído, te dejo, me voy, no podemos seguir juntos. Lo dice con una voz serena, pero sus ojos la traicionan y revelan la tristeza que trata en vano de esconderme. *Ni siquiera has terminado de leerla,* digo con suavidad. *No puedo, me hace daño, siento que cada palabra es un cuchillo que me estás clavando en la barriga* —dice con excesivo dramatismo, tanto que me molesta. Me quedo callado para no decir algo mezquino, hiriente—. *Siento que tengo que proteger a esta criaturita* —añade—. *No puedo envenenarme leyendo tu novela, Gabriel. Bueno, está bien, si no te provoca, no la leas* —digo—. *Pero si la publico algún día, cosa que no es para nada segura, ¿qué harías?, ¿no me dejarías ver a nuestro hijo, te irías a vivir con tu madre y me odiarías?* Sofía demora su respuesta porque se acerca el camarero y deja el café para ella y el jugo de naranja. Cuando el muchacho se aleja, ella habla sin dudar: *Si publicas tu novela, no volveré al Perú nunca más. No podría. Sería una vergüenza para mí. No podría mirar a la cara a nadie allá.* Yo me sorprendo de que diga algo tan tajante y pregunto: *¿Tanto te avergüenza que pueda pensarse que soy gay o bisexual? No es para tanto. Creo que exageras.* Ella continúa hablando como si no me oyese, mientras miro sus ojeras pronunciadas y las manos que mueve nerviosamente sobre la mesa: *Si tú me amas de verdad, no publicarás ese libro. Te lo estoy pidiendo de rodillas. Si me quieres, escribirás otro que no me haga daño y botarás este que me hace llorar y sentir vergüenza de ti. ¿Y si no lo boto?* —pregunto—. *¿Y si lo publico?* Sofía responde: *Apenas me gradúe, te dejo, me voy.* Yo pregunto: *¿Adónde?* Ella hace un esfuerzo para no llorar y dice: *Todavía no sé bien. Al Perú ni cagando. Y acá no me quedaría porque prefiero no estar cerca de ti. Creo que me iría a París.* Lo dice sin mirarme a los ojos, como si le diese vergüenza. Pero no me sorprende, es comprensible que piense refugiarse allá. *¿Con Laurent?,* pregunto, sin ninguna hostilidad, tratando de ser amable. De nuevo, no me mira a los ojos: *Sí, volvería con Laurent, esta vez de verdad.* Me asalta la duda: ¿habrán hablado estos días?, ¿le habrá contado ella que leyó mi novela?, ¿le habrá confesado él que nos vimos en París sin que ella lo supiera? Pregunto: *¿Has hablado con él en los últimos días?* Ella responde lacónicamente: *Sí.* Yo insisto: *¿Y?* Ella se queda en silencio. *¿Y?*, vuelvo a preguntar. *Y nada* —responde, cortante—. *Le pregunté si quiere que vaya a vivir con él y me dijo que sí, que cuando yo quiera, que me está esperando.* Yo digo sin pensarlo: *Es increíble cómo te quiere ese tipo,* pero ella me mira con mala cara, no le hace gracia el comentario. *Tal vez tú todavía no sabes lo que es amar,* dice, con amargura. *Tal vez* —digo, y la siento distante—. *Y si te vas a vivir con Laurent y yo publico el libro, ¿no me dejarías ver más a nuestro hijo?*, pregunto, asustado. Sofía hace un gesto de sorpresa: *Yo nunca haría una cosa así. Claro que podrías ver a tu hijo. Pero tendrías que ir a París a visitarlo. Y tendrías un régimen de visitas. Lo verías cada cierto tiempo, no más. Y a mí no me verías más.* Ahora está llorando, seca sus lágrimas con una servilleta de papel y mira hacia la calle 35, donde una chica linda que me recuerda a Ximena, mi primera novia, pasea a su perro cojo, que sólo tiene tres patas. *No digas esas cosas, por favor* —digo, tomándola de la mano—. *No tiene sentido que digas cosas tan tremendas. Entiendo que no quieras que publique mi novela, pero yo no puedo jurarte que no la publicaré, porque si Tusquets, Seix Barral o Alfaguara me dicen que la quieren, creo que sería una locura negarme a publicarla. Y entiendo que eso pueda molestarte, entiendo que prefieras no vivir más conmigo, entiendo que quieras irte con Laurent, pero no puedo entender que me digas que no nos veríamos más, eso no tiene sentido. Y menos sentido tiene que tu mamá me amenace diciéndome que si publico la novela no veré nunca a mi hijo, porque eso sólo me da más ganas de publicarla para joder a la loca de tu madre, que no tiene derecho de hablarme así.* Sofía sonríe con amargura: *No hablemos de mi mamá, tú sabes cómo es ella, está loca y yo no puedo hacer nada.* Yo insisto: *¿Me juras que nunca me quitarás a nuestro hijo, que nunca me prohibirás verlo, ni aunque publique esta novela o cien mucho peores?* Desde la caja registradora, Kim y su esposo advierten que algo está mal entre nosotros y hablan en coreano, tal vez lamentando vernos discutir. *No tengo que jurarte nada, tú me conoces* —responde Sofía—. *Pero sí te digo una cosa bien clara: si me quieres, aunque sea un poquito, si quieres vivir conmigo y con nuestro hijo, no publiques el libro. Porque te juro, esto sí te lo juro, que si lo publicas, me subo a un avión y me voy a París y me olvido de ti.* Tal vez sea lo mejor para todos, pienso, pero sólo digo: *Comprendo.* Ella come un pedazo de tostada con mermelada mientras yo doy cuenta con malos modales de unos huevos demasiado salados. *¿O sea que te da igual y vas a publicar la novela?*, me pregunta, y luego tose, porque al parecer se atraganta con un pedazo de pan y se le ponen coloradas las mejillas hasta que recupera el aire. *No, no me da igual* —digo, con una voz fría, impersonal—. *Preferiría que te gustase la novela, que no te jodiese tanto entender mi lado gay. Me encantaría que pudieras entender que no es tan fácil para mí decir «no voy a publicar esta novela que he escrito en los últimos tres años porque a Sofía no le gusta y voy a escribir otra novela muy bonita, muy linda, llena de historias de amor muy heterosexuales y con finales muy felices y cristianos, para que a Sofía y a su mami y a mi mami les guste mucho».* Ella me interrumpe: *No te burles de mí.* Yo prosigo: *Pero no puedo decirte eso, porque me sentiría un farsante. Lo mejor que puedo decirte es que te quiero mucho, que siempre te voy a querer, y que amo al bebé que va a nacer y que voy a tratar de ser un buen papá, pero las cosas que publico no las negocio contigo ni con tu madre, y no estoy dispuesto a someterlas a tu censura.* Ella me mira con una furia que no le interesa disimular: *Eso sólo demuestra que no me quieres. Porque si me quisieras como un hombre de verdad, no te molestaría que decidamos juntos qué publicas o qué no publicas.* Yo hago un gesto burlón y digo: *Bueno, será que no soy un hombre de verdad.* Ella se levanta bruscamente y dice: *No, sí eres un hombre, sólo que no quieres serlo y no te atreves a quererme. Paga la cuenta, te espero en el departamento.* Kim me mira con el rostro adusto desde la caja porque comprende que hemos peleado. Yo desvío la mirada, avergonzado. Sólo falta que estos coreanos también me pidan que rompa mi novela, que la tire a la parrilla de Julio, el hondureño, para quemar allí todas las páginas pecaminosas que ponen en peligro mi matrimonio. *Y avísame con tiempo cuándo piensas publicarla, para comprar mi pasaje a París,* dice Sofía ofuscada y se marcha de prisa, sin despedirse de los coreanos, tirando la puerta. Sería gracioso que mi hijo me hablase en francés, pienso.

Estoy escribiendo a solas cuando suena el teléfono. Contesto en seguida. No debería hacerlo pero tampoco puedo evitarlo. Me traiciona la curiosidad: quizá sea una editorial española, espero con impaciencia esa llamada. Por lo demás, estoy enloqueciendo al escribir o al menos volviéndome esquizofrénico. Cuando escribo, me siento una dama y una puta, camino por la casa diciendo disparates como si fuera otra persona y a veces grito, me río a carcajadas y siento que estoy volviéndome loco. Es mi tío, que no me había llamado nunca y a quien no veo hace años, a pesar de lo bien que me cae, aunque no sé si yo le caigo bien a él, puede que no, porque le gustan los jóvenes viriles y musculosos y yo no alcancé a ser así y tampoco soy un joven. Se llama Henry, es hermano de mi madre y tiene unos años más que ella, cincuenta y pico, quizá sesenta, y vive solo, con muchos perros y criados a su servicio, a quienes desgraciadamente quiere en ese orden, en una vieja casona de Lima. Es un hombre cuya fortuna procede de la minería y también de la astucia con que ha sabido invertir su dinero en las Bolsas más pujantes del mundo. Nunca se casó. No se le conoce novia. En realidad, todos sabemos que es gay, y Henry no hace ningún esfuerzo por ocultarlo, lo que me parece respetable, dada la ciudad provinciana y oscurantista en que vive. Le tengo cariño porque es un hombre refinado, culto y con sentido del humor. Solía invitarme a su casa hace ya muchos años, comíamos estupendamente y me hacía reír como nadie con una lengua afilada y venenosa que no debe de haber perdido. Le gustaba burlarse de la beatería de mi madre, de su fanatismo religioso, y por eso yo lo quería más. Siempre pensé que Henry era el más inteligente de los hermanos de mi madre y sin duda el más divertido también. Ahora está al teléfono desde Lima y me dice con esa voz chillona que por lo visto no le ha cambiado: *¿Cómo va la vida del escritor diletante?* Yo me río con sólo oír su voz y digo: *Muy bien, muy bien, disfrutando de la civilización.* Henry no se ríe, porque él sólo se ríe de sus propias bromas, y dice: *Eres un ingrato, hace años que no vienes a visitarme.* Yo le doy la razón como siempre, porque no me atrevería a discutir con él y ponerme a merced de su lengua tan temida: *Sí, lo siento, pero es que no paso mucho tiempo en Lima, te prometo que cuando vaya iré a visitarte, o mejor si tú vienes por acá, podemos vernos y tomar el té.* Henry carraspea y dice: *Eso sería estupendo.* Luego se hace un silencio que no me animo a romper. Prosigue con una voz inesperadamente grave: *Te llamo porque he tenido esta mañana una conversación con tu señora madre, que me llamó bastante alarmada.* Yo lo interrumpo: *¿Por qué está alarmada mi madre? ¿Se le ha aparecido monseñor Escrivá?* Henry ríe pero sólo a medias, desganadamente, y continúa hablando con la voz condescendiente que emplea con todos: *No, tú sabes bien por qué está alarmada tu madre, está preocupada porque dice que vas a publicar una novela muy inconveniente para la familia, una novela que, según ella, y éstas son las palabras que usó, «será como una bomba».* Yo me río y por suerte él también. *No es así, Henry,* digo, sin llamarlo tío, algo que, sospecho, él agradece. *Cuéntame tu versión, por favor,* dice, con los buenos modales de siempre. *Pues, sí, he escrito una novela y la he mandado a unas editoriales en España, y Mario Vargas Llosa me está ayudando a publicarla, pero no es seguro que la publique, dependerá de que alguna editorial se interese,* digo. Henry permanece en silencio unos segundos que me incomodan. *¿Ese señor que se ha hecho español y que anda por el mundo hablando mal de su país* *es el que te está ayudando?*, pregunta. *Ya veo que no te cae bien* —digo—, *pero tú sabes que yo lo admiro mucho y él ha sido muy generoso conmigo.* Henry levanta la voz, haciéndola levemente insoportable: *No es que no me caiga bien a mí, es que no le cae bien a nadie en esta ciudad, porque ha quedado resentido con la derrota en las elecciones y odia al chino por eso, pero no se puede negar que el chino está haciendo las cosas bien y poniendo orden en el país. Pero no nos desviemos. ¿Y es verdad, como dice tu mamá, que es una novela muy horrible, muy escandalosa, que ataca a los curas, al Opus Dei y a toda la familia?* Yo procuro ser honesto: *Bueno, sí, es una novela un poco fuerte, sobre todo para los estándares de mi madre, que, como tú bien sabes, sólo lee los libros que le autoriza el Opus Dei. Pero no creo que le haga daño a nadie, y no diría que ataca a mi familia. Simplemente hay escenas de amor homosexual y cosas así que a mi madre le parecen abominables y repugnantes, pero a mí no.* Yo espero que él diga *y a mí tampoco,* pero no lo dice, guarda silencio porque es un caballero a la antigua con un alto sentido de la discreción. A continuación, dice algo que me sorprende: *Tu madre me ha pedido que negocie contigo para que desistas de publicar esa novela que yo no he leído pero que, por supuesto, me gustaría leer. ¿Que negocies conmigo?*, lo interrumpo. *Sí, tus padres quieren hacerte una propuesta a través de mí, que yo me limito a comunicarte en los términos más cordiales, sin que eso signifique necesariamente que yo esté de acuerdo con esa propuesta o con las ideas o prejuicios que la inspiran.* Me gusta que sea Henry quien negocie en representación de mis padres, me gusta que llame a pedirme cuentas por una novela que, sospecho, le encantaría. *¿Y cuál es esa propuesta?*, pregunto. *La oferta es la siguiente: si alguna editorial te hiciera una propuesta económica para comprar tu novela, tu familia está dispuesta a ofrecerte el doble para adquirirla y no publicarla. Ésta es la oferta que me han pedido que te haga llegar y que yo cumplo lealmente en decírtela.* Yo me río halagado y digo: *No está mal, pero de momento ninguna editorial me ha dicho nada.* Henry dice: *Bueno, piénsalo. ¿Qué crees que debo hacer?*, pregunto. *Por lo pronto, mandarme una copia de tu* *novela* —dice, y yo río encantado—. *Y luego, tú sabrás, yo prefiero no opinar, aunque siempre te he dicho que debes hacer todos los esfuerzos posibles para llevarte bien con tus padres, por encima de las diferencias de opinión que puedas tener con ellos.* Yo le digo: *Te enviaré la novela, y muchas gracias por llamar a decirme la oferta familiar.* Entonces Henry, astuto, vuelve a sorprenderme: *Sólo te pido un favor.* Yo digo: *Claro, lo que quieras.* Con voz apropiadamente sarcástica, dice: *No me vayas a meter en la novela. Si me has puesto, sácame cuanto antes, hazme el favor.* Yo estallo en una risotada y digo: *No, Henry, qué ocurrencia.* Tras despedirnos, me quedo sonriendo porque sí, hay un personaje inspirado en él y ahora no sé si sacarlo o dejarlo en el texto. Lo que sí tengo claro es que no le mandaré la novela porque empezaría a circular por la ciudad y llegaría a manos de mi madre, y tampoco la venderé a mi familia a cambio de no publicarla, porque entonces no sería un escritor, sino un mercenario y un cobarde y no tendría cara para mirar a los ojos a mi hijo.

Sofía me despierta oliendo a un perfume fresco y con un vestido de flores que me gusta mucho. Es mi vestido favorito, quiero decir que, de todos sus vestidos, es el que más me gusta que ella se ponga, porque yo nunca me he puesto ni me pondría uno de sus vestidos, salvo en vísperas de nuestra boda. Sofía me pide que me levante y me vista rápido. Yo demoro en reaccionar porque anoche nos hemos quedado hasta tarde tomándole fotos a su barriga, que está gigantesca, tanto que temo pueda traer a dos bebés. Una vez que me estiro y me quito el antifaz que me protege de la luz indeseable que cae desde la claraboya, le pregunto, cuidándome de que no sienta mi aliento amargo: *¿Qué te pasa?, ¿por qué estás vestida tan temprano?, ¿cuál es el apuro?* Ella me mira con el aire maternal que reserva para mí, porque a veces siento que soy su hijo adoptivo y no su esposo, y me dice: *Vístete rápido que vamos a misa, apúrate, que no llegamos.* Me quedo perplejo y digo *¿estás loca?* Ella me toma de la mano emocionada y dice: *Estoy bromeando, tontito, vamos a que nazca el bebito, hoy es el día.* Doy un salto del sofá y ella me mira ahí abajo con una sonrisa cómplice, porque he despertado con una erección que debo atribuir a mis sueños más profundos, y pregunto, alarmado: *¿Te sientes mal? ¿Ya te vinieron las contracciones?* Ella, tan valiente, mucho más que yo, dice serenamente: *No he podido dormir en toda la noche, he tenido unos dolores muy fuertes, me vienen cada media hora, estoy segura de que tenemos que ir al hospital.*

Mientras me quito la ropa de dormir y busco algo limpio para ponerme encima, le digo, no en tono de reproche, sino de cariño: *¿Pero por qué no me despertaste? Hubiéramos ido en la noche al hospital. No deberías haber pasado toda la noche con dolores.* Ella, sentada, las manos cruzadas sobre la barriga, dice: *No quería despertarte, no quería que vayas al parto de malhumor, yo sé que tú tienes que dormir tus ocho horas para estar contento, así que esperé las ocho horas y, bueno, lo siento, tuve que despertarte, ya no aguantaba más.* Me siento un caprichoso insoportable por haber tenido a mi esposa sufriendo toda la noche, desvelada con las contracciones, sin atreverse a despertarme. Ella es la única mujer en el mundo que haría eso por mí y es también la única con el coraje de darme un hijo a sabiendas de mi cobardía. Me echo agua fría en la cara, me cepillo los dientes, me aseguro de llevar las tarjetas del seguro médico y salimos de casa apurados, aunque no tanto, porque, con esa barriga inmensa y los dolores que le vienen a menudo, ella camina naturalmente con dificultad. Apenas salimos del edificio le digo que me espere, que buscaré un taxi, pero ella me sorprende: *No, quiero caminar hasta el hospital. ¿Estás loca?*, le digo, con toda la ternura que mis nervios exacerbados me permiten, y ella responde con aplomo: *No, pero no me duele tanto y juré que iría caminando al hospital, quiero pasar por los jardines de la universidad y ver las ardillas y llegar a pie a dar a luz.* Me quedo aterrado y apenas articulo unas palabras que revelan mi estado de nervios y sobreexcitación: *¿Y si te viene el parto en el jardín de la universidad?* Ella me calma: *Me aguanto un poco más y llego al hospital. Vamos, ayúdame a caminar.* La tomo del brazo y empezamos a caminar lentamente por la 35, hasta la esquina de Sugar's, y luego doblamos por la calle O y nos dirigimos a la universidad, dos cuadras más arriba. Sofía camina despacio pero con una sonrisa. El día está espléndido, es una mañana soleada, fresca, luminosa, una de esas mañanas en las que uno siente que la vida no es totalmente una mierda. Pasamos al lado de un viejo teatrín de la universidad y de la Holy Trinity Catholic Church y vemos una pancarta adherida a las rejas de la iglesia, que anuncia en letras grandes: *«Pregnant? Need help? The Gabriel Project. 1 800 533 0093.»* Pienso: no deja de ser una ironía que veamos este cartel en este preciso momento. Sofía y yo nos miramos, recordando en silencio aquellos momentos tan tristes del embarazo, cuando yo le rogaba que abortase y ella no podía hacerlo porque me amaba y amaba al bebé que yo sin querer le había dado, y sonreímos mirándonos con amor después de todo y es un momento extraño y feliz. En los primeros meses del embarazo, cuando no sabía si huir, abortar o matarse, Sofía seguramente hubiese llamado a The Gabriel Project de haber visto esta pancarta, y a lo mejor habría pensado en dar al bebé en adopción. No me cansaré de darle gracias por no dejar que el bebé terminase en un frasco de vidrio lleno de sustancias químicas. Me acerco a ella, la abrazo con cuidado para no apretar esa barriga que le pesa tanto y seguimos avanzando a su ritmo, aunque a veces vienen los dolores, ella tiene que detenerse y yo temo lo peor, terminar haciendo de partero en la puerta de la Universidad de Georgetown, ante las miradas perplejas de los chicos que nunca tuvieron ojos para mí. Recia y valerosa, Sofía se sobrepone a los dolores y continúa la lenta marcha hasta el hospital, ahora cruzando los jardines de la universidad. Pasamos frente a la estatua de John Carroll y los dos cañones viejos del Healy Hall, por el jardín de la virgen donde mi madre estaría de rodillas rezando un rosario por el alma del nonato, al lado del edificio del Foreign Service School, en el que estudió el actual presidente, y finalmente por la rotonda floreada, apacible y llena de estudiantes del Edward Bunn Intercultural Center, donde suelen reunirse los chicos más lindos, que son casi siempre los que menos estudian. Ahora sólo tengo ojos para ella, mi amor, la mujer de mi vida, que avanza muy despacio, parando cada tanto, a dar a luz y hacerme papá. *Ya falta poquito, mi amor, ¿te sientes bien?*, pregunto, sin importarme que los estudiantes, profesores, limpiadores y curas que pasan por ahí nos miren con ojos de preocupación, simpatía o miedo, porque es obvio que Sofía camina con esta barriga enorme y el rostro compungido debido a que es inminente el nacimiento de su bebé. Nadie se acerca a ofrecernos ayuda, ni siquiera los curas jesuitas que salen espantados cuando ven a mi mujer embarazada, con esta barriga colosal. *No te preocupes, que voy a llegar,* me dice Sofía. Un poco más allá, entre el edificio de Ingeniería y el cementerio de los muertos ilustres, que no es sino un jardín hermoso y escarpado donde los curas se hacen enterrar al morir, Sofía se detiene de nuevo, abrumada por el dolor, y yo la consuelo: *Ahora sí estamos a una sola cuadra del hospital, mi amor, sólo nos falta un pasito nomás.* Éste es el mismo camino que ella y yo recorrimos maravillados cuando llegamos a Georgetown y nos instalamos en el primer departamento, el más viejo, el de los pisos crujientes y las cucarachas de madrugada, más arriba en la 35, casi llegando a la Wisconsin, y ahora recorremos de nuevo, pero ya siendo tres, o casi tres, y yo no sé si llorar, no todavía, debo ser fuerte, un entrenador profesional como me enseñó la miss Milligan, recordarle las fases respiratorias y decirle palabras de aliento cuando dé a luz a nuestro bebé. Entrando al hospital, nos recibe la bocanada fría del aire acondicionado. Tras verificar las tarjetas del seguro médico, sientan a Sofía en una silla de ruedas y nos conducen rápidamente al piso de maternidad. No tarda en aparecer la doctora que, según nos anuncia con voz firme, se encargará de asistir a Sofía en el parto, una mujer de mediana edad, calculo que un par de años mayor que yo, en sus primeros treintas, vestida con un mandil verde como el que suelen usar los doctores en las películas o en las series de televisión, pero sorprendentemente guapa, uno no espera encontrarse a una partera tan hermosa como ella. Yo le miro fugazmente el trasero, que se insinúa bajo unos pantalones ajustados, pero el anestesiólogo, un hombre de ojos rasgados y segura procedencia asiática, me pilla mirándole las nalgas a la doctora y me dirige una mirada severa, como diciéndome *no mirando usted culo de doctora, cuidado que le clavo epidural por mañoso.* Yo hago un ademán distraído como si conmigo no fuera la cosa, mientras Sofía se tiende en una camilla y la doctora la examina. No sé qué hacer, si quedarme o irme, pero permanezco a su lado porque leo en sus ojos que eso es exactamente lo que desea. Entonces la doctora, con el hombre de los ojos rasgados al lado, listo para ponerle a mi mujer la inyección con anestesia, le dice a Sofía, tras examinarla allí abajo, que todavía falta para el parto, pues no tiene suficiente dilatación, y que puede regresar en un par de horas. Sofía me mira indignada, bastante trabajo le ha costado llegar para que la devuelvan a casa, y dice con firmeza: *No, gracias, preferimos quedarnos.* Pero la doctora insiste en que mejor volvamos luego, y el chino anestesiólogo, que parece un psicópata armado con esa inyección gigantesca, asiente con su cabezota de torturador en mameluco. Entonces Sofía pierde las buenas maneras porque le sobreviene otro dolor fulminante y dice con dificultad: *A mí no me mueve nadie de acá, mi bebito está por nacer, y si no lo sacan ustedes, empiezo a gritar como una loca hasta que alguien me atienda.* Yo admiro su valor y digo: *Sí, por favor, doctora, hemos venido caminando y mi esposa está muy adolorida, por favor, atiéndala ahora mismo, si es posible.* La doctora me ignora por completo y no se atreve a medir fuerzas con Sofía, tal vez porque ha comprendido que ella es capaz de tirarle una palangana en la cabeza, y por eso dice: *Mandaré a las enfermeras para que vayan preparando todo.* Luego se retira y detrás de ella, aunque sin mirarle el trasero, va el torturador con la epidural en la mano como si fuese un arma cargada. Me acerco a Sofía y la acaricio en la cabeza, pero ella, sufriendo las contracciones, me dice: *No me toques, que me da más calor.* Está acalorada y sudorosa a pesar del aire acondicionado. Parece que el bebé le da mucho calor y por eso no vuelvo a tocarla, aunque le digo cosas dulces al oído, que la amo, que todo va a estar bien, que el bebé será precioso y nos hará muy felices. *¿Qué crees que va a ser?*, me pregunta. *Niña,* digo, sin pensarlo. *Yo creo que va a ser niño* —me dice—, *y se llamará Martín. ¿Y si es niña?*, pregunto, sólo para distraerla. *María Gracia* —responde—. *María Gracia. Siempre quise tener una hija que se llame así, María Gracia.* Poco después, llegan las enfermeras, tres mujeres obesas, uniformadas y de origen hispano, lo que sin duda resulta una comodidad, pues nos hablan en español y es como si estuviéramos en la clínica Montesur o en el Hogar de la Madre de Miraflores, donde yo nací. Son tres mujeres diligentes y hacendosas que nos atienden con un cariño que no sería capaz de brindarnos esta doctora circunspecta, y menos su asistente, el psicópata, quienes ahora regresan y examinan a Sofía poniéndole cremas en la barriga y aparatos que miden no sé qué y me ponen más nervioso. Parece que va quedando todo dispuesto para el parto porque las enfermeras incorporan a Sofía, y el chino nos advierte que va a ponerle la epidural para aliviar los dolores del parto. Sofía ni lo mira y le dice *póngame doble ración, por favor, póngame dosis de caballo* y las enfermeras se ríen, pero el chino no sonríe siquiera porque es un torturador profesional, absorto en clavar su aguja en las espaldas de mujeres inocentes. Lo hace con precisión y minuciosidad, mientras escudriño su rostro y descubro que sus labios inferiores tiemblan levemente, como si encontrase un placer secreto y retorcido en el acto de hundir suavemente esa punta metálica en la piel desnuda de las mujeres que llegan a parir. Odio a este psicópata anónimo, estoy seguro de que no es un enfermero, sino un pervertido, un sádico y un fisgón, que trabaja como anestesiólogo sólo para ver a las mujeres con las piernas abiertas, espiarles el sexo y complacer su apetito de crueldad con gente indefensa. Chino cabrón, si te encuentro en la calle te muelo a patadas, pienso, mirándolo con severidad, pero él me devuelve una mirada fría, vacía, inexpresiva, como la de un descerebrado o un robot. Poco después, la doctora anuncia que es hora de ponerse a trabajar. *Showtime!*, grita, algo trastornada. Yo miro aterrado a Sofía, me paro detrás de ella y me acuerdo de que he olvidado traer la cámara de video, pero no le digo nada y le susurro al oído *fase uno de la respiración, muy lenta y profunda, ¿te acuerdas?* Ella empieza a respirar conmigo, ambos aspirando largas bocanadas y luego echándolas muy despacio, cuidando el aire, procurando relajarnos, y yo siento que estoy haciendo bien mi trabajo pero ella frunce el ceño y se pone tensa porque no aguanta el dolor tan agudo. Entonces le digo *fase uno, fase uno, no te pongas tensa, mi amor,* y ella hace un esfuerzo para seguir respirando como nos enseñó la profesora Milligan, y la doctora grita *push, push, push,* y las tres enfermeras traducen por si hiciera falta *empuje, señora, puje y empuje, puje y empuje,* lo que me deja pensando en las diferencias entre pujar y empujar a estas alturas, cuando Sofía sólo trata de sobrevivir. La pobre se pone roja, colorada, haciendo fuerzas para que salga el bebé hacia afuera, y recuerdo lo que una vez me dijo mi madre: *Cuando das a luz, hijito, duele tanto que es como si te cortaran un brazo.* Entonces le digo *fase dos, Sofía, fase dos,* siendo la fase dos un ejercicio respiratorio consistente en tragar y botar el aire en tres turnos cortos, rápidos y repetidos, lo que, según la profesora Milligan, asegura que la mujer dosifique el aire apropiadamente, no se ponga más tensa y logre mitigar de ese modo el creciente dolor que se origina en la matriz y le recorre todo el cuerpo. La doctora grita *push harder, push harder,* y las enfermeras chillan *pujando y empujando más fuelte, señora,* deben de ser boricuas porque no dicen *fuerte,* sino *fuelte,* y Sofía sigue respirando conmigo en la fase dos, inhalando y exhalando el *uno, dos y tres, uno, dos y tres,* y yo sigo muy orgulloso en mi papel de entrenador que no pierde el dominio de las circunstancias. Entonces Sofía grita *¡no puedo, no puedo más!,* y la doctora *keep pushing, keep pushing, it's coming out, don't give up on me now!,* y el psicópata de la anestesia observa todo impávido, mirando desde la ventana, babeando de felicidad al ver a Sofía con las piernas abiertas, y las enfermeras alborotándose *ya sale, señora, ya está saliendo, puje, empuje, bendito nene,* y yo no sé por qué estas tres enfermeras rollizas tienen que gritar como una muletilla *bendito nene, bendito nene,* pero me están volviendo loco. Sofía grita desesperada *¡no puedo más, no puedo más!,* y deja de respirar, se pone toda tensa y colorada y puja con sus últimas fuerzas y yo siento que está a punto de desmayarse y que yo también podría colapsar en cualquier instante. Entonces le digo *fase tres, Sofía, fase tres,* porque pienso que es el momento crucial en que debemos recurrir a la técnica Lamaze número tres, que consiste en respirar de un solo golpe, ya no en tres turnos, corto y muy rápido, casi como hiperventilándose, pero asegurándose de inhalar bien y botar el aire al mismo ritmo. Sofía no me acompaña en la fase tres, sólo yo hago esta respiración extraña y frenética, mientras el chino psicópata de la epidural me mira con aire burlón y Sofía chilla de dolor y yo le recuerdo *fase tres, mi amor, fase tres,* y entonces ella grita súbitamente *¡cállate, carajo, métete la fase tres al culo y deja de joderme con esa estupidez!* Ahora las enfermeras me miran muy molestas como diciéndome *sí, cállese, señor, no moleste a la señora, bendito nene,* y la doctora grita *it's coming, it's coming, I got the head already, give me a final push, give it to me!* Entonces Sofía saca fuerzas del enfado, se ve que le ha hecho bien gritarme, pero la culpa no la tengo yo, la tiene la profesora Milligan, cuyas técnicas de respiración Lamaze han resultado un fiasco, según me consta. Tras mandarme callar a gritos, Sofía parece encontrar fuerzas en aquella rabia y puja y empuja con todo su amor maternal y grita como un animal herido, entregando sus últimas fuerzas en ese envión desesperado que descarga ahí abajo entre las piernas. Entonces oigo un llanto, un chillido, y veo maravillado que la doctora sostiene en brazos a un bebé manchado y asustado que llora sin cesar. Luego anuncia con emoción *It's a girl, it's a girl!* Sofía me mira llorando y yo lloro emocionado, las piernas temblándome. Las enfermeras limpian a la bebita, se la entregan a Sofía y ella le besa la cabecita, las mejillas rosadas, y yo lloro mirando a esa persona frágil, inocente, aterrada, pero ahora menos porque de pronto se calma en los brazos de su madre y deja de llorar como sintiéndose protegida. Sofía la llena de besos llorando y le dice *hola, María Gracia, hola, mi amor,* y yo me acerco y le doy un beso en la cabecita todavía mojada y en seguida la bebita busca el pezón de Sofía, abre su boca inquieta y comienza a chupar el pecho de su madre. Entonces se calma un poco y yo beso a Sofía en la cabeza, llorando, viéndola llorar, sin poder creer que después de todo ha nacido esta niña que yo quise matar y que Sofía protegió con tanto coraje y que ahora me regala como el más perfecto regalo de amor. Le digo *te amo, te amo, gracias por hacerme papá, siempre te amaré por esto, es el momento más feliz de mi vida,* y Sofía me mira con ternura y dice *yo también te amo, por eso no pude abortar.* Conmovido, maravillado, veo que mi hija me observa mientras succiona el pecho de su madre y creo que me mira con curiosidad y casi sonríe al mirarme, y yo le digo *hola, mi amor, bienvenida, yo soy tu papá, ya sé, nada es perfecto, pero te amo, gracias por hacerme tan feliz,* y María Gracia toma su leche y yo me recuesto en el pecho de Sofía y lloro como un bebé porque siento que he nacido de nuevo y que esta niña, María Gracia, mi hija, me enseñará a amar.

Más tarde se llevan a María Gracia y Sofía se queda dormida. Las enfermeras me dicen que puedo irme a casa, que Sofía dormirá unas horas porque está sedada y cuando despierte traerán a María Gracia. Beso a Sofía en la frente y camino de regreso a casa. Cruzando los jardines de la universidad, me siento un hombre distinto, más libre y feliz, lleno de un amor que no conocía. Siento que he nacido con mi hija, que soy su hermano, y que juntos aprenderemos a amarnos, que ella me enseñará más cosas de las que yo pueda enseñarle y que me educará en el amor. Nunca me he sentido tan feliz. Lloro por eso. Amo a Sofía por darme esta lección, por hacerme padre a pesar de mi cobardía y mi egoísmo, por enseñarme el amor incondicional. No sé si seguiré viviendo con ella mucho tiempo más, pero estoy seguro de que esta niña, María Gracia, hará mi vida mejor. Nunca me había sentido tan tranquilo, liberado de rencores y amarguras. Camino por estos jardines hermosos, respirando el aire fresco de la tarde y dando gracias por este día, el más feliz de mi vida. Al llegar a casa, encuentro un fax que ha llegado de España. Es una carta con el sello de Seix Barral, en la que Pere Gimferrer, legendario poeta catalán y director de la editorial, me anuncia que ha leído mi novela, que está muy impresionado y que quiere publicarla. Me emociono y siento que es el primero de los muchos milagros que María Gracia ha venido a hacer en mi vida. Ahora soy padre y van a publicar mi novela en España. Es el día más memorable. Por eso estoy llorando en la cocina. Todo te lo debo a ti, María Gracia, amor de mi vida.

DIEZ AÑOS DESPUÉS

Este miércoles María Gracia cumplirá diez años. Mañana tomaré el avión a París para estar con ella en su fiesta de cumpleaños. María Gracia no vive conmigo, pero nos vemos todos los meses. Vive con Sofía y Laurent en una casa en el distrito dieciséis de París. Sofía y yo nos divorciamos cinco años después de casarnos, aunque para entonces ella ya vivía con Laurent. Tuvimos que esperar cinco años para que yo pudiese hacerme ciudadano de Estados Unidos y en seguida nos divorciamos, de modo que ella pudiera casarse con Laurent. A pesar de que ahora tengo el pasaporte norteamericano con el que tanto soñé, ya no vivo en ese país. Cuando Sofía y María Gracia se fueron a vivir con Laurent, decidí mudarme a España para estar más cerca de mi hija. Pasé un tiempo en Madrid, pero luego comprendí que el aire de Barcelona me venía mejor. Todos los meses viajo a ver a mi hija y pasamos un fin de semana juntos. La amo como nunca pensé que podía amar a nadie. Es lo mejor que me ha pasado en la vida. Por eso no tengo sino amor y gratitud por Sofía, porque nunca olvidaré que ella me regaló a esta hija maravillosa que en algún momento quise evitar. María Gracia es adorable, no deja de impresionarme, nos reímos mucho juntos. Creo que, para bien o para mal, se parece más a mí que a su madre. Dice que cuando sea grande quiere ser escritora, pero no de libros, porque no quiere ser pobre, sino de películas, que dejan más dinero. Nos encanta ir al cine juntos.

Aunque sólo tiene diez años, le gusta ir conmigo a las películas de niños y también a las de adultos, especialmente si son historias de amor. El mes pasado vimos una comedia norteamericana y nos reímos mucho porque dos perros terminan siendo gays. Nunca le he contado que me gustan los hombres, que soy bisexual, pero tal vez ella lo intuye, y no creo que nada cambie entre nosotros cuando se entere, porque sabe que la amo con todo mi corazón, que estoy orgulloso de ella, que soy su más rendido admirador y que daría mi vida por ella, literalmente daría mi vida por ella. Puede sonar cursi escribir esto, pero es la verdad: sólo hay en el mundo una persona por la que yo entregaría la vida y ella es María Gracia, mi hija. Por lo demás, podría decir que no me ha ido mal. He publicado otros libros, he ganado un par de premios de cierto prestigio, la crítica no ha sido despiadada conmigo y ha creído ver algunos méritos en mis libros, y puedo vivir modestamente, sin lujos, pero sin grandes privaciones, con el dinero que gano escribiendo. Me considero un hombre afortunado: gozo de buena salud y me gano la vida haciendo lo que más me gusta, que es escribir. Pero, además, ahora sé lo que es el amor. Cuando María Gracia me abraza al verme llegar con los regalos que me ha pedido y me dice que me quiere y sonríe excitada y feliz, yo siento que vuelvo a ser un niño, que la vida no carece de sentido y que todo está bien. Con Sofía las cosas no han sido fáciles. Ahora tenemos una relación cordial aunque distante. Procuramos no hablar por teléfono, salvo que sea realmente necesario, porque hemos aprendido que eso nos hace discutir por tonterías. Preferimos comunicarnos por correo electrónico. Sólo nos escribimos cosas que tienen que ver con María Gracia o con el dinero que le transfiero mensualmente a un banco francés para pagar el colegio de mi hija —un colegio norteamericano, en el que ha aprendido a hablar un inglés mucho mejor que el mío— y sus gastos generales. Sofía termina sus correos diciéndome: «Cariños.» Antes se despedía más secamente: «Saludos.» Supongo que ahora es más feliz. Está casada con Laurent, vive en una casa muy linda, no tiene obligación de trabajar y se dedica a cuidar a sus hijos: María Gracia, nuestra hija, y los mellizos Dominique e Isabella, que nacieron hace cuatro años y cuyo padre es Laurent. Son dos niños hermosos y traviesos, muy parecidos a su madre. Creo que me quieren, me hace gracia que me digan tío. Laurent no es un hombre cálido, es más bien áspero y retraído, y me trata correctamente pero sin el más leve gesto de cariño. Supongo que Sofía le habrá contado todo lo que sufrió conmigo y por eso él me mantiene a prudente distancia de su mujer. Cuando voy a su casa a buscar a María Gracia, me saludan amablemente pero nunca me invitan a cenar o a tomar una copa y parecen aliviados cuando me voy con mi hija. En cierto modo, para mí también es un alivio. Soy más feliz con María Gracia cuando estamos a solas, riéndonos de todo y de todos, también de Sofía y de Laurent, pero especialmente de Bárbara, su abuela, que por suerte se quedó en Lima y a la que no veo hace años. El mejor momento del año es julio, en pleno verano, cuando María Gracia está de vacaciones en el colegio y viajamos adonde ella quiera. Hemos ido un par de veces a Washington, a conocer los lugares donde comenzó su vida —el hospital, las casas en que vivimos hasta que Sofía se graduó, los parques a los que la llevaba a jugar mientras su madre estudiaba—, pero a ella le encanta ir a Miami y especialmente a Disney y a los parques de diversiones de Orlando, donde, pese al calor y la gente, es espléndidamente feliz y yo lo soy más, porque su felicidad es la mía también. En las últimas vacaciones, pensé presentarle a Martín, mi novio, pero él es muy tímido y prefirió que viajásemos solos María Gracia y yo, y se fue un mes a Buenos Aires a visitar a su familia. Martín es argentino y lo conocí hace un año en el bar del hotel Majestic en Barcelona. Es muy joven, trece años más que yo, y tiene un cuerpo muy alto y delgado que yo encuentro bellísimo. Martín dice que quiere ser escritor. Está escribiendo una novela. Mientras tanto, colabora en una revista de modas, me promete que irá pronto al gimnasio y me enseñará a patinar. Algún día me gustaría patinar con María Gracia. Algún día quisiera bailar con ella. Me gustaría verla bailar a mi lado, libre y feliz, y decirle: *Ahora sé lo que es el amor, lo sé gracias a ti.* Tal vez se lo diga este miércoles en su fiesta de cumpleaños.